Obras, 2

Albert Camus

Obras, 2

El malentendido
Los justos
El estado de sitio
La peste
Cartas a un amigo alemán
Crónicas 1944-1948

Edición de José María Guelbenzu

Alianza Editorial

Primera edición en «Alianza Tres»: 1996 (febrero)
Primera reimpresión en «Alianza Tres»: 1996 (junio)

Calle Juan Ignacio Luca de Tena, 15; 28027 Madrid; teléf. 393 88 88
ISBN: 84-206-3284-8 (T. 2)
ISBN: 84-206-3299-6 (O. C.)
Depósito legal: M. 20.786-1996
Impreso en Closas-Orcoyen, S. L. Polígono Igarsa
Paracuellos de Jarama (Madrid)
Printed in Spain

Índice

Prólogo

En 1942, Albert Camus tiene veintinueve años. Ha publicado *El extranjero* y *El mito de Sísifo* en París en ese mismo año. El año anterior había comenzado *La peste* y, aunque no lo estrenará hasta 1945, ya ha presentado a la Editorial Gallimard su *Calígula.* Sin embargo, aquella primera etapa de su obra, la que culmina en el sentimiento del absurdo (ver volumen 1 de esta edición), ha terminado. Su situación, ahora, en plena invasión alemana, aislado primero en Le Panelier, pero muy pronto ya en acción —en Lyon encuentra a su amigo y protector, el periodista Pascal Pia, quien se ocupará de proporcionarle algunos trabajos y algún dinero—, se decantará hacia la colaboración con la Resistencia. Pero no por eso abandona sus ocupaciones intelectuales. Trabajará como lector de Gallimard y, un año más tarde, ya se encuentra colaborando en el periódico clandestino *Combat,* que se convertirá en el diario del mismo nombre a partir de la Liberación. Ese mismo año —1945—nacen sus hijos Jean y Catherine. El joven que apenas casado con Francine se ve alejado de ella, atrapado por la guerra en soledad extrema, que entra en acción y que al fin se manifiesta como escritor, parece volver a una posible normalidad. Es el hombre que ha escrito las admirables *Cartas a un amigo alemán* y también el que ve cumplirse el fin de la guerra.

Era costumbre en Camus estar metido al mismo tiempo en más de un proyecto. Tanto *La peste* como *El malentendido* las escribe en una misma época. La primera parece haber empezado a tomar forma a raíz de la epidemia de tifus que asoló la región de Tlemcen. La segunda se apoya en una anécdota que le impresiona profundamente: Un hijo vuelve con falsa identidad al hostal que regentan su madre y su hermana y allí es asesinado por ellas, que no le reconocen, para robarle. En todo caso, parecen dos obras nacidas del sentido del absurdo y, sin embargo, ya están más allá. Las ideas de Camus evolucionan con la ansiedad y la pasión con que enfrentaba siempre las cosas: el individuo empieza a clamar por su lugar. *El malentendido* es un puente hacia esa individualidad, ese primer caldo de cultivo de la rebeldía que despunta en Rieux, entre la impotencia y la desesperación; su siguiente obra de teatro, *Los justos,* no se interroga ya sobre el sentido de la muerte de un inocente, sino sobre la licitud de la muerte de un culpable cuyo precio pueda ser una vida inocente. El cambio de posición se consuma. Además, el sentido del compromiso, que ya movió su actividad en Argelia, ha tomado una formidable presencia en su vida.

El estado de sitio es un «espectáculo» —como Camus prefirió denominarlo— que, si bien presenta claras concomitancias con la situación de *La peste,* lo cierto es que se separa claramente de ella. Aquí ya no está el mal absoluto que la peste y la muerte simbolizan, sino que, frente a ambos, se alza Diego, un hombre que se rebela. Los textos reunidos bajo el título original de *Actuelles I* —en esta edición, *Crónicas 1944-1948*— muestran un contraste admirable entre el Camus que escribe las cartas a su amigo alemán, en plena guerra, y quien desde la libertad lanza un conjunto de textos como «Ni víctimas ni verdugos», donde las reflexiones en torno a la idea del fin que justifica o no los medios (de nuevo volvemos a *Los justos*) está en el centro de una discusión y un conflicto de ideas que el propio Camus llegará a calificar más adelante de desgarrador. Su honestidad, su decisión, su valor intelectual, están siendo puestos a prueba una vez más, pero también está madurando su pensamiento de hombre rebelado.

José María Guelbenzu

EL MALENTENDIDO

Obra en tres actos

Título original: Le Malentendu *(1944)*
Traducción de Aurora Bernárdez y Guillermo de Torre
Revisión de Miguel Salabert

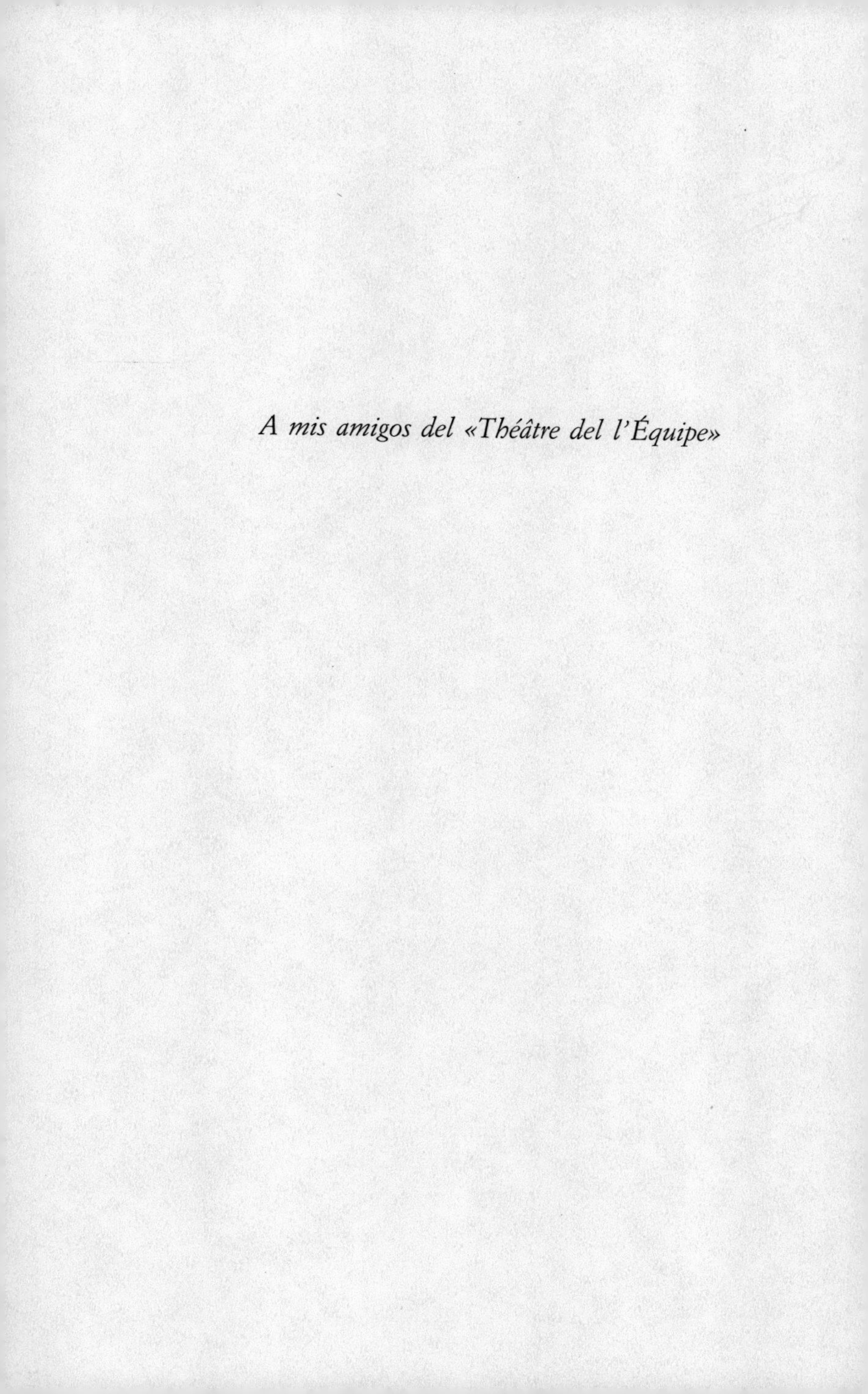

A mis amigos del «Théâtre del l'Équipe»

El malentendido fue representada por primera vez en junio de 1944 en el Théâtre des Mathurins, con dirección escénica de Marcel Herrand.

PERSONAJES

MARTA
MARÍA
LA MADRE
JAN
EL VIEJO CRIADO

Acto primero

ESCENA I

Mediodía. El salón común del albergue, claro y muy limpio. Todo está en orden.

LA MADRE
Volverá.

MARTA
¿Se lo ha dicho?

LA MADRE
Sí. Cuando tú saliste.

MARTA
¿Volverá solo?

LA MADRE
No lo sé.

MARTA
¿Es rico?

LA MADRE
No se ha preocupado por el precio.

MARTA
Si es rico, mejor. Pero es necesario también que esté solo.

LA MADRE *(con lasitud)*
Solo y rico, sí. Así que tendremos que volver a las andadas.

MARTA

Volveremos, en efecto. Pero nos compensará. *(Un silencio.* MARTA *mira a su madre.)* Madre, está usted muy rara. De un tiempo a esta parte, no la reconozco.

LA MADRE

Es que estoy cansada, hija, nada más. Me gustaría descansar.

MARTA

Yo puedo hacerme cargo de su trabajo en la casa, y así podrá descansar todo el tiempo que quiera.

LA MADRE

No me refiero exactamente a esa clase de descanso. No, es un sueño de vieja. Sólo aspiro a la paz, a un poco de despreocupación. *(Ríe débilmente.)* Es estúpido decirlo, Marta, pero hay noches en las que casi me siento tentada por la religión.

MARTA

No es usted tan vieja, madre, como para llegar a ese extremo; supongo que tiene algo mejor que hacer.

LA MADRE

De sobra sabes que bromeo. Pero, bueno, al final de la vida bien puede una dejarse llevar. No es posible mantenerse siempre rígida y dura como tú, Marta. No es propio de tu edad. Y conozco muchas mujeres de tu edad que sólo piensan en locuras.

MARTA

Sus locuras no son nada comparadas con las nuestras, usted lo sabe.

LA MADRE

No hablemos de eso.

MARTA *(lentamente)*

Se diría que ahora hay palabras que le queman la boca.

La madre
¿Qué puede importarte eso si no retrocedo ante los actos? ¡Pero qué más da! Sólo quería decir que a veces me gustaría verte sonreír.

Marta
A veces lo hago, se lo aseguro.

La madre
Nunca te he visto hacerlo.

Marta
Porque sonrío en mi cuarto, cuando estoy sola.

La madre *(mirándola atentamente)*
¡Qué rostro tan duro el tuyo, Marta!

Marta *(acercándose y con calma)*
¿Así que no le gusta?

La madre *(sin dejar de mirarla, luego de un silencio)*
Creo que sí, a pesar de todo.

Marta *(agitada)*
¡Ah, madre! Cuando hayamos juntado mucho dinero y podamos irnos de esta tierra sin horizontes, cuando dejemos atrás este albergue y esta ciudad lluviosa y olvidemos este país oscuro, el día que por fin estemos frente al mar, con el que tanto he soñado, ese día me verá usted sonreír. Pero hace falta mucho dinero para vivir frente al mar. Por eso no hay que tener miedo a las palabras. Por eso debemos ocuparnos del que va a venir. Porque si es lo bastante rico, quizá mi libertad empiece con él. ¿Habló mucho con usted, madre?

La madre
No. No dijo más de dos frases, en total.

Marta
¿Cómo, con qué cara le pidió la habitación?

La madre
No sé. No veo bien y apenas le miré. Sé, por experien-

cia, que es preferible no mirarles. Es más fácil matar lo que no se conoce. *(Pausa.)* Alégrate: ya ves, ahora no tengo miedo a las palabras.

MARTA

Es mejor así. No me gustan las alusiones. El crimen es el crimen, hay que saber lo que se quiere. Y me parece que usted lo sabía, hace un rato, porque pensó en él cuando respondió al viajero.

LA MADRE

No lo pensé, pero la costumbre...

MARTA

¿La costumbre? Demasiado sabe usted que ha habido muy pocas ocasiones.

LA MADRE

Sin duda. Pero la costumbre empieza con el segundo crimen. Con el primero no empieza nada: termina algo. Y además, si bien las ocasiones fueron escasas, se espaciaron mucho a lo largo de los años, y el recuerdo fortificó la costumbre. Sí, fue la costumbre la que me impulsó a responder a ese hombre, la que me advirtió que no le mirara, y la que me aseguró que tenía cara de víctima.

MARTA

Madre, habrá que matarlo.

LA MADRE *(más bajo)*

Sin duda, habrá que matarlo.

MARTA

Lo dice usted de una manera muy rara.

LA MADRE

Estoy cansada, es verdad. Y me gustaría que por lo menos éste fuera el último. Matar cansa terriblemente. Y aunque me da igual morir frente al mar o en el centro de nuestra llanura, quisiera que después nos marcháramos juntas.

MARTA

¡Nos marcharemos, será un gran momento! Anímese, madre, hay poco que hacer. Bien sabe que ni siquiera hay que matar. Beberá el té, se dormirá, y, vivo todavía, lo llevaremos al río. Mucho después lo encontrarán pegado a la presa, junto con otros que no tuvieron tanta suerte como él y que se tiraron al agua con los ojos abiertos. El día que asistimos a la limpieza de la presa, usted misma lo dijo, madre: los nuestros son los que menos sufren; la vida es más cruel que nosotras. Anímese, usted encontrará el descanso y huiremos, por fin, de aquí.

LA MADRE

Sí, me animaré. A veces, sí, me alegra la idea de que los nuestros no sufrieron. Casi no es un crimen: sólo una intervención, un ligero empujón dado a vidas que desconocemos. Y es cierto que, aparentemente, la vida es más cruel que nosotras. Quizá por eso me cuesta tanto sentirme culpable.

Entra EL VIEJO CRIADO. *Se sienta detrás del mostrador, sin decir una palabra. No se moverá hasta el fin de la escena.*

MARTA

¿En qué cuarto vamos a meterlo?

LA MADRE

En cualquiera, con tal de que sea en el primer piso.

MARTA

Sí, nos costó demasiado trabajo, la última vez, bajar las escaleras. *(Se sienta por primera vez.)* Madre, ¿es cierto que allá la arena de las playas quema los pies?

LA MADRE

Nunca he ido, tú lo sabes. Pero me han dicho que el sol lo devora todo.

MARTA

Leí en un libro que el sol se come hasta las almas y

hace resplandecer los cuerpos, aunque los vacíe por dentro.

LA MADRE
¿Y eso, Marta, es lo que te hace soñar?

MARTA
Sí, porque estoy harta de ir siempre cargada con mi alma y tengo prisa por encontrar ese país donde el sol mata las preguntas. Mi morada no está aquí.

LA MADRE
Pero antes, ¡ay!, tenemos mucho que hacer. Si todo va bien, iré contigo, por supuesto. Pero yo no tendré la impresión de ir hacia mi morada. A cierta edad no hay morada donde sea posible el reposo y ya es mucho haber podido hacerse una misma esta irrisoria casa de ladrillos, amueblada con recuerdos, donde a veces logra una dormirse. Pero, naturalmente, también sería algo para mí encontrar a la vez el sueño y el olvido. *(Se levanta y se dirige a la puerta.)* Prepáralo todo, Marta. *(Pausa.)* Si es que en realidad vale la pena.

MARTA *la mira salir. También ella sale por otra puerta.*

ESCENA II

EL VIEJO CRIADO *va a la ventana, ve a* JAN *y a* MARÍA, *y se esconde.* EL VIEJO CRIADO *permanece en escena, solo, durante unos segundos. Entra* JAN. *Se detiene, mira la sala, ve al* VIEJO *detrás del mostrador.*

JAN
¿No hay nadie?

EL VIEJO CRIADO *lo mira, cruza el escenario y se va.*

ESCENA III

Entra MARÍA. JAN *se vuelve bruscamente hacia ella.*

JAN

Me has seguido.

MARÍA

Perdóname, pero no podía más. Quizá me vaya en seguida. Pero, al menos, déjame ver el lugar donde te dejo.

JAN

Puede venir alguien, y entonces lo que quiero hacer no será posible.

MARÍA

Por lo menos, démonos la oportunidad de que venga alguien y de que yo consiga que te reconozcan.

Él se aparta. Pausa.

MARÍA *(mirando a su alrededor)*

¿Es aquí?

JAN

Sí, aquí. Salí por esa puerta hace veinte años. Mi hermana era una niña. Jugaba en ese rincón. Mi madre no vino a besarme. Entonces creía que eso me daba lo mismo.

MARÍA

Jan, no puedo creer que no te hayan reconocido hace un rato. Una madre reconoce siempre a su hijo.

JAN

Hace veinte años que no me ve. Yo era un adolescente, casi un niño. Mi madre ha envejecido, su vista ha disminuido. Casi no la reconocí yo mismo.

MARÍA *(con impaciencia)*

Lo sé; entraste, dijiste: «Buenos días», te sentaste. No reconociste nada.

JAN

Mi memoria no era fiel. Me recibieron sin decir una palabra. Me sirvieron la cerveza que pedí. Me miraban, pero no me veían. Todo era más difícil de lo que yo había creído.

MARÍA

Bien sabes que no era difícil y que bastaba hablar. En esos casos se dice: «Soy yo», y todo vuelve a ser natural.

JAN

Sí, pero yo había fantaseado mucho. Y yo que esperaba un poco la cena del hijo pródigo, me encontré con una cerveza a cambio de dinero. Estaba emocionado y no pude hablar.

MARÍA

Hubiera bastado una sola palabra.

JAN

No la encontré. Pero, bueno, tampoco tengo tanta prisa. He venido aquí a traerles mi fortuna y, si puedo, la felicidad. Cuando me enteré de la muerte de mi padre, comprendí que tenía responsabilidades hacia ellas, y habiéndolo comprendido, hago lo que corresponde. Pero supongo que no es tan fácil como dicen volver al hogar, y que es menester algún tiempo para que un extraño se convierta en un hijo.

MARÍA

Pero ¿por qué no haber anunciado tu llegada? Hay casos en que es obligado proceder como todo el mundo. Cuando uno quiere que le reconozcan, da su nombre; eso es evidente. Se acaba por embrollarlo todo cuando se aparenta lo que no se es. ¿Cómo no habían de tratarte como a un extraño? No, no, esto no es sano.

JAN

Vamos, María, no es tan grave. Y, además, eso favorece a mis proyectos. Aprovecharé la ocasión para verlas un poco desde fuera. Me daré cuenta mejor de qué es lo que puede hacerles felices. Después inventaré el modo de hacerme reconocer. En suma, basta con encontrar las palabras.

MARÍA

Hay un solo modo. Hacer lo que haría cualquiera, decir: «Aquí estoy», y dejar hablar al corazón.

JAN

El corazón no es tan sencillo.

MARÍA

Pero emplea sólo palabras sencillas. Y no era tan difícil decir: «Soy su hijo, ésta es mi mujer. He vivido con ella en un país que amamos, frente al mar y al sol. Pero no era bastante feliz y hoy os necesito.»

JAN

No seas injusta, María. No las necesito, pero he comprendido que ellas debían necesitarme y que un hombre nunca está solo. *(Pausa.* MARÍA *se aparta.)*

MARÍA

Quizá tengas razón, perdóname. Pero desconfío de todo desde que llegué a este país, donde en vano busco un rostro feliz. Esta Europa ¡es tan triste! Desde que llegamos no he vuelto a oírte reír, y me estoy volviendo recelosa. ¡Ay!, ¿por qué me hiciste abandonar mi país? Vayámonos, Jan, aquí no encontraremos la felicidad.

JAN

No hemos venido a buscar la felicidad. Ya la tenemos.

MARÍA *(con vehemencia)*

¿Por qué no conformarse con ella?

JAN

La felicidad no es todo; los hombres tienen deberes. El mío es recobrar a mi madre y a mi patria.

MARÍA *hace un ademán.* JAN *la detiene: se oyen pasos.*

JAN

Viene alguien. Vete, María, por favor.

MARÍA

Así no, no es posible.

JAN *(mientras se acercan)*

Métete ahí. *(La empuja detrás de la puerta del fondo.)*

ESCENA IV

Se abre la puerta del fondo. EL VIEJO CRIADO *cruza la sala sin ver a* MARÍA *y sale por la puerta de la calle.*

JAN

Y ahora, vete en seguida. Ya ves, la suerte está conmigo.

MARÍA

Quiero quedarme. Me callaré y esperaré junto a ti a que te reconozcan.

JAN

No, porque me traicionarías.

Ella se aparta, luego vuelve hacia él y le mira a la cara.

MARÍA

Jan, hace cinco años que estamos casados.

JAN

Pronto hará cinco años.

MARÍA *(bajando la cabeza)*

Y es la primera noche que vamos a estar separados. *(Él se calla.* MARÍA *lo mira de nuevo.)* Siempre me ha gustado todo en ti, incluso lo que no comprendía, y bien sé que en el fondo no te desearía diferente. Sabes que no suelo llevarte la contraria. Pero aquí tengo miedo del lecho solitario al que me envías, y también tengo miedo de que me abandones.

JAN

No debes dudar de mi amor.

MARÍA

No dudo de él. Pero están tu amor y tus sueños, o tus deberes, es lo mismo. Te me escapas tantas veces. Entonces es como si descansaras de mí. Pero yo no puedo descansar de ti, y esta noche *(se arroja en sus brazos llorando),* esta noche no podré soportarla.

JAN *(estrechándola contra sí)*

Esto es pueril, María.

MARÍA

Claro que es pueril. Pero éramos tan felices allá y yo no tengo la culpa de que las noches de este país me den miedo. No quiero que me dejes sola.

JAN

No te dejaré sola por mucho tiempo. Pero, comprende, María, que debo cumplir mi palabra.

MARÍA

¿Qué palabra?

JAN

La que empeñé conmigo mismo cuando comprendí que mi madre me necesitaba.

MARÍA

Tienes otra palabra que cumplir.

JAN

¿Cuál?

MARÍA

La que me diste el día en que prometiste vivir conmigo.

JAN

Creo que podré conciliarlo todo. Lo que te pido es poca cosa. No es un capricho. Una tarde y una noche durante las que trataré de orientarme, de conocer mejor a las que amo y de aprender a hacerlas felices.

MARÍA *(sacudiendo la cabeza)*
La separación siempre es algo para los que se quieren de verdad.

JAN
Tonta, bien sabes que te quiero de verdad.

MARÍA
No, los hombres nunca saben querer de verdad. Nada les satisface. Lo único que saben es soñar, imaginar nuevos deberes, buscar nuevos países y nuevas moradas. En cambio, nosotras sabemos que hay que apresurarse a amar, compartir el mismo lecho, darse la mano, temer la ausencia. Cuando se ama, no se sueña con nada.

JAN
¡Qué estás diciendo! Se trata tan sólo de encontrar a mi madre, de ayudarla y hacerla feliz. En cuanto a mis sueños o deberes, hay que tomarlos como son. No sería nada sin ellos y me querrías menos si no los tuviera.

MARÍA *(volviéndole bruscamente la espalda)*
Sé que tus razones siempre son buenas y que puedes convencerme. Pero ya no te escucho, me tapo los oídos cuando adoptas esa voz que tan bien conozco. Es la voz de tu soledad, no la del amor.

JAN *(poniéndose detrás de ella)*
No hablemos de eso, María. Deseo que me dejes solo aquí para ver más claras las cosas. No es tan terrible, ni una cosa del otro mundo, dormir bajo el mismo techo que la madre de uno. Dios hará lo demás. Pero Dios sabe también que entre tanto no te olvido. Sólo que no se puede ser feliz en el exilio o en el olvido. No es posible seguir siendo siempre un extranjero. Yo quiero reencontrar a mi país y hacer felices a todos los que amo. Es lo único que deseo, nada más que eso.

MARÍA
Podrías hacer todo eso usando un lenguaje sencillo. Pero tu método no es el bueno.

JAN
Es bueno porque gracias a él sabré si tengo o no razón de alimentar estos sueños.

MARÍA
Deseo que así sea, que tengas razón. Pero yo no tengo otro sueño que el de volver adonde éramos felices, ni otro deber que tú.

JAN *(atrayéndola hacia él)*
Déjame seguir con mi idea. Acabaré por encontrar las palabras que lo resuelvan todo.

MARÍA *(riéndose)*
¡Ah, continúa soñando! ¡Qué importa, si conservo tu amor! Habitualmente no quiero ser desgraciada cuando estoy en contra tuya. Tengo paciencia, espero a que te canses de estar en las nubes: entonces llega mi momento. Lo que me hace desgraciada hoy es que estoy tan segura de tu amor como de que vas a despedirme, sin embargo. Por eso el amor de los hombres es un desgarramiento. No pueden contenerse: abandonan lo que prefieren.

JAN *(le toma la cara y sonríe)*
Eso es verdad, María. Pero, bueno, mírame, ¿qué puede amenazarme? Hago lo que quiero y estoy en paz conmigo mismo. Me confías por una noche a mi madre y a mi hermana: no es tan terrible, ¿no?

MARÍA *(separándose de él)*
Entonces adiós, y que mi amor te proteja. *(Se dirige hacia la puerta, donde se detiene. Mostrando las manos vacías.)* Pero mira qué desposeída estoy. Tú te vas en viaje de exploración y me dejas esperando. *(Vacila y se va.)*

ESCENA V

JAN *se sienta. Entra* EL VIEJO CRIADO, *que mantiene la puerta abierta para dejar pasar a* MARTA, *y sale en seguida.*

JAN
Buenos días. Vengo por la habitación.

MARTA
Lo sé. La están preparando. Tengo que inscribirle en el libro. *(Va a buscar el libro y vuelve.)*

JAN
Tienen ustedes un criado muy extraño.

MARTA
Es la primera vez que se nos hace un reproche sobre él. Cumple siempre escrupulosamente con su deber.

JAN
No es un reproche. No es como todo el mundo, eso es todo. ¿Es que es mudo?

MARTA
Nada de eso.

JAN
¿Entonces habla?

MARTA
Lo menos posible y sólo para lo esencial.

JAN
En todo caso, no parece que oiga lo que se le dice.

MARTA
No se puede decir que no oiga. Sólo que oye mal. Pero debo preguntarle su nombre y apellido.

JAN
Hasek, Karl.

MARTA
¿Karl, nada más?

JAN
Nada más.

MARTA
¿Lugar y fecha de nacimiento?

JAN
Tengo treinta y ocho años.

MARTA
Sí, pero ¿dónde nació?

JAN *(titubea)*
En Bohemia.

MARTA
¿Profesión?

JAN
Sin profesión.

MARTA
Hay que ser muy rico o muy pobre para vivir sin un oficio.

JAN *(sonríe)*
No soy muy pobre, de lo que me alegro, por muchas razones.

MARTA *(en otro tono)*
Es usted checo, naturalmente.

JAN
Naturalmente.

MARTA
¿Domicilio habitual?

JAN
Bohemia.

MARTA
¿Viene usted de allá?

JAN

No, vengo de África. *(Ella parece no comprender.)* Del otro lado del mar.

MARTA

Comprendo. *(Pausa.)* ¿Va usted allá con frecuencia?

JAN

Con bastante frecuencia.

MARTA *(sueña un momento pero prosigue)*

¿Cuál es su destino?

JAN

No lo sé. Dependerá de muchas cosas.

MARTA

¿Quiere establecerse aquí?

JAN

No sé. Depende de lo que encuentre aquí.

MARTA

Eso no interesa. Pero ¿nadie le espera?

JAN

No, nadie. En principio.

MARTA

Supongo que tendrá un documento de identidad.

JAN

Sí, puedo enseñárselo.

MARTA

No vale la pena. Basta con indicar si es un pasaporte o un carnet de identidad.

JAN *(insiste)*

Es un pasaporte. Aquí lo tiene. ¿Quiere verlo?

Ella lo coge, y va a leerlo cuando aparece EL VIEJO CRIADO *en el umbral de la puerta.*

MARTA

No, no te he llamado. *(Él sale.* MARTA *devuelve a* JAN *el pasaporte, sin leerlo, con una especie de distracción.)* Cuando va allá, ¿vive cerca del mar?

JAN

Sí.

Ella se levanta, hace ademán de guardar el libro, luego cambia de opinión y lo mantiene abierto ante sí.

MARTA *(con súbita dureza)*

¡Ah, me olvidaba! ¿Tiene usted familia?

JAN

La tenía. Pero hace mucho tiempo que la abandoné.

MARTA

No, quiero decir si es casado.

JAN

¿Por qué me lo pregunta? En ningún otro hotel me han preguntado nunca eso.

MARTA

Figura en el cuestionario que nos entrega la administración del cantón.

JAN

Es raro. Sí, soy casado. Además, ha debido usted ver mi anillo.

MARTA

No lo había visto. ¿Puede darme la dirección de su mujer?

JAN

No, es decir, se quedó en su país.

MARTA

Ah, muy bien. *(Cierra el libro.)* ¿Le sirvo algo para beber mientras le preparan su cuarto?

Jan

No, aguardaré aquí. Espero no molestarla.

Marta

¿Por qué había de molestarme? Esta sala está para recibir a los clientes.

Jan

Sí, pero un cliente solo puede ser a veces más molesto que una gran concurrencia.

Marta *(que ordena la sala)*

¿Por qué? Supongo que no va a ponerse a contarme cuentos. Yo no puedo dar nada a los que vienen aquí en busca de bromas. En la región lo saben desde hace mucho tiempo. Y pronto verá que ha elegido usted un albergue tranquilo. No viene casi nadie.

Jan

Mal negocio, entonces.

Marta

Lo que perdemos en ingresos, lo ganamos en tranquilidad. Y la tranquilidad nunca sale demasiado cara. Además, es preferible un buen cliente a una clientela numerosa pero ruidosa, y lo que buscamos es precisamente el buen cliente.

Jan

Pero... *(Titubea.)* A veces la vida no debe de ser muy alegre para ustedes. ¿No se sienten muy solas?

Marta *(volviéndose bruscamente hacia él)*

Escúcheme. Veo que debo hacerle una advertencia, y es que al entrar aquí sus únicos derechos son los de un cliente. En cambio, los gozará plenamente. Estará bien servido y creo que no podrá quejarse nunca de nuestra acogida. Pero no tiene por qué preocuparse de nuestra soledad, ni debe inquietarle molestarnos, ser inoportuno o no serlo. Ocupe usted todo el lugar del cliente, le corresponde de derecho. Pero nada más.

Jan
Discúlpeme. Sólo quería manifestarle mi simpatía; no era mi intención enojarla. Simplemente, me pareció que no éramos tan extraños el uno para el otro.

Marta
Veo que deberé repetirle que no puede haber lugar a enojarme o no. Me parece que se obstina usted en adoptar un tono que no debería ser el suyo, y trato de mostrárselo. Le aseguro que lo hago sin enfadarme. Porque a los dos nos conviene guardar las distancias. Si usted continuara usando un lenguaje impropio de un cliente, es muy sencillo: nos negaríamos a recibirlo. Pero si, como espero, comprende que dos mujeres que le alquilan un cuarto no están obligadas a admitirlo, además, en su intimidad, entonces todo irá bien.

Jan
Evidentemente. Es imperdonable por mi parte haberle inducido a creer que podía equivocarme.

Marta
No tiene nada de malo. No es usted el primero que intenta usar ese tono. Pero siempre he hablado con la suficiente claridad como para que toda confusión resulte imposible.

Jan
Habla usted con claridad, es cierto, y reconozco que no tengo nada más que decir... por el momento.

Marta
¿Por qué? Nada le impide emplear el lenguaje de los clientes.

Jan
¿Y cuál es ese lenguaje?

Marta

La mayoría nos habla de todo, de sus viajes o de política, menos de nosotras mismas. Es lo único que pedimos. Hasta ha sucedido que algunos nos hablaran de su propia vida y de lo que eran. Eso era normal. Porque después de todo, entre otros deberes, nos pagan por escuchar. Pero, por supuesto, el precio de la pensión puede incluir la obligación del hotelero de contestar a las preguntas. Mi madre lo hace a veces por indiferencia, yo me niego por principio. Si usted ha comprendido bien esto, no sólo estaremos de acuerdo, sino que también se dará usted cuenta de que todavía tiene muchas cosas que decirnos y descubrirá el placer que da a veces ser escuchado cuando uno habla de sí mismo.

Jan

Desgraciadamente, yo no sé hablar de mí mismo. Pero tampoco sería útil, después de todo. Si mi estancia es breve, no necesitarán conocerme. Y si me quedo mucho tiempo, tendrán ocasión de sobra, sin que yo hable, para saber quién soy.

Marta

Espero que no me guarde un rencor inútil por lo que acabo de decir. Siempre me ha parecido mejor mostrar las cosas tal y como son, y no podía dejarle continuar en un tono que, al fin, hubiera echado a perder nuestras relaciones. Lo que digo es razonable. Puesto que hasta hoy no ha habido nada en común entre nosotros, no hay verdaderamente razón para que de pronto lleguemos a la intimidad.

Jan

Ya la he perdonado. Yo también creo que la intimidad no se improvisa. Hay que dar tiempo al tiempo. Si ahora todo le parece ya claro entre nosotros, me sentiré contento.

Entra La madre.

LA MADRE
Buenos días, señor. Ya está listo su cuarto.

JAN
Muchas gracias, señora.

LA MADRE *se sienta.*

LA MADRE (*a* MARTA)
¿Has llenado la ficha?

MARTA
Sí, ya está.

LA MADRE
¿Puedo verla? Discúlpeme, señor, pero la policía es muy estricta. Fíjese, por ejemplo: mi hija ha omitido anotar si ha venido usted por razones de salud, por su trabajo o en viaje turístico.

JAN
Supongo que por turismo.

LA MADRE
Seguramente a ver el claustro, ¿no? Elogian mucho nuestro claustro.

JAN
Sí, me han hablado de él. Y además quiero ver de nuevo esta región, que conocí en otro tiempo y de la que guardaba el mejor recuerdo.

MARTA
¿Ha vivido usted aquí?

JAN
No, pero hace mucho tiempo tuve ocasión de pasar por aquí. No la he olvidado.

LA MADRE
Sin embargo, nuestro pueblo no es más que un villorrio.

JAN
Es cierto. Pero estoy muy a gusto en él. Y desde que llegué, me siento un poco como en mi casa.

LA MADRE
¿Piensa quedarse mucho tiempo?

JAN
No lo sé. Le parecerá raro, sin duda. Pero realmente no lo sé. Para quedarse en un lugar, es preciso tener razones: amigos, el afecto de algunos seres. Si no, no hay motivo para estar en un lugar y no en otro. Y como resulta difícil saber si uno será bien recibido, es natural que ignore aún lo que haré.

MARTA
Eso no quiere decir gran cosa.

JAN
Sí, pero no sé expresarme mejor.

LA MADRE
Vamos, no tardará usted en cansarse.

JAN
No, tengo un corazón fiel y en seguida me hago con recuerdos, cuando me dan la oportunidad.

MARTA *(con impaciencia)*
El corazón no tiene nada que hacer aquí.

JAN *(como si no hubiera oído; a* LA MADRE*)*
Usted parece muy desengañada. ¿Hace mucho tiempo que vive en este hotel?

LA MADRE
Años y años. Tantos años que ya no recuerdo el comienzo y he olvidado cómo era yo entonces. Ésta es mi hija.

Marta
Madre, no hay motivo para que cuente usted estas cosas.

La madre
Es cierto, Marta.

Jan *(muy rápido)*
Déjela. Comprendo muy bien sus sentimientos, señora, son propios de una larga vida de trabajo tras de sí. Pero quizá todo hubiera cambiado si la hubiesen ayudado como debe serlo toda mujer, y si hubiera tenido el apoyo de un brazo viril.

La madre
¡Ay!, lo tuve hace mucho, pero había demasiado que hacer. Mi marido y yo apenas dábamos abasto. Ni siquiera teníamos tiempo de pensar uno en el otro y aun antes de que hubiera muerto, creo que ya lo había olvidado.

Jan
Sí, lo comprendo. Pero... *(Con una pausa de vacilación.)* A un hijo que le hubiera prestado su brazo, ¿acaso lo habría olvidado?

Marta
Madre, ya sabe que tenemos mucho que hacer.

La madre
¡Un hijo! ¡Ay, soy demasiado vieja! Las viejas llegan incluso a olvidar que quisieron a sus hijos. El corazón se gasta, señor.

Jan
Es cierto. Pero sé que no olvida jamás.

Marta *(interponiéndose entre ellos y con decisión)*
Un hijo que entrara aquí encontraría lo que cualquier cliente está seguro de encontrar: una indiferencia benévola. Todos los hombres que hemos recibido se conformaron con eso. Pagaron su cuarto y recibieron

una llave. No hablaron de sus sentimientos. *(Pausa.)* Esto nos simplifica el trabajo.

LA MADRE
Calla.

JAN *(reflexionando)*
¿Y se quedaron mucho tiempo así?

MARTA
Algunos, mucho tiempo. Hicimos todo lo necesario para que se quedaran. Otros, que eran menos ricos, se marcharon al día siguiente. No hicimos nada por ellos.

JAN
Tengo bastante dinero y deseo quedarme algún tiempo en este hotel, si ustedes me aceptan. Olvidé decirles que puedo pagar por adelantado.

LA MADRE
¡Oh!, no pedimos eso.

MARTA
Si es usted rico, está bien. Pero no nos hable más de sentimientos. No tenemos nada que hacer con ellos. He estado a punto de pedirle que se marchara; tanto me fastidiaba su tono. Tome la llave, vea su cuarto. Pero sepa que está en una casa sin recursos para las cosas del corazón. Demasiados años grises han pasado por este villorrio y por nosotras. Poco a poco han enfriado esta casa. Nos han quitado la simpatía. Se lo repito: no encontrará aquí nada que se parezca a la intimidad. Tendrá lo que reservamos siempre a nuestros escasos huéspedes, y lo que les reservamos nada tiene que ver con las pasiones del corazón. Tome la llave *(se la tiende)*, y no lo olvide: lo recibimos por interés, tranquilamente, y si lo retenemos, será por interés, tranquilamente.

JAN *toma la llave; ella sale, él la mira.*

LA MADRE
No le haga mucho caso, señor. Pero lo cierto es que

hay temas que nunca ha podido soportar. *(Se levanta, y él quiere ayudarla.)* Deje, hijo mío, no soy una inválida. Mire mis manos: todavía son fuertes, podrían sostener las piernas de un hombre. *(Pausa. Él mira la llave.)* ¿Mis palabras le han dado que pensar?

JAN
No, discúlpeme, apenas la he escuchado. Pero ¿por qué me ha llamado «hijo mío»?

LA MADRE
¡Ah, estoy aturdida! No era familiaridad, créame. Era una manera de decir.

JAN
Comprendo. *(Pausa.)* ¿Puedo ir a mi habitación?

LA MADRE
Vaya, señor. El viejo le espera en el pasillo. *(Él la mira. Quiere hablarle.)* ¿Necesita usted algo?

JAN *(vacilando)*
No, señora. Pero... Le agradezco su acogida.

ESCENA VII

LA MADRE *está sola. Vuelve a sentarse, apoya las manos en la mesa y las contempla.*

LA MADRE
¿Por qué le he hablado de mis manos? Sin embargo, si las hubiera mirado, quizá habría comprendido lo que le decía Marta.

Habría comprendido y se habría ido. Pero no comprende. Pero quiere morir. Quisiera que se fuese para poder acostarme y dormir también esta noche. ¡Demasiado vieja! Soy demasiado vieja para cerrar de nuevo las manos alrededor de sus tobillos y contener el balanceo del cuerpo, a lo largo del camino que lleva al río. Soy demasiado vieja para hacer el último esfuerzo que lo arroje al agua, y que me dejará con los brazos colgando, la respiración entrecortada y los músculos endurecidos, sin fuerzas para secarme el agua que me haya salpicado en la cara al caer el hombre dormido. Estoy demasiado vieja. ¡Vamos, vamos! La víctima es perfecta. Debo darle el sueño que deseaba para mi propia noche. Y es...

MARTA *entra bruscamente.*

ESCENA VIII

MARTA
¿En qué está pensando ahora? ¿Es que no sabe que tenemos mucho que hacer?

LA MADRE
Pensaba en ese hombre. O, más bien, pensaba en mí.

MARTA
Es preferible pensar en mañana. Sea práctica.

LA MADRE
Son las palabras de tu padre, Marta, las reconozco. Pero quisiera estar segura de que es la última vez que nos vemos obligadas a ser prácticas. ¡Qué raro! Él lo decía para ahuyentar el miedo a la policía; tú sólo las usas para borrar este deseo de honradez que acabo de sentir.

MARTA
Lo que usted llama deseo de honradez, es tan sólo ganas de dormir. Suspenda la fatiga hasta mañana y después podrá usted descansar.

LA MADRE
Sé que tienes razón. Pero confiesa que este viajero no se parece a los otros.

MARTA

Sí, es demasiado distraído y exagera su aire de inocencia. ¿Qué sería del mundo si los condenados empezaran a confiar al verdugo sus penas sentimentales? No es un buen principio. Y, además, me irrita su indiscreción. Quiero acabar de una vez.

LA MADRE

Eso no está bien. Antes no poníamos ni cólera ni compasión en nuestro trabajo, sólo aplicábamos la indiferencia necesaria. Ahora yo estoy fatigada y tú irritada. ¿Hay que obstinarse cuando las cosas se presentan mal, y pasar por encima de todo por un poco más de dinero?

MARTA

No, no por el dinero, sino para olvidar este maldito lugar y para tener una casa frente al mar. Si usted está cansada de su vida, yo estoy mortalmente harta de este horizonte cerrado, y no me siento capaz de vivir aquí un mes más. Las dos estamos cansadas de esta posada, y usted, que es vieja, sólo quiere cerrar los ojos para olvidar. Pero yo, que todavía siento en el corazón algunos deseos de mis veinte años, quiero tratar de dejarlos para siempre, aunque para eso haya de hundirme un poco más en la vida que queremos abandonar. Y usted debe ayudarme, usted que me echó al mundo en un país de nubes y no en una tierra soleada.

LA MADRE

No sé, Marta, si en cierto sentido no valdría más que me olvidaras como lo hizo tu hermano, antes de oírte hablar en ese tono.

MARTA

Usted sabe que no quería apenarla. *(Pausa. Luego hosca.)* ¿Qué haría yo sin usted a mi lado, qué sería de mí lejos de usted? Yo, por lo menos, no podría olvidarla, y si el peso de esta vida a veces me hace perderle el respeto que le debo, le pido perdón.

LA MADRE

Eres una buena hija y además me imagino que una vieja es a veces difícil de comprender. Pero quiero aprovechar este momento para decirte lo que intento desde hace un rato: esta noche, no.

MARTA

¡Vamos! ¿Esperaremos hasta mañana? De sobra sabe que nunca hemos procedido así, que es preciso no darle tiempo de que vea gente, y que hay que obrar mientras lo tenemos a mano.

LA MADRE

Lo sé. Pero esta noche, no. Concedámosle esta noche. Démonos esta tregua. Quizá sea por él por quien nos salvemos.

MARTA

¿Qué es eso de salvarnos? Ese lenguaje es ridículo. Todo lo que usted puede esperar, con el trabajo de esta noche, es el derecho a dormir después.

LA MADRE

A eso es a lo que yo llamaba salvarme: dormir.

MARTA

Entonces, se lo juro, esa salvación está en nuestras manos. Madre, debemos decidirnos. Será esta noche o no será.

TELÓN

Acto segundo

ESCENA I

El cuarto. La oscuridad comienza a invadir la habitación. JAN *mira por la ventana.*

JAN

María tiene razón, esta hora es difícil. *(Pausa.)* ¿Qué hará, qué estará pensando en el cuarto del hotel, con el corazón encogido, los ojos secos, acurrucada en una silla? Las noches de allá son promesas de felicidad. Pero aquí al contrario... *(Mira al cuarto.)* Vamos, esta inquietud no tiene razón de ser. Hay que saber lo que se quiere. Es aquí, en esta habitación, donde se arreglará todo.

Llaman con fuerza. Entra MARTA.

MARTA

Espero no molestarle, señor. Vengo a cambiarle las toallas y el agua.

JAN

Creía que ya lo habían hecho.

MARTA

No, al viejo, a veces, se le va el santo al cielo.

JAN

No tiene importancia. Pero casi no me atrevo a decirle que no me molesta usted.

MARTA

¿Por qué?

JAN

No estoy seguro de que figure en el convenio.

MARTA

Ya ve usted que no puede contestar como todo el mundo.

JAN *(sonríe)*

Tendré que acostumbrarme. Deme un poco de tiempo.

MARTA *(trabajando)*

Se irá usted pronto. No tendrá tiempo para nada. *(Él se aparta y mira por la ventana. Ella lo observa.* JAN *sigue de espaldas.* MARTA *habla mientras trabaja.)* Siento, señor, que este cuarto no sea tan cómodo como usted desearía.

JAN

Está muy limpio y eso es lo más importante. Lo han reformado hace poco, ¿verdad?

MARTA

Es cierto. ¿Cómo lo sabe?

JAN

Por los detalles.

MARTA

De todos modos, muchos clientes echan de menos el agua corriente y en realidad no se puede decir que no tengan razón. Hace tiempo que queremos instalar una lámpara eléctrica a la cabecera de la cama. Es desagradable para los que leen en la cama tener que levantarse para apagar la luz.

JAN *(se vuelve)*

Cierto, no lo había notado. Pero no es una molestia tan grande.

MARTA

Es usted muy indulgente. Me alegro de que los numerosos inconvenientes de nuestra posada no le importen. Conozco a muchos a los que ya les habrían echado de aquí.

Jan

A pesar de nuestro convenio, permítame decirle que es usted extraña. Porque me parece que no es propio del hotelero hacer notar los defectos de su instalación. Y en realidad se diría que trata usted de convencerme de que me marche.

Marta

No he pensado nada de eso. *(Tomando una decisión.)* Pero lo cierto es que mi madre y yo dudamos mucho antes de recibirlo.

Jan

Pude notar, por lo menos, que no hacían mucho por retenerme. Pero no comprendo por qué. No deben dudar ustedes de mi solvencia y me imagino que no doy la impresión de ser un hombre que tenga alguna fechoría que reprocharse.

Marta

No, no es eso. No tiene usted pinta de malhechor. Los motivos son otros. Debemos abandonar este hotel, y desde hace algún tiempo pensamos todos los días cerrarlo para comenzar los preparativos de la marcha. Es fácil porque rara vez nos llegan clientes. Pero usted nos ha hecho comprender cuán arraigada teníamos la idea de abandonar nuestro trabajo.

Jan

¿Así que desean que me marche?

Marta

Ya se lo he dicho: vacilamos y, sobre todo, yo. En realidad, todo depende de mí y todavía no sé qué decisión tomar.

Jan

No quiero ser una carga para ustedes, no lo olvide, y haré lo que ustedes quieran. Debo decirle, sin embargo, que me convendría quedarme uno o dos días más. Tengo que ordenar unos asuntos antes de proseguir mi viaje y esperaba encontrar aquí la tranquilidad y la paz que necesito.

MARTA

Comprendo su deseo, créalo, y si quiere lo pensaré de nuevo. *(Pausa. Ella da un paso indeciso hacia la puerta.)* ¿Entonces volverá al país de donde viene?

JAN

Tal vez.

MARTA

Es un hermoso país, ¿verdad?

JAN *(mira por la ventana)*

Sí, es un hermoso país.

MARTA

Dicen que en esas tierras hay playas completamente desiertas.

JAN

Es cierto, nada en ellas recuerda al hombre. Por la mañana temprano se encuentran en la arena las huellas que dejan las patas de las aves marinas. Son las únicas señales de vida. En cuanto a las noches... *(Se interrumpe.)*

MARTA *(suavemente)*

¿En cuanto a las noches, señor?

JAN

Son turbadoras. Sí, es un hermoso país.

MARTA *(con nuevo acento)*

Muchas veces pienso en él. Algunos viajeros me han hablado de ese país, he leído sobre él todo lo que he podido. Y muchas veces, como hoy, en medio de la primavera agria de por aquí, pienso en el mar y en las flores de allá. *(Pausa; luego, sordamente.)* Y lo que imagino me vuelve ciega para todo lo que me rodea.

JAN *la mira con atención, se sienta suavemente delante de ella.*

JAN
Lo comprendo. Las primaveras de allá se le ponen a uno en la garganta, las flores brotan a millares por encima de los muros blancos. Si se pasea usted una hora por las colinas que rodean la ciudad, le queda en la ropa el olor a miel de las rosas amarillas.

Ella también se sienta.

MARTA
Es maravilloso. Lo que aquí llamamos primavera es una rosa y dos capullos que acaban de brotar en el jardín del claustro. *(Con desprecio.)* Eso basta para conmover a la gente de aquí. Pero sus almas se parecen a esa rosa avara. Un soplo más poderoso las marchitaría; tienen la primavera que se merecen.

JAN
No es usted muy justa, porque también tienen ustedes el otoño.

MARTA
¿Qué es el otoño?

JAN
Una segunda primavera, en la que todas las hojas son como flores. *(La mira con insistencia.)* Quizá haya también seres a los que usted vería florecer si les ayudara con su paciencia.

MARTA
Ya no tengo reservas de paciencia para esta Europa donde el otoño tiene cara de primavera y la primavera el olor de la miseria. Pero imagino con deleite ese otro país donde el verano lo aplasta todo, donde las lluvias de invierno inundan las ciudades, y donde las cosas

son los que son. *(Silencio. Él la mira cada vez con más curiosidad.* MARTA *lo advierte y se levanta bruscamente.)*

MARTA
¿Por qué me mira así?

JAN
Discúlpeme, pero, en fin, ya que acabamos de dejar a un lado el convenio, puedo decírselo: me parece que por primera vez acaba de usar conmigo un lenguaje humano.

MARTA *(con violencia)*
Se equivoca, sin duda. Y si fuera como dice, no tendría motivos para alegrarse. Lo que haya de humano en mí no es lo mejor de mí misma. Lo que hay de humano en mí es lo que yo deseo, y para obtener lo que deseo, creo que lo aplastaría todo a mi paso.

JAN *(sonríe)*
Son violencias que comprendo. Y no tengo por qué asustarme, pues yo no soy un obstáculo en su camino y nada me lleva a oponerme a sus deseos.

MARTA
No tiene usted motivos para oponerse, claro. Pero tampoco los tiene para plegarse a ellos y, en ciertos casos, eso puede precipitarlo todo.

JAN
¿Quién le ha dicho que no tengo motivos para plegarme?

MARTA
El sentido común y mi deseo de mantenerlo al margen de mis proyectos.

JAN
Si comprendo bien, hemos vuelto a nuestro convenio.

MARTA
Sí, y fue un error apartarnos de él, ya lo ve. Pero le

agradezco que me haya hablado de países que usted conoce y le pido disculpas por haberle hecho perder quizá el tiempo. *(Ya está cerca de la puerta.)* Le diré que, por mi parte, no lo he perdido del todo. Ha despertado en mí deseos que tal vez estuvieran dormidos. Si es cierto que le interesaba quedarse aquí, sin saberlo ha ganado su partida. Porque yo venía casi decidida a pedirle que se marchara, pero ya lo ve, apeló usted a lo que tengo de humano y ahora deseo que se quede. Así mi ansia por el mar y los países del sol saldrá ganando.

Él la mira un instante en silencio.

JAN *(lentamente)*

Sus palabras son muy extrañas. Pero me quedaré, si puedo, y si su madre tampoco ve inconveniente.

MARTA

Los deseos de mi madre son menos fuertes que los míos, es natural. Por lo tanto no tiene las mismas razones que yo para desear su presencia. Ella no piensa en el mar y en las playas salvajes con la suficiente intensidad como para admitir la necesidad de que usted se quede. Es un motivo que sólo vale para mí. Pero al mismo tiempo no tiene motivos suficientemente fuertes que oponerme, y esto basta para resolver la cuestión.

JAN

Si comprendo bien, una de ustedes me admitirá por interés y la otra por indiferencia.

MARTA

¿Qué más puede pedir un viajero? *(Abre la puerta.)*

JAN

Entonces debo alegrarme. Pero acaso comprenda usted que aquí todo me parezca raro: el lenguaje y las personas. Esta casa es realmente extraña.

MARTA

Quizá lo único que sucede es que usted se porta de una manera extraña. *(Sale.)*

ESCENA II

JAN *(mirando hacia la puerta)*

Quizá, en efecto... *(Se dirige hacia la cama y se sienta.)* Pero esta mujer sólo me inspira el deseo de marcharme, de encontrar a María y de ser feliz nuevamente. Todo esto es estúpido. ¿Qué estoy haciendo aquí? Pero no, debo hacerme cargo de mi madre y de mi hermana. Las tuve olvidadas demasiado tiempo. *(Se levanta.)* Sí, es aquí, en esta habitación, donde se arreglará todo. ¡Qué fría es, sin embargo! No reconozco nada, todo lo han renovado. Se parece ahora a los cuartos de hotel de esas ciudades extranjeras donde todas las noches llegan hombres solos. También yo los conocí. Entonces me parecía que había una respuesta por encontrar. Quizá la reciba aquí. *(Mira hacia afuera.)* El cielo se cubre. Y aquí está ahora mi vieja angustia, aquí, en el fondo del cuerpo, como una herida abierta que se irrita con cualquier movimiento. Conozco su nombre. Es miedo a la soledad eterna, el temor de que no haya respuesta. ¿Y quién habría de responder en un cuarto de hotel? *(Se ha acercado a la campanilla. Vacila; luego llama. No se oye nada. Después de un silencio, pasos; se oye un golpe. La puerta se abre. En el marco aparece* EL VIEJO CRIADO. *Permanece inmóvil y silencioso.)* No es nada. Discúlpeme. Sólo deseaba saber si alguien respondía, si la campanilla funcionaba.

El viejo lo mira, luego cierra la puerta. Los pasos se alejan.

ESCENA III

JAN
La campanilla funciona, pero él no habla. No es una respuesta. *(Mira al cielo.)* ¿Qué hacer?

Dos golpes en la puerta. Entra MARTA *con una bandeja.*

ESCENA IV

JAN
¿Qué es eso?

MARTA
El té que usted pidió.

JAN
Pero si yo no he pedido nada.

MARTA
¿De veras? El viejo ha debido de entenderle mal. Muchas veces entiende sólo a medias. *(Deja la bandeja sobre la mesa.* JAN *hace un ademán.)* ¿Debo llevármelo?

JAN
No, no. Se lo agradezco, al contrario.

Ella le mira. Sale.

ESCENA V

JAN *toma la taza, la mira, la deja de nuevo.*

JAN
Un vaso de cerveza, pero a cambio de dinero; una taza de té, y por error. *(Coge la taza y la sostiene un momento en silencio. Luego, sordamente.)* ¡Oh, Dios mío! Haz que encuentre las palabras o haz que abandone esta vana

empresa para volver al amor de María. Dame fuerzas para elegir lo que prefiero y para perseverar. *(Ríe.)* Vamos, celebremos el festín del hijo pródigo. *(Bebe. Llaman con fuerza a la puerta.)* ¿Quién es?

La puerta se abre. Entra La madre.

ESCENA VI

La madre
Perdone, señor, mi hija me dijo que le había traído té.

Jan
Ya lo ve.

La madre
¿Se lo ha bebido?

Jan
Sí, ¿por qué?

La madre
Discúlpeme, pero voy a llevarme la bandeja.

Jan *(sonriendo)*
Siento haberle molestado.

La madre
No es nada. En realidad, este té no era para usted.

Jan
Ah, ¿es por eso? Su hija me lo trajo sin que yo lo pidiera.

La madre *(con una especie de cansancio)*
Sí, por eso. Hubiera sido preferible...

Jan *(sorprendido)*
Lo siento mucho, créame, pero su hija quiso dejármelo a pesar de todo, y no creí...

LA MADRE
Yo también lo siento. Pero no quiero que usted se disculpe. No es sino un error. *(Pone la taza en la bandeja y se dispone a salir.)*

JAN
¡Señora!

LA MADRE
Diga...

JAN
Acabo de tomar una decisión: creo que me marcharé esta noche, después de la cena. Naturalmente, le pagaré la habitación. *(Ella le mira en silencio.)* Comprendo su sorpresa. Pero no vaya a creer que usted tiene la culpa de nada. Me inspira usted simpatía, y, hasta diría, una gran simpatía. Pero, para serle sincero, no me siento cómodo aquí y prefiero no prolongar mi estancia.

LA MADRE *(lentamente)*
No tiene ninguna importancia, señor. En principio, es usted enteramente libre. Pero de aquí a la cena, quizá cambie de idea. A veces se obedece a la primera impresión y después las cosas se arreglan y uno termina por acostumbrarse.

JAN
No lo creo, señora. Sin embargo, no se imagine que me voy descontento. Por el contrario, le estoy muy agradecido por haberme acogido como lo hizo. *(Titubea.)* Me pareció sentir en usted cierta benevolencia para conmigo.

LA MADRE
Era muy natural, señor, no tenía ninguna razón para tenerle hostilidad.

JAN *(con emoción contenida)*
Tal vez, en efecto. Si le digo esto es porque deseo des-

pedirme de usted en los mejores términos. Quizá vuelva más adelante. No, seguro que lo haré. Entonces todo será más claro y no hay duda de que nos alegraremos al volver a vernos. Pero ahora me parece que me he equivocado y que nada tengo que hacer aquí. Para serle franco, tengo la penosa impresión de que esta casa no es la mía. *(Ella sigue mirándolo.)*

LA MADRE

Sí, claro. Pero, en general, eso es algo que se siente en seguida.

JAN

Tiene usted razón. Pero, ¿sabe?, soy un poco distraído. Nunca es fácil volver a un país del que uno se marchó hace mucho tiempo. Usted ha de comprenderlo.

LA MADRE

Lo comprendo, señor, y hubiera querido que las cosas se le arreglaran. Pero creo que, por nuestra parte, nada más podemos hacer.

JAN

Por supuesto, y no les reprocho nada. Sólo que son ustedes las primeras personas que encuentro desde mi regreso y es natural que sea con ustedes con quienes haya empezado a sentir las dificultades que me aguardan. Claro está, todo es culpa mía; todavía soy un extranjero.

LA MADRE

Cuando las cosas se ponen mal, no hay nada que hacer. En cierto modo, también yo siento que haya decidido usted marcharse. Pero, después de todo, me digo que no hay motivos para darle tanta importancia.

JAN

Ya es mucho que usted comparta mi disgusto y que haga el esfuerzo de comprenderme. No sé si podré decirle cuánto me conmueve y me agrada lo que acaba de decir. *(Inicia un movimiento hacia ella.)* Mire...

LA MADRE
Hacernos agradables a todos los clientes es nuestro oficio.

JAN *(desalentado).*
Tiene usted razón. *(Pausa.)* En resumen, sólo les debo disculpas, y si lo creen conveniente, una indemnización. *(Se pasa la mano por la frente. Parece más fatigado. Habla con menos facilidad.)* Quizá hayan hecho preparativos o se hayan metido en gastos, y es muy natural...

LA MADRE
Claro está que no tenemos por qué pedirle indemnización. No es por nosotras por lo que yo siento su incertidumbre. Es por usted.

JAN *(se apoya en la mesa)*
Bah, no importa. Lo esencial es que nos pongamos de acuerdo y que no guarde un mal recuerdo de mí. Por mi parte, no olvidaré su casa, créalo, y espero hallarme en mejor disposición el día que vuelva por aquí. *(Ella se dirige sin una palabra hacia la puerta.)* ¡Señora! *(La mujer se vuelve. Él habla penosamente, pero termina con más facilidad que al principio.)* Quisiera... *(Se detiene.)* ... Perdóneme, pero el viaje me ha cansado. *(Se sienta en la cama.)* Por lo menos quisiera agradecerle... También quiero que sepa que no dejaré esta casa como un huésped indiferente.

LA MADRE
Por favor, señor. *(Sale.)*

ESCENA VII

Él la mira salir. Hace un gesto, pero al mismo tiempo da señales de fatiga. Parece ceder al cansancio y se apoya en la almohada.

JAN
Volveré mañana con María, y diré: «Soy yo.» Nada me impedirá hacerlas felices. Es evidente. María tiene ra-

zón. *(Suspira, se recuesta.)* ¡Ay!, no me gusta esta noche en la que todo está tan lejano. *(Se ha acostado del todo, dice palabras inaudibles, con voz que apenas se oye.)* ¿Sí o no?

Se mueve. Duerme. La escena está casi a oscuras. Largo silencio. Se abre la puerta. Entran las dos mujeres con una luz. EL VIEJO CRIADO *las sigue.*

ESCENA VIII

MARTA *(tras iluminar el cuerpo, con voz sofocada)*
Está dormido.

LA MADRE *(con el mismo tono de voz, pero elevándola poco a poco)*
No, Marta. No me gusta nada esa manera de forzarme la mano. Tú me has arrastrado a este acto. Lo has comenzado tú para obligarme a terminarlo. No me gusta esta forma de saltar por encima de mis vacilaciones.

MARTA
Es una forma de simplificar las cosas. Estaba usted tan turbada que tenía que ayudarle actuando.

LA MADRE
Ya sé que había que terminar de una vez, pero, de todos modos, no me gusta.

MARTA
Vamos, es mejor que piense en mañana y que nos demos prisa. *(Ella registra la chaqueta y saca de un bolsillo una cartera. La abre y cuenta los billetes. Vacía todos los bolsillos del huésped. Mientras efectúa esa operación, cae el pasaporte por detrás de la cama.* EL VIEJO CRIADO *lo recoge sin que lo vean las mujeres y se retira.)* Ya está. Todo listo. Dentro de un momento subirán las aguas del río. Bajemos. Vendremos a buscarlo cuando oigamos correr el agua por encima de la presa. ¡Venga usted!

LA MADRE *(con calma)*

No, estamos bien aquí.

Se sienta.

MARTA

Pero... *(Mira a su madre, y luego, con tono retador.)* No vaya a creerse que eso me asusta. Esperemos, pues, aquí.

LA MADRE

Sí, esperemos. Esperar es bueno; descansa esperar. Dentro de un rato habrá que llevarle por el camino hasta el río. Y la sola idea de hacerlo me cansa tanto, me carga con un cansancio tan viejo que mi sangre no puede ya digerirlo. *(Se bambolea un poco, como si estuviera medio dormida.)* Mientras tanto, él no sospecha nada. Duerme. Ha terminado con este mundo. En adelante, todo le será fácil. Sólo pasará de un sueño lleno de imágenes a un sueño sin sueños. Lo que para todo el mundo es un terrible arrancamiento no será para él más que un largo sueño.

MARTA *(retadora)*

Entonces alegrémonos. Yo no tenía ninguna razón para odiarle, y me alegra ahorrarle el sufrimiento. Pero... me parece que el agua está subiendo. *(Escucha, luego sonríe.)* Madre, madre, pronto habrá acabado todo.

LA MADRE *(lo mismo)*

Sí, pronto habrá acabado todo. Las aguas suben. Mientras tanto, él no sospecha nada. Duerme. Él ya no sabe lo que es este cansancio del trabajo por decidir, del trabajo por terminar. Duerme, ya no tiene que endurecerse, que forzarse, que exigirse a sí mismo lo que no puede hacer. Ya ha dejado de cargar con la cruz de esta vida interior que proscribe el reposo, la distracción, la debilidad... Duerme y ya no piensa en nada, ya no tiene deberes ni tareas, no, no, y yo, vieja y cansada, ¡oh!, tengo ganas de dormir hasta ahora y de morir pronto. *(Silencio.)* ¿No dices nada, Marta?

MARTA

No. Estoy escuchando. Espero oír el ruido del agua.

LA MADRE

Dentro de un momento. Sólo dentro de un momento. Sí, aún un momento. Mientras tanto, al menos, la dicha es todavía posible.

MARTA

La dicha será posible después. No antes.

LA MADRE

Marta, ¿sabías que quería marcharse esta misma noche?

MARTA

No, no lo sabía. Pero si lo hubiera sabido habría actuado. Ya lo había decidido.

LA MADRE

Me lo dijo hace un rato, y yo no sabía qué responderle.

MARTA

¿Es que lo vio usted?

LA MADRE

Subí aquí para impedirle que bebiera. Pero ya era demasiado tarde.

MARTA

Sí, era demasiado tarde. Y puesto que hay que decírselo, fue él quien me decidió a hacerlo. Yo dudaba. Pero él me habló de esos países que yo quiero conocer y, por haber sido capaz de emocionarme, me dio armas contra él. Así es como la inocencia se ve recompensada.

LA MADRE

Sin embargo, Marta, había terminado por comprender. Me dijo que sentía que esta casa no era la suya.

MARTA *(con energía e impaciencia)*

Y esta casa, en efecto, no es la suya, ni de nadie. Nadie podrá encontrar en ella ni la confianza ni el calor. Si lo hubiera comprendido antes nos habría evitado tener que enseñarle que esta habitación está hecha para dormirse en ella y este mundo para morir. Pero ¡basta ya! Vamos a... *(Se oye a lo lejos el ruido del agua.)* Escuche, el agua corre ya por encima de la presa. Vamos, madre, y por el amor de ese Dios que a veces invoca usted, acabemos con esto de una vez.

LA MADRE *da un paso hacia el lecho.*

LA MADRE

¡Vamos! Pero me parece que no llegará nunca el alba.

TELÓN

Acto tercero

ESCENA I

En escena, LA MADRE, MARTA *y* EL VIEJO CRIADO. EL VIEJO CRIADO *barre y ordena la habitación.* MARTA *está detrás del mostrador echándose el pelo hacia atrás.* LA MADRE *cruza el escenario en dirección a la puerta.*

MARTA
Ya ve usted cómo el alba llegó.

LA MADRE
Sí. Mañana me parecerá un alivio haber terminado esto. Ahora sólo siento el cansancio.

MARTA
Ésta es la primera mañana, desde hace años, que respiro. Me parece que ya oigo el mar, y me dan ganas de gritar de alegría.

LA MADRE
Mejor, Marta, mejor. Pero ahora me siento tan vieja que no puedo compartir nada contigo. Supongo que mañana todo irá mejor.

MARTA
Sí, todo irá mejor, así lo espero. Pero no vuelva a quejarse y déjeme ser feliz a mis anchas. Soy de nuevo la mu-

chacha que fui. De nuevo mi cuerpo tiene calor y me dan ganas de correr. Ah, dígame tan sólo... *(Se detiene.)*

LA MADRE
¿Qué hay, Marta? Estás desconocida.

MARTA
Madre... *(Vacila; luego, con ardor.)* ¿Todavía soy hermosa?

LA MADRE
Me parece que esta mañana lo eres. El crimen es hermoso.

MARTA
¡Qué importa ahora el crimen! Hoy es como si volviera a nacer, voy a la tierra donde seré feliz.

LA MADRE
Bueno, bueno. Yo voy a descansar. Estoy contenta de que, por fin, comience la vida para ti.

EL VIEJO CRIADO *aparece en lo alto de la escalera, baja, le tiende a* MARTA *el pasaporte, y sale sin decir nada.* MARTA *abre el pasaporte y lo lee, sin reaccionar.*

LA MADRE
¿Qué quieres ahora?

MARTA *(con voz tranquila)*
Su pasaporte. Léalo.

LA MADRE
Sabes que tengo la vista cansada.

MARTA
¡Lea! Así sabrá su nombre.

LA MADRE *toma el pasaporte, se sienta cerca de una mesa, abre el pasaporte y lee. Mira largo rato las páginas que tiene delante.*

LA MADRE *(con voz neutra)*
Bueno, ya sabía yo que alguna vez pasaría esto y que entonces habría que terminar.

MARTA *(se planta delante del mostrador)*
¡Madre!

LA MADRE *(en el mismo tono)*
Deja, Marta, ya he vivido bastante. He vivido mucho más tiempo que mi hijo. No lo he reconocido y lo he matado. Ahora puedo ir a reunirme con él al fondo del río donde las hierbas le cubren ya el rostro.

MARTA
¡Madre! No me dejará usted sola, ¿verdad?

LA MADRE
Me has ayudado mucho, Marta, y siento abandonarte. Si todavía puede tener sentido, diré que a tu manera has sido una buena hija. Siempre me has guardado el respeto debido. Pero ahora estoy cansada y mi viejo corazón, que se creía despegado de todo, acaba de recordar el dolor. Ya no soy lo suficientemente joven para llevarlo. Y, de todos modos, cuando una madre no es capaz de reconocer a su hijo, es que su papel en la tierra ha terminado.

MARTA
No, si la felicidad de su hija está todavía por hacer. No comprendo lo que me dice usted. No reconozco sus palabras. ¿Acaso no me enseñó usted a no respetar nada?

LA MADRE *(con la misma voz indiferente)*
Sí, pero acabo de aprender que estaba equivocada y que en esta tierra donde nada es seguro tenemos nuestras certidumbres. *(Con amargura.)* El amor de una madre a su hijo es ahora mi certidumbre.

MARTA
¿Así que no está usted segura de que una madre pueda amar a su hija?

LA MADRE
No quisiera herirte ahora, Marta, pero la verdad, no es

lo mismo. No es tan fuerte. ¿Y cómo podré prescindir ahora del amor de mi hijo?

MARTA *(estallando)*
¡Valiente amor que la olvidó durante veinte años!

LA MADRE
Sí, valiente amor que sobrevive a veinte años de silencio. ¡Pero qué importa! Ese amor me bastaba, ya que no puedo vivir sin él. *(Se levanta.)*

MARTA
No es posible que usted diga eso sin un asomo de rebeldía, y sin un pensamiento para su hija.

LA MADRE
No tengo pensamientos para nadie y menos aún rebeldía. Supongo que éste es el castigo y que hay una hora en la que todos los asesinos están como yo: vacíos por dentro, estériles, sin porvenir posible. Por eso se los suprime: no sirven para nada.

MARTA
Desprecio sus palabras; no puedo oírla hablar de crimen y de castigo.

LA MADRE
Digo lo que me viene a la boca, nada más. He perdido la libertad: empezó el infierno.

MARTA *(acercándose y con violencia)*
No hablaba usted así antes. Y durante todos estos años continuó a mi lado, sujetando con mano firme las piernas de los que debían morir. Entonces no pensaba usted en la libertad y en el infierno. Y continuó. ¿Qué puede cambiar su hijo en todo esto?

LA MADRE
Continué, es cierto. Pero por costumbre, no como una muerta. Ha bastado el dolor para transformarlo todo. Eso es, justamente, lo que mi hijo vino a cambiar. (MARTA *intenta hablar.)* Lo sé, Marta, no es razonable.

¿Qué significa el dolor para una asesina? Pero ya lo ves, no es un verdadero dolor de madre: todavía no he gritado. No es sino el sufrimiento de renacer al amor, y, sin embargo, resulta superior a mis fuerzas. Sé también que este sufrimiento tampoco es razonable. *(Con un acento nuevo.)* Pero este mundo tampoco lo es y bien puedo decirlo, yo que lo he probado todo, desde la creación hasta la destrucción.

Se dirige decidida hacia la puerta, pero MARTA *se le adelanta y le cierra el paso.*

MARTA

No, madre, usted no me abandonará. No olvide que yo me quedé y él se marchó, que me ha tenido usted a su lado toda una vida y él la dejó en el silencio. Eso hay que pagarlo. Eso tiene que entrar en la cuenta. Y usted debe volver a mí.

LA MADRE *(suavemente)*

¡Es cierto, Marta, pero a él lo he matado!

MARTA *se aparta un poco, con la cabeza hacia atrás, como si mirara la puerta.*

MARTA *(después de un silencio, con pasión creciente)*

Todo lo que la vida puede dar a un hombre, le fue dado. Abandonó este país. Conoció otros espacios, el mar, seres libres. Yo me quedé aquí. Me quedé, pequeña y oscura, en el tedio, hundida en el corazón del continente, y crecí en la espesura de la tierra. Nadie besó mi boca y ni siquiera usted ha visto mi cuerpo sin ropa. Madre, se lo juro, esto hay que pagarlo. Y con el vano pretexto de que ha muerto un hombre, no puede usted desaparecer en el momento en que yo iba a recibir lo que se me debe. Comprenda, pues, que para un hombre que ha vivido, la muerte es poca cosa. Yo puedo olvidar a mi hermano y usted a su hijo. Lo que le ha ocurrido carece de importancia; ya no le quedaba nada por conocer. Pero a mí, usted me priva de todo y me quita lo que él gozó. ¿Será posible que me quite encima el amor de mi madre y que se le lleve para siempre a su río helado?

Se miran en silencio. Y MARTA *baja los ojos.*

MARTA *(en voz muy baja)*

Me conformaría con tan poco, madre, hay palabras que nunca supe pronunciar, pero me parece que sería bueno reanudar nuestra vida de todos los días.

LA MADRE *ha avanzado hacia ella.*

LA MADRE

¿Lo habías reconocido?

MARTA *(alzando bruscamente la cabeza)*

¡No! No lo había reconocido. No conservaba ninguna imagen de él y todo sucedió como debía suceder. Usted misma lo dijo: este mundo no es razonable. Pero no se equivocaba del todo al hacerme esta pregunta. Porque ahora sé que, aunque lo hubiera reconocido, nada habría cambiado.

LA MADRE

Quiero creer que eso no es verdad. Los peores asesinos tienen momentos en que arrojan el arma.

MARTA

Yo también conozco esos momentos. Pero no hubiera agachado la cabeza ante un hermano desconocido e indiferente.

LA MADRE

¿Y entonces ante quién?

MARTA *agacha la cabeza.*

MARTA

Ante usted.

Silencio.

LA MADRE *(lentamente)*

Demasiado tarde, Marta. Ya no puedo hacer nada por

ti. *(Se vuelve hacia su hija.)* ¿Lloras, Marta? No, no sabrías. ¿Recuerdas los tiempos en que yo te besaba?

MARTA

No, madre.

LA MADRE

Tienes razón. Hace mucho de eso y muy pronto olvidé tenderte los brazos. Pero no he dejado de quererte. *(Aparta dulcemente a* MARTA, *quien poco a poco le cede el paso.)* Ahora lo sé, porque mi corazón habla; he vuelto a vivir en el momento en que ya no puedo soportar la vida.

El paso queda libre.

MARTA *(tapándose la cara con las manos)*

Pero ¿puede haber algo más fuerte que la desesperación de su hija?

LA MADRE

La fatiga quizá... y la sed de reposo.

Sale sin que la hija se oponga.

ESCENA II

MARTA *corre hacia la puerta, la cierra brutalmente, se apoya en ella. Lanza gritos salvajes.*

MARTA

¡No! No tenía por qué velar por mi hermano, y, sin embargo, me encuentro desterrada en mi propio país, mi propia madre me ha rechazado. Pero yo no tenía por qué velar por mi hermano, ésta es la injusticia que se comete con la inocencia. Porque ahora él ha obtenido lo que quería, mientras yo me quedo solitaria, lejos del mar del que estaba sedienta. ¡Oh! ¡Lo odio! ¡Toda mi vida ha transcurrido en la espera de esta ola que había de llevarme y sé que ya no vendrá! Tendré que quedarme aquí, y a la derecha y a la izquierda, delante y detrás de mí, innumerables pueblos y naciones, llanuras y montañas que detienen el viento del mar y ahogan su constante llamada con sus parloteos y murmullos. *(Más bajo.)* ¡Otros tienen más suerte! Hay lugares alejados del mar donde el viento de la noche lleva a veces olor a algas. Les habla de playas húmedas, donde resuena el grito de las gaviotas, o de arenas doradas en tardes sin límites. Pero el viento se agota mucho antes de llegar aquí; nunca ya tendré lo que se me debe. Aunque pegara el oído a la tierra no oiría el choque de las olas o la rítmica respiración del mar feliz. Estoy demasiado lejos de lo que amo y mi distancia no tiene remedio. ¡Lo odio, lo odio, porque obtuvo lo que quería! Yo tengo por patria este lugar cerrado y denso donde el cielo carece de horizonte, tengo para mi hambre el agrio ciruelo de este país y para mi sed sólo la sangre que he vertido. Éste es el precio que hay que pagar por la ternura de una madre. ¡Que se muera, ya que nadie me quiere! ¡Que las puertas se cierren a mi alrededor! ¡Que me deje con mi justa cólera! Porque antes de morir no alzaré los ojos para implorar al cielo. Allá, donde uno puede huir, liberarse, apretar el cuerpo contra otro, revolcarse en las olas; a aquel país defendido por el mar no llegan los dioses. Pero aquí, donde todo detiene las miradas, toda la tierra está diseñada para que el rostro se alce y la mirada suplique. ¡Ah! Odio este mundo en el que estamos reducidos a Dios. Pero a mí, que padezco injusticia, no se me ha dado lo que me corresponde, y no me arrodillaré. Y privada de mi lugar en esta tierra, rechazada por mi madre, sola en medio de mis crímenes abandonaré este mundo sin reconciliarme.

Llaman a la puerta.

MARTA
¿Quién es?

MARÍA
Una viajera.

MARTA
No recibimos más clientes.

MARÍA
Pero yo vengo a reunirme con mi marido.
Entra.

MARTA *(mirándola)*
¿Quién es su marido?

MARÍA
Llegó aquí ayer y debía venir a buscarme esta mañana. Me sorprende que no lo haya hecho.

MARTA
Había dicho que su mujer estaba en el extranjero.

MARÍA
Tiene sus razones. Pero debíamos encontrarnos ahora.

MARTA *(que no ha dejado de mirarla)*
Le será difícil. Su marido ya no está aquí.

MARÍA
¿Qué está diciendo? ¿No se alojó aquí?

MARTA
Sí, pero se fue por la noche.

MARÍA
No puedo creerlo, porque conozco las razones que tiene para quedarse en esta casa. Pero su tono me inquieta. Dígame lo que tiene que decirme.

Marta

No tengo nada que decirle sino que su marido ya no está aquí.

María

No pudo marcharse sin mí, no lo comprendo. ¿Les dejó definitivamente o avisó que volvería?

Marta

Nos dejó definitivamente.

María

Escuche. Desde ayer soporto en este país extraño una espera que ha agotado mi paciencia. Vine impulsada por la inquietud, y no me decido a marcharme sin haber visto a mi marido, o sin saber dónde encontrarlo.

Marta

Ése es asunto suyo, no mío.

María

Se equivoca usted. También es asunto suyo. No sé si mi marido aprobará lo que voy a decirle, pero estoy cansada de estas complicaciones. El hombre que llegó a su casa, ayer por la mañana, es el hermano de quien no sabía usted nada desde hace años.

Marta

No me dice nada nuevo.

María *(estallando)*

Pero entonces, ¿qué ha sucedido?, ¿por qué no está su hermano en esta casa? ¿No lo reconoció, y su madre y usted no se alegraron del retorno?

Marta

Su marido ya no está aquí porque ha muerto.

María *se sobresalta y permanece un momento en silencio, mirando fijamente a* Marta. *Luego hace ademán de acercársele y sonríe.*

María

Usted bromea, ¿verdad? Jan me ha dicho muchas veces que ya de niña le gustaba desconcertar a la gente. Somos casi hermanas y...

Marta

No me toque. Quédese donde está. No hay nada en común entre nosotras. *(Pausa.)* Su marido murió anoche y le aseguro que no es una broma. Ya nada tiene que hacer aquí.

María

¡Usted está loca, loca de atar! Es demasiado repentino, no puedo creerlo. Déjeme verlo y sólo entonces creeré lo que no puedo siquiera imaginar.

Marta

Es imposible. Allí donde está nadie puede verlo. (María *inicia un movimiento hacia ella.*) No me toque, no se mueva... Está en el fondo del río, donde mi madre y yo le llevamos anoche, después de adormecerlo. No sufrió, pero eso no le impide estar muerto; somos nosotras, su madre y yo, quienes lo hemos matado.

María *(retrocede)*

Entonces la loca soy yo; yo que escucho palabras que hasta ahora nunca habían resonado sobre la tierra. Sabía que nada bueno me esperaba aquí, pero no estoy dispuesta a participar de esta demencia. No comprendo. Yo no le comprendo...

Marta

No me corresponde convencerla, sino sólo informarla. Usted misma llegará a la evidencia.

María *(con cierta distracción)*

Pero ¿por qué, por qué han hecho eso?

Marta

¿En nombre de qué me interroga usted?

MARÍA *(en un grito)*

¡En nombre de mi amor!

MARTA

¿Qué quiere decir esa palabra?

MARÍA

Quiere decir todo lo que en este momento me desgarra y me muerde, este delirio que abre mis manos para el crimen. Si no fuera por la obstinada incredulidad que me queda en el corazón, aprendería usted, loca, lo que quiere decir esa palabra al sentir su rostro desgarrado por mis uñas.

MARTA

Decididamente, habla usted un lenguaje que no entiendo. Comprendo difícilmente las palabras de amor, de alegría o de dolor.

MARÍA *(con un gran esfuerzo)*

Escúcheme, dejemos este juego, si lo es. No nos perdamos en vanas palabras. Dígame, bien claro, lo que quiero saber, bien claro, antes de abandonarme.

MARTA

Es difícil ser más clara de lo que lo he sido. Matamos a su marido anoche para quitarle el dinero, como ya lo hemos hecho antes con algunos viajeros.

MARÍA

¿Así que su madre y su hermana eran unas asesinas?

MARTA

Sí.

MARÍA *(siempre con el mismo esfuerzo)*

¿Usted ya sabía que él era su hermano?

MARTA

Para decirle la verdad, hubo un malentendido. Y si usted conoce un poco el mundo, no le sorprenderá.

MARÍA *(volviéndose hacia la mesa, con los puños contra el pecho y voz sorda)*

¡Oh, Dios mío, yo sabía que esta comedia tenía que resultar sangrienta, y que los dos seríamos castigados por habernos prestado a ella. La desgracia estaba en ese cielo. *(Se detiene delante de la mesa y habla sin mirar a* MARTA.) Él quería que ustedes lo reconocieran, quería volver a su casa, traerles la felicidad, pero no sabía dar con las palabras necesarias. Y mientras buscaba esas palabras, lo mataron. *(Se echa a llorar.)* Y ustedes, como dos insensatas, ciegas al hijo maravilloso que volvía... porque era maravilloso; ¡no saben qué corazón orgulloso, qué alma exigente acaban de matar! Podía ser el orgullo de ustedes, como fue el mío. Pero, ¡ay!, usted era su enemiga, pues si no, ¿dónde encuentra fuerza suficiente para hablar con frialdad de lo que debiera arrojarla a la calle y arrancarle gritos de bestia?

MARTA

No juzgue nada; usted no lo sabe todo. En este momento mi madre ha ido a reunirse con su hijo. El agua empieza a roerlos. Pronto los descubrirán y se encontrarán en la misma tierra. Pero yo no veo por qué esto ha de arrancarme gritos. Tengo otra idea del corazón humano, y, para decírselo de una vez, sus lágrimas me repugnan.

MARÍA *(volviéndose hacia ella con odio)*

Son las lágrimas de las alegrías perdidas para siempre. Para usted son mejores que este dolor seco que me va a venir de un momento a otro y que puede llevarme a matarla sin temblar.

MARTA

Nada de eso me conmueve, y a decir verdad, sería poca cosa. Porque yo también he visto y oído bastante, y también he decidido morir, a mi vez. Pero no quiero mezclarme con ellos. ¿Para qué quiero yo su compañía? Los dejo entregados a su ternura recobrada, a sus oscuras caricias. Ni usted ni yo participamos en ellas, los dos nos son infieles para siempre. Afortunadamente, me queda mi cuarto para morir en soledad.

MARÍA

Y ¿qué me importa que usted muera o que se derrumbe el mundo entero si por culpa suya perdí al que amaba y ahora tengo que vivir en esta terrible soledad donde la memoria es un suplicio?

MARTA *se le acerca por detrás y le habla desde arriba.*

MARTA

No exageremos. Usted ha perdido a su marido y yo he perdido a mi madre. Estamos en paz. Pero usted sólo lo perdió una vez, después de gozarlo muchos años y sin que él la haya rechazado. A mí mi madre me rechazó. Ahora está muerta y la he perdido dos veces.

MARÍA

Él quería traerles su fortuna, hacerles felices a las dos. En eso pensaba él, solo, en su habitación, mientras usted preparaba su muerte.

MARTA *(con acento súbitamente desesperado)*

También estoy en paz con su marido, porque conocí su angustia. Como él, creía tener mi casa. Me imaginaba que el crimen era nuestro hogar y que nos había unido, a mi madre y a mí, para siempre. Y si no, ¿con quién podía yo contar en el mundo, sino con ella, que había matado al mismo tiempo que yo? Pero me equivocaba. El crimen también es soledad, aunque se ejecute entre mil. Y es justo que yo muera sola, después de haber vivido y matado sola. (MARÍA *se vuelve hacia ella bañada en lágrimas.* MARTA *retrocede y recobra su dureza.)* No me toque, ya se lo he dicho. Sólo de pensar que una mano humana puede imponerme su calor antes de morir, que cualquier cosa semejante a la horrible ternura de los hombres puede perseguirme todavía, siento que todos los furores de la sangre me suben a las sienes.

Están frente a frente, muy cerca una de la otra.

MARÍA

No tema. La dejaré morir como desea. Estoy ciega, ya no la veo. Y tanto su madre como usted nunca serán sino rostros fugaces, encontrados y perdidos en el curso de una tragedia sin fin. No siento por usted ni odio ni compasión. Ya no puedo querer ni detestar a nadie. *(Oculta súbitamente el rostro entre las manos.)* Y, en realidad, apenas he tenido tiempo de sufrir o rebelarme. La desgracia era más grande que yo. (MARTA, *que se ha vuelto y ha dado unos pasos hacia la puerta, regresa hacia* MARÍA.)

MARTA

No debe de ser tan grande, puesto que le ha dejado lágrimas. Y antes de abandonarla para siempre, veo que me queda algo por hacer. Me falta desesperarla.

MARÍA *(mirándola con espanto)*

¡Oh! ¡Déjeme, váyase y déjeme!

MARTA

Voy a dejarla, sí, y para mí será un alivio: a duras penas soporto su amor y sus lágrimas. Pero no puedo morir dejándola convencida de que tiene usted razón, de que el amor no es vano, y de que esto es un accidente. Pues es ahora cuando estamos dentro del orden.

MARÍA

¿Qué orden?

MARTA

El que hace que nadie sea reconocido jamás.

MARÍA *(enajenada)*

Qué me importa, casi no la entiendo. Mi corazón está desgarrado. Sólo me importa aquel a quien usted mató.

MARTA *(con violencia)*

¡Cállese! No quiero oír hablar más de él, lo detesto. Ya no es nada para usted. Entró en la amarga morada donde el hombre queda exiliado para siempre. ¡El imbécil! Ya tiene lo que quería, encontró a la que buscaba. Ya ha vuelto todo al orden. Comprenda que ni para él ni para nosotros, ni en la vida ni en la muerte, hay patria ni paz. *(Con una risa despreciativa.)* Porque no se puede llamar patria, ¿verdad?, a esta tierra espesa, privada de luz, donde vamos a alimentar a animales ciegos.

MARÍA *(llorando)*

No puedo, no puedo soportar sus palabras. Él tampoco las hubiera soportado. Era otra patria la que le había hecho venir.

MARTA *(que ha llegado a la puerta, volviéndose bruscamente)*

Esta locura ha recibido su pago. Pronto recibirá usted el suyo. *(Con la misma risa.)* Nos han estafado, ya se lo dije. ¿Para qué esa gran llamada del ser, esa alerta de las almas? ¿Por qué gritar hacia el mar o hacia el amor? Es irrisorio. Su marido conoce ahora la respuesta, esa morada espantosa donde al final estaremos apretados unos junto a otros. *(Con odio.)* Usted también la conocerá, y si entonces pudiera, recordaría con deleite el día de hoy en el cual, sin embargo, creyó empezar el más desgarrador de los exilios. Comprenda que su dolor jamás se igualará a la injusticia que se comete con el hombre. Y para terminar, escuche mi consejo. Porque le debo un consejo, ya que he matado a su marido.

Ruegue a su Dios que la haga semejante a la piedra. Es la felicidad que él se asigna, la única felicidad verdadera. Haga como él, vuélvase sorda a todos los gritos, sea como la piedra mientras hay tiempo. Pero si se siente demasiado cobarde para entrar en esta paz muda, entonces venga a reunirse con nosotros en nuestra morada común. ¡Adiós, hermana mía! Todo es fácil, ya lo ve. Tiene que elegir entre la estúpida felicidad de los guijarros y el lecho viscoso donde la esperamos.

Sale y MARÍA, *que ha escuchado enajenada, vacila tendiendo las manos hacia adelante.*

MARÍA *(gritando)*
¡Oh, Dios mío, no puedo vivir en este desierto! Te hablaré, sabré encontrar las palabras. *(Cae de rodillas.)* Porque a Ti me encomiendo. ¡Ten piedad de mí, vuelve a mí tus ojos! ¡Escúchame, Señor, dame tu mano! ¡Ten piedad de los que aman y están separados!

Se abre la puerta y aparece EL VIEJO CRIADO.

ESCENA IV

EL VIEJO CRIADO *(con voz clara y firme)*
¿Me llamó usted?

MARÍA *(volviéndose hacia él)*
¡Oh, no sé! Pero ayúdeme, porque necesito que me ayuden. ¡Apiádese, ayúdeme!

EL VIEJO CRIADO *(con la misma voz)*
¡No!

TELÓN

LOS JUSTOS

Obra en cinco actos

Título original: Les Justes *(1949)*
Traducción de Aurora Bernárdez y Guillermo de Torre
Revisión de Miguel Salabert

O love! O life! Not life but love in death.

Shakespeare, *Romeo y Julieta,*
acto IV, escena 5

Los justos fue representada por primera vez el 15 de diciembre de 1949, en el Théâtre Hébertot (dirigido por Jacques Hébertot), con dirección escénica de Paul Œettly, y decorado y vestuario de De Rosnay.

PERSONAJES

DORA DULEBOV
LA GRAN DUQUESA
IVAN KALIAYEV
STEPAN FEDOROV
BORIS ANNENKOV
ALEXIS VOINOV
SKURATOV
FOKA
EL GUARDIÁN

Acto primero

El piso de los terroristas. Por la mañana.

Se levanta el telón en medio del silencio. DORA *y* ANNENKOV *en escena, inmóviles. Se oye una vez el timbre de la entrada.* ANNENKOV *hace un gesto para detener a* DORA *que parece querer decir algo. El timbre suena dos veces seguidas.*

ANNENKOV
Es él.

Sale. DORA *aguarda, sin moverse.* ANNENKOV *vuelve con* STEPAN, *a quien agarra por los hombros.*

ANNENKOV
¡Es él! Aquí está Stepan.

DORA *(se acerca a* STEPAN *y le da la mano)*
¡Qué alegría, Stepan!

STEPAN
Hola, Dora.

DORA *(le mira)*
Tres años ya.

STEPAN
Sí, tres años. El día que me detuvieron, iba a reunirme con vosotros.

DORA
Te esperábamos. Pasaba el tiempo y cada vez se me

encogía más el corazón. No nos atrevíamos ni a mirarnos.

ANNENKOV
Tuvimos que cambiar de piso otra vez.

STEPAN
Lo sé.

DORA
¿Y allá, Stepan?

STEPAN
¿Allá?

DORA
¿En la cárcel?

STEPAN
La gente se evade.

ANNENKOV
Sí. Nos alegramos al enterarnos de que habías podido llegar a Suiza.

STEPAN
Suiza es otra cárcel, Boria.

ANNENKOV
¿Qué dices? Allá son libres, al menos.

STEPAN
La libertad es una cárcel mientras haya un solo hombre esclavizado en la tierra. Yo era libre y no dejaba de pensar en Rusia y sus esclavos.

Silencio.

ANNENKOV
Me alegro mucho, Stepan, de que el partido te haya mandado aquí.

STEPAN

Es necesario. Me ahogaba. Actuar, actuar, por fin... (*Mira a* ANNENKOV.) Lo mataremos, ¿verdad?

ANNENKOV

Estoy seguro.

STEPAN

Mataremos a ese verdugo. Tú eres el jefe, Boria, y te obedeceré.

ANNENKOV

No necesito tu promesa, Stepan. Somos todos hermanos.

STEPAN

Hace falta disciplina. Lo he comprendido en la cárcel. El partido socialista revolucionario necesita disciplina. Disciplinados mataremos al gran duque y destruiremos la tiranía.

DORA *(acercándose a él)*

Siéntate, Stepan. Debes de estar cansado después de ese largo viaje.

STEPAN

Yo nunca me canso.

Silencio. DORA *se sienta.*

STEPAN

¿Está todo listo, Boria?

ANNENKOV *(cambiando de tono)*

Desde hace un mes, dos de los nuestros estudian los movimientos del gran duque. Dora ha reunido el material necesario.

STEPAN

¿Está redactada la proclama?

ANNENKOV

Sí. Toda Rusia sabrá que el gran duque Sergio fue ejecutado con una bomba por el grupo de combate del partido socialista revolucionario para acelerar la liberación del pueblo ruso. La corte imperial sabrá también que estamos decididos a ejercer el terror hasta que la tierra sea restituida al pueblo. ¡Sí, Stepan, todo está preparado! Se acerca el momento.

STEPAN
¿Qué debo hacer yo?

ANNENKOV
Para empezar, ayudarás a Dora. Schweitzer, a quien tú reemplazas, trabajaba con ella.

STEPAN
¿Murió?

ANNENKOV
Sí.

STEPAN
¿Cómo?

DORA
Un accidente.

STEPAN *mira a* DORA. DORA *desvía la mirada.*

STEPAN
¿Y después?

ANNENKOV
Después, ya veremos. Debes estar dispuesto a sustituirnos, llegado el caso, y a mantener el enlace con el Comité Central.

STEPAN
¿Quiénes son nuestros camaradas?

ANNENKOV
Conociste a Voinov en Suiza. Confío en él, a pesar de su juventud. No conoces a Yanek.

STEPAN
¿Yanek?

ANNENKOV
Kaliayev. Le llamamos también el Poeta.

STEPAN
No es un nombre para un terrorista.

ANNENKOV *(riendo)*
Yanek piensa lo contrario. Dice que la poesía es revolucionaria.

STEPAN
Sólo la bomba es revolucionaria. *(Silencio.)* Dora, ¿crees que sabré ayudarte?

DORA
Sí. Lo único que hay que cuidar es de que no se rompa el tubo.

STEPAN
¿Y si se rompe?

DORA
Así murió Schweitzer. *(Pausa.)* ¿Por qué sonríes, Stepan?

STEPAN
¿Sonrío?

DORA
Sí.

STEPAN
Me sucede a veces. (*Pausa.* STEPAN *parece reflexionar.*) Dora, ¿bastaría una sola bomba para hacer saltar esta casa?

DORA
Una sola no. Pero haría estragos.

STEPAN
¿Cuántas se necesitarían para hacer saltar a Moscú?

ANNENKOV

¡Estás loco! ¿Qué quieres decir?

STEPAN

Nada.

Llaman una vez. Todos escuchan y aguardan. Llaman dos veces. ANNENKOV *pasa a la antesala y vuelve con* VOINOV.

VOINOV

¡Stepan!

STEPAN

Hola.

Se estrechan la mano. VOINOV *se acerca a* DORA *y la besa.*

ANNENKOV

¿Ha ido todo bien, Alexis?

VOINOV

Sí.

ANNENKOV

¿Estudiaste el recorrido desde el palacio hasta el teatro?

VOINOV

Ahora puedo dibujarlo. Mira. *(Dibuja.)* Recodos, calles estrechas, obstáculos..., el coche pasará bajo nuestras ventanas.

ANNENKOV

¿Qué significan esas dos cruces?

VOINOV

Una placita donde los caballos habrán de moderar el paso, y el teatro donde se detendrán. En mi opinión, son los mejores lugares.

ANNENKOV

¡Dame!

STEPAN
¿Y los confidentes?

VOINOV *(vacilante)*
Hay muchos.

STEPAN
¿Te impresionan?

VOINOV
No me siento tranquilo.

ANNENKOV
Nadie se siente tranquilo con ellos delante. No te preocupes.

VOINOV
No temo nada. Lo que pasa es que no me acostumbro a mentir.

STEPAN
Todo el mundo miente. Lo que hace falta es mentir bien.

VOINOV
No es fácil. Cuando yo era estudiante, mis compañeros se burlaban de mí porque no sabía disimular. Decía lo que pensaba. Al final me echaron de la Universidad.

STEPAN
¿Por qué?

VOINOV
En el curso de historia, el profesor me preguntó cómo Pedro el Grande había edificado Petrogrado.

STEPAN
Buena pregunta.

VOINOV
Con sangre y a latigazos, contesté. Me echaron.

STEPAN
Y después...

VOINOV

Comprendí que no bastaba denunciar la injusticia. Era menester dar la vida para combatirla. Ahora soy feliz.

STEPAN

¿Y, sin embargo, mientes?

VOINOV

Miento. Pero no mentiré el día que arroje la bomba.

Llaman. Dos timbrazos: después uno solo. DORA *se precipita.*

ANNENKOV

Es Yanek.

STEPAN

No es la misma señal.

ANNENKOV

A Yanek le divirtió cambiarla. Tiene su señal propia.

STEPAN *se encoge de hombros. Se oye hablar a* DORA *en la antesala. Entran* DORA *y* KALIAYEV*, del brazo.* KALIAYEV *ríe.*

DORA

Yanek. Éste es Stepan, que reemplaza a Schweitzer.

KALIAYEV

Bienvenido, hermano.

STEPAN

Gracias.

DORA *y* KALIAYEV *se sientan frente a los demás.*

ANNENKOV

Yanek, ¿estás seguro de que reconocerás la calesa?

KALIAYEV

Sí, la vi dos veces muy detenidamente. ¡En cuanto aparezca la reconoceré entre mil! He anotado todos los detalles. Por ejemplo, uno de los cristales de la linterna izquierda está desportillado.

VOINOV
¿Y los soplones?

KALIAYEV
A montones. Pero somos viejos amigos. Me compran cigarrillos. *(Se ríe.)*

ANNENKOV
¿Pavel ha confirmado el informe?

KALIAYEV
El gran duque irá esta semana al teatro. Dentro de un rato Pavel sabrá el día exacto y entregará un mensaje al portero. *(Se vuelve hacia* DORA *y ríe.)* Tenemos suerte, Dora.

DORA *(mirándole)*
¿Ya no eres buhonero? Ahora estás hecho un gran señor. Qué guapo estás. ¿No echas de menos la zamarra?

KALIAYEV *(ríe)*
Es cierto, estaba muy orgulloso de ella. *(A* STEPAN *y a* ANNENKOV.*)* Me pasé dos meses observando a los buhoneros y más de un mes ensayando en mi cuarto. Mis colegas nunca tuvieron sospechas. «Un gran tipo», decían. «Sería capaz de vender hasta los caballos del zar.» Y a su vez trataban de imitarme.

DORA
Naturalmente, eso te divertía.

KALIAYEV
Ya sabes que no puedo impedirlo. El disfraz, la nueva vida... Todo me divertía.

DORA
A mí no me gustan los disfraces. *(Muestra su vestido.)* ¡Y, además, esta antigualla lujosa! Ya podía Boria haberme encontrado otra cosa. ¡Una actriz! ¡Con lo sencilla que soy yo!

KALIAYEV *(ríe)*

Estás tan hermosa con ese vestido.

DORA

¡Hermosa! Me gustaría estarlo. Pero no hay que pensar en esas cosas.

KALIAYEV

¿Por qué? ¿Por qué siempre esa mirada tan triste, Dora? Hay que ser alegre, hay que ser orgullosa. ¡La belleza existe, la alegría existe! «En los lugares tranquilos donde te anhelaba mi corazón...

DORA *(sonriente)*

Yo respiraba un eterno verano...»

KALIAYEV

Oh, Dora, te acuerdas de esos versos. ¿Sonríes? Eso me alegra mucho.

STEPAN *(cortándolo)*

Estamos perdiendo el tiempo. Boria, supongo que hay que avisar al portero, ¿no?

KALIAYEV *le mira con asombro.*

ANNENKOV

Sí. Dora. ¿quieres bajar? No olvides la propina. Voinov te ayudará después a juntar el material en el cuarto.

Sale cada uno por su lado. STEPAN *va hacia* ANNENKOV *con paso decidido.*

STEPAN

Yo quiero arrojar la bomba.

ANNENKOV

No, Stepan. Ya están designados los que van a arrojarla.

STEPAN

Te lo ruego. Tú sabes lo que eso significa para mí.

ANNENKOV

No. La regla es la regla. *(Silencio.)* Yo no la arrojo y voy a esperar aquí. La regla es dura.

STEPAN

¿Quién lanzará la primera bomba?

KALIAYEV

Yo. Voinov arroja la segunda.

STEPAN

¿Tú?

KALIAYEV

¿Te extraña? ¡Así que no tienes confianza en mí!

STEPAN

Se necesita experiencia.

KALIAYEV

¿Experiencia? Sabes muy bien que sólo se hace una vez y después... Nadie la arrojó nunca dos veces.

STEPAN

Se necesita una mano firme.

KALIAYEV *(mostrando su mano)*

Mira. ¿Crees que temblará?

STEPAN *se aparta.*

KALIAYEV

No temblará. ¡Vamos! Con el tirano frente a mí ¿voy a vacilar? ¿Cómo puedes creerlo? Y aunque me tiemble el brazo, conozco un medio seguro de matar al gran duque.

ANNENKOV

¿Cuál?

KALIAYEV

Arrojarse bajo las patas de los caballos.

STEPAN *se encoge de hombros y va a sentarse al fondo.*

ANNENKOV

No, no será necesario. Habrá que intentar la huida. La Organización te necesita, debes cuidarte.

KALIAYEV

¡Obedeceré, Boria! ¡Qué honor, qué honor para mí! Oh, seré digno de él.

ANNENKOV

Stepan, tú estarás en la calle mientras Yanek y Alexis esperan la llegada de la calesa. Pasarás cada cierto tiempo delante de nuestras ventanas y convendremos una señal. Dora y yo esperaremos aquí el momento de lanzar la proclama. Con un poco de suerte, el gran duque caerá.

KALIAYEV *(con exaltación)*

¡Sí, lo mataré! ¡Qué felicidad si tenemos éxito! Pero el gran duque no es nada. ¡Hay que golpear más arriba!

ANNENKOV

Primero el gran duque.

KALIAYEV

¿Y si fracasamos, Boria? ¿Ves? Habría que imitar a los japoneses.

ANNENKOV

¿Qué quieres decir?

KALIAYEV

Durante la guerra, los japoneses no se rendían. Se suicidaban.

ANNENKOV

No. No pienses en el suicidio.

KALIAYEV

¿En qué, entonces?

ANNENKOV

En el terror, de nuevo.

STEPAN *(hablando desde el fondo)*

Para suicidarse hay que quererse mucho. Un verdadero revolucionario no puede quererse a sí mismo.

KALIAYEV *(volviéndose vivamente)*
¿Un verdadero revolucionario? ¿Por qué me tratas así? ¿Qué te he hecho yo?

STEPAN
No me gustan los que entran en la revolución porque se aburren.

ANNENKOV
¡Stepan!

STEPAN *(levantándose y acercándose a ellos)*
Sí, soy brutal. Pero para mí el odio no es un juego. No estamos aquí para admirarnos unos a otros. Estamos aquí para triunfar.

KALIAYEV *(suavemente)*
¿Por qué me ofendes? ¿Quién te ha dicho que yo me aburra?

STEPAN
No sé. Cambias las señales, te gusta hacer el papel de buhonero, dices versos, quieres arrojarte bajo las patas de los caballos, y ahora, el suicidio... *(Le mira.)* No tengo confianza en ti.

KALIAYEV *(dominándose)*
No me conoces, hermano. Amo la vida. No me aburro. Entré en la revolución porque me gusta la vida.

STEPAN
Yo no amo la vida, sino la justicia, que está por encima de la vida.

KALIAYEV *(con visible esfuerzo)*
Cada uno sirve a la justicia como puede. Hay que aceptar que seamos diferentes. Tenemos que querernos, si podemos.

STEPAN
No podemos.

KALIAYEV *(estallando)*

Entonces, ¿qué estás haciendo con nosotros?

STEPAN

He venido para matar a un hombre, no para quererlo ni para reconocer su diferencia.

KALIAYEV *(violentamente)*

No lo matarás solo, ni en nombre de nada. Lo matarás con nosotros y en nombre del pueblo ruso. Ésa es tú justificación.

STEPAN *(con el mismo tono)*

No la necesito. Quedé justificado en una noche, y para siempre, hace tres años, en la cárcel. Y no soportaré...

ANNENKOV

¡Basta! ¿Estáis locos? ¿Recordáis a quién nos debemos? ¡Somos hermanos, confundidos unos con otros, dispuestos a ejecutar a los tiranos para libertar al país! Matamos juntos, y nada puede separarnos. *(Silencio. Les mira.)* Ven, Stepan, debemos convenir señales...

STEPAN *sale.*

ANNENKOV (*a* KALIAYEV)

No es nada. Stepan ha sufrido. Hablaré con él.

KALIAYEV (*muy pálido)*

Me ha ofendido, Boria.

Entra DORA.

DORA (*al ver a* KALIAYEV)

¿Qué pasa?

ANNENKOV

Nada.

Sale.

DORA (*a* KALIAYEV)

¡Qué pasa!

KALIAYEV

Hemos chocado. No me quiere.

DORA *se sienta en silencio. Pausa.*

DORA

Creo que no quiere a nadie. Cuando todo haya terminado, será más feliz. No estés triste.

KALIAYEV

Estoy triste. Necesito que todos vosotros me queráis. Lo he abandonado todo por la organización. ¿Cómo soportar que mis hermanos se aparten de mí? A veces tengo la impresión de que no me comprenden. ¿Es culpa mía? Soy torpe, lo sé...

DORA

Te quieren y te comprenden. Stepan es diferente.

KALIAYEV

No. Sé lo que piensa. Ya Schweitzer lo decía: «Demasiado extraordinario para ser revolucionario.» Yo quería explicarles que no soy extraordinario. Me encuentran un poco loco, demasiado espontáneo. Sin embargo, creo como ellos en la causa. Como ellos, quiero sacrificarme. Yo también puedo ser hábil, taciturno, disimulado, eficaz. Sólo que la vida sigue pareciéndome maravillosa. Amo la belleza y la felicidad. Por eso es por lo que odio el despotismo. ¿Cómo explicarles esto? ¡La revolución, claro! Pero la revolución por la vida, para dar una posibilidad a la vida, ¿comprendes?

DORA *(con ímpetu)*

Sí... *(Más bajo, después de un silencio.)* Y, sin embargo, vamos a matar.

KALIAYEV

¿Quiénes? ¿Nosotros?... Ah, quieres decir... No es lo mismo. Oh, no, no es lo mismo. ¡Y además matamos para construir un mundo en el que nadie mate nunca más! Aceptamos ser criminales para que la tierra se cubra por fin de inocentes.

DORA

¿Y si no ocurriera eso?

KALIAYEV

Calla, bien sabes que es imposible. Entonces Stepan tendría razón. Y habría que escupir a la belleza a la cara.

DORA

Soy más antigua que tú en la Organización. Sé que nada es sencillo. Pero tú tienes fe... Todos necesitamos fe.

KALIAYEV

¿Fe? No. Uno solo la tenía.

DORA

Tú tienes fuerza de ánimo. Y te abrirás paso hasta llegar al fin. ¿Por qué has querido arrojar la primera bomba?

KALIAYEV

¿Puede hablarse de la acción terrorista sin participar en ella?

DORA

No.

KALIAYEV

Hay que estar en la primera fila.

DORA *(que parece reflexionar)*

Sí. Hay la primera fila y hay el último momento. Debemos pensar en ello. Ahí está el coraje, la exaltación que necesitamos..., que tú necesitas.

KALIAYEV

Desde hace un año, no pienso en otra cosa. Por este momento he vivido hasta ahora. Y ahora sé que quisiera morir allí mismo, al lado del gran duque. Perder mi sangre hasta la última gota, o arder de una sola vez, en la llama de la explosión, y no dejar nada tras de mí. ¿Comprendes por qué he pedido arrojar la bomba? Morir por la causa es la única manera de estar a su altura. Es la justificación.

DORA
Yo también deseo esa muerte.

KALIAYEV
Sí, es una felicidad envidiable. Por la noche, a veces me agito en mi jergón de buhonero. Un pensamiento me atormenta: nos han convertido en asesinos. Pero pienso al mismo tiempo que voy a morir, y entonces mi corazón se apacigua. Sonrío, ¿sabes?, y me duermo como un niño.

DORA
Está bien así, Yanek. Matar y morir. Pero en mi opinión, hay una felicidad todavía mayor. (*Pausa.* KALIAYEV *la mira. Ella baja los ojos.*) El cadalso.

KALIAYEV (*febrilmente*)
Lo he pensado. Morir en el momento del atentado deja algo inconcluso. Entre el atentado y el cadalso, en cambio, hay toda una eternidad, la única posible quizá para el hombre.

DORA (*con voz apremiante, cogiéndole las manos*)
Ese pensamiento debe ayudarte. Pagamos más de lo que debemos.

KALIAYEV
¿Qué quieres decir?

DORA
Nos vemos obligados a matar, ¿verdad? ¿Sacrificamos deliberadamente una vida, una sola?

KALIAYEV
Sí.

DORA

Pero ir hacia el atentado y luego hacia el cadalso, es dar dos veces la vida. Pagamos más de lo que debemos.

KALIAYEV

Sí, es morir dos veces. Gracias, Dora. Nadie puede reprocharnos nada. Ahora estoy seguro de mí. *(Silencio.)* ¿Qué te pasa, Dora? ¿No dices nada?

DORA

Quisiera ayudarte un poco más. Sólo que...

KALIAYEV

¿Sólo qué?

DORA

No, estoy loca.

KALIAYEV

¿Desconfías de mí?

DORA

Oh, no, querido, desconfío de mí. Desde la muerte de Schweitzer a veces se me ocurren ideas raras. Y además, no me corresponde a mí decirte qué es lo que será difícil.

KALIAYEV

Me gusta lo difícil. Si me estimas, habla.

DORA *(mirándole)*

Lo sé. Eres valiente. Eso es lo que me inquieta. Te ríes, te exaltas, te encaminas al sacrificio lleno de fervor. Pero dentro de algunas horas habrá que salir de este sueño y actuar. Quizá sea mejor hablar antes... para evitar una sorpresa, un desfallecimiento...

KALIAYEV

No tendré desfallecimientos. Dime lo que piensas.

DORA

Bueno, pues el atentado, el cadalso, morir dos veces,

es lo más fácil. Te bastará el ánimo. Pero la primera fila... *(Se calla, le mira y parece vacilar.)* En la primera fila vas a verlo...

KALIAYEV
¿A quién?

DORA
Al gran duque.

KALIAYEV
Un segundo apenas.

DORA
¡Un segundo en que vas a verlo! ¡Oh, Yanek, tienes que saberlo, tienes que estar prevenido! Un hombre es un hombre. El gran duque quizá tenga ojos bondadosos. Lo verás rascarse la oreja o sonreír alegremente. Quién sabe, tal vez tenga un pequeño tajo hecho con la navaja de afeitar. Y si te mira en ese momento...

KALIAYEV
No es a él a quien voy a matar. Mato al despotismo.

DORA
Claro, claro. Hay que matar al despotismo. Yo prepararé la bomba y al sellar el tubo, ¿sabes?, en el momento más difícil, cuando los nervios están tensos, sentiré, sin embargo, una extraña felicidad en el corazón. Pero no conozco al gran duque y mi tarea sería menos fácil si mientras lo hago estuviera sentado delante de mí. Tú vas a verlo de cerca. Muy de cerca...

KALIAYEV *(con violencia)*
No lo veré.

DORA
¿Por qué? ¿Vas a cerrar los ojos?

KALIAYEV
No. Pero, Dios mediante, el odio me llegará en el momento oportuno, y me cegará.

Llaman. Una vez. Permanecen inmóviles. Entran STEPAN *y* VOINOV.

Voces en la antesala. Entra ANNENKOV.

ANNENKOV

Es el portero. El gran duque irá al teatro mañana. *(Les mira.)* Todo debe estar listo, Dora.

DORA *(con voz sorda)*

Sí. *(Sale lentamente.)*

KALIAYEV *(la mira salir y en voz baja, volviéndose hacia* STEPAN).

Lo mataré. ¡Con alegría!

TELÓN

Acto segundo

Al día siguiente, por la noche. En el mismo lugar.

Annenkov *mira por la ventana.* Dora *está junto a la mesa.*

Annenkov
Están en sus puestos. Stepan ha encendido su cigarrillo.

Dora
¿A qué hora debe pasar el gran duque?

Annenkov
De un momento a otro. Escucha. ¿No es una calesa? No.

Dora
Siéntate. Ten paciencia.

Annenkov
¿Y las bombas?

Dora
Siéntate. No podemos hacer nada más.

Annenkov
Sí. Envidiarles.

Dora
Tu puesto está aquí. Eres el jefe.

ANNENKOV

Soy el jefe. Pero Yanek vale más que yo, y es él quien tal vez...

DORA

El riesgo es el mismo para todos. Para el que arroja y para el que no arroja.

ANNENKOV

El riesgo es al fin el mismo. Pero por el momento Yanek y Alexis están en la línea de fuego. Sé que no debo estar con ellos. Sin embargo, a veces tengo miedo de aceptar con demasiada facilidad mi papel. Es cómodo, después de todo, verse obligado a no arrojar la bomba.

DORA

¿Y aunque así fuera? Lo esencial es que hagas lo que debes, y hasta el fin.

ANNENKOV

¡Qué tranquila estás!

DORA

No estoy tranquila: tengo miedo. Hace tres años que estoy con vosotros, dos años que fabrico bombas. He ejecutado todo y creo que no he olvidado nada.

ANNENKOV

Por supuesto, Dora.

DORA

Bueno, pues hace tres años que tengo miedo, ese miedo que apenas la abandona a una en el sueño y que se recupera fresco por la mañana. De modo que he tenido que acostumbrarme. He aprendido a estar tranquila en el momento en que tengo más miedo. No hay de qué enorgullecerse.

ANNENKOV

Al contrario, enorgullécete. Yo no he dominado nada. Sabes que echo de menos los tiempos de antes, la vida brillante, las mujeres... Sí, me gustaban las mujeres, el vino, aquellas noches interminables.

DORA

Me lo sospechaba, Boria. Por eso te quiero tanto. Tu corazón no ha muerto. Y es preferible que desee todavía el placer a ese horrible silencio que se instala a veces en el mismo lugar del grito.

ANNENKOV

¿Qué estás diciendo? ¿Tú? No es posible.

DORA

Escucha.

DORA *se yergue bruscamente. Ruido de carruaje, luego silencio.*

DORA

No. No es él. Me late el corazón. Ya ves, todavía no he aprendido nada.

ANNENKOV *(se dirige a la ventana)*

Atención. Stepan hace una señal. Es él.

Se oye, en efecto, el lejano rodar de un carruaje que se acerca cada vez más, pasa bajo las ventanas y comienza a alejarse. Largo silencio.

ANNENKOV

Dentro de unos segundos...

Escuchan.

ANNENKOV

Qué largo se hace.

DORA *hace un ademán. Largo silencio. Se oyen campanas a lo lejos.*

ANNENKOV

No es posible. Yanek ya hubiera arrojado la bomba... El coche debe de haber llegado al teatro. ¿Y Alexis? ¡Mira! Stepan vuelve sobre sus pasos y corre hacia el teatro.

DORA *(abalanzándose hacia él)*

Han detenido a Yanek. Lo han detenido, con seguridad. Hay que hacer algo.

ANNENKOV

Espera. *(Escucha.)* No. Se acabó.

DORA

¿Cómo ha sucedido? ¡Yanek detenido sin haber hecho nada! Estaba dispuesto a todo, lo sé. Quería la prisión y el proceso. ¡Pero después de haber matado al gran duque! ¡No así, no, no así!

ANNENKOV *(mirando hacia afuera)*

¡Voinov! ¡Rápido!

DORA *va abrir. Entra* VOINOV, *con semblante descompuesto.*

ANNENKOV

Alexis, pronto, habla.

VOINOV

No sé nada. Yo esperaba la primera bomba. Vi que el coche daba la vuelta y no pasaba nada. Perdí la cabeza. Creí que en el último momento habías cambiado nuestros planes, vacilé. Y entonces corrí hasta aquí...

ANNENKOV

¿Y Yanek?

VOINOV

No lo he visto.

DORA

Lo han detenido.

ANNENKOV *(que sigue mirando hacia afuera)*

¡Ahí está!

El mismo juego escénico. Entra KALIAYEV *con el rostro bañado en lágrimas.*

KALIAYEV *(delirante)*

Hermanos, perdonadme. No pude.

DORA *se le acerca y le coge la mano.*

DORA
No es nada.

ANNENKOV
¿Qué ha pasado?

DORA (*a* KALIAYEV)
No es nada. A veces, en el último momento todo se derrumba.

ANNENKOV
Pero no es posible.

DORA
Déjalo. No eres el único, Yanek. Schweitzer tampoco pudo la primera vez.

ANNENKOV
Yanek, ¿te ha dado miedo?

KALIAYEV (*sobresaltándose*)
Miedo, no. ¡No tienes derecho a...!

Llaman con la señal convenida. A una señal de ANNENKOV, VOINOV *sale.* KALIAYEV *está postrado. Silencio. Entra* STEPAN.

ANNENKOV
¿Y?

STEPAN
Iban niños en el carruaje del gran duque.

ANNENKOV
¿Niños?

STEPAN
Sí. El sobrino y la sobrina del gran duque.

ANNENKOV
El gran duque iría solo, según Orlov.

STEPAN
Estaba también la gran duquesa. Era demasiada gente,

supongo, para nuestro poeta. Por fortuna, los soplones no vieron nada.

ANNENKOV *habla a* STEPAN *en voz baja. Todos miran a* KALIAYEV, *que alza los ojos hacia* STEPAN.

KALIAYEV *(enajenado)*

Yo no podía prever... Niños, niños sobre todo. ¿Has mirado a los niños? Esa mirada grave que tienen a veces... Nunca he podido sostener esa mirada... Un segundo antes, sin embargo, en la oscuridad, en el rincón de la placita, yo me sentía feliz. Cuando las linternas de la calesa comenzaron a brillar a lo lejos, mi corazón empezó a palpitar de alegría, te lo juro. Latía cada vez más fuerte a medida que aumentaba el ruido. Hacía el mismo ruido en mí. Me daban ganas de saltar. Creo que estaba riéndome. Y decía: «Sí, sí...» ¿Comprendes? *(Aparta la mirada de* STEPAN *y recobra su actitud abatida.)* Corrí hacia el coche. En ese momento los vi. Ellos no reían. Estaban muy erguidos y miraban al vacío. ¡Qué aire tan triste tenían! Perdidos en sus trajes de gala, con las manos sobre los muslos, el busto rígido a cada lado de la portezuela. No vi a la gran duquesa, sólo a ellos. Si me hubieran mirado, creo que habría arrojado la bomba. Para apagar por lo menos esa mirada triste. Pero seguían mirando hacia adelante. *(Alza los ojos hacia los otros. Silencio. Más bajo todavía.)* Entonces no sé qué pasó. Mi brazo se debilitó. Me temblaban las piernas. Un segundo después era ya demasiado tarde. *(Silencio. Mira al suelo.)* Dora, ¿he soñado? Me pareció que las campanas sonaban en ese momento.

DORA

No, Yanek, no soñaste.

Apoya la mano en el brazo de KALIAYEV. *Éste alza la cabeza y los ve a todos mirándole. Se levanta.*

KALIAYEV

Miradme, hermanos; mírame, Boria, no soy un cobarde, no me he echado atrás. No los esperaba. Todo ocurrió demasiado rápidamente. Aquellas dos caritas serias y en mi mano ese peso terrible. Había que arrojarlo sobre ellos. Así. Directo. ¡Oh, no! No pude. *(Desplaza su mirada de uno a otro.)* En otro tiempo, cuando conducía el coche, en mi casa, en Ucrania, iba como el viento, no temía nada. Nada en el mundo, salvo atropellar a un niño. Me imaginaba el choque, la cabeza frágil golpeando el suelo... *(Calla.)* Ayudadme... *(Silencio.)* Quería matarme. He vuelto porque pensé que debía rendiros cuentas, que vosotros sois mis únicos jueces, que me diréis si tenía razón o no, que no podíais equivocaros. Pero no decís nada.

DORA *se le acerca hasta tocarlo. Él les mira; con voz abatida.*

KALIAYEV

Propongo esto: Si decidís que hay que matar a esos niños, esperaré a la salida del teatro y arrojaré solo la bomba a la calesa. Sé que no fallaré. No tenéis más que decir, yo obedeceré a la Organización.

STEPAN

La Organización te había ordenado que mataras al gran duque.

KALIAYEV

Es verdad. Pero no me había pedido que asesinara niños.

ANNENKOV

Yanek tiene razón. Eso no estaba previsto.

STEPAN

Debía obedecer.

ANNENKOV

Yo soy el responsable. Tenía que estar todo previsto para que nadie pudiera dudar acerca de su tarea. Lo único que debemos decidir es si dejamos escapar definitivamente esta ocasión o si ordenamos a Yanek que espere a la salida del teatro. Alexis, ¿qué dices?

VOINOV

No sé. Creo que yo hubiera hecho lo mismo que Yanek. Pero no estoy seguro de mí. *(Más bajo.)* Me tiemblan las manos.

ANNENKOV

¿Dora?

DORA *(con violencia)*

Yo hubiera retrocedido, como Yanek. ¿Puedo aconsejar a los demás lo que yo misma no podría hacer?

STEPAN

¿Os dais cuenta de lo que significa esta decisión? Dos meses de vigilancia, de terribles peligros corridos y evitados, dos meses perdidos para siempre. Egor detenido por nada. Rikov colgado por nada. ¿Y habrá que empezar de nuevo? ¿Otra vez largas semanas de vigilancia y astucia, de tensión incesante, antes de encontrar otra ocasión propicia? ¿Estáis locos?

ANNENKOV

Dentro de dos días, el gran duque volverá al teatro, lo sabes.

STEPAN

Dos días en que corremos el riesgo de que nos pesquen, tú mismo lo dijiste.

KALIAYEV

Voy.

DORA

¡Espera! (*A* STEPAN.) ¿Tú podrías, Stepan, con los ojos abiertos, tirar a quemarropa sobre un niño?

STEPAN

Podría, si la Organización lo ordenara.

DORA

¿Por qué cierras los ojos?

STEPAN

¿Yo? ¿He cerrado los ojos?

DORA

Sí.

STEPAN

Entonces fue para imaginarme mejor la escena y contestar con conocimiento de causa.

DORA

Abre los ojos y comprende que la Organización perdería su poder y su influencia si tolerara, por un solo momento, que nuestras bombas aniquilaran niños.

STEPAN

No tengo bastante corazón para esas tonterías. El día en que nos decidamos a olvidar a los niños, seremos los amos del mundo y la revolución triunfará.

DORA

Ese día la humanidad entera odiará a la revolución.

STEPAN

Qué importa, si la amamos lo bastante para imponerla a la humanidad entera y para salvarla de sí misma y de su esclavitud.

DORA

¿Y si la humanidad entera rechaza la revolución? ¿Y si el pueblo entero, por el que luchas, se niega a que maten a sus hijos? ¿Habrá que castigarlo también?

STEPAN

Si es necesario, sí, hasta que comprenda. Yo también amo al pueblo.

DORA

El amor al pueblo no tiene ese rostro.

STEPAN

¿Quién lo dice?

DORA

Yo, Dora.

STEPAN

Eres una mujer y tienes una idea desdichada del amor.

DORA *(con violencia)*

Pero tengo una idea justa de lo que es la vergüenza.

STEPAN

Yo también tuve vergüenza, una sola vez, y por culpa de los demás. Cuando me azotaron. Porque me azotaron. ¿Sabéis lo que es el látigo? Vera estaba a mi lado y se suicidó en señal de protesta. Yo he seguido viviendo. ¿De qué había de tener vergüenza, ahora?

ANNENKOV

Stepan, aquí todo el mundo te quiere y te respeta. Pero cualesquiera que sean tus razones, yo no puedo dejarte decir que todo está permitido. Cientos de nuestros hermanos han muerto para que se sepa que no todo está permitido.

STEPAN

Nada de lo que pueda servir a nuestra causa está prohibido.

ANNENKOV *(con ira)*

¿Está permitido entrar en la policía y hacer doble juego, como proponía Evno? ¿Tú lo harías?

STEPAN

Sí, si fuera necesario.

ANNENKOV *(levantándose)*

Stepan, olvidaremos lo que acabas de decir en consideración a lo que has hecho por nosotros y con nosotros. Pero recuerda esto: se trata de saber si dentro de un instante hemos de lanzar bombas contra esos dos niños.

STEPAN

¡Niños! Es la única palabra que tenéis en la boca. Pero ¿es que no comprendéis nada? Porque Yanek no mató a esos dos, miles de niños rusos seguirán muriendo de hambre durante años. ¿Habéis visto morir de hambre a los niños? Yo sí. Y la muerte por una bomba es un placer comparada con ésa. Pero Yanek no los ha visto. Sólo vio a los dos perros sabios del gran duque. ¿No sois hombres? ¿Vivís sólo en el momento presente? Entonces elegid la caridad y curad tan sólo el mal de cada día, no elijáis la revolución que quiere curar todos los males, los presentes y los por venir.

DORA

Yanek está conforme en matar al gran duque, ya que su muerte puede anticipar el día en que los niños rusos no se mueran de hambre. Eso no es fácil. Pero la muerte de los sobrinos del gran duque no impedirá que ningún niño se muera de hambre. Hasta en la destrucción hay un orden, hay límites.

STEPAN *(violentamente)*

No hay límites. La verdad es que vosotros no creéis en la revolución. *(Todos se levantan, menos* YANEK.) Vosotros no creéis. Si creyérais totalmente, completamente, en ella, si estuviérais seguros de que con nuestros sacrificios y nuestras victorias llegaremos a construir una Rusia liberada del despotismo, una tierra de libertad que acabará por cubrir el mundo entero, si no dudárais de que entonces el hombre, liberado de sus amos y de sus prejuicios alzará al cielo la cara de los verdaderos dioses, ¿qué pesaría la muerte de dos niños? Admitiríais que os asisten todos los derechos, todos, ¿me oís? Y si esta muerte os detiene es porque no tenéis seguridad de estar en vuestro derecho. No creéis en la revolución.

Silencio. KALIAYEV *se levanta.*

KALIAYEV

Stepan, me avergüenzo de mí y sin embargo no dejaré que sigas. Acepté matar para abatir el despotismo. Pero detrás de lo que dices veo anunciarse un despotismo que, si alguna vez se instala, hará de mí un asesino cuando trato de ser un justiciero.

STEPAN

Qué importa que no seas un justiciero si se hace justicia aun por medio de asesinos. Tú y yo no somos nada.

KALIAYEV
Somos algo y bien lo sabes, ya que aún hoy hablas en nombre de tu orgullo.

STEPAN
Mi orgullo es cosa mía. Pero el orgullo de los hombres, su rebeldía, la injusticia en que viven, es cosa de todos nosotros.

KALIAYEV
Los hombres no viven sólo de justicia.

STEPAN
Cuando les roban el pan, ¿de qué podrían vivir, sino de justicia?

KALIAYEV
De justicia y de inocencia.

STEPAN
¿Inocencia? Tal vez la conozco. Pero decidí ignorarla y hacérsela ignorar a millares de hombres para que un día adquiera un sentido más grande.

KALIAYEV
Hay que estar muy seguro de que llegará ese día para negar todo lo que hace que un hombre consienta en vivir.

STEPAN
Yo estoy seguro.

KALIAYEV
No puedes estarlo. Para saber quién de los dos, tú o yo, tiene razón, se necesitará quizá el sacrificio de tres generaciones, varias guerras, revoluciones terribles. Cuando esta lluvia de sangre se haya secado sobre la tierra, tú y yo llevaremos ya mucho tiempo confundidos con el polvo.

STEPAN
Otros vendrán entonces, y los saludo como a hermanos.

KALIAYEV (*gritando*)

Otros... ¡Sí! Pero yo amo a los que viven hoy en la misma tierra que yo, y es a ellos a quienes saludo. Por ellos lucho y consiento en morir. Y por una ciudad lejana, de la que no estoy seguro, no iré a golpear el rostro de mis hermanos. No iré a aumentar la injusticia viviente por una justicia muerta. *(Más bajo, pero con firmeza.)* Hermanos, quiero hablaros francamente y deciros por lo menos esto que podría decir el más simple de nuestros campesinos: matar niños es contrario al honor. Y si alguna vez, en vida mía, la revolución llegara a separarse del honor, yo me apartaría de ella. Si lo decidís, iré dentro de un instante a la salida del teatro, pero me arrojaré bajo los caballos.

STEPAN

El honor es un lujo reservado a los que tienen carruajes.

KALIAYEV

No. Es la última riqueza del pobre. Tú lo sabes, y también sabes que hay un honor en la revolución. Por él aceptamos morir. Ése es el honor que te alzó un día bajo el látigo, Stepan, y el que te hace hablar aún hoy.

STEPAN (*gritando*)

Cállate. Te prohíbo que hables de eso.

KALIAYEV (*arrebatado*)

¿Por qué había de callarme? Te dejé decir que yo no creía en la revolución. Eso equivalía a decirme que soy capaz de matar al gran duque por nada, que soy un asesino. Te lo dejé decir y no te pegué.

ANNENKOV

¡Yanek!

STEPAN

No matar bastante, a veces, es matar por nada.

ANNENKOV
Stepan, aquí nadie comparte tu opinión. La decisión está tomada.

STEPAN
Entonces me inclino. Pero repetiré que el terror no es para los delicados. Somos homicidas y hemos elegido serlo.

KALIAYEV (*fuera de sí*)
No. Yo elegí morir para que el crimen no triunfe. Elegí ser inocente.

ANNENKOV
¡Yanek, Stepan, basta! La Organización ha decidido que el asesinato de esos niños es inútil. Hay que proseguir la vigilancia. Debemos estar dispuestos a empezar de nuevo dentro de dos días.

STEPAN
¿Y si los niños siguen con él?

KALIAYEV
Esperaremos una nueva ocasión.

STEPAN
¿Y si la gran duquesa acompaña al gran duque?

KALIAYEV
No la perdonaré.

ANNENKOV
Escuchad.

Ruido de un coche. KALIAYEV *se dirige irresistiblemente hacia la ventana. Los otros esperan. El coche se acerca, pasa bajo las ventanas y desaparece.*

VOINOV (*mirando a* DORA, *que se dirige hacia él*)
Hay que volver a empezar, Dora...

STEPAN (*con desprecio*)
Sí, Alexis, volver a empezar... ¡Pero hay que hacer algo por el honor!

TELÓN

Acto tercero

En el mismo lugar, a la misma hora, dos días después.

STEPAN
¿Qué hace Voinov? Ya debería estar aquí.

ANNENKOV
Necesita dormir. Y todavía tenemos una media hora por delante.

STEPAN
Puedo ir en busca de noticias.

ANNENKOV
No. Hay que limitar los riesgos.

Silencio.

ANNENKOV
Yanek, ¿por qué no dices nada?

KALIAYEV
No tengo nada que decir. No te preocupes.

Llaman.

KALIAYEV
Ahí está.

Entra VOINOV.

ANNENKOV
¿Has dormido?

VOINOV
Sí, un poco.

ANNENKOV
¿Toda la noche?

VOINOV
No.

ANNENKOV
Era necesario. Hay medios.

VOINOV
Lo intenté. Tenía demasiado cansancio.

ANNENKOV
Te tiemblan las manos.

VOINOV
No. *(Todos le miran.)* ¿Por qué me miráis? ¿Uno no puede estar cansado?

ANNENKOV
Se puede estar cansado. Pensamos en ti.

VOINOV *(con súbita violencia)*
Había que haberlo pensado anteayer. Si hubiéramos arrojado la bomba hace dos días, no estaríamos cansados ahora.

KALIAYEV
Perdóname, Alexis. He complicado las cosas.

VOINOV *(en voz más baja)*
¿Quién dice eso? ¿Por qué has de haberlas complicado? Estoy cansado nada más.

DORA
Ahora todo irá rápidamente. Dentro de una hora habrá acabado todo.

VOINOV
Sí, habrá acabado. Dentro de una hora...

Mira a su alrededor. DORA *se le acerca y le coge la mano. Él abandona su mano, luego la retira con violencia.*

VOINOV

Boria, quisiera hablar contigo.

ANNENKOV

¿A solas?

VOINOV

A solas.

Se miran. KALIAYEV, DORA *y* STEPAN *salen.*

ANNENKOV

¿Qué pasa? (VOINOV *calla.*) Dímelo, por favor...

VOINOV

Me da vergüenza, Boria.

Silencio.

VOINOV

Me da vergüenza. Debo decirte la verdad.

ANNENKOV

¿No quieres arrojar la bomba?

VOINOV

No podré arrojarla.

ANNENKOV

¿Tienes miedo? ¿No es más que eso? Eso no es para avergonzarse.

VOINOV

Tengo miedo y me da vergüenza tener miedo.

ANNENKOV

Pero anteayer estabas alegre y animoso. Cuando saliste te brillaban los ojos.

VOINOV

Siempre he tenido miedo. Anteayer había juntado todo mi valor, nada más. Cuando oí rodar el carruaje a lo lejos, me dije: «¡Vamos! Es cosa de un minuto.» Apretaba los dientes. Tenía todos los músculos tensos. Iba a arrojar la bomba con tanta violencia como si tuviera que matar al gran duque con el choque. Esperaba la primera explosión para hacer estallar toda la fuerza acumulada en mí. Y entonces, nada. El carruaje llegó hasta mí. ¡Qué rápido corría! Me dejó atrás. Comprendí que Yanek no había arrojado la bomba. En ese momento me traspasó un frío terrible. Y de golpe me sentí débil como un niño.

ANNENKOV

No era nada, Alexis. La vida refluye en seguida.

VOINOV

Hace dos días que la vida no vuelve. He mentido hace un rato, no dormí anoche. Me latía con demasiada fuerza el corazón. ¡Ay!, Boria, estoy desesperado.

ANNENKOV

No debes estarlo. Todos nos hemos sentido como tú. No arrojarás la bomba. Un mes de descanso en Finlandia y volverás con nosotros.

VOINOV

No. Es otra cosa. Si no lanzo la bomba ahora, no la arrojaré nunca.

ANNENKOV

¿Cómo?

VOINOV

No estoy hecho para el terrorismo. Ahora lo sé. Más vale que os deje. Militaré en los comités, en la propaganda.

ANNENKOV

Los riesgos son los mismos.

VOINOV

Sí, pero se puede actuar cerrando los ojos. No se sabe nada.

ANNENKOV

¿Qué quieres decir?

VOINOV *(febrilmente)*

No se sabe nada. Es fácil asistir a reuniones, discutir la situación y transmitir después la orden a ejecutar. Se arriesga la vida, pero a ciegas, sin ver nada. En cambio, estar en pie cuando cae la noche sobre la ciudad, en medio de la multitud de los que aprietan el paso para encontrar la sopa caliente, los hijos, el calor de una mujer, estar en pie y mudo, con el peso de la bomba en la mano, y saber que dentro de tres minutos, dentro de dos minutos, dentro de unos segundos te precipitarás al encuentro de un carruaje resplandeciente, eso es el terror. Y ahora sé que no podré empezar de nuevo sin sentirme vacío de sangre. Sí, me da vergüenza. He apuntado demasiado alto. Tengo que trabajar en mi puesto. Un puesto muy pequeño. El único del que soy digno.

ANNENKOV

No hay puesto pequeño. La prisión y la horca están siempre al final.

VOINOV

Pero no se ven como se ve al que vamos a matar. Hay que imaginarlas. Por suerte, yo no tengo imaginación. *(Se ríe nerviosamente.)* Nunca llegué a creer realmente en la policía secreta. Es raro en un terrorista, ¿eh? Al primer puntapié en el vientre creeré. Antes, no.

ANNENKOV

¿Y una vez en la cárcel? En la cárcel se sabe y se ve. Ya no hay olvido.

VOINOV

En la cárcel no hay decisión que tomar. ¡Sí, es eso, no tomar más decisiones! No tener que decirse: «Vamos, te toca a ti; tú, tú tienes que decidir el segundo en que vas a abalanzarte.» Ahora estoy seguro de que si me detienen, no intentaré evadirme. Para evadirse todavía se necesita inventiva, hay que tomar la iniciativa. Si no te evades, son los demás los que se quedan con la iniciativa. Ellos cargan con todo el trabajo.

ANNENKOV

Trabajan para colgarte, a veces.

VOINOV *(con desesperación)*

A veces. Pero me será menos difícil morir que llevar mi vida y la de otro en la mano y decidir el momento en que precipitaré esas dos vidas en las llamas. No, Boria, la única manera que tengo de redimirme es aceptar lo que soy. (ANNENKOV *calla.*) Hasta los cobardes pueden servir a la revolución. Basta con encontrarles su puesto.

ANNENKOV

Entonces todos somos cobardes. Pero no siempre tenemos ocasión de comprobarlo. Haz lo que quieras.

VOINOV

Prefiero marcharme en seguida. Me parece que no podría mirarles a la cara. Pero tú se lo dirás.

ANNENKOV

Yo se lo diré.

Se le acerca.

VOINOV

Dile a Yanek que él no tiene la culpa. Y que le quiero como os quiero a todos.

Silencio. ANNENKOV *le besa.*

ANNENKOV

Adiós, hermano. Todo terminará. Rusia será feliz.

VOINOV *(huyendo)*

¡Oh, sí! ¡Que sea feliz! ¡Que sea feliz!

ANNENKOV *se dirige a la puerta.*

ANNENKOV
Venid.

Entran todos con DORA.

STEPAN
¿Qué pasa?

ANNENKOV
Voinov no arrojará la bomba. Está agotado. No sería seguro.

KALIAYEV
Tengo yo la culpa, ¿verdad, Boria?

ANNENKOV
Me ha dicho que te quiere.

KALIAYEV
¿Volveremos a verle?

ANNENKOV
Tal vez. Por ahora nos deja.

STEPAN
¿Por qué?

ANNENKOV
Será más útil en los comités.

STEPAN
¿Lo ha pedido él? ¿Así que tiene miedo?

ANNENKOV
No. Lo he decidido yo.

STEPAN
¿A una hora del atentado, nos privas de un hombre?

ANNENKOV
A una hora del atentado he tenido que decidir solo. Es demasiado tarde para discutir. Ocuparé yo el lugar de Voinov.

STEPAN

Me corresponde a mí por derecho.

KALIAYEV (*a* ANNENKOV)

Tú eres el jefe. Tu deber es quedarte aquí.

ANNENKOV

Un jefe tiene a veces el deber de ser cobarde. Pero a condición de que se ponga a prueba su firmeza, llegado el caso. Estoy decidido. Stepan, tú me reemplazarás el tiempo que haga falta. Ven, tienes que conocer las instrucciones.

Salen. KALIAYEV *se sienta.* DORA *se le acerca y le tiende una mano. Pero cambia de opinión.*

DORA

Tú no tienes la culpa.

KALIAYEV

Le hice daño, mucho daño. ¿Sabes qué me dijo el otro día?

DORA

Repetía sin cesar que era feliz.

KALIAYEV

Sí, pero me dijo que no había felicidad para él fuera de nuestra comunidad. «Estamos nosotros, decía, la Organización. Y después no hay nada. Es una orden de caballería.» ¡Qué lástima, Dora!

DORA

Volverá.

KALIAYEV

No. Me imagino lo que yo sentiría en su lugar. Yo estaría desesperado.

DORA

Y ahora, ¿no lo estás?

KALIAYEV *(con tristeza)*
¿Ahora? Estoy con vosotros y soy feliz como lo era él.

DORA *(lentamente)*
Es una gran felicidad.

KALIAYEV
Es una felicidad muy grande. ¿No piensas como yo?

DORA
Pienso como tú. Entonces, ¿por qué estás triste? Hace dos días tu rostro estaba resplandeciente. Parecía que ibas a una gran fiesta. Hoy...

KALIAYEV *(levantándose, con gran agitación)*
Hoy sé lo que no sabía. Tenías razón, no es tan sencillo. Yo creía que era fácil matar, que bastaba la idea, y el valor. Pero no soy tan grande y ahora sé que no hay felicidad en el odio. Tanto mal, tanto mal, en mí y en los demás. El crimen, la cobardía, la injusticia... Oh, tengo, tengo que matarlo... ¡Pero llegaré hasta el fin! ¡Más lejos que el odio!

DORA
¿Más lejos que el odio? No hay nada.

KALIAYEV
Está el amor.

DORA
¿El amor? No, no es eso lo que hace falta.

KALIAYEV
Oh, Dora, cómo puedes decirme eso, a mí, que conozco tu corazón...

DORA
Hay demasiada sangre, demasiada violencia. Los que aman de verdad a la justicia no tienen derecho al amor. Están erguidos como lo estoy yo, con la cabeza alta, con los ojos fijos. ¿Qué pinta el amor en esos co-

razones orgullosos? El amor curva dulcemente las cabezas, Yanek. Nosotros tenemos la nuca rígida.

KALIAYEV
Pero nosotros amamos a nuestro pueblo.

DORA
Lo amamos, es cierto. Lo queremos con un vasto amor sin apoyo, con un amor desdichado. Vivimos lejos de él, encerrados en nuestras habitaciones, perdidos en nuestros pensamientos. Y el pueblo ¿nos quiere? ¿Sabe que le queremos? El pueblo calla. ¡Qué silencio, qué silencio...!

KALIAYEV
Pero eso es el amor; darlo todo, sacrificarlo todo sin esperanza de reciprocidad.

DORA
Tal vez. El amor absoluto, la alegría pura y solitaria es lo que me quema, sí. En ciertos momentos, sin embargo, me pregunto si el amor no es otra cosa, si puede dejar de ser un monólogo, y si no hay respuesta a veces. Me lo imagino, ¿sabes?: el sol brilla, las cabezas se curvan dulcemente, el corazón abandona su orgullo, los brazos se abren. ¡Ay!, Yanek, si una pudiera olvidar, aunque sólo fuera por una hora, la miseria atroz de este mundo y dejarse llevar. Una sola hora de egoísmo, ¿te lo imaginas?

KALIAYEV
Sí, Dora, eso se llama ternura.

DORA
Lo adivinas todo, querido, eso se llama ternura. Pero ¿la conoces de verdad? ¿Amas a la justicia con ternura? (KALIAYEV *calla.*) ¿Amas a nuestro pueblo con ese abandono y esa dulzura o, por el contrario, con la llama de la venganza y de la rebeldía? (KALIAYEV *sigue callado.*) Ya lo ves. *(Se le acerca; en tono muy débil.)* Y a mí, ¿me amas con ternura?

KALIAYEV *la mira.*

KALIAYEV *(después de un silencio)*
Nadie te querrá nunca como yo te quiero.

DORA
Lo sé. Pero ¿no es preferible querer como todo el mundo?

KALIAYEV
No soy cualquiera. Te quiero como soy.

DORA
¿Me quieres más que a la justicia, más que a la Organización?

KALIAYEV
No te separo de la Organización y la justicia.

DORA
Sí, pero contéstame; te lo ruego, contéstame. ¿Me quieres en la soledad, con ternura, con egoísmo? ¿Me querrías si fuera injusta?

KALIAYEV
Si fueras injusta y pudiese quererte, no te querría a ti.

DORA
No contestas. Dime esto solamente; ¿me querrías si yo no estuviera en la Organización?

KALIAYEV
¿Dónde estarías, entonces?

DORA
Recuerdo el tiempo en que estudiaba. Reía. Era hermosa entonces. Me pasaba las horas paseando y soñando. ¿Me querrías ligera y despreocupada?

KALIAYEV *(vacila; en voz muy baja)*
Me muero de ganas de decirte que sí.

DORA *(lanzando un grito)*
Entonces di que sí, querido, si lo piensas y si es cierto.

Sí, frente a la justicia, delante de la miseria y del pueblo encadenado. Sí, sí, te lo ruego, a pesar de la agonía de los niños, a pesar de los ahorcados y de los azotados hasta la muerte...

KALIAYEV
Calla, Dora.

DORA
No, que una vez por lo menos hable el corazón. Espero que me llames a mí, a Dora, que me llames por encima de este mundo envenenado de injusticia...

KALIAYEV *(brutalmente)*
Calla. Mi corazón sólo me habla de ti. Pero, dentro de un instante, no deberé temblar.

DORA *(enajenada)*
¿Dentro de un instante? Sí, me olvidaba... *(Se ríe como si llorara.)* No, está muy bien, querido. No te enojes, no he sido razonable. Es el cansancio. Yo tampoco hubiera podido decirlo. Te quiero con el mismo amor casi obsesivo, en la justicia y las prisiones. El verano, Yanek, ¿recuerdas? Pero no, es el eterno invierno. No somos de este mundo, somos justos. Hay un calor que no es para nosotros. *(Apartándose.)* ¡Ay, piedad para los justos!

KALIAYEV *(mirándola con desesperación)*
Sí, ésa es nuestra parte, el amor es imposible. Pero mataré al gran duque y habrá entonces una paz tanto para ti como para mí.

DORA
¡La paz! ¿Cuándo la encontraremos?

KALIAYEV *(con violencia)*
Al día siguiente.

Entran ANNENKOV *y* STEPAN. DORA *y* KALIAYEV *se alejan uno del otro.*

ANNENKOV

¡Yanek!

KALIAYEV

En seguida. *(Respira profundamente.)* Por fin, por fin...

STEPAN *(acercándosele)*

Adiós, hermano, estoy contigo.

KALIAYEV

Adiós, Stepan. *(Se vuelve hacia* DORA.*)* Adiós, Dora.

DORA *se le acerca. Están muy cerca uno del otro, pero no se tocan.*

DORA

No, adiós, no. Hasta la vista. Hasta la vista, querido. Nos encontraremos.

Él la mira. Silencio.

KALIAYEV

Hasta la vista. Yo... Rusia será hermosa.

DORA *(con lágrimas)*

Rusia será hermosa.

KALIAYEV *se persigna delante del icono.*

Sale con ANNENKOV. STEPAN *se dirige a la ventana.* DORA *no se mueve; sigue mirando a la puerta.*

STEPAN

Qué erguido camina. Me equivoqué, ¿sabes?, al no confiar en Yanek. No me gustaba su entusiasmo. Se persignó, ¿lo viste? ¿Es creyente?

DORA

No practica.

STEPAN

Sin embargo, tiene un alma religiosa. Eso es lo que nos separa. Yo soy más áspero que él, bien lo sé.

Para los que no creemos en Dios, o tenemos toda la justicia, o la desesperación.

DORA

Para él, la justicia misma es desesperante.

STEPAN

Sí, un alma débil. Pero la mano es fuerte. Él vale más que su alma. Lo matará, es seguro. Eso está bien, está muy bien. Destruir: eso es lo que hace falta. Pero ¿no dices nada? *(La observa.)* ¿Le quieres?

DORA

Hace falta tiempo para querer. Apenas tenemos tiempo bastante para la justicia.

STEPAN

Tienes razón. Hay demasiado que hacer; es necesario destruir este mundo de arriba abajo... Después... *(En la ventana.)* Ya no los veo, han llegado.

DORA

Después...

STEPAN

Nos amaremos.

DORA

Si seguimos con vida.

STEPAN

Otros se amarán. Da lo mismo.

DORA

Stepan, di: «el odio».

STEPAN

¿Cómo?

DORA

Esas dos palabras, «el odio», pronúncialas.

STEPAN

El odio.

DORA

Está bien. Yanek las pronunciaba muy mal.

STEPAN *(después de un silencio y caminando hacia ella)*

Comprendo: me desprecias. Pero ¿estás segura de que tienes razón? *(Un silencio; con violencia creciente.)* Estáis todos ahí regateando lo que hacéis en nombre del innoble amor. ¡Pero yo no amo a nadie y odio, sí, odio a mis semejantes! ¿Qué me importa a mí su amor? Lo conocí en la cárcel, hace tres años. Y hace tres años que lo llevo encima. ¿Quieres que me enternezca y que arrastre la bomba como una cruz? ¡No! ¡No! He ido demasiado lejos, sé demasiadas cosas... Mira... *(Se desgarra la camisa.* DORA *hace un movimiento hacia él. Retrocede ante las marcas del látigo.)* ¡Son las marcas! ¡Las marcas de su amor! ¿Me desprecias ahora?

Ella se le acerca y le besa bruscamente.

DORA

¿Quién podría despreciar al dolor? Te quiero también.

STEPAN *(la mira sordamente)*

Perdóname, Dora. *(Pausa. Se aparta.)* Tal vez sea la fatiga. Años de lucha, la angustia, los chivatos, el presidio... y para terminar esto. *(Muestra las marcas.)* ¿Dónde iba a encontrar yo fuerzas para amar? Por lo menos me quedan para odiar. Es preferible eso a no sentir nada.

DORA

Sí, es preferible.

Él la mira. Dan las siete.

STEPAN *(volviéndose bruscamente)*

Va a pasar el gran duque.

DORA *se dirige a la ventana y se pega a los cristales. Largo silencio. Y después, a lo lejos, el carruaje. Se acerca, pasa.*

STEPAN

Si está sólo...

El carruaje se aleja. Una terrible explosión. Sobresalto de DORA, *que esconde la cabeza en las manos. Largo silencio.*

STEPAN

¡Boria no arrojó la bomba! Yanek ha triunfado. ¡Ha triunfado! ¡Oh, pueblo! ¡Oh, alegría!

DORA *(cayendo en lágrimas sobre él)*

¡Nosotros lo hemos matado! ¡Nosotros lo hemos matado! He sido yo.

STEPAN *(gritando)*

¿A quién hemos matado? ¿A Yanek?

DORA

Al gran duque.

TELÓN

Acto cuarto

Una celda en la torre Pugatchev, en la prisión Butirki. Por la mañana.

Al levantarse el telón, KALIAYEV *está en la celda y mira a la puerta. Un* GUARDIÁN *y un* PRISIONERO, *que trae un cubo, entran.*

EL GUARDIÁN
Limpia. Y rápido.

Se sitúa junto a la ventana. FOKA *comienza a limpiar sin mirar a* KALIAYEV. *Silencio.*

KALIAYEV
¿Cómo te llamas, hermano?

FOKA
Foka.

KALIAYEV
¿Estás condenado?

FOKA
Así parece.

KALIAYEV
¿Qué hiciste?

FOKA
Maté.

KALIAYEV
¿Tenías hambre?

EL GUARDIÁN
No tan alto.

KALIAYEV
¿Cómo?

EL GUARDIÁN
No tan alto. Os dejo hablar a pesar de la consigna. Así que no hables tan alto. Imita al viejo.

KALIAYEV
¿Tenías hambre?

FOKA
No, tenía sed.

KALIAYEV
¿Y entonces?

FOKA
Entonces, había un hacha. Lo deshice todo. Parece que maté a tres.

KALIAYEV *le mira.*

FOKA
Bueno, barín, ¿ya no me llamas hermano? ¿Te has enfriado?

KALIAYEV
No. Yo también maté.

FOKA
¿A cuántos?

KALIAYEV
Te lo diré, hermano, si quieres. Pero contéstame; te arrepientes de lo que pasó, ¿verdad?

FOKA
Claro, veinte años es caro. Te hacen arrepentirte.

KALIAYEV

Veinte años. Entro aquí a los veintitrés y salgo con el pelo gris.

FOKA

¡Oh! Tal vez a ti te vaya mejor. Los jueces tienen altibajos. Depende de si están casados y con quién. Y además tú eres barín. No es la misma tarifa que para los pobres diablos. Saldrás del paso.

KALIAYEV

No lo creo. Y no quiero. No podría soportar la vergüenza durante veinte años.

FOKA

¿La vergüenza? ¿Qué vergüenza? En fin, son ideas de barín. ¿A cuántos mataste?

KALIAYEV

A uno solo.

FOKA

¿Qué dices? Eso no es nada.

KALIAYEV

Maté al gran duque Sergio.

FOKA

¿Al gran duque? Eh, buena la hiciste. ¡Hay que ver a estos barines! Es grave, ¿verdad?

KALIAYEV

Es grave. Pero era necesario.

FOKA

¿Por qué? ¿Vivías en la corte? Una historia de mujeres, ¿no? Guapo como eres...

KALIAYEV

Soy socialista.

EL GUARDIÁN

No tan alto.

KALIAYEV *(más alto)*

Soy socialista revolucionario.

FOKA

¡Vaya! ¿Y qué necesidad tenías tú de ser lo que dices? No tenías más que quedarte tranquilo y todo te hubiera ido bien. La tierra se ha hecho para los barines.

KALIAYEV

No, se ha hecho para ti. Hay demasiada miseria y demasiados crímenes. Cuando haya menos miseria, habrá menos crímenes. Si la tierra fuera libre, tú no estarías aquí.

FOKA

Sí y no. En fin, libre o no, nunca es bueno beber un trago de más.

KALIAYEV

Nunca es bueno. Sólo que se bebe porque se está humillado. Llegará un día en que ya no sea útil beber, en que nadie sienta vergüenza: ni el barín, ni el pobre diablo. Todos seremos hermanos y la justicia hará transparentes nuestros corazones. ¿Sabes de qué te hablo?

FOKA

Sí, del reino de Dios.

EL GUARDIÁN

No tan alto.

KALIAYEV

No hay que decir eso, hermano. Dios no puede nada. ¡La justicia es cosa nuestra! *(Silencio.)* ¿No comprendes? ¿Conoces la leyenda de San Demetrio?

FOKA

No.

KALIAYEV

Tenía una cita en la estepa con el mismo Dios, y allá iba de prisa cuando encontró a un campesino con el carro atascado. Entonces San Demetrio lo ayudó. El barro era espeso, el bache profundo. Hubo que luchar durante una hora. Y al terminar, San Demetrio corrió a la cita, pero Dios ya no estaba.

FOKA
¿Y entonces?

KALIAYEV
Y entonces están los que siempre llegarán tarde a la cita porque hay demasiadas carretas atascadas y demasiados hermanos que socorrer.

FOKA *retrocede.*

KALIAYEV
¿Qué te pasa?

EL GUARDIÁN
No tan alto. Y tú, viejo, date prisa.

FOKA
No me fío. Todo esto no es normal. A nadie se le ocurre hacerse meter en la cárcel por historias de santos y de carretas. Y, además, hay otra cosa...

EL GUARDIÁN *se ríe.*

KALIAYEV *(mirándole)*
¿Qué?

FOKA
¿Qué les hacen a los que matan a los grandes duques?

KALIAYEV
Los cuelgan.

FOKA
¡Ah!

Y se va, mientras EL GUARDIÁN *ríe cada vez más fuerte.*

KALIAYEV
Quédate. ¿Qué te he hecho yo?

FOKA

No me has hecho nada. Por muy barín que seas, no quiero engañarte. Uno charla, así pasa el tiempo, pero si te van a colgar, no está bien.

KALIAYEV

¿Por qué?

EL GUARDIÁN *(riendo)*

Vamos, viejo, díselo...

FOKA

Porque no puedes hablarme como a un hermano. Yo soy el que cuelga a los condenados.

KALIAYEV

¿No eres tú también un forzado?

FOKA

Precisamente por eso. Me propusieron hacer este trabajo, y por cada ahorcado me quitan un año de cárcel. Es un buen negocio.

KALIAYEV

¿Para perdonarte tus crímenes, te hacen cometer otros?

FOKA

Oh, no son crímenes, porque hay una orden. Y, además, eso les da igual. Si quieres saber mi opinión, no son cristianos.

KALIAYEV

¿Y cuántas veces, ya?

FOKA

Dos veces.

KALIAYEV *retrocede. Los otros se dirigen a la puerta;* EL GUARDIÁN *empuja a* FOKA.

KALIAYEV

¿Así que eres un verdugo?

FOKA *(en la puerta)*
Bueno, barín, ¿y tú?

Sale. Se oyen pasos, órdenes. Entra SKURATOV, *muy elegante, con* EL GUARDIÁN.

SKURATOV
Déjanos. Buenos días. ¿No me conoce? Yo sí le conozco. *(Se ríe.)* Ya célebre, ¿eh? *(Le mira.)* ¿Puedo presentarme? (KALIAYEV *no dice nada.*) ¿No dice nada? Comprendo. La incomunicación, ¿eh? Debe de ser muy duro estar ocho días incomunicado. Hoy hemos suprimido la incomunicación y tendrá usted visitas. Estoy aquí para eso, además. Ya le mandé a Foka. Excepcional, ¿verdad? Pensé que le interesaría. ¿Está contento? Es bueno ver caras después de ocho días. ¿No?

KALIAYEV
Todo depende de la cara.

SKURATOV
Buena voz, bien timbrada. Usted sabe lo que quiere. *(Pausa.)* Si he comprendido bien, mi cara no le gusta, ¿verdad?

KALIAYEV
Sí.

SKURATOV
¡Qué decepción! Pero es un malentendido. Lo que pasa es que esto está muy mal iluminado. En un sótano nadie es simpático. Además, usted no me conoce. A veces, una cara echa hacia atrás. Pero luego, cuando se conoce a fondo al...

KALIAYEV
Basta. ¿Quién es usted?

SKURATOV
Skuratov, director del departamento de Policía.

KALIAYEV
Un lacayo.

SKURATOV
Para servir a usted. Pero en su lugar yo me mostraría menos orgulloso. Tal vez llegue a sucederle lo mismo. Se comienza por querer la justicia y se acaba organizando una policía. Por lo demás, la verdad no me asusta. Voy a ser franco con usted. Usted me interesa y le ofrezco los medios de obtener la gracia.

KALIAYEV
¿Qué gracia?

SKURATOV
¿Cómo, qué gracia? Le ofrezco salvarle la vida.

KALIAYEV
¿Quién se lo ha pedido?

SKURATOV
La vida no se pide, querido amigo. Se recibe. ¿Nunca concedió usted la gracia a nadie? *(Pausa.)* Piénselo bien.

KALIAYEV
Rechazo su gracia de una vez por todas.

SKURATOV
Escúcheme, al menos. No soy su enemigo, a pesar de las apariencias. Admito que pueda usted tener razón en lo que piensa. Salvo en lo que se refiere al asesinato...

KALIAYEV
Le prohíbo emplear esa palabra.

SKURATOV *(mirándolo)*
¡Ah! Nervios delicados, ¿eh? *(Pausa.)* Sinceramente, quisiera ayudarle.

KALIAYEV
¿Ayudarme? Estoy dispuesto a pagar lo necesario.

Pero no le soportaré esa familiaridad conmigo. Déjeme.

SKURATOV
La acusación que pesa sobre usted...

KALIAYEV
Rectifico.

SKURATOV
¿Cómo dice?

KALIAYEV
Rectifico. Soy un prisionero de guerra, no un acusado.

SKURATOV
Como usted quiera. Sin embargo, causó usted estragos, ¿verdad? Dejemos de lado al gran duque y a la política. Por lo menos, hubo muerte de hombre. ¡Y qué muerte!

KALIAYEV
Arrojé la bomba contra la tiranía de ustedes, no contra un hombre.

SKURATOV
Sin duda. Pero fue el hombre quien la recibió. Y eso no le sentó nada bien. ¿Sabe usted, querido amigo, que cuando encontraron el cuerpo faltaba la cabeza? ¡La cabeza, desaparecida! En cuanto al resto, apenas si pudo reconocerse un brazo y una parte de la pierna.

KALIAYEV
Yo ejecuté una sentencia.

SKURATOV
Tal vez, tal vez. Nadie le reprocha la sentencia. ¿Qué es una sentencia? Es una palabra que puede discutirse noches enteras. Lo que se le reprocha... no, a usted no le gustaría esa palabra..., es, digamos, un trabajo de aficionado, un poco desordenado, cuyas consecuencias, eso sí, son indiscutibles. Todo el mundo ha podido

verlas. Pregúnteselo a la gran duquesa. Había sangre, ¿comprende?, mucha sangre.

KALIAYEV
Cállese.

SKURATOV
Bien. Yo quería decir simplemente que si usted se obstina en hablar de la sentencia, en mantener que fue el partido y sólo él quien juzgó y ejecutó, que el gran duque fue muerto no por una bomba, sino por una idea, entonces usted no necesita la gracia. Suponga, sin embargo, que volvamos a la evidencia, suponga que fue usted el que hizo saltar la cabeza del gran duque; entonces, todo cambia, ¿verdad? En ese caso usted necesitará la gracia. Quiero ayudarle. Por pura simpatía, créame. *(Sonríe.)* Qué quiere usted, a mí no me interesan las ideas, me interesan las personas.

KALIAYEV *(estallando)*
Mi persona está por encima de usted y de sus amos. Usted puede matarme, no juzgarme. Sé a dónde quiere llegar. Busca un punto débil y espera de mí una actitud avergonzada, lágrimas y arrepentimiento. No conseguirá nada. Lo que yo soy no le concierne. Lo que le concierne es nuestro odio, el mío y el de mis hermanos. Está a su servicio.

SKURATOV
¿El odio? Otra idea. Lo que no es una idea es el crimen. Y sus consecuencias, naturalmente. Quiero decir, el arrepentimiento y el castigo. Ahí estamos en la realidad. Por eso me hice policía. Para estar en el centro de las cosas. Pero a usted no le gustan las confidencias. *(Una pausa, se acerca lentamente a él.)* Todo lo que quería decirle es esto: no debería usted fingir que ha olvidado la cabeza del gran duque. Si la tuviera en cuenta, la idea ya no le serviría de nada. Se sentiría avergonzado, por ejemplo, en lugar de enorgullecerse de lo que ha hecho. Y a partir del momento en que

sienta vergüenza, deseará usted vivir para reparar. Lo más importante es que usted se decida a vivir.

KALIAYEV
¿Y si me decidiera?

SKURATOV
Obtendría la gracia para usted y para sus camaradas.

KALIAYEV
¿Los ha detenido?

SKURATOV
No. Precisamente. Pero si se decide usted a vivir, los detendremos.

KALIAYEV
¿He comprendido bien?

SKURATOV
Con seguridad. No se enoje otra vez. Reflexione. Desde el punto de vista de la causa usted no puede entregarlos. Desde el punto de vista de la evidencia, por el contrario, les hace un favor. Les evitará nuevos problemas y, al mismo tiempo, los liberará de la horca. Pero, sobre todo, obtendrá usted la paz del corazón. Desde muchos puntos de vista, es un negocio ventajoso.

KALIAYEV *calla.*

SKURATOV
¿Entonces?

KALIAYEV
Mis hermanos no tardarán en darle la respuesta.

SKURATOV
¡Otro crimen! Decididamente, es una vocación. Bueno, mi misión ha terminado. Mi corazón está triste. Pero veo que usted se aferra a sus ideas. No puedo separarlo de ellas.

KALIAYEV
Usted no puede separarme de mis hermanos.

SKURATOV

Hasta la vista. *(Hace como que sale, y volviéndose.)* ¿Por qué, en este caso, perdonó usted la vida a la gran duquesa y a sus sobrinos?

KALIAYEV

¿Quién se lo dijo?

SKURATOV

El informador de ustedes nos informaba a nosotros también. En parte, al menos... Pero ¿por qué les perdonó la vida?

KALIAYEV

Eso no le interesa.

SKURATOV *(riendo)*

¿Le parece? Voy a decirle por qué. Una idea puede matar a un gran duque, pero difícilmente llega a matar niños. Eso es lo que usted descubrió. Entonces se plantea una cuestión: si la idea no llega a matar niños, ¿merece que se mate a un gran duque?

KALIAYEV *hace un gesto.*

SKURATOV

¡Oh, no me conteste, no me conteste! Se lo dirá usted a la gran duquesa.

KALIAYEV

¿A la gran duquesa?

SKURATOV

Sí, quiere verlo. Y yo vine sobre todo para asegurarme de que esta conversación era posible. Lo es. Hasta puede hacerle cambiar de opinión. La gran duquesa es cristiana. El alma, ¿sabe?, es su especialidad.

Se ríe.

KALIAYEV

No quiero verla.

SKURATOV

Lo siento, ella insiste. Y después de todo, usted le debe algunas consideraciones. Además, dicen que desde la muerte de su marido no está en sus cabales. No hemos querido contrariarla. *(En la puerta.)* Si cambia de opinión, no olvide mi propuesta. Volveré. *(Pausa. Escucha.)* Aquí está. ¡Después de la policía, la religión! Decididamente, le mimamos. Pero todo se relaciona. Imagínese a Dios sin las prisiones. ¡Qué soledad!

Sale. Se oyen voces y órdenes.

Entra LA GRAN DUQUESA, *que permanece inmóvil y silenciosa.*

La puerta está abierta.

KALIAYEV

¿Qué quiere?

LA GRAN DUQUESA *(descubriéndose la cara)*

Mira.

KALIAYEV *calla*

LA GRAN DUQUESA

Muchas cosas mueren con un hombre.

KALIAYEV

Lo sabía.

LA GRAN DUQUESA *(con naturalidad, pero con una vocecita gastada)*

Los asesinos no lo saben. Si lo supieran, ¿cómo podrían matar?

Silencio.

KALIAYEV

Ya la he visto. Ahora deseo estar solo.

LA GRAN DUQUESA

No. Necesito mirarte también.

KALIAYEV *retrocede.*

LA GRAN DUQUESA *(se sienta como agotada)*

Ya no puedo estar sola. Antes, si yo sufría, él podía ver

mi sufrimiento. Sufrir era algo bueno entonces. Ahora... No, ya no podía estar sola, callarme... Pero ¿con quién hablar? Los otros no saben. Fingen estar tristes. Lo están, una hora o dos. Después se van a comer, y a dormir... A dormir, sobre todo... Pensé que debías de parecerte a mí. Tú no duermes, estoy segura. ¿Y con quién hablar del crimen, sino con el criminal?

KALIAYEV
¿Qué crimen? Sólo recuerdo un acto de justicia.

LA GRAN DUQUESA
¡La misma voz! La misma voz que él. Todos los hombres adoptan el mismo tono para hablar de la justicia. Él decía: «¡Eso es justo!», y uno debía callar. Tal vez se equivocaba, tal vez tú te equivocas...

KALIAYEV
Él encarnaba la suprema injusticia, la que hace gemir al pueblo ruso desde hace siglos. Por ello, sólo recibía privilegios. Aunque yo me equivocara, la prisión y la muerte son mi pago.

LA GRAN DUQUESA
Sí, tú sufres. Pero a él lo mataste.

KALIAYEV
Murió por sorpresa. Una muerte así no es nada.

LA GRAN DUQUESA
¿Nada? *(Más bajo.)* Es cierto. Te trajeron enseguida. Parece que pronunciabas discursos en medio de los policías. Comprendo. Eso te ayudaría. Pero yo llegué unos segundos después. Vi. Puse en una camilla todo lo que pude encontrar. ¡Cuánta sangre! *(Pausa.)* Yo llevaba un vestido blanco...

KALIAYEV
Cállese.

LA GRAN DUQUESA
¿Por qué? Digo la verdad. ¿Sabes qué hacía él dos ho-

ras antes de morir? Dormía. En un sillón, con los pies sobre una silla... como siempre. Dormía, y tú lo esperabas, en la noche cruel... *(Llora.)* Ayúdame ahora.

Él retrocede, rígido.

LA GRAN DUQUESA
Eres joven. No puedes ser malo.

KALIAYEV
No he tenido tiempo de ser joven.

LA GRAN DUQUESA
¿Por qué te pones tan rígido? ¿Nunca tuviste compasión de ti mismo?

KALIAYEV
No.

LA GRAN DUQUESA
Haces mal. Eso alivia. Yo ya no tengo compasión sino de mí misma. *(Pausa.)* Sufro. Debiste matarme con él, en vez de perdonarme la vida.

KALIAYEV
No se la perdoné a usted, sino a los niños que iban con usted.

LA GRAN DUQUESA
Lo sé... Yo no los quería mucho. *(Pausa.)* Son los sobrinos del gran duque. ¿No eran culpables como su tío?

KALIAYEV
No.

LA GRAN DUQUESA
¿Los conoces? Mi sobrina tiene mal corazón. Se niega a dar ella misma limosna a los pobres. Tiene miedo de tocarlos. ¿No es ella injusta? Es injusta. Él, por lo menos, quería a los campesinos. Bebía con ellos. Y tú lo mataste. Ciertamente, tú también eres injusto. La tierra está desierta.

Kaliayev

Todo esto es inútil. Usted intenta dejarme sin fuerzas y desesperarme. No lo conseguirá. Déjeme.

La gran duquesa

¿No quieres rezar conmigo, arrepentirte?... Así no estaremos solos.

Kaliayev

Déjeme prepararme para morir. Si no muriera, entonces sí sería un asesino.

La gran duquesa *(se yergue)*

¿Morir? ¿Quieres morir? No. *(Se acerca a* Kaliayev *con gran agitación.)* Debes vivir y convencerte de que eres un asesino. ¿No lo mataste? Dios te justificará.

Kaliayev

¿Qué Dios, el mío o el suyo?

La gran duquesa

El de la Santa Iglesia.

Kaliayev

La Santa Iglesia no tiene nada que ver con esto.

La gran duquesa

Ella sirve a un señor que también conoció la prisión.

Kaliayev

Los tiempos han cambiado. Y la Santa Iglesia ha escogido entre la herencia de su señor.

La gran duquesa

¿Qué ha escogido? ¿Qué quieres decir?

Kaliayev

Se ha quedado con la gracia y dejó en nuestras manos el ejercicio de la caridad.

La gran duquesa

¿A nosotros? ¿A quiénes?

KALIAYEV *(gritando)*

A todos los que ustedes ahorcan.

Silencio.

LA GRAN DUQUESA *(con dulzura)*

Yo no soy enemiga vuestra.

KALIAYEV *(con desesperación)*

Lo es, como todos los de su raza y de su clan. Hay algo todavía más abyecto que ser un criminal: forzar al crimen a quien no ha nacido para él. Míreme. Le juro que yo no estaba hecho para matar.

LA GRAN DUQUESA

No me hable como si fuera su enemiga. Mire. *(Cierra la puerta.)* Confío en usted. *(Llora.)* La sangre nos separa. Pero usted puede alcanzarme en Dios, en el lugar mismo de la desdicha. Por lo menos, rece conmigo.

KALIAYEV

Me niego. *(Se acerca a ella.)* Sólo siento por usted compasión y acaba de conmover mi alma. Ahora me comprenderá, porque no le ocultaré nada. Ya no espero la cita con Dios. Pero al morir seré puntual en la cita que tengo con los que amo, con mis hermanos que piensan en mí en este momento. Rezar sería traicionarlos.

LA GRAN DUQUESA

¿Qué quiere usted decir?

KALIAYEV *(con exaltación)*

Nada, sino que voy a ser feliz. Tengo que sostener una larga lucha y la sostendré. Pero cuando se pronuncie el veredicto y la ejecución esté lista, al pie del cadalso me apartaré de usted y de este mundo horrible y me dejaré llevar al amor que colma. ¿Me comprende?

LA GRAN DUQUESA

No hay amor lejos de Dios.

KALIAYEV

Sí. El amor por la criatura.

LA GRAN DUQUESA

La criatura es abyecta. ¿Qué otra cosa cabe hacer sino destruirla o perdonarla?

KALIAYEV

Morir con ella.

LA GRAN DUQUESA

Morimos solos. Él murió solo.

KALIAYEV *(con desesperación)*

¡Morir con ella! Los que hoy se aman, deben morir juntos si quieren reunirse. La injusticia separa, la vergüenza, el dolor, el daño que se hace a los demás, el crimen separan. Vivir es una tortura, puesto que vivir separa...

LA GRAN DUQUESA

Dios junta.

KALIAYEV

No en este mundo. Y mis citas son en este mundo.

LA GRAN DUQUESA

Es la cita de los perros, con el hocico en el suelo, siempre husmeando, siempre decepcionados.

KALIAYEV *(vuelto hacia la ventana)*

Pronto lo sabré. *(Pausa.)* Pero ¿no es posible imaginar que dos seres que renuncian a toda alegría, se amen en el dolor sin poder darse otra cita que la del dolor? *(La mira.)* ¿No es posible imaginar que la misma cuerda una entonces a esos dos seres?

LA GRAN DUQUESA

¿Qué es ese amor terrible?

KALIAYEV

Usted y los suyos nunca nos han permitido otro.

LA GRAN DUQUESA

Yo también amaba al que usted mató.

KALIAYEV

Lo he comprendido. Por eso le perdono el mal que usted y los suyos me han hecho. *(Pausa.)* Ahora, déjeme.

Largo silencio.

LA GRAN DUQUESA *(irguiéndose)*

Voy a dejarle. Pero vine aquí para conducirle a Dios, ahora lo sé. Usted quiere juzgarse y salvarse solo. No puede hacerlo. Dios podrá, si usted vive. Pediré gracia para usted.

KALIAYEV

Se lo suplico, no lo haga. Déjeme morir o la odiaré mortalmente.

LA GRAN DUQUESA *(en la puerta)*

Pediré gracia para usted, a los hombres y a Dios.

KALIAYEV

No, no, se lo prohíbo.

Corre a la puerta para encontrar de repente a SKURATOV. KALIAYEV *retrocede, cierra los ojos. Silencio. Mira a* SKURATOV *de nuevo.*

KALIAYEV

Le necesitaba.

SKURATOV

Aquí me tiene, encantado. ¿Por qué?

KALIAYEV

Necesitaba despreciar de nuevo.

SKURATOV

Lástima. Venía a buscar la respuesta para mí.

KALIAYEV

Ya la tiene.

SKURATOV *(cambiando de tono)*

No, todavía no la tengo. Escuche bien. He facilitado esta entrevista con la gran duquesa para poder publicar mañana la noticia en los periódicos. El relato será exacto, salvo en un punto. Consignará la confesión de su arrepentimiento. Sus camaradas pensarán que usted los ha traicionado.

KALIAYEV *(tranquilamente)*

No lo creerán.

SKURATOV

Sólo detendré la publicación en caso de que usted confiese. Tiene la noche para decidirse.

Vuelve hacia la puerta.

KALIAYEV *(más fuerte)*

No le creerán.

SKURATOV *(volviéndose)*

¿Por qué? ¿Nunca han pecado?

KALIAYEV

Usted no conoce el amor de ellos.

SKURATOV

No. Pero sé que no se puede creer en la fraternidad toda una noche, sin un solo minuto de desfallecimiento. Esperaré el desfallecimiento. *(Cierra la puerta a sus espaldas.)* No se apresure. Soy paciente.

Permanecen frente a frente.

TELÓN

Acto quinto

Otro piso, pero del mismo estilo. Una semana después. De noche.

Silencio. DORA *se pasea de un extremo a otro.*

ANNENKOV
Descansa, Dora.

DORA
Tengo frío.

ANNENKOV
Ven a echarte aquí. Tápate.

DORA *(siempre caminando)*
La noche es larga. ¡Qué frío tengo, Boria!

Llaman. Un golpe, luego dos. ANNENKOV *va a abrir. Entran* STEPAN *y* VOINOV *que se acerca a* DORA *y la besa. Ella le estrecha en sus brazos.*

DORA
¡Alexis!

STEPAN
Orlov dice que podría ser esta noche. Todos los suboficiales que no están de servicio han sido convocados. De modo que estará presente.

ANNENKOV

¿Dónde te encontrarás con él?

STEPAN

Nos esperará a Voinov y a mí en el restaurante de la calle Sophiskaia.

DORA *(que se ha sentado, agotada)*

Será esta noche, Boria.

ANNENKOV

Aún no está perdido todo, la decisión depende del zar.

STEPAN

La decisión dependerá del zar si Yanek ha pedido gracia.

DORA

No la ha pedido.

STEPAN

¿Por qué iba a ver a la gran duquesa sino para pedir gracia? Ella hizo decir por todas partes que Yanek se había arrepentido. ¿Cómo saber la verdad?

DORA

Sabemos lo que dijo delante del Tribunal y lo que nos ha escrito. Yanek dijo que lamentaba no disponer sino de una sola vida para arrojarla como un desafío a la autocracia. El hombre que dijo eso, ¿puede mendigar gracia, puede arrepentirse? No; quería, quiere morir. No se reniega de un acto como el suyo.

STEPAN

No debió ver a la gran duquesa.

DORA

Él es su único juez.

STEPAN

Según nuestra regla, no debía verla.

DORA

Nuestra regla es matar, nada más. Ahora es libre, libre por fin.

STEPAN
Todavía no.

DORA
Es libre. Tiene derecho a hacer lo que quiera, ahora que va a morir. ¡Porque morirá, alegraos!

ANNENKOV
¡Dora!

DORA
Sí. ¡Si obtuviera gracia, qué triunfo! Sería la prueba, ¿no es cierto?, de que la gran duquesa dijo la verdad, de que él se arrepintió y traicionó. Si muere, por el contrario, le creeréis y podréis seguir queriéndole. *(Les mira.)* Vuestro amor sale caro.

VOINOV *(acercándose a ella)*
No, Dora. Nunca hemos dudado de él.

DORA *(caminando de un extremo a otro de la habitación)*
Sí... Tal vez... Perdonadme. ¡Pero qué importa, después de todo! Vamos a saberlo esta noche... Ah, pobre Alexis, ¿qué has venido a hacer aquí?

VOINOV
A reemplazarlo. Lloré, estaba orgulloso al leer su discurso en el proceso. Cuando leí: «La muerte será mi suprema protesta contra un mundo de lágrimas y de sangre»... me eché a temblar.

DORA
Un mundo de lágrimas y de sangre... Dijo eso, es cierto.

VOINOV
Lo dijo... ¡Ah, Dora, qué valor! Y al final su gran grito: «Si he estado a la altura de la protesta humana contra la violencia, que la muerte corone mi obra con la pureza de la idea.» Entonces decidí venir.

DORA *(escondiendo el rostro en sus manos)*
Él quería la pureza, sí. ¡Pero qué atroz coronación!

VOINOV
No llores, Dora. Ha pedido que nadie llore su muerte. Oh, le comprendo tan bien ahora. No puedo dudar de él. He sufrido por haber sido cobarde. Y después arrojé la bomba en Tiflis. Ahora no me diferencio de Yanek. Cuando me enteré de su condena, sólo tuve una idea: ocupar su sitio, ya que no había podido estar a su lado.

DORA
¿Quién puede ocupar su sitio esta noche? Estará solo, Alexis.

VOINOV
Debemos sostenerlo con nuestro orgullo, como él nos sostiene con su ejemplo. No llores.

DORA
Mira. Tengo los ojos secos. ¡Pero orgullosa, no, nunca más podré estar orgullosa!

STEPAN
Dora, no me juzgues mal. Deseo que Yanek viva. Necesitamos hombres como él.

DORA
Él no lo desea. Y debemos desear que muera.

ANNENKOV
Estás loca.

DORA
Debemos desearlo. Conozco su corazón. Así se sentirá apaciguado. ¡Oh, sí, que muera! *(Más bajo.)* Pero que muera rápido.

STEPAN
Me voy, Boria. Ven, Alexis. Orlov nos espera.

ANNENKOV

Sí, y no tardéis en volver.

STEPAN *y* VOINOV *se dirigen a la puerta.* STEPAN *mira a* DORA.

STEPAN

Vamos a enterarnos. Cuídala.

DORA *está junto a la ventana.* ANNENKOV *la mira.*

DORA

¡La muerte! ¡La horca! ¡La muerte una vez más! ¡Ay, Boria!

ANNENKOV

Sí, hermanita. Pero no hay otra solución.

DORA

No digas eso. Si la única solución es la muerte, no vamos por buen camino. El buen camino es el que conduce a la vida, al sol. No se puede tener siempre frío.

ANNENKOV

Eso también conduce a la vida. A la vida de los demás. Rusia vivirá, nuestros nietos vivirán. Recuerda lo que decía Yanek: «Rusia será hermosa.»

DORA

Los demás, nuestros nietos... Sí. Pero Yanek está en la cárcel y la cuerda es fría. Quizá ha muerto ya para que los otros vivan. ¡Ay, Boria!, ¿y si los otros no vivieran? ¿Y si muriera por nada?

ANNENKOV

Calla.

Silencio.

DORA

Qué frío hace. Y eso que estamos en primavera. Hay árboles en el patio de la cárcel, lo sé. Él ha de verlos.

ANNENKOV

Espera a saber. No tiembles así.

DORA

Siento tanto frío que tengo la impresión de estar ya muerta. *(Pausa.)* Todo esto nos envejece tan rápidamente. Nunca ya seremos niños, Boria. Con el primer crimen, huye la infancia. Arrojo la bomba y en un segundo, ¿sabes?, transcurre toda una vida. Ay, en adelante, podemos morir. Hemos dado ya la vuelta al hombre.

ANNENKOV

Entonces moriremos luchando, como lo hacen los hombres.

DORA

Habéis ido demasiado rápido. Ya no sois hombres.

ANNENKOV

La desdicha y la miseria también iban rápidas. Ya no hay lugar para la paciencia y la maduración en este mundo. Rusia tiene prisa.

DORA

Lo sé. Nos hemos hecho cargo de la desdicha del mundo. Él también se había hecho cargo. ¡Qué valor! Pero a veces me digo que es un orgullo que será castigado.

ANNENKOV

Es un orgullo que pagamos con nuestra vida. Nadie puede ir más lejos. Es un orgullo al que tenemos derecho.

DORA

¿Estamos seguros de que nadie irá más lejos? A veces, cuando escucho a Stepan, siento miedo. Quizá lleguen otros que fundarán su autoridad en nosotros para matar y que no pagarán con sus vidas.

ANNENKOV

Eso sería una cobardía, Dora.

DORA

¿Quién sabe? Tal vez eso sea la justicia. Y entonces nadie se atreverá ya a mirarla de frente.

ANNENKOV

¡Dora!

Ella calla.

ANNENKOV

¿Estás dudando? No te reconozco.

DORA

Tengo frío. Pienso en él, que no ha de permitirse temblar para que no crean que tiene miedo.

ANNENKOV

¿Entonces no estás ya con nosotros?

DORA *(se lanza hacia él)*

¡Oh, Boria, estoy con vosotros! Llegaré hasta el fin. Odio la tiranía y sé que no podemos hacer otra cosa. Pero yo elegí esto con el corazón gozoso y ahora continúo con el corazón triste. Ésa es la diferencia. Somos prisioneros.

ANNENKOV

Rusia entera está en prisión. Haremos volar sus muros en pedazos.

DORA

Dame la bomba y ya verás. Avanzaré en medio de la hoguera y sin embargo mi paso será firme. Es fácil, es mucho más fácil morir de las contradicciones que vivirlas. ¿Has amado, por lo menos, has amado, Boria?

ANNENKOV

He amado, pero hace tanto tiempo que ya no me acuerdo.

DORA

¿Cuánto tiempo?

ANNENKOV

Cuatro años.

DORA

¿Cuántos hace que diriges la Organización?

ANNENKOV

Cuatro. *(Pausa.)* Ahora mi amor es para la Organización.

DORA *(caminando hacia la ventana)*

¡Amar, sí, pero ser amada!... No, hay que seguir en marcha. Uno quisiera detenerse. ¡En marcha! ¡En marcha! Uno quisiera tender los brazos y dejarse llevar. Pero la cochina injusticia se nos pega como el engrudo. ¡En marcha! Estamos condenados a ser más grandes que nosotros mismos. Los seres, los rostros, eso es lo que uno quisiera amar. ¡El amor más bien que la justicia! No, hay que seguir en marcha. ¡En marcha, Dora! ¡En marcha, Yanek! *(Llora.)* Pero para él, se acerca el fin.

ANNENKOV *(tomándola en sus brazos)*

Le indultarán.

DORA *(mirándolo)*

Bien sabes que no. Bien sabes que no hace falta.

Él aparta la mirada.

DORA

Tal vez esté saliendo ya al patio. Toda esa gente de pronto silenciosa, apenas él aparece. Con tal de que no tenga frío. Boria, ¿sabes cómo ahorcan?

ANNENKOV

En el extremo de una cuerda. ¡Basta, Dora!

DORA *(ciegamente)*

El verdugo salta sobre los hombros. El cuello está saliendo. ¿No es terrible?

ANNENKOV
Sí. En cierto sentido. En otro sentido, es la felicidad.

DORA
¿La felicidad?

ANNENKOV
Sentir la mano de un hombre antes de morir.

DORA *se arroja a un sillón. Silencio.*

ANNENKOV
Dora, habrá que marcharse en seguida. Descansaremos un poco.

DORA *(enajenada)*
¿Marcharse? ¿Con quién?

ANNENKOV
Conmigo, Dora.

DORA *(le mira)*
¡Marcharse! *(Mira hacia la ventana.)* Llega el alba. Yanek ha muerto ya, estoy segura.

ANNENKOV
Soy tu hermano.

DORA
Sí, eres mi hermano. Todos sois mis hermanos y os quiero. *(Se oye la lluvia. Amanece.* DORA *habla en voz baja.)* ¡Pero qué horrible gusto tiene a veces la fraternidad!

Llaman. Entran VOINOV *y* STEPAN. *Todos permanecen inmóviles.* DORA *vacila pero se recobra con un visible esfuerzo.*

STEPAN *(en voz baja)*
Yanek no ha traicionado.

ANNENKOV
¿Orlov pudo verlo?

STEPAN
Sí.

DORA *(avanzando firmemente)*
Siéntate. Cuenta.

STEPAN
¿Para qué?

DORA
Cuéntalo todo. Tengo el derecho de saber. Exijo que lo cuentes. Con detalles.

STEPAN
No sabré hacerlo. Y además ahora hay que marcharse.

DORA
No, hablarás. ¿Cuándo le avisaron?

STEPAN
A las diez de la noche.

DORA
¿Cuándo lo ahorcaron?

STEPAN
A las dos de la mañana.

DORA
¿Y durante cuatro horas esperó?

STEPAN
Sí, sin decir ni una palabra. Y después, todo se precipitó. Ahora se acabó.

DORA
¿Cuatro horas sin hablar? Espera un poco. ¿Cómo iba vestido? ¿Tenía puesto el capote?

STEPAN
No. Estaba todo de negro, sin abrigo. Y llevaba un sombrero negro.

DORA
¿Qué tiempo hacía?

STEPAN
Noche cerrada. La nieve estaba sucia. Y después, la lluvia la convirtió en un barro pegajoso.

DORA
¿Temblaba?

STEPAN
No.

DORA
¿Miró a Orlov?

STEPAN
No.

DORA
¿Qué miraba?

STEPAN
A todo el mundo, dice Orlov, sin ver nada.

DORA
¿Qué más, qué más?

STEPAN
Deja, Dora.

DORA
No, quiero saber. Su muerte, por lo menos, es mía.

STEPAN
Le leyeron la sentencia.

DORA
¿Qué hacía entre tanto?

STEPAN
Nada. Una vez solamente sacudió la pierna para quitarse un poco de barro que le manchaba el zapato.

DORA *(con la cabeza en las manos)*
¡Un poco de barro!

ANNENKOV *(bruscamente)*
¿Cómo lo sabes?

STEPAN *calla.*

ANNENKOV
¿Le preguntaste todo eso a Orlov? ¿Por qué?

STEPAN *(apartando la mirada)*
Había algo entre Yanek y yo.

ANNENKOV
¿Qué?

STEPAN
Yo le envidiaba.

DORA
¿Qué más, Stepan, qué más?

STEPAN
El padre Florenski fue a presentarle el crucifijo. Él se negó a besarlo. Y declaró: «Ya le dije que he terminado con la vida y estoy en regla con la muerte.»

DORA
¿Cómo estaba su voz?

STEPAN

Exactamente igual. Sin la febrilidad y la impaciencia que le conocíais.

DORA

¿Parecía feliz?

ANNENKOV

¿Estás loca?

DORA

Sí, sí, estoy segura, parecía feliz. Porque sería demasiado injusto que habiéndose negado a ser feliz en la vida para prepararse mejor al sacrificio, no hubiera recibido la felicidad al mismo tiempo que la muerte. Era feliz y marchó con calma a la horca, ¿no es cierto?

STEPAN

Caminó. Alguien cantaba en el río con un acordeón. Unos perros ladraron en ese momento.

DORA

Entonces subió...

STEPAN

Subió. Se hundió en la noche. Se veía vagamente el sudario con que lo cubrió de arriba abajo el verdugo.

DORA

Y después, y después...

STEPAN

Ruidos sordos.

DORA

Ruidos sordos. ¡Yanek! Y luego...

STEPAN *calla.*

DORA *(con violencia)*

Y luego, te digo. (STEPAN *guarda silencio.*) Habla, Alexis. ¿Luego?

VOINOV

Un ruido horrible.

DORA

¡Ah!

Se lanza contra la pared. STEPAN *desvía la cabeza.* ANNENKOV, *sin un gesto, llora.* DORA *se vuelve, les mira pegada a la pared.*

DORA *(con voz cambiada, enajenada)*

No lloréis. ¡No, no, no lloréis! Ya veis que es el día de la justificación. Algo se eleva en esta hora que es nuestro testimonio de rebeldes: Yanek ya no es un asesino. ¡Un ruido terrible! Bastó un ruido terrible para retornar a la alegría de la infancia. ¿Recordáis su risa? Reía sin motivo a veces. ¡Qué joven era! ¡Ahora debe de estar riendo, con la cara pegada a la tierra! *(Se dirige hacia* ANNENKOV.) Boria, ¿eres mi hermano? ¿Dijiste que me ayudarías?

ANNENKOV

Sí.

DORA

Entonces haz eso por mí. Dame la bomba. (ANNENKOV *la mira.*) Sí, la próxima vez. Quiero arrojarla yo. Quiero ser la primera en arrojarla.

ANNENKOV

Sabes que no queremos mujeres en primera línea.

DORA *(con un grito)*

¿Soy yo una mujer, ahora?

La miran. Silencio.

VOINOV *(despacito)*
Acepta, Boria.

STEPAN
Sí, acepta.

ANNENKOV
Era tu turno, Stepan.

STEPAN *(mirando a* DORA)
Acepto. A mí me lo parece, ahora.

DORA
Me la darás, ¿verdad? La arrojaré. Y más tarde, en una noche fría...

ANNENKOV
Sí, Dora.

DORA *(llorando)*
¡Yanek! ¡Una noche fría, y la misma cuerda! Todo será más fácil ahora.

TELÓN

EL ESTADO DE SITIO

Espectáculo en tres partes

Título original: L'État de siège *(1948)*
Traducción de Pedro Laín Entralgo y Milagros Laín Martínez

A Jean-Louis Barrault

Advertencia

En 1941 Barrault tuvo la idea de montar un espectáculo en torno al mito de la peste, que también había tentado a Antonin Artaud. Durante los años subsiguientes le pareció más sencillo adaptar a tal fin el gran libro de Daniel Defoe, *El diario del año de la peste,* y compuso el esbozo de una puesta en escena.

Cuando supo que por mi parte yo iba a publicar una novela acerca del mismo tema, me ofreció escribir unos diálogos sobre dicho esbozo. Yo tenía otras ideas, y ante todo me parecía preferible olvidar a Daniel Defoe y volver al primer proyecto de Barrault.

Se trataba, en suma, de imaginar un mito que pudiera ser inteligible para todos los espectadores de 1948. *El estado de sitio* es la realización de ese intento; realización que tengo la debilidad de creer que merece algún interés.

Pero:

1.º Debe quedar claro que *El estado de sitio,* aunque se haya dicho otra cosa, de ninguna manera es una adaptación de mi novela.

2.º No se trata de una pieza de estructura tradicional, sino de un espectáculo cuya evidente ambición consiste en mezclar todas las formas de la expresión dramática, desde el monólogo lírico hasta el teatro colectivo, pasando por la pantomima, el simple diálogo, la farsa y el coro.

3.º Si es cierto que yo he escrito todo el texto, falta decir que el nombre de Barrault debería con toda justicia quedar unido al mío. Por razones que me han parecido respetables, esto no ha podido hacerse. Pero me creo obligado a decir claramente que sigo siendo deudor de Jean-Louis Barrault.

20 de noviembre de 1948

El estado de sitio fue representada por primera vez el 27 de octubre de 1948, por la Compañía Madeleine Renaud-Jean-Louis Barrault en el Théâtre Marigny (dirigido por Simone Volterra) con música de Arthur Honegger, decorado y vestuario de Balthus y dirección escénica de Jean-Louis Barrault.

PERSONAJES

La Peste
La secretaria
Nada
Victoria
El juez
La mujer del juez
Diego
El gobernador
El alcalde
Las mujeres de la ciudad
Los hombres de la ciudad
Los guardias
El que transporta los cadáveres

Primera parte

PRÓLOGO

Obertura musical sobre un tema sonoro que recuerde una sirena de alarma.

Se levanta el telón. La escena está completamente oscura.

La obertura termina, pero el tema de la alarma persiste como un zumbido lejano.

De repente, al fondo, surgiendo del lado derecho del escenario, un cometa se desplaza lentamente hacia el lado izquierdo.

Ilumina con sombras chinescas los muros de una ciudad fortificada española y la silueta de varios personajes que dan la espalda al público, inmóviles, con la cabeza en dirección al cometa. Dan las cuatro. El diálogo es casi incomprensible, como un murmullo.

—¡El fin del mundo!
—¡No, hombre!
—Si el mundo muere...
—No, hombre. ¡El mundo, sí, pero no España!
—Incluso España puede morir.
—¡De rodillas todos!
—¡Es el cometa del mal!
—¡España, no, hombre; España, no!

Dos o tres cabezas giran. Uno o dos personajes se desplazan con precaución, luego todo vuelve a quedar inmóvil. El zumbi-

do se hace entonces más intenso, se convierte en estridente y se desarrolla musicalmente como un discurso inteligible y amenazador. Al mismo tiempo, el cometa crece con desmesura. Bruscamente, un grito terrible de mujer, que de golpe acalla la música y reduce el cometa a su tamaño normal. La mujer huye jadeante. Revuelo en la plaza. El diálogo se hace más silbante y perceptible, aunque todavía no sea comprensible del todo.

—¡Es señal de guerra!
—¡Seguro!
—Es señal de nada.
—Eso depende.
—Basta. Es el calor.
—El calor de Cádiz.
—Basta.
—Silba demasiado fuerte.
—Sobre todo ensordece.
—¡Es un maleficio sobre la ciudad!
—¡Ay Cádiz! ¡Un maleficio cae sobre ti!
—¡Silencio, silencio!

Miran fijamente de nuevo el cometa, y se oye, claramente esta vez, la voz de un OFICIAL DE LA GUARDIA CIVIL.

EL OFICIAL DE LA GUARDIA CIVIL
¡Entrad en vuestras casas! Habéis visto lo que habéis visto, y ya es bastante. Mucho ruido para nada, eso es todo. Mucho ruido y al final, nada. Cádiz es siempre Cádiz.

UNA VOZ
Es una señal, sin embargo. Y no hay señales sin motivo.

UNA VOZ
¡Oh! ¡Grande y terrible Dios!

UNA VOZ
Pronto tendremos guerra, ésta es la señal.

UNA VOZ
En nuestra época ya nadie cree en señales, sarnosos. Somos demasiado inteligentes, por fortuna.

UNA VOZ

Así le hacen romperse a uno la cabeza. Tontos como cerdos, eso es lo que somos. ¡Y a los cerdos se les desangra!

EL OFICIAL

¡Todos a sus casas! La guerra es asunto nuestro, no vuestro.

NADA

¡Si fuera verdad! Pero no, los oficiales mueren en sus camas y los sablazos son para nosotros.

UNA VOZ

Nada, aquí está Nada. ¡Aquí está el idiota!

UNA VOZ

Nada, tú lo debes saber. ¿Qué significa esto?

NADA *(está lisiado)*

Lo que yo tengo que decir no os gusta oírlo. Os hace reír. Preguntad al estudiante, pronto será doctor. Yo hablo a mi botella.

Se lleva una botella a la boca.

UNA VOZ

Diego, ¿qué quiere decir?

DIEGO

¿Qué os importa a vosotros? Si os mantenéis firmes, ya habéis hecho bastante.

UNA VOZ

Preguntádselo al oficial de la Guardia Civil.

EL OFICIAL

La Guardia Civil piensa que estáis alterando el orden público.

NADA

La Guardia Civil tiene suerte. ¡Son tan claras sus ideas!

DIEGO
Mirad: vuelve a empezar...

UNA VOZ
¡Dios! ¡El grande y terrible Dios!

El zumbido comienza de nuevo. Segundo paso del cometa.

—¡Basta!
—¡Ya está bien!
—¡Cádiz!
—¡Está silbando!
—Es un mal sino...
—Sobre la ciudad...
—¡Silencio! ¡Silencio!

Dan las cinco. El cometa desaparece. Amanece.

NADA *(subido en un alto y en tono de burla)*
¡Vean! Yo, Nada, luz de esta ciudad por mi instrucción y mis conocimientos, borracho por desdén de todo y por asco de los honores, ridiculizado por los hombres porque he conservado mi libertad de despreciar, tengo el gran deseo de haceros, después de estos fuegos artificiales, una advertencia gratuita. Os informo, pues, de que ya estamos y que cada vez vamos a estar más en ello.

Fijaos bien en que ya estábamos. Pero hacía falta un borracho para darse cuenta de la cosa. ¿Dónde estamos, pues? Vosotros, hombres de razón, tenéis que adivinarlo. Yo tengo formada mi opinión desde siempre, y estoy firme en mis principios: la vida equivale a la muerte; el hombre es de la leña con que se hacen las hogueras. Creedme, os vais a poner en apuros. Ese cometa es una mala señal. Os pone en guardia.

¿Que os parece inverosímil? Me lo esperaba. Habéis hecho las tres comidas, habéis trabajado las ocho horas y habéis mantenido a vuestras dos mujeres, y pensáis que ya todo está en su sitio. No, no estáis en vuestro sitio, estáis en la fila. Bien alineados y plácida la cara; ea, ya estáis maduros para la calamidad. Vamos, buena gente, ya está hecha la advertencia, y yo ya estoy en paz con mi conciencia. Por lo demás, no os inquietéis, allá arriba se ocupan de vosotros, y ya sabéis lo que esto significa: que ellos son de aúpa.

EL JUEZ CASADO

No blasfemes, Nada. Hace ya tiempo que con el cielo te tomas libertades condenables.

NADA

¿He hablado yo del cielo, juez? Yo apruebo todo lo que él hace. Yo soy juez a mi manera. He leído en los libros que vale más ser cómplice del cielo que víctima suya. Tengo la impresión además de que esto no es cosa del cielo. A poco que los hombres se pongan a romper cristales y cabezas, os daréis cuenta de que el buen Dios, que desde luego conoce la música, no es más que un niño del coro.

EL JUEZ CASADO

Los libertinos de tu ralea son los que nos traen los avisos celestes; porque esto es efectivamente un aviso. Pero dado a todos los que tienen el corazón corrompido. Temed todos las consecuencias más terribles y rogad a Dios que perdone vuestros pecados. ¡De rodillas! ¡De rodillas, os digo!

Todos se ponen de rodillas menos NADA.

EL JUEZ CASADO

Ten temor, Nada, ten temor y arrodíllate.

NADA

No puedo, tengo la rodilla tiesa. Y en cuanto al temor, he previsto todo, hasta lo peor; me refiero a tu moral.

EL JUEZ CASADO

Entonces, ¿no crees en nada, desgraciado?

NADA

En nada de este mundo más que en el vino. Y del cielo, en nada.

EL JUEZ CASADO

Perdónale, Dios mío, porque no sabe lo que dice, y permite que subsista esta ciudad de hijos tuyos.

NADA

Ite, missa est. Diego, regálame una botella con la marca del Cometa. Y tú me dirás cómo van tus amores.

DIEGO

Me voy a casar con la hija del juez, Nada. Y quisiera que en adelante no ofendas más a su padre. Es ofenderme a mí también.

Trompeta. Un HERALDO *rodeado de* GUARDIAS.

EL HERALDO

Orden del gobernador. Que todos se retiren y vuelvan a sus tareas. Los buenos gobiernos son los gobiernos en los que nada pasa. Pues bien, ésa es la voluntad del gobernador, que no pase nada en su gobierno para que éste continúe siendo tan bueno como lo ha sido siempre. Se asegura, pues, a los habitantes de Cádiz, que en este día no ha pasado nada por lo que valga la pena alarmarse o inquietarse. Por eso todo el mundo, a partir de esta hora sexta, deberá tener por falso que cometa alguno haya aparecido en el horizonte de la ciudad. Todo el que contravenga esta decisión, todo habitante que hable de cometas de otro modo que como fenómenos siderales pasados o por venir, será castigado con el rigor de la ley.

Trompetas. Se retira.

NADA

Bien, Diego, ¿qué me dices de esto? ¡Toda una gran idea!

DIEGO

Es una estupidez. Mentir es siempre una estupidez.

NADA

No; sólo es política. Y yo lo apruebo, puesto que tiende a suprimirlo todo. ¡Qué buen gobierno tenemos! Si el presupuesto está en déficit, si un matrimonio es adúltero, se anula el déficit y se niega el lío. Cornudos, vuestras mujeres son fieles; paralíticos, podéis andar, y vosotros, ciegos, mirad: ¡es la hora de la verdad!

DIEGO

No anuncies desgracia, vieja lechuza. ¡La hora de la verdad es la hora de la muerte!

NADA

Justo. ¡Muerte para el mundo! ¡Ah! Si pudiera tenerlo todo entero delante de mí, como un toro que tiembla sobre sus patas, con los ojuelos ardiendo de odio y su morro rosado cubierto por el sucio encaje de la baba. ¡Ay! ¡Qué minuto! Esta vieja mano no vacilaría y cortaría de un tajo el cordón de la médula y la pesada bestia caería fulminada hasta el fin de los tiempos a través de interminables espacios.

DIEGO

Desprecias demasiadas cosas, Nada. Economiza tu desprecio; lo necesitarás.

NADA

No necesito nada. Tengo desprecio hasta la muerte. Y nada de esta tierra, ni rey, ni cometa, ni moral, estarán nunca por encima de mí.

DIEGO

¡Calma! No subas tan alto. Te íbamos a querer menos.

NADA

Estoy por encima de todas las cosas y ya no deseo nada.

DIEGO

Nadie está por encima del honor.

NADA

¿Qué es el honor, hijo?

DIEGO
Lo que me mantiene en pie.

NADA
El honor es un fenómeno sideral pasado o por venir. Suprimámoslo.

DIEGO
Está bien, Nada, pero tengo que irme. Ella me espera. Por eso no creo en la calamidad que tú anuncias. Tengo que ocuparme de ser feliz. Es un largo trabajo que requiere la paz de las ciudades y de los campos.

NADA
Ya te lo he dicho, hijo. Ya estamos. No esperes nada. La comedia va a comenzar. Y apenas me queda tiempo de correr al mercado para beber por la muerte universal.

Todo se apaga.

FIN DEL PRÓLOGO

Luz. Animación general. Los gestos son más vivos, el movimiento se precipita. Música. Los tenderos extienden sus tableros, apartando los primeros planos del decorado. Aparece la plaza del mercado. EL CORO *del pueblo, conducido por los pescadores, la llena poco a poco, exultante.*

EL CORO
No ocurre nada. No ocurrirá nada. ¡Qué frescas están, qué fresquitas! ¡No es una calamidad, es la abundancia del verano! *(Grito de alegría.)* ¡Apenas se ha terminado la primavera, y ya la naranja dorada del verano, lanzada a toda velocidad a través del cielo, se alza en la cima de la estación y revienta chorreando miel, mientras que todos los frutos de todos los veranos del mundo,

uvas pegajosas, melones color manteca, higos llenos de sangre, albaricoques llameantes, vienen en el mismo momento a rodar sobre los puestos de nuestros mercados. *(Grito de alegría.)* ¡Oh, frutos! En el mimbre acaban la larga carrera que les lleva desde los campos donde han comenzado a ponerse cargados de agua y azúcar, sobre los prados azules de calor y entre el brotar fresco de mil manantiales soleados, poco a poco reunidos en una sola agua de juventud aspirada por las raíces y los troncos, que va hasta el corazón de los frutos, donde comienza a fluir lentamente como una inagotable fuente melosa que los engorda y los pone cada vez más pesados.

¡Pesados, cada vez más pesados! Y tan pesados, que al fin los frutos se hunden en el agua del cielo, empiezan a rodar a través de la opulenta hierba, navegan por los ríos, caminan a lo largo de las carreteras y, desde los cuatro rincones del horizonte, saludados por los alegres rumores del pueblo y los clarines del verano *(breve trompetería)* vienen en tropel a las ciudades humanas a testimoniar que la tierra es dulce y que el nutricio cielo permanece fiel a la cita de la abundancia. *(Grito general de alegría.)* No, no pasa nada. Aquí está el verano, ofrenda y no calamidad. Más tarde el invierno; el pan duro es para mañana. ¡Hoy doradas sardinas, langostinos, pescado, pescado fresco llegado de los mares tranquilos, queso, queso con romero! La leche de las cabras espumea como una colada, y sobre las bandejas de mármol la carne congestionada bajo su corona de papel blanco, la carne de olor a alfalfa ofrece al mismo tiempo la sangre, la savia y el sol para que el hombre rumie. ¡La copa! ¡La copa! Bebamos en la copa de las estaciones. Bebamos hasta el olvido, nada pasará.

Hurras. Gritos de alegría. Trompetas. Música. Y en los cuatro rincones del mercado se desarrollan pequeñas escenas.

EL PRIMER MENDIGO

¡Caridad, hombre, caridad, abuela!

EL SEGUNDO MENDIGO

¡Más vale hacerla pronto que nunca!

EL TERCER MENDIGO

¡Vosotros nos comprendéis!

EL PRIMER MENDIGO

No ha pasado nada, bien se ve.

EL SEGUNDO MENDIGO

Pero quizá pase algo.

Le roba el reloj a un transeúnte.

EL TERCER MENDIGO

Sed siempre caritativos. ¡Dos precauciones valen más que una!

En el puesto del pescado.

EL PESCADOR

¡Una dorada fresca como un clavel! ¡La flor de los mares! ¡Y venís a quejaros!

LA VIEJA

¡Tu dorada es una lija!

EL PESCADOR

¡Lija! Hasta que tú has llegado, bruja, la lija nunca había entrado en esta tienda.

LA VIEJA

¡Ay, hijo de tu madre! Mira mis canas.

EL PESCADOR

¡Fuera, viejo cometa!

Todo el mundo se queda inmóvil con el dedo en los labios.

En la ventana de VICTORIA. VICTORIA *tras las barras de la reja y* DIEGO.

DIEGO

¡Hace tanto tiempo!

VICTORIA

Loco, nos hemos separado esta mañana a las once.

DIEGO

Sí, pero estaba tu padre.

VICTORIA

Mi padre ha dicho que sí. Estábamos seguros de que iba a decir que no.

DIEGO

Hice bien yendo derecho hacia él y mirándole de frente.

VICTORIA

Has hecho bien. Mientras él reflexionaba yo cerraba los ojos y escuchaba elevarse dentro de mí un lejano ruido galopante, que se acercaba, cada vez más rápido y frecuente, hasta hacerme temblar toda yo. Y luego mi padre dijo que sí. Entonces yo abrí los ojos. Era la primera mañana del mundo. En un rincón de la habitación donde estábamos, vi los caballos negros del amor, aún estremecidos, pero a partir de ese momento, ya tranquilos. Nos esperaban a nosotros.

DIEGO

Yo no estaba ni sordo ni ciego. Pero no oía más que el dulce agitarse de mi sangre. Mi alegría se hizo repentinamente paciente. ¡Oh, ciudad de luz, que me has sido entregada para la vida hasta la hora en que la tierra nos llame! Mañana marcharemos juntos y cabalgaremos sobre la misma silla.

VICTORIA

Sí, habla nuestro lenguaje aunque a los demás les parezca sin sentido. Mañana me besarás en la boca. Miro la tuya y me arden las mejillas. Di, ¿es el viento del Sur?

DIEGO
Es el viento del Sur y me abrasa. ¿Dónde está la fuente que me sanará?

Se aproxima y pasa los brazos a través de los barrotes; ella le estrecha los hombros.

VICTORIA
¡Ah! Me hace daño amarte tanto. Acércate más.

DIEGO
¡Qué hermosa eres!

VICTORIA
¡Qué fuerte eres!

DIEGO
¿Con qué te lavas el rostro para tenerlo tan blanco como la almendra?

VICTORIA
Me lavo con agua clara, y el amor le añade su gracia.

DIEGO
Tus cabellos son frescos como la noche.

VICTORIA
Es que todas las noches te espero en mi ventana.

DIEGO
¿Son el agua clara y la noche las que te han regalado tu olor de limonero?

VICTORIA
No, es el viento de tu amor, que en un solo día me ha cubierto de flores.

DIEGO
¡Las flores caerán!

VICTORIA
¡Los frutos te esperan!

DIEGO

¡Llegará el invierno!

VICTORIA

Pero contigo. ¿Recuerdas lo que me cantaste la primera vez? ¿No sigue siendo cierto?

DIEGO

Cien años después de muerto,
si la tierra me dijera:
¿Llegaste al fin a olvidarla?
Yo respondería: Aún no.

Ella calla.

DIEGO

¿No dices nada?

VICTORIA

La felicidad me ha apretado la garganta.

En la tienda del ASTRÓLOGO.

EL ASTRÓLOGO *(a una mujer)*

El sol, hermosa mía, atraviesa el signo de Libra en el momento de tu nacimiento, lo cual te autoriza a considerarte venusina, ya que tu digno ascendente es Tauro, que como todos saben está gobernado también por Venus. Tu naturaleza es, pues, emotiva, afectuosa y agradable. Puedes alegrarte de ello, porque Tauro predispone a la soltería, y pone en riesgo de dejar inútiles tus preciosas cualidades. Veo, por otra parte, una conjunción Venus-Saturno que es desfavorable al matrimonio y a los hijos. Esta conjunción presagia también gustos extraños y hace temer las enfermedades del vientre. No te entretengas y busca el sol que favorece la mente y la moralidad y que es soberano, en lo que a los flujos del vientre se refiere. Elige tus amigos entre los tauros, pequeña, y no olvides que tu posición está bien orientada, es fácil y favorable, y puede mantenerte en la alegría. Son seis reales.

Recibe el dinero.

LA MUJER

Gracias. Estás seguro de todo lo que me has dicho, ¿verdad?

EL ASTRÓLOGO

Siempre, pequeña, siempre. ¡Cuidado, sin embargo! No ha pasado nada esta mañana, desde luego. Pero lo que no ha sucedido puede alterar mi horóscopo. Yo no soy responsable de lo que no ha ocurrido.

Ella se va.

EL ASTRÓLOGO

¡Soliciten su horóscopo! ¡El pasado, el presente, el futuro garantizados por los astros fijos! ¡He dicho fijos! *(Aparte.)* Si los cometas intervienen, este oficio se hará imposible, y uno tendrá que hacerse gobernador.

UNOS GITANOS *(todos juntos)*

Un amigo que quiere para ti el bien...
Una morena que huele a naranja...
Un gran viaje a Madrid...
La herencia de las Américas...

UNO SOLO

Después de la muerte del amigo rubio, recibirás una carta morena.

Sobre un tablado, al fondo, redoble de tambores.

LOS COMEDIANTES

Abran sus preciosos ojos, graciosas damas, y ustedes, caballeros, escuchen con atención. Los actores que ven aquí, los más grandes y mejor reputados del reino de España, y que no sin pena han abandonado la corte por esta plaza, van a representar para complacerles, un auto sacramental del inmortal Pedro de Lariba: *Los espíritus.* Pieza que les dejará atónitos, y que ha sido elevada de un tirón, por las alas del genio, a la altura de las obras maestras universales. Composición prodigiosa que gustaba a nuestro rey de tal modo, que la hacía representar para sí dos veces al día y aún la estaría contemplando si yo no hubiera hecho ver a esta compañía sin igual el interés y la urgencia que había en hacerla conocer también en esta plaza, como ejemplo edificante para el público de Cádiz, el más instruido de toda España.

Acérquense, la representación va a comenzar.

Comienza, en efecto, pero no se oye a los actores, cuya voz es ahogada por los ruidos del mercado.

—Qué frescas están, qué fresquitas!

—¡La mujer-langosta, mitad mujer, mitad pescado!

—¡Sardinas fritas, sardinas fritas!

—¡Aquí el rey de las fugas, que sale de todas las cárceles!

—Toma mis tomates, hermosa mía, son lisos como tu corazón.

—¡Encajes y ropa de novia!

—¡Sin dolor y sin charlatanerías, Pedro es quien saca las muelas!

NADA *(saliendo borracho de la taberna)*

Machacad todo. Haced un puré de tomate y de corazón. ¡A la cárcel el rey de las fugas, y rompámosle las muelas a Pedro! ¡Muerte para el astrólogo, que no habrá previsto todo esto! ¡Comámonos a la mujer-langosta y suprimamos todo lo demás, menos lo que se puede beber!

Un MERCADER *extranjero ricamente ataviado entra en el mercado en medio de un gran tropel de muchachas.*

EL MERCADER

¡Pidan, pidan la cinta del Cometa!

TODOS

¡Chss! ¡Chss!

Van a explicarle su locura al oído.

EL MERCADER

¡Pidan, pidan la cinta sideral!

Todos compran la cinta. Gritos de alegría. Música. EL GOBERNADOR *con su séquito llega al mercado. Se instalan.*

EL GOBERNADOR

Vuestro gobernador os saluda y se alegra de veros reunidos como de costumbre en estos lugares, en medio de las ocupaciones que constituyen la riqueza y la paz de Cádiz. No, decididamente nada ha cambiado, y eso es bueno. Los cambios me irritan, me gustan mis costumbres.

UN HOMBRE DEL PUEBLO

No, gobernador, nada ha cambiado en verdad, y nosotros los pobres podemos asegurártelo. Los fines de mes son bien apretados. Nos alimentamos de cebolla, pan y aceitunas, y estamos contentos de saber que otras gentes comen siempre el domingo puchero de gallina. Esta mañana ha habido ruido en la ciudad y por encima de la ciudad. En verdad, hemos tenido miedo. Hemos tenido miedo de que algo cambiara y que, de repente, los miserables se vieran obligados a alimentarse de chocolate. Pero gracias a tus cuidados, buen gobernador, se nos hizo saber que no ha ocurrido nada y que nuestros oídos habían oído mal. Otra vez nos sentimos seguros contigo.

EL GOBERNADOR

El gobernador se alegra mucho. Nada bueno hay en lo nuevo.

LOS ALCALDES

¡Bien habló el gobernador! Nada bueno hay en lo nuevo. Nosotros, alcaldes, con la sabiduría que confieren los años, queremos creer que nuestros buenos pobres no han querido adoptar un aire irónico. La ironía es una virtud que destruye. Y un buen gobernador prefiere los vicios que construyen.

EL GOBERNADOR

¡Durante la espera, que nadie se mueva! ¡Soy el rey de la inmovilidad!

LOS BORRACHOS DE LA TABERNA (*en torno a* NADA)

¡Sí, sí, sí! ¡No, no, no! ¡Que nada se mueva, buen gobernador! ¡Todo gira a nuestro alrededor, y esto es un gran sufrimiento! Que se suprima todo, menos el vino y la locura.

EL CORO

¡Nada ha cambiado! ¡No pasa nada, nada ha pasado! Las estaciones giran alrededor de su eje y en el cielo suave circulan astros prudentes de tranquila geometría que condenan a esas estrellas locas y descompensadas que incendian las praderas del cielo con su inflamada cabellera, perturban con su grito de alerta la dulce música de los planetas, trastornan con el viento de su carrera la eterna gravitación, hacen rechinar las constelaciones y preparan en todas las encrucijadas del cielo funestas colisiones de astros. ¡En verdad, todo está en orden, el mundo se equilibra! ¡Es el mediodía del año, la estación alta e inmóvil! ¡Felicidad, felicidad! ¡Aquí está el verano! ¡Qué importa lo demás! ¡La dicha es nuestro orgullo!

LOS ALCALDES

Si el cielo tiene costumbres, agradecédselo al gobernador, puesto que él es el rey de la costumbre. Tampoco a él le gustan los cabellos en desorden. ¡Todo su reino está bien peinado!

EL CORO

¡Sensatos! Seremos siempre sensatos, pues nada cambiará nunca. ¿Qué haríamos con los cabellos al viento, los ojos inflamados y la boca estridente? ¡Estaremos orgullosos de la felicidad de los demás!

LOS BORRACHOS (*en torno a* NADA)

¡Supriman el movimiento, supriman el movimiento! ¡No se muevan, no nos movamos! ¡Dejemos correr las horas, este reino no tendrá historia! La estación inmóvil es la estación de nuestros corazones, porque es la más caliente y la que nos induce a beber.

Pero el tema sonoro de la alerta que zumbaba sordamente desde hacía un momento, de repente sube a un tono agudo, mientras que suenan dos enormes golpes secos. Sobre el tablado, un comediante que avanza hacia el público continuando su pantomina, se tambalea y cae en medio de la multitud que le rodea inmediatamente. Ni una palabra más, ni un gesto. El silencio es completo.

Tras unos segundos de inmovilidad, precipitación general.

DIEGO *se abre paso entre la multitud, que se aparta lentamente y deja al descubierto al hombre.*

Llegan dos médicos que examinan el cuerpo, se apartan y discuten agitadamente.

Un joven pide explicaciones a uno de los médicos que hace gestos de negación. El joven le apremia y, envalentonado por la muchedumbre, le fuerza a responder, le sacude, se pega a él suplicante y finalmente se encuentra con los labios junto a los del médico. Un ruido de aspiración, y hace como que va a tomar una palabra de la boca del médico. Se aparta, y con gran dificultad, como si la palabra fuera demasiado grande para su boca e hicieran falta grandes esfuerzos para soltarla, pronuncia:

—La Peste.

Todo el mundo hace una genuflexión y cada cual repite la palabra cada vez más fuerte y más rápidamente mientras que todos huyen, describiendo amplias curvas en la escena en torno al gobernador, que está en su estrado. El movimiento se acelera, se precipita, se enloquece hasta que la gente se queda inmóvil, en grupos, ante la voz del viejo cura.

EL CURA

¡A la iglesia, a la iglesia! Llega el castigo. ¡El antiguo mal ha caído sobre la ciudad! Es el que el cielo envía desde siempre a las ciudades corrompidas para castigarlas a muerte por su pecado mortal. En vuestras bocas mendaces serán ahogados vuestros gritos y un sello ardiente va a estamparse sobre vuestro corazón. Rezad ahora al Dios de justicia para que olvide y perdone. ¡Entrad a la iglesia! ¡Entrad en la iglesia!

Algunos se precipitan a la iglesia. Los otros giran mecánicamente a derecha e izquierda, mientras la campana toca a muerto. En un tercer plano, EL ASTRÓLOGO, *como si estuviese haciendo un relato al* GOBERNADOR, *habla en tono muy natural.*

EL ASTRÓLOGO

Una conjunción maligna de planetas hostiles acaba de dibujarse sobre el plano de los astros. Significa y anuncia sequía, hambre y peste para todos.

Un grupo de mujeres cubren todo con su cháchara.

—Tenía en la garganta un animal enorme que le chupaba la sangre con un gran ruido de sifón.

—¡Era una araña, una gran araña negra!

—¡Verde, era verde!

—No, era un lagarto de las algas.

—No, tú no has visto nada. Era un pulpo, grande como un niño.

—Diego, ¿dónde está Diego?

—Habrá tantos muertos que ya no quedarán vivos para enterrarlos.

—¡Si yo pudiera huir!

—¡Huir, huir!

VICTORIA

—Diego, ¿dónde está Diego?

Durante toda esta escena el cielo se ha llenado de señales y el zumbido de alerta se ha desarrollado acentuándose el terror general. Un hombre, con el rostro iluminado, sale de una casa gritando: «¡Dentro de cuarenta días el fin del mundo!», y de nuevo el pánico describe sus curvas y la gente repite: «¡Dentro de cuarenta días el fin del mundo!» Unos guardias van a detener al iluminado y del otro lado sale una bruja que distribuye remedios.

LA BRUJA

¡Toronjil, menta, salvia, romero, tomillo, azafrán, corteza de limón, pasta de almendras...! ¡Atención, atención, estos remedios son infalibles!

Se levanta una especie de viento frío, mientras que el sol comienza a ponerse y hace que las gentes levanten la cabeza.

LA BRUJA

¡El viento! ¡El viento! La plaga tiene horror al viento. Todo irá mejor, ya lo veréis.

Al mismo tiempo el viento se calma, el zumbido se hace más agudo, los dos golpes secos resuenan ensordecedores y un poco más juntos. Dos hombres se desploman en medio de la muchedumbre. Todos hacen una genuflexión y comienzan a apartarse de los cuerpos muertos andando hacia atrás. Sólo queda LA BRUJA *teniendo a sus pies a los dos hombres con marcas en las ingles y en la garganta. Los enfermos se retuercen, hacen dos o tres gestos y mueren, mientras que la noche desciende lentamente sobre la muchedumbre que se desplaza siempre hacia el exterior dejando los cadáveres en el centro.*

Oscuridad.

Luz en la iglesia. Proyector hacia el palacio del rey. Luz en la casa del juez. La escena es alternante.

En el palacio:

EL PRIMER ALCALDE

Excelencia, la epidemia se desencadena con una rapidez que desborda todos nuestros recursos. Los barrios están más contaminados de lo que se cree, lo cual me inclina a pensar que hay que ocultar la situación y no decir la verdad al pueblo a ningún precio. Por lo demás, y, de momento, la enfermedad se ensaña sobre todo con los barrios exteriores, pobres y superpoblados. Dentro de nuestra desgracia, esto por lo menos es satisfactorio.

Murmullos de aprobación.

En la iglesia:

EL CURA

Acercaos y que todos confiesen en público lo peor que hayan hecho. ¡Abrid vuestros corazones, malditos!

Decíos los unos a los otros el mal que habéis hecho y el que habéis tramado, o de otro modo el veneno del pecado os ahogará y os conducirá al infierno tan seguro como va a atraparos el pulpo de la peste. Yo, por mi parte, me acuso de haber faltado con frecuencia a la caridad.

Tres confesiones representadas mímicamente tendrán lugar durante el diálogo que sigue.

En el palacio:

EL GOBERNADOR
Todo se arreglará. Lo fastidioso es que yo debía ir de caza. Estas cosas suceden siempre cuando uno tiene algún asunto importante. ¿Cómo arreglarlo?

EL PRIMER ALCALDE
No falte usted a la caza, aunque no sea más que por el ejemplo. La ciudad debe saber cómo usted es capaz de mostrar temple sereno en la adversidad.

En la iglesia:

TODOS
¡Perdónanos, Dios mío, lo que hemos hecho y lo que no hemos hecho!

En la casa del juez:

EL JUEZ *lee salmos rodeado de su familia.*

EL JUEZ
«El Señor es mi refugio y mi fortaleza.
Pues es Él quien me preserva de la trampa del cazador de pájaros.
¡Y de la peste asesina!»

LA MUJER
Casado, ¿no podemos salir?

EL JUEZ
Has salido demasiado en tu vida, mujer. Y eso no ha hecho nuestra felicidad.

LA MUJER
Victoria no ha vuelto y temo que la haya atacado la enfermedad.

EL JUEZ
Nunca has temido el mal para ti, y en él has perdido el honor. Quédate, la casa está tranquila en medio de la plaga. Lo he previsto todo y encerrados durante el tiempo de la peste, esperaremos el fin. Si Dios nos ayuda, no sufriremos nada.

LA MUJER
Tienes razón, Casado. Pero no somos los únicos. Otros sufren. Acaso Victoria esté en peligro.

EL JUEZ
Deja a los otros y piensa en tu casa. Piensa en tu hijo, por ejemplo. Trae todas las provisiones que puedas. Paga el precio que sea preciso. Pero almacena, mujer, almacena. ¡Ha llegado el tiempo de almacenar! *(Lee.)* «El Señor es mi refugio y mi fortaleza.»

En la iglesia:

Empalmado con lo anterior.

EL CORO
«No tendrás que temer,
ni los terrores de la noche,
ni las flechas que vuelan durante el día,
ni la peste que camina por las sombras.
Ni la epidemia que al mediodía se arrastra.»

UNA VOZ
¡Oh! ¡Grande y terrible Dios!

Luz en la plaza. Movimientos del pueblo al ritmo de una copla.

EL CORO

Has firmado sobre arena
y has escrito sobre el mar.
Sólo te queda la pena.

Entra VICTORIA. *Proyector sobre la plaza.*

VICTORIA

Diego, ¿dónde está Diego?

UNA MUJER

Está junto a los enfermos. Cura a quienes le llaman.

VICTORIA *corre hacia un extremo de la escena y choca con* DIEGO, *que lleva la mascarilla de los médicos de la peste. Retrocede profiriendo un grito.*

DIEGO *(dulcemente)*

¿Te doy tanto miedo, Victoria?

VICTORIA *(gritando)*

¡Diego, al fin tú! Quítate esa mascarilla y estréchame contra ti. Contra ti, contra ti, y estaré a salvo.

Él no se mueve.

VICTORIA

¿Qué ha cambiado entre nosotros, Diego? Hace horas que te busco, corriendo por la ciudad, espantada ante la idea de que el mal pudiera haberte alcanzado. Y te encuentro con esa mascarilla de tormento y enfermedad. ¡Quítatela, quítatela, te lo ruego, y apriétame contra ti! *(Él se quita la mascarilla.)* Cuando veo tus manos se me seca la boca. ¡Bésame!

Él no se mueve.

VICTORIA *(más bajo)*

Bésame, me muero de sed. Has olvidado que fue ayer cuando nos comprometimos el uno con el otro. Toda la noche he esperado el día en que tenías que besarme con todas tus fuerzas. ¡De prisa, de prisa!

DIEGO
¡Tengo compasión, Victoria!

VICTORIA
Yo también, pero de nosotros. ¡Y por eso te he buscado, gritando por las calles, corriendo hacia ti con los brazos extendidos para enlazarlos con los tuyos!

Avanza hacia él.

DIEGO
No me toques, apártate.

VICTORIA
¿Por qué?

DIEGO
No me reconozco. Jamás un hombre me ha inspirado miedo, pero esto me sobrepasa, el horror no me sirve de nada, y no me siento dueño de mí. *(Ella avanza hacia él.)* No me toques. Quizá ya esté el mal en mí y te voy a contagiar. Espera un poco. Déjame respirar, el estupor me ahoga. No sé ni cómo coger a esos hombres y hacerles volver a su cama. Mis manos tiemblan de horror y la piedad me ciega. *(Gritos y gemidos.)* Me están llamando, ya lo oyes. Tengo que ir. Pero ten cuidado de ti, ten cuidado de nosotros. ¡Esto va a acabar, sin duda!

VICTORIA
No me dejes.

DIEGO
Esto terminará. Soy demasiado joven y te quiero demasiado. La muerte me causa horror.

VICTORIA *(lanzándose hacia él)*
¡Yo estoy viva!

DIEGO *(retrocede)*
¡Qué vergüenza, Victoria, qué vergüenza!

VICTORIA

¿Vergüenza? ¿Por qué, vergüenza?

DIEGO

Me parece que tengo miedo.

Se oyen gemidos. DIEGO *corre hacia ellos. Movimientos del pueblo al ritmo de una copla.*

EL CORO

¿Quién tiene razón y quién se equivoca?
Piensa
que aquí abajo *tó* es mentira,
que sólo la muerte es cierta.

Reflector sobre la iglesia y el palacio del gobernador. Salmos y oraciones en la iglesia. Desde el palacio, EL PRIMER ALCALDE *se dirige al pueblo.*

EL PRIMER ALCALDE

Orden del gobernador. A partir de este momento, como señal de penitencia por la desgracia común y con el fin de evitar los riesgos del contagio, se prohíbe toda reunión pública y toda diversión. Asimismo...

UNA MUJER *(se pone a aullar en medio del pueblo)*

¡Vamos, vamos! Están escondiendo un muerto. No hay que permitirlo. ¡Va a pudrirlo todo! ¡Qué vergüenza de hombres! ¡Hay que enterrarlo!

Desorden. Dos hombres se retiran, arrastrándola.

EL ALCALDE

El gobernador se halla asimismo en situación de tranquilizar a los ciudadanos acerca de la marcha de la inesperada epidemia que se ha abatido sobre la ciudad. Según la opinión de todos los médicos, bastará que se levante el viento marino para que la peste ceda. Si Dios quiere...

Le interrumpen dos enormes golpes secos seguidos de otros dos golpes mientras que las campanas al vuelo tocan a muerto y los rezos resuenan en la iglesia. Luego solamente reina un silencio de terror, en medio del cual entran dos personajes extraños, a los que todos siguen con la mirada. El hombre es corpulento. Con la cabeza descubierta. Lleva una especie de uniforme con una condecoración. La mujer lleva también un uniforme, pero con cuello y puños blancos. Lleva un bloc de notas en la mano. Avanzan ambos hasta el palacio del gobernador y saludan.

EL GOBERNADOR
¿Qué quieren de mí, forasteros?

EL HOMBRE *(con tono cortés)*
Su puesto.

TODOS
¿Qué? ¿Qué dice?

EL GOBERNADOR
Ha elegido usted mal el momento y esta insolencia puede costarle cara. Pero sin duda hemos entendido mal. ¿Quién es usted?

EL HOMBRE
¡Aciértelo!

EL PRIMER ALCALDE
Yo no sé quién es usted, forastero, pero sí dónde va a terminar.

EL HOMBRE *(muy tranquilo)*
Me impresiona usted. ¿Qué piensa usted, querida amiga? ¿Les debo decir quién soy?

LA SECRETARIA
Nuestros modales suelen ser mejores.

EL HOMBRE
Mucha prisa tienen estos señores.

LA SECRETARIA
Sin duda tienen sus razones. Después de todo, estamos de visita y debemos plegarnos a las costumbres del lugar.

El hombre
La comprendo. Pero esto ¿no introducirá esto cierto desorden en tan buenas almas?

La secretaria
Vale más un desorden que una descortesía.

El hombre
Es usted convincente. Pero me quedan algunos escrúpulos.

La secretaria
De dos cosas una...

El hombre
La escucho...

La secretaria
O lo dice usted, o no lo dice. Si lo dice, se sabrá. Si no lo dice, se enterarán.

El hombre
Eso me ilumina del todo.

El gobernador
¡Ya basta, en cualquier caso! Antes de tomar las medidas pertinentes, le emplazo por última vez a que me diga quién es usted y qué quiere.

El hombre *(siempre natural)*
Yo soy la Peste. ¿Y usted?

El gobernador
¿La Peste?

El hombre
Sí, y tengo necesidad de su puesto. Estoy desolado, créame, pero voy a tener mucho que hacer. Si le diera dos horas, por ejemplo, ¿le bastaría para transmitirme los poderes?

EL GOBERNADOR

Esta vez ha ido usted demasiado lejos y será castigado por su impostura. ¡Guardias!

EL HOMBRE

¡Espere! Yo no quiero forzar a nadie. Tengo por principio ser correcto. Comprendo que mi conducta parezca sorprendente, y, después de todo, usted no me conoce. Pero deseo sinceramente que usted me ceda su puesto sin obligarme a mostrar quién soy. ¿No me puede creer por mi palabra?

EL GOBERNADOR

No tengo tiempo que perder, y esta broma ha durado demasiado. ¡Detengan a este hombre!

EL HOMBRE

No hay más remedio que resignarse. Pero todo esto es bien enojoso. Amiga mía, ¿querrá usted proceder a una exclusión?

Extiende el brazo hacia uno de los guardias. LA SECRETARIA *tacha algo ostensiblemente en su bloc de notas. El golpe seco resuena. El guardia cae.* LA SECRETARIA *lo examina.*

LA SECRETARIA

Todo está en orden, excelencia. Las tres marcas están ahí. *(A los otros, amablemente.)* Una marca, y su caso es dudoso. Con dos, está contaminado. Tres, y se decreta la exclusión. No hay nada más sencillo.

EL HOMBRE

¡Ah! Olvidaba presentarle a mi secretaria. Aunque ya la conoce usted. Pero uno ve a tanta gente...

LA SECRETARIA

¡Están disculpados! Y, además, siempre acaban reconociéndome.

EL HOMBRE

Una naturaleza feliz, ya lo ven. Alegre, contenta, cuidadosa de su persona...

LA SECRETARIA

No tengo mérito por ello. El trabajo es más fácil en medio de las flores frescas y de las sonrisas.

EL HOMBRE

Un excelente principio. Pero volvamos a lo nuestro. *(Al* GOBERNADOR.*)* ¿Le he dado una prueba suficiente de mi seriedad? ¿No dice usted nada? Bueno, le he asustado, es natural. Pero contra mi voluntad, créame. Hubiera preferido un acuerdo amigable, un pacto basado en la confianza recíproca, garantizado sólo por su palabra y la mía, un trato en alguna forma basado en el honor. Después de todo, no es demasiado tarde para hacer las cosas bien. ¿El plazo de dos horas le parece suficiente?

EL GOBERNADOR *mueve la cabeza en señal de negación.*

EL HOMBRE *(volviéndose hacia* LA SECRETARIA*)*

¡Qué desagradable!

LA SECRETARIA *(moviendo la cabeza)*

¡Un obstinado! ¡Qué contratiempo!

EL HOMBRE *(al* GOBERNADOR*)*

Tengo un gran deseo de obtener su consentimiento. Sería contrario a mis principios hacer nada contra su voluntad. Mi colaboradora va, pues, a proceder a tantas exclusiones como sea necesario para conseguir de usted una libre aprobación a la pequeña reforma que le propongo. ¿Está lista, querida amiga?

LA SECRETARIA

Sólo el tiempo de sacar a mi lápiz la punta que se le ha roto, y todo estará perfectamente dispuesto. Como en el mejor de los mundos.

EL HOMBRE *(suspirando)*

Sin su optimismo este oficio me sería muy penoso.

LA SECRETARIA *(sacando punta al lápiz)*

La perfecta secretaria está segura de que todo puede

arreglarse siempre, de que no hay error de contabilidad que no acabe por repararse, ni cita perdida a la que no pueda acudirse de nuevo. No, no hay desgracia que no tenga su lado bueno. La guerra misma tiene sus virtudes, y hasta en los cementerios puede haber buenos negocios toda vez que las concesiones a perpetuidad caducan a los diez años.

EL HOMBRE

Habla usted como los ángeles... ¿Tiene ya punta su lápiz?

LA SECRETARIA

Ya la tiene y podemos empezar.

EL HOMBRE

¡Vamos!

El hombre designa a NADA *que ha avanzado, pero* NADA *prorrumpe en una carcajada de borracho.*

LA SECRETARIA

¿Puedo hacerle notar a usted que éste es de los que no creen en nada y que ese género de pájaros nos es especialmente útil?

EL HOMBRE

Muy acertado. Tomemos, pues, a uno de los alcaldes.

Pánico entre los alcaldes.

EL GOBERNADOR

¡Deténganse!

LA SECRETARIA

¡Buena señal, excelencia!

EL HOMBRE *(solícito)*

¿Puedo hacer algo por usted, gobernador?

EL GOBERNADOR

Si le cedo el puesto, ¿podemos salvar la vida yo, los míos y los alcaldes?

EL HOMBRE
¡Pues, claro, por supuesto, es la costumbre!

EL GOBERNADOR *consulta con los alcaldes y luego se vuelve hacia el pueblo.*

EL GOBERNADOR
Pueblo de Cádiz, comprenderéis, estoy seguro, que todo ha cambiado ahora. Por vuestro interés es tal vez conveniente que yo deje esta ciudad a la nueva potencia que acaba de manifestarse. El acuerdo a que llegue con ella evitará sin duda lo peor, y así tendréis la certidumbre de conservar fuera de estas murallas un gobierno que un día pueda seros útil. No tengo necesidad de deciros que al hablar así no obedezo a la preocupación por mi seguridad, sino a...

EL HOMBRE
Perdone que le interrumpa. Pero me gustaría verle precisar públicamente que usted accede de buen grado a estas útiles disposiciones y que, como es natural, se trata de un acuerdo libre.

EL GOBERNADOR *mira hacia donde están ellos. La secretaria se lleva el lápiz a la boca.*

EL GOBERNADOR
Desde luego, cierro este nuevo trato libremente.

Balbucea, retrocede y se escapa. El éxodo comienza.

EL HOMBRE *(al* PRIMER ALCALDE*)*
Por favor, no se vaya tan deprisa. Necesito un hombre que tenga la confianza del pueblo y que me sirva de intermediario para dar a conocer mis deseos. *(*EL PRIMER ALCALDE *duda.)* Acepta usted, naturalmente... *(A* LA SECRETARIA.*)* Querida amiga...

EL PRIMER ALCALDE
Desde luego, es un honor.

EL HOMBRE

Perfecto. En estas condiciones, querida amiga, va usted a comunicarle al alcalde aquellos de nuestros decretos que hay que dar a conocer a estas buenas gentes para que empiecen a vivir dentro de la reglamentación.

LA SECRETARIA

Ordenanza concebida y publicada por el primer alcalde y sus consejeros...

EL PRIMER ALCALDE

Pero yo no he concebido nada aún...

LA SECRETARIA

Es un trabajo que se le ahorra. Y me parece que le debería halagar que nuestros servicios se tomen la molestia de redactar lo que va a tener usted el honor de firmar.

EL PRIMER ALCALDE

Sin duda, pero...

LA SECRETARIA

Ordenanza, pues, que vale como acta promulgada en plena obediencia a la voluntad de nuestro bien amado soberano, para la reglamentación y asistencia caritativa de los ciudadanos víctimas de la infección y para la designación de todas las reglas y de todas las personas como vigilantes, guardianes, ejecutores y sepultureros, las cuales presentarán juramento de aplicar estrictamente las órdenes que les sean dadas.

EL PRIMER ALCALDE

¿Qué significa ese lenguaje, por favor?

LA SECRETARIA

Se trata de acostumbrarles a un poco de oscuridad. Cuanto menos comprendan, mejor irán. Dicho esto, aquí están las ordenanzas que va usted a hacer pregonar por la ciudad unas tras otra, para facilitar la digestión hasta de los espíritus más lentos. He aquí nuestros mensajeros. Sus rostros amables ayudarán a fijar el recuerdo de sus palabras.

Los mensajeros se presentan.

EL PUEBLO
¡El gobernador se va, el gobernador se va!

NADA
Tiene derecho, pueblo, tiene derecho. El Estado es él y hay que proteger al Estado.

EL PUEBLO
El Estado era él y ahora ya no es nada. Como él se va, la Peste es el Estado.

NADA
¿Qué puede eso importaros? Peste o gobernador, siempre es el Estado.

El pueblo deambula y parece buscar salidas. Un mensajero se destaca.

EL PRIMER MENSAJERO
Todas las casas infectadas deberán ser marcadas en medio de la puerta con una estrella negra de un pie de diámetro, orlada por esta inscripción: «Todos somos hermanos.» La estrella deberá permanecer hasta la reapertura de la casa, so pena de sufrir los rigores de la ley.

UNA VOZ
¿Qué ley?

OTRA VOZ
La nueva, por supuesto.

EL CORO
Nuestros señores decían que nos protegerían y, sin embargo, henos aquí solos. Brumas espantosas comienzan a condensarse en los cuatros rincones de la ciudad, disipan poco a poco el olor de los frutos y de

las rosas, empañan la gloria de la estación, ahogan el júbilo del verano. ¡Ay, Cádiz, ciudad marina! Todavía era ayer, y por encima del Estrecho, el viento del desierto, más denso por haber pasado sobre los jardines africanos, venía para dar languidez a nuestras muchachas. Pero el viento ha cesado, y sólo él podía purificar la ciudad. Nuestros amos decían que no ocurriría nada y era el otro quien tenía razón, algo ocurre, hemos llegado a ello y tenemos que huir, huir sin tardanza antes de que las puertas vuelvan a cerrarse sobre nuestra desgracia.

EL SEGUNDO MENSAJERO
Todos los víveres de primera necesidad estarán en adelante a disposición de la comunidad, y serán distribuidos en partes iguales y mínimas a todos los que puedan probar su leal pertenencia a la sociedad.

La primera puerta se cierra.

EL TERCER MENSAJERO
Todos los fuegos deberán apagarse a las nueve de la noche y ningún particular podrá permanecer en un lugar público o circular por las calles de la ciudad sin un salvoconducto en forma, el cual no será expedido más que en casos muy excepcionales y siempre de manera arbitraria. Todo el que contravenga estas disposiciones será castigado con todo el rigor de la ley.

VOCES *(in crescendo)*
—Van a cerrar las puertas.
—Las puertas están cerradas.
—No, todas no están cerradas.

EL CORO
¡Corramos hacia las que aún se abren! Somos los hijos del mar. Ahí, ahí tenemos que llegar, al país sin murallas y sin puertas, a las playas vírgenes en que la arena tiene el frescor de los labios y la mirada llega tan lejos que se fatiga. Corramos al encuentro del viento. ¡Al

mar! ¡El mar, por fin, el mar libre, el agua que lava, el viento que libera!

VOCES
¡Al mar! ¡Al mar!

El éxodo se precipita.

EL CUARTO MENSAJERO
Está severamente prohibido prestar asistencia a toda persona afectada por la enfermedad, a no ser que se la denuncie a las autoridades, las cuales se encargarán de ella. La denuncia entre miembros de una misma familia está particularmente recomendada y será recompensada con la concesión de una ración de alimento doble de la llamada «ración cívica».

Se cierra la segunda puerta.

EL CORO
¡Al mar! ¡Al mar! El mar nos salvará. ¿Qué son para él las enfermedades y las guerras? ¡Ha visto muchos gobiernos y ha pasado sobre ellos! No ofrece sino mañanas rojas y tardes verdes, y del atardecer a la mañana el rumor interminable de sus aguas a lo largo de noches desbordantes de estrellas.

¡Oh, soledad, desierto, bautismo de la sal! Estar solo ante el mar, en el viento, cara al sol, liberado por fin de estas ciudades como tumbas y de estos rostros humanos apretados por el miedo. ¡De prisa! ¡De prisa! ¿Quién me librará del hombre y sus terrores? Yo era feliz en la cima del año, abandonado entre los frutos, la naturaleza igual, el verano benévolo. Me gustaba el mundo, éramos España y yo. Pero ya no oigo el ruido de las olas. Sólo hay clamores, pánico, insultos y cobardía, y hermanos densos de sudor y de angustia, demasiado pesados ya para cargar con ellos. ¿Quién me devolverá los mares de olvido, el agua tranquila del piélago, sus caminos líquidos y sus estelas cubiertas? ¡Al mar! ¡Al mar antes de que se cierren las puertas!

UNA VOZ

¡De prisa! ¡No toques al que estaba cerca del muerto!

UNA VOZ

Está marcado.

UNA VOZ

¡Lejos! ¡Lejos!

Le golpean. La tercera puerta se cierra.

UNA VOZ

¡Oh, grande y terrible Dios!

UNA VOZ

¡De prisa! Toma lo preciso, el colchón y la jaula de los pájaros. ¡No olvides el collar del perro! El frasco de menta fresca también. ¡Iremos mascándola hasta el mar!

UNA VOZ

¡Al ladrón! ¡Al ladrón! Ha cogido el mantel bordado de mi boda.

Le persiguen, le alcanzan, le pegan. La cuarta puerta se cierra.

UNA VOZ

Esconde esto, ¿quieres?, esconde nuestras provisiones.

UNA VOZ

No tengo nada para el camino; dame un pan, hermano. Yo te daré mi guitarra con incrustaciones de nácar.

UNA VOZ

Este pan es para mis hijos, no para los que se dicen mis hermanos. En la paternidad hay grados.

UNA VOZ

¡Un pan, doy todo mi dinero por un solo pan!

La quinta puerta se cierra.

EL CORO

¡De prisa! ¡Sólo queda una puerta abierta! La epidemia

va más deprisa que nosotros. Odia el mar y no quiere que nosotros lleguemos a él. Las noches son tranquilas, las estrellas pasan por encima del mástil. ¿Qué hará aquí la peste? Desea cobijarnos bajo sí; a su manera, nos quiere. Desea que seamos felices como ella lo entiende, no como a nosotros nos gusta. Son los placeres obligados, la vida fría, la dicha eterna. Todo se fija, ya no sentimos en nuestros labios el antiguo frescor del viento.

UNA VOZ

¡Padre, no me abandones, pobre de mí!

El sacerdote huye.

EL POBRE

¡Huye, huye! Guárdame junto a ti. Es tu papel ocuparte de mí. Si te pierdo, he perdido todo.

El sacerdote se escapa. El pobre cae gritando.

EL POBRE

¡Cristianos de España, se os abandona!

EL QUINTO MENSAJERO (*destacando las palabras*)

Por fin, y esto será el resumen.

LA PESTE *y su* SECRETARIA, *delante de* EL PRIMER ALCALDE, *sonríen y aprueban complacidos.*

EL QUINTO MENSAJERO

A fin de evitar todo contagio por la difusión del aire, como las propias palabras pueden ser vehículo de la infección, se ordena a todos los habitantes que tengan constantemente sobre la boca un pañuelo empapado en vinagre, que les preservará del mal al mismo tiempo que les inducirá a la discreción y al silencio.

A partir de este momento, todos se meten un pañuelo en la boca y el número de las voces disminuye al mismo tiempo que la sonoridad de la orquesta. EL CORO, *que había empezado con varias voces, terminará con una sola hasta la pantomima final, que se desarrolla en un silencio completo, y los personajes con las bocas hinchadas y cerradas.*

La última puerta da un fuerte portazo.

EL CORO

¡Desgracia, desgracia! ¡Estamos solos la Peste y nosotros! ¡Se ha cerrado la última puerta! Ya no oímos nada. El mar está ya demasiado lejos. Ahora estamos en el dolor y hemos de dar vueltas en esta ciudad estrecha, sin árboles y sin agua, cercada de altas puertas lisas, coronada de muchedumbres aulladoras. Cádiz, finalmente, como una plaza de toros negra y roja donde van a perpetrarse los crímenes rituales. ¡Hermanos, esta angustia es mayor que nuestros pecados, no hemos merecido esta condena! Nuestro corazón no era inocente, pero amábamos el mundo y sus veranos: ¡esto hubiera debido salvarnos! Los vientos se han detenido y el cielo está vacío. Vamos a callarnos por mucho tiempo. Pero por última vez, antes de que la mordaza del terror nos cierre las bocas, gritaremos en el desierto.

Gemidos y silencio.

De la orquesta ya no quedan más que las campanas. El zumbido del cometa vuelve suavemente. En el palacio del GOBERNADOR *reaparece* LA PESTE *y su* SECRETARIA. *Ésta avanza tachando un nombre a cada paso, mientras la batería remacha cada uno de sus gestos.* NADA *sonríe irónicamente y la primera carreta de muertos pasa chirriando.*

LA PESTE *se sube a la parte alta del decorado y hace una señal. Todo se detiene, movimientos y ruidos.*

LA PESTE *habla.*

LA PESTE

Yo reino, es un hecho; por tanto, es un derecho. Pero es un derecho que no se discute: debéis adaptaros.

Además, no os engañéis, si reino es a mi manera y sería más justo decir que funciono. Vosotros, los españoles, sois un poco noveleros, y os gustaría verme con el aspecto de un rey negro o de un suntuoso insecto. Necesitáis lo patético, es bien sabido. ¡Pues bien, no! Yo no tengo cetro y he tomado el aspecto de un suboficial. Es el modo que tengo de vejaros, es bueno que seais vejados: tenéis que aprenderlo todos. Vuestro rey tiene las uñas negras y un uniforme estricto. No alardea de superioridad, está simplemente. Su palacio es un cuartel, su pabellón de caza un tribunal. El estado de sitio ha sido proclamado.

Por esta razón, fijaos en esto, cuando yo llego desaparece el patetismo. Está prohibido el patetismo, lo mismo que algunas otras pamplinas, como la ridícula angustia de la felicidad, el rostro estúpido de los enamorados, la contemplación egoísta de los paisajes y la culpable ironía. En lugar de todo esto, yo traigo la organización. Esto os molestará un poco al principio, pero acabaréis por comprender que una buena organización vale más que un mal patetismo. Y para ilustrar este hermoso pensamiento, comienzo por separar a los hombres de las mujeres: ésta será la ley. *(*LOS GUARDIAS *lo ejecutan.)* Vuestras monerías han tenido su tiempo. ¡Se trata ahora de ser serio!

Supongo que ya me habréis comprendido. A partir de hoy vais a aprender a morir en orden. Hasta ahora moríais a la española, un poco al azar, al buen tuntún, por decirlo así. Moríais porque había hecho frío después de haber hecho calor, porque vuestras mulas tropezaban, porque la línea de los Pirineos era azul, porque en la primavera el río Guadalquivir es atractivo para el solitario o porque hay imbéciles malencarados que matan por su provecho o por honor, cuando es tanto más distinguido matar por los placeres de la lógica. Sí, moríais mal. Un muerto por aquí, un muerto por allá, éste en su cama, aquél en el ruedo: era el libertinaje. Pero finalmente este desorden va a ser administrado. Una sola muerte para todos y según el precioso orden de una lista. Tendréis vuestras fichas, ya no moriréis por capricho. El destino ya ha sentado la cabeza, ya tiene sus oficinas. Estaréis en las estadísticas y por fin vais a servir para algo. Porque, olvidaba decíroslo, moriréis, desde luego, pero seréis incinerados inmediatamente, o incluso antes: es más limpio y forma parte del plan. ¡España ante todo!

Ponerse en fila para morir bien, esto es lo principal. De este modo tendréis mi favor. Pero cuidado con las ideas insensatas, con las furias del alma, como vosotros decís, con las pequeñas fiebres que dan lugar a las grandes revueltas. He suprimido estas complacencias y he puesto la lógica en su lugar. Me dan horror la diferencia y la sinrazón. A partir de hoy seréis, pues, razonables, es decir, tendréis vuestra insignia. Iréis con las ingles marcadas y llevaréis públicamente bajo el sobaco la estrella del bubón que os designará para ser azotados. Los otros, los que persuadidos de que esto no les concierne hagan cola los domingos en las plazas de toros, se apartarán de los que seáis sospechosos. Pero no tengáis ninguna amargura: también con ellos va esto. Están en la lista, y yo no olvido a nadie. Todos sospechosos, he aquí un buen comienzo.

Por lo demás, todo esto no impide el sentimentalismo. Me gustan los pájaros, las primeras violetas, la boca fresca de las muchachas. De tarde en tarde es refrescante y es muy verdadero; sí, también yo soy idealista. Mi corazón... Pero siento que me enternezco y no quiero ir demasiado lejos. Resumamos, pues. Os traigo el silencio, el orden y la absoluta justicia. No os pido que me lo agradezcáis, porque lo que he hecho por vosotros es muy natural. Pero exijo vuestra colaboración activa. Mi ministerio ha comenzado.

TELÓN

Segunda parte

Una plaza de Cádiz. A la izquierda del escenario, la portería del cementerio. Al otro lado, un andén. Junto al andén, la casa de un juez.

Al levantarse el telón, sepultureros con atuendo de presidiarios retiran los muertos. El chirrido de la carreta se deja oír entre bastidores. Entra y se detiene en el centro de la escena. Los presos cargan la carreta. Ésta reanuda su camino hacia la portería. En el momento en que se detiene delante del cementerio, música militar, y la portería se abre al público por uno de sus lados. Parece el patio de una escuela. La secretaria *mangonea por allí. Un poco más abajo, mesas como para la distribución de cartillas de racionamiento. Detrás de una de ellas,* El primer alcalde *con su bigote blanco, rodeado de funcionarios. Al otro lado,* Los guardias *hacen salir a la gente delante de ellos y los llevan delante y dentro de la portería, los hombres separados de las mujeres.*

Luz en el centro. Desde lo alto de su palacio, La Peste *dirige a obreros invisibles, que son percibidos únicamente por la agitación en torno a la escena.*

La Peste

Vamos, vosotros, de prisa. Las cosas van muy lentamente en esta ciudad; este pueblo no es trabajador. Le gusta la holganza, bien se nota. Yo no concibo la inactividad más que en los cuarteles y en las filas de espera. Ese ocio es bueno, vacía el corazón y las piernas. Es un ocio que no sirve para nada. ¡De prisa! Terminad de plantar mi torre, la vigilancia no está en su puesto. Rodead la ciudad de setos de espino. A cada uno, su primavera, y la mía tiene rosas de fuego. Encended los hornos, son nuestros fuegos de alegría. ¡Guardias! Colocad nuestras estrellas sobre las casas de que voy a ocuparme. Usted, querida amiga, comience a preparar nuestras listas y establezca nuestros certificados de existencia.

LA PESTE *sale por el otro lado.*

EL PESCADOR *(es el corifeo)*
Un certificado de existencia, ¿para qué?

LA SECRETARIA
¿Para qué? ¿Qué podrían hacer para vivir sin un certificado de existencia?

EL PESCADOR
Hasta ahora habíamos vivido muy bien sin eso.

LA SECRETARIA
Porque no estabais gobernados, y ahora sí lo estáis. El gran principio de nuestro gobierno es justamente que siempre tiene uno necesidad de un certificado. Puede uno pasarse sin pan y sin mujer, pero de lo que uno no se podría privar sería de una certificación en regla certificando lo que sea.

EL PESCADOR
Hace tres generaciones que echamos las redes al agua en mi familia, y siempre hemos hecho bien nuestro trabajo; sin un papel escrito, se lo juro.

UNA VOZ
Yo soy carnicero y ya lo era mi padre. Y para matar a los corderos no usó ningún certificado.

LA SECRETARIA
Estabais en la anarquía, ¡eso es todo! Daros cuenta de que nosotros no tenemos nada contra los mataderos,

al contrario. Pero hemos introducido los perfeccionamientos de la contabilidad. Ésa es nuestra superioridad. En cuanto a la pesca, ya verás como tenemos una gran fuerza.
Señor alcalde, ¿tiene usted los formularios?

EL PRIMER ALCALDE
Aquí están.

LA SECRETARIA
Guardias, ¿quieren ayudar al señor a avanzar?

Hacen avanzar al PESCADOR.

EL PRIMER ALCALDE *(leyendo)*
Apellidos, nombre, profesión.

LA SECRETARIA
Deje lo que no sea necesario. El señor llenará los espacios en blanco él solo.

EL PRIMER ALCALDE
Curriculum vitae.

EL PESCADOR
No comprendo.

LA SECRETARIA
Aquí debe usted indicar los acontecimientos importantes de su vida. Es una manera de iniciar el conocimiento de usted.

EL PESCADOR
Mi vida es mía. Es algo privado que no le importa a nadie.

LA SECRETARIA
¿Privado? Esas palabras no tienen sentido para nosotros. Se trata, naturalmente, de su vida pública. La única que, por otra parte, le está autorizada. Señor alcalde, pase a los detalles.

EL PRIMER ALCALDE
¿Casado?

EL PESCADOR
En el 31.

EL PRIMER ALCALDE
¿Motivos de la unión?

EL PESCADOR
¿Motivos? La sangre va ahogarme.

LA SECRETARIA
Quede así escrito. Es una buena manera de hacer público lo que debe dejar de ser personal.

EL PESCADOR
Me he casado porque es lo que uno hace cuando se es un hombre.

EL PRIMER ALCALDE
¿Divorciado?

EL PESCADOR
No, viudo.

EL PRIMER ALCALDE
¿Vuelto a casar?

EL PESCADOR
No.

LA SECRETARIA
¿Por qué?

EL PESCADOR *(aullando)*
Quería a mi mujer.

LA SECRETARIA
¡Qué curioso! ¿Por qué?

EL PESCADOR
¿Acaso puede uno explicarlo todo?

LA SECRETARIA
Sí; en una sociedad bien organizada, sí.

El primer alcalde
¿Antecedentes?

El pescador
¿Qué es eso?

La secretaria
¿Ha sido usted condenado por saqueo, perjurio o violación?

El pescador
¡Nunca!

La secretaria
¿Un hombre honrado? Lo pongo en duda. Señor primer alcalde, añadirá usted esta indicación: vigilarlo.

El primer alcalde
¿Sentimientos cívicos?

El pescador
Yo he servido siempre a mis conciudadanos. Nunca he dejado marchar a un pobre sin un buen pescado.

La secretaria
Esta manera de contestar no está autorizada.

El primer alcalde
¡Oh! Esto yo puedo explicarlo. Los sentimientos cívicos, dense cuenta, son asunto mío. Se trata de saber, buen hombre, si usted es de los que respetan el orden existente por la única razón de que existe.

El pescador
Sí, cuando es justo y razonable.

La secretaria
¡Dudoso! Escriba que los sentimientos cívicos son dudosos. Y lea la última pregunta.

El primer alcalde *(descifrando con dificultad)*
¿Razones de ser?

EL PESCADOR
Que mi madre sea mordida en el sitio por donde se peca, si yo entiendo algo de esa jerga.

LA SECRETARIA
Eso significa que hay que dar las razones que usted tiene de estar en la vida.

EL PESCADOR
¿Razones? ¿Qué razones quiere usted que yo encuentre?

LA SECRETARIA
¡Ve usted! Dese cuenta, señor alcalde: el abajo firmante reconoce que su existencia es injustificable. Seremos más libres cuando llegue el momento. Y usted, firmante, comprenderá que el certificado de existencia que le sea expedido será provisional y con plazo.

EL PESCADOR
Provisional o no, démelo, que yo ya me voy a mi casa, que me esperan.

LA SECRETARIA
¡Desde luego! Pero antes tendrá que presentar un certificado de salud, que le será expedido tras algunas formalidades en el primer piso, división de los asuntos en curso, oficina de esperas, sección auxiliar.

Salen. La carreta de los muertos ha llegado durante este tiempo a la puerta del cementerio y empiezan a descargarla. Pero NADA, *borracho, salta de la carreta aullando.*

NADA
¡Pero si yo les digo que no estoy muerto!

Quieren meterlo de nuevo en la carreta. Se escapa y entra en la portería.

NADA
¡Pero bueno! ¡Si yo estuviera muerto, se sabría! ¡Oh, perdón!

LA SECRETARIA

¡No es nada! Acérquese.

NADA

Me han metido en la carreta. ¡Y yo había bebido demasiado, eso es todo! ¡El cuento de suprimir!

LA SECRETARIA

¿Suprimir qué?

NADA

Todo, guapa. Cuanto más se suprime, mejor van las cosas. Y si se suprime todo, el paraíso. ¡Los enamorados! Me horrorizan. Cuando pasan ante mí, les escupo. A su espalda, desde luego, porque los hay rencorosos. Y los niños, ¡qué sucia ralea! Las flores con su aire estúpido, los ríos incapaces de cambiar de idea. ¡Ah! ¡Suprimamos, suprimamos! ¡Es mi filosofía! Dios niega el mundo, y yo niego a Dios. ¡Viva Nada, que es la única cosa que existe!

LA SECRETARIA

¿Y cómo suprimir todo eso?

NADA

¡Bebiendo, bebiendo hasta la muerte, todo desaparece!

LA SECRETARIA

¡Mala técnica! ¡La nuestra es mejor! ¿Cómo te llamas tú?

NADA

Nada *.

LA SECRETARIA

¿Cómo?

NADA

Nada.

LA SECRETARIA

Te pregunto tu nombre.

---

* El nombre del personaje es la palabra española «Nada». En esta ocasión contesta con el término francés «rien». *(N. de los TT.)*

NADA

Ése es mi nombre.

LA SECRETARIA

¡Está bien eso! ¡Con semejante nombre tenemos muchas cosas que hacer juntos! Pasa a este lado. Serás funcionario de nuestro reino. *(Entra* EL PESCADOR.*)* Señor alcalde, ¿quiere usted poner al corriente a nuestro amigo Nada? Durante este tiempo, ustedes, guardias, venderán nuestras insignias. *(Avanza hacia* DIEGO.*)* Buenos días. ¿Quiere usted comprar una insignia?

DIEGO

¿Qué insignia?

LA SECRETARIA

La insignia de la peste, naturalmente. *(Después de una breve pausa.)* Puede usted rechazarla. No es obligatoria.

DIEGO

Pues la rechazo.

LA SECRETARIA

Muy bien. *(Yendo hacia* VICTORIA.*)* ¿Y usted?

VICTORIA

Yo no la conozco a usted.

LA SECRETARIA

Perfecto. Le indico simplemente que los que se nieguen a llevar esta insignia tienen la obligación de llevar otra.

DIEGO

¿Cuál?

LA SECRETARIA

Pues la insignia de los que se niegan a llevar la insignia. De esta manera se ve al momento con quién se juega uno los cuartos.

EL PESCADOR

Le pido perdón.

LA SECRETARIA *(volviéndose hacia* DIEGO *y* VICTORIA)
¡Hasta pronto! *(Al* PESCADOR.*)* ¿Qué ocurre ahora?

EL PESCADOR *(con indignación creciente)*
Vengo del primer piso, y me han dicho que tenía que volver aquí para obtener el certificado de existencia; sin él no me darán el certificado de salud.

LA SECRETARIA
¡Es clásico!

EL PESCADOR
¿Cómo que es clásico?

LA SECRETARIA
Sí, eso prueba que esta ciudad comienza a ser administrada. Nuestra convicción es que ustedes son culpables. Culpables de ser gobernados, naturalmente. Aún es necesario que ustedes mismos sientan que son culpables. Y ustedes no se sentirán culpables mientras no se sientan cansados. Les estamos cansando a ustedes, eso es todo. Cuando ustedes estén agotados de cansancio, lo demás vendrá por sus pasos.

EL PESCADOR
¿Puedo, por lo menos, tener ese maldito certificado de existencia?

LA SECRETARIA
En principio, no, puesto que necesita usted primero un certificado de salud para tener el certificado de existencia. Como usted ve, no hay salida.

EL PESCADOR
¿Entonces?

LA SECRETARIA
Entonces queda nuestra real gana. Pero es a corto plazo, como ocurre con toda real gana. Le damos, pues, ese certificado por favor especial. Y no será valedero más que para una semana. Dentro de una semana, ya veremos.

El pescador

¿Veremos, qué?

La secretaria

Veremos si procede renovárselo.

El pescador

¿Y si no se renueva?

La secretaria

Como su existencia no tendrá garantía, se procederá sin duda a una radiación. Señor alcalde, ordene que se extiendan trece ejemplares de este certificado.

El primer alcalde

¿Trece?

La secretaria

Sí, uno para el interesado y doce para el buen funcionamiento.

Luz en el centro.

La Peste

Que comiencen los grandes trabajos inútiles. Usted, querida amiga, tenga lista la balanza de deportaciones y de concentraciones. Active la transformación de los inocentes en culpables para que la mano de obra sea suficiente. ¡Deporte a quien sea importante! Nos van a faltar hombres, con toda seguridad. ¿Dónde está el censo?

La secretaria

Se está cursando, todo va del mejor modo, y me parece que estas buenas gentes me han comprendido.

La Peste

Se enternece usted demasiado fácilmente, querida amiga. Experimenta la necesidad de ser comprendida. En nuestro oficio, es un defecto. Estas buenas gentes, como usted dice, naturalmente no han comprendido nada, pero eso no tiene importancia. Lo esencial no es que comprendan, sino que se ejecuten. ¡Vaya! Es una expresión que tiene su sentido, ¿no cree?

La secretaria
¿Qué expresión?

La Peste
Ejecutarse... ¡Vamos, vosotros, ejecutaos, ejecutaos! ¡Qué fórmula! ¿Eh?

La secretaria
¡Magnífica!

La Peste
¡Magnífica! Se encuentra todo en ella. La imagen de la ejecución primero, que es una imagen enternecedora, y luego la idea de que el ejecutado colabora él mismo a su ejecución, lo cual constituye el objetivo y la consolidación de todo buen gobierno.

Ruido al fondo.

La Peste
¿Qué pasa?

El coro *de las mujeres se agita.*

La secretaria
Son las mujeres las que se agitan.

El coro
Ésta tiene algo que decir.

La Peste
Avanza.

Una mujer *(avanzando)*
¿Dónde está mi marido?

La Peste
¡Vaya! Así es el corazón humano, como suele decirse. ¿Qué le ha pasado a este marido?

La mujer
No ha vuelto a casa.

La Peste
No tiene importancia. No te preocupes. Eso es que ya ha encontrado una cama.

La mujer
Él es un hombre y se respeta.

La Peste
Naturalmente, ¡un fénix! Véalo, pues, querida amiga.

La secretaria
Apellidos y nombre.

La mujer
Gálvez, Antonio.

La secretaria *mira su cuaderno y habla al oído a* La Peste.

La secretaria
¡Bien! Tiene su vida a salvo, alégrese.

La mujer
¿Qué vida?

La secretaria
¡La vida en un castillo!

La Peste
Sí, lo he deportado con algunos otros que hacían ruido y a los que he querido perdonar.

La mujer *(yendo hacia atrás)*
¿Qué ha hecho con ellos?

La Peste *(con una rabia histérica)*
Los he concentrado. Hasta ahora vivían en la disper-

sión y en la frivolidad, un poco disolutos, por así decirlo. ¡Ahora están más firmes, se concentran!

LA MUJER *(huyendo hacia* EL CORO, *que se abre para acogerla)*
¡Ah! ¡Miseria! ¡Miseria para mí!

EL CORO
¡Miseria! ¡Miseria para nosotros!

LA PESTE
¡Silencio! ¡No se queden inactivos! ¡Hagan algo! ¡Ocúpense! *(Poniéndose soñador.)* Se ejecutan, se ocupan, se concentran. ¡La gramática es una cosa que puede servir para todo!

Luz rápida sobre la portería donde NADA *está sentado con* EL ALCALDE. *Ante él, filas de administrados.*

UN HOMBRE
La vida ha subido y los salarios se han hecho insuficientes.

NADA
Lo sabíamos, y ya hay un nuevo baremo. Acaba de ser establecido.

EL HOMBRE
¿Cuál será el porcentaje de aumento?

NADA *(leyendo)*
¡Es muy simple! Baremo número 108. «La orden de revalorización de los salarios interprofesionales y subsiguientes trae consigo la supresión del salario base y la liberalización incondicional de las escalas móviles que reciben así licencia para alcanzar un salario máximo que está aún por determinar. Las escalas, sustracción hecha de los aumentos de precios consentidos ficticiamente por el baremo número 107, continuarán, en tanto sean calculadas, fuera de las modalidades propiamente dichas de nueva clasificación, dentro de los límites del salario base anteriormente suprimido.»

EL HOMBRE

¿Pero qué aumento representa eso?

NADA

El aumento es para más tarde, y el baremo para hoy. Nosotros les aumentaremos con un baremo, eso es todo.

EL HOMBRE

¿Pero qué quiere usted que hagan con ese baremo?

NADA *(aullando)*

¡Que se lo coman! El siguiente. *(Otro hombre se presenta.)* Tú quieres abrir un comercio. Gran idea, a fe mía. Pues bien, empieza por llenar este formulario. Pon tus dedos en esta tinta. Colócalos aquí. Perfecto.

EL HOMBRE

¿Dónde puedo secarme?

NADA

¿Dónde puedes secarte? *(Hojea una carpeta de documentos.)* En ninguna parte. No está previsto en el reglamento.

EL HOMBRE

Pero no me puedo quedar así.

NADA

¿Por qué no? Además, qué te importa eso, si no tienes derecho a tocar a tu mujer. Y además es bueno para tu caso.

EL HOMBRE

¿Cómo que es bueno?

NADA

Sí. Esto te humilla, luego es bueno. Pero volvamos a tu comercio. ¿Prefieres beneficiarte del artículo 208 del capítulo 62 de la décimo sexta circular, según el quinto reglamento, o bien del párrafo 27 del artículo 207 de la circular 15, según el reglamento particular?

EL HOMBRE
Pero yo no conozco ni uno, ni otro de esos textos.

NADA
¡Claro, hombre! ¡No los conoces! Yo tampoco. Pero de todas formas hay que decidirse, vamos a hacer que te beneficies de los dos a la vez.

EL HOMBRE
Es demasiado. Nada, te lo agradezco.

NADA
No me agradezcas nada. Porque parece que uno de esos artículos te da derecho a tener tu tienda, mientras que el otro te quita el de vender en ella cualquier cosa.

EL HOMBRE
¿Qué es esto, pues?

NADA
¡El orden!

Una MUJER *llega alocada.*

NADA
¿Qué hay, mujer?

LA MUJER
Han requisado mi casa.

NADA
Bueno.

LA MUJER
Han instalado en ella servicios administrativos.

NADA
Ni que decir tiene.

LA MUJER
Pero yo estoy en la calle y me han prometido darme otro alojamiento.

NADA
¿Ves? Han pensado en todo.

LA MUJER
Sí, pero hay que hacer una solicitud que seguirá su curso. Entre tanto mis hijos están en la calle.

NADA
Razón de más para hacer tu solicitud. Llena este formulario.

LA MUJER *(tomando el formulario)*
Pero ¿irá deprisa?

NADA
Puede ir deprisa a condición de que presentes una justificación de urgencia.

LA MUJER
¿Qué es eso?

NADA
Un documento que demuestre que es urgente para ti el no seguir en la calle.

LA MUJER
Mis hijos no tienen techo, ¿qué cosa más necesaria que darles uno?

NADA
No te van a dar un alojamiento porque tus hijos estén en la calle. Se te dará un alojamiento si presentas un certificado. No es lo mismo.

LA MUJER
Nunca he entendido ese lenguaje. El diablo habla así y nadie lo entiende.

NADA
No es una casualidad, mujer. Aquí se trata de hacer las cosas de manera que nadie se comprenda, aunque hablen la misma lengua. Y puedo decirte que nos acercamos al momento perfecto en que todo el mun-

do hablará sin encontrar jamás eco, y en el que las dos lenguas que se enfrenten en esta ciudad se destruirán una a otra con una obstinación tal, que todo tendrá que encaminarse hacia el fin último, que es el silencio y la muerte.

JUNTOS

LA MUJER

La justicia es que los niños coman cuando tienen hambre y que no tengan frío. La justicia es que mis pequeños vivan. Los he puesto en el mundo sobre una tierra de alegría. El mar ha suministrado el agua para su bautizo. No tienen necesidad de otras riquezas. Yo sólo pido para ellos el pan de cada día y el sueño de los pobres. No es nada, y sin embargo es lo que me negáis. Y si negáis a los desgraciados su pan, no habrá lujo, ni hermoso lenguaje, ni promesas misteriosas que jamás logren vuestro perdón.

NADA

Preferid vivir de rodillas a morir de pie, para que el universo encuentre su orden medido con la escuadra de las potencias, compartido entre los muertos tranquilos y las hormigas, desde ahora bien educadas, paraíso puritano privado de praderas y de pan, en el que circulan ángeles policías con alas mayúsculas entre los afortunados saciados de papel y de nutritivas fórmulas, postergados ante un Dios condecorado, destructor de todas las cosas y decididamente consagrado a disipar los antiguos delirios de un mundo demasiado delicioso.

NADA

¡Viva Nada! Nadie se entiende ya: ¡hemos llegado al instante perfecto!

Luz en el centro. Se ven, recortadas sobre el fondo, cabañas, alambradas de espino, atalayas y algunos otros monumentos hostiles. Entra DIEGO *vestido de máscara, con aire de acosado. Contempla los monumentos, el pueblo y* LA PESTE.

DIEGO *(dirigiéndose al* CORO*)*

¿Dónde está España? ¿Dónde está Cádiz? Esta decoración no es de país alguno. Estamos en otro mundo, en el que el hombre no puede vivir. ¿Por qué estáis mudos?

EL CORO

¡Tenemos miedo! ¡Ah! ¡Si se levantara el viento...!

DIEGO

Yo también tengo miedo. Le viene a uno bien gritar el propio miedo. ¡Gritad, que el viento responderá!

EL CORO

¡Éramos pueblo y nos hemos convertido en masa! ¡Antes nos invitaban, ahora se nos convoca! ¡Antes intercambiábamos el pan y la leche, ahora nos abastecen! ¡Ahora pataleamos! *(Patalean.)* ¡Pataleamos y decimos que nadie puede hacer nada por nadie y que hay que esperar en nuestro sitio, en la fila que nos ha sido asignada! ¿Para qué gritar? Nuestras mujeres ya no tienen el rostro de flor que nos encandilaba el deseo. ¡España ha desaparecido! ¡Pataleemos! ¡Pataleemos! ¡Ay, dolor! ¡Es a nosotros mismos a quien estamos pateando! ¡Nos ahogamos en esta ciudad cerrada! ¡Ay, si el viento se levantara!

LA PESTE

A esto se llama prudencia. Acércate, Diego, ahora que has comprendido.

En el cielo, el ruido de las radiaciones.

DIEGO

¡Somos inocentes!

LA PESTE *prorrumpe en carcajadas.*

DIEGO *(gritando)*

La inocencia, verdugo, ¿comprendes lo que es la inocencia?

LA PESTE

¡La inocencia! No sé lo que es.

DIEGO

Entonces, acércate. El más fuerte matará al otro.

LA PESTE

El más fuerte soy yo, inocente. Mira.

Hace una señal a LOS GUARDIAS *que avanzan hacia* DIEGO. *Éste huye.*

LA PESTE

¡Corred tras él! ¡No lo dejéis escapar! ¡El que huye nos pertenece! Marcadlo.

Unos GUARDIAS *corren detrás de* DIEGO. *Ademanes de persecución por las puertas practicables. Silbidos. Sirenas de alerta.*

EL CORO

¡El otro corre! Tiene miedo y lo dice. ¡Ya no es dueño de sí, es presa de la locura! Nosotros ya nos hemos vuelto prudentes. Estamos administrados. Pero en el silencio de las oficinas escuchamos un largo grito contenido que es el de los corazones separados, el que nos habla del mar bajo el sol de mediodía, del olor de las cañas al atardecer, de los brazos frescos de nuestras mujeres. Nuestras caras están selladas, nuestros pasos contados, nuestras horas ordenadas, pero nuestro corazón se niega al silencio. Reniega de las listas y de las matrículas, de los muros que no tienen fin, de los barrotes en las ventanas, de los amaneceres erizados de fusiles. Reniega como el que corre para llegar a una casa huyendo de esta decoración de sombras y de cifras para encontrar al fin un refugio. Pero el único refugio es el mar, del cual nos separan estos muros. Que se levante el viento y podremos por fin respirar...

DIEGO, *en efecto, se ha precipitado en una casa.* LOS GUARDIAS *se detienen delante de la puerta y allí se apostan los centinelas.*

La Peste *(aullando)*

¡Marcadlo! ¡Marcadlos a todos! ¡Incluso lo que no dicen puede aún entenderse! ¡Ya no pueden protestar, pero su silencio rechina! ¡Aplastadles las bocas! ¡Amordazadles y enseñadles las palabras clave, hasta que ellos también repitan siempre lo mismo, hasta que se conviertan en los buenos ciudadanos que necesitamos!

De las bóvedas descienden entonces, vibrantes como si pasasen a través de altavoces, multitud de eslóganes que se amplifican a medida que son repetidos y que dominan sobre un coro a boca cerrada, cada vez más tenue, hasta que reina un silencio total.

La Peste

¡Una sola peste, un solo pueblo!
¡Concentraos, ejecutaos, ocupaos!
¡Una buena peste vale más que dos libertades!
¡Deportad, torturad, y siempre quedará algo!

Luz en casa del Juez.

Victoria

No, padre. No puede usted entregar a esta vieja criada con el pretexto de que está contaminada. Olvida usted que me ha educado y que le ha servido a usted sin quejarse jamás.

El juez

Una vez que yo he tomado una decisión, ¿quién se atreverá a rectificarla?

Victoria

Usted no puede decidirlo todo. El dolor también tiene sus derechos.

El juez

Mi misión es proteger esta casa e impedir que penetre en ella la enfermedad. Yo...

Súbitamente, entra Diego.

El juez

¿Quién te ha dado permiso para entrar aquí?

DIEGO
El miedo me ha traído a tu casa. Huyo de la Peste.

EL JUEZ
No huyes de ella, la traes contigo. *(Le señala con el dedo a* DIEGO *la marca que ya lleva éste en la axila. Silencio. Dos o tres silbidos a lo lejos.)* Vete de esta casa.

DIEGO
¡Acógeme! Si me echas, me mezclarán con todos los otros y será el amontonamiento de la muerte.

EL JUEZ
Yo soy el servidor de la ley; aquí no puedo yo darte acogida.

DIEGO
Tú servías a la antigua ley. No tienes nada que hacer con la nueva.

EL JUEZ
No sirvo a la ley por lo que ella dice, sino porque es la ley.

DIEGO
Pero ¿y si la ley es el crimen?

EL JUEZ
Si el crimen se convierte en ley, deja de ser crimen.

DIEGO
¿Y si hay que castigar la virtud?

EL JUEZ
Hay que castigarla, en efecto, si tiene la arrogancia de discutir la ley.

VICTORIA
Casado, no es la ley la que te hace actuar, es el miedo.

EL JUEZ
Éste también tiene miedo.

VICTORIA
Pero él todavía no ha traicionado nada.

EL JUEZ
Traicionará. Todo el mundo traiciona, porque todo el mundo tiene miedo. Todo el mundo tiene miedo porque nadie es puro.

VICTORIA
Padre, yo pertenezco a este hombre, usted consintió en ello. Y no puede usted quitármelo hoy después de habérmelo dado ayer.

EL JUEZ
Yo no dije que sí a tu matrimonio. Yo dije que sí a tu partida.

VICTORIA
Sabía que no me quería.

EL JUEZ *(mirándola)*
Todas las mujeres me horrorizan.

Llaman brutalmente a la puerta.

EL JUEZ
¿Qué pasa?

UN GUARDIA *(desde fuera)*
La casa está condenada por haber dado asilo a un sospechoso. Todos los habitantes están en observación.

DIEGO *(riendo a carcajadas)*
La ley es buena, tú lo sabes bien. Pero es un poco nueva y no la conoces del todo. Juez, acusados y testigos, ¡henos aquí, todos hermanos!

Entran LA MUJER DEL JUEZ, *el hijo y la hija.*

LA MUJER
Han atrancado la puerta.

VICTORIA
La casa está condenada.

EL JUEZ

Por culpa de él. Y yo voy a denunciarle. Entonces abrirán la casa.

VICTORIA

Padre, el honor se lo prohíbe.

EL JUEZ

El honor es un asunto de hombres, y ya no hay hombres en esta ciudad.

Se oyen silbidos y el ruido de pasos que se aproximan. DIEGO *escucha, lanza en todas direcciones miradas enloquecidas y coge de repente al niño.*

DIEGO

¡Mira, hombre de la ley! Si tú haces un solo gesto, aplastaré la boca de tu hijo sobre el signo de la peste.

VICTORIA

Diego, eso es una cobardía.

DIEGO

Nada es cobardía en el país de los cobardes.

LA MUJER *(corriendo hacia* EL JUEZ*)*

Prométele, Casado. Promete a ese loco lo que quiera.

LA HIJA DEL JUEZ

No, padre, no hagas nada. Eso no nos concierne.

LA MUJER

No la escuches. Ya sabes que odia a su hermano.

EL JUEZ

Tiene razón, eso no nos concierne.

LA MUJER

Y tú también, tú odias a mi hijo.

EL JUEZ

A tu hijo, efectivamente.

LA MUJER

¡Oh! No eres un hombre si te atreves a recordar lo que ya había sido perdonado.

EL JUEZ

Yo no te he perdonado. Yo he seguido la ley que, a los ojos de todos, me hacía padre de ese niño.

VICTORIA

¿Es verdad, madre?

LA MUJER

Tú también me desprecias.

VICTORIA

No. Pero todo se derrumba al mismo tiempo, y el alma vacila.

EL JUEZ *da un paso hacia la puerta.*

DIEGO

El alma vacila, pero la ley nos sostiene, ¿verdad, juez? ¡Todos hermanos! *(Levanta al niño delante de sí.)* Y tú, también. Te voy a dar el beso de los hermanos.

LA MUJER

Espera, Diego, te lo suplico. No seas como éste, que se le ha endurecido hasta el corazón. Pero ya se ablandará. *(Corre hacia la puerta y le corta el paso al* JUEZ.*)* ¿Vas a ceder, verdad?

LA HIJA DEL JUEZ

¿Por qué habría de ceder? ¿Y qué le importa ese bastardo que se ha convertido en el centro del interés?

LA MUJER

Cállate, la envidia te corroe y estás completamente negra. *(Al* JUEZ.*)* Pero tú, tú que estás cerca de la muerte, sabes bien que no hay nada que envidiar en esta tierra fuera del sueño y de la paz. Y sabes bien que dormirás mal en tu lecho solitario, si permites que hagan eso.

EL JUEZ

Tengo la ley de mi lado. Ella me traerá el reposo.

LA MUJER

Escupo sobre tu ley. Para mí tengo yo el derecho, el derecho de los que no quieren ser separados, el derecho de los culpables a ser perdonados y de los arrepentidos a ser honrados. Sí, escupo sobre tu ley. ¿Tenías la ley de tu lado cuando ponías cobardes excusas a aquel capitán que te retaba en duelo, cuando hiciste trampa para escapar del servicio militar? ¿Tenías la ley contigo cuando ofreciste tu cama a aquella muchacha que pleiteaba contra un amigo indigno?

EL JUEZ

Cállate, mujer.

VICTORIA

¡Madre!

LA MUJER

No, Victoria, no me callaré. He estado callada durante todos estos años. Lo he hecho por mi honor y por el amor de Dios. Pero el honor ya no existe. Y uno solo de los cabellos de este niño es más precioso para mí que el mismo cielo. No me callaré. Y le diré por lo menos a éste que jamás ha tenido el derecho de su lado, pues el derecho, ¿escuchas, Casado?, el derecho está del lado de los que sufren, gimen y esperan. No está, no, no puede estar con los que calculan y con los que atesoran.

DIEGO *ha soltado al niño.*

LA HIJA DEL JUEZ

Ésos son los derechos del adulterio.

LA MUJER *(gritando)*

Yo no niego mi culpa, la gritaré al mundo entero. Pero yo, en mi miseria, sé que la carne tiene sus culpas igual que el corazón tiene sus crímenes. Lo que uno hace en el calor del amor debe recibir la compasión.

LA HIJA
¡Piedad para las perras!

LA MUJER
¡Sí! Porque tienen un vientre para gozar y para engendrar.

EL JUEZ
Mujer, tu alegato no es bueno. Denunciaré a este hombre que ha causado tanta perturbación. Y lo haré con una doble alegría, porque obraré en nombre de la ley y del odio.

VICTORIA
Desgraciado seas, acabas de decir la verdad. Jamás has juzgado más que según el odio, y tú lo disfrazabas con el nombre de ley. E incluso las mejores leyes han tomado mal sabor en tu boca, que era la boca agria de los que nunca han amado nada. ¡Ah! El asco me ahoga. Vamos, Diego, tómanos a todos en tus brazos y pudrámonos juntos. Pero deja vivir a éste para quien la vida es un castigo.

DIEGO
Déjame. Tengo vergüenza de ver lo que hemos llegado a ser.

VICTORIA
Yo también tengo vergüenza. Me muero de vergüenza.

DIEGO *se lanza bruscamente por la ventana.* EL JUEZ *corre también.* VICTORIA *se escapa por una puerta excusada.*

LA MUJER
Ha llegado el tiempo en que tienen que reventar los bubones. No somos los únicos. Toda la ciudad tiene la misma fiebre.

EL JUEZ
¡Perra!

LA MUJER
¡Juez!

Oscuridad. Luz en la portería. NADA *y* EL ALCALDE *se disponen a partir.*

NADA
A todos los comandantes de distrito se les ha dado la orden de hacer votar a sus administrados en favor del nuevo gobierno.

EL PRIMER ALCALDE
No es fácil. Se corre el riesgo de que algunos voten en contra.

NADA
No, si sigue usted los buenos principios.

EL PRIMER ALCALDE
¿Los buenos principios?

NADA
Los buenos principios dicen que el voto es libre. Es decir, que los votos favorables al gobierno serán considerados como expresados libremente. En cuanto a los otros, y con el fin de eliminar las secretas trabas que se hubieran podido poner a la libertad de la elección, serán descontados siguiendo el método preferencial, añadiendo el plus divisionario, esto es, al cociente resultante de dividir los sufragios no expresados por el tercio de los votos eliminados. ¿Está claro?

EL PRIMER ALCALDE
Claro, señor... En fin, creo comprender.

NADA
Le admiro a usted, alcalde. Pero haya usted comprendido o no, no olvide que el resultado infalible de este método deberá ser siempre considerando nulos los votos hostiles al gobierno.

EL PRIMER ALCALDE

Pero, ¿no había dicho usted que el voto era libre?

NADA

Así es, en efecto. Nosotros partimos solamente del principio de que un voto negativo no es un voto libre. Es un voto sentimental, y que, por consiguiente, se encuentra encadenado por las pasiones.

EL PRIMER ALCALDE

¡No había pensado en eso!

NADA

Es que no tenía usted una idea justa de lo que es la libertad.

Luz en el centro. DIEGO *y* VICTORIA *llegan, corriendo, a la parte anterior del escenario.*

DIEGO

Quiero huir, Victoria. Ya no sé dónde está el deber. No entiendo nada.

VICTORIA

No me abandones. El deber está al lado de los que uno ama. Ten ánimo.

DIEGO

Pero yo soy demasiado orgulloso para amarte sin estimarme a mí mismo.

VICTORIA

¿Y quién te impide estimarte a ti mismo?

DIEGO

Tú, que veo que no desfalleces.

VICTORIA

¡Ah! No hables así, por nuestro amor, o caeré delante de ti y te mostraré toda mi cobardía. No, no dices la verdad. Yo no soy tan fuerte. Desfallezco, desfallezco cuando pienso en el tiempo en que podía abandonarme a ti. ¿Dónde está el tiempo en que subía el agua a mi corazón cuando oía pronunciar tu nombre? ¿Dónde está el tiempo en que yo oía una voz que gritaba dentro de mí «Tierra» en cuanto tú aparecías? Sí, desfallezco, muero de una cobarde pesadumbre. Y si aún me mantengo en pie, es porque el ímpetu del amor me lleva hacia delante. Pero si tú desapareces, me detendré en mi carrera y me derrumbaré.

DIEGO
¡Ah! ¡Si por lo menos pudiera unirme a ti y con mis miembros enlazados a los tuyos deslizarme al fondo de un sueño sin fin!

VICTORIA
Te espero.

Él avanza lentamente hacia ella, que a su vez avanza hacia él. No dejan de mirarse. Van a juntarse cuando surge entre ellos LA SECRETARIA.

LA SECRETARIA
¿Qué hacéis?

VICTORIA *(gritando)*
¡El amor, por supuesto!

Ruido terrible en el cielo.

LA SECRETARIA
¡Caramba! Hay palabras que no deben ser pronunciadas. Deberían saber que esto estaba prohibido. Miren.

Da un golpe a DIEGO *en la axila y lo marca por segunda vez.*

LA SECRETARIA
Era usted sospechoso. Ahora ya está contaminado. *(Mira a* DIEGO.) ¡Qué lástima! Un muchacho tan guapo. *(A* VICTORIA.) Perdóneme. Pero yo prefiero los hombres a las mujeres. Con ellos tengo mis tratos. Buenas tardes.

DIEGO *mira con horror su nueva señal. Lanza miradas enloquecidas en torno a sí, luego se lanza hacia* VICTORIA *y la apresa con todo su cuerpo.*

DIEGO

¡Ah! Odio tu belleza porque debe sobrevivirme. ¡Maldita sea, porque ha de servir a otros! *(La aprieta contra sí.)* ¡Así no estaré solo! ¿Qué me importa tu amor si no se pudre conmigo?

VICTORIA *(debatiéndose)*

¡Me haces daño! ¡Déjame!

DIEGO

¡Ah! ¡Tienes miedo! *(Ríe como un loco. La sacude.)* ¿Dónde están los caballos negros del amor? Enamorada cuando el momento es hermoso, pero cuando llega la desgracia, los caballos se largan. ¡Muere por lo menos conmigo!

VICTORIA

¡Contigo, pero jamás contra ti! Detesto ese rostro de miedo y de odio que se te ha puesto. ¡Suéltame! Déjame libre para buscar en ti la antigua ternura. Y mi corazón hablará de nuevo.

DIEGO *(soltándola a medias)*

No quiero morir solo. Y lo que hay en el mundo de más querido para mí, me vuelve la espalda y se niega a seguirme.

VICTORIA *(lanzándose hacia él)*

Diego, ¡al infierno si es preciso! Vuelvo a encontrarte... Mis piernas tiemblan contra las tuyas. Bésame para ahogar este grito que sube desde lo más profundo de mi cuerpo, que va a salir, que sale... ¡Ah!

La abraza con arrebato, luego se separa bruscamente de ella y la deja temblorosa en medio de la escena.

DIEGO

¡Mírame! No, no, no tienes nada. ¡Ninguna señal! Esta locura no tendrá consecuencias.

VICTORIA

¡Vuelve, ahora tiemblo de frío! Hace un momento tu

pecho me quemaba las manos, la sangre corría por mí como una llama. Ahora...

DIEGO
¡No! Déjame solo. No puedo apartarme de este dolor.

VICTORIA
¡Vuelve! No pido otra cosa que consumirme en la misma fiebre, que sufrir de la misma llaga en un solo grito.

DIEGO
¡No! De ahora en adelante yo estoy con los otros, con los que están marcados. Su sufrimiento me produce horror, me llena de un asco que hasta este momento me apartaba de todo. Pero al fin estoy en la misma desgracia, y ellos tienen necesidad de mí.

VICTORIA
Si tuvieras que morir, yo envidiaría hasta a la tierra que habría de recibir tu cuerpo.

DIEGO
Tú estás del otro lado, con los que viven.

VICTORIA
Yo puedo estar contigo sólo con que me beses largo rato.

DIEGO
Han prohibido el amor. ¡Ah! ¡Te añoro con todas mis fuerzas!

VICTORIA
¡No! ¡No! ¡Te lo suplico! Yo he comprendido lo que quieren. Lo arreglan todo para que el amor sea imposible. Pero yo seré más fuerte.

DIEGO
Yo no soy el más fuerte. Y no quisiera compartir contigo una derrota.

VICTORIA

¡Yo estoy entera! ¡No conozco más que mi amor! Ya nada me da miedo, y cuando el cielo se hunda, me precipitaré en el abismo gritando mi felicidad con sólo tener tu mano.

Se oyen gritos.

DIEGO

¡Los otros también gritan!

VICTORIA

¡Estoy sorda hasta la muerte!

DIEGO

¡Mira!

La carreta pasa.

VICTORIA

¡Mis ojos ya no ven! El amor los ciega.

DIEGO

Pero el dolor está en ese cielo que pesa sobre nosotros.

VICTORIA

¡Ya tengo bastante con llevar mi amor! No puedo cargar además con el dolor del mundo. Ésa es una tarea de hombre, una de esas tareas vanas, estériles y tercas, que emprendéis para apartaros del único combate que sería verdaderamente difícil, de la única victoria de la cual podríais estar orgullosos.

DIEGO

¿Qué he de vencer yo en este mundo, sino la injusticia que nos han hecho?

VICTORIA

La desgracia que está en ti. Lo demás seguirá.

DIEGO

Estoy solo. La desgracia es demasiado grande para mí.

VICTORIA
Yo estoy cerca de ti con las armas en la mano.

DIEGO
¡Qué hermosa eres y cómo te amaría si no temiera!

VICTORIA
¡Qué poco temerías si solamente quisieras amarme!

DIEGO
Te amo. Pero no sé quién tiene razón.

VICTORIA
El que no teme. Y mi corazón no es temeroso. Arde con una sola llama, clara y alta, como esos fuegos con que se saludan los hombres de nuestras montañas. Él también te llama... ¡Mira, es la fiesta de San Juan!

DIEGO
¡En medio de los campos de cadáveres!

VICTORIA
Campos de cadáveres o praderas, ¿qué importa eso a mi amor? Él, por lo menos, no perjudica a nadie, es generoso. Tu locura, tu sacrificio estéril, ¿a quien benefician? Desde luego no a mí, a mí me apuñalas con cada palabra.

DIEGO
¡No llores, arisca! ¡Oh, desesperación! ¿Por qué ha venido esta desgracia? Hubiera bebido esas lágrimas y tu boca quemada por su amargor, hubiera puesto sobre tu rostro tantos besos como hojas tiene un olivo.

VICTORIA
¡Te encuentro de nuevo! ¡Éste es nuestro lenguaje, que ya habías perdido! *(Tiende las manos.)* ¡Déjame reconocerte!...

DIEGO *retrocede mostrando sus marcas. Ella adelanta la mano, duda.*

DIEGO

Tú también tienes miedo...

Ella pone su mano sobre las marcas. Él retrocede enajenado. Ella extiende los brazos.

VICTORIA

¡Ven! ¡De prisa! ¡No temas ya nada!

Los gemidos y las imprecaciones redoblan. Él mira a todos lados como un loco y huye.

VICTORIA

¡Ay, soledad!

CORO DE MUJERES

¡Nosotras somos guardianas! Esta historia nos excede y esperamos que termine. Guardaremos nuestro secreto hasta el invierno, a la hora de las libertades, cuando los aullidos de los hombres se hayan acallado, y ellos se vuelvan hacia nosotras para reclamar aquello a lo cual no pueden renunciar: el recuerdo de los mares libres, el cielo desierto del verano, el olor eterno del amor. Henos aquí esperando como las hojas muertas en el chaparrón de septiembre; ésas que se elevan un momento, y luego el peso del agua que llevan las deposita en la tierra. También nosotras estamos ahora en la tierra. Doblando la espalda, esperando que se ahoguen los gritos de todos los combates, escuchamos en el fondo de nosotras gemir dulcemente la lenta resaca de los mares felices. Cuando a los almendros desnudos los cubran las flores de la escarcha, entonces nos levantaremos un poco, sensibles al primer viento de esperanza, pronto enderezadas en esta segunda primavera. Y los que nosotras amamos marcharán hacia nosotras, y, a medida que vayan avanzando, nosotras seremos como esas pesadas barcas que la marea levanta poco a poco, viscosas por la sal y el agua, ricas en olores, hasta que flotan sobre el mar denso. ¡Ay! Que se levante el viento, que se levante el viento...

Oscuridad.

Luz sobre el muelle. DIEGO *entra y llama a alguien que vislumbra muy a lo lejos en la dirección del mar. Al fondo, el coro de los hombres.*

DIEGO
¡Eh! ¡Eh!

UA VOZ
¡Eh! ¡Eh!

Un BARQUERO *aparece; sólo la cabeza le sobresale del muelle.*

DIEGO
¿Qué haces?

EL BARQUERO
Abastezco.

DIEGO
¿A la ciudad?

EL BARQUERO
No, la ciudad está abastecida en principio por la administración. Con bonos, naturalmente. Yo suministro pan y leche. Hay una serie de navíos anclados en los que están recluidas familias enteras para escapar a la infección. Yo me llevo sus cartas y les traigo provisiones.

DIEGO
Eso está prohibido.

EL BARQUERO
Está prohibido por la administración. Pero yo no sé leer y estaba en la mar cuando los pregoneros anunciaron la nueva ley.

DIEGO
Llévame.

EL BARQUERO
¿A dónde?

DIEGO
Al mar. A los barcos.

EL BARQUERO
Está prohibido.

DIEGO
Tú no has leído ni oído la ley.

EL BARQUERO
¡Ah! No es que esté prohibido por la administración, sino por las gentes del barco. Usted no es seguro.

DIEGO
¿Cómo que no soy seguro?

EL BARQUERO
Después de todo, podría llevarlos con usted.

DIEGO
¿Llevar qué?

EL BARQUERO
¡Hombre! *(Mira en torno a sí.)* ¡Pues los miasmas, naturalmente! Usted podría llevar los miasmas.

DIEGO
Pagaría lo que fuera necesario.

EL BARQUERO
No insista. Tengo un carácter débil.

DIEGO
Todo el dinero que sea preciso.

EL BARQUERO
¿Lo toma sobre su conciencia?

DIEGO
Bueno.

EL BARQUERO
Embarque. El mar es hermoso.

DIEGO *va a saltar, pero* LA SECRETARIA *aparece por detrás de él.*

LA SECRETARIA
¡No! Usted no embarcará.

DIEGO
¿Qué?

LA SECRETARIA
No está previsto. Y además le conozco, usted no desertará.

DIEGO
Nada me impedirá partir.

LA SECRETARIA
Basta que yo lo quiera. Y lo quiero, porque tengo asuntos pendientes con usted. Ya sabe quién soy yo.

Ella retrocede un poco como para atraerlo hacia atrás. Él la sigue.

DIEGO
Morir no es nada. Pero morir mancillado...

LA SECRETARIA
Lo comprendo. Dese cuenta, yo soy una simple ejecutante. Pero, al mismo tiempo, me han dado derechos sobre usted. El derecho de veto, si usted prefiere que lo diga así.

Hojea un cuaderno.

DIEGO
Los hombres de mi sangre no pertenecen más que a la tierra.

LA SECRETARIA
Es lo que yo quería decir. Usted me pertenece de cierta manera. De cierta manera solamente. Acaso no de la que yo preferiría..., cuando le miro. *(Sencillamente.)* Me gusta usted, ya lo sabe. Pero he recibido órdenes.

Juega con su cuadernillo.

DIEGO
Prefiero su odio a sus sonrisas. La desprecio.

LA SECRETARIA
Como usted quiera. Por otra parte, no es muy reglamentaria esta conversación que tengo con usted. El cansancio me pone sentimental. Con toda esta contabilidad, en tardes como ésta me dejo ir.

Hace girar el cuadernillo entre sus dedos. DIEGO *intenta arrebatárselo.*

LA SECRETARIA
No, de verdad; no insista, querido. Y además, ¿qué vería en él? Es un cuadernillo, eso debe bastarle, un archivador, mitad agenda, mitad fichero. Con las efemérides. *(Se ríe.)* Es mi maquinita de recordar.

Tiende una mano hacia él como para hacerle una caricia. DIEGO *se vuelve hacia el* BARQUERO.

DIEGO
¡Ah! ¡Se ha ido!

LA SECRETARIA
¡Anda, es verdad! Uno más que se cree libre y que, sin embargo, está inscrito como todo el mundo.

DIEGO
Habla usted con doblez. Y bien sabe que esto no lo puede soportar un hombre. Terminemos ya, si quiere.

LA SECRETARIA
Pero todo esto es muy sencillo, y lo que yo le digo es la verdad. Cada ciudad tiene su archivador. Éste es el de Cádiz. Le aseguro que la organización es muy buena y que no se olvida a nadie.

DIEGO
No se olvida a nadie, pero todos se les escapan.

LA SECRETARIA *(indignada)*
¡Desde luego que no! *(Reflexiona.)* Sin embargo, hay excepciones. De tarde en tarde nos olvidamos de uno. Pero todos acaban por traicionarse. En cuanto han re-

basado los cien años, los muy imbéciles se jactan de ello. Hasta salen en los periódicos. Basta con esperar. Por la mañana, cuando despojo a la presa, anoto sus nombres, los cotejo, como decimos. No fallamos, por supuesto.

DIEGO

Pero durante cien años se habrán negado a ustedes, como se les niega esta ciudad entera.

LA SECRETARIA

¡Cien años no son nada! Le hacen a usted impresión porque ve usted las cosas demasiado de cerca. Yo veo los conjuntos, ¿comprende? En un fichero de ciento setenta y dos mil nombres, ¿qué es un hombre, aunque sea centenario? Y además también alcanzamos a los que no han pasado de los veinte años. Eso establece una media. Se tacha un poco más de prisa, eso es todo. Así...

Tacha en su cuadernillo. Un grito en el mar y el ruido de una caída al agua.

LA SECRETARIA

¡Oh! Lo he hecho sin darme cuenta. ¡Vaya, es el barquero! ¡Qué casualidad!

DIEGO *se ha levantado y la mira con asco y espanto.*

DIEGO

¡El corazón se me viene a la boca de tanto como me repugna usted!

LA SECRETARIA

Hago un oficio ingrato, lo sé. Es fatigoso, y además hay que emplearse a fondo. Al principio, por ejemplo, titubeaba un poco. Ahora tengo la mano segura.

Se acerca a DIEGO.

DIEGO

No se me acerque.

LA SECRETARIA

Ya pronto no habrá más errores. Un secreto. Una máquina perfeccionada. Ya verá.

Se ha ido acercando a él según iba diciendo estas frases hasta tocarle. Él repentinamente la coge por el cuello, temblando de furor.

DIEGO

¡Termine, termine ya su sucia comedia! ¿A qué espera? Haga su trabajo y no se divierta conmigo, que soy más grande que usted. Máteme; es la única manera, se lo juro, de salvar este hermoso sistema que no deja nada al azar. ¡Ah! ¡Usted no se preocupa más que de los conjuntos! Cien mil hombres, eso comienza a ser interesante. Es una estadística y las estadísticas son mudas. Con ellas se hacen curvas y gráficos, ¿verdad? Se trabaja sobre las generaciones, es más fácil. Y el trabajo puede hacerse en silencio, sintiendo el olor tranquilo de la tinta. Pero, se lo prevengo, un hombre solo es más molesto, grita su alegría o su agonía. Y yo mientras esté vivo continuaré alterando su hermoso orden con el azar de los gritos. ¡La rechazo, la rechazo con todo mi ser!

LA SECRETARIA

¡Querido!

DIEGO

¡Cállese! Yo soy de una raza que honraba la muerte tanto como la vida. Pero los amos de usted han llegado: vivir y morir con dos deshonras...

LA SECRETARIA

Es verdad...

DIEGO *(la zarandea)*

Es verdad que usted miente y que seguirá mintiendo en lo sucesivo, hasta el fin de los tiempos. ¡Sí! He comprendido bien su sistema. Les dan ustedes el dolor del hambre y de las separaciones para distraerles de su rebelión. Los agotan, devoran su tiempo y sus fuerzas para que no tengan ni la ocasión ni el impulso del furor. ¡Pataleen, alégrense! Ellos están solos a pesar de ser masa, de la misma manera que estoy solo yo. Cada uno de nosotros está solo a causa de la cobardía de los otros. Pero yo, que estoy esclavizado como ellos, humillado con ellos, sin embargo le anuncio que usted no es nada y ese poderío desplegado hasta donde alcanza la vista y hasta oscurecer el cielo, no es más que una sombra lanzada sobre la tierra, que en un segundo un viento furioso va a disipar. Usted había creído que todo podía ponerse en cifras y fórmulas. Pero en su hermosa nomenclatura había olvidado la rosa salvaje, las señales del cielo, los rostros de verano, la gran voz del mar, los instantes del desgarramiento y la cólera de los hombres. *(Ella ríe.)* No se ría. No se ría, imbécil. Están ustedes perdidos, se lo digo. En medio de sus más aparentes victorias, ya están vencidos, porque hay en el hombre —míreme a mí— una fuerza que ustedes no podrán reducir, una locura clara mezclada de miedo y de valor, ignorante y victoriosa para siempre jamás. Es esta fuerza la que va a levantarse, y entonces verán cómo se esfuma vuestra gloria.

Ella se ríe.

DIEGO
¡No se ría! ¡No se ría!

Ella ríe. Él la abofetea, y al mismo tiempo los hombres del coro se arrancan las mordazas y lanzan un largo grito de alegría. Pero con su impulso, DIEGO *ha aplastado su marca. Lleva la mano a ella y la contempla luego.*

LA SECRETARIA
¡Magnífico!

DIEGO
¿Qué es eso?

LA SECRETARIA

¡Es usted magnífico cuando está colérico! Me gusta todavía más.

DIEGO

¿Qué ha pasado?

LA SECRETARIA

Ya lo ve. La marca desaparece. Continúe, está usted en el buen camino.

DIEGO

¿Estoy curado?

LA SECRETARIA

Voy a contarle un secretillo... El sistema de ellos es excelente, tiene usted razón, pero hay un fallo en su máquina.

DIEGO

No comprendo.

LA SECRETARIA

Hay un fallo, querido. Desde que me alcanza la memoria ha bastado que un hombre supere su miedo y se rebele para que su máquina comience a chirriar. No digo que se detenga, está muy lejos de ello. Pero chirría y a veces termina verdaderamente por atrancarse.

Silencio.

DIEGO

¿Por qué me dice usted eso?

LA SECRETARIA

Ya sabe, por más que uno haga lo que yo hago, tiene uno sus debilidades. Además, lo ha encontrado usted mismo.

DIEGO

¿Me habría usted indultado si no le hubiera pegado?

LA SECRETARIA

No. Yo había venido para terminar con usted, según el reglamento.

DIEGO

Entonces soy yo el más fuerte.

LA SECRETARIA

¿Tiene aún miedo?

DIEGO

No.

LA SECRETARIA

Entonces ya no puedo nada contra usted. Esto también está en el reglamento. Pero, bien puedo decírselo, es la primera vez que este reglamento tiene mi aprobación.

Se retira suavemente. DIEGO *se palpa, mira aún su mano y se vuelve bruscamente en la dirección de los gemidos que se oyen. Va en medio del silencio hacia un enfermo amordazado. Escena muda.* DIEGO *lleva su mano hacia la mordaza y la desata. Es* EL PESCADOR. *Se miran en silencio. Luego:*

EL PESCADOR *(con esfuerzo)*

Buenas tardes, hermano. Hace mucho tiempo que no había hablado.

DIEGO *le sonríe.*

EL PESCADOR *(levantando los ojos al cielo)*

¿Qué es eso?

El cielo se ha iluminado, en efecto. Se ha levantado un ligero viento que sacude una de las puertas y hace flotar algunos paños. El pueblo les rodea ahora con la mordaza quitada y los ojos levantados al cielo.

DIEGO

El viento del mar...

TELÓN

Tercera parte

Los habitantes de Cádiz se afanan en la plaza. Colocado en pie un poco por encima de ellos, DIEGO *dirige los trabajos. Luz deslumbradora que hace aparecer los decorados de* LA PESTE, *menos impresionantes porque están más construidos.*

DIEGO
¡Borrad las estrellas!

Las borran.

DIEGO
¡Abrid las ventanas!

Las ventanas se abren.

DIEGO
¡Aire, aire! ¡Agrupad a los enfermos!

Movimientos.

DIEGO
No tengáis ya miedo, ésa es la condición. ¡De pie todos los que puedan! ¿Por qué retrocedéis? ¡Levantad la cabeza, es la hora del orgullo! Tirad vuestras mordazas y gritad conmigo que ya no tenéis miedo. *(Levanta los brazos.)* ¡Oh, santa rebelión, viva renuncia, honor del pueblo, da a estos amordazados la fuerza de tu grito!

El coro

¡Hermano, te escuchamos y nosotros los miserables que vivimos de olivas y pan, para quienes una mula es una fortuna, nosotros que probamos el vino dos veces al año, el día del nacimiento y el de la boda, empezamos a tener esperanza! Pero el viejo temor no ha abandonado aún nuestros corazones. ¡La oliva y el pan dan sabor a la vida! Aunque tenemos tan poca cosa, tenemos miedo de perderlo todo con la vida.

Diego

¡Perderéis la oliva, el pan y la vida si dejáis que las cosas sigan como están! Hoy es preciso vencer el miedo si queréis conservar solamente el pan. ¡Despierta, España!

El coro

Somos pobres e ignorantes. Pero nos han dicho que la peste sigue los caminos del año. Tiene su primavera, en la cual germina y brota, y su verano, en el que fructifica. Viene el invierno y acaso muere. Pero ¿es esto el invierno, hermano? ¿Es seguro el invierno? Ese viento que se ha levantado, ¿viene de verdad del mar? Hemos pagado siempre todo en moneda de miseria. ¿Tendremos que pagar con la moneda de nuestra sangre?

Coro de mujeres

¡Otro asunto de hombres! Nosotras estamos aquí para recordaros el instante que se abandona, el clavel de los días, la lana negra de los rebaños, el olor de España. Somos débiles, no podemos nada contra vosotros, que tenéis grandes huesos. Pero hagáis lo que hagáis, no olvidéis nuestras flores de carne en vuestra refriega de sombras.

Diego

Es la peste la que nos descarna, es ella la que separa a los amantes y la que marchita la flor de los días. ¡Contra ella hay que luchar ante todo!

EL CORO
¿Es esto verdaderamente el invierno? En nuestros bosques las encinas están aún cubiertas de bellotas bien brillantes, y por sus troncos corren las avispas. ¡No! ¡Aún no ha llegado el invierno!

DIEGO
¡Atravesad el invierno de la cólera!

EL CORO
¿Pero encontraremos la esperanza al final de nuestro camino? ¿O tendremos que morir desesperados?

DIEGO
¿Quién habla de desesperarse? La desesperación es una mordaza. Y son el trueno de la esperanza y el relámpago de la felicidad los que desgarran el silencio de esta ciudad sitiada. ¡De pie, os digo! ¡Si queréis conservar el pan de la esperanza, destruid vuestros certificados, romped los cristales de las oficinas, abandonad las filas del miedo, gritad la libertad a los cuatro rincones del cielo!

EL CORO
¡Somos los más miserables! Si la esperanza es nuestra única riqueza, ¿cómo nos íbamos a privar de ella? ¡Hermano, tiramos todas estas mordazas! *(Gran grito de liberación.)* ¡Ah! Sobre la tierra seca, en las grietas del calor ha caído la primera lluvia. Aquí está el otoño en que todo reverdece, el viento fresco del mar. La esperanza nos levanta como una ola.

DIEGO *sale.*
Entra LA PESTE *hasta el mismo nivel que* DIEGO, *pero por el otro lado.* LA SECRETARIA *y* NADA *la siguen.*

LA SECRETARIA
¿Qué significa esta historia? ¿Es que estamos de charla? ¡Pónganse las mordazas de nuevo!

Algunos, en el centro, se ponen la mordaza. Pero un grupo de hombres se sitúa al lado de DIEGO. *Se ponen en movimiento, dentro del orden.*

LA PESTE

Empiezan a moverse.

LA SECRETARIA

Sí, como siempre.

LA PESTE

Pues bien, hay que agravar las medidas.

LA SECRETARIA

Agravémoslas.

Abre su cuadernillo y lo hojea con un poco de cansancio.

NADA

¡Vamos! ¡Estamos en el buen camino! ¡Ser reglamentario, o no ser reglamentario, he aquí toda la moral y toda la filosofía! Pero en mi opinión, excelencia, no hemos ido suficientemente lejos.

LA PESTE

Hablas demasiado.

NADA

Es porque tengo entusiasmo. Y he aprendido muchas cosas junto a ustedes. La supresión, éste es mi evangelio. Pero hasta ahora no tenía buenas razones. ¡Ahora ya tengo la razón reglamentaria!

LA PESTE

El reglamento no suprime todo. Tú no estás en la línea, ¡cuidado!

NADA

Fíjese que había reglamentos antes que usted. Pero faltaba por inventar el reglamento general, el saldo de toda cuenta, la especie humana puesta en el índice, la vida entera sustituida por una tabla de materias, el universo en excedencia, el cielo y la tierra por fin devaluados...

LA PESTE

Vuelve a tu trabajo, borracho. Y usted empiece ya.

LA SECRETARIA

¿Por dónde comenzamos?

LA PESTE

Por el azar. Es más sorprendente.

La SECRETARIA *tacha dos nombres. Golpes secos de advertencia. Dos hombres caen. Reflujo. Los que trabajan se detienen petrificados. Los guardias de la* LA PESTE *se precipitan, vuelven a poner las cruces en las puertas, cierran las ventanas, mueven los cadáveres, etc.*

DIEGO *(al fondo con una voz tranquila)*

¡Viva la muerte, no nos da miedo!

Movimiento. Los hombres vuelven a su trabajo. Los guardias retroceden. La misma pantomima, pero a la inversa. El viento sopla cuando el pueblo avanza y cede cuando vuelven los guardias.

LA PESTE

¡Tache a éste!

LA SECRETARIA

¡Imposible!

LA PESTE

¿Por qué?

LA SECRETARIA

¡Ya no tiene miedo!

LA PESTE

¡Pero bueno! ¿Es que ya lo sabe?

LA SECRETARIA

Tiene sospechas.

Tacha. Golpes sordos. Reflujo. La misma escena.

NADA

¡Magnífico! ¡Mueren como moscas! ¡Ay, si la tierra pudiera saltar!

DIEGO *(con calma)*

Socorred a los que caen.

Reflujo. La misma pantomima a la inversa.

LA PESTE

¡Éste va demasiado lejos!

LA SECRETARIA

Va lejos, en efecto.

LA PESTE

¿Por qué dice usted eso con melancolía? ¿Por lo menos no habrá sido usted quién le haya informado?

LA SECRETARIA

No. Ha debido darse cuenta él solo. Tiene ese don.

LA PESTE

Tiene ese don, pero yo tengo mis medios. Hay que probar con otra cosa. A usted le toca.

Sale.

EL CORO *(dejando las mordazas)*

¡Ah! *(Suspiro de alivio.)* Es el primer retroceso, la cruz se va aflojando, el cielo se templa y se airea. Ya ha vuelto el ruido de las fuentes que el sol negro de la peste había evaporado. El verano se va. Ya no tendremos uvas de parra, ni melones, ni habas verdes, ni ensalada cruda. Pero el agua de la esperanza ablanda el duro sol y nos promete el refugio del invierno, las castañas asadas, el primer maíz con los granos aún verdes, la nuez con sabor a jabón, la leche delante del fuego...

LAS MUJERES

Nosotras somos ignorantes. Pero decimos que esas riquezas no deben pagarse demasiado caras. En todos los lugares del mundo y bajo cualquier amo, habrá siempre un fruto fresco al alcance de la mano, el vino del pobre, el fuego de sarmientos junto al cual se espera que todo pase...

De la casa del JUEZ *sale por la ventana la hija de éste que corre a esconderse entre las mujeres.*

LA SECRETARIA *(descendiendo hacia el pueblo)*
Podría uno creer que estamos en revolución, ¡palabra de honor! Y, sin embargo, no es éste el caso, bien lo sabéis. Y además ya no es cosa del pueblo hacer la revolución, eso está completamente pasado de moda. Las revoluciones no tienen ya necesidad de insurrectos. La policía hoy día basta para todo, incluso para echar abajo al gobierno. ¿Y no es eso mucho mejor, después de todo? El pueblo puede así descansar, mientras que ciertas buenas almas piensan por él y deciden en su lugar la cantidad de felicidad que le será favorable.

EL PESCADOR
Voy a destripar ahora mismo a esta morena viciosa.

LA SECRETARIA
Veamos, amigos míos, ¿no sería mejor dejar las cosas como están? Cuando un orden está establecido, siempre cuesta más cambiarlo. Y si este orden les parece insoportable, es posible que se pueda lograr cierta manera de acomodarse.

UNA MUJER
¿Cuál?

LA SECRETARIA
¡Yo no lo sé! Pero vosotras que sois mujeres sabéis que toda subversión se paga y que una buena conciliación vale a veces más que una victoria ruinosa.

Las mujeres se acercan. Algunos hombres se apartan del grupo de DIEGO.

DIEGO
No escuchéis lo que ella dice.

LA SECRETARIA
¿Qué estaba convenido? Yo digo lo razonable y no sé nada más.

UN HOMBRE

¿De qué arreglos habla usted?

LA SECRETARIA

Naturalmente, habría que reflexionar. Pero, por ejemplo, podríamos constituir con vosotros un comité que decidiera, por mayoría de votos, lo tocante a las radiaciones. Este comité guardaría en plena propiedad este cuaderno; en él se hacen las radiaciones. Fijaos bien que yo digo esto sólo a título de ejemplo...

Agita el cuaderno. Un hombre se lo arrebata.

LA SECRETARIA *(falsamente indignada)*

¿Quiere usted devolverme ese cuaderno? Ya sabe que es precioso y que basta tachar en él el nombre de uno de sus conciudadanos para que éste muera en el acto.

Hombres y mujeres rodean al poseedor del cuaderno. Animación.

—¡Ya lo tenemos!
—¡Se acabaron los muertos!
—¡Estamos salvados!

La hija del JUEZ *aparece de repente, arrebata de forma brutal el cuaderno, se esconde en un rincón y, pasando rápidamente las hojas, tacha algo en una de ellas. En la casa del* JUEZ *un gran grito y un cuerpo que cae. Hombres y mujeres se precipitan hacia la muchacha.*

UNA VOZ

¡Ah! ¡Maldita! ¡Es a ti a quien hay que suprimir!

Una mano le arrebata el cuaderno y, pasando todos las hojas, encuentran su nombre; una mano lo tacha. La muchacha cae sin un grito.

NADA *(aullando)*

¡En adelante todos unidos para la supresión! Ya no se trata de suprimir, sino de suprimirse. ¡Henos aquí todos juntos, oprimidos y opresores, con las manos juntas! ¡Hala, toro! ¡Es la limpieza general!

Se va.

UN HOMBRE *(enorme, que tiene el cuaderno en la mano)*
Es verdad que hay algunas limpiezas que hacer. Y es una ocasión espléndida para arrugar a algunos hijos de perra que se azucaraban el vientre mientras nosotros nos moríamos de hambre.

LA PESTE, *que acaba de reaparecer, profiere una carcajada prodigiosa;* LA SECRETARIA *ocupa de nuevo modestamente su puesto. Todo el mundo inmóvil, con los ojos levantados, espera en el escenario, mientras que los guardias de* LA PESTE *se extienden por todos lados para poner de nuevo la decoración y los signos de* LA PESTE.

LA PESTE *(A* DIEGO*)*
¡Ya ves! ¡Hacen ellos mismos el trabajo! ¿Crees que vale la pena que tú hagas nada por ellos?

Pero DIEGO *y* EL PESCADOR *han saltado al escenario, se han precipitado sobre el hombre del cuaderno, le abofetean y echan a tierra.* DIEGO *coge el cuaderno y lo rompe.*

LA SECRETARIA
Inútil. Tengo una copia.

DIEGO *hace retroceder a los hombres hacia el otro lado.*

DIEGO
¡De prisa! ¡Al trabajo! ¡Habéis sido burlados!

LA PESTE
Cuando tienen miedo, éste es para ellos mismos. Pero su odio es para los otros.

DIEGO *(que se ha puesto frente a él)*
¡Ni miedo ni odio, ésa es nuestra victoria!

Reflujo progresivo de los guardias ante los hombres de DIEGO.

LA PESTE

¡Silencio! Yo soy quien pone agrio el vino y seca los frutos. Yo mato los sarmientos si quieren dar uvas y los reverdezco si deben alimentar el fuego. Tengo horror de vuestras sencillas alegrías. Tengo horror de este país, en el que se pretende ser libre sin ser rico. Tengo las prisiones, los verdugos, la fuerza, la sangre. La ciudad será arrasada y, sobre sus escombros, la historia agonizará al fin en el hermoso silencio de las sociedades perfectas. Silencio, pues, o lo aplasto todo.

Gesticulaciones de lucha en medio de un espantoso estruendo, chirrido de garrote en acción, zumbido, radiaciones, oleadas de eslóganes. Pero a medida que la lucha se va haciendo favorable a los hombres de DIEGO, *el tumulto se aplaca y el coro, aunque de modo confuso, va sofocando los ruidos de* LA PESTE.

LA PESTE *(con un gesto de rabia)*

¡Quedan los rehenes!

Hace un signo. Los guardias de LA PESTE *abandonan la escena, mientras que los otros se vuelven a agrupar.*

NADA *(en lo alto del palacio)*

Siempre queda algo. Todo continúa para no continuar. Y mis oficinas también continúan. Aunque se viniera abajo la ciudad, el cielo hiciera explosión y los hombres abandonaran la tierra, las oficinas seguirían abriéndose a hora fija para administrar la nada. Yo soy la eternidad, mi paraíso tiene sus archivadores y sus papeles secantes.

Sale.

EL CORO

Huyen. El verano se acaba con la victoria. Llega el triunfo del hombre. Y la victoria tiene el cuerpo de nuestras mujeres bajo la lluvia del amor. He aquí la carne feliz, brillante y caliente, racimo de septiembre sobre el que se acurruca el abejorro. Sobre la era del vientre se expanden las cosechas de la viña. Las vendimias llamean en la cúspide de los senos ebrios. ¡Ay, amor mío! El deseo revienta como un fruto maduro, la gloria de los cuerpos fluye por fin. En todos los rincones del cielo, misteriosas manos tienden sus flores, y un vino amarillo mana de inagotables fuentes. ¡Son las fiestas de la victoria, vamos a buscar a nuestras mujeres!

En medio del silencio es conducida una camilla sobre la que yace VICTORIA.

DIEGO (*precipitándose*)

¡Esto levanta deseos de matar o de morir! (*Llega junto al cuerpo que parece inanimado.*) ¡Ah! ¡Magnífica, victoriosa, salvaje como el amor, vuelve un poco hacia mí tu rostro! ¡Vuelve, Victoria! ¡No te dejes llevar hacia aquel lado del mundo donde yo no puedo encontrarte! ¡No me abandones, la tierra está fría! ¡Amor mío, amor mío! ¡Mantente firme, mantente firme en esta orilla de tierra en la que aún estamos! ¡No te dejes deslizar! Si tú mueres, durante todas las horas que me queden, será de noche en pleno día.

EL CORO DE MUJERES

Ahora estamos en la verdad. Hasta el presente nada era serio. Pero en este momento se trata de un cuerpo que sufre y se retuerce. Tantos gritos, las más bellas palabras, viva la muerte, y luego la propia muerte desgarra la garganta de la que uno ama. El amor vuelve cuando ya no es tiempo.

Victoria gime.

DIEGO

Sí, es tiempo, va a incorporarse. De nuevo vas a estar ante mí, erguida como una antorcha, con las llamas negras de tus cabellos y ese rostro centelleante de amor que me concedía el resplandor en la noche del combate. Porque si yo te llevaba conmigo, mi corazón podía con todo.

VICTORIA
Me olvidarás, Diego, es seguro. Tu corazón no podrá con la ausencia. No ha podido con la desgracia. ¡Ay! Es un espantoso tormento morir sabiendo que uno va a ser olvidado.

Se vuelve de espaldas.

DIEGO
No te olvidaré. Mi memoria será más larga que mi vida.

EL CORO DE MUJERES
¡Oh, cuerpo dolorido, en otro tiempo tan deseable, belleza real, reflejo del día! El hombre grita hacia lo imposible, la mujer sufre todo lo posible. ¡Inclínate, Diego! ¡Grita tu pena, acúsate, es el instante del arrepentimiento! ¡Desertor! ¡Este cuerpo era tu patria y sin ella no eres ya nada! ¡Nada redimirá tu memoria!

LA PESTE *ha llegado despacio junto a* DIEGO. *Sólo el cuerpo de* VICTORIA *los separa.*

LA PESTE
Entonces, ¿renunciamos? (DIEGO *mira el cuerpo de* VICTORIA *con desesperación.*) ¡No tienes fuerza! Tus ojos están extraviados. Yo tengo la mirada fija del que manda.

DIEGO *(después de un silencio)*
Déjala vivir y mátame a mí.

LA PESTE
¿Qué?

DIEGO
Te propongo un cambio.

LA PESTE
¿Qué cambio?

DIEGO

Quiero morir en su lugar.

LA PESTE

Es una de esas ideas que se tienen cuando uno está cansado. Vamos, no es agradable morir, y para ella ha sido lo más grave. ¡Dejémoslo así!

DIEGO

Es una idea que se tiene cuando uno es el más fuerte.

LA PESTE

¡Mírame, yo soy la fuerza misma!

DIEGO

¡Quítate el uniforme!

LA PESTE

¡Estás loco!

DIEGO

¡Desnúdate! Cuando los hombres de la fuerza se quitan su uniforme, no son nada gratos.

LA PESTE

Quizá. Pero su fuerza está en haber inventado el uniforme.

DIEGO

La mía está en rechazarlo. Mantengo mi trato.

LA PESTE

Reflexiona por lo menos. La vida tiene cosas buenas.

DIEGO

Mi vida no vale nada. Lo que cuentan son las razones de mi vida. Yo no soy un perro.

LA PESTE

¿No vale nada el primer cigarrillo? El olor del polvo de mediodía en los ribazos, la lluvia de la tarde, la mujer aún desconocida, el segundo vaso de vino, ¿no significan nada?

DIEGO
Sí, algo significan, pero ella vivirá mejor que yo.

LA PESTE
No, si tú renuncias a ocuparte de los demás.

DIEGO
En el camino en que yo estoy no puede uno detenerse aunque lo desee.

LA PESTE *(cambiando de tono)*
Escucha. Si tú me ofreces tu vida a cambio de la de ella, yo estoy obligado a aceptar, y esta mujer vivirá. Pero yo te propongo otro trato. Te doy la vida de esta mujer y os dejo huir a los dos, siempre que me dejéis arreglármelas con esta ciudad.

DIEGO
No. Yo conozco mis poderes.

LA PESTE
En ese caso, seré franco contigo. Tengo que ser dueño de todo, o no lo soy de nada. Si tú te me escapas, se me escapa la ciudad. Es la regla. Una vieja regla que no sé de dónde viene.

DIEGO
¡Yo sí lo sé! Viene de la noche de los tiempos, es más grande que tú, más alta que tus patíbulos, es la regla de la naturaleza. Hemos vencido.

LA PESTE
¡Aún no! Ahí tengo ese cuerpo que es mi rehén. Y el rehén es mi último golpe. Míralo. Si una mujer tiene el rostro de la vida, es ésta. Merece vivir y tú quieres hacerla vivir. Yo estoy obligado a devolvértela. Pero eso puede ser o contra su propia vida o contra la libertad de esta ciudad. Elige.

DIEGO *mira a* VICTORIA. *Al fondo, murmullo de voces amordazadas.* DIEGO *se vuelve hacia el coro.*

DIEGO

Es duro morir.

LA PESTE

Es duro.

DIEGO

Pero es duro para todo el mundo.

LA PESTE

¡Imbécil! Diez años del amor de esta mujer valen como un siglo de la libertad de estos hombres.

DIEGO

El amor de esta mujer es mi reino. Puedo hacer de él lo que quiera. Pero la libertad de esos hombres les pertenece. Yo no puedo disponer de ella.

LA PESTE

No puede uno ser feliz sin hacer daño a los otros. Es la justicia de esta tierra.

DIEGO

Yo no he nacido para consentir esa justicia.

LA PESTE

¿Quién te pide que la consientas? El orden del mundo no cambiará conforme a tus deseos. Si quieres cambiarlo, deja tus sueños y date cuenta de lo que él es.

DIEGO

No. Conozco la receta. Hay que matar para suprimir el asesinato, ejercer la violencia para subsanar la injusticia. ¡Hace siglos que esto dura! ¡Hace siglos que los señores de tu raza corrompen la herida del mundo con el pretexto de curarla y continúan sin embargo ensalzando su receta porque nadie se les ríe en sus narices!

LA PESTE

Nadie se ríe porque yo actúo. Yo soy eficaz.

DIEGO

¡Eficaz, desde luego! Y práctico. Como el hacha.

LA PESTE

Basta con mirar a los hombres. Se sabe entonces que toda justicia es suficientemente buena para ellos.

DIEGO

Desde que las puertas de esta ciudad se han cerrado, he tenido bastante tiempo para mirarlos.

LA PESTE

Entonces ya sabes que te dejarán siempre solo. Y el hombre solo debe perecer.

DIEGO

¡No, eso es falso! Si yo estuviera solo, todo sería fácil. Pero de grado o a la fuerza ellos están conmigo.

LA PESTE

¡Buen rebaño, en verdad, y cómo huele!

DIEGO

Yo sé que no son puros. Yo tampoco. Y además he nacido entre ellos. Vivo para mi ciudad y para mi tiempo.

LA PESTE

¡El tiempo de los esclavos!

DIEGO

¡El tiempo de los hombres libres!

LA PESTE

Me sorprendes. Es inútil buscar. ¿Dónde están?

DIEGO

En tus presidios y en tus depósitos de cadáveres. Los esclavos están en los tronos.

LA PESTE

Pon a tus hombres libres el traje de mi policía y verás en lo que se convierten.

DIEGO

Es verdad que se vuelven cobardes y crueles. Es porque no tienen más derecho que tú al poder. Ningún hombre tiene bastante virtud para que pueda consentírsele el poder absoluto. Pero por eso también esos hombres tienen derecho a la compasión; un derecho que a ti te será negado.

LA PESTE

La cobardía es vivir como ellos lo hacen, pequeños, necesitados, siempre a media altura.

DIEGO

A media altura es como yo estoy unido a ellos. Y si no soy fiel a la pobre verdad que con ellos comparto, ¿cómo lo habría de ser a lo que en mí es más grande y solitario?

LA PESTE

La única fidelidad que conozco es el desprecio. *(Señala al* CORO *abatido en el patio.)* Mira.

DIEGO

Yo no desprecio más que a los verdugos. Hagas lo que hagas, esos hombres serán más grandes que tú. Si alguna vez llegan a matar será en la locura de un momento. Tú asesinas conforme a la ley y la lógica. No te burles de su cabeza agachada, porque los cometas del miedo hace siglos que pasan por encima de ellos. No te rías de su aire de temor; hace siglos que mueren y que su amor les es desgarrado. El más grande de sus crímenes tendrá siempre una excusa. Pero no encuentro excusas para el crimen que desde todos los tiempos se ha cometido contra ellos y que para terminar has tenido la idea de codificar en ese sucio orden tuyo. (LA PESTE *va hacia él.)* ¡No bajaré los ojos!

LA PESTE

¡No los bajarás, ya se ve! Entonces prefiero decirte que acabas de triunfar en la última prueba. Si me hubieras dejado esta ciudad, habrías perdido a esta mujer y tú te habrías perdido con ella. Mientras tanto esta ciudad tiene todas las posibilidades de ser libre. ¿Ves? Basta con un insensato como tú... El insensato muere evidentemente. Pero, al fin, tarde o temprano, el resto se salva. *(Sombríamente.)* Y el resto no merece ser salvado.

DIEGO

El insensato muere...

LA PESTE

¡Ah! ¿Es que no vas adelante? No, no, es clásico. Se trata de la segunda vacilación. El orgullo será lo más fuerte.

DIEGO

Tenía sed de honor. ¿Y no voy a encontrar hoy el honor sino entre los muertos?

LA PESTE

Ya lo decía yo, el orgullo los mata. Pero es muy fatigoso para lo viejo que me estoy haciendo. *(Con voz dura.)* Prepárate.

DIEGO

Estoy listo.

LA PESTE

Aquí están las marcas. Hacen daño. *(*DIEGO *mira con horror las marcas que están de nuevo sobre él.)* ¡Así! Sufre un poco antes de morir. Esto es al menos mi regla. Cuando el odio me abrasa, el sufrimiento del prójimo es para mí como un rocío. Gime un poco, eso está bien. Y déjame verte sufrir antes de abandonar esta ciudad. *(Mira a* LA SECRETARIA.*)* ¡Vamos, usted al trabajo ahora mismo!

LA SECRETARIA

Sí, si es necesario.

LA PESTE

Ya cansada, ¿verdad?

La secretaria *afirma con la cabeza y en el mismo momento cambia bruscamente de aspecto. Es una vieja con máscara de muerto.*

La Peste
Siempre he pensado que no tenía usted bastante odio. Pero mi odio tiene necesidad de víctimas frescas. Aligéreme esto. Volveremos a empezar en otra parte.

La secretaria
El odio no me mantiene, en efecto, porque no está entre mis funciones. Pero es un poco por culpa de usted. A fuerza de trabajar con fichas se olvida una de apasionarse.

La Peste
Eso son palabras. Y si busca usted algo que la mantenga... *(Señala a* Diego *que cae de rodillas),* encuéntrelo en la alegría de destruir. Ésa es su función.

La secretaria
Destruyamos, pues. Pero a mí esto no me satisface.

La Peste
¿En nombre de qué discute usted mis órdenes?

La secretaria
En nombre de la memoria. Algunos viejos recuerdos tengo. Era libre antes que usted y asociada con el azar. Nadie me detestaba entonces. Yo era la que lo termina todo, la que fija los amores, la que da su forma a todos los destinos. Yo era la estable. Pero usted me ha puesto al servicio de la lógica y del reglamento. Me he corrompido; antes era a veces caritativa.

La Peste
¿Quién le pide caridad?

La secretaria
Los que son menos grandes que la desgracia. Es decir, casi todos. Con ellos podía trabajar de grado, existía a mi manera. Hoy les hago violencia y todos me niegan

hasta su último suspiro. Quizá por esa razón amaba a ese que me ha ordenado usted matar. Me ha elegido libremente. A su manera tuvo piedad de mí. Amo a los que me dan cita.

LA PESTE

¡No me irrite! Nosotros no necesitamos la piedad.

LA SECRETARIA

¿Quién tendrá más necesidad de piedad que los que no tienen compasión de nadie? Cuando digo que amo a éste quiero decir que le envidio. Entre nosotros, los conquistadores, es la miserable forma que adquiere el amor. Lo sabe usted bien y sabe que eso merece que se nos tenga un poco de lástima.

LA PESTE

¡Le ordeno que se calle!

LA SECRETARIA

Lo sabe usted bien y también sabe que a fuerza de matar se pone uno a envidiar la inocencia de los que uno mata. ¡Ah! Por un segundo al menos, déjeme suspender esta interminable lógica y soñar que me apoyo al fin sobre un cuerpo. Me dan asco las sombras. Y tengo envidia de todos estos miserables, sí, hasta de esta mujer *(señala a* VICTORIA) que no volverá a la vida más que para proferir gritos de animal. Ella por lo menos se apoyará en su sufrimiento.

DIEGO *ha caído casi del todo.* LA PESTE *lo incorpora.*

LA PESTE

¡De pie, hombre! El fin no puede llegar sin que ésta haga lo necesario. Y ves que por el momento anda con sentimentalismos. ¡Pero no temas! Ella hará lo necesario; lo que está en la regla y en la función. La máquina rechina un poco, eso es todo. Antes de que esté completamente atrancada, alégrate, imbécil, te devuelvo esta ciudad. *(Gritos de alegría en el coro.* LA PESTE *se vuelve hacia ellos.)* Sí, me voy, pero no triunfaréis, estoy contento de mí. Con todo, aquí hemos trabajado bien. Me gusta el alboroto que se forma en torno a mi nombre, y ahora sé que vosotros no me olvidaréis. ¡Miradme! ¡Mirad por última vez el único poder de este mundo!

Reconoced a vuestro verdadero soberano y conoced el miedo. *(Ríe.)* Antes pretendíais temer a Dios y a sus azares. Pero vuestro Dios era un anarquista que mezclaba las especies. Creía poder ser poderoso y bueno a la vez. Le faltaban la consecuencia y la franqueza, hay que reconocerlo. Yo he elegido el poder solo. He elegido el dominio, y ahora sabéis que él es más serio que el infierno.

Desde hace milenios he cubierto de cadáveres vuestras ciudades y vuestros campos. Mis muertos han fecundado las arenas de Libia y de la negra Etiopía. La tierra de Persia está aún grasienta por el sudor de mis cadáveres. He llenado Atenas de fuegos de purificación, he encendido sobre sus playas millares de hogueras fúnebres, he cubierto el mar griego de cenizas humanas hasta ponerlo gris. Los dioses, hasta los pobres dioses, estaban profundamente asqueados. Y cuando las catedrales han sucedido a los templos antiguos, mis caballeros negros las han llenado de cuerpos aullantes. En los cinco continentes, a lo largo de los siglos, he matado sin tregua y sin prisa.

No estaba tan mal, desde luego, y en ello había un pensamiento. Pero no totalmente perfecto... Un muerto, si queréis mi opinión, es refrescante, pero carece de rendimiento. En suma: no vale lo que un esclavo. El ideal es obtener una mayoría de esclavos con la ayuda de una minoría de muertos bien escogidos. Hoy la técnica está a punto. Por eso, después de haber matado o envilecido a la cantidad de hombres que eran precisos, pondremos a pueblos enteros de rodillas. Ninguna belleza, ninguna grandeza se nos resistirá. Triunfaremos sobre todo.

LA SECRETARIA

Triunfaremos sobre todo, salvo sobre el orgullo.

LA PESTE

El orgullo cederá quizá... El hombre es más inteligente de lo que uno cree. *(A lo lejos movimiento y trompetas.)* ¡Escuchad! He aquí mi suerte que vuelve. He aquí a vuestros antiguos dueños, que se habrán quedado ciegos con las llagas de los otros, ebrios de inmovilidad y de olvido. Y vosotros os cansaréis de ver a la estupidez triunfar sin combate. La crueldad rebela, pero la tontería descorazona. ¡Honor a los estúpidos, porque ellos preparan mis caminos! ¡Son mi fuerza y mi esperanza! Llegará un día, acaso, en que todo sacrificio os parecerá estéril, en que el grito interminable de vuestras sucias rebeliones cese por fin. Ese día reinaré verdaderamente en el silencio definitivo de la servidumbre. *(Ríe.)* Es un problema de obstinación, ¿verdad? Pero estad tranquilos; yo tengo la frente baja de los testarudos.

Va hacia el fondo.

LA SECRETARIA

Yo soy más vieja que usted y sé que el amor de ellos tiene también su obstinación.

LA PESTE

¿El amor? ¿Qué es eso?

Sale.

LA SECRETARIA

¡Levántate, mujer! Estoy cansada. Hay que terminar.

VICTORIA *se levanta. Pero* DIEGO *cae al mismo tiempo.* LA SECRETARIA *retrocede un poco en la sombra.* VICTORIA *se precipita hacia* DIEGO.

VICTORIA

Ay, Diego, ¿qué has hecho de nuestra dicha?

DIEGO
Adiós, Victoria. Estoy contento.

VICTORIA
No digas eso, amor mío. Ésas son palabras de hombre, terribles palabras de hombre. *(Llora.)* Nadie tiene derecho a estar contento de morir.

DIEGO
Estoy contento, Victoria. He hecho lo que era menester.

VICTORIA
No. Hacía falta elegirme contra el mismo cielo. Hacía falta preferirme a la tierra entera.

DIEGO
Me he puesto en regla con la muerte. Ahí está mi fuerza. Pero es una fuerza que lo devora todo. La felicidad no tiene lugar para ella.

VICTORIA
¿Qué me importaba a mí tu fuerza? Era un hombre lo que yo amaba.

DIEGO
Me he consumido en esta lucha. Ya no soy un hombre y es justo que muera.

VICTORIA *(arrojándose sobre él)*
¡Vamos, llévame!

DIEGO
No, este mundo tiene necesidad de ti. Tiene necesidad de nuestras mujeres para aprender a vivir. Nosotros no hemos sido nunca capaces más que de morir.

VICTORIA
¡Ay! Era demasiado sencillo amarse en el silencio y sufrir lo que era preciso sufrir. Prefería tu miedo.

DIEGO *(mira a* VICTORIA*)*
Te he amado con toda mi alma.

VICTORIA *(en un grito)*
No era bastante. ¡Oh, no! ¡No era aún bastante! ¿Qué podía hacer yo con tu alma sola?

LA SECRETARIA *acerca la mano a* DIEGO. *Comienza la mímica de la agonía.* LAS MUJERES *se precipitan hacia* VICTORIA *y la rodean.*

LAS MUJERES
¡Desgracia sobre él! ¡Desgracia sobre todos los que desertan de nuestros cuerpos! Miseria sobre nosotras, sobre todo, que a la vez somos las abandonadas y las que soportamos a lo largo de los años este mundo que su orgullo pretende transformar. ¡Ay! Como todo no puede ser salvado, sepamos por lo menos preservar la casa del amor. Que venga la peste, que venga la guerra y, con todas las puertas cerradas, nosotras os defenderemos hasta el fin, si estáis a nuestro lado. Entonces, en lugar de esta muerte solitaria, poblada de ideas y alimentada de palabras, conoceréis la muerte acompañados, confundidos con nosotras en el terrible beso del amor. Pero los hombres prefieren la idea. ¡Huyen de su madre, se apartan de la amante, y corren a la aventura, heridos sin llaga, muertos sin puñal, cazadores de sombras, cantores solitarios, llamando bajo un cielo mudo a una imposible reunión y marchando de soledad en soledad hacia el aislamiento último, la muerte en pleno desierto!

DIEGO *muere*
LAS MUJERES *se lamentan mientras que el viento sopla algo más fuerte.*

LA SECRETARIA
No lloréis, mujeres. La tierra es grata para los que la han amado mucho.

Sale.
VICTORIA *y* LAS MUJERES *van hacia un lado llevando a* DIEGO.

Los ruidos de fondo se han hecho más precisos.

Una nueva música retumba y se oye aullar a NADA *sobre la fortaleza.*

NADA

¡Aquí están! Llegan los ancianos, los de delante, los de siempre, los petrificados, los que tranquilizan, los confortables, los sin salida, los relamidos; en fin, la tradición, sentada, próspera, recién afeitada. El alivio es general, se podrá volver a empezar. Desde cero, naturalmente. Aquí están los sastrecillos de la nada, vais a vestiros a medida. Pero no os inquietéis; su método es el mejor. En lugar de cerrar las bocas de los que gritan su desgracia, cierran sus propias orejas. Estábamos mudos, vamos a quedar sordos. *(Marcha militar.)* Atención, porque los que escriben la historia vuelven. Se van a ocupar de los héroes. Los van a meter en la cárcel. Bajo la losa. No os quejéis; por encima de la losa, la sociedad está demasiado confundida. *(Al fondo, representación de ceremonias oficiales.)* Mirad, ¿qué creéis que hacen? Se condecoran. Los banquetes del odio están siempre abiertos, la tierra agotada se cubre de la madera muerta de las horcas, la sangre de los que llamáis justos ilumina aún los muros del mundo. Y ellos, ¿qué hacen? Ellos se condecoran. Alegraos, vais a tener vuestros discursos de concesión de premios. Pero antes de que adelanten el estrado, quiero resumiros el mío. Este hombre, a quien a su pesar yo quería, ha muerto robado. *(*EL PESCADOR *se precipita sobre* NADA. LOS GUARDIAS *lo detienen.)* Ya lo ves, pescador; los gobiernos pasan, la policía permanece. Hay, pues, una justicia.

EL CORO

No, no hay justicia, pero hay límites. Y los que pretenden no reglamentar nada, como esos otros que trataban de dar una regla para todo, rebasan por igual los límites. ¡Abrid las puertas, que el viento y la sal vienen a limpiar esta ciudad!

Por las puertas ya abiertas el viento sopla cada vez más fuerte.

NADA

Hay una justicia, la que hacen para darme asco. Sí, vais a empezar de nuevo. Pero esto ya no es asunto mío. No contéis conmigo para proporcionaros el perfecto culpable, yo no tengo la virtud de la melancolía. ¡Oh, viejo mundo, hay que marcharse, tus verdugos están cansados, su odio se ha hecho demasiado frío! Yo sé demasiadas cosas, e incluso el desprecio ha prestado ya sus servicios. Adiós, buenas gentes, un día aprenderéis que no se puede vivir sabiendo que el hombre no es nada y que la cara de Dios es horrorosa.

Con el viento que sopla tempestuosamente, NADA *corre por el muelle y se arroja al mar.* EL PESCADOR *ha corrido detrás de él.*

EL PESCADOR

Ha caído. El oleaje furioso lo golpea y lo ahoga con sus crines. Esa boca mendaz se llena de sal y va a callarse por fin. Mirad, el mar furioso tiene el color de las anémonas. Nos venga. Su cólera es la nuestra. Grita la unión de todos los hombres del mar, la reunión de los solitarios. ¡Oh, ola, oh, mar, patria de los insurrectos, aquí está tu pueblo que no cederá jamás! El gran mar de fondo, nutrido por la amargura de las aguas, arrastrará vuestras horribles fortalezas.

TELÓN

LA PESTE

Título original: La Peste *(1947)*
Traducción de Rosa Chacel

Tan razonable como representar una prisión de cierto género por otra diferente es representar algo que existe realmente por algo que no existe.

Daniel Defoe

I

Los curiosos acontecimientos que constituyen el tema de esta crónica se produjeron en el año 194... en Orán. Para la generalidad estaban allí fuera de lugar, se salían un poco de lo corriente. A primera vista Orán es, en efecto, una ciudad corriente, una prefectura francesa en la costa argelina y nada más.

La ciudad, en sí misma, hay que confesarlo, es fea. Su aspecto es tranquilo y se necesita cierto tiempo para percibir lo que la hace diferente de las otras ciudades comerciales de cualquier latitud. ¿Cómo sugerir, por ejemplo, una ciudad sin palomas, sin árboles y sin jardines, donde no hay aleteos ni susurros de hojas, un lugar neutro, en una palabra? El cambio de las estaciones sólo se puede notar en el cielo. La primavera se anuncia únicamente por la calidad del aire o por los cestos de flores que traen a vender los muchachos de los alrededores; una primavera que se vende en los mercados. Durante el verano el sol abrasa las casas resecas y cubre los muros con una ceniza gris; se llega a no poder vivir más que a la sombra de las persianas cerradas. En otoño, en cambio, un diluvio de barro. Los días buenos sólo llegan en el invierno.

El modo más cómodo de conocer una ciudad es averiguar cómo se trabaja en ella, cómo se ama y cómo se muere. En nuestra ciudad, por efecto del clima, todo ello se hace igual, con el mismo aire frenético y ausente. Es decir, que se aburre uno y se dedica a adquirir hábitos. Nuestros conciudadanos trabajan mucho, pero siempre para enriquecerse. Se interesan sobre todo por el comercio, y se ocupan principalmente, según propia expresión, de hacer negocios. Como es natural, también les gustan las expansiones simples: las mujeres, el cine y los baños de mar. Pero, muy sensatamente, reservan los placeres para el sábado después de mediodía y el domingo, procurando los otros días de la semana hacer mucho dinero. Por las tardes, cuando dejan sus despachos, se reúnen a una hora fija en los cafés, se pasean por un determinado bulevar o se asoman al balcón. Los deseos de la gente joven son violentos y breves, mientras que los vicios de los mayores no exceden de las francachelas, los banquetes de camaradería y los círculos donde se juega fuerte al azar de las cartas.

Se dirá, sin duda, que nada de esto es particular de nuestra ciudad y que, en suma, todos nuestros contemporáneos son así. Sin duda, nada es más natural hoy día que ver a las gentes trabajar de la mañana a la noche y en seguida elegir, entre el café, el juego y la charla, el modo de perder el tiempo que les queda por vivir. Pero hay ciudades y países donde las gentes tienen, de cuando en cuando, la sospecha de que existe otra cosa. En general, esto no hace cambiar sus vidas, pero al menos han tenido la sospecha y eso salen ganando. Orán, por el contrario, es, en apariencia, una ciudad sin ninguna sospecha, es decir, una ciudad enteramente moderna. Por tanto, no es necesario especificar la manera de amar que se estila. Los hombres y mujeres o bien se devoran rápidamente en eso que se llama el acto del amor, o bien se crean el compromiso de una larga costumbre a dúo. Entre estos dos extremos a menudo no hay término medio. Eso tampoco es original. En Orán, como en otras partes, por falta de tiempo y de reflexión, se ve uno obligado a amar sin darse cuenta.

Lo más original de nuestra ciudad es la dificultad que

puede uno encontrar para morir. Dificultad, por otra parte, no es la palabra justa, sería mejor decir incomodidad. Nunca es agradable estar enfermo, pero hay ciudades y países que nos sostienen en la enfermedad, países en los que, en cierto modo, puede uno confiarse. Un enfermo necesita alrededor blandura, le gusta apoyarse en algo; eso es natural. Pero en Orán los extremos del clima, la importancia de los negocios, la insignificancia del decorado, la brevedad del crepúsculo y la calidad de los placeres, todo exige buena salud. Un enfermo necesita soledad. Imagínese entonces al que está en trance de morir como cogido en una trampa, rodeado por cientos de paredes crepitantes de calor, en el mismo momento en que toda una población, al teléfono o en los cafés, habla de letras de cambio, de conocimientos, de descuentos. Se comprenderá fácilmente lo que puede haber de incómodo en la muerte, hasta en la muerte moderna, cuando sobreviene así en un lugar seco.

Estas pocas indicaciones dan probablemente una idea suficiente de nuestra ciudad. Por lo demás, no hay por qué exagerar. Lo que es preciso subrayar es el aspecto frívolo de la población y de la vida. Pero se pasan los días con facilidad en cuanto se adquieren hábitos, y puesto que nuestra ciudad favorece justamente los hábitos, puede decirse que todo va bien. Desde este punto de vista, la vida, en verdad, no es muy apasionante. Pero, al menos aquí no se conoce el desorden. Y nuestra población, franca, simpática y activa, ha provocado siempre en el viajero una razonable estimación. Esta ciudad, sin nada pintoresco, sin vegetación y sin alma acaba por parecer relajante y al fin se adormece uno en ella. Pero es justo añadir que ha sido injertada en un paisaje sin igual, en medio de una meseta desnuda, rodeada de colinas luminosas, ante una bahía de trazo perfecto. Sólo se puede lamentar que haya sido construida de espaldas a esta bahía y que por tanto sea imposible divisar el mar sin ir expresamente a buscarlo.

Siendo así las cosas, se admitirá fácilmente que no hubiese nada que hiciera esperar a nuestros conciudadanos los acontecimientos que se produjeron a principios de aquel año, y que fueron, después lo comprendimos, como los primeros síntomas de la serie de acontecimientos graves cuya crónica nos hemos propuesto hacer aquí. Estos hechos parecerán a muchos naturales y a otros, por el contrario, inverosímiles. Pero, después de todo, un cronista no puede tener en cuenta esas contradicciones. Su misión es únicamente decir: «Esto pasó», cuando sabe que pasó en efecto, que afectó a la vida de todo un pueblo y que por lo tanto hay miles de testigos que en el fondo de su corazón sabrán estimar la verdad de lo que dice.

Por lo demás, el narrador, que será conocido a su tiempo, no tendría ningún título que hacer valer en semejante empresa si la suerte no le hubiera llevado a ser depositario de numerosas confidencias y si la fuerza de las cosas no le hubiera mezclado con todo lo que intenta relatar. Esto es lo que le autoriza a hacer el trabajo de historiador. Por supuesto, un historiador, aunque sea un mero aficionado, siempre tiene documentos. El narrador de esta historia tiene los suyos: ante todo, su testimonio, después el de los otros, puesto que por el papel que desempeñó se vio abocado a recoger las confidencias de todos los personajes de esta crónica y, en último término, los textos que acabaron yendo a parar a sus manos. El narrador se propone aprovecharlo cuando le parezca bien y utilizar los textos cuando le plazca. Además, se propone... Pero ya es tiempo, quizá, de dejar los comentarios y las precauciones de lenguaje para llegar a la narración misma. El relato de los primeros días exige cierta minuciosidad.

La mañana del 16 de abril el doctor Bernard Rieux, al salir de su despacho, tropezó con una rata muerta en medio del rellano de la escalera. En el primer momento no hizo más que apartar el animal sin preocuparse y bajar las escaleras. Pero cuando llegó a la calle, se le ocurrió la idea de que aquella rata no debía quedar allí y volvió sobre sus pasos para advertir al portero. Ante la reacción del viejo señor Michel, vio más claro lo que su hallazgo tenía de insólito. La presencia de aquella rata muerta le había parecido únicamente extraña, mientras que para el portero constituía un verdadero escándalo. La actitud del portero era categórica: en la casa no había ratas. El doctor tuvo que afirmarle que había una en el descansillo del primer piso, seguramente muerta: la convicción del señor Michel quedó intacta. En la casa no había ratas; por tanto, alguien tenía que haberla traído de fuera. En resumen se trataba de una broma.

Aquella misma tarde Bernard Rieux estaba en el pasillo del inmueble, buscando sus llaves antes de subir a su piso, cuando vio surgir del fondo oscuro del corredor una rata de gran tamaño con el pelaje mojado, que andaba torpemente. El animal se detuvo, pareció buscar el equilibrio, echó a correr hacia el doctor, se detuvo otra vez, dio una vuelta sobre sí mismo lanzando un pequeño grito y cayó al fin, echando sangre por el hocico entreabierto. El doctor lo contempló un momento y subió a su casa.

No era en la rata en lo que pensaba. Aquella sangre arrojada le llevaba de nuevo a su preocupación. Su mujer, enferma desde hacía un año, iba a partir al día siguiente para un sanatorio de montaña. La encontró acostada en su cuarto, como le había pedido. Así se prepararía para el esfuerzo del viaje. Le sonrió.

—Me siento muy bien —le dijo.

El doctor miró aquel rostro vuelto hacia él a la luz de la lámpara de cabecera. Para Rieux, esa cara, de treinta años y a pesar del sello de la enfermedad, era siempre la de la juventud; a causa, posiblemente, de la sonrisa que disipaba todo el resto.

—Duerme, si puedes —le dijo—. La enfermera vendrá a las once y os llevaré al tren de las doce.

La besó en la frente ligeramente húmeda. La sonrisa le acompañó hasta la puerta.

Al día siguiente, 17 de abril, a las ocho, el portero detuvo al doctor cuando salía, para decirle que algún bromista de mal género había puesto tres ratas muertas en el corredor. Debían haberlas cogido con trampas muy fuertes, porque estaban llenas de sangre. El portero había permanecido largo rato en el portal, con las ratas colgando por las patas, a la espera de que los culpables se delatasen con alguna burla. Pero no pasó nada.

Rieux, intrigado, se decidió a comenzar sus visitas por los barrios extremos, donde habitaban sus clientes más pobres. Allí, las basuras se recogían mucho más tarde y el coche, a lo largo de las calles rectas y polvorientas de aquel barrio, rozaba los cubos de desperdicios dejados al borde de las aceras. En una calle llegó a contar una docena de ratas tiradas sobre los restos de legumbres y trapos sucios.

Encontró a su primer enfermo en la cama, en una habitación que daba a la calle y que le servía al mismo tiempo de alcoba y de comedor. Era un viejo español de rostro duro y estragado. Tenía delante de él, sobre la colcha, dos cazuelas llenas de garbanzos. En el momento en que llegaba el doctor, el enfermo, medio incorporado en su lecho, se recostaba esforzándose por recuperar su respiración pedregosa de viejo asmático. Su mujer trajo una palangana.

—Doctor —dijo, mientras le ponían la inyección—, ¿ha visto usted cómo salen?

—Sí —dijo la mujer—, el vecino ha recogido tres.

El viejo se frotaba las manos.

—Salen muchas, se las ve en todos los cubos de basura ¡es el hambre!

Rieux comprobó en seguida que todo el barrio hablaba de las ratas. Cuando terminó sus visitas, se volvió a casa.

—Arriba hay un telegrama para usted —le dijo el señor Michel.

El doctor le preguntó si había visto más ratas.

—¡Ah!, no —dijo el portero—, estoy al acecho, sabe, y esos cerdos no se atreven.

El telegrama anunciaba a Rieux la llegada de su madre al día siguiente. Venía a ocuparse de la casa de su hijo mientras durase la ausencia de la enferma. Cuando el doctor entró en su casa, la enfermera había llegado ya. Rieux vio a su mujer levantada y ya vestida para irse, con colorete en las mejillas. Le sonrió.

—Está bien —le dijo—, muy bien.

Poco después, en la estación, la instaló en el *wagon-lit.* Ella se quedó mirando el compartimento.

—Todo esto es muy caro para nosotros, ¿no?

—Es necesario —dijo Rieux.

—¿Qué historia es esa de las ratas?

—No sé, es cosa muy curiosa. Ya pasará.

Después le dijo hablando muy deprisa que tenía que perdonarle por no haberla cuidado más; la había tenido muy abandonada. Ella movía la cabeza como pidiéndole que se callase, pero él añadió:

—Cuando vuelvas, todo saldrá mejor. Volveremos a empezar.

—Sí —dijo ella, con los ojos brillantes—, volveremos a empezar.

Después se volvió para el otro lado y se puso a mirar por el cristal. En el andén las gentes se apresuraban y se atropellaban. El silbido de la locomotora llegaba hasta ellos. La llamó por su nombre y, cuando se volvió, vio que tenía la cara cubierta de lágrimas.

—No —le dijo él quedamente.

Bajo las lágrimas, la sonrisa volvió, un poco crispada. Ella respiró profundamente.

—Vete, todo saldrá bien.

La estrechó contra sí y, ya en el andén, del otro lado del cristal, no vio más que su sonrisa.

—Por favor —le dijo—, cuídate mucho.

Pero ella ya no podía oírle.

Cerca de la salida, en el mismo andén, Rieux se topó con el señor Othon, el juez de instrucción, que llevaba a su hijo de la mano. El doctor le preguntó si se iba de viaje. El señor Othon, largo y negro, que parecía mitad lo que antes se llamaba un hombre de mundo, mitad un sepulturero, respondió con voz amable pero seca:

—Espero a la señora Othon, que ha ido a visitar a mi familia.

La locomotora pitó.

—Las ratas... —dijo el juez.

Rieux hizo un movimiento en la dirección del tren, pero al fin se volvió hacia la salida.

—Sí —respondió—, no es nada.

Todo lo que recordaba de ese instante era un mozo de estación que pasó llevando un cajón lleno de ratas muertas.

Por la tarde de ese mismo día, al comienzo de su consulta, Rieux recibió a un joven que le dijo que era periodista y que había venido ya por la mañana. Se llamaba Raymond Rambert. Pequeño, de hombros macizos, de expresión decidida y ojos claros e inteligentes, Rambert llevaba un traje tipo sport y parecía encontrarse a gusto en la vida. Fue derecho al grano. Estaba haciendo un reportaje para un gran periódico de París sobre las condiciones de vida de los árabes y quería datos sobre su estado sanitario. Rieux le dijo que el estado no era bueno. Pero quiso saber, antes de ir más lejos, si el periodista podía decir la verdad.

—Evidentemente —dijo el otro.

—Quiero decir si puede usted hacer una condena absoluta.

—Total, no, preciso es decirlo. Pero yo creo que para una condena absoluta no habría fundamento.

Con suavidad Rieux le dijo que, en efecto, no habría fundamento para condena semejante, pero que al hacerle esa pregunta sólo había querido saber si el testimonio de Rambert podía ser o no sin reservas.

—Yo no admito más que testimonios sin reservas, así que no sustentaré el suyo con mis informaciones.

—Ése es el lenguaje de Saint-Just —dijo el periodista, sonriendo.

Rieux, sin cambiar de tono, dijo que él no sabía nada de eso, pero que su lenguaje era el de un hombre cansado del mundo en que vivía, y sin embargo inclinado hacia sus semejantes y decidido, por su parte, a rechazar la injusticia y las concesiones. Rambert, el cuello hundido entre los hombros, miraba al doctor.

—Creo que le comprendo —dijo al fin, levantándose.

El doctor lo acompañó hasta la puerta:

—Le agradezco a usted que tome así las cosas.

Rambert pareció impacientarse:

—Sí —dijo—, le comprendo, perdone que le haya molestado.

El doctor le estrechó la mano y le dijo que podría hacer un curioso reportaje sobre la cantidad de ratas muertas que se encontraban en la ciudad en aquel momento.

—¡Ah! —exclamó Rambert—, eso me interesa.

A las cinco, al salir a hacer otras visitas, el doctor se cruzó en la escalera con un hombre todavía joven, de silueta pesada, de rostro recio y demacrado, atravesado por espesas cejas. Lo había visto ya otras veces en casa de los bailarines españoles que vivían en el último piso. Jean Tarrou estaba fumando con aplicación un cigarrillo mientras contemplaba las últimas convulsiones de una rata que expiraba a sus pies en un escalón. Levantó hacia el doctor la mirada tranquila y un poco insistente de sus ojos grises, le dijo buenos días y añadió que esa aparición de ratas era cosa curiosa.

—Sí —dijo Rieux—, pero está acabando por ser irritante.

—En cierto sentido, doctor, sólo en cierto sentido. No habíamos visto nunca nada semejante, esto es todo. Pero yo lo encuentro interesante, sí, positivamente interesante.

Tarrou se pasó la mano por el pelo, echándoselo hacia atrás, miró otra vez la rata, ya inmóvil, después sonrió a Rieux.

—Y en fin de cuentas, doctor, es asunto del portero.

Justamente el doctor encontró al portero delante de la casa, recostado en el muro que había junto a la entrada, con una expresión de cansancio en su rostro de ordinario congestionado.

—Sí, ya lo sé —dijo el viejo Michel a Rieux que le hacía saber el nuevo hallazgo—. Se las encuentra ahora de dos en dos o de tres en tres. Pero lo mismo pasa en las otras casas.

Parecía abatido y preocupado. Se frotaba el cuello con un gesto maquinal. Rieux le preguntó cómo se sentía. El portero no podía decir realmente que no se sintiese bien. Lo único era que no entraba en caja. En su opinión era cosa moral. Las ratas le habían afectado y todo mejoraría cuando desaparecieran.

Pero al día siguiente, 18 de abril, el doctor, que traía a su madre de la estación, encontró al señor Michel con un aspecto todavía más demacrado: del sótano al tejado, una docena de ratas sembraban la escalera. Los cubos de la basura de las casas vecinas estaban llenos. La madre del doctor recibió la noticia sin asombrarse.

—Son cosas que pasan.

Era una mujercita de pelo plateado y ojos negros y dulces.

—Me siento feliz de volver a verte, Bernard —le dijo—; eso las ratas no pueden impedirlo.

Él asintió: verdad es que con ella todo parecía siempre fácil.

Pese a todo, Rieux telefoneó al servicio municipal de desratización, a cuyo director conocía. ¿Había oído hablar de aquellas ratas que salían a morir en gran número al aire libre? Mercier, el director, había oído hablar de ellas y en sus mismas oficinas, no muy alejadas de los muelles, habían encontrado una cincuentena. Con todo, se preguntaba si la cosa era seria. Rieux no podía juzgar, pero creía que el servicio de desratización debía intervenir.

—Sí —dijo Mercier—, con una orden. Si crees que merece la pena, puedo tratar de obtener una orden.

—Eso siempre merece la pena —dijo Rieux.

Su criada acababa de informarle que habían recogido varios cientos de ratas muertas en la gran fábrica donde trabajaba su marido.

Fue en ese momento más o menos cuando nuestros conciudadanos empezaron a inquietarse. Pues a partir del 18, las fábricas y los almacenes desbordaban, en efecto, de centenares de ratas muertas. En algunos casos fue necesario rematar a los animales cuya agonía era demasiado larga. Pero desde los barrios extremos hasta el centro de la ciudad, por todos los sitios por donde el doctor Rieux pasaba, en todos los lugares donde se reunían nuestros conciudadanos, las ratas esperaban amontonadas en los cubos de basura o tiradas en largas filas en los arroyos. La prensa de la tarde se ocupó del asunto desde ese día y preguntó si la municipalidad se proponía obrar o no, y qué medidas de urgencia había tomado para librar a su jurisdicción de esta invasión repugnante. La municipalidad no se había propuesto nada ni había tomado ninguna medida, pero empezó por reunirse en consejo para deliberar. Se dio al servicio de desratización la orden de recoger todas las mañanas, al amanecer, las ratas muertas. Una vez terminada esta recogida, dos coches del servicio tenían que llevar los bichos a la incineradora de desperdicios, para quemarlos.

Pero en los días que siguieron, la situación se agravó. El número de los roedores recogidos iba creciendo y la cosecha era cada mañana más abundante. Al cuarto día, las ratas empezaron a salir para morir en grupos. De los agujeros, de los sótanos, de las alcantarillas, subían en largas filas titubeantes para venir a tambalearse a la luz, tumbarse panza arriba y morir junto a los seres humanos. Por la noche, en los corredores y callejones se oían con claridad sus grititos de agonía. Por la mañana, en los suburbios, se las encontraba extendidas en el mismo arroyo con una pequeña flor de sangre en el hocico puntiagudo; unas, hinchadas y putrefactas, otras rígidas, con los bigotes todavía enhiestos. En la ciudad misma se las encontraba en pequeños montones en los descansillos o en los patios. Venían también a morir de forma aislada en los vestíbulos de la administración, en los patios de las escuelas, en las terrazas de los cafés a veces. Nuestros conciudadanos, estupefactos, las descubrían en los lugares más frecuentados de la ciudad. La plaza de Armas, los bulevares, el paseo de Front-de-Mer se veían salpicados a cada tanto. Limpiada de animales muertos al amanecer, la ciudad iba encontrándolos poco a poco cada vez más numerosos durante el día. En las aceras había sucedido a más de un paseante nocturno sentir bajo el pie la masa elástica de un cadáver aún reciente. Se hubiera dicho que la tierra misma donde estaban plantadas nuestras casas se purgaba así de su carga de humores, que dejaba subir a la superficie los forúnculos y linfas que hasta entonces la habían estado minando. Puede imaginarse la estupefacción de nuestra pequeña ciudad, tan tranquila hasta entonces, y conmocionada en pocos días, como un hombre de buena salud cuya sangre consistente empezase de pronto a revolverse.

Las cosas fueron tan lejos que la agencia Ransdoc (informes, documentación, informes acerca de cualquier asunto) anunció, en su emisión radiofónica de informaciones gratuitas, 6.231 ratas recogidas y quemadas sólo el día 25. Esta cifra, que daba un sentido claro del espectáculo cotidiano que la ciudad tenía ante sus ojos, acrecentó la confusión. Hasta ese momento nadie se había quejado más que como de un accidente un poco repugnante. Ahora ya se daban cuenta de que este fenómeno, cuya amplitud no se podía precisar, cuyo origen no se podía descubrir, empezaba a ser amenazador. Sólo el viejo español asmático seguía frotándose las manos y repitiendo: «Salen, salen», con una alegría senil.

El 28 de abril, Ransdoc anunció una cosecha de cerca de 8.000 ratas y la ansiedad de la ciudad llegó al máximo. Se pedían medidas radicales, se acusaba a las autoridades, y algunos que tenían casas junto al mar hablaban de retirarse a ellas. Pero al día siguiente la agencia anunció que el fenómeno había cesado bruscamente y que el servicio de desratización no había recogido más que una cantidad insignificante de ratas muertas. La ciudad respiró.

Sin embargo, ese día mismo, cuando el doctor Rieux detuvo su automóvil delante de su casa, al mediodía, vio venir por el extremo de la calle al portero, que avanzaba penosamente, con la cabeza inclinada, los brazos y las piernas separados del cuerpo, como un fantoche. El viejo venía apoyado en el brazo de un sacerdote que el doctor reconoció. Era el padre Paneloux, un jesuita erudito y militante con quien había hablado algunas veces y que era muy estimado en la ciudad, incluso por los indiferentes en materia de religión. Los esperó. El viejo Michel tenía los ojos relucientes y la respiración sibilante. No se sentía bien y había querido tomar un poco de aire, pero vivos dolores en el cuello, en las axilas y en las ingles le habían obligado a regresar y a pedir ayuda al padre Paneloux.

—Me están saliendo bultos. He debido hacer algún esfuerzo.

El doctor sacó el brazo por la ventanilla y pasó los dedos por la base del cuello que Michel le mostraba: se le había formado allí una especie de nudo.

—Acuéstese y tómese la temperatura; vendré a verle por la tarde.

El portero se fue. Rieux preguntó al padre Paneloux qué pensaba del asunto de las ratas.

—¡Oh! —dijo el padre—, debe de ser una epidemia —y sus ojos sonrieron detrás de las gafas redondas.

Después del almuerzo, Rieux estaba releyendo el telegrama del sanatorio que le anunciaba la llegada de su mujer, cuando sonó el teléfono. Era un antiguo paciente, empleado del Ayuntamiento, quien le llamaba. Había sufrido durante mucho tiempo de estrechez de la aorta y como era pobre, Rieux lo había atendido gratuitamente.

—Sí —decía—, ya sé que se acuerda usted de mí, pero se trata de otro. Venga en seguida, le ha ocurrido algo grave a un vecino mío.

Su voz era ansiosa. Rieux pensó en el portero y decidió ir a verlo después. Minutos más tarde atravesaba la puerta de una casa baja de la calle Faidherbe, en un barrio extremo. En medio de la escalera fría y maloliente vio a Joseph Grand, el empleado, que salía a su encuentro. Era un hombre de unos cincuenta años, de bigote amarillo, alto y encorvado, hombros estrechos y miembros flacos.

—Ya está mejor —dijo una vez junto a Rieux—, pero creí que se iba.

Se sonó las narices. En el segundo y último piso, escrito sobre la puerta de la izquierda con tiza roja, Rieux leyó: «Entrad, me he ahorcado.»

Entraron. La cuerda colgaba del techo, atada al soporte de la lámpara, y bajo ella había una silla caída; la mesa estaba apartada a un rincón. Pero la cuerda colgaba en el vacío.

—Le descolgué a tiempo —decía Grand, que parecía siempre rebuscar las palabras, aunque hablase el lenguaje más simple—. Salía, justamente, cuando oí ruido dentro.

Cuando vi eso ahí escrito, cómo le diría, creí que era una broma. Pero lanzó un gemido extraño y hasta siniestro, podría decirse.

Se rascaba la cabeza.

—Creo que la operación debe ser dolorosa. Naturalmente, entré.

Habían empujado una puerta y se encontraba en una habitación clara, pero pobremente amueblada. Un hombrecito regordete estaba echado sobre una cama de latón. Respiraba ruidosamente y los miraba con ojos congestionados. El doctor se detuvo. En los intervalos de la respiración le parecía oír grititos de ratas, pero nada se movía por los rincones. Rieux se acercó a la cama. El hombre no se había dejado caer de muy alto ni demasiado bruscamente; las vértebras habían resistido. Un poco de asfixia claro. Habría que hacer una radiografía. El doctor le puso una inyección de aceite alcanforado y dijo que mejoraría en pocos días.

—Gracias, doctor —dijo el hombre, con voz entrecortada.

Rieux preguntó a Grand si había dado parte a la comisaría y el empleado pareció un poco desalentado:

—No —dijo—, ¡oh!, no. Pensé que lo primero era...

—Naturalmente —atajó Rieux—, ya lo haré yo.

Pero en ese momento el enfermo se agitó, incorporándose en la cama y asegurando que estaba bien y que no merecía la pena.

—Cálmese —dijo Rieux—. No pasa nada, créame, y es necesario dar parte.

—¡Oh! —dijo el otro.

Y se dejó caer hacia atrás, lloriqueando. Grand, que se atusaba el bigote desde hacía rato, se acercó a él.

—Vamos, señor Cottard —le dijo—, procure usted comprender. Podrían decir que el doctor es responsable. Si por casualidad le da a usted la idea de repetirlo...

Pero Cottard dijo entre lágrimas que no lo repetiría, que había sido sólo un momento de locura y que lo único que quería era que le dejasen en paz. Rieux hizo una receta.

—Entendido —le dijo—. Dejemos eso por ahora. Yo volveré dentro de dos o tres días. Pero no haga usted tonterías.

En el descansillo le dijo a Grand que no tenía más remedio que dar parte, pero que iba a pedir al comisario que no iniciara las diligencias hasta dos días después.

—Tendrían que vigilarlo esta noche. ¿Tiene familia?

—Yo no le conozco ninguna. Pero puedo velarlo yo mismo.

Grand movía la cabeza.

—Tampoco es que yo pueda decir que lo conozca. Pero debemos ayudarnos unos a otros.

En los corredores de la casa, Rieux miró maquinalmente hacia los rincones y preguntó a Grand si las ratas habían desaparecido totalmente de su barrio. El empleado no lo sabía. Se había hablado, en efecto, de esta historia, pero él no prestaba mucha atención a los rumores del barrio.

—Tengo otras preocupaciones —dijo.

Rieux le estrechó la mano. Tenía prisa por ir a ver al portero antes de ponerse a escribir a su mujer.

Los vendedores de periódicos voceaban que la invasión de ratas había sido detenida. Pero Rieux encontró a su enfermo medio colgado de la cama, con una mano en el vientre y otra en torno al cuello, vomitando con gran desgarramiento una bilis rojiza en un cubo. Después de grandes esfuerzos, ya sin aliento, el portero volvió a echarse. La temperatura llegaba a treinta y nueve con cinco, los ganglios del cuello y de los miembros se habían hinchado, dos manchas negruzcas se extendían en un costado. Ahora se quejaba de un dolor interior.

—Me quema —decía—, me quema, el muy cerdo.

La boca pegajosa le obligaba a masticar las palabras y volvía hacia el doctor sus ojos desorbitados, que el dolor de cabeza llenaba de lágrimas. Su mujer miraba con ansiedad a Rieux, que permanecía mudo.

—Doctor —decía la mujer—, ¿qué es lo que tiene?

—Puede ser cualquier cosa, pero todavía no hay nada seguro. Hasta esta noche, dieta y depurativo. Que beba mucho.

Justamente, el portero estaba devorado por la sed.

Ya en su casa, Rieux telefoneó a su colega Richard, uno de los médicos más importantes de la ciudad.

—No —decía Richard—, yo no he visto todavía nada extraordinario.

—¿Ninguna fiebre con inflamaciones locales?

—¡Ah!, sí, por cierto, dos casos con ganglios muy inflamados.

—¿Anormalmente?

—Bueno —dijo Richard—, lo normal, ya sabe usted...

Por la noche el portero deliraba y, con cuarenta grados, se quejaba de las ratas. Rieux probó un absceso de fijación. Abrasado por la trementina, el portero gritó: «¡Ah!, ¡cerdos!»

Los ganglios seguían hinchándose, duros y nudosos al tacto. La mujer estaba fuera de sí.

—Vélele usted —le dijo el médico— y llámeme si fuese preciso.

Al día siguiente, 30 de abril, una brisa ya templada soplaba bajo un cielo azul y húmedo. Traía un olor a flores que llegaba de los arrabales más lejanos. Los ruidos de la mañana en las calles parecían más vivos, más alegres que de ordinario. En toda nuestra ciudad, desembarazada de la sorda aprensión en que había vivido durante una semana, ese día era, al fin, el día de la primavera. Rieux, animado por una carta tranquilizadora de su mujer, bajó a casa del portero con ligereza. Y, en efecto, por la mañana la fiebre había descendido a treinta y ocho grados; el enfermo sonreía en su cama.

—¿Va mejor, no es cierto, doctor? —dijo la mujer.

—Hay que esperar un poco todavía.

Pero al mediodía la fiebre subió de golpe a cuarenta. El enfermo deliraba sin parar y los vómitos volvieron a empezar. Los ganglios del cuello dolían al contacto y el portero parecía querer tener la cabeza lo más lejos posible del cuerpo. Su mujer estaba sentada a los pies de la cama y por encima de la colcha sujetaba suavemente con sus manos los pies del enfermo. Miraba a Rieux.

—Escúcheme —le dijo él—, es necesario aislarle y probar un tratamiento de excepción. Voy a telefonear al hospital y lo transportaremos en una ambulancia.

Dos horas después, en la ambulancia, el doctor y la mujer se inclinaban sobre el enfermo. De su boca tapizada de fungosidades se escapaban fragmentos de palabras: «¡Las ratas!», decía. Verdoso, los labios de cera, los párpados caídos, el aliento irregular y trabajoso, todo él como claveteado por los ganglios, hecho un rebujón en el fondo de la camilla, como si quisiera que se cerrase sobre él o como si algo le llamase sin tregua desde el fondo de la tierra, el portero se ahogaba bajo una presión invisible. La mujer lloraba.

—¿No hay esperanza, doctor?

—Ha muerto —dijo Rieux.

La muerte del portero, puede decirse, marcó el fin de este período lleno de signos desconcertantes y el comienzo de otro, relativamente más difícil, en el que la sorpresa de los primeros tiempos se transformó poco a poco en pánico. Nuestros conciudadanos, ahora se daban cuenta, no habían pensado nunca que nuestra ciudad pudiera ser un lugar particularmente llamado a que las ratas saliesen a morir al sol y a que los porteros perecieran de enfermedades extrañas. Desde ese punto de vista, en suma, estaban en un error y sus ideas exigían ser revisadas. Si todo hubiera quedado en eso, las costumbres sin duda habrían seguido prevaleciendo. Pero otros entre nuestros conciudadanos, y que no eran precisamente porteros ni pobres, tuvieron que seguir la ruta que el señor Michel había abierto. Fue a partir de ese momento cuando el miedo, y con él la reflexión, empezaron.

Sin embargo, antes de entrar en detalles sobre esos nuevos acontecimientos, el narrador cree de utilidad dar la opinión de otro testigo sobre el período que acaba de ser descrito. Jean Tarrou, al que ya conocimos al comienzo de esta narración, se había establecido en Orán algunas semanas antes, y vivía desde entonces en un gran hotel del centro. Aparentemente su situación era lo bastante desahogada como para vivir de sus rentas. Pero, aunque la ciudad se hubiera acostumbrado a él poco a poco, nadie podía decir de dónde venía ni por qué estaba allí. Se le veía en todos los lugares públicos: desde el comienzo de la primavera se le había visto mucho en las playas, nadando a menudo, y con manifiesto placer. Afable, siempre sonriente, parecía ser amigo de todos los placeres normales, sin ser esclavo de ellos. De hecho, el único hábito que se le conocía era la frecuentación asidua de los bailadores y músicos españoles, harto numerosos en nuestra ciudad.

Sus apuntes, en todo caso, constituyen también una especie de crónica de este período difícil. Pero son una crónica muy particular, que parece obedecer a un plan preconcebido de insignificancia. A primera vista se podría creer que Tarrou se las ingeniaba para contemplar las cosas y los seres con los gemelos al revés. En medio de la confusión general se esmeraba, en suma, en convertirse en historiador de las cosas que no tenían historia. Se puede lamentar, sin duda, ese plan y sospechar que procede de cierta sequedad de corazón. Pero no por ello sus apuntes dejan de ofrecer para una crónica de este período multitud de detalles secundarios que tienen su importancia y cuya extravagancia, incluso, impedirá que se juzgue a la ligera a este interesante personaje.

Las primeras notas tomadas por Jean Tarrou datan de su llegada a Orán. Demuestran desde el principio una curiosa satisfacción por el hecho de encontrarse en una ciudad tan fea por sí misma. Se encuentra en ellas la descripción detallada de los dos leones de bronce que adornan el Ayuntamiento, consideraciones benévolas sobre la ausencia de árboles, sobre las casas deplorables y el trazado absurdo de la ciudad. Tarrou recoge también en sus notas diálogos oídos en los tranvías y en las calles, sin añadir ningún comentario, salvo, algo más adelante, a una de esas conversaciones concerniente a un tal Camps. Tarrou había asistido a una conversación entre dos cobradores de tranvías.

—¿Tú conocías a Camps? —decía uno.

—¿Camps? ¿Uno alto con bigote negro?

—Ése. Estaba en las agujas.

—¡Ah!, sí.

—Bueno, pues se ha muerto.

—¡Ah! Y ¿cuándo?

—Después de lo de las ratas.

—¡Mira! ¿Y qué es lo que ha tenido?

—No sé; unas fiebres. Además, no era fuerte. Tuvo abscesos en los sobacos. No resistió.

—Y, sin embargo, parecía igual que todo el mundo.

—No; tenía el pecho débil y tocaba en el Orfeón. Siempre soplando en una corneta; eso acaba con cualquiera.

—¡Ah! —concluyó el segundo—, cuando se está enfermo no se debe tocar la corneta.

Tras estas breves notas, Tarrou se preguntaba por qué Camps había entrado en el Orfeón en contra de sus intereses más evidentes y cuáles eran las razones profundas que le habían llevado a arriesgar la vida por los desfiles dominicales.

Tarrou parecía además haber sido favorablemente impresionado por una escena que se desarrollaba con frecuencia en el balcón que quedaba en frente de su ventana. Su cuarto daba a una pequeña calle trasversal donde había siempre gatos adormilados a la sombra de las tapias. Pero todos los días, después del almuerzo, a la hora en que la ciudad entera estaba adormecida por el calor, un viejecito aparecía en un balcón, del otro lado de la calle. El pelo blanco y bien peinado, derecho y severo en su traje de corte militar, llamaba a los gatos con un «minino, minino» dulce y distante a un tiempo. Los gatos levantaban sus ojos pálidos de sueño, sin decidirse a moverse. Él rompía pedacitos de papel sobre la calle y los animales, atraídos por esta lluvia de mariposas blancas, avanzaban hasta el centro de la calzada, alargando la pata titubeante hacia los últimos trozos de papel. El viejecito, entonces, escupía sobre los gatos con fuerza y precisión. Si uno de sus escupitajos daba en el blanco, reía.

En fin, Tarrou parecía haber sido definitivamente seducido por el carácter comercial de la ciudad, cuyo aspecto, animación e incluso placeres aparentaban ser regidos por las necesidades del negocio. Esta singularidad (es el término empleado en los apuntes) tenía la aprobación de Tarrou y una de sus observaciones elogiosas llegaba a terminarse con la exclamación: «¡Por fin!» Éstos son los únicos puntos en que las notas del viajero, pertenecientes a esta fecha, parecen adoptar carácter personal. Es difícil apreciar su significación y lo que pueda haber de serio en ellas. Así, después de haber relatado que el hallazgo de una rata muerta había llevado al cajero del hotel a cometer un error en su cuenta, Tarrou había añadido con una letra menos clara que de ordinario: «Pregunta: ¿qué hacer para no perder el tiempo? Respuesta: sentirlo en toda su lentitud. Medios: pasarse los días en la antesala de un dentista en una silla incómoda; vivir en el balcón el domingo por la tarde; oír conferencias en una lengua que no se conoce; escoger los itinerarios del tren más largos y menos cómodos y viajar de pie, naturalmente; hacer cola en las taquillas de los espectáculos y no sacar entrada, etc.» Pero inmediatamente después de estos juegos de lenguaje o de pensamiento, los apuntes comienzan una descripción detallada de los tranvías de nuestra ciudad, de su forma de barquichuelo, su color impreciso, su habitual suciedad y terminan estas consideraciones con un «es notable» que no explica nada.

He aquí, en todo caso, las indicaciones dadas por Tarrou sobre la historia de las ratas:

«Hoy el viejecito de enfrente está desconcertado. No hay gatos. Han desaparecido, en efecto, excitados por las ratas muertas que se descubren en gran número por las calles. En mi opinión, no se puede pensar que los gatos coman ratas muertas. Recuerdo que los míos las detestaban. Pero eso no impide que corran a los sótanos y que el viejecito esté desconcertado. Está menos bien peinado, menos vigoroso. Se le ve inquieto; después de estar un rato en el balcón se fue para adentro. Pero había escupido una vez en el vacío.

»En la ciudad hoy se detuvo un tranvía porque se descubrió en él una rata muerta, que había llegado allí no se sabe cómo. Dos o tres mujeres se apearon. Tiraron la rata. El tranvía partió.

»En el hotel, el guardián nocturno, que es un hombre digno de fe, me ha dicho que él está viendo venir alguna desgracia con todas estas ratas muertas. "Cuando las ratas dejan el barco..." Le respondí que eso era cierto en el caso de los barcos, pero que todavía no se había comprobado en las ciudades. Sin embargo, su convicción es firme. Le pregunté qué desgracia podía amenazarnos, según él. No sabía, la desgracia era imprevisible. Pero a él no le habría extrañado que se tratara de un temblor de tierra. Reconocí que eso era posible y me preguntó si no me inquietaba:

»—Lo único que me interesa —le dije— es encontrar la paz interior.

»Me comprendió perfectamente.

»En el comedor del hotel hay una familia muy interesante. El padre es un hombre alto, delgado, vestido de negro, con cuello duro. Tiene la cabeza calva en el centro y dos tufos de pelo gris a derecha e izquierda. Los ojillos redondos y duros, una nariz afilada y una boca horizontal le dan el aspecto de una lechuza bien educada. Llega siempre primero a la puerta del comedor, se aparta, deja pasar a su mujer, menuda como un ratoncito negro, y entonces entra, llevando detrás a un niño y a una niña vestidos como dos perros sabios. Una vez en la mesa, espera a que su mujer se coloque, se sienta él y los dos perritos de aguas pueden al fin subirse a sus sillas. Habla de usted a su mujer y a sus hijos, dedica corteses maldades a la primera y frases lapidarias a sus herederos.

»—Nicole, está usted mostrándose soberanamente antipática.

»Y la pequeña está a punto de llorar. Como es debido.

»Esta mañana el niño estaba muy excitado con la historia de las ratas. Quiso hablar de ello en la mesa.

»—No se habla de ratas en la mesa, Philippe. En adelante le prohíbo a usted pronunciar esa palabra.

»—Su padre tiene razón —dijo el ratoncito negro.

»Los dos perritos metieron la nariz en su pastel y la lechuza dio las gracias con una inclinación de cabeza que no decía gran cosa.

»A pesar de este buen ejemplo, se habla mucho de las ratas en la ciudad. El periódico se ocupa de ello. La crónica local, que de ordinario es muy variada, ahora queda ocupada toda entera por una campaña contra la municipalidad: "¿Se han dado cuenta nuestros ediles del peligro que pueden significar los cadáveres putrefactos de esos roedores?" El director del hotel ya no puede hablar de otra cosa. Pero es que está avergonzado. Descubrir ratas en el ascensor de un hotel honorable le parece inconcebible. Para consolarle le dije: "Pero a todo el mundo le pasa."

»—Justamente —me respondió—, ahora somos también nosotros como todo el mundo.

»Él ha sido quien me ha hablado de los primeros casos de esta fiebre extraña que empieza a inquietar a la gente. Una camarera la ha cogido.

»—Pero, seguramente, no es contagiosa —dijo en seguida, con apresuramiento.

»Yo le dije que me daba igual.

»—¡Ah! Ya veo. El señor es como yo. El señor es fatalista.

»Yo no había dicho nada que lo pareciese y además no soy fatalista. Le dije...»

A partir de ese momento los apuntes de Tarrou empiezan a hablar con algo más de detalle de esa fiebre desconocida que inquietaba ya a todos. Señalando que el viejecito, con la desaparición de las ratas había vuelto a encontrar sus gatos y rectificaba pacientemente el tiro, Tarrou añadía que se podía citar una decena de casos de esta fiebre, casi todos mortales.

A título de documento podemos, en fin, reproducir el retrato del doctor Rieux por Tarrou. A juicio del narrador, es muy fiel.

«Parece tener treinta y cinco años. Talla mediana. Espaldas anchas. Rostro casi rectangular. Los ojos oscuros y rectos, pero mandíbula prominente. La nariz, ancha, es correcta. El pelo negro, cortado muy corto. La boca arqueada, con los labios llenos y casi siempre cerrados. Tiene un poco el tipo de un campesino siciliano, con su piel curtida, su pelambre negra y sus trajes de tonos siempre oscuros, que le van bien.

»Anda de prisa. Baja las aceras sin cambiar el paso, pero de cuando en cuando sube a la acera opuesta dando un saltito. Es distraído manejando el coche y deja muchas veces las flechas de dirección levantadas, incluso después de haber dado vuelta. Siempre sin sombrero. Aires de hombre muy al tanto.»

Las cifras de Tarrou eran exactas. El doctor Rieux sabía algo de eso. Una vez aislado el cuerpo del portero, había telefoneado a Richard para consultarle sobre estas fiebres inguinales.

—Yo no lo comprendo —había dicho Richard—. Dos muertos. Uno en cuarenta y ocho horas, otro en tres días. Yo había dejado a uno de ellos por la mañana con todos los indicios de la convalecencia.

—Avíseme si tiene usted otros casos —dijo Rieux.

Llamó a algunos otros médicos. La encuesta le dio una veintena de casos semejantes en pocos días. Casi todos habían sido mortales. Pidió entonces a Richard, que era presidente del colegio de médicos de Orán, que decidiese el aislamiento de los nuevos enfermos.

—No puedo hacerlo —dijo Richard—. Harían falta medidas de la prefectura. Además, ¿quién le dice a usted que hay peligro de contagio?

—Nadie me lo dice, pero los síntomas son inquietantes.

Richard, sin embargo, creía que «él no tenía competencia». Todo lo que podía hacer era hablar al prefecto.

Pero mientras se hablaba se perdía el tiempo. Al día siguiente de la muerte del portero, grandes brumas cubrieron el cielo. Lluvias torrenciales y breves cayeron sobre la ciudad. Un calor tormentoso siguió a aquellos bruscos chaparrones. El mar incluso había perdido su azul profundo, y bajo el cielo brumoso tomaba reflejos de plata o de acero, dolorosos para la vista. El calor húmedo de la primavera hacía desear el ardor del verano. En la ciudad, construida en forma de caracol sobre la meseta, apenas abierta hacia el mar, una pesadez tibia reinaba. En medio de sus largos muros enjalbegados, por entre sus calles con escaparates polvorientos, en los tranvías de un amarillo sucio, se sentía uno como prisionero del cielo. Sólo el viejo enfermo de Rieux triunfaba de su asma para alegrarse de ese tiempo.

—Esto hierve —decía—, es bueno para los bronquios.

Hervía, en efecto, pero ni más ni menos que una fiebre. Toda la ciudad tenía fiebre. Ésta era, al menos, la impresión que perseguía al doctor Rieux la mañana en que iba hacia la calle Faidherbe para asistir a las diligencias sobre la tentativa de suicidio de Cottard. Pero esta impresión le parecía irrazonable. La atribuía a los nervios y a las preocupaciones de que estaba lleno y creía que necesitaba poner un poco de orden en sus ideas.

Cuando llegó, el comisario no estaba allí todavía. Grand esperaba en el rellano de la escalera y decidieron entrar antes en su casa, dejando la puerta abierta. El empleado del Ayuntamiento ocupaba dos habitaciones amuebladas muy sumariamente. Se observaba sólo un estante de madera blanca con dos o tres diccionarios y un encerado donde se podían leer, medio borradas, las palabras «avenidas floridas». Según Grand, Cottard había pasado bien la noche. Pero se había despertado por la mañana con dolor de cabeza e incapaz de la menor reacción. Grand parecía cansado y nervioso. Se paseaba de un lado para otro abriendo y cerrando sobre la mesa una gran carpeta llena de hojas manuscritas.

Contó al doctor que él conocía poco a Cottard, pero que le suponía un pequeño capital. Cottard era un hombre raro. Durante mucho tiempo sus relaciones se habían limitado a saludarse en la escalera.

—No he tenido más que dos conversaciones con él. Hace unos días se me cayó en el descansillo una caja de tizas que traía. Eran tizas rojas y azules. En ese momento salía Cottard y me ayudó a recogerlas. Me preguntó para qué eran esas tizas de diferentes colores.

Grand le había explicado entonces que estaba repasando un poco de latín. No había vuelto a estudiarlo desde el liceo.

—Sí —le dijo al doctor—, me han asegurado que es útil para conocer mejor el sentido de las palabras francesas.

Así pues, escribía las palabras latinas en el encerado. Copiaba con la tiza azul la parte de las palabras que cambia según las declinaciones y las conjugaciones y con la tiza roja la que no cambia nunca.

—No sé si Cottard comprendió bien, pero pareció interesarse y me pidió una tiza roja. Me sorprendió un poco, pero después de todo... Yo no podía adivinar que iba a servirle para su proyecto.

Rieux preguntó cuál había sido el tema de la segunda conversación. Pero en ese momento llegó el comisario acompañado de su secretario y quiso primero oír la declaración de Grand. El doctor observó que Grand, cuando hablaba de Cottard, le llamaba siempre «el desesperado». Incluso en un momento empleó la expresión «resolución fatal». Discutieron sobre el motivo del suicidio y Grand se mostró siempre escrupuloso en el empleo de los términos. Hubo que detenerse sobre las palabras «contrariedades íntimas». El comisario preguntó si no había habido nada en la actitud de Cottard que hiciese sospechar lo que él llamaba «su determinación».

—Ayer llamó a mi puerta —dijo Grand— para pedirme fósforos. Le di mi caja. Se excusó diciendo que entre vecinos... Después me aseguró que me devolvería la caja. Le dije que se quedase con ella.

El comisario preguntó al empleado si Cottard no le había parecido raro.

—Me pareció raro verlo como deseoso de entablar conversación. Pero yo estaba trabajando.

Grand se volvió hacia Rieux y añadió, con aire avergonzado:

—Un trabajo personal.

El comisario quiso ver al enfermo. Pero Rieux creyó mejor prepararle primero. Cuando entró en la habitación, Cottard, vestido solamente con un pijama de franela grisácea, estaba incorporado en la cama y vuelto hacia la puerta con expresión de ansiedad.

—Es la policía, ¿no?

—Sí —dijo Rieux—, no se agite usted. Dos o tres formalidades y lo dejarán en paz.

Pero Cottard respondió que era inútil, que él detestaba a la policía. Rieux dijo con impaciencia:

—Yo tampoco la adoro. Se trata de responder pronto y claro a sus preguntas para terminar de una vez.

Cottard se calló y el doctor fue hacia la puerta; pero el hombrecillo volvió a llamarlo y le cogió las manos cuando estuvo junto a la cama.

—No se le puede hacer nada a un enfermo, a un hombre que se ha ahorcado, ¿no es cierto, doctor?

Rieux lo consideró un momento y al fin le aseguró que no se trataba de nada de ese género y que, en todo caso, él estaba allí para proteger a su enfermo. Éste pareció tranquilizarse y Rieux hizo entrar al comisario.

Se le leyó a Cottard la declaración de Grand y se le preguntó si podía precisar los motivos de su acto. Respondió solamente, sin mirar al comisario, que «contrariedades íntimas era lo justo». El comisario le preguntó si tenía intención de repetirlo. Cottard se animó, respondió que no y que lo único que quería era que lo dejaran en paz.

—Tengo que hacerle notar —dijo el comisario en tono irritado— que por el momento es usted el que turba la paz de los demás.

Pero Rieux le hizo una seña y no pasó de allí.

—Figúrese —suspiró el comisario cuando salía—, tenemos otras cosas puestas a la lumbre desde que se habla de esto de la fiebre.

Preguntó al doctor si la cosa era seria y Rieux dijo que no lo sabía.

—Es el tiempo, eso es todo —dijo el comisario.

Era el tiempo, sin duda. Todo se ponía pegajoso a medida que avanzaba el día y Rieux sentía aumentar su aprensión a cada visita. La tarde de ese mismo día, en las afueras, un vecino del viejo enfermo se quejaba de las ingles y vomitaba en medio de su delirio. Los ganglios eran mucho más gruesos que los del portero. Uno de ellos comenzó a supurar y pronto se abrió como un fruto maligno. Cuando volvió a su casa, Rieux telefoneó al almacén de productos farmacéuticos de la localidad. Sus notas profesionales mencionan únicamente en esta fecha: «Respuesta negativa.» Y ya estaban llamándole de otros sitios para casos semejantes. Había que abrir los abscesos; era evidente. Dos tajos de bisturí en cruz y los ganglios arrojaban una materia mezclada de sangre. Los enfermos sangraban, descuartizados. Pero aparecían manchas en el vientre y en las piernas, un ganglio dejaba de supurar y después volvía a hincharse. La mayor parte de las veces el enfermo moría en medio de un olor espantoso.

La prensa, tan habladora en el asunto de las ratas, no decía nada. Porque las ratas mueren en la calle y los hombres en sus cuartos y los periódicos sólo se ocupan de la calle. Pero la prefectura y la municipalidad empezaron a preguntarse qué había que hacer. Mientras cada médico no tuvo conocimiento más que de dos o tres casos, nadie pensó en moverse. Al fin, bastó que a alguno se le ocurriese hacer la suma. La suma era aterradora. En unos cuantos días, los casos mortales se multiplicaron y se hizo evidente para los que se ocupaban de este mal curioso que se trataba de una verdadera epidemia. Éste fue el momento que escogió Castel, un colega de Rieux de mucha más edad que él, para ir a verle.

—Naturalmente —le dijo— usted sabe lo que es esto, Rieux.

—Espero el resultado de los análisis.

—Yo lo sé y no necesito análisis. He hecho parte de

mi carrera en China y he visto algunos casos en París, hace unos veintitantos años. Lo que pasa es que, por el momento, no se atreven a llamarlo por su nombre. La opinión pública es sagrada: nada de pánico, sobre todo nada de pánico. Y además, como decía un colega: «Es imposible, todo el mundo sabe que ha desaparecido de Occidente.» Sí, todo el mundo lo sabía, excepto los muertos. Vamos Rieux, usted sabe tan bien como yo lo que es.

Rieux reflexionaba. Por la ventana de su despacho miraba el borde pedregoso del acantilado que encerraba a lo lejos la bahía. El cielo, aunque azul, tenía un resplandor mortecino que se iba apagando a medida que avanzaba la tarde.

—Sí, Castel —dijo Rieux—, es casi increíble, pero parece que es la peste.

Castel se levantó y fue hacia la puerta.

—Ya sabe usted lo que van a respondernos —dijo el viejo doctor—: «Ha desaparecido de los países templados desde hace años.»

—¿Qué quiere decir desaparecer? —respondió Rieux alzando los hombros.

—Sí, y no olvide usted que todavía en París hace unos veinte años...

—Bueno. Esperemos que hoy no sea más grave que entonces. Pero es verdaderamente increíble.

La palabra «peste» acababa de ser pronunciada por primera vez. En este punto de la narración que deja a Bernard Rieux detrás de su ventana se permitirá al narrador que justifique la incertidumbre y la sorpresa del doctor puesto que, con pequeños matices, su reacción fue la misma que la de la mayor parte de nuestros conciudadanos. Las plagas, en efecto, son una cosa común, pero es difícil creer en las plagas cuando las ve uno caer sobre su cabeza. Ha habido en el mundo tantas pestes como guerra y, sin embargo, pestes y guerras cogen a las gentes siempre desprevenidas. El doctor Rieux estaba desprevenido como lo estaban nuestros conciudadanos y por esto hay que comprender sus dudas. Por esto hay que comprender también que se viera dividido entre la inquietud y la confianza. Cuando estalla una guerra, las gentes se dicen: «Esto no puede durar, es demasiado estúpido.» Y, sin duda, una guerra es evidentemente demasiado estúpida, pero eso no impide que dure. La estupidez insiste siempre, uno se daría cuenta de ello si no pensara siempre en sí mismo. Nuestros conciudadanos, a este respecto, eran como todo el mundo; pensaban en ellos mismos; dicho de otro modo, eran humanistas: no creían en las plagas. La plaga no está hecha a la medida del hombre, por tanto el hombre se dice que la plaga es irreal, es un mal sueño que tiene que pasar. Pero no siempre pasa, y de mal sueño en mal sueño son los hombres los que pasan, y los humanistas en primer lugar, porque no han tomado precauciones. Nuestros conciudadanos no eran más culpables que otros, se olvidaban de ser modestos, eso es todo, y pensaban que todavía todo era posible para ellos, lo cual daba por supuesto que las plagas eran imposibles. Continuaban haciendo negocios, planeando viajes y teniendo opiniones. ¿Cómo hubieran podido pensar en la peste, que suprime el porvenir, los desplazamientos y las discusiones? Se creían libres y nadie será libre mientras haya plagas.

Incluso después de haber reconocido el doctor Rieux delante de su amigo que un montón de enfermos dispersos por todas partes acababa de morir inesperadamente de la peste, el peligro seguía siendo irreal para él. Simplemente, cuando se es médico, se tiene formada una idea de lo que es el dolor y un poco más de imaginación. Mirando por la ventana su ciudad que no había cambiado, apenas si el doctor sentía nacer en él ese ligero descorazonamiento ante el porvenir que se llama inquietud. Procuraba reunir en su memoria todo lo que sabía sobre esta enfermedad. Ciertas cifras flotaban en su recuerdo y se decía que la treintena de grandes pestes que la historia ha conocido había causado cerca de cien millones de muertos. Pero ¿qué son cien millones de muertos? Cuando se ha hecho la guerra apenas sabe ya nadie lo que es un muerto. Y además, un hombre muerto solamente tiene peso cuando le ha visto uno muerto; cien millones de cadáveres sembrados a través de la historia no son más que humo en la imaginación. El doctor recordaba la peste de Constantinopla, que, según Procopio, había causado diez mil víctimas en un día. Diez mil muertos son cinco veces el público de un cine grande. Esto es lo que habría que hacer. Reunir a las gentes a la salida de cinco cines, conducirlas a una plaza de la ciudad y hacerlas morir en montón para ver las cosas claras. Por lo menos entonces se podrían poner caras conocidas sobre ese amontonamiento anónimo. Pero, naturalmente, esto es imposible de realizar y, además, ¿quién conoce diez mil caras? Por lo demás, esas gentes como Procopio no sabían contar; es cosa sabida. En Cantón, hacía setenta años, cuarenta mil ratas murieron de la peste antes de que la plaga se interesase por los habitantes. Pero en 1871 no había manera de contar las ratas. Se hizo un cálculo aproximado, con probabilidades de error. Y, sin embargo, si una rata tiene treinta centímetros de largo, cuarenta mil ratas puestas una detrás de otra harían...

Pero el doctor se impacientaba. Era preciso no abandonarse a estas cosas. Unos cuantos casos no hacen una epidemia, bastaría tomar precauciones. Había que atenerse a lo que se sabía, el entorpecimiento, la postración, los ojos enrojecidos, la boca sucia, los dolores de cabeza, los bubones, la sed terrible, el delirio, las manchas en el cuerpo, el desgarramiento interior y al final de todo eso... Al final de todo eso, una frase le venía a la cabeza, una frase con la que terminaba en su manual la enumeración de los síntomas. «El pulso se hace filiforme y la muerte acaece por cualquier movimiento insignificante.» Sí, al final de todo esto se estaba como pendiente de un hilo y las tres cuartas partes de la gente, tal era la cifra exacta, eran lo bastante impacientes para hacer ese movimiento que las precipitaba.

El doctor seguía mirando por la ventana. De un lado del cristal el fresco cielo de la primavera y del otro lado la palabra que todavía resonaba en la habitación: la peste. La palabra no contenía sólo lo que la ciencia quería poner en ella, sino una larga serie de imágenes extraordinarias que no concordaban con esta ciudad amarilla y gris, moderadamente animada a aquella hora, más zumbadora que ruidosa; feliz, en suma, si es posible que algo sea feliz y apagado. Una tranquilidad tan pacífica y tan indiferente negaba casi sin esfuerzo las antiguas imágenes de la plaga: Atenas apestada y abandonada por los pájaros, las ciudades chinas cuajadas de agonizantes silenciosos, los presidiarios de Marsella apilando en los hoyos los cuerpos que caían, la construcción en Provenza del gran muro que debía detener el viento furioso de la peste, Jaffa y sus odiosos mendigos, los lechos húmedos y podridos pegados a la tierra removida del hospital de Constantinopla, los enfermos sacados con ganchos, el carnaval de los médicos enmascarados durante la peste negra, las cópulas de los vivos en los cementerios de Milán, las carretas de muertos en el Londres aterrado, y las noches y días henchidos siempre y por todas partes del grito interminable de los hombres. No, todo esto no era todavía suficientemente fuerte para matar la paz de ese día. Del otro lado del cristal el timbre de un tranvía invisible resonaba de pronto y refutaba en un segundo la crueldad del dolor. Sólo el mar, al final del mortecino marco de las casas, atestiguaba todo lo que hay de inquietante y sin posible reposo en el mundo. Y el doctor Rieux, que miraba el golfo, pensaba en aquellas piras, de que habla Lucrecio, que los atenienses golpeados por la enfermedad levantaban delante del mar. A ellas llevaban durante la noche a los muertos, pero faltaba sitio y los vivos luchaban a golpes con las antorchas para depositar en las piras a los que les habían sido queridos, sosteniendo batallas sangrientas antes de abandonar los cadáveres. Se podía imaginar las hogueras enrojecidas ante el agua tranquila y sombría, los combates de antorchas en medio de la noche crepitante de centellas y de espesos vapores ponzoñosos subiendo hacia el cielo expectante. Se podía temer...

Pero este vértigo no se sostenía ante la razón. Era cierto que la palabra «peste» había sido pronunciada, era cierto que en aquel mismo minuto la plaga sacudía y arrojaba por tierra a una o dos víctimas. Pero ¿y qué?, podía detenerse. Lo que había que hacer era reconocer claramente lo que debía ser reconocido, espantar al fin las sombras inútiles y tomar las medidas convenientes. En seguida la peste se detendría, porque la peste o no se la imagina o se la imagina falsamente. Si se detuviese, y esto era lo más probable, todo iría bien. En el caso contrario se sabía lo que era y, si no había medio de arreglarse para vencerla primero, se la vencería después.

El doctor abrió la ventana y el ruido de la ciudad se agigantó de pronto. De un taller vecino subía el silbido seco e insistente de una sierra mecánica. Rieux espantó todas estas ideas. Allí estaba lo cierto, en el trabajo de todos los días. El resto estaba pendiente de hilos y movimientos insignificantes, no había que detenerse en ello. Lo esencial era hacer uno bien su oficio.

El doctor Rieux estaba en este punto de sus reflexiones cuando le anunciaron a Joseph Grand. Siendo empleado del ayuntamiento, aunque desempeñara tareas muy diversas, se le ocupaba periódicamente en el servicio de estadísticas del registro civil. De este modo se había visto abocado a hacer las sumas de las defunciones y, de natural servicial, había accedido a llevar una copia de sus resultados a casa de Rieux.

El doctor vio entrar a Grand con su vecino Cottard. El empleado blandió una hoja de papel.

—Las cifras suben, doctor —anunció—: once muertos en cuarenta y ocho horas.

Rieux saludó a Cottard y le preguntó cómo se encontraba. Grand explicó que Cottard había insistido en venir a dar las gracias al doctor y a excusarse por las molestias que le había ocasionado. Pero Rieux miraba la hoja de la estadística.

—Bueno —dijo Rieux—, es posible que haya que decidirse a llamar a esta enfermedad por su nombre. Hasta el presente hemos estado dándole vueltas. Pero vengan ustedes conmigo, tengo que ir al laboratorio.

—Sí, sí —dijo Grand bajando la escalera detrás del doctor—. Hay que llamar a las cosas por su nombre, pero ¿cuál es su nombre?

—No puedo decírselo, y, por otra parte, no le serviría de nada saberlo.

—Ya ve usted —sonrió el empleado—, no es tan fácil.

Se dirigieron a la plaza de armas. Cottard iba callado. Las calles empezaban a llenarse de gente. El crepúsculo fugitivo de nuestro país retrocedía ya ante la noche y las primeras estrellas aparecían en el horizonte, todavía neto. Unos segundos más tarde, las luces en lo alto de las calles oscurecieron todo el cielo al encenderse, y el ruido de las conversaciones pareció subir de tono.

—Perdóneme —dijo Grand al llegar al ángulo de la plaza—, pero tengo que tomar el tranvía. Mis noches son sagradas. Como dicen en mi tierra: «No hay que dejar para mañana...»

Rieux había notado cierta manía que tenía Grand, nacido en Montélimar, de invocar las locuciones de su región y añadirles fórmulas triviales que no eran de ningún sitio, como «un tiempo de ensueño» o «un alumbrado mágico».

—¡Ah! —dijo Cottard—, es verdad. No se le puede sacar de su casa después de la cena.

Rieux preguntó a Grand si trabajaba para el Ayuntamiento. Grand respondió que no: trabajaba para sí mismo.

—¡Ah! —dijo Rieux, por hablar—, y ¿avanza mucho?

—Después de los años que hace que trabajo en ello, forzosamente. Aunque en cierto sentido no hay gran progreso.

—Pero, en resumen, ¿de qué se trata? —dijo el doctor parándose.

Grand farfulló algo, ajustándose el sombrero redondo sobre sus grandes orejas. Y Rieux comprendió muy vagamente que se trataba de algo sobre el desarrollo de una personalidad. Pero el empleado los tenía que dejar ya y tomó el bulevar de la Marne, bajo las moreras, con un pasito apresurado. En la puerta del laboratorio, Cottard dijo al doctor que quería hablar con él para pedirle un consejo. Rieux, que no dejaba de tocar en su bolsillo la hoja de las estadísticas, le invitó a ir a su consultorio más tarde. Luego, cambiando de opinión, le dijo que él tenía que ir al día siguiente a su barrio y que pasaría por su casa a la tarde.

Cuando dejó a Cottard, el doctor se dio cuenta de que seguía pensando en Grand. Lo imaginaba en medio de una peste, y no de aquélla, que sin duda no iba a ser seria, sino en medio de una de las grandes pestes de la historia. «Es del género de hombres que se salvan en estos casos.» Se acordaba de haber leído que la peste respetaba las constituciones débiles y destruía sobre todo las vigorosas. Y al seguir pensando en ello, el doctor llegó a la conclusión de que en el empleado había un cierto aire de misterio.

A primera vista, en efecto, Joseph Grand no era más que el humilde empleado de ayuntamiento que su aspecto delataba. Alto y flaco, flotaba en sus trajes, que escogía siempre demasiado grandes, haciéndose la ilusión de que así le durarían más. Conservaba todavía la mayor parte de los dientes de la encía inferior, pero, en cambio, había perdido todos los superiores. Su sonrisa, que le levantaba sobre todo el labio de arriba, hacía enseñar una boca llena de sombra. Si se añade a este retrato un modo de andar de seminarista, un arte especial de rozar los muros y de deslizarse por entre las puertas, un olor a sótano y a humo, con todas las señas de la insignificancia, se reconocerá que sólo se le podía imaginar delante de una mesa de escritorio, aplicado a revisar las tarifas de las casas de baños de la ciudad, o a reunir para algún joven escribiente los elementos de un informe concerniente a la nueva ley sobre la recogida de las basuras caseras. Hasta para un espíritu poco advertido tenía el aire de haber sido puesto en el mundo para ejercer las funciones discretas pero indispensables del auxiliar municipal temporal, con sesenta y dos francos y treinta céntimos al día.

Esto era en efecto lo que declaraba en el formulario de empleo a continuación de la palabra «categoría». Cuando veintidós años antes había obtenido una licenciatura que por falta de dinero no había podido seguir, había aceptado este empleo que, según le habían prometido, decía, no tardaría en hacerle «entrar en plantilla». Se trataba solamente de dar durante un cierto tiempo pruebas de su competencia en las cuestiones delicadas que planteaba la administración de nuestra ciudad. En resumen, esto es lo que le habían asegurado, no podía menos de llegar a un puesto de escribiente que le permitiese vivir con holgura. Ciertamente, no era la ambición lo que impulsaba a obrar a Joseph Grand. Él lo afirmaba con una sonrisa melancólica. Pero la perspectiva de una vida material asegurada por medios honestos y, en consecuencia, la posibilidad de entregarse sin remordimiento a sus ocupaciones favoritas, le atraía mucho. Si había aceptado la oferta que se le había hecho, había sido por razones honorables y, permítase decirlo, por fidelidad a un ideal.

Hacía muchos años que este estado de cosas provisional duraba, la vida había subido en proporciones desmesuradas y el sueldo de Grand, a pesar de algunos aumentos generales, era todavía irrisorio. Se había quejado a Rieux alguna vez, pero nadie se daba por aludido. Y aquí estriba la originalidad de Grand o por lo menos uno de sus rasgos. Hubiera podido hacer valer, si no sus derechos, de los cuales no estaba muy cierto, por lo menos las seguridades que le habían dado. Pero, primeramente, el jefe del negociado que le había dado el empleo había muerto hacía tiempo y él, por lo demás, tampoco recordaba los términos exactos de la promesa que le había sido hecha. En fin, y sobre todo, Joseph Grand no encontraba las palabras adecuadas.

Esta particularidad era lo que retrataba mejor a nuestro conciudadano, como Rieux pudo observar. Esta particularidad era, en efecto, la que le impedía escribir la carta de reclamación que estaba siempre meditando o hacer la gestión que las circunstancias exigían. Según él, sentía un particular escrúpulo de emplear la palabra «derecho», de la cual no estaba muy seguro, y la palabra «promesas», que parecía significar que él reclamaba lo que se le debía y, en consecuencia, revestía un carácter de atrevimiento poco compatible con la modestia de las funciones que desempeñaba. Por otra parte, se negaba a usar los términos «benevolencia», «solicitar», «gratitud», porque no los estimaba compatibles con su dignidad personal. Así pues, por no encontrar la palabra justa, nuestro conciudadano había continuado ejerciendo sus oscuras funciones hasta una edad bastante avanzada. Por lo demás, y siempre, según decía al doctor Rieux, con la práctica se había dado cuenta de que su vida material estaba asegurada, puesto que no tenía más que adaptar sus necesidades a sus recursos. En vista de esto reconocía la justeza de una de las frases favoritas del alcalde, poderoso industrial de nuestra ciudad, el cual afirmaba con energía que, en fin de cuentas (insistiendo en esta palabra que era la que soportaba todo el peso del argumento), nunca se había visto a nadie morir de hambre. En todo caso, la vida casi ascética que llevaba Joseph Grand le había liberado, en fin de cuentas, en efecto, de toda preocupación de este orden. Así, pues, seguía buscando sus palabras.

En cierto sentido, se puede decir que su vida era ejemplar. Era uno de esos hombres, tan escasos en nuestra ciudad como en cualquier otra, a los que no les falta nunca el valor para tener buenos sentimientos. Lo poco que manifestaba de sí mismo atestiguaba, en efecto, una capacidad de bondad y de adhesión que poca gente se atreve a confesar hoy día. No se avergonzaba de declarar que quería mucho a sus sobrinos y a su hermana, únicos parientes que conservaba y a quienes iba a visitar a Francia cada dos años. Reconocía que el recuerdo de sus padres, muertos cuando él era todavía muy joven, le entristecía. No se negaba a admitir que adoraba sobremanera cierta campana de su barrio que sonaba quedamente a eso de las cinco de la tarde. Pero para evocar estas emociones tan simples cada palabra le costaba un trabajo infinito. Finalmente, esta dificultad había constituido su mayor preocupación. «¡Ah!, doctor —decía—, quisiera aprender a expresarme.» Hablaba de esto a Rieux cada vez que lo encontraba.

El doctor, aquella tarde, al verle marchar, comprendió de pronto lo que Grand había querido decir: debía de estar escribiendo un libro o algo parecido. Ya en el laboratorio, todo esto tranquilizaba a Rieux. Sabía que esta impresión era estúpida, pero no alcanzaba a creer que la peste pudiera instalarse verdaderamente en una ciudad donde podía haber funcionarios modestos que cultivaban manías honorables. Más exactamente, no podía imaginar el lugar que ocuparían esas manías en medio de la peste y por lo tanto le parecía que, prácticamente, la peste no tenía porvenir entre nuestros conciudadanos.

Al día siguiente, gracias a una insistencia que todos consideraban fuera de lugar, Rieux obtuvo de la prefectura que se convocase una comisión sanitaria.

—Es cierto que la población se inquieta —había reconocido Richard—. Además, las habladurías lo exageran todo. El prefecto me ha dicho: «Obremos rápido, pero en silencio.» Por otra parte, está persuadido de que es una falsa alarma.

Bernard Rieux recogió a Castel con su coche para ir a la prefectura.

—¿Sabe usted —le dijo este último— que el departamento no tiene suero?

—Ya lo sé. He telefoneado al almacén. El director ha caído de las nubes. Hay que hacerlo traer de París.

—Espero que no tarde mucho.

—Ya he telegrafiado —respondió Rieux.

El prefecto estuvo amable, pero nervioso.

—Comencemos por el principio, señores —dijo—. ¿Debo resumir la situación?

Richard creía que esto no era necesario. Los médicos conocían la situación. La cuestión era solamente saber las medidas que había que tomar.

—La cuestión —dijo brutalmente el viejo Castel— es saber si se trata o no de la peste.

Dos o tres médicos lanzaron exclamaciones. Los otros

parecieron dudar. En cuanto al prefecto, se sobresaltó y se volvió maquinalmente hacia la puerta como para comprobar si sus hojas habían impedido que esta enormidad se difundiera por los pasillos. Richard declaró que, en su opinión, no había que ceder al pánico; se trataba de una fiebre con complicaciones inguinales, esto era todo lo que podía decir; las hipótesis, en la ciencia como en la vida, son siempre peligrosas. El viejo doctor Castel, que se mordisqueaba tranquilamente el bigote amarillento, levantó hacia Rieux sus ojos claros. Después, paseando una mirada benévola sobre los asistentes, hizo notar que él sabía bien que era peste, pero que, en verdad, reconocerlo oficialmente obligaría a tomar medidas implacables. Sabía que era esto, en el fondo, lo que hacía retroceder a sus colegas y, en consecuencia, bien quisiera admitir, para que estuvieran tranquilos, que no fuera la peste. El prefecto, agitado, declaró que en todo caso ésa no era una manera de razonar.

—Lo importante —dijo Castel— no es que esta manera de razonar sea o no buena, lo importante es que obligue a reflexionar.

Como Rieux callaba, le preguntaron su opinión.

—Se trata de una fiebre de carácter tiroideo, pero acompañada de bubones y de vómitos. Yo he sajado bubones y he podido verificar análisis en los que el laboratorio cree reconocer el microbio rechoncho de la peste. Para ser exacto, hay que añadir, sin embargo, que ciertas modificaciones específicas del microbio no coinciden con la descripción clásica.

Richard subrayó que esto autorizaba las dudas y que había que esperar por lo menos el resultado estadístico de la serie de análisis comenzada hacía algunos días.

—Cuando un microbio —dijo Rieux después de un corto silencio— es capaz en tres días de cuadruplicar el volumen del bazo, de dar a los ganglios mesentéricos el volumen de una naranja y la consistencia de la papilla, no creo que haya lugar a dudas. Los focos de infección son cada vez más amplios. A la velocidad con que se extiende, y si no se la detiene, la enfermedad amenaza con matar a la mitad de la población antes de dos meses. Por consiguiente, importa poco cómo la llamen, si peste o fiebre de crecimiento. Lo único que importa es que le impidan matar a la mitad de la población.

Richard creía que no había que ver las cosas demasiado negras y que el contagio, por otra parte, no estaba comprobado, puesto que los parientes de sus enfermos estaban aún indemnes.

—Pero otros han muerto —hizo observar Rieux—. Y es sabido que el contagio no es nunca absoluto, pues si lo fuera tendríamos una multiplicación matemática infinita y un despoblamiento fulminante. No se trata de ver negras las cosas. Se trata de tomar precauciones.

Richard, con todo, creía resumir la situación haciendo notar que para detener esta enfermedad, si no se detenía por sí misma, había que aplicar las graves medidas de profilaxis previstas por la ley; que para hacer esto habría que reconocer oficialmente que se trataba de la peste; que la certeza no era absoluta todavía y que, en consecuencia, ello exigía reflexión.

—La cuestión —insistió Rieux— no es saber si las medidas previstas por la ley son graves, sino si son necesarias para impedir que muera la mitad de la población. El resto es asunto de la administración, y justamente nuestras instituciones han previsto un prefecto para arreglar esas cosas.

—Sin duda —dijo el prefecto—, pero yo necesito que reconozcan oficialmente que se trata de una epidemia de peste.

—Si no lo reconocemos —dijo Rieux—, nos exponemos a que mate a la mitad de la población.

Richard intervino con cierta nerviosidad.

—La verdad es que nuestro colega cree en la peste. Su descripción del síndrome lo prueba.

Rieux respondió que él no había descrito un síndrome; había descrito lo que había visto. Y lo que había visto eran los bubones, las manchas, las fiebres delirantes, fatales en cuarenta y ocho horas. ¿Se atrevía acaso el señor Richard a tomar la responsabilidad de afirmar que la epidemia iba a detenerse sin medidas profilácticas rigurosas?

Richard titubeó y miró a Rieux.

—Sinceramente, dígame usted lo que piensa. ¿Tiene usted la seguridad de que se trata de la peste?

—Plantea usted mal el problema. No es una cuestión de vocabulario: es una cuestión de tiempo.

—Su opinión —dijo el prefecto— sería entonces que, incluso si no se tratase de la peste, las medidas profilácticas indicadas en tiempo de peste se deberían aplicar.

—Si es absolutamente necesario que yo tenga una opinión, en efecto, ésa es.

Los médicos se consultaron unos a otros y Richard acabó por decir:

—Entonces es necesario que tomemos la responsabilidad de obrar como si la enfermedad fuera una peste.

La fórmula fue calurosamente aprobada.

—¿Es también ésta su opinión, querido colega? —preguntó Richard.

—La fórmula me es indiferente —dijo Rieux—. Digamos solamente que no debemos obrar como si la mitad de la población no estuviese amenazada de muerte, porque entonces lo estará.

En medio de la irritación general, Rieux se fue. Poco después, en el arrabal que olía a frituras y a orines, le imploraba una mujer, gritando como el perro que aúlla a la muerte, con las ingles ensangrentadas.

Al día siguiente de la reunión, la fiebre volvió a dar un pequeño salto. Llegó a aparecer en los periódicos, pero bajo una forma benigna, puesto que se contentaron con hacer algunas alusiones. En todo caso, al otro día Rieux pudo leer pequeños carteles blancos que la prefectura había hecho pegar rápidamente en las esquinas más discretas de la ciudad. Era difícil tomar este anuncio como prueba de que las autoridades miraban la situación cara a cara. Las medidas no eran draconianas y parecían haber sacrificado mucho al deseo de no inquietar a la opinión pública. El exordio anunciaba, en efecto, que unos cuantos casos de cierta fiebre maligna, de la que todavía no se podía decir si era contagiosa, habían hecho su aparición en la ciudad de Orán. Estos casos no eran aún bastante característicos para resultar realmente alarmantes y nadie dudaba que la población sabría conservar su sangre fría. Sin embargo, y con un propósito de prudencia que debía ser comprendido por todo el mundo, el prefecto tomaba algunas medidas preventivas. Comprendidas y aplicadas como era debido, bastarían para cortar en seco cualquier amenaza de epidemia. En consecuencia, el prefecto no dudaba un instante de que el vecindario aportaría la más diligente de sus colaboraciones a su esfuerzo personal.

El cartel anunciaba después medidas de conjunto, entre ellas una desratización científica por inyección de gases tóxicos en las alcantarillas y una vigilancia estrecha de los alimentos en contacto con el agua. Recomendaba a los habitantes la limpieza más extremada e invitaba, en fin, a los que tuvieran pulgas a presentarse en los dispensarios municipales. Además, las familias tenían la obligación de declarar los casos diagnosticados por el médico y consentir que sus enfermos fueran aislados en las salas especiales del hospital. Estas salas, por otra parte, estaban equipadas para cuidar a los enfermos en un mínimo de tiempo posible y con el máximo de probabilidades de curación. Algunos artículos complementarios sometían a desinfección obligatoria el cuarto del enfermo y el vehículo de transporte. En cuanto al resto, se limitaban a recomendar a los que rodeaban al enfermo que se sometieran a una vigilancia sanitaria.

El doctor Rieux se volvió bruscamente después de leer el cartel y siguió hacia su despacho. Joseph Grand, que lo esperaba, levantó otra vez los brazos al verle entrar.

—Sí —dijo Rieux—, ya sé, las cifras suben.

La víspera, una docena de enfermos había sucumbido en la ciudad. El doctor dijo a Grand que le vería probablemente por la tarde porque iba a hacer una visita a Cottard.

—Bien hecho —dijo Grand—; le hará usted mucho bien porque lo encuentro cambiado.

—¿En qué?

—Se ha vuelto muy cortés.

—¿Antes no lo era?

Grand titubeó. No podía decir que Cottard fuera descortés, la expresión no sería justa. Era un hombre reconcentrado y silencioso que tenía un poco el aire del jabalí. Su cuarto, la frecuentación de un restaurante modesto y algunas salidas bastante misteriosas: eso era toda la vida de Cottard. Oficialmente, era representante de vinos y licores. De tarde en tarde recibía la visita de dos o tres hombres que debían ser unos clientes. Por la noche, algunas veces iba al cine que estaba enfrente de su casa. El empleado había notado incluso que Cottard parecía tener preferencias por los filmes de gángsteres. En toda circunstancia el representante era siempre solitario y desconfiado.

Todo esto, según Grand, había cambiado mucho.

—No sé cómo decir, pero tengo la impresión, sabe usted, de que procura ganarse a las personas, de que quiere que estén de su parte. Me habla frecuentemente, me invita a salir con él y yo no sé a veces negarme. Por otra parte, él me interesa y, sobre todo, le he salvado la vida.

Después de su tentativa de suicidio, Cottard no había vuelto a recibir visitas. En la calle, con los proveedores, procuraba hacerse simpático. Nadie había puesto tanta suavidad en hablar a los tenderos, tanto interés en escuchar a los vendedores de tabaco.

—Esa vendedora de tabaco —decía Grand— es una víbora. Se lo he dicho a Cottard y me ha respondido que estoy en un error, que tiene buenas cualidades que es preciso saber encontrarle.

Dos o tres veces, en fin, Cottard había llevado a Grand a restaurantes y cafés lujosos de la ciudad. Él se había dedicado a frecuentarlos.

—Se está bien aquí —decía—, y además se está en buena compañía.

Grand había notado las atenciones especiales del personal para con el representante y había comprendido la razón observando las propinas excesivas que aquél dejaba. Cottard parecía muy sensible a las amabilidades con que le pagaban. Un día en que el encargado le había acompañado a la puerta y ayudado a ponerse el abrigo, Cottard había dicho a Grand:

—Es un buen muchacho, podría ser testigo.

—¿Testigo de qué?

Cottard había titubeado.

—¡En fin!, de que yo no soy una mala persona.

Por otra parte, tenía ataques de mal humor. Un día en que el tendero se había mostrado menos amable, había vuelto a su casa en un estado de furor desmedido.

—Está con los otros, ese canalla —repetía.

—¿Qué otros?

—Todos los otros.

Grand había asistido incluso a una escena curiosa con la vendedora de tabaco. En medio de una conversación, ésta había hablado de una detención reciente que había hecho mucho ruido en Argel. Se trataba de un joven empleado que había matado a un árabe en una playa.

—Si metieran en la cárcel a toda esa chusma —había dicho la vendedora—, la gente decente respiraría.

Pero había tenido que interrumpirse en vista de la agitación súbita de Cottard, que se había echado a la calle sin decir una palabra. Grand y la vendedora se habían quedado boquiabiertos.

Todavía podía Grand señalar a Rieux otros cambios en el carácter de Cottard. Este último había sido siempre de opiniones muy liberales. Su frase favorita: «Los grandes se comen siempre a los pequeños», lo probaba. Pero desde hacía cierto tiempo no compraba más que el periódico moderado de Orán y era inevitable sospechar que incluso ponía cierta ostentación en leerlo en los sitios públicos. Igualmente, días después de levantarse, viendo que Grand iba al correo le rogó que le pusiera un giro de cien francos que enviaba todos los meses a una hermana que vivía lejos. Pero en el momento en que Grand salía le dijo:

—Envíele doscientos francos, será una sorpresa agradable. Siempre cree que yo no pienso jamás en ella, pero la verdad es que la quiero mucho.

En fin, un día había tenido con Grand una conversación curiosa. Grand se había visto obligado a responder a las preguntas de Cottard, que estaba intrigado por el trabajo a que él se dedicaba por las noches.

—Bueno —le había dicho Cottard—, usted hace un libro.

—Un libro, si usted quiere, pero ¡la cosa es más complicada!

—¡Ah! —había exclamado Cottard—, bien quisiera yo hacer otro tanto.

Grand había mostrado sorpresa y Cottard había balbuceado que ser artista debía de solucionar muchas cosas.

—¿Por qué? —había preguntado Grand.

—Bueno, pues porque un artista tiene más derechos, eso todo el mundo lo sabe. Se le toleran muchas cosas.

—Vamos —dijo Rieux a Grand (era la mañana en que habían aparecido los carteles)—, la historia de las ratas le ha trastornado como a tantos otros. O acaso tiene miedo de la fiebre.

—No lo creo, doctor —respondió Grand—, y si quiere usted saber mi opinión...

El coche de la desratización pasó bajo la ventana con un ruido de escape atronador. Rieux esperó que fuera posible hacerse oir y después le preguntó su opinión distraídamente. El otro lo miró con seriedad.

—Es un hombre que tiene algo que reprocharse.

El doctor levantó los hombros. Como decía el comisario, eran otras las cosas que estaban puestas a la lumbre.

Después de almorzar, Rieux habló con Castel; los sueros no llegaban.

—Por otra parte —preguntaba Rieux—, ¿podrían servirnos? Este bacilo es extraño.

—¡Oh! —dijo Castel—, no soy de su opinión. Estos animales tienen siempre un aspecto original. Pero en el fondo todos son iguales.

—Por lo menos, usted lo supone. El caso es que no sabemos nada de estas cosas.

—Evidentemente, yo lo supongo. Pero el mundo está en lo mismo.

Durante todo el día el doctor siguió sintiendo aquella especie de vértigo que le acometía cada vez que pensaba en la peste. Acabó por reconocer que tenía miedo. Entró dos veces en los cafés que estaban más llenos de gente. Él también, como Cottard, sentía necesidad de calor humano. Esto a Rieux le parecía estúpido, pero le llevó a recordar que le había prometido una visita.

Por la tarde, el doctor encontró a Cottard ante la mesa del comedor. Cuando entró, vio sobre la mesa una novela policiaca abierta. Pero la noche estaba cayendo y, en verdad, debía de ser difícil leer en la oscuridad creciente. Cottard probablemente había estado un rato antes sentado en la penumbra, reflexionando. Rieux le preguntó cómo iba. Cottard refunfuñó que iba bien y que iría mejor si pudiera estar seguro de que nadie se ocupaba de él. Rieux le hizo comprender que nadie podía estar siempre solo.

—¡Oh!, no digo eso. Me refiero a las gentes que se ocupan en traerle a uno contrariedades.

Rieux seguía callado.

—No es ése mi caso, créame usted, pero estaba leyendo esa novela. Ahí tiene usted a un desgraciado a quien detienen, de pronto, una mañana. Estaban ocupándose de él y él no lo sabía. Estaban hablando de él en los despachos, escribiendo su nombre en fichas. ¿Cree usted que eso es justo? ¿Cree usted que hay derecho a hacerle eso a un hombre?

—Eso depende —dijo Rieux—. En cierto sentido, evidentemente no hay derecho. Pero todo eso es secundario. Lo que no hay que hacer es pasar demasiado tiempo encerrado. Es necesario que salga usted.

Cottard pareció irritarse, dijo que no hacía otra cosa y que, si hiciera falta, todo el barrio podía declararlo. Hasta fuera del barrio no le faltaban relaciones.

—¿Conoce usted al señor Rigaud, el arquitecto? Es uno de mis amigos.

La oscuridad se espesaba en el cuarto. La calle del arrabal se animaba y una exclamación sorda de satisfacción saludó en el exterior el instante en que se encendieron las luces. Rieux fue al balcón y Cottard le siguió. Por todos los barrios de los alrededores, como todas las tardes en nuestra ciudad, una ligera brisa traía rumores, olores de carne asada, y el bordoneo alegre de la libertad que henchía la calle, invadida por una juventud ruidosa. Por la noche los largos aullidos de los barcos invisibles, el murmullo que subía del mar y de la multitud que pasaba, esa hora que Rieux conocía tan bien, y que antes tanto adoraba, le parecía ahora deprimente a causa de todo lo que sabía.

—¿Podemos encender? —dijo a Cottard.

Una vez hecha la luz, el hombrecillo lo miró guiñando los ojos.

—Dígame, doctor, si yo cayese enfermo, ¿podría usted tenerme en su sección del hospital?

—¿Por qué no?

Cottard le preguntó entonces si alguna vez habían detenido a alguien en una clínica o en un hospital.

Rieux respondió que alguna vez había sucedido, pero que todo dependía del estado del enfermo.

—Yo —dijo Cottard— tengo confianza en usted.

Después le preguntó al doctor si quería llevarlo a la ciudad en su coche.

En el centro, las calles estaban ya menos concurridas y las luces eran más escasas. Los niños jugaban delante de las puertas. Cottard le pidió que parase cuando llegaban frente a uno de esos grupos de niños. Estaban jugando al tejo, dando gritos. Pero uno de ellos, de pelo negro engomado, con la raya perfecta y la cara sucia, se puso a mirar a Rieux con sus ojos claros e intimidadores. El doctor miró para otro lado. Cottard, ya en la acera, le estrechó la mano. Hablaba con una voz ronca y dificultosa. Dos o tres veces miró detrás de sí.

—Las gentes hablan de epidemia, ¿será eso cierto, doctor?

—Las gentes siempre están hablando, es natural —dijo Rieux.

—Tiene usted razón. Y además, si hay una docena de muertes, eso ya es el fin del mundo. Pero no es eso lo que nos hace falta.

El motor roncaba ya. Rieux tenía la mano en el cambio de marcha. Pero miró otra vez al niño que no había dejado de observarle con su aire grave y tranquilo. Y de pronto, sin transición, el niño sonrió abiertamente.

—¿Qué es lo que nos haría falta? —preguntó el doctor sonriendo al niño.

Cottard se agarró de pronto a la portezuela y gritó con una voz llena de lágrimas y de furor:

—Un terremoto. ¡Pero uno de veras!

No hubo terremoto y el día siguiente pasó para Rieux entre idas y venidas a los cuatros extremos de la ciudad, en conversaciones con las familias de los enfermos, en discusiones con los enfermos mismos. Rieux no había encontrado nunca su oficio tan pesado. Hasta entonces los enfermos le habían facilitado su cometido; se habían entregado a él. Ahora, por primera vez, el doctor los sentía reticentes, refugiados en el fondo de su enfermedad, con una especie de asombro desconfiado. Era una lucha a la que no estaba acostumbrado. Y ya cerca de las diez de la noche, después de parar el coche delante de la casa del viejo asmático que era el último que visitaba, Rieux no tenía fuerzas para arrancarse del asiento. Se quedaba mirando la calle sombría y las estrellas que aparecían y desaparecían en el cielo negro.

El viejo asmático estaba incorporado en la cama. Parecía respirar mejor y contaba los garbanzos que hacía pasar de una cazuela a otra. Recibió al doctor con cara de satisfacción.

—Entonces, doctor, ¿es el cólera?

—¿De dónde ha sacado usted eso?

—Del periódico, y la radio también lo ha dicho.

—Pues no, no es el cólera.

—En todo caso —dijo el viejo muy animado— esos sabihondos exageran, ¿no?

—No crea usted nada —dijo el doctor.

Había examinado al viejo y ahora se encontraba sentado en medio de aquel comedor miserable. Sí, tenía miedo. Sabía que en el barrio mismo, una docena de enfermos esperarían al día siguiente doblados sobre sus bubones. Sólo en dos o tres casos había observado alguna mejoría al sajarlos. Pero para la mayor parte el final era el hospital y él sabía lo que el hospital quería decir para los pobres: «No quiero que les sirva para sus experimentos», le había dicho la mujer de uno de sus enfermos. Pero no servía para experimentos, se moría y nada más. Las medidas tomadas eran insuficientes, eso estaba bien claro. En cuanto a las salas «especialmente equipadas», él sabía lo que eran: dos pabellones de donde habían desalojado apresuradamente a otros enfermos, en cuyas ventanas habían puesto burlete, y rodeados de un cordón sanitario. Si la epidemia no se detenía por sí misma era seguro que no sería vencida por las medidas que la administración había concebido.

Sin embargo, por la noche, los comunicados oficiales seguían siendo optimistas. Al día siguiente, la agencia Ransdoc anunciaba que las medidas de la prefectura habían sido acogidas con serenidad y que ya había una treintena de enfermos declarados. Castel había telefoneado a Rieux:

—¿Cuántas camas tienen los pabellones?

—Ochenta.

—¿Hay más de treinta enfermos en la ciudad?

—Están los que tienen miedo y los demás, que son mucho más numerosos, y que todavía no han tenido tiempo de tenerlo.

—¿Están vigilados los entierros?

—No, he telefoneado a Richard para decirle que hacía falta medidas completas, no frases, y que había que levantar contra la epidemia una verdadera barrera o no hacer nada.

—Y ¿entonces?

—Me ha respondido que él no tenía autoridad. En mi opinión, esto va a crecer.

En efecto, en tres días los dos pabellones estuvieron llenos. Richard creía saber que iban a desalojar una escuela e improvisar un hospital auxiliar. Rieux esperaba las vacunas y abría los bubones. Castel volvía a sus viejos libros y pasaba largas horas en la biblioteca.

—Las ratas han muerto de la peste o de algo parecido —concluía—, y han puesto en circulación miles y miles de pulgas que transmitirán la infección en progresión geométrica, si no se la detiene a tiempo.

Rieux callaba.

Por entonces el tiempo pareció estacionarse. El sol sorbía los charcos de los últimos chaparrones. Había hermosos cielos azules desbordantes de luz dorada, zumbidos de aviones entre el calor que comenzaba, todo en la estación invitaba a la serenidad. Sin embargo, en cuatro días, la fiebre dio cuatro saltos sorprendentes: dieciséis muertos, veinticuatro, veintiocho y treinta y dos. El cuarto día se anunció la apertura del hospital auxiliar en una escuela de párvulos. Nuestros conciudadanos, que hasta entonces habían seguido encubriendo con bromas su inquietud, parecían en la calle más abatidos y más silenciosos.

Rieux decidió telefonear al prefecto.

—Las medidas son insuficientes.

—Tengo aquí las cifras —dijo el prefecto—; ciertamente, son inquietantes.

—Son más que inquietantes, son claras.

—Voy a pedir órdenes al Gobierno.

Rieux colgó ante Castel:

—¡Órdenes! Lo que haría falta es imaginación.

—¿Y los sueros?

—Llegarán esta semana.

La prefectura, por mediación de Richard, pidió a Rieux un informe para enviarlo a la capital de la colonia solicitando órdenes. Rieux hizo una descripción clínica con cifras. Aquel mismo día se contaron cuarenta muertos. El prefecto tomó sobre sí, como él decía, la responsabilidad de extremar desde el día siguiente las medidas prescritas. La declaración obligatoria y el aislamiento fueron mantenidos. Las casas de los enfermos debían ser cerradas y desinfectadas, los familiares sometidos a una cuarentena de seguridad, los entierros organizados por la ciudad en las condiciones que veremos. Un día después llegaron los sueros por avión. Eran suficientes para los casos que había en tratamiento. Pero eran insuficientes si la epidemia se extendía. Al telegrama de Rieux respondieron que las reservas se habían agotado y que estaban empezando a fabricar más.

Durante ese tiempo, y de todos los arrabales próximos, la primavera llegaba a los mercados. Miles de rosas se marchitaban en las cestas de los vendedores, a lo largo de las aceras, y su olor almibarado flotaba por toda la ciudad. Aparentemente no había cambiado nada. Los tranvías estaban siempre llenos al comienzo y al final del día y vacíos y sucios durante todo el resto. Tarrou observaba al viejecito y el viejecito escupía a los gatos. Grand se encerraba todas las noches en su casa con su misterioso trabajo. Cottard andaba dando vueltas y el señor Othon, el juez de instrucción, seguía llevando a sus animalitos. El viejo asmático trasegaba sus garbanzos y a veces se veía al periodista Rambert con su aire tranquilo y expectante. Por las noches, la misma multitud llenaba las calles y crecían las colas a las puertas de los cines. Además, la epidemia pareció retroceder; durante unos días no se contó más que una decena de muertos. Después, de golpe, subió como una flecha. El día en que el número de muertos alcanzó otra vez la treintena, Rieux se quedó mirando el parte oficial que el prefecto le había alargado al tiempo que pronunciaba: «Tienen miedo.» El parte decía: «Declaren el estado de peste. Cierren la ciudad.»

II

II

A partir de ese momento, se puede decir que la peste fue nuestra única preocupación. Hasta entonces, a pesar de la sorpresa y la inquietud que habían causado aquellos acontecimientos singulares, cada uno de nuestros conciudadanos había continuado con sus ocupaciones, como había podido, en su puesto habitual. Y, sin duda, esto debía continuar. Pero una vez cerradas las puertas, todos se dieron cuenta, el narrador también, de que estaban cogidos en la misma red y que había que arreglárselas. Así fue como, por ejemplo, un sentimiento tan individual como es el de la separación de un ser querido se convirtió de pronto, desde las primeras semanas, en el de todo un pueblo, y, mezclado a aquel miedo, en el sufrimiento principal durante aquel largo exilio.

Una de las consecuencias más notables de la clausura de las puertas fue, en efecto, la súbita separación en que quedaron algunos seres que no estaban preparados para ello. Madres e hijos, esposos, amantes que habían creído días antes separarse sólo temporalmente, que se habían abrazado en la estación sin más que dos o tres recomendaciones, seguros de volverse a ver pocos días o pocas semanas más tarde, sumidos en la estúpida confianza humana, apenas distraídos por la partida de sus preocupaciones habituales, se vieron de pronto separados sin remedio, sin ninguna posibilidad de reunirse o de comunicarse. Pues la clausura se había efectuado horas antes de publicarse la orden de la prefectura y, naturalmente, era imposible tomar en consideración los casos particulares. Se puede decir que esta invasión brutal de la enfermedad tuvo como primer efecto obligar a nuestros conciudadanos a obrar como si no tuvieran sentimientos individuales. Desde las primeras horas del día en que la orden entró en vigor, la prefectura fue asaltada por una multitud de demandantes que por teléfono o ante los funcionarios exponían situaciones, todas igualmente interesantes y, al mismo tiempo, igualmente imposibles de examinar. En realidad, fueron necesarios muchos días para que nos diésemos cuenta de que nos encontrábamos en una situación sin compromisos posibles y que las palabras «transigir», «favor», «excepción» ya no tenían sentido.

Hasta la pequeña satisfacción de escribir nos fue negada. Por una parte, la ciudad dejó de estar ligada al resto del país por los medios de comunicación habituales, y, por otra, una nueva disposición prohibió toda correspondencia para evitar que las cartas pudieran ser vehículo de infección. Al principio, hubo privilegiados que pudieron entenderse en las puertas de la ciudad con algunos centinelas de los puestos de guardia, quienes consintieron en hacer pasar mensajes al exterior. Esto era todavía en los primeros días de la epidemia y los guardias encontraban natural ceder a arrebatos de compasión. Pero al poco tiempo, cuando los mismos guardias estuvieron bien persuadidos de la gravedad de la situación, se negaron a cargar con responsabilidades cuyo alcance no podían prever. Las comunicaciones telefónicas interurbanas, autorizadas al principio, ocasionaron tales congestiones en las cabinas públicas y en las líneas, que fueron suspendidas por completo durante unos días y, después, severamente limitadas a lo que se llamaba casos de urgencia, tales como una muerte, un nacimiento o un matrimonio. Los telegramas llegaron a ser nuestro único recurso. Seres ligados por la inteligencia, por el corazón o por la carne, se vieron reducidos a buscar los signos de esta antigua comunión en las mayúsculas de un despacho de diez palabras. Y como las fórmulas que se pueden emplear en un telegrama se agotan pronto, largas vidas en común o dolorosas pasiones se resumieron rápidamente en un intercambio periódico de fórmulas establecidas, tales como: «Sigo bien. Cuídate. Cariños.»

Algunos se obstinaban en escribir e imaginaban sin cesar combinaciones para comunicarse con el exterior, que siempre terminaban por resultar ilusorias. Si algunos de los medios que habíamos ideado daban resultado, no lo sabíamos porque no recibíamos respuesta. Durante semanas nos vimos reducidos a recomenzar la misma carta, a copiar las mismas llamadas, hasta que al fin las palabras que al principio habían salido sangrantes de nuestro corazón quedaban vacías de sentido. Entonces escribíamos maquinalmente haciendo por dar, mediante frases muertas, signos de nuestra difícil vida. Y para terminar, a este monólogo estéril y obstinado, a esta conversación árida con un muro, nos parecía preferible la llamada convencional del telegrama.

Al cabo de unos cuantos días, cuando llegó a ser evidente que no conseguiría nadie salir de la ciudad, tuvimos la idea de preguntar si la vuelta de los que habían salido de ella antes de la epidemia sería autorizada. Después de unos días de reflexión, la prefectura respondió afirmativamente. Pero señaló muy bien que los repatriados no podrían en ningún caso volver a irse, y que si eran libres de entrar no lo serían de salir. Entonces algunas familias, por lo demás escasas, tomaron la situación a la ligera y poniendo por encima de toda prudencia el deseo de volver a ver a sus parientes invitaron a éstos a aprovechar la ocasión. Pero pronto los que eran prisioneros de la peste comprendieron el peligro en que ponían a los suyos y se resignaron a sufrir la separación. En el momento más grave de la epidemia no se vio más que un caso en que los sentimientos humanos fueron más fuertes que el miedo a una muerte atormentada. Y no fue, como se podría esperar, el de dos amantes a quienes la pasión arrojase uno hacia el otro por encima del sufrimiento. Se trataba del viejo Castel y de su mujer, casados hacía muchos años. La señora Castel, unos días antes de la epidemia, había ido a una ciudad próxima. No eran una de esas parejas que ofrecen al mundo la imagen de una felicidad ejemplar, y el narrador está en disposición de decir que lo más probable era que esos esposos, hasta aquel momento, no tuvieran una gran seguridad de estar satisfechos de su unión. Pero esta separación brutal y prolongada los había llevado a comprender que no podían vivir alejados el uno del otro y, una vez revelada esta verdad, la peste les resultaba poca cosa.

Ésta fue una excepción. En la mayoría de los casos la separación, era evidente, no debía terminar más que con la epidemia. Y para todos nosotros, el sentimiento que llenaba nuestra vida y que tan bien creíamos conocer (los oraneses, ya lo hemos dicho, tienen pasiones muy simples) iba tomando una fisonomía nueva. Maridos y amantes que tenían una confianza plena en sus compañeros se encontraban celosos. Hombres que se creían frívolos en amor, se volvían constantes. Hijos que habían vivido junto a su madre sin mirarla apenas, ponían toda su inquietud y su nostalgia en algún trazo de su rostro que avivaba su recuerdo. Esta separación brutal, tajante, sin futuro previsible, nos dejaba desconcertados, incapaces de reaccionar contra el recuerdo de esta presencia todavía tan próxima y ya tan lejana que ocupaba ahora nuestros días. De hecho sufríamos doblemente, primero por nuestro sufrimiento y además por el que imaginábamos en los ausentes, hijo, esposa o amante.

En otras circunstancias, por lo demás, nuestros conciudadanos siempre habrían encontrado una solución en una vida más exterior y más activa. Pero la peste los dejaba, al mismo tiempo, ociosos, reducidos a dar vueltas a la ciudad mortecina y entregados un día tras otro a los juegos decepcionantes del recuerdo, puesto que en sus paseos sin meta se veían obligados a hacer todos los días el mismo camino, que, en una ciudad tan pequeña, casi siempre era aquel que en otra época habían recorrido con el ausente.

Así pues, lo primero que la peste trajo a nuestros conciudadanos fue el exilio. Y el narrador está persuadido de que puede escribir aquí en nombre de todos lo que él mismo experimentó entonces, puesto que lo experimentó al mismo tiempo que otros muchos de nuestros conciudadanos. Sí, era ciertamente el sentimiento de exilio aquel vacío que llevábamos constantemente dentro de nosotros, aquella emoción precisa; el deseo irrazonable de volver hacia atrás o, al contrario, de apresurar la marcha del tiempo, dos flechas abrasadoras de la memoria. Si bien algunas veces nos abandonábamos a la imaginación y nos poníamos a esperar que sonara el timbre o que se oyera un paso familiar en la escalera, si bien en esos momentos llegábamos a olvidar que los trenes estaban inmovilizados, si bien nos arreglábamos para quedarnos en casa a la hora en que normalmente un viajero que viniera en el expreso de la tarde pudiera llegar a nuestro barrio, ciertamente esos juegos no podían durar. Al fin había siempre un momento en que nos dábamos cuenta de que los trenes no llegaban. Entonces comprendíamos que nuestra separación tenía que durar y que no nos quedaba más remedio que reconciliarnos con el tiempo. Entonces aceptábamos nuestra condición de prisioneros, quedábamos reducidos a nuestro pasado, y si algunos tenían la tentación de vivir en el futuro, tenían que renunciar muy pronto, al menos en la medida de lo posible, sufriendo finalmente las heridas que la imaginación inflige a los que se confían a ella.

En especial, todos nuestros conciudadanos se privaron pronto, incluso en público, de la costumbre que habían adquirido de hacer suposiciones sobre la duración de su aislamiento. ¿Por qué? Porque cuando los más pesimistas le habían asignado, por ejemplo, unos seis meses, y cuando habían conseguido agotar de antemano toda la amargura de aquellos seis meses por venir, cuando habían elevado con gran esfuerzo su valor hasta el nivel de esta prueba y puesto en tensión sus últimas fuerzas para no desfallecer en este sufrimiento a través de una larga serie de días, entonces, a lo mejor, un amigo que se encontraba, una noticia dada por un periódico, una sospecha fugitiva o una brusca clarividencia les daba la idea de que, después de todo, no había ninguna razón para que la enfermedad no durase más de seis meses o acaso un año o más todavía.

En ese momento el derrumbamiento de su valor y de su voluntad era tan brusco que llegaba a parecerles que ya no podrían nunca salir de ese abismo. En consecuencia, se atuvieron a no pensar jamás en el término de su esclavitud, a no vivir vueltos hacia el porvenir, a conservar siempre, por decirlo así, los ojos bajos. Naturalmente, esta prudencia, esta astucia con el dolor, que consistía en cerrar la guardia para rehuir el combate, era mal recompensada. Evitaban sin duda ese derrumbamiento tan temido, pero se privaban de olvidar algunos momentos la peste con las imágenes de un venidero encuentro. Y así, encallados a mitad de camino entre esos abismos y esas cumbres, fluctuaban, más bien que vivían, entregados a días sin norte y a recuerdos estériles, sombras errantes que sólo hubieran podido tomar fuerzas decidiéndose a arraigarse en la tierra su dolor.

El sufrimiento profundo que experimentaban era el de todos los prisioneros y el de todos los exiliados, el sufrimiento de vivir en un recuerdo inútil. Ese pasado mismo en el que pensaban continuamente sólo tenía el sabor de la nostalgia. Hubieran querido poder añadirle todo lo que sentían no haber hecho cuando podían hacerlo, con aquel o aquellas que esperaban, e igualmente mezclaban a todas las circunstancias relativamente dichosas de sus vidas de prisioneros la imagen del ausente, no pudiendo satisfacerse con lo que en la realidad vivían. Impacientados por el presente, enemigos del pasado y privados del porvenir, éramos semejantes a aquellos que la justicia o el odio de los hombres tienen entre rejas. Al fin, el único medio de escapar a este insoportable vagar era hacer marchar los trenes con la imaginación y llenar las horas con las notas de un timbre que, sin embargo, permanecía obstinadamente silencioso.

Pero si esto era el exilio, para la mayoría era el exilio en su casa. Y aunque el narrador no haya conocido el exilio más que como todo el mundo, no debe olvidar a aquellos, como el periodista Rambert y otros, para los cuales las penas de la separación se agrandaban por el hecho de que, habiendo sido sorprendidos por la peste en medio de su viaje, se encontraban alejados a la vez del ser que querían y de su tierra. En medio del exilio general, éstos eran los más exiliados, pues si el tiempo suscitaba en ellos, como en todos los demás, la angustia que le es propia, sufrían también la presión del espacio y se estrellaban continuamente contra las paredes que aislaban aquel refugio apestado de su patria perdida. A cualquier hora del día se los podía ver errando por la ciudad polvorienta, evocando en silencio las noches que sólo ellos conocían y las mañanas de su tierra. Alimentaban entonces su mal con signos imponderables, con mensajes desconcertantes: un vuelo de golondrinas, el rosa del atardecer, o esos rayos caprichosos que el sol abandona a veces en las calles desiertas. El mundo exterior que siempre puede salvarnos de todo, no querían verlo, cerraban los ojos ante él, obcecados en acariciar sus quimeras y en perseguir con todas sus fuerzas las imágenes de una tierra donde una luz determinada, dos o tres colinas, el árbol favorito y el rostro de algunas mujeres componían un clima para ellos irreemplazable.

Por ocuparnos, en fin, más específicamente de los amantes, que son los que más interesan y ante los que el narrador está mejor situado para hablar, éstos se atormentaban todavía con otras angustias entre las cuales hay que señalar el remordimiento. Esta situación les permitía considerar sus sentimientos con una especie de febril objetividad, y en esas ocasiones casi siempre veían claramente sus propios fallos. El primer motivo era la dificultad que encontraban para recordar los rasgos y gestos del ausente. Lamentaban entonces la ignorancia en que estaban de su modo de emplear el tiempo; se acusaban de la frivolidad con que habían descuidado el informarse de ello y no haber comprendido que para el que ama el modo de emplear el tiempo del amado es manantial de todas sus alegrías. Desde ese momento empezaban a remontar la corriente de su amor, examinando sus imperfecciones. En tiempos normales todos sabemos, conscientemente o no, que no hay amor que no pueda ser superado y, por tanto, aceptamos con más o menos tranquilidad que el nuestro sea mediocre. Pero el recuerdo es más exigente. Y así, consecuentemente, esta desdicha que nos venía del exterior y que alcanzaba a toda una ciudad no sólo nos traía un sufrimiento injusto, del que podíamos indignarnos: nos llevaba también a sufrir por nosotros mismos y nos hacía ceder al dolor. Ésta era una de las maneras que tenía la enfermedad de distraer la atención y de barajar las cartas.

Cada uno tuvo que aceptar vivir al día, solo bajo el cielo. Este abandono general que podía a la larga templar los caracteres, empezó, sin embargo, por volverlos fútiles. Algunos, por ejemplo, se sentían sometidos a una nueva esclavitud que les sujetaba a las veleidades del sol y de la lluvia: se hubiera dicho, al verles, que recibían por primera vez la impresión del tiempo que hacía. Tenían aspecto alegre a la simple vista de una luz dorada, mientras que los días de lluvia extendían un velo espeso sobre sus rostros y sus pensamientos. A veces, escapaban durante cierto tiempo a esta debilidad y a esta esclavitud irrazonable porque no estaban solos frente al mundo y, en cierta medida, el ser que vivía con ellos se anteponía al universo. Pero llegó un momento en que quedaron entregados a los caprichos del cielo, es decir, que sufrían y esperaban sin razón.

En tales momentos de soledad, nadie podía esperar la ayuda de su vecino; cada uno seguía solo en su preocupación. Si alguien por casualidad intentaba hacer confidencias o decir algo de sus sufrimientos, la respuesta que recibía le hería casi siempre. Entonces se daba cuenta de que él y su interlocutor hablaban cada uno de cosas distintas. Uno, en efecto, hablaba desde el fondo de largas horas pasadas rumiando el sufrimiento, y la imagen que quería comunicar estaba cocida al fuego lento de la espera y de la pasión. El otro, por el contrario, imaginaba una emoción convencional, uno de esos dolores baratos, una de esas melancolías de serie. Benévola u hostil, la respuesta resultaba siempre desafinada: había que renunciar. O al menos, aquellos para quienes el silencio resultaba insoportable, en vista de que los otros no comprendían el verdadero lenguaje del corazón, se decidían a emplear también el lenguaje corriente y a hablar ellos también al modo convencional de la simple relación, de los hechos diversos, de la crónica cotidiana en cierto modo. En ese molde, los dolores más verdaderos tomaban la costumbre de traducirse en las fórmulas triviales de la conversación. Sólo a este precio los prisioneros de la peste podían obtener la compasión de su portero o el interés de sus interlocutores.

Sin embargo, y esto es lo más importante, por dolorosas que fuesen estas angustias, por duro que fuese llevar ese vacío en el corazón, se puede afirmar que los exiliados de ese primer período de la peste fueron seres privilegiados. En el momento mismo en que todo el mundo comenzaba a aterrorizarse, su pensamiento estaba enteramente dirigido hacia el ser que aguardaban. En la desgracia general, el egoísmo del amor les preservaba, y si pensaban en la peste era solamente en la medida en que podía poner a su separación en el peligro de ser eterna. Llevaban, así, al corazón mismo de la epidemia una distracción saludable que se podía tomar por sangre fría. Su desesperación les salvaba del pánico, su desdicha tenía algo bueno. Por ejemplo, si alguno de ellos era arrebatado por la enfermedad, lo era casi siempre sin tener tiempo de enterarse. Sacado de esta larga conversación interior que sostenía con una sombra, era arrojado sin transición al más espeso silencio de la tierra. No había tenido tiempo de nada.

Mientras nuestros conciudadanos se adaptaban a este inopinado exilio, la peste ponía guardias a las puertas de la ciudad y hacía cambiar de ruta a los barcos que venían hacia Orán. Desde la clausura ni un solo vehículo había entrado. A partir de ese día se tenía la impresión de que los automóviles se hubieran puesto a dar vueltas en redondo. El puerto presentaba también un aspecto singular para los que miraban desde lo alto de los bulevares. La animación habitual que hacía de él uno de los primeros puertos de la costa se había apagado bruscamente. Todavía se podían ver algunos navíos que guardaban cuarentena. Pero en los muelles, las grandes grúas desarmadas, las vagonetas volcadas de costado, las grandes filas de toneles o de fardos testimoniaban que el comercio también había muerto de la peste.

A pesar de estos espectáculos desacostumbrados, a nuestros conciudadanos les costaba trabajo comprender lo que les pasaba. Había sentimientos generales como la separación o el miedo, pero también se seguía poniendo en primer lugar las preocupaciones personales. Nadie había aceptado todavía la enfermedad. En su mayor parte eran sensibles sobre todo a lo que trastornaba sus costumbres o dañaba sus intereses. Estaban malhumorados o irritados y éstos no son sentimientos que puedan oponerse a la peste. La primera reacción fue, por ejemplo, criticar la organización. La respuesta del prefecto ante las críticas, de las que la prensa se hacía eco («¿No se podría tender a un atenuamiento de las medidas adoptadas?»), fue sumamente imprevista. Hasta aquí, ni los periódicos ni la agencia Ransdoc había recibido comunicación oficial de las estadísticas de la enfermedad. El prefecto se las comunicó a la agencia día por día, rogándole que las anunciase semanalmente.

Ni siquiera así la reacción del público fue inmediata. El anuncio de que durante la tercera semana la peste se había cobrado trescientos dos muertos no llegaba a hablar a la imaginación. Por una parte, todos, acaso, no habían muerto de la peste, y, por otra, nadie sabía en la ciudad cuánta era la gente que, en circunstancias normales, moría por semana. La ciudad tenía doscientos mil habitantes y se ignoraba si esta proporción de defunciones era normal. Son éstas la clase de precisiones a las que jamás se presta atención a pesar del interés evidente que tienen. Al público le faltaba un punto de comparación. Sólo a la larga, comprobando el aumento de defunciones, la opinión cobró conciencia de la verdad. La quinta semana dio trescientos veintiún muertos y la sexta trescientos cuarenta y cinco. El aumento era elocuente. Pero no lo bastante para que nuestros conciudadanos dejasen de guardar, en medio de su inquietud, la impresión de que se trataba de un accidente, sin duda enojoso, pero después de todo temporal.

Así pues, continuaron circulando por las calles y sentándose en las terrazas de los cafés. En conjunto, no eran cobardes, abundaban más las bromas que las lamentaciones y ponían cara de aceptar con buen humor los inconvenientes, evidentemente pasajeros. Las apariencias estaban salvadas. Hacia fines de mes, sin embargo, y poco más o menos durante la semana de rogativas de la que se tratará más tarde, hubo transformaciones graves que modificaron el aspecto de la ciudad. Primeramente, el prefecto tomó medidas concernientes a la circulación de los vehículos y al aprovisionamiento. El aprovisionamiento fue limitado y la gasolina racionada. Se prescribieron incluso restricciones de electricidad. Sólo los productos indispensables llegaban por carretera o por aire a Orán. Así que se vio disminuir la circulación progresivamente hasta llegar a ser poco más o menos nula. Las tiendas de lujo cerraron de un día para otro, otras llenaron sus escaparates de letreros negativos mientras hileras de compradores se estacionaban en sus puertas.

Orán tomó un aspecto singular. El número de peatones se hizo más considerable e incluso, a las horas desocupadas, mucha gente reducida a la inacción por el cierre de los comercios y de ciertos despachos, llenaba las calles y los cafés. Por el momento, nadie se sentía cesante, sino de vacaciones. Orán daba entonces, a eso de las tres de la tarde, por ejemplo, y bajo un cielo hermoso, la impresión engañosa de una ciudad de fiesta donde hubiesen detenido la circulación y cerrado los comercios para permitir el desenvolvimiento de una manifestación pública y cuyos habitantes hubieran invadido las calles participando de los festejos.

Naturalmente, los cines se aprovecharon de esta ociosidad general e hicieron gran negocio. Pero los circuitos que las películas realizaban en el departamento se habían interrumpido. Al cabo de dos semanas, los empresarios se vieron obligados a intercambiar los programas y después de cierto tiempo los cines terminaron por proyectar siempre el mismo filme. Sin embargo, sus recaudaciones no disminuían.

Los cafés, en fin, gracias a las reservas considerables acumuladas en una ciudad donde el comercio de vinos y licores ocupa el primer lugar, pudieron igualmente alimentar a sus clientes. A decir verdad, se bebía mucho. Por haber anunciado un café que «el vino puro mata al microbio», la idea ya natural en el público de que el alcohol preserva de las enfermedades infecciosas se afirmó en la opinión de todos. Por las noches, a eso de las dos, un número considerable de borrachos, expulsados de los cafés, llenaba las calles expansionándose con ocurrencias optimistas.

Pero todos estos cambios eran, en un sentido, tan extraordinarios y se habían ejecutado tan rápidamente que no era fácil considerarlos normales ni duraderos. El resultado fue que seguíamos poniendo en primer término nuestros sentimientos personales.

Al salir del hospital, dos días después de haber sido cerradas las puertas, el doctor Rieux se encontró con Cottard, que levantó hacia él el rostro mismo de la satisfacción. Rieux lo felicitó por su aspecto.

—Sí, todo va bien —dijo el hombrecillo—. Dígame, doctor, esta bendita peste, ¡eh!, parece que empieza a ponerse seria.

El doctor lo admitió. Y el otro corroboró con una especie de jovialidad:

—No hay ninguna razón para que se detenga. Por ahora, toda va estar patas arriba.

Anduvieron un rato juntos. Cottard le contó que un comerciante de productos alimenticios de su barrio había acaparado grandes cantidades, para venderlos luego a precios más altos, y que habían descubierto latas de conservas debajo de la cama cuando habían venido a buscarle para llevarle al hospital. «Se murió y la peste no le pagó nada.» Cottard estaba lleno de estas historias, falsas o verdaderas, sobre la epidemia. Se decía, por ejemplo, que en el centro, una mañana, un hombre que empezaba a presentar los síntomas de la peste, en el delirio de la enfermedad se había echado a la calle, se había precipitado sobre la primera mujer que pasaba y la había abrazado gritando que tenía la peste.

—Bueno —añadía Cottard con un tono suave que no armonizaba con su afirmación—, nos vamos a volver locos todos: es seguro.

También, por la tarde de ese mismo día, Joseph Grand había terminado por hacer confidencias personales al doctor Rieux. Había visto sobre la mesa del doctor una fotografía de la señora Rieux y se había quedado mirándola. Rieux había respondido que su mujer estaba curándose fuera de la ciudad. «En cierto sentido —había dicho Grand—, es una suerte.» El doctor respondió que era una suerte sin duda y que únicamente había que esperar a que su mujer se curase.

—¡Ah! —dijo Grand—, comprendo.

Y por primera vez desde que Rieux le conocía, se puso a hablar largamente. Aunque seguía buscando las palabras, las encontraba casi siempre como si hiciera tiempo que hubiera pensado lo que estaba diciendo.

Se había casado muy joven con una muchacha pobre de su vecindad. Para poder casarse precisamente había interrumpido sus estudios y había aceptado un empleo. Ni Jeanne ni él salían nunca de su barrio. Él iba a verla a su casa y los padres de Jeanne se reían un poco de aquel pretendiente silencioso y torpe. El padre era empleado del ferrocarril. Cuando estaba de descanso se le veía siempre sentado en un rincón junto a la ventana, pensativo, mirando el movimiento de la calle, con las manos enormes descansando sobre los muslos. La madre estaba siempre en sus ocupaciones caseras. Jeanne le ayudaba. Era tan menudita que Grand no podía verla atravesar una calle sin angustiarse. Los vehículos le parecían junto a ella desmesurados. Un día, ante una tienda de Navidad, Jeanne, que miraba el escaparate maravillada, se había vuelto hacia él diciéndole: «¡Qué bonito!» Él le había apretado la mano y fue entonces cuando decidieron casarse.

El resto de la historia, según Grand, era muy simple. Es lo mismo para todos: la gente se casa, se quiere todavía un poco de tiempo, trabaja. Trabaja tanto que se olvida de quererse. Jeanne también trabajaba, porque las promesas del jefe de negociado no se habían cumplido. Y aquí hacía falta un poco de imaginación para comprender lo que Grand quería decir. Contribuyendo a ello el cansancio, él se había abandonado, se había callado cada día más y no había mantenido en su mujer, tan joven, la idea de que era amada. Un hombre que trabaja, la pobreza, el porvenir cerrándose lentamente, el silencio por las noches en la mesa, no hay lugar para la pasión en semejante universo. Probablemente, Jeanne había sufrido. Y sin embargo había continuado: sucede a veces que se sufre durante mucho tiempo sin saberlo. Los años habían pasado. Después, un día se había ido. Claro está que no se había ido sola. «Te he querido mucho, pero ya estoy cansada... No me siento feliz de marcharme, pero no hace falta ser feliz para volver a empezar.» Esto era más o menos lo que le había dejado escrito.

Joseph Grand también había sufrido. Él también hubiera podido volver a empezar, como le decía Rieux. Pero, en suma, no había tenido fe.

Además, la verdad, siempre estaba pensando en ella. Lo que él hubiera querido era escribirle una carta para justificarse. «Pero es difícil —decía—. Hace mucho tiempo que pienso en ello. Cuando nos queríamos, nos comprendíamos sin palabras. Pero no siempre se quiere uno. En un momento dado yo hubiera debido encontrar las palabras que la hubieran hecho detenerse, pero no pude.» Grand se sonaba en una especie de servilleta de cuadros. Después se limpiaba los bigotes. Rieux lo miraba.

—Perdóneme, doctor —dijo el viejo—, pero ¿cómo le diré?, tengo confianza en usted. Con usted puedo hablar. Y eso me emociona.

Grand estaba visiblemente a cien leguas de la peste.

Por la noche, Rieux telegrafió a su mujer diciéndole que la ciudad estaba cerrada, que él se encontraba bien, que ella debía seguir cuidándose y que él pensaba en ella.

Tres semanas después de la clausura, Rieux encontró a la salida del hospital a un joven que le esperaba.

—Supongo —le dijo éste— que me reconoce usted.

Rieux creía conocerle, pero dudaba.

—Vine antes de estos acontecimientos —le dijo él—, a pedirle unas informaciones sobre las condiciones de vida de los árabes. Me llamo Raymond Rambert.

—¡Ah!, sí —dijo Rieux—. Bueno, pues, ahora ya tiene usted un buen tema de reportaje.

El joven parecía nervioso. Dijo que no era eso lo que le interesaba y que venía a pedirle su ayuda.

—Tiene usted que excusarme —añadió—, pero no conozco a nadie en la ciudad y el corresponsal de mi periódico tiene la desgracia de ser imbécil.

Rieux le propuso que lo acompañase hasta un dispensario del centro donde tenía que dar ciertas instrucciones. Descendieron por las callejuelas del barrio negro. La noche se acercaba, pero la ciudad, tan ruidosa otras veces a esta hora, parecía extrañamente solitaria. Algunos toques de clarín en el espacio todavía dorado atestiguaban que los militares se daban aires de hacer su oficio. Durante todo el tiempo, a lo largo de las calles escarpadas, entre los muros azules, ocre y violeta de las casas moras, Rambert fue hablando muy agitado. Había dejado a su mujer en París. A decir verdad, no era su mujer, pero como si lo fuese. Le había telegrafiado cuando la clausura de la ciudad. Al principio había pensado que se trataría de un hecho provisional y había querido escribirse con ella. Sus colegas de Orán le habían dicho que no podían hacer nada, el correo le había rechazado, un secretario de la prefectura se le había reído en las narices. Había terminado después de una espera de dos horas haciendo cola para poder poner un telegrama que decía: «Todo va bien. Hasta pronto.»

Pero por la mañana, al levantarse, le había venido la idea bruscamente de que, después de todo, no se sabía cuánto tiempo podía durar aquello. Había decidido marcharse. Como tenía recomendaciones (en su oficio siempre hay facilidades), había podido hablar con el director de la oficina de la prefectura y le había dicho que él no tenía por qué quedarse, que se encontraba allí por accidente y que era justo que le permitieran marcharse, incluso si una vez fuera le hacían sufrir una cuarentena. El director le había respondido que lo comprendía muy bien, pero que no podía hacer excepciones, que vería, pero que, en suma, la situación era grave y que no se podía decidir nada.

—Pero, en fin —respondió Rambert—, yo soy extraño a esta ciudad.

—Sin duda, pero, después de todo, tenemos la esperanza de que la epidemia no dure mucho.

Para terminar, el director había intentado consolar a Rambert haciéndole observar que podía encontrar en Orán materiales para un reportaje interesante, y que, bien mirado, no había acontecimiento que no tuviese su lado bueno. Rambert alzaba los hombros. Llegaron al centro de la ciudad.

—Esto es estúpido, doctor, comprenda usted. Yo no he venido al mundo para hacer reportajes. A lo mejor he venido sólo para vivir con una mujer. ¿Es que no está permitido?

Rieux dijo que, en todo caso, eso parecía razonable.

Por los bulevares del centro no había la multitud acostumbrada. Unos cuantos transeúntes se apresuraban hacia sus domicilios lejanos. Ninguno sonreía. Rieux pensaba que era el resultado del anuncio de Ransdoc que había salido aquel día. Veinticuatro horas después nuestros conciudadanos volverían a tener esperanzas, pero en el mismo día las cifras estaban aún demasiado frescas en la memoria.

—Es que —dijo Rambert, inopinadamente— ella y yo nos hemos conocido hace poco y nos entendemos muy bien.

Rieux no dijo nada.

—Lo estoy aburriendo a usted —dijo Rambert—, quería preguntarle únicamente si podría hacerme usted un certificado donde se asegurase que no tengo esa maldita enfermedad. Yo creo que eso podría servirme.

Rieux asintió con la cabeza, se agachó a levantar a un niño que había tropezado con sus piernas y lo volvió a poner de pie con suavidad. Siguieron y llegaron a la plaza de Armas. Las ramas de las moreras y las palmeras colgaban inmóviles, grises de polvo, alrededor de una estatua de la República polvorienta y sucia. Se detuvieron bajo el monumento. Rieux pegó en el suelo con un pie primero y luego con otro para sacudir la capa blanquecina que los cubría. Miró a Rambert. El sombrero un poco echado hacia atrás, el cuello de la camisa desabrochado bajo la corbata, mal afeitado, el periodista tenía un aire obstinado y mohíno.

—Esté usted seguro de que le comprendo —dijo al fin Rieux—, pero sus razonamientos no sirven. Yo no puedo hacerle ese certificado, porque, de hecho, ignoro si tiene o no la enfermedad y porque hasta en el caso de saberlo, yo no puedo certificar que entre el minuto en que usted sale de mi despacho y el minuto en que entra usted en la prefectura no esté ya infectado. Y además...

—¿Además? —dijo Rambert.

—Aunque le diese ese certificado no le serviría de nada.

—¿Por qué?

—Porque hay en esta ciudad miles de hombres que están en ese caso y a los que sin embargo no se les puede dejar salir.

—Pero, ¿si ellos no tienen la peste?

—No es una razón suficiente. Esta historia es estúpida, ya lo sé, pero nos concierne a todos. Hay que tomarla tal cual es.

—¡Pero yo no soy de aquí!

—A partir de ahora, por desgracia, será usted de aquí como todo el mundo.

Rambert se enardecía.

—Es una cuestión de humanidad, se lo juro. Es posible que no se dé cuenta de lo que significa una separación como ésta para dos personas que se entienden.

Rieux no respondió nada durante un rato. Después dijo que creía darse muy bien cuenta. Deseaba con todas sus fuerzas que Rambert se reuniese con su mujer y que todos los que se querían pudieran estar juntos, pero había disposiciones, había leyes y había peste, y su misión era hacer lo que se tuviera que hacer.

—No —dijo Rambert con amargura—, usted no puede comprender. Habla usted en el lenguaje de la razón, usted vive en la abstracción.

El doctor levantó los ojos hacia la República y dijo que él no sabía si estaba hablando el lenguaje de la razón, pero que lo que hablaba era el lenguaje de la evidencia y que no era forzosamente lo mismo. El periodista se ajustó la corbata.

—Entonces ¿esto significa que hace falta que yo me las arregle? Pues bueno —añadió con acento de desafío—, dejaré esta ciudad.

El doctor dijo que eso también lo comprendía, pero que no era asunto suyo.

—Sí lo es —dijo Rambert, con una explosión súbita—. He venido a verle porque me habían dicho que usted había intervenido mucho en las decisiones que se habían tomado, y entonces pensé que por un caso al menos podría usted deshacer algo de lo que ha contribuido a que se haga. Pero esto no le interesa. Usted no ha pensado en nadie. Usted no ha tenido en cuenta a los que están separados.

Rieux reconoció que en cierto sentido era verdad: no había querido tenerlo en cuenta.

—¡Ah!, ya sé —dijo Rambert—, va usted a hablarme del servicio público. Pero el bienestar público se hace con la felicidad de cada uno.

—Bueno —dijo el doctor, que parecía salir de una distracción—, es eso y es otra cosa. No hay que juzgar. Pero usted hace mal en enfadarse. Si logra usted resolver este asunto yo me alegraré mucho. Pero, simplemente, hay cosas que mi profesión me prohíbe.

El otro movió la cabeza con impaciencia.

—Sí, hago mal en enfadarme. Y le he hecho a usted perder demasiado tiempo con todo esto.

Rieux le rogó que le tuviera al corriente de sus gestiones y que no le guardase rencor. Había seguramente un plano en el que podían coincidir. Rambert pareció de pronto perplejo.

—Lo creo —dijo después de un silencio—, lo creo, a pesar mío y a pesar de todo lo que acaba usted de decirme.

Titubeó:

—Pero no puedo aprobarle.

Se inclinó el sombrero sobre la frente y partió con paso rápido. Rieux lo vio entrar en el hotel donde vivía Jean Tarrou.

Después de un rato el doctor movió la cabeza, Rambert tenía razón en su impaciencia por la felicidad, pero ¿tenía razón en acusarle? «Usted vive en la abstracción.» ¿Eran realmente la abstracción aquellos días pasados en el hospital donde la peste comía a dos carrillos llegando a quinientos el número medio de muertos por semana? Sí, en la desgracia había una parte de abstracción y de irrealidad. Pero cuando la abstracción se pone a matarle a uno, es preciso que uno se ocupe de la abstracción. Y Rieux sabía únicamente que esto no era lo más fácil. No era lo más fácil, por ejemplo, dirigir ese hospital auxiliar (había ya tres) que tenía a su cargo. Había hecho preparar, al lado de la sala de consultas, una habitación para recibir a los enfermos. El suelo hundido formaba un lago de agua cresolada, en el centro del cual había un islote de ladrillos. El enfermo era transportado a la isla, se le desnudaba rápidamente y sus ropas caían al agua. Lavado, seco, vestido con la camisa rugosa del hospital, pasaba a manos de Rieux: después lo transportaban a una de las salas. Había habido que utilizar los patios cubiertos de una escuela que contenía actualmente quinientas camas que casi en su totalidad estaban ocupadas. Después del ingreso de la mañana, que dirigía él mismo, después de estar vacunados los enfermos y sajados los bubones, Rieux comprobaba de nuevo las estadísticas y volvía a su consulta de la tarde. A última hora hacía sus visitas y volvía ya bien entrada la noche. La noche anterior, la madre del doctor había observado que le temblaban las manos cuando le tendía un telegrama de su mujer.

—Sí —decía él—, pero con perseverancia lograré estar menos nervioso.

Era fuerte y resistente, y, en realidad, todavía no estaba cansado. Pero las visitas, por ejemplo, se le iban haciendo insoportables. Diagnosticar la fiebre epidémica significaba hacer aislar rápidamente al enfermo. Entonces empezaba la abstracción y la dificultad, pues la familia del enfermo sabía que no volvería a verle más que curado o muerto. «¡Piedad, doctor!», decía la señora Loret, la madre de la camarera que trabajaba en el hotel de Tarrou. ¿Qué significaba esta palabra? Evidentemente, él tenía piedad, pero con esto nadie ganaba nada. Había que telefonear. Al poco tiempo, la sirena de la ambulancia sonaba en la calle. Al principio, los vecinos abrían las ventanas y miraban. Después, las cerraban con precipitación. Entonces empezaban las luchas, las lágrimas, la persuasión, la abstracción, en suma. En esos apartamentos sobrecalentados por la fiebre y la angustia se desarrollaban escenas de locura. Pero se llevaban al enfermo. Rieux podía irse.

Las primeras veces se había limitado a telefonear y había corrido a ver a otros enfermos sin esperar a la ambulancia. Pero los familiares habían cerrado la puerta prefiriendo quedarse cara a cara con la peste a una separación cuyo resultado ya conocían. Gritos, órdenes, intervenciones de la policía y hasta de las fuerzas armadas. El enfermo era tomado por asalto. Durante las primeras semanas, Rieux se había visto obligado a esperar la llegada de la ambulancia. Después, cuando todos los médicos fueron acompañados en sus visitas por un inspector voluntario, Rieux pudo correr de un enfermo a otro. Pero al principio todas las tardes habían sido como aquella en que al entrar en casa de la señora Loret, un pequeño cuartito decorado con abanicos y flores artificiales, había sido recibido por la madre que le había dicho con una sonrisa desdibujada:

—Espero que no sea la fiebre de que habla todo el mundo.

Y él, levantando las sábanas y la camisa, había contemplado las manchas rojas en el vientre y los muslos, la hinchazón de los ganglios. La madre miró por entre las piernas de su hija y dio un grito sin poderse contener. Todas las tardes había madres que gritaban así, con un aire enajenado, ante los vientres que se mostraban con todos los signos mortales, todas las tardes había brazos que se agarraban a los de Rieux, palabras inútiles, promesas, llantos, todas las tardes las sirenas de las ambulancias desataban gritos tan vanos como todo dolor. Y al final de esta larga serie de tardes, todas semejantes, Rieux no podía esperar más que otra larga serie de escenas iguales, indefinidamente renovadas. Sí, la peste, como la abstracción, era monótona. Acaso una sola cosa cambiaba: el mismo Rieux. Lo sentía aquella tarde, al pie del monumento de la República, consciente sólo de la difícil indiferencia que empezaba a invadirle, y seguía mirando la puerta del hotel por donde Rambert desapareciera.

Al cabo de esas semanas agotadoras, después de todos esos crepúsculos en que la ciudad se volcaba en las calles para dar vueltas en torno a ella, Rieux comprendía que ya no tenía que defenderse de la piedad. Uno se cansa de la piedad cuando la piedad es inútil. Y en este ver cómo su corazón se cerraba sobre sí mismo, el doctor encontraba el único alivio de aquellos días abrumadores. Sabía que así su misión sería más fácil, por esto se alegraba. Cuando su madre, al verlo llegar a las dos de la madrugada, se lamentaba de la mirada ausente que posaba sobre ella, deploraba precisamente la única cosa que para Rieux era algo atenuante. Para luchar contra la abstracción es preciso parecérsele un poco. Pero ¿cómo podría comprender esto Rambert? La abstracción era para Rambert todo lo que se oponía a su felicidad, y a decir verdad Rieux sabía que el periodista tenía razón, en cierto sentido. Pero sabía también que llega a suceder que la abstracción resulta a veces más fuerte que la felicidad y que entonces, y solamente entonces, es cuando hay que tenerla en cuenta. Esto era lo que habría de sucederle a

Rambert y el doctor pudo llegar a saberlo por las confidencias que Rambert le hizo ulteriormente. Pudo seguir así, ya sobre un nuevo plano, la lucha sorda entre la felicidad de cada hombre y la abstracción de la peste, que constituyó toda la vida de nuestra ciudad durante este largo período.

Pero allí donde unos veían la abstracción, otros veían la realidad. El final del primer mes de peste fue ensombrecido por un recrudecimiento marcado de la epidemia y por un sermón vehemente del padre Paneloux, el jesuita que había asistido al viejo Michel al principio de su enfermedad. El padre Paneloux se había distinguido ya por sus colaboraciones frecuentes en el boletín de la Sociedad Geográfica de Orán, donde sus reconstrucciones epigráficas eran de autoridad. Pero había ganado una audiencia más extensa que cualquier especialista a causa de una serie de conferencias sobre el individualismo moderno. Se había constituido en defensor caluroso de un cristianismo exigente, tan alejado del libertinaje al día como del oscurantismo de los siglos pasados. En tal ocasión no había regateado las verdades más duras a su auditorio. De aquí su reputación.

Así pues, a fines de aquel mes, las autoridades eclesiásticas de nuestra ciudad decidieron luchar contra la peste por sus propios medios, organizando una semana de plegarias colectivas. Estas manifestaciones de piedad pública debían terminar el domingo con una misa solemne bajo la advocación de San Roque, el santo apestado. Pidieron al padre Paneloux que tomara la palabra en esta ocasión. Durante quince días se sustrajo a sus trabajos sobre San Agustín y la Iglesia de África, que le habían valido un lugar aparte en su orden. De naturaleza fogosa y apasionada, había aceptado con resolución la misión que le encomendaban. Mucho antes del sermón, se hablaba ya de él en la ciudad y, en cierto modo, marcó una fecha importante en la historia de ese período.

La semana fue seguida por un público numeroso. Esto no quiere decir que en tiempos normales los habitantes de Orán sean particularmente piadosos. El domingo, por ejemplo, los baños de mar hacen una seria competencia a la misa. No era tampoco que una súbita conversión les hubiera iluminado. Pero, por una parte, estando la ciudad cerrada y el puerto prohibido, los baños no eran posibles, y, por otra, nuestros conciudadanos se encontraban en un estado de ánimo tan particular que, sin admitir en el fondo de su ser los acontecimientos sorprendentes que les herían, sentían sin lugar a dudas que algo había cambiado. Muchos esperaban, sin embargo, que la epidemia fuera a detenerse y que quedasen ellos a salvo con toda su familia. En consecuencia, todavía no se sentían obligados a nada. La peste no era para ellos más que una visita desagradable, que tenía que irse algún día puesto que un día había llegado. Asustados, pero no desesperados, todavía no había llegado el momento en que la peste se les apareciese como la forma misma de su vida y en que olvidasen la existencia que hasta su llegada habían llevado. En suma, estaban a la espera. Respecto a la religión, como respecto a otros problemas, la peste había dado una disposición de ánimo singular, tan lejos de la indiferencia como de la pasión y que se podía definir muy bien con la palabra «objetividad». La mayor parte de los que siguieron la semana de rogativas se mantenían en la postura que uno de los fieles había expresado delante del doctor Rieux: «De todos modos, eso no puede hacer daño.» Tarrou mismo, después de haber anotado en su cuaderno que los chinos en un caso así iban a tocar el tambor ante el genio de la peste, hacía notar que era imposible saber si en realidad el tambor resultaba más eficaz que las medidas profilácticas. Añadía, además, que para saldar la cuestión hubiera sido preciso estar informado sobre la existencia de un genio de la peste y que nuestra ignorancia en este punto hacía estériles todas las opiniones que se pudieran tener.

En todo caso, la catedral de nuestra ciudad estuvo más o menos llena de fieles durante toda la semana. Los primeros días mucha gente se quedaba en los jardines de palmeras y granados que se extienden delante del pórtico para oír la marea de invocaciones y de plegarias que refluían hasta la calle. Poco a poco, por la fuerza del ejemplo, esas mismas gentes se decidieron a entrar y mezclar su voz tímida a los responsos de los otros. El domingo, una multitud considerable invadía la nave y desbordaba hasta los últimos peldaños de las escaleras. Desde la víspera el cielo estaba ensombrecido y la lluvia caía a torrentes. Los que estaban fuera habían abierto los paraguas. Un olor a incienso y a telas mojadas flotaba en la catedral cuando el padre Paneloux subió al púlpito.

Era de talla mediana pero recio. Cuando se apoyó en el borde del púlpito, agarrando la barandilla con sus gruesas manos, no se vio más que una forma pesada y negra rematada por las dos manchas de sus mejillas rubicundas bajo las gafas de acero. Tenía una voz fuerte, apasionada, que arrastraba, y cuando abordó a los asistentes con una sola frase vehemente y remachada: «Hermanos míos, habéis caído en desgracia; hermanos míos, lo habéis merecido», un estremecimiento recorrió a los asistentes hasta el atrio.

Lógicamente, lo que siguió no estaba en armonía con este exordio patético. El resto del discurso hizo comprender a nuestros conciudadanos que por un hábil procedimiento oratorio el padre había dado, de una vez, como el que asesta un golpe, el tema de su sermón entero. Paneloux, en seguida después de esta frase, citó el texto del Éxodo relativo a la peste en Egipto y dijo: «La primera vez que esta plaga apareció en la historia fue para herir a los enemigos de Dios. Faraón se opuso a los designios eternos y la peste le hizo caer de rodillas. Desde el principio de la historia el azote de Dios pone a sus pies a los orgullosos y a los ciegos. Meditad sobre esto y caed de rodillas.»

Afuera redoblaba la lluvia y esta última frase, pronunciada en medio de un silencio absoluto, que el repiquetear del chaparrón en las vidrieras hacía aún más profundo, resonó con tal acento que algunos oyentes, después de unos segundos de duda, se dejaron resbalar desde sus sillas al reclinatorio. Otros creyeron que había que seguir su ejemplo, hasta que poco a poco, sin que se oyera más que el crujir de algún asiento, todo el auditorio se encontró de rodillas. Paneloux se enderezó entonces, respiró profundamente y continuó en un tono cada vez más apremiante. «Si hoy la peste os atañe a vosotros es que os ha llegado el momento de reflexionar. Los justos no han de temer nada, pero los malos tienen razón para temblar. En las inmensas trojes del universo, el azote implacable apaleará el trigo humano hasta que el grano sea separado de la paja. Habrá más paja que grano, serán más los llamados que los elegidos, y esta desdicha no ha sido querida por Dios. Durante harto tiempo este mundo ha transigido con el mal, durante harto tiempo ha descansado en la misericordia divina. Todo estaba permitido: el arrepentimiento lo arreglaba todo. Y para el arrepentimiento todos se sentían fuertes; todos estaban seguros de sentirlo cuando llegase la ocasión. Hasta tanto, lo más fácil era dejarse ir: la misericordia divina haría el resto. ¡Pues bien!, esto no podía durar. Dios, que durante tanto tiempo ha inclinado sobre los hombres de nuestra ciudad su rostro misericordioso, cansado de esperar, decepcionado en su eterna esperanza, ha apartado de ellos su mirada. Privados de la luz divina, henos aquí por mucho tiempo en las tinieblas de la peste.»

En la nave alguien rebulló como un caballo impaciente. Después de una corta pausa, el padre siguió, en un tono más bajo. «Se lee en la *Leyenda dorada* que en tiempos del rey Humberto, en Lombardía, Italia fue asolada por una peste tan violenta que apenas eran suficientes los vivos para enterrar a los muertos, encarnizándose sobre todo en Roma y en Pavía. Y apareció visiblemente un ángel bueno dando órdenes al ángel malo que llevaba un venablo de cazador, y le ordenaba pegar con él en las casas; y de las casas salían tantos muertos como golpes recibían del venablo.»

Paneloux tendió en ese momento los brazos en la dirección del atrio, como si señalase algo tras la cortina movediza de la lluvia: «Hermanos míos —dijo con fuerza—, es la misma caza mortal la que corre hoy día por nuestras calles. Vedle, a este ángel de la peste, bello como Lucifer y brillante como el mismo mal. Erguido sobre vuestros tejados, con el venablo rojo en la mano derecha a la altura de su cabeza y con la izquierda señalando una de vuestras casas. Acaso en este instante mismo, su dedo apunta a vuestra puerta, el venablo suena en la madera, y en el mismo instante, acaso, la peste entra en vuestra casa, se sienta en vuestro cuarto y espera vuestro regreso. Está allí, paciente y atenta, segura como el orden mismo del mundo. La mano que os tenderá, ninguna fuerza terrestre, ni siquiera, sabedlo bien, la vana ciencia de los hombres, podrá ayudaros a evitarla. Y heridos en la sangrienta era del dolor, seréis arrojados con la paja.»

Aquí, el padre volvió a tomar con más amplitud todavía la imagen patética del azote. Evocó la inmensa asta de madera girando sobre la ciudad, hiriendo al azar, alzándose ensangrentada, goteando la sangre del dolor humano, «para las sementeras que prepararán las cosechas de la verdad».

Al final de tan largo período, el padre Paneloux calló, el pelo caído sobre la frente, el cuerpo agitado por un temblor que sus manos comunicaban al púlpito y continuó más sordamente, pero con tono acusador: «Sí, ha llegado la hora de meditar. Habéis creído que os bastaría con venir a visitar a Dios los domingos para ser libres el resto del tiempo. Habéis pensado que unas cuantas genuflexiones le compensarían de vuestra despreocupación criminal. Pero Dios no es tibio. Esas relaciones espaciadas no bastan a su devoradora ternura. Quiere veros ante Él más tiempo, es su manera de amaros, a decir verdad es la única manera de amar. He aquí por qué, cansado de esperar vuestra venida, ha hecho que la plaga os visite como ha visitado a todas las ciudades de pecado desde que los hombres tienen historia. Ahora sabéis lo que es el pecado como lo supieron Caín y sus hijos, los de antes del diluvio, los de Sodoma y Gomorra, Faraón y Job y también todos los malditos. Y como todos ellos, extendéis ahora una mirada nueva sobre los seres y las cosas desde el día en que esta ciudad ha cerrado sus murallas en torno a vosotros y a la plaga. En fin, ahora sabéis que hay que llegar a lo esencial.»

Un viento húmedo se arremolinó entonces bajo la nave y las llamas de los cirios se inclinaron chisporroteando. Un espeso olor de cera, un estornudo, diversas toses subieron hacia el padre Paneloux que, volviendo a su tema con una sutileza que fue muy apreciada, recomenzó con la voz serena. «Muchos de entre vosotros, ya lo sé, os preguntáis a dónde voy a parar. Quiero haceros llegar conmigo a la verdad y enseñaros a encontrar la alegría, a pesar de todo lo que acabo de decir. No estamos ya en el momento en que con consejos, con una mano fraternal hubiera podido empujaros hacia el bien. Hoy la verdad es una orden. Y es un venablo rojo el que os señala el camino de la salvación y os empuja hacia él. Es en esto, hermanos míos, en lo que se muestra la misericordia divina que en toda cosa ha puesto el bien y el mal, la ira y la piedad, la peste y la salud del alma. Este mismo azote que os martiriza os eleva y os enseña el camino.

»Hace mucho tiempo, los cristianos de Abisinia veían en la peste un medio de origen divino eficaz para ganar la eternidad, y los que no estaban contaminados se envolvían en las sábanas de los apestados para estar seguros de morir. Sin duda, este furor de salvación no es recomendable. Denota una precipitación lamentable muy próxima al orgullo. No hay que apresurarse más que

Dios, pues todo lo que pretende acelerar el orden inmutable que Él ha establecido de una vez para siempre, conduce a la herejía. Pero este ejemplo nos sirve al menos de lección. A nuestros espíritus, más clarividentes, les ayuda a valorar ese resplandor excelso de eternidad que existe en el fondo de todo sufrimiento. Este resplandor aclara los caminos crepusculares que conducen hacia la liberación. Manifiesta la voluntad divina que sin descanso transforma el mal en bien. Hoy mismo, a través de este tropel de muerte, de angustia y de clamores, nos guía hacia el silencio esencial y hacia el principio de toda vida. He aquí, hermanos míos, la inmensa consolación que quería traeros para que no sean sólo palabras de castigo las que saquéis de aquí, sino también un verbo que apacigüe.»

Se veía que Paneloux había terminado. Fuera había cesado la lluvia. Un cielo, entremezclado de agua y de sol, vertía sobre la plaza una luz más joven. De la calle subía el rumor de las voces, el deslizarse de los vehículos, todo el lenguaje de una ciudad que se despierta. Los congregados disponían discretamente sus cosas para partir, levantando un rumor sordo. El padre volvió, sin embargo, a tomar la palabra y dijo que después de haber mostrado el origen divino de la peste y el carácter punitivo de este azote no tenía más que decir y que para concluir no haría uso de una elocuencia que resultaría fuera de lugar tratándose de asunto tan trágico. Él creía que todo había quedado claro para todos. Quería recordar únicamente que cuando la gran peste de Marsella, el cronista Mathieu Marais se había lamentado de sentirse hundido en el infierno, al vivir así, sin ayuda y sin esperanza. ¡Pues bien, Mathieu Marais estaba ciego! Por el contrario, nunca como ese día el padre Paneloux había sentido la ayuda divina y la esperanza cristiana que alcanzaba a todos. Esperaba, en contra de toda apariencia, que, a pesar del horror de aquellos días y de los gritos de los agonizantes, nuestros conciudadanos dirigiesen al cielo la única palabra cristiana; la palabra de amor. Dios haría el resto.

Si esta prédica tuvo algún efecto entre nuestros conciudadanos, es muy difícil decirlo. El señor Othon, el juez de instrucción, declaró al doctor Rieux que había encontrado la exposición del padre Paneloux «absolutamente irrefutable». Pero no todo el mundo tenía una opinión tan categórica. Simplemente, el sermón hacía más viva para algunos la idea, vaga hasta entonces, de que por un crimen desconocido estaban condenados a un encarcelamiento inimaginable. Y mientras que unos continuaron su vida insignificante adaptándose a la reclusión, otros, por el contrario, no tuvieron más idea desde aquel momento que la de evadirse.

La gente había aceptado primero el estar aislada del exterior como hubiera aceptado cualquier molestia temporal que no afectase más que a alguna de sus costumbres. Pero de pronto, conscientes de estar en una especie de secuestro, bajo la cobertera del cielo donde ya empezaba a retostarse el verano, sentían confusamente que esta reclusión amenazaba toda su vida y, cuando llegaba la noche, la energía que recobraban con la frescura de la atmósfera les llevaba a veces a cometer actos desesperados.

Ante todo, fuese o no coincidencia, a partir de aquel domingo hubo en la ciudad una especie de pánico harto general y harto profundo como para poder suponer que nuestros conciudadanos empezaban verdaderamente a tener conciencia de su situación. Desde este punto de vista, la atmósfera en que vivíamos se vio un poco modificada. Pero, en verdad, el cambio ¿estaba en la atmósfera o en los corazones? He aquí la cuestión.

Pocos días después del sermón, Rieux, que comentaba este acontecimiento con Grand, yendo hacia los arrabales, chocó en la oscuridad con un hombre que se bamboleaba delante de él sin intención aparente de avanzar. En ese momento el alumbrado de nuestra ciudad, que se encendía cada día más tarde, resplandeció bruscamente. La luz del farol que tenía detrás iluminó súbitamente al hombre, que reía en silencio con los ojos cerrados. Por su rostro blancuzco, distendido en una hilaridad muda, el sudor escurría en gruesas gotas. Pasaron de largo.

—Es un loco —dijo Grand.

Rieux, que le había cogido del brazo para alejarle de allí, sintió que el empleado temblaba de nervios.

—Pronto no habrá más que locos dentro de estos muros —dijo Rieux.

El cansancio contribuía a que sintiera la garganta seca.

—Bebamos algo.

En el pequeño café donde entraron, iluminado por una sola lámpara sobre el mostrador, la gente hablaba en voz baja, sin razón aparente, en la atmósfera espesa y rojiza. En el mostrador, Grand, con sorpresa del doctor, pidió un licor que se bebió de un trago, declarando que era fuerte. No quiso quedarse allí. Fuera le pareció a Rieux que la noche estaba llena de gemidos. En todas partes en el cielo negro, por encima de las farolas, un silbido sordo le hacía pensar en el invisible azote que agitaba incansablemente el aire caliente.

—Felizmente, felizmente —decía Grand.

Rieux se preguntaba qué iría a decir.

—Felizmente —dijo el otro—, tengo mi trabajo.

—Sí —dijo Rieux—, es una ventaja.

Y, decidido a no escuchar más aquel silbido, preguntó a Grand si estaba contento de su trabajo.

—Bueno, creo que voy por buen camino.

—¿Tiene usted todavía para mucho tiempo?

Grand pareció animarse; el calor del alcohol se comunicó a su voz.

—No lo sé. Pero la cuestión no está ahí, doctor, no es ésa la cuestión, no.

En la oscuridad, Rieux adivinaba que agitaba los brazos. Parecía estar preparando algo que surgió de pronto, con locuacidad.

—Mire usted, doctor, lo que yo quiero es que el día que mi manuscrito llegue a casa del editor, éste se levante después de haberlo leído, y diga a sus colaboradores: «Señores, hay que quitarse el sombrero.»

Esta brusca declaración sorprendió a Rieux. Le pareció que su acompañante hacía el movimiento de descubrirse, llevándose la mano a la cabeza y poniendo después el brazo horizontal. En lo alto, el silbido caprichoso parecía recomenzar con más fuerza.

—Sí —decía Grand—, es necesario que sea perfecto.

Aunque poco impuesto en las costumbres literarias, Rieux tenía, sin embargo, la impresión de que las cosas no debían ser tan sencillas y que, por ejemplo, los editores en sus despachos debían de estar sin sombrero. Pero, de hecho, nunca se sabe, y Rieux prefirió callarse. A pesar suyo, prestaba el oído a los rumores misteriosos de la peste. Se acercaban al barrio de Grand y como aquél quedaba un poco en alto, una ligera brisa les refrescaba y al mismo tiempo barría todos los ruidos de la ciudad. Grand seguía hablando y Rieux no captaba todo lo que decía aquel hombre. Comprendía solamente que la obra en cuestión tenía ya muchas páginas, pero que el trabajo que su autor se tomaba en llevarla a la perfección le era muy penoso. «Noches, semanas enteras con una palabra..., a veces una simple conjunción.» Aquí Grand se detuvo. Sujetó al doctor por un botón de la gabardina. Las palabras salían a tropezones de su boca desmantelada.

—Compréndame bien, doctor. En rigor, es fácil escoger entre el *mas* y el *pero*. Ya es más difícil optar entre el *mas* y el *y*. La dificultad aumenta con el *pues* y el *porque*. Pero seguramente lo más difícil que existe es emplear bien el *cuyo* *.

—Sí —dijo Rieux—, comprendo.

Echó a andar. Grand pareció confuso y corrió hasta ponerse otra vez a su lado.

—Excúseme —balbuceó—. ¡No sé lo que me pasa esta noche!

Rieux le palmeó suavemente en el hombro y le dijo que bien quisiera poder ayudarlo y que su historia le interesaba mucho. El otro pareció tranquilizarse y cuando llegaron delante de su casa, tras dudarlo un poco, propuso al doctor subir un momento. Rieux aceptó.

En el comedor, Grand le invitó a sentarse ante una mesa cubierta de papeles llenos de tachaduras sobre una letra microscópica.

—Sí, eso es —dijo Grand al doctor, que le interrogaba con la mirada—. Pero ¿quiere usted beber algo? Tengo un poco de vino.

Rieux rehusó. Miraba los papeles.

—No mire usted —dijo Grand—. Es la primera frase. Me está dando trabajo. Mucho trabajo.

Él también contemplaba todas las hojas y su mano pareció invenciblemente atraída por una de ellas, que levantó para mirarla al trasluz, ante la bombilla sin pantalla. La hoja temblaba en su mano. Rieux observó que la frente del empleado estaba húmeda.

—Siéntese —le dijo y léamela.

Grand lo miró y le sonrió con una especie de agradecimiento.

—Sí —dijo—, creo que tengo ganas de leerla.

---

* El párrafo del original francés dice textualmente: «À la rigueur, c'est assez facile de choisir entre *mais* et *et*. C'est déjà plus difficile d'opter entre *et* et *puis*. La difficulté grandit avec *puis* et *ensuite*. Mais assurément, ce qu'il y a de plus difficile, c'est de savoir s'il faut mettre *et* ou s'il ne faut pas.» En la traducción se han buscado equivalentes castellanos más o menos aproximados. *(N. de la T.)*.

Esperó un poco, sin dejar de mirar la hoja. Rieux escuchaba al mismo tiempo una especie de bordoneo confuso que en la ciudad parecía responder al silbido de la plaga. En ese preciso momento tenía una percepción extraordinariamente aguda de la ciudad que se extendía a sus pies, del mundo cerrado que componía, y de los terribles lamentos que ahogaba por las noches. La voz de Grand se elevó sordamente. «En una hermosa mañana del mes de mayo, una elegante amazona recorría, en una soberbia jaca alazana, las avenidas floridas del Bosque de Bolonia.» Se hizo el silencio y con él volvió el confuso rumor de la ciudad atormentada. Grand había dejado la hoja y seguía contemplándola. Después de un momento levantó los ojos.

—¿Qué le parece?

Rieux respondió que aquel comienzo le inspiraba la curiosidad de conocer el resto. Pero Grand dijo con animación que ese punto de vista no era acertado. Daba sobre sus papeles con la palma de la mano, y decía:

—Esto no es más que una aproximación. Cuando haya llegado a transcribir el cuadro que tengo en la imaginación, cuando mi frase tenga el movimiento mismo de este paseo al trote, un, dos, tres, un, dos, tres, entonces el resto será más fácil y sobre todo la ilusión será tal desde el principio que hará posible que digan: «Hay que quitarse el sombrero.»

Pero para esto tenía aún mucho que roer. Nunca consentiría en entregar esta frase tal como estaba al impresor. Pues a pesar de la satisfacción que a veces le causaba, se daba cuenta de que no se ajustaba enteramente a la realidad y de que, en cierto modo, tenía una ligereza de tono que le daba un carácter, vago, por supuesto, pero con todo perceptible, de clisé. Éste era al menos el sentido de lo que estaba diciendo cuando oyeron que unos hombres pasaban corriendo bajo las ventanas. Rieux se puso de pie.

—Ya verá usted lo que yo haré de esto —decía Grand, y, volviéndose hacia la ventana, añadía—: cuando todo esto termine.

Pero el ruido de pasos precipitados se repitió. Rieux bajaba ya y dos hombres pasaron delante de él cuando llegó a la calle. Algunos de nuestros conciudadanos, perdiendo la cabeza entre el calor y la peste, se habían dejado llevar por la violencia y habían intentado engañar a los vigilantes de las barreras para escapar de la ciudad.

Otros, como Rambert, intentaban huir también de esta atmósfera de pánico naciente, pero con más obstinación y más habilidad, ya que no con más éxito. Rambert había continuado al principio sus gestiones oficiales. Según él, la obstinación acababa por triunfar de todo y, desde un cierto punto de vista, su oficio le exigía ser desenvuelto. Había visitado a un gran número de funcionarios y de gente cuya competencia generalmente no se discutía. Pero, para el caso, esta competencia no le servía en modo alguno. Eran, en su mayor parte, hombres que tenían ideas muy concretas y bien ordenadas sobre todo lo que concierne a la banca, a la exportación, a los frutos cítricos y hasta al comercio de vinos; que poseían indiscutibles conocimientos en problemas de lo contencioso o en seguros, sin contar los diplomas más sólidos y una buena voluntad evidente. Incluso lo más asombroso que había en todos ellos era la buena voluntad. Pero en materia de peste, sus conocimientos eran nulos, poco más o menos.

Ante cada uno de ellos, sin embargo, y cada vez que había sido posible, Rambert había defendido su causa. La base de su argumentación consistía siempre en decir que él era extraño a la ciudad y que, por tanto, su caso debía ser especialmente examinado. En general, los interlocutores del periodista admitían de buena gana este punto. Pero le advertían que éste era también el caso de cierto número de gentes y que, en consecuencia, su asunto no era tan singular como imaginaba. A lo cual Rambert podía contestar que ello no tenía nada que ver con el fondo de su argumentación, y le respondían que eso, sin embargo, sí tenía que ver con las dificultades administrativas que se oponían a toda medida de favor que amenazase con sentar lo que llamaban, con expresión de gran repugnancia, un precedente. Según la clasificación que Rambert propuso al doctor Rieux, este género de razonadores constituía la categoría de los formalistas. Junto a éstos se podía encontrar a los elocuentes, que aseguraban al demandante que nada de todo aquello podía durar y que, pródigos en buenos consejos cuando se les pedía decisiones, consolaban a Rambert afirmando que se trataba de una contrariedad momentánea. Había también los importantes, que le rogaban que les dejase una nota resumiendo su situación y que le informaban de que ellos decidirían sobre su caso; había también los triviales, que le ofrecían bonos de alojamiento o direcciones de pensiones económicas; los metódicos, que le hacían llenar una ficha y la archivaban en seguida; los desbordantes, que levantaban los brazos en alto, y los impacientes, que se volvían a mirar a otro lado; había, en fin, los tradicionales, mucho más numerosos que los otros, que indicaban a Rambert otra dependencia administrativa o una gestión distinta.

El periodista se había agotado en estas visitas y había adquirido una idea justa de lo que puede ser un ayuntamiento o una prefectura, a fuerza de esperar sentado en una banqueta de hule ante grandes carteles que invitaban a suscribirse a bonos del Tesoro exentos de impuestos o a alistarse en el ejército colonial; a fuerza de entrar en despachos donde los rostros humanos se dejaban tan fácilmente prever como el fichero y los estantes de legajos. La ventaja, como le decía Rambert a Rieux con un dejo de amargura, era que todo esto le encubría la verdadera situación. Los progresos de la peste, prácticamente, se le escapaban. Sin contar que los días pasaban así más rápidos y en la situación en que se encontraba la ciudad entera se podía decir que cada día pasado acercaba a cada hombre, siempre que no muriese, al fin de sus sufrimientos. Rieux tuvo que reconocer que este punto era verdadero, pero que se trataba, sin embargo, de una verdad un tanto demasiado general.

En un momento dado, Rambert concibió esperanzas. Había recibido de la prefectura un formulario en blanco que se le rogaba llenar exactamente. La hoja preguntaba por su identidad, su situación familiar, sus recursos económicos anteriores y actuales y por eso que se llama *curriculum vitae*. Tuvo la impresión de que se trataba de una consulta destinada a revisar los casos de personas susceptibles de ser enviadas a su residencia habitual. Algunas informaciones confusas recogidas en una oficina le confirmaron esta impresión. Pero después de algunas gestiones acertadas consiguió encontrar la oficina pública de donde había salido la hoja y allí le dijeron que esos datos habían sido tomados «por si acaso».

—¿Por si acaso qué? —preguntó Rambert.

Le explicaron entonces que había sido sólo para en caso de que cayese con la peste y muriese, poder prevenir a su familia, y además para saber si había que cargar los gastos al hospital, al presupuesto de la ciudad o si se podía esperar que los reembolsasen sus parientes. Evidentemente, eso probaba que no estaba tan separado de la que le esperaba, pues la sociedad se ocupaba de ellos. Pero esto no era un consuelo. Lo más notable era, y Rambert lo notó, en efecto, la manera en que, en medio de una catástrofe, una oficina podía continuar su servicio y tomar iniciativas como en otros tiempos, generalmente a espaldas de las autoridades superiores, por la única razón de que estaba constituida para ese servicio.

Para Rambert, el período que siguió a esto fue el más fácil y más difícil a la vez. Fue un período de embrutecimiento. Había visitado todos los despachos, hecho todas las gestiones posibles, las salidas por ese lado estaban totalmente cerradas. Vagaba de café en café. Se sentaba por la mañana en una terraza delante de un vaso de cerveza tibia, leía un periódico con la esperanza de encontrar en él signos de un próximo fin de la enfermedad, miraba las caras de la gente que pasaba, apartándose con repugnancia de su expresión de tristeza, y después de haber leído por centésima vez las muestras de los comercios de enfrente, la publicidad de los grandes aperitivos que ya no se servían, se levantaba y andaba al azar por las calles amarillentas de la ciudad. De los paseos solitarios a los cafés, de los cafés a los restaurantes iba, así, esperando la noche. Rieux lo vio una tarde, precisamente a la puerta de un café donde estaba dudando si entraría. Pareció decidirse y fue a sentarse al fondo de la sala. Era la hora en que, por orden superior, retardaban en los cafés el momento de dar la luz. El crepúsculo invadía la sala como un agua gris, el rosa del poniente se reflejaba en los cristales y los mármoles de las mesas relucían débilmente en la oscuridad principiante. En medio de la sala desierta, Rambert parecía una sombra perdida y Rieux pensó que aquélla era la hora de su abandono. Pero era también el momento en que todos los prisioneros de la ciudad sentían también el suyo y era preciso hacer algo para apresurar la liberación. Rieux se fue de allí.

Rambert pasaba también largos ratos en la estación. El acceso a los andenes estaba prohibido, pero las salas de espera que se alcanzaban a ver desde el exterior seguían abiertas y algunas veces había mendigos que se instalaban allí los días de calor, porque eran sombreadas y frescas. Rambert venía a leer los antiguos horarios, los carteles que prohibían escupir y el reglamento de la policía de los trenes. Después se sentaba en un rincón. La sala era oscura. Una vieja estufa de hierro colado, fría desde hacía meses, permanecía rodeada por las huellas de numerosos riegos que habían trazado ochos en el suelo. En las paredes, algunos anuncios brindaban una vida dichosa y libre en Bandol o en Cannes. Rambert encontraba allí esa especie de espantosa libertad que se encuentra en el fondo del desasimiento. Las imágenes que se le hacían más penosas de llevar eran, según le decía a Rieux, las de París. Un paisaje de viejas piedras y agua, las palomas del Palais Royal, los barrios desiertos del Panteón y algunos otros lugares de una ciudad que no sabía que amaba tanto, le perseguían entonces impidiéndole hacer nada útil. Rieux pensaba que estaba identificando aquellas imágenes con las de su amor. Y el día en que Rambert le contó que le gustaba despertarse a las cuatro de la mañana y ponerse a pensar en su ciudad, el doctor tradujo con facilidad, según su propia experiencia, que lo que le gustaba imaginar era la mujer que había dejado allí. Ésta era, en efecto, la hora en que podía apoderarse de ella. Por regla general, a las cuatro de la mañana no se hace nada y se duerme aunque la noche haya sido una noche de traición. Sí, se duerme a esa hora y esto tranquiliza, puesto que el gran deseo de un corazón inquieto es el de poseer interminablemente al ser que ama o hundir a este ser, cuando llega el momento de la ausencia, en un sueño sin imágenes que sólo pueda terminar el día del encuentro.

Poco después del sermón empezaron los calores. Estábamos a fines del mes de junio. Al día siguiente de las lluvias tardías que habían señalado el domingo del sermón, el verano estalló, de golpe, en el cielo y sobre las casas. Se levantó primero un gran viento abrasador que sopló durante veinticuatro horas y resecó las paredes. El sol se afincó. Olas ininterrumpidas de calor y de luz inundaron la ciudad a lo largo del día. Fuera de las calles de soportales y de los apartamentos parecía que no había un solo punto en la ciudad que no estuviese situado en medio de la reverberación más cegadora. El sol perseguía a nuestros conciudadanos por todos los rincones de las calles, y si se paraban, entonces les pegaba fuerte. Como aquellos primeros calores coincidieron con un aumento vertiginoso del número de víctimas, que alcanzó cerca de setecientas por semana, una especie de abatimiento se apoderó de la ciudad. En los barrios periféricos, entre las calles tranquilas y las casas con terrazas, la animación decreció y en aquellos barrios en los que la gente vivía siempre en las aceras, todas las puertas estaban cerradas y echadas las persianas, sin que se pudiera saber si era de la peste o del sol de lo que procuraban protegerse. De algunas casas, sin embargo, salían gemidos. Al principio, cuando esto sucedía, se veía a los curiosos detenerse en la calle a escuchar. Pero después de tan continuada alarma pareció que el corazón de todos se hubiese endurecido, y todos pasaban o vivían al lado de aquellos lamentos como si fuesen el lenguaje natural de los hombres.

Las peleas en las puertas de la ciudad, en las cuales los agentes habían tenido que hacer uso de sus armas, crearon una sorda agitación. Seguramente había habido heridos, pero hablaban de muertos en la ciudad, donde todo se exageraba por efecto del calor y del miedo. Es cierto, en todo caso, que el descontento no cesaba de aumentar, que nuestras autoridades habían temido lo peor y encarado seriamente las medidas que habrían de tomar en el caso de que esa población, mantenida bajo el azote, llegara a sublevarse. Los periódicos publicaron decretos que renovaban la prohibición de salir y amenazaban con penas de prisión a los contraventores. Había patrullas que recorrían la ciudad. A menudo en las calles desiertas y caldeadas se veían avanzar, anunciados primero por el ruido de las herraduras en el empedrado, a guardias montados que pasaban entre dos filas de ventanas cerradas. Cuando la patrulla desaparecía, un pesado silencio receloso volvía a caer sobre la ciudad amenazada. De cuando en cuando centelleaban los escopetazos de los equipos especiales, encargados por una ordenanza reciente de matar los perros y los gatos que pudieran propagar las pulgas. Estas detonaciones secas contribuían a tener a la ciudad en una atmósfera de alerta.

En medio del calor y del silencio, para el corazón aterrorizado de nuestros conciudadanos todo tomaba una importancia cada vez más grande. Los colores del cielo y los olores de la tierra que marcan el paso de las estaciones eran, por primera vez, perceptibles para todos. Todos comprendían con horror que los calores favorecían la epidemia y al mismo tiempo todos veían que el verano se instalaba. El grito de los vencejos en el cielo de la tarde se hacía más agudo sobre la ciudad. Ya no estaba en proporción con los crepúsculos de junio que hacen lejano el horizonte en nuestra tierra. Las flores ya no llegaban en capullo a los mercados, se abrían rápidamente y, después de la venta de la mañana, sus pétalos alfombraban las aceras polvorientas. Se veía claramente que la primavera se había extenuado, que se había prodigado en miles de flores que estallaban por todas partes, a la redonda, y que ahora iban a adormecerse, a aplastarse lentamente bajo el doble peso de la peste y del calor. Para todos nuestros conciudadanos este cielo de verano, estas calles que palidecían bajo los matices del polvo y del tedio, tenían el mismo sentido amenazador que la centena de muertos que pesaba sobre la ciudad cada día. El sol incesante, esas horas con sabor a sueño y a vacaciones, no invitaban como antes a las fiestas del agua y de la carne. Por el contrario, sonaban a hueco en la ciudad cerrada y silenciosa. Habían perdido el reflejo dorado de las estaciones felices. El sol de la peste extinguía todo color y hacía huir toda dicha.

Ésta era una de las grandes revoluciones de la enfermedad. Todos nuestros conciudadanos acogían siempre el verano con alegría. La ciudad se abría entonces hacia el mar y desparramaba a su juventud por las playas. Este verano, por el contrario, el mar tan próximo estaba prohibido y el cuerpo no tenía derecho a sus placeres. ¿Qué hacer en estas condiciones? Es también Tarrou el que da la imagen más perfecta de lo que era nuestra vida entonces. Él seguía en sus apuntes los progresos de la peste, en general, anotando justamente que una fase de la epidemia la había marcado la radio cuando, en vez de anunciar cientos de defunciones por semana, había empezado a dar las cifras de noventa y dos, ciento siete y ciento veinte al día. «Los periódicos y las autoridades quieren ser más listos que la peste. Se imaginan que le quitan algunos puntos porque ciento treinta es una cifra menor que novecientos diez...» Evocaba también aspectos patéticos o espectaculares de la epidemia, como el de aquella mujer que en un barrio desierto, con todas las persianas cerradas, había abierto bruscamente una ventana cuando él pasaba y había lanzado dos gritos enormes antes de cerrar los postigos sobre la oscuridad espesa del cuarto.

Pero, además, anotaba que las pastillas de menta habían desaparecido de las farmacias porque muchas personas las llevaban en la boca para precaverse contra un contagio eventual.

También continuaba observando a sus personajes favoritos. Se sabía que también el viejecito de los gatos vivía la tragedia. Una mañana, en efecto, se habían oído disparos y, como decía Tarrou, el plomo escupido sobre los gatos había matado a la mayor parte y aterrorizado a los otros, que habían huido de la calle. El mismo día el viejecito había salido al balcón a la hora habitual, había demostrado cierta sorpresa, se había asomado, había escrutado los confines de la calle y se había resignado a esperar. Daba golpecitos con la mano en la barandilla del balcón. Después de esperar un rato y de haber dejado caer en pedacitos un poco de papel, se había metido en su cuarto, había vuelto a salir después y al cabo de cierto tiempo había desaparecido bruscamente, cerrando detrás de sí, con cólera, las contraventanas. En los días siguientes se había repetido la misma escena, y se podía leer en los rasgos del viejecito una tristeza y un desconcierto cada vez más manifiestos. Una semana después, Tarrou esperó en vano la aparición cotidiana: las ventanas continuaron obstinadamente cerradas sobre una tristeza bien comprensible. «En tiempos de peste, prohibido escupir a los gatos», ésta era la conclusión de los apuntes.

Por otra parte, Tarrou, cuando volvía por la noche, estaba siempre seguro de encontrar en el vestíbulo la figura sombría del sereno que se paseaba de un lado para otro. El sereno no cesaba de recordar a todo el mundo que él había previsto lo que iba a pasar. A Tarrou, que reconocía haberle oído predecir una desgracia, pero que le recordaba su idea del temblor de tierra, le decía: «¡Ah, si fuera un temblor de tierra! Una buena sacudida y no se habla más del caso... Se cuentan los muertos y los vivos y asunto concluido. ¡Mientras que esta porquería de enfermedad! Hasta los que no la tienen parecen llevarla en el corazón.»

El director estaba igualmente abrumado. Al principio, los viajeros imposibilitados de dejar la ciudad habían permanecido en el hotel, pero poco a poco, en vista de lo que se prolongaba la epidemia, muchos habían preferido alojarse en casas de amigos. Y la misma razón que había llenado en un principio todas las habitaciones del hotel las mantenía ahora vacías, puesto que ya no llegaban más viajeros a la ciudad. Tarrou era uno de los pocos que habían quedado y el director no perdía nunca la ocasión de hacerle notar que si no fuera por su deseo de complacer a sus últimos clientes, habría cerrado hacía tiempo el establecimiento. Muchas veces pedía a Tarrou que calculase la probable duración de la epidemia: «Parece ser —decía Tarrou— que los fríos son contrarios a este género de enfermedades.» El director se volvía loco: «Pero aquí no hace realmente frío, señor. Y en todo caso, nos faltan todavía varios meses.» Además, estaba seguro de que durante mucho tiempo los viajeros procurarían evitar la ciudad. Esta peste era la ruina del turismo.

En el comedor, después de una corta ausencia, se vio reaparecer al señor Othon, el hombre lechuza, pero seguido solamente de los dos perritos amaestrados. La causa era que la mujer había cuidado y enterrado a su madre y en aquellos momentos estaba en cuarentena.

—Esto no me gusta —decía el director a Tarrou—. Con cuarentena o sin ella, es sospechosa, y, en consecuencia, ellos también.

Tarrou le hacía comprender que desde ese punto de vista todo el mundo era sospechoso. Pero él era categórico y tenía al respecto las cosas muy claras.

—No, señor Tarrou, ni usted ni yo somos sospechosos. Ellos sí lo son.

Pero el señor Othon no cambiaba por tan poca cosa y, en su caso, la peste no sacaba nada. Entraba igual en la sala del restaurante, se sentaba antes que sus hijos y les dirigía frases distinguidas y hostiles. Sólo el niño había cambiado de aspecto. Vestido de negro, como su hermana, un poco más encerrado en sí mismo, parecía la proyección en pequeño de su padre. El sereno, que no quería al señor Othon, había dicho a Tarrou:

—¡Ah! Éste reventará vestido. Así no hará falta amortajarle. Se irá derecho.

El sermón del padre Paneloux estaba también registrado en los apuntes, pero con el comentario siguiente: «Comprendo este simpático ardor. Al principio de las plagas y cuando ya han terminado, siempre hay un poco de retórica. En el primer caso es que no se ha perdido todavía la costumbre, y en el segundo, que ya ha vuelto. En el momento de la desgracia es cuando se acostumbra uno a la verdad, es decir al silencio. Esperemos.»

Tarrou anota también que ha tenido una larga conversación con el doctor Rieux de la que sólo recuerda que tuvo buenos resultados. Señala también el color castaño claro de los ojos de la madre de Rieux, afirmando caprichosamente que, en su opinión, una mirada donde se lee tanta bondad será siempre más fuerte que la peste, y consagra también largos párrafos al viejo asmático cuidado por Rieux.

Había ido a verle, con el doctor, después de su entrevista. El viejo había acogido a Tarrou con risitas, frotándose las manos. Estaba en la cama, pegado a la almohada, inclinado sobre sus dos cazuelas de garbanzos. «¡Ah!, otro más —había dicho al ver a Tarrou—. Esto es el mundo al revés: más médicos que enfermos. La cosa va de prisa, ¿eh? El cura tiene razón, está bien merecido.» Al día siguiente Tarrou había vuelto sin anunciarse.

Según sus apuntes, el viejo asmático, mercero de profesión, había creído a los cincuenta años que ya había trabajado bastante. Se había acostado, y no había vuelto a levantarse. Su asma, sin embargo, se relacionaba con la época vertical. Una pequeña renta le había ayudado a llegar a los setenta y cinco años que llevaba alegremente. No podía soportar la vista de un reloj y, de hecho, no había ni uno en su casa. «Un reloj —decía— es una cosa cara y estúpida.» Calculaba el tiempo y sobre todo la hora de las comidas, que era la única que le importaba, con sus dos cazuelas, una de las cuales estaba siempre llena de garbanzos cuando se despertaba. Con aplicación y regularidad iba llenando ininterrumpidamente la otra, garbanzo a garbanzo. Así tenía sus colaciones en un día medido por cazuelas. «Cada quince cazuelas —decía— necesito un tentempié. Es muy sencillo.»

De creer a su mujer, había dado ya desde muy joven signos de su vocación. Nada le había interesado nunca, ni su trabajo, ni los amigos, ni el café, ni la música, ni las mujeres, ni los paseos. No había salido nunca de la ciudad, excepto un día en que, obligado a ir a Argel por asuntos de familia, se había bajado en la primera estación, incapaz de llevar más lejos la aventura. Había vuelto a su casa en el primer tren.

A Tarrou, que había parecido asombrarse de su enclaustramiento, le había explicado que, según la religión, la primera mitad de la vida de un hombre era una ascensión y la otra mitad un descenso: que en el descenso los días del hombre ya no le pertenecían, porque le podían ser arrebatados en cualquier momento, que, por lo tanto, no podía hacer nada con ellos y que lo mejor era, justamente, no hacer nada. La contradicción, por lo demás, no le asustaba, pues, en otra ocasión, le había dicho a Tarrou, poco más o menos, que seguramente Dios no existía porque, si existiese, los curas no serían necesarios. Pero por ciertas reflexiones que siguieron a esto Tarrou comprendió que su filosofía estaba estrechamente relacionada con el mal humor que le producían las frecuentes colectas de su parroquia. Lo que acababa el retrato del viejo era un deseo que parecía profundo y que varias veces había manifestado ante su interlocutor: tenía la esperanza de morir muy viejo.

«¿Es un santo?» se preguntaba Tarrou. Y él mismo respondía, «Sí, sí, la santidad es un conjunto de costumbres.»

Pero, al mismo tiempo, Tarrou acometía la descripción minuciosa de un día en la ciudad apestada y daba así una idea muy justa de las ocupaciones de la vida de nuestros conciudadanos durante aquel verano. «No se ríe nadie más que los borrachos —decía Tarrou—, y éstos se ríen demasiado.» Después empezaba su descripción.

«Al amanecer, ligeros hálitos recorren la ciudad, todavía desierta. A esta hora, que es la que queda entre las muertes de la noche y las agonías del día, parece que la peste suspende un momento su esfuerzo para tomar aliento. Todas las tiendas están cerradas, pero en algunas el letrero "Cerrado a causa de la peste" atestigua que no abrirán tan pronto como las otras. Los vendedores de periódicos, todavía dormidos, no gritan aún las noticias, sino que, apoyados en las esquinas, ofrecen su mercancía a las farolas con gesto de sonámbulos. De un momento a otro, los despertarán los primeros tranvías y se repartirán por la ciudad, llevando bajo el brazo las hojas donde estalla la palabra "peste". "¿Habrá un otoño de peste? El profesor R. responde: No." "Ciento veinticuatro muertos es el balance del día noventa y cuatro de la peste."

»A pesar de la crisis del papel, que se hace cada día más aguda y que ha obligado a ciertos periódicos a disminuir el número de sus páginas, se ha fundado un periódico nuevo: el *Correo de la Epidemia*, que se impone como misión "informar a nuestros conciudadanos, guiado por una escrupulosa objetividad, de los progresos o retrocesos de la epidemia; aportar los testimonios más autorizados sobre el porvenir de la enfermedad; prestar el apoyo de sus columnas a todos los que, conocidos o desconocidos, estén dispuestos a luchar contra la plaga; mantener la moral de la población; transmitir los acuerdos de las autoridades y, en una palabra, agrupar a todos los que con buena voluntad quieran luchar contra el mal que nos azota". En realidad, este periódico se ha limitado en seguida a publicar anuncios de nuevos productos infalibles para prevenir la peste.

»Hacia las seis de la mañana todos estos periódicos empiezan a venderse en las colas que se instalan a las puertas de los comercios, más de una hora antes de que se abran, y después en los tranvías que llegan, abarrotados, a los barrios periféricos. Los tranvías han llegado a constituir el único medio de transporte y avanzan lentamente, con los estribos y los topes cargados de gente. Cosa curiosa, todos los ocupantes se vuelven la espalda, lo más posible, para evitar el contagio mutuo. En las paradas, el tranvía arroja cantidades de hombres y mujeres que se apresuran a alejarse para encontrarse solos. Con frecuencia, estallan escenas ocasionadas únicamente por el mal humor que va haciéndose crónico.

»Después que pasan los primeros tranvías, la ciudad se despierta poco a poco, las cervecerías abren sus puertas con los mostradores llenos de letreros: "No hay café", "Traed vuestro azúcar", etc. Después, los comercios se abren, las calles se animan. Al mismo tiempo, la luz crece y el calor cae a plomo del cielo de julio. Es la hora en que los que no tienen nada que hacer se aventuran por los bulevares. La mayor parte parece que se hubieran propuesto conjurar la peste por la exhibición de su lujo. Todos los días, hacia las once, en las vías principales hay un desfile de jóvenes de ambos sexos en los que se puede observar esta pasión por la vida que crece en el seno de las grandes desgracias. Si la epidemia se extiende, la moral se ensanchará también. Volveremos a ver las saturnales de Milán al borde de las tumbas.

»Al mediodía, los restaurantes se llenan en un abrir y cerrar de ojos. Rápidamente se forman en las puertas pequeños grupos de gente que no han podido encontrar mesa. El cielo empieza a perder su luminosidad por el exceso de calor. A la sombra de grandes toldos, los candidatos al alimento esperan su turno, al borde de la acera achicharrada por el sol. Si los restaurantes están atestados es porque para muchos simplifican el problema del avituallamiento. Pero en ellos existe la angustia del contagio. Los clientes pasan largos ratos limpiando pacientemente los cubiertos. No hace mucho tiempo algunos restaurantes anunciaban: "Aquí los cubiertos están escaldados." Pero poco a poco renunciaron a toda publicidad porque los clientes se vieron obligados a acudir. Los clientes, por otra parte, gastan fácilmente el dinero. Los vinos de marca o de cierto renombre, los suplementos más caros son el principio de una carrera desenfrenada. Parece también que en un restaurante hubo escenas de pánico porque un cliente se sintió mal, se puso pálido, se levantó tambaleándose y salió apresuradamente.

»Hacia las dos, la ciudad queda vacía: es el momento en que el silencio, el polvo, el sol y la peste se reúnen en la calle. A lo largo de las grandes casas grises, el calor escurre sin parar. Son largas horas de prisión que terminan en noches ardientes que se desploman sobre la ciudad populosa y charladora. Durante los primeros días de calor, de cuando en cuando, sin que se supiera por qué, las noches eran rehuidas. Pero ahora el primer fresco trae un consuelo, ya que no una esperanza. Todos salen a la calle, se aturden a fuerza de hablar, se pelean o se desean, y bajo el cielo rojo de julio la ciudad, llena de parejas y de ruidos, deriva hacia la noche anhelante. Inútilmente, todas las tardes, en los bulevares, un viejo inspirado, con chambergo y chalina, atraviesa la multitud repitiendo sin parar: "Dios es grande, venid a Él." Todos se precipitan, por el contrario, hacia algo que conocen mal o que les parece más urgente que Dios. Al principio, cuando creían que era una enfermedad como las otras, la religión ocupaba su lugar. Pero cuando han visto que era cosa seria, se han acordado del placer. Toda la angustia que se refleja durante el día en los rostros, se resuelve después, en el crepúsculo ardiente y polvoriento, en una especie de excitación rabiosa, una libertad torpe que enfebrece a todo un pueblo.

»Y yo también, igual que ellos. Pero ¡qué importa!, la muerte no es nada para los hombres como yo. Es un acontecimiento que les da la razón.»

Había sido Tarrou el que había pedido a Rieux la entrevista de que habla en sus apuntes. La tarde en que le esperaba, el doctor Rieux estaba mirando a su madre, tranquilamente sentada en una silla en un rincón del comedor. Allí era donde pasaba sus días cuando el cuidado de la casa no la tenía ocupada. Con las manos juntas sobre las rodillas, esperaba. Rieux no estaba muy seguro de que fuese a él a quien esperaba. Sin embargo, algo cambiaba en el rostro de su madre cuando él aparecía. Todo lo que una larga vida laboriosa había puesto de mutismo en ese rostro, parecía animarse un momento. Después volvía a caer en el silencio. Aquella tarde, la vio mirando por la ventana la calle desierta. El alumbrado nocturno había sido disminuido en dos tercios y sólo muy de cuando en cuando una lámpara aclaraba débilmente las sombras de la ciudad.

—¿Es que van a conservar el alumbrado reducido durante toda la peste? —dijo la señora Rieux.

—Probablemente.

—Con tal que no dure hasta el invierno. Entonces resultaría demasiado triste.

—Sí —dijo Rieux.

Vio que la mirada de su madre se posaba en su frente. Rieux sabía que la inquietud y el exceso de trabajo de los últimos días lo habían demacrado mucho.

—¿Hoy no han ido bien las cosas? —dijo la señora Rieux.

—¡Oh!, como de ordinario.

¡Como de ordinario! Es decir, que el nuevo suero mandado de París parecía menos eficaz que el primero y las estadísticas subían. No siempre había la posibilidad de inocular los sueros preventivos en personas no pertenecientes a las familias ya alcanzadas por la peste. Hubiera hecho falta grandes cantidades para generalizar su empleo. La mayor parte de los bubones se oponían a ser sajados, como si les hubiese llegado la época de endurecerse, y torturaban a los enfermos. Desde la víspera había en la ciudad dos casos de una nueva forma de la epidemia. La peste se hacía pulmonar. Aquel mismo día, durante una reunión, los médicos abrumados, ante el prefecto lleno de confusión habían pedido y obtenido nuevas medidas para evitar el contagio que se establecía de boca a boca en la peste pulmonar. Como de ordinario, nadie sabía nada.

Rieux miró a su madre. Sus hermosos ojos castaños le hicieron revivir años de ternura.

—¿Tienes miedo, madre?

—A mi edad ya no se teme casi nada.

—Los días son muy largos y yo no estoy aquí nunca.

—No me importa esperarte cuando sé que tienes que venir. Cuando no estás aquí, pienso en lo que estarás haciendo. ¿Has tenido noticias?

—Sí, todo va bien, según el último telegrama. Pero yo sé que ella dice eso por tranquilizarme.

Sonó el timbre de la puerta. El doctor sonrió a su madre y fue a abrir. En la penumbra del descansillo, Tarrou tenía el aspecto de un gran oso vestido de gris. Rieux lo hizo sentar delante de su mesa de escritorio y él se quedó de pie, detrás del sillón. Entre ellos estaba la única lámpara de la habitación, encendida sobre la mesa.

—Sé —dijo Tarrou, sin preámbulos— que con usted puedo hablar abiertamente.

Rieux asintió en silencio.

—Dentro de quince días o un mes usted ya no será aquí de ninguna utilidad, los acontecimientos le habrán superado.

—Es verdad —dijo Rieux.

—La organización del servicio sanitario es mala. Le faltan a usted hombres y tiempo.

Rieux reconoció que también eso era verdad.

—He sabido que la prefectura va a organizar una especie de servicio civil para obligar a los hombres válidos a participar en la asistencia general.

—Está usted bien informado. Pero el descontento es grande y el prefecto está dudando.

—¿Por qué no pedir voluntarios?

—Ya se ha hecho, pero los resultados han sido escasos.

—Se ha hecho por la vía oficial, un poco sin creer en ello. Lo que les falta es imaginación. No están nunca a la altura de las calamidades. Y los remedios que imaginan están apenas a la altura de un resfriado. Si les dejamos obrar solos sucumbirán, y nosotros con ellos.

—Es probable —dijo Rieux—. Tengo entendido que también han pensado en echar mano de los presos para lo que podríamos llamar trabajos pesados.

—Me parece mejor que lo hicieran hombres libres.

—A mí también, pero, en fin, ¿por qué?

—Tengo horror de las penas de muerte.

Rieux miró a Tarrou.

—¿Entonces? —dijo.

—Yo tengo un plan de organización para lograr unas agrupaciones sanitarias de voluntarios. Autoríceme usted a ocuparme de ello y dejemos a un lado la administración oficial, que, por otra parte, está desbordada. Yo tengo amigos por todas partes y ellos formarán el primer núcleo. Naturalmente, yo participaré.

—Naturalmente —dijo Rieux— sabe usted ya que acepto con alegría. Tiene uno necesidad de ayuda, sobre todo en este oficio. Yo me encargo de hacer aceptar la idea a la prefectura. Por lo demás, no están en situación de elegir. Pero...

Rieux reflexionó.

—Pero este trabajo puede ser mortal, lo sabe usted bien. Yo tengo que advertírselo en todo caso. ¿Ha pensado usted bien en ello?

Tarrou lo miró con sus ojos grises.

—¿Qué piensa usted del sermón del padre Paneloux, doctor?

La pregunta había sido formulada con naturalidad y Rieux respondió con naturalidad también.

—He vivido demasiado en los hospitales para gustarme la idea del castigo colectivo. Pero, ya sabe usted, los cristianos hablan así a veces, sin pensarlo nunca realmente. Son mejores de lo que parecen.

—Usted cree, sin embargo, como Paneloux, que la peste tiene alguna acción benéfica, ¡que abre los ojos, que hacer pensar!

—Como todas las enfermedades de este mundo. Pero lo que es verdadero de todos los males de este mundo lo es también de la peste. Esto puede engrandecer a algunos. Sin embargo, cuando se ve la desgracia y el sufrimiento que acarrea, hay que ser loco, ciego o cobarde para resignarse a la peste.

Rieux había levantado apenas el tono, pero Tarrou hizo un movimiento con la mano como para calmarlo. Sonrió.

—Sí —dijo a Rieux alzando los hombros—, pero usted no me ha respondido. ¿Ha reflexionado bien?

Tarrou se acomodó un poco en su butaca y adelantó la cabeza en la luz:

—¿Cree usted en Dios, doctor?

También esta pregunta estaba formulada con naturalidad. Pero esta vez Rieux titubeó.

—No, pero eso ¿qué importa? Yo vivo en la noche y hago por ver claro. Hace mucho tiempo que he dejado de creer que esto sea original.

—¿No es eso lo que le separa de Paneloux?

—No lo creo. Paneloux es hombre de estudios. No ha visto morir bastante a la gente, por eso habla en nombre de una verdad. Pero el último cura rural que trate a sus feligreses y haya oído la respiración de un moribundo pensará como yo. Se dedicará a socorrer las miserias más que a demostrar sus excelencias.

Rieux se levantó, ahora su rostro quedaba en la sombra.

—Dejemos esto —dijo—, puesto que no quiere usted responder.

Tarrou sonrió sin moverse de la butaca.

—¿Puedo responder con una pregunta?

El doctor sonrió a su vez.

—Usted ama el misterio —dijo—. Bueno.

—Pues bien —dijo Tarrou—, ¿por qué pone usted en ello tal dedicación si no cree en Dios? Su respuesta puede que me ayude a mí a responder.

Sin salir de la sombra, el doctor dijo que había respondido ya, que si él creyese en un Dios todopoderoso no se ocuparía de curar a los hombres y le dejaría a Dios ese cuidado. Pero que nadie en el mundo, ni siquiera Paneloux, que creía creer en él, cree en un Dios de este género, puesto que nadie se abandona enteramente, y que en esto por lo menos él, Rieux, creía estar en el camino de la verdad, luchando contra la creación tal como es.

—¡Ah! —dijo Tarrou—, entonces, ¿ésa es la idea que se hace usted de su oficio?

—Poco más o menos —dijo el doctor volviendo a la luz.

Tarrou se puso a silbar suavemente y el doctor se quedó mirando.

—Sí —dijo—, usted dice que hace falta orgullo, pero yo le aseguro que no tengo más orgullo del que hace falta, créame. Yo no sé lo que me espera, lo que vendrá después de todo esto. Por el momento hay unos enfermos a los que hay que curar. Después, ellos reflexionarán y yo también. Pero lo más urgente es curarlos. Yo los defiendo como puedo.

—¿De quién?

Rieux se volvió hacia la ventana. Adivinaba a lo lejos

el mar, en una condensación más oscura del horizonte. Sentía un cansancio inmenso y al mismo tiempo luchaba contra el deseo súbito de entregarse un poco a este hombre singular en el que sin embargo había algo fraternal.

—No sé nada, Tarrou, le juro a usted que no sé nada. Cuando me metí en este oficio lo hice un poco abstractamente, en cierto modo, porque lo necesitaba, porque era una situación como otra cualquiera, una de esas que los jóvenes eligen. Acaso también porque era sumamente difícil para el hijo de un obrero, como yo. Y después he tenido que ver lo que es morir. ¿Sabe usted que hay gentes que se niegan a morir? ¿Ha oído usted gritar: «¡Jamás!» a una mujer en el momento de morir? Yo sí. Y me di cuenta en seguida de que no podría acostumbrarme a ello. Entonces yo era muy joven y me parecía que mi repugnancia alcanzaba el orden mismo del mundo. Luego, me he vuelto más modesto. Simplemente, no me acostumbro a ver morir. No sé más. Pero después de todo...

Rieux se calló y volvió a sentarse. Sentía que tenía la boca seca.

—¿Después de todo? —dijo suavemente Tarrou.

—Después de todo... —repitió el doctor y titubeó nuevamente mirando a Tarrou con atención—, ésta es una cosa que un hombre como usted puede comprender, ¿no es cierto?, que puesto que el orden del mundo está regido por la muerte, acaso sea mejor para Dios que no crea uno en él y que luche con todas sus fuerzas contra la muerte, sin levantar los ojos al cielo donde Él está callado.

—Sí —asintió Tarrou—, puedo comprenderlo. Pero las victorias de usted serán siempre provisionales, eso es todo.

Rieux pareció ensombrecerse.

—Siempre, ya lo sé. Pero eso no es una razón para dejar de luchar.

—No, no es una razón. Pero me imagino, entonces, lo que debe de ser esta peste para usted.

—Sí —dijo Rieux—, una interminable derrota.

Tarrou se quedó mirando un rato al doctor, después se

levantó y fue pesadamente hacia la puerta. Rieux le siguió. Cuando ya estaba junto a él, Tarrou, que iba como mirándose los pies, le dijo:

—¿Quién le ha enseñado a usted todo eso, doctor?

La respuesta vino inmediatamente.

—La miseria.

Rieux abrió la puerta del despacho y ya en el pasillo dijo a Tarrou que él bajaba también, iba a ver a uno de sus enfermos en los barrios extremos. Tarrou le propuso acompañarlo y el doctor aceptó. En el fondo del pasillo se encontraron con la madre del doctor y éste le presentó a Tarrou.

—Un amigo —le dijo.

—¡Oh! —dijo la señora Rieux—; me alegro mucho de conocerlo.

Cuando ella se alejó, Tarrou se volvió a mirarla. En el descansillo, el doctor intentó en vano hacer funcionar el conmutador de la luz. Las escaleras estaban sumergidas en la sombra. El doctor se preguntaba si sería efecto de una nueva medida de economía. Pero ¿quién podía saber? Desde hacía cierto tiempo todo empezaba a estropearse en las casas. Era, probablemente, que los porteros y la gente en general ya no tenían cuidado de nada. Pero el doctor no tuvo tiempo de seguir interrogándose a sí mismo, porque la voz de Tarrou sonó detrás de él.

—Todavía quiero decirle algo, aunque le parezca a usted ridículo: tiene usted toda la razón.

Rieux alzó los hombros para sí mismo, en la oscuridad.

—No sé, verdaderamente. Pero usted ¿cómo lo sabe?

—¡Oh! —dijo Tarrou sin alterarse—. A mí no me queda mucho por aprender.

El doctor se detuvo y detrás de él Tarrou resbaló en un escalón. Se sostuvo agarrándose al hombro de Rieux.

—¿Cree usted conocer todo en la vida? —preguntó Rieux.

La respuesta sonó en la oscuridad con la misma voz tranquila.

—Sí.

Cuando salieron a la calle comprendieron que era ya muy tarde, acaso las once. La ciudad estaba muda, poblada solamente de rumores. Se oyó muy lejos la sirena de una ambulancia. Subieron al coche y Rieux puso el motor en marcha.

—Es preciso que venga usted mañana al hospital para la vacuna preventiva. Pero, para terminar y antes de entrar de lleno en esto, hágase a la idea de que tiene una probabilidad sobre tres de salir con bien.

—Esas evaluaciones no tienen sentido, doctor, lo sabe usted tan bien como yo. Hace cien años una epidemia de peste mató a todos los habitantes de una ciudad de Persia excepto, precisamente, al que lavaba a los muertos, que no había dejado de ejercer su profesión.

—Lo salvó su tercera probabilidad, eso es todo —dijo Rieux, con una voz de pronto más sorda—. Pero la verdad es que no sabemos nada de todo esto.

Llegaban a los arrabales. Los faros alumbraban en las calles desiertas. Se detuvieron. Todavía en el coche, Rieux preguntó a Tarrou si quería entrar y él dijo que sí. Un reflejo del cielo iluminaba un poco sus rostros. De pronto Rieux soltó una carcajada amistosa:

—Vamos, Tarrou, ¿qué es lo que le impulsa a usted a ocuparse de esto?

—No sé. Mi moral, probablemente.

—¿Cuál?

—La comprensión.

Tarrou se volvió hacia la casa y Rieux no vio más su cara hasta que estuvieron en el cuarto del viejo asmático.

Desde el día siguiente Tarrou se puso al trabajo y reunió un primer equipo al que debían seguir muchos otros.

La intención del narrador no es dar aquí a estas agrupaciones sanitarias más importancia de la que tuvieron. Es cierto que, en su lugar, muchos de nuestros conciudadanos cederían hoy día a la tentación de exagerar el papel que representaron. Pero el narrador está más bien tentado de creer que dando demasiada importancia a las buenas acciones, se tributa un homenaje indirecto y poderoso al mal. Pues se da a entender de ese modo que las buenas acciones sólo tienen tanto valor porque son escasas y que la maldad y la indiferencia son motores mucho más frecuentes en los actos de los hombres. Ésta es una idea que el narrador no comparte. El mal que existe en el mundo proviene casi siempre de la ignorancia, y la buena voluntad sin formación puede ocasionar tantos desastres como la maldad. Los hombres son más bien buenos que malos, y a decir verdad no es ésta la cuestión. Sólo que ignoran más o menos, y a esto se le llama virtud o vicio, y el vicio más desesperante es el vicio de la ignorancia que cree saberlo todo y entonces se autoriza a matar. El alma del que mata es ciega y no hay verdadera bondad ni verdadero amor sin toda la clarividencia posible.

Por esto nuestros equipos sanitarios que se organizaron gracias a Tarrou deben ser juzgados con una satisfacción objetiva. Por esto el narrador no se pondrá a cantar demasiado elocuentemente una voluntad y un heroísmo a los cuales no atribuye más que una importancia razonable. Pero continuará siendo el historiador de los corazones desgarrados y exigentes que la peste hizo de todos nuestros conciudadanos.

Los que se dedicaron a los equipos sanitarios no tuvieron gran mérito al hacerlo, pues sabían que era lo único que quedaba, y no decidirse a ello hubiera sido lo increíble. Esos equipos ayudaron a nuestros conciudadanos a entrar en la peste más a fondo y los persuadieron en parte de que, puesto que la enfermedad estaba allí, había que hacer lo necesario para luchar contra ella. Al convertirse la peste en el deber de unos cuantos, se la llegó a ver realmente como lo que era, esto es, cosa de todos.

Esto está bien; pero nadie felicita a un maestro por enseñar que dos y dos son cuatro. Se le felicita acaso por haber elegido tan bella profesión. Digamos, pues, que era loable que Tarrou y otros se hubieran decidido a demostrar que dos y dos son cuatro, en vez de lo contrario, pero digamos también que esta buena voluntad les era común con el maestro, con todos los que tienen un corazón semejante al del maestro y que para honor del hombre son más numerosos de lo que se cree; tal es, al menos, la convicción del narrador. Éste se da muy bien cuenta, por otra parte, de la objeción que pueden hacerle: esos hombres arriesgaban la vida. Pero hay siempre un momento en la historia en el que quien se atreve a decir que dos y dos son cuatro está condenado a muerte. Bien lo sabe el maestro. Y la cuestión no es saber cuál será el castigo o la recompensa que aguarda a ese razonamiento. La cuestión es saber si dos y dos son o no cuatro. Aquellos de nuestros conciudadanos que arriesgaban entonces sus vidas, tenían que decidir si estaban o no en la peste y si había o no que luchar contra ella.

Muchos nuevos moralistas salieron entonces en nuestra ciudad, diciendo que nada servía de nada y que había que ponerse de rodillas. Y Tarrou y Rieux y sus amigos podían responder esto o lo otro, pero la conclusión era siempre lo que ya se sabía: hay que luchar de tal o tal modo y no ponerse de rodillas. Toda la cuestión estaba en impedir que el mayor número posible de hombres muriese y conociese la separación definitiva. Para esto no había más que un solo medio: combatir la peste. Esta verdad no era admirable: era sólo consecuente.

Por esto era natural que el viejo Castel pusiera toda su confianza y su energía en fabricar sueros sobre el terreno, con el material que encontraba. Tanto Rieux como él esperaban que un suero fabricado con cultivos del microbio que infestaba la ciudad tuviera una eficacia más directa que los sueros venidos de fuera, puesto que el microbio difería muy poco del bacilo de la peste, tal como se lo describía clásicamente. Castel esperaba obtener su primer suero con bastante rapidez.

Por esto era igualmente por lo que Grand, que no tenía nada de héroe, desempeñaba ahora una especie de secretaría de los equipos sanitarios. Parte de los equipos formados por Tarrou se consagraba a un trabajo de asistencia preventiva en los barrios excesivamente poblados. Trataban de introducir allí la higiene necesaria. Llevaban la cuenta de las guardillas y sótanos que la desinfección no había visitado. Otra parte de los equipos acompañaba a los medios en sus visitas, garantizaba el transporte de los apestados y con el tiempo, en ausencia del personal especializado, llegó a conducir los coches de los enfermos y de los muertos. Todo esto exigía un trabajo de registro y estadística que Grand se había prestado a hacer.

Desde este punto de vista, el narrador estima que, más que Rieux o Tarrou, era Grand el verdadero representante de esta virtud tranquila que animaba los equipos sanitarios. Había dicho sí sin titubeos, con aquella buena voluntad que le era natural. Solamente había pedido ser útil en pequeños trabajos. Era demasiado viejo para otra cosa. De seis a ocho de la tarde podía dedicar su tiempo a ello. Y cuando Rieux le daba las gracias con efusión, él se asombraba. «Esto no es lo más difícil. Hay peste, hay que defenderse, está claro. ¡Ah, si todo fuese así de simple!» Y volvía a su frase. Algunas veces, por la tarde, cuando el trabajo de las fichas estaba acabado, Rieux hablaba con Grand. Habían terminado por mezclar a Tarrou en sus conversaciones y Grand se confiaba a sus dos compañeros con una satisfacción cada vez más evidente. Ellos seguían con interés el paciente trabajo que Grand continuaba a través de la peste. También ellos lo consideraban como una especie de descanso.

«¿Cómo va la amazona?», preguntaba a veces Tarrou. Y Grand respondía invariablemente: «Trotando, trotando», con una sonrisa dificultosa. Una tarde Grand dijo que había desechado definitivamente el adjetivo «elegante» para su amazona y que, de ahora en adelante, la calificaría de «esbelta». «Es más concreto», había añadido. Otro día leyó a sus dos oyentes la primera frase modificada en esta forma: «En una hermosa mañana de mayo, una esbelta amazona, montada en una soberbia jaca alazana, recorría las avenidas floridas del Bosque de Bolonia.»

—¿No es cierto —dijo Grand— que se la ve mejor? He preferido: «En una mañana de mayo», porque «mes de mayo» alargaba un poco el trote.

Después se mostró muy preocupado por el adjetivo «soberbia». Éste no expresaba bastante, según él, y buscaba el término que fotografiase de una sola vez la fastuosa jaca que imaginaba. «Opulenta» no servía, era concreto, pero resultaba algo peyorativo. «Reluciente» le había tentado un momento, pero tampoco era eso. Una tarde anunció triunfalmente que lo había encontrado. «Una negra jaca alazana.» El negro siempre indicaba discretamente la elegancia, según él.

—Eso no es posible —dijo Rieux.

—¿Por qué?

—Porque alazana no indica la raza sino el color.

—¿Qué color?

—Bueno, pues un color que, en todo caso, no es el negro.

Grand pareció muy afectado.

—Gracias —le dijo—, afortunadamente estaba usted ahí. Pero ya ve lo difícil que es.

—¿Qué pensaría usted de «suntuosa»? —dijo Tarrou. Grand le miró y se quedó reflexionando.

—¡Sí! —dijo—, ¡sí!

Y poco a poco afloraba a su cara una sonrisa.

Poco tiempo después confesó que la palabra «floridas» le estorbaba. Además, había una rima. Como no conocía más ciudades que Orán y Montélimar, preguntaba a veces a sus amigos en qué forma eran floridas las avenidas del Bosque de Bolonia. A decir verdad, ni a Rieux ni a Tarrou le habían dado nunca la impresión de serlo, pero la convicción de Grand les hacía vacilar. Grand se asombraba de esta incertidumbre. «Sólo los artistas saben mirar.» Pero un día el doctor lo encontró muy excitado. Había reemplazado «floridas» por «llenas de flores». Se frotaba las manos. «Al fin, se las ve, se las siente. ¡Hay que quitarse el sombrero, señores!» Leyó triunfalmente la frase. «En una hermosa mañana de mayo, una esbelta amazona montada en una suntuosa jaca alazana recorría las avenidas llenas de flores del Bosque de Bolonia.» Pero, leídos en voz alta, los tres genitivos que terminaban la frase resultaron pesados y Grand tartamudeó un poco. Se sentó; parecía abrumado. Después pidió al doctor permiso para irse. Necesitaba reflexionar.

Fue en esta época, más tarde se ha sabido, cuando empezó a dar en la oficina signos de distracción que se consideraron lamentables en momentos en que el Ayuntamiento tenía que afrontar obligaciones aplastantes, con un personal disminuido. Su sección se resentía de ello y el jefe de negociado se lo reprochó severamente haciéndole recordar que se le pagaba para verificar una tarea con la que no cumplía. «Parece ser —había dicho el jefe de negociado— que hace usted voluntariamente un servicio en los equipos sanitarios, aparte de su trabajo. Eso a mí no me interesa. Lo que me interesa es su trabajo aquí. Y la mejor manera que puede usted encontrar de ser útil en estas terribles circunstancias es hacer bien su trabajo. Si no, todo lo demás no sirve para nada.»

—Tiene razón —decía Grand a Rieux.

—Sí, tiene razón —aprobó el doctor.

—Pero estoy distraído y no sé cómo salir del final de la frase.

Había pensado en suprimir «de Bolonia», suponiendo que todo el mundo comprendía. Pero entonces la frase parecía darle a «flores» lo que en realidad correspondía a «avenida». Había tanteado también la posibilidad de escribir: «Las avenidas del bosque llenas de flores». Pero la situación de «Bosque», entre un sustantivo y un adjetivo a los que separaba arbitrariamente, era para él una espina. Algunas tardes tenía, verdaderamente, más aspecto de cansado que Rieux.

Sí, estaba cansado por esa búsqueda que lo absorbía por completo, pero no dejaba de hacer, sin embargo, las sumas y las estadísticas que necesitaban los equipos sanitarios. Pacientemente, todas las tardes ponía fichas en limpio, las acompañaba de gráficos y se esmeraba en presentar las hojas lo más exactas posibles. Muchas veces iba a encontrarse con Rieux en uno de los hospitales y le pedía una mesa en cualquier despacho o enfermería. Se instalaba allí con sus papeles, exactamente como se instalaba en su mesa del ayuntamiento, y en el aire pesado por los desinfectantes y por la enfermedad misma agitaba sus papeles para hacer secar la tinta. En estos ratos procuraba no pensar en su amazona y no hacer más que lo que hacía falta.

Si es cierto que los hombres se empeñan en proponerse ejemplos y modelos que llaman héroes y si es absolutamente necesario que haya un héroe en esta historia, el narrador propone justamente a este héroe insignificante y borroso que no tenía más que un poco de bondad en el corazón y un ideal aparentemente ridículo. Esto dará a la verdad lo que le pertenece, a la suma de dos y dos el total de cuatro, y al heroísmo el lugar secundario que debe ocupar inmediatamente después y nunca antes de la exigencia generosa de la felicidad. Esto dará también a esta crónica su verdadero carácter, que debe ser el de un relato hecho con buenos sentimientos, es decir, con sentimientos que no son ni ostensiblemente malos, ni exaltan a la manera torpe de un espectáculo.

Ésta era, por lo menos, la opinión del doctor Rieux cuando leía en los periódicos o escuchaba en la radio las llamadas y las palabras de aliento que el mundo exterior hacía llegar a la ciudad apestada. Al mismo tiempo que los socorros enviados por el aire y por carretera, todas las tardes, por las ondas o en la prensa, comentarios llenos de piedad o admiración caían sobre la ciudad ya solitaria. Y siempre el tono de epopeya o de discurso brillante irritaba al doctor. Sabía, ciertamente, que esta solicitud no era fingida. Pero veía que no eran capaces de expresarse más que en el lenguaje convencional con el que los hombres intentan expresar todo lo que les une a la humanidad. Y este lenguaje no podía aplicarse a los pequeños esfuerzos cotidianos de Grand, por ejemplo, pues nadie podía darse cuenta de lo que significaba Grand en medio de la peste.

A medianoche, a veces, en el gran silencio de la ciudad desierta, en el momento de irse a la cama para un sueño demasiado corto, el doctor hacía girar el botón de su radio, y de los confines del mundo, a través de miles de kilómetros, voces desconocidas y fraternales procuraban torpemente expresar su solidaridad, y la expresaban en efecto, pero demostrando al mismo tiempo la terrible impotencia en que se encuentra todo hombre para combatir realmente un dolor que no puede ver: «¡Orán! ¡Orán!» En vano la llamada cruzaba los mares, en vano Rieux se mantenía alerta, pronto la elocuencia crecía y denotaba todavía más la separación esencial que hacía dos extraños de Grand y del orador: «¡Orán! sí, ¡Orán! Pero no —pensaba el doctor— amar o morir juntos, no hay otra solución. Están demasiado lejos.»

Y justamente lo que queda por subrayar antes de llegar a la cúspide de la peste, mientras la plaga estuvo reuniendo todas sus fuerzas para arrojarse sobre la ciudad y apoderarse definitivamente de ella, son los continuados esfuerzos, desesperados y monótonos, que los últimos individuos, como Rambert, hacían por recuperar su felicidad y arrancar a la peste esa parte de ellos mismos que defendían de todo ataque. Ésta era su manera de negarse a la esclavitud que les amenazaba, y aunque esta negativa no fuese tan eficaz como la otra, la opinión del narrador es que tenía ciertamente su sentido y que atestiguaba también, en su vanidad y hasta en sus contradicciones, lo que había de arrogante en cada uno de nosotros.

Rambert luchaba por impedir que la peste le envolviese. Habiendo adquirido la certeza de que no podía salir de la ciudad por medios legales, estaba decidido, se lo había dicho a Rieux, a usar los otros. El periodista empezó por los camareros de los cafés. Un camarero está siempre al corriente de todo. Pero los primeros que interrogó estaban al corriente sobre todo de las penas gravísimas con que se sancionaba ese género de negocios. Incluso, en una ocasión, le tomaron por provocador. Le fue necesario encontrar a Cottard en casa de Rieux para avanzar un poco. Ese día él y Rieux habían estado hablando una vez más de las gestiones vanas que el periodista había hecho en todas las oficinas. Días después, Cottard se encontró a Rambert en la calle y le acogió con la cordialidad que en el presente ponía en todas sus relaciones:

—¿Nada todavía? —le había dicho.

—Nada.

—No se puede esperar nada de las oficinas. No están hechas para comprender.

—Es verdad. Pero yo ahora busco otra cosa. Es muy difícil.

—¡Ah! —dijo Cottard—, entiendo.

Él conocía un procedimiento, y le explicaba a Rambert, llenándolo de asombro, que desde hacía cierto tiempo frecuentaba todos los cafés de Orán, que tenía amigos y que estaba informado de la existencia de una organización que se ocupaba de ese género de operaciones. La verdad era que Cottard, cuyos gastos habían empezado a sobrepasar sus ingresos, y había tenido que meterse en negocios de contrabando de los productos racionados. Así, revendía cigarrillos y alcohol malo, cuyos precios subían sin cesar, y esto estaba produciéndole una pequeña fortuna.

—¿Está usted bien seguro? —pregunta Rambert.

—Sí, puesto que me lo han ofrecido.

—¿Y usted no lo ha aprovechado?

—No sea usted desconfiado —dijo Cottard con aire bonachón—: no lo he aprovechado porque yo no tengo ganas de irme. Tengo mis razones.

Y añadió después de un silencio:

—¿No me pregunta usted cuáles son mis razones?

—Supongo —dijo Rambert— que eso no me incumbe.

—En cierto sentido, no le incumbe, en efecto, pero en otro... En fin, lo único evidente es que yo me encuentro mucho mejor aquí desde que tenemos la peste con nosotros.

Rambert acortó el discurso.

—¿Cómo ponerse en contacto con esa organización?

—¡Ah! —dijo Cottard—, no es fácil, pero venga usted conmigo.

Eran las cuatro de la tarde. La ciudad se asaba lentamente bajo un cielo pesado. Todos los comercios tenían los toldos bajados. Las calles estaban desiertas. Cottard y Rambert tomaron ciertas calles de soportales y fueron largo rato sin hablar. Era una de esas horas en que la peste se hacía invisible. Aquel silencio, aquella muerte de los colores y de los movimientos podía ser igualmente efecto del verano que de la peste. No se sabía si el aire estaba preñado de amenazas o de polvo y de ardor. Había que observar y que reflexionar para descubrir la peste, pues no se traicionaba más que por signos negativos. Cottard, que tenía afinidades con ella, hizo notar a Rambert, por ejemplo, la ausencia de los perros que normalmente hubieran debido estar tumbados en los umbrales de los corredores, jadeantes, en busca de una frescura imposible.

Tomaron el bulevar de las Palmeras, atravesaron la plaza de Armas y descendieron hacia el barrio de la Marina. A la izquierda, un café pintado de verde se escondía bajo un toldo oblicuo de lona amarilla. Al entrar, Cottard y Rambert se secaron la frente con el pañuelo. Se sentaron en unas sillas plegadizas de jardín, ante las mesas de chapa verde. La sala estaba absolutamente desierta. Zumbaban moscas en el aire. En una jaula amarilla colgada sobre el mostrador inseguro, un loro medio desplumado se desmayaba en su palo. Viejos cuadros que representaban escenas militares, cubiertos de mugre y de telarañas en tupidos filamentos colgaban de la pared. Encima de todas las mesas, y en la de Rambert también, había excrementos de gallina resecos cuyo origen no se explicaba bien, hasta que de un rincón oscuro, después de un pequeño alboroto, salió dando saltitos un magnífico gallo.

El calor en aquel momento parecía seguir aumentando. Cottard se quitó la chaqueta y dio golpes en la chapa. Un hombrecillo, perdido en un largo mandil azul, salió del fondo, saludó a Cottard desde lejos, avanzó apartando al gallo con un vigoroso puntapié y preguntó entre los cloqueos del ave lo que tenía que servir a aquellos señores. Cottard le pidió vino blanco y le dijo que si sabía dónde andaba un tal García. El renacuajo dijo que hacía ya muchos días que no se le veía por el café.

—¿Cree usted que vendrá esta noche?

—¡Oh! —dijo el otro—, yo no estoy en su pellejo. Pero ya conoce usted su hora.

—Sí, pero no es cosa muy importante. Solamente quería presentarle a un amigo.

El hombre se secaba las manos húmedas con el delantero de su mandil.

—¡Ah! ¿El señor se ocupa también de negocios?

—Sí —dijo Cottard.

El renacuajo refunfuñó:

—Entonces vuelva usted a última hora. Le mandaré al chico.

Al salir, Rambert preguntó de qué negocios se trataba.

—De contrabando, naturalmente. Hacen pasar mercancía por las puertas de la ciudad. La venden a precios muy altos.

—Bueno —dijo Rambert—. ¿Y tienen cómplices?

—Claro.

Por la noche el toldo estaba levantado, el loro parloteaba en la jaula y las mesas de chapa estaban rodeadas de hombres en mangas de camisa. Uno de ellos, con el sombrero de paja echado hacia atrás y una camisa blanca abierta sobre el pecho color de tierra cocida, se levantó cuando entró Cottard. Tenía cara correcta y curtida, ojos negros, pequeños, dientes blancos, dos o tres sortijas en los dedos, y alrededor de treinta años.

—Salud —dijo—, vamos a beber al mostrador.

Tomaron tres rondas en silencio.

—¿Salimos? —dijo entonces García.

Bajaron hacia el puerto y García preguntó qué era lo que querían de él. Cottard dijo que no era precisamente para negocios para lo que le había presentado a Rambert, sino solamente para lo que él llamaba «una salida». García iba derecho, delante de él, fumando. Hizo algunas preguntas diciendo «él» al hablar de Rambert, como si no se diese cuenta de su presencia.

—¿Y eso por qué? —preguntaba.

—Tiene a su mujer en Francia.

—¡Ah!

Y después de cierto tiempo:

—¿Qué es de profesión?

—Periodista.

—Es un oficio en el que se habla mucho.

Rambert se calló.

—Es un amigo —dijo Cottard.

Avanzaron en silencio. Habían llegado a los muelles, el acceso estaba impedido por grandes rejas, pero se dirigieron a una pequeña taberna donde vendían sardinas fritas, cuyo olor llegaba hasta ellos.

—De todos modos —concluyó García—, eso no es a mí a quien concierne, sino a Raúl. Y hace falta primero que yo le encuentre. No será fácil.

—¡Ah! —exclamó Cottard y preguntó con animación—, ¿se esconde?

García no contestó. Cerca ya de la taberna, se paró y se volvió hacia Rambert por primera vez.

—Pasado mañana, a las once de la mañana, en la esquina del cuartel de aduanas, en lo alto de la ciudad.

Hizo ademán de irse, pero se volvió hacia los dos hombres.

—Habrá gastos —dijo.

Era una declaración expresa.

—Naturalmente —asintió Rambert.

Poco después el periodista daba las gracias a Cottard.

—¡Oh, no! —dijo él con jovialidad—. Es una satisfacción para mí poder hacerle un servicio. Y, además, usted es periodista, algún día me recompensará.

A los dos días, Rambert y Cottard trepaban por las amplias calles sin sombra que llevan hacia lo alto de nuestra ciudad. Una parte del cuartel de aduanas había sido transformada en enfermería y delante de la gran puerta se estacionaba la gente venida con la esperanza de una visita que no podía ser autorizada, o en busca de informaciones que de un momento a otro ya no serían válidas. En todo caso, ese agrupamiento de gente permitía muchas idas y venidas, y esta consideración podía no ser extraña al modo en que la cita de García y Rambert había sido fijada.

—Es curiosa —dijo Cottard— su obstinación en irse. Después de todo, es muy interesante lo que pasa aquí.

—Para mí no —respondió Rambert.

—¡Oh!, evidentemente, algo se arriesga. Pero, en fin de cuentas, no se arriesga más con la peste que con atravesar el cruce de dos calles muy frecuentadas.

En ese momento el coche de Rieux se detuvo delante de ellos. Tarrou conducía y Rieux iba medio dormido. Se despertó para hacer las presentaciones.

—Nos conocemos —dijo Tarrou—, vivimos en el mismo hotel.

Se ofreció a llevar a Rambert a la ciudad.

—No, nosotros tenemos aquí una cita.

Rieux miró a Rambert.

—Sí —dijo éste.

—¡Ah! —dijo Cottard con asombro—, ¿el doctor está al corriente?

—Ahí viene el juez de instrucción —advirtió Tarrou mirando a Cottard.

A Cottard se le mudó la cara. El señor Othon bajaba la calle, en efecto, y se acercaba a ellos con paso vigoroso, pero mesurado. Se quitó el sombrero al pasar junto al grupo.

—¡Buenos días, señor juez! —dijo Tarrou.

El juez devolvió los buenos días a los ocupantes del coche y mirando a Cottard y a Rambert, que estaban algo más atrás, los saludó gravemente con la cabeza. Tarrou le presentó a los dos. El juez se quedó mirando al cielo durante un segundo y suspiró diciendo que ésta era una época muy triste.

—Me han dicho, señor Tarrou, que se ocupa usted de la aplicación de las medidas profilácticas. No se cómo manifestarle mi aprobación. ¿Cree usted, doctor, que la enfermedad se extenderá aún?

Rieux dijo que había que tener la esperanza de que no y el juez añadió que había que tener siempre esperanza porque los designios de la Providencia son impenetrables. Tarrou le preguntó si los acontecimientos le habían ocasionado un exceso de trabajo.

—Al contrario, los asuntos que nosotros llamamos de derecho común han disminuido. No tengo que ocuparme más que de las faltas graves contra las nuevas disposiciones. Nunca se habían respetado tanto las leyes anteriores.

—Es —dijo Tarrou— porque en comparación parecen buenas, forzosamente.

El juez dejó el aire soñador que había tomado, la mirada como suspendida del cielo, y examinó a Tarrou con aire de frialdad.

—¿Eso qué importa? —dijo—. No es la ley lo que cuenta: es la condena. Nosotros no influimos.

—Éste —dijo Cottard cuando el juez se marchó— es el enemigo número uno.

El coche arrancó.

Poco después, Rambert y Cottard vieron llegar a García. Avanzó hacia ellos sin hacer un gesto y dijo a guisa de buenos días: «Hay que esperar.»

A su alrededor, la multitud, en la que dominaban las mujeres, esperaba en un silencio total. Casi todas llevaban cestos, pues todas tenían la vana esperanza de que se los dejasen pasar a sus enfermos y la idea todavía más loca de que ellos podrían utilizar sus provisiones. La puerta estaba guardada por centinelas armados y, de cuando en cuando, un grito extraño atravesaba el patio que separaba el cuartel de la puerta. Entre los presentes había caras inquietas que se volvían hacia la enfermería.

Los tres hombres estaban mirando este espectáculo, cuando a su espalda un «buenos días» neto y grave les hizo volverse. A pesar del calor, Raúl venía vestido muy correctamente. Alto y fuerte, llevaba un traje cruzado de color oscuro y un sombrero de fieltro de borde ribeteado. Su cara era muy pálida. Los ojos oscuros y la boca apretada, Raúl hablaba de un modo rápido y preciso.

—Bajen hacia la ciudad —dijo—; García, tú puedes dejarnos.

García encendió un cigarrillo y les dejó alejarse. Anduvieron rápidamente, acompasando su marcha con la de Raúl, que se había colocado en medio de los dos.

—García me ha explicado —dijo—. Eso se puede hacer. De todos modos, eso va a costarle diez mil francos.

Rambert respondió que aceptaba.

—Venga usted a comer conmigo mañana al restaurante español de la Marina.

Rambert dijo que quedaba entendido y Raúl le estrechó la mano sonriendo por primera vez. Cuando se fue, Cottard se excusó. Al día siguiente no estaría libre y, por otra parte, Rambert ya no tenía necesidad de él.

Cuando, al día siguiente, el periodista entró en el restaurante español, todas las cabezas se volvieron a su paso. Este sótano sombreado situado a un nivel inferior de una pequeña calle amarilla y reseca por el sol, no era frecuentada más que por hombres, de tipo español en su mayor parte. Pero en cuanto Raúl, instalado en una mesa del fondo, hizo una seña al periodista y Rambert se dirigió hacia él, la curiosidad desapareció de los rostros, que se volvieron hacia sus platos. Raúl tenía a su mesa a un tipo alto, flaco y mal afeitado, con hombros desmesuradamente anchos, cara caballuna y pelo ralo. Sus largos brazos delgados, cubiertos de pelos negros, salían de una camisa con las mangas remangadas. Movió la cabeza tres veces cuando le presentaron a Rambert. Su nombre no había sido pronunciado y Raúl no hablaba de él más que diciendo «nuestro amigo».

—Nuestro amigo cree tener la posibilidad de ayudarle. Va...

Raúl se calló porque la camarera vino a preguntar lo que pedía Rambert.

—Va a ponerlo a usted en relación con dos amigos

nuestros que le harán conocer a los guardias que tenemos comprados. Pero con eso no quedará terminado; habrá que esperar a que los guardias juzguen ellos mismos el momento propicio. Lo más fácil será que se aloje usted durante unas cuantas noches en casa de uno de ellos, que vive cerca de las puertas. Pero antes nuestro amigo tiene que proporcionarle los contactos necesarios. Cuando todo esté concluido, es con él con quien tiene usted que arreglar las cuentas.

El amigo volvió a mover su cabeza de caballo sin dejar de machacar la ensalada de tomates y pimientos que ingurgitaba. Después habló con un ligero acento español. Propuso a Rambert citarse con él para dos días después, a las ocho de la mañana, bajo el pórtico de la catedral.

—Todavía dos días —observó Rambert.

—Es que no es fácil —dijo Raúl—. Hay que encontrar a las personas.

El caballo asintió una vez más y Rambert aprobó sin entusiasmo. El resto de la comida lo pasaron buscando un tema de conversación. Pero esto se hizo más fácil en cuanto Rambert descubrió que el caballo era jugador de fútbol. Él había practicado mucho este deporte. Se habló, pues, del campeonato de Francia, del valor de los equipos profesionales ingleses y de la táctica en W. Al final de la comida, el caballo se había animado enteramente y tuteaba a Rambert para persuadirle de que no había mejor puesto en un equipo que el de medio centro. «Comprendes —le decía—, el medio centro es el que distribuye el juego. Y distribuir el juego es todo el fútbol.» Rambert era de esa opinión, aunque él hubiera jugado siempre de delantero centro. La discusión fue interrumpida por una radio que, después de haber machacado melodías sentimentales en sordina, anunció que la víspera la peste había causado ciento treinta y siete víctimas. Nadie reaccionó en la asamblea. El hombre de la cabeza de caballo alzó los hombros y se levantó. Raúl y Rambert le imitaron.

Al irse, el medio centro estrechó la mano de Rambert con energía.

—Me llamo González —le dijo.

Aquellos dos días le parecieron a Rambert interminables. Fue a casa de Rieux y le contó sus gestiones al detalle. Después acompañó al doctor a una de sus visitas. Se despidió de él a la puerta de una casa donde lo esperaba un enfermo sospechoso. En el corredor hubo ruidos de carreras y de voces: avisaban a la familia de la llegada del doctor.

—Espero que Tarrou no tarde —murmuró Rieux.

Tenía aspecto cansado.

—¿La epidemia avanza? —preguntó Rambert.

Rieux dijo que no y que incluso la curva de las estadísticas subía menos deprisa. Lo que pasaba era, simplemente, que los medios de lucha contra la peste eran insuficientes.

—Nos falta material —decía—. En todos los ejércitos del mundo generalmente se reemplaza el material con hombres, pero a nosotros nos faltan hombres también.

—Han venido de fuera médicos y personal sanitario.

—Sí —dijo Rieux—. Diez médicos y un centenar de hombres. Es mucho, aparentemente, pero es apenas bastante para el estado actual de la enfermedad. Si la epidemia se extiende, serán insuficientes.

Rieux prestó atención a los ruidos del interior de la casa, después sonrió a Rambert.

—Sí —dijo—, debe usted apresurarse a salir.

La cara de Rambert se ensombreció.

—Usted sabe bien —dijo con voz sorda— que no es eso lo que me lleva a marcharme.

Rieux respondió que lo sabía, pero Rambert continuó:

—Yo creo que no soy cobarde, por lo menos la mayor parte del tiempo. He tenido ocasión de comprobarlo. Solamente que hay ideas que no puedo soportar.

El doctor lo miró a la cara:

—Usted volverá a encontrarla —le dijo.

—Es posible, pero no puedo soportar la idea de que esto dure y de que ella envejezca durante este tiempo.

A los treinta años se empieza a envejecer y hay que aprovecharlo todo. No sé si puede usted comprenderlo.

Rieux murmuró que creía comprenderlo, cuando Tarrou llegó, muy animado.

—Acabo de proponer a Paneloux que se una a nosotros.

—¿Y qué? —preguntó el doctor.

—Ha reflexionado y ha dicho que sí.

—Me alegro —dijo el doctor—. Me alegro de ver que es mejor que su sermón.

—Todo el mundo es así —dijo Tarrou—. Es necesario solamente darles la ocasión.

Sonrió y guiñó un ojo a Rieux.

—Ésa es mi misión en la vida: dar ocasiones.

—Perdónenme —dijo Rambert—, pero tengo que irme.

El jueves de la cita, Rambert estaba bajo el pórtico de la catedral cinco minutos antes de las ocho. La atmósfera era todavía fresca. En el cielo progresaban pequeñas nubes blancas y redondas que pronto el calor en aumento se tragaría de golpe. Un vago olor a humedad ascendía aún de los céspedes, sin embargo resecos. El sol, detrás de las casas del lado este, calentaba sólo el casco de la Juana de Arco dorada que adornaba la plaza. Un reloj dio las ocho. Rambert caminó algunos pasos bajo el pórtico desierto. Vagas salmodias llegaron hacia él del interior, mezcladas con viejos perfumes de sótano y de incienso. De pronto, los cantos callaron. Una docena de pequeñas formas negras salieron de la iglesia y emprendieron un trotecito hacia la ciudad. Rambert empezó a impacientarse. Otras formas negras acometían la ascensión de las grandes escaleras y se dirigían hacia el pórtico. Encendió un cigarrillo y después se dio cuenta de que en aquel lugar no era muy indicado.

A las ocho y quince los órganos de la catedral empezaron a tocar en sordina. Rambert entró bajo la bóveda oscura. Al cabo de un rato pudo distinguir en la nave las pequeñas formas negras que habían pasado delante de él.

Estaban todas reunidas en un rincón, delante de una especie de altar improvisado, donde acababan de instalar un San Roque rápidamente ejecutado en uno de los talleres de nuestra ciudad. Arrodilladas, parecían haberse empequeñecido aún más, perdidas en la penumbra, como jirones de sombra coagulada, apenas más espesas, aquí y allá, que la bruma en que flotaban. Sobre ellas, los órganos extendían variaciones sin fin.

Cuando Rambert salió, González estaba bajando ya las escaleras y se dirigía a la ciudad.

—Creí que te habías ido —dijo González—. Era natural.

Le explicó que había estado esperando a sus amigos en otro sitio donde les había dado cita, no lejos de allí, a las ocho menos diez. Pero los había esperado veinte minutos en vano.

—Debe de haber algún impedimento, seguro. No siempre se está tranquilo en el trabajo que nosotros hacemos.

Le propuso otra cita para el día siguiente a la misma hora, delante del monumento a los caídos. Rambert suspiró y se echó el sombrero hacia atrás.

—Esto no es nada —concluyó González riendo—. Piensa un poco en todas las combinaciones, ataques y pases que hay que hacer antes de marcar un gol.

—Sin duda —dijo Rambert—, pero el partido no dura más que hora y media.

El monumento a los caídos de Orán se encuentra en el único lugar desde donde se puede ver el mar, una especie de paseo que durante un corto trecho bordea los acantilados que dominan el puerto. Al día siguiente, Rambert, primero en llegar a la cita, leía con atención la relación de los muertos en el campo del honor. Minutos después, dos hombres se acercaron, lo miraron con indiferencia, después fueron a acodarse en el parapeto y parecieron enteramente absorbidos por la contemplación de los muelles vacíos y desiertos. Los dos eran de la misma estatura, los dos iban vestidos con un pantalón azul y una camiseta marinera de mangas cortas. El periodista se alejó un poco, después se sentó en un banco y estuvo mirándolos a su gusto. Vio entonces que no tendrían más de veinte años. En este momento vio a González que se dirigía hacia él excusándose.

«Ahí están nuestros amigos», dijo y lo llevó hacia los dos jóvenes que le presentó con los nombres de Marcel y Louis. Se parecían mucho de cara y Rambert pensó que serían hermanos.

—Bueno —dijo González—. Ya se han conocido. Ahora hay que arreglar el asunto.

Marcel o Louis dijo entonces que su turno de guardia comenzaba dos días después y duraba una semana y que había que señalar el día más cómodo. Montaban la guardia entre cuatro en la puerta del oeste y los otros dos eran militares de carrera. No había por qué meterlos en el asunto. En primer lugar, no eran seguros, y además, eso aumentaría los gastos. Había días que estos dos iban a pasar parte de la noche en la trastienda de un bar que conocían. Marcel o Louis proponía a Rambert instalarse en su casa, cerca de las puertas, y esperar a que fuesen a buscarlo. El paso, entonces, sería muy fácil. Pero había que darse prisa porque ya se hablaba de instalar puestos dobles en el exterior de la ciudad.

Rambert aprobó y les ofreció algunos de sus últimos cigarrillos. El que todavía no había hablado preguntó entonces a González si la cuestión de los gastos estaba arreglada y si podían recibir un adelanto.

—No —dijo González—, no hay que preocuparse, es un camarada. Los gastos se ajustarán a su partida.

Convinieron una nueva cita. González propuso cenar en el restaurante español dos días más tarde. Desde allí podrían ir a la casa de los guardias.

—La primera noche —dijo González— te haré compañía.

Al día siguiente Rambert, al subir a su habitación, se cruzó con Tarrou en la escalera del hotel.

—Voy a buscar a Rieux —le dijo este último—. ¿Quiere usted venir?

—Nunca estoy seguro de no molestarle —dijo Rambert después de un momento de duda.

—No lo creo: siempre me habla mucho de usted.

El periodista reflexionó:

—Escúcheme —dijo—. Si tienen ustedes un momento después de cenar, aunque sea tarde, vengan al bar del hotel los dos.

—Eso dependerá de él y de la peste —dijo Tarrou.

A las once de la noche, sin embargo, Rieux y Tarrou entraron en el bar, pequeño y estrecho. Una treintena de personas se agolpaban allí y hablaban a gritos. Venidos del silencio de la ciudad apestada, los dos recién llegados se detuvieron un poco aturdidos. Comprendieron aquella agitación cuando vieron que todavía servían licores. Rambert estaba en un extremo del mostrador y les hacía señas desde lo alto de su taburete. Se acercaron. Tarrou apartó con tranquilidad a un vecino ruidoso.

—¿No le asusta a usted el alcohol?

—No —dijo Tarrou—, al contrario.

Rieux aspiró el olor a hierbas amargas de su vaso. Era difícil hablar en aquel tumulto, pero Rambert parecía ocupado sobre todo en beber. El doctor no podía darse enteramente cuenta de si estaba borracho. En una de las dos mesas que ocupaban el resto del estrecho local donde se hallaban, un oficial de marina, con una mujer en cada brazo, contaba a un grueso interlocutor congestionado una epidemia de tifus en El Cairo. «Campos —decía—, habían hecho campos para los indígenas con tiendas para los enfermos y todo alrededor un cordón de centinelas que tiraba sobre las familias cuando intentaban llevarles, a escondidas, medicinas de curanderas. Era muy duro, pero era justo.» En la otra mesa, ocupada por jóvenes elegantes, la conversación era incomprensible y se perdía entre los compases de *Saint James Infirmary* que vertía un gramófono instalado en alto.

—¿Está usted contento? —preguntó Rieux, levantando la voz.

—Se aproxima —dijo Rambert—. Es posible que en esta semana.

—¡Qué lástima! —exclamó Tarrou.

—¿Por qué?

Tarrou miró a Rieux.

—¡Oh! —dijo éste—. Tarrou lo ha dicho porque piensa que usted podría sernos útil aquí. Pero yo comprendo bien su deseo de marcharse.

Tarrou ofreció otra ronda. Rambert bajó de su taburete y le miró a la cara por primera vez.

—¿En qué podría serles útil?

—Pues —dijo Tarrou, alargando la mano a su vaso, sin apresurarse— en nuestros equipos sanitarios.

Rambert volvió a tomar aquel aire de reflexión obstinada que le era habitual y volvió a subirse al taburete.

—¿No le parecen a usted útiles esos equipos? —dijo Tarrou, que acababa de beber y miraba a Rambert atentamente.

—Muy útiles —dijo Rambert, y bebió él también.

Rieux observó que le temblaba la mano y pensó que decididamente estaba borracho.

Al día siguiente, cuando Rambert entró por segunda vez en el restaurante español, pasó por entre un pequeño grupo de hombres que habían sacado las sillas a la puerta y gozaban de una tarde verde y oro donde el calor iba apagándose. Fumaba un tabaco de olor acre. Dentro, el restaurante estaba casi desierto. Rambert fue a sentarse a la mesa del fondo donde había estado con González la primera vez. Dijo a la camarera que estaba esperando. Eran las siete y media. Poco a poco los hombres fueron entrando e instalándose. Empezaron a servir y la baja bóveda se llenó de ruido de cubiertos y de conversaciones sordas. A las ocho Rambert estaba todavía esperando. Encendieron la luz. Nuevos clientes llegaron a sus mesas. Ordenó su cena. A las ocho y media había terminado, sin haber visto a González ni a los muchachos. Se puso a fumar. La sala se vaciaba poco a poco. Fuera, la noche caía rápidamente. Un soplo tibio que venía del mar agitaba con suavidad las cortinas de las contraventanas. Cuando fueron las nueve, Rambert se dio cuenta de que la sala estaba vacía y de que la camarera lo miraba extrañada. Pagó y se fue. Enfrente del restaurante había un café abierto. Rambert se sentó al mostrador vigilando la entrada del restaurante. A las nueve y media se fue para su hotel, buscando en vano el medio de encontrar a González, pues no tenía su dirección, con el corazón agobiado por la idea de todas las gestiones que habría que recomenzar.

Fue en ese momento, en la oscuridad atravesada de ambulancias fugitivas, cuando se dio cuenta de que quería contarle al doctor Rieux cómo durante todo este tiempo había en cierto modo olvidado a su mujer para entregarse enteramente a buscar una brecha en el muro que lo separaba de ella. Pero fue también en ese momento cuando, al comprobar que todas las vías estaban cerradas, volvió a encontrarla en el centro de su deseo, y con una explosión de dolor tan súbita que echó a correr hacia su hotel, huyendo de aquel terrible ardor que llevaba dentro, devorándole las sienes.

Al día siguiente, temprano, fue a ver a Rieux para preguntarle cómo podría encontrar a Cottard.

—Lo único que puedo hacer —le dijo— es volver a ponerme en la fila.

—Venga usted mañana por la noche —dijo Rieux—. Tarrou me ha pedido que invite a Cottard, no sé para qué. Llegará a las diez: venga usted a las diez y media.

Cuando Cottard llegó a la casa del doctor, al día siguiente, Tarrou y Rieux hablaban de una curación inesperada que había habido en el centro que este último atendía.

—Uno entre diez. Ha tenido suerte —decía Tarrou.

—¡Oh! Bueno —dijo Cottard—, no sería la peste.

Le aseguraron que se trataba exactamente de esa enfermedad.

—Eso es imposible, puesto que se ha curado. Ustedes lo saben tan bien como yo: la peste no perdona.

—En general, no —dijo Rieux—; pero con un poco de obstinación puede uno tener sorpresas.

Cottard se reía.

—No parece. ¿Ha oído usted las cifras de esta tarde?

Tarrou, que lo estaba mirando con benevolencia, dijo que él conocía las cifras y que la situación era grave, pero eso ¿qué podía probar? Lo único que probaba era que había que tomar medidas todavía más excepcionales.

—¡Oh! Ya las han tomado ustedes.

—Sí, pero hace falta que cada uno las tome por su cuenta.

Cottard miró a Tarrou sin comprender. Éste dijo que había demasiados hombres que seguían inactivos, que la epidemia interesaba a todos y que cada uno debía cumplir con su deber. Cualquiera podía ingresar en los equipos de voluntarios.

—Es una buena idea —dijo Cottard—, pero no serviría para nada. La peste es demasiado fuerte.

—Eso lo sabremos —dijo Tarrou, con tono paciente— cuando lo hayamos intentado todo.

Durante este tiempo, Rieux, sentado a su mesa, copiaba fichas. Tarrou miraba a Cottard, que se agitaba en su silla.

—¿Por qué no viene usted con nosotros, señor Cottard?

Éste se levantó como ofendido y cogió su sombrero.

—Ése no es mi trabajo.

Después, con aire de bravata:

—Además, yo, por mi parte, me encuentro muy bien en la peste y no veo por qué he de meterme a terminar con ella.

Tarrou se dio un golpe en la frente como si se sintiese iluminado por una verdad repentina.

—¡Ah!, es verdad, se me olvidaba que si no fuera por esta situación a usted lo detendrían.

Cottard se estremeció y se agarró a la silla como si

fuera a caerse. Rieux había dejado de escribir y lo miraba con seriedad e interés.

—¿Quién se lo ha dicho? —gritó Cottard.

Tarrou pareció sorprendido y dijo:

—Pues usted; o por lo menos, eso es lo que el doctor y yo hemos creído comprender.

Y como Cottard, arrebatado de pronto por una cólera demasiado fuerte para él, tartamudeara palabras incomprensibles:

—No se altere —le dijo Tarrou—. Ni el doctor ni yo vamos a denunciarlo. Su asunto no nos interesa. Y además, la policía, todo eso es cosa que no nos gusta. Vamos; siéntese usted.

Cottard miró su silla y después de un momento de duda se sentó. Al cabo de un rato dio un suspiro.

—Es una vieja historia —empezó diciendo— que ahora han vuelto a sacar. Yo creía que eso estaba olvidado. Pero ha habido alguien que ha hablado. Me llamaron y me dijeron que estuviese a su disposición hasta el final de las indagaciones. Entonces comprendí que acabarían por detenerme.

—¿Es grave? —preguntó Tarrou.

—Depende de lo que llame usted grave. En todo caso no es un asesinato.

—¿Cárcel o trabajos forzados?

Cottard parecía muy abatido.

—Cárcel, si tengo suerte...

Pero después de un momento añadió con vehemencia:

—Fue un error. Todo el mundo comete errores. Y no puedo soportar la idea de que se me lleven por eso, de que me separen de mi casa, de mis costumbres, de todo lo mío.

—¡Ah! —exclamó Tarrou—. ¿Fue por eso por lo que se le ocurrió colgarse?

—Sí, una tontería, ya lo sé.

Rieux intervino y dijo a Cottard que comprendía su inquietud pero que probablemente todo se arreglaría.

—¡Oh!, por el momento ya sé que no tengo nada que temer.

—Ya veo —dijo Tarrou— que no entrará usted en nuestros equipos.

El otro, que daba vueltas al sombrero entre las manos, lanzó a Tarrou una mirada indecisa:

—No deben quererme mal por eso.

—Claro que no. Pero procure usted, por lo menos —dijo Tarrou sonriendo—, no propagar voluntariamente el microbio.

Cottard protestó y dijo que él no había deseado la peste, que la peste había venido porque sí, y que no era culpa suya si le servía para solucionar sus conflictos por el momento. Cuando Rambert llegó a la puerta, Cottard añadía con voz enérgica:

—Por lo demás, mi idea es que no conseguirán ustedes nada.

Cottard también ignoraba la dirección de González, pero dijo que podían volver al café del primer día. Quedaron citados para el día siguiente. Rieux dijo que no dejasen de informarle de la marcha del asunto y Rambert los invitó, a él y a Tarrou, para fines de la semana a cualquier hora de la noche, en su cuarto.

Por la mañana, Cottard y Rambert fueron al café y dejaron un recado para García, citándolo para la tarde o, si estaba ocupado, para el día siguiente. Por la tarde lo esperaron en vano. Al día siguiente García acudió. Escuchó en silencio la historia de Rambert. Él no estaba al corriente, pero sabía que había barrios enteros precintados durante veinticuatro horas para efectuar comprobaciones domiciliarias. Era muy probable que ni González ni los muchachos hubieran podido franquear las barreras. Pero todo lo que él podía hacer era volver a ponerles en contacto con Raúl. Naturalmente, esto no podía ser, como muy pronto, hasta dos días después.

—Ya veo —dijo Rambert—, hay que volver a empezar.

A los dos días, en la esquina de una calle, Raúl confirmó la hipótesis de García: los barrios bajos habían sido precintados. Había que volver a tomar contacto con González. Dos días después, Rambert almorzaba con el jugador de fútbol.

—Qué tontería —decía éste—, debíamos haber dejado convenido el modo de volvernos a encontrar.

Ésta era también la opinión de Rambert.

—Mañana por la mañana iremos a casa de los chicos y procuraremos arreglarlo todo.

Al día siguiente, los chicos no estaban en su casa. Les dejaron una cita para el día siguiente a las doce en la plaza del Liceo. Y Rambert se volvió a su habitación con una expresión que asombró a Tarrou cuando se lo encontró a la tarde.

—¿No marcha eso? —le preguntó Tarrou.

—A fuerza de recomenzar —dijo Rambert.

Y le repitió su invitación:

—Vengan ustedes esta noche.

Por la noche, cuando entraron en el cuarto de Rambert, éste estaba echado. Se levantó, llenó los vasos que tenía preparados. Rieux, tomando el suyo, le preguntó si todo iba por buen camino. Rambert dijo que después de haber dado una vuelta completa había llegado al punto de partida y que todavía le esperaba una cita más. Bebió y añadió:

—Naturalmente, no vendrán.

—No hay por qué sentar un principio —dijo Tarrou.

—Ustedes no han comprendido todavía —observó Rambert alzando los hombros.

—¿Qué?

—La peste.

—¡Ah! —dijo Rieux.

—No, ustedes no han comprendido que su mecanismo es recomenzar.

Rambert fue a un rincón de la habitación y abrió un pequeño gramófono.

—¿Qué disco es ése? —preguntó Tarrou—; creo que lo conozco.

Rambert respondió que era *Saint James Infirmary*.

En medio del disco se oyeron dos tiros a lo lejos.

—Un perro, o una evasión —dijo Tarrou.

Un momento después el disco se acabó y la sirena de una ambulancia se empezó a distinguir, creciendo al pasar bajo la ventana y disminuyendo después hasta apagarse.

—No es un disco muy animado —dijo Rambert—. Y además es la décima vez que lo oigo en el día.

—¿Tanto le gusta?

—No, pero no tengo otro.

Y después de un momento:

—Les digo que la cosa consiste en recomenzar.

Preguntó a Rieux cómo iban los equipos. Había ya cinco trabajando y se esperaba formar varios más. Rambert se había sentado en la cama y parecía estudiar sus uñas. Rieux observaba su silueta corta y fuerte, encogida en el borde de la cama, pero de pronto vio que Rambert lo miraba.

—Sabe usted, doctor —le dijo—, he pensado mucho en su organización. Si no estoy ya con ustedes, es porque tengo mis motivos. Por lo demás, creo que sirvo para algo: hice la guerra de España.

—¿De qué lado?

—Del lado de los vencidos. Pero después he reflexionado.

—¿Sobre qué? —dijo Tarrou.

—Sobre el valor. Bien sé que el hombre es capaz de acciones grandes, pero si no es capaz de un gran sentimiento no me interesa.

—Parece ser que es capaz de todo.

—No, es incapaz de sufrir o de ser feliz largo tiempo. Por tanto, no es capaz de nada que valga la pena.

Rambert miró a los dos y siguió:

—Dígame, Tarrou, ¿usted es capaz de morir por un amor?

—No sé, pero me parece que no, por el momento.

—Ya lo ve. Y es usted capaz de morir por una idea,

esto está claro. Bueno: estoy harto de la gente que muere por una idea. Yo no creo en el heroísmo; sé que eso es muy fácil, y he llegado a convencerme de que en el fondo es criminal. Lo que me interesa es que uno viva y muera por lo que ama.

Rieux había escuchado a Rambert con atención. Sin dejar de mirarle, le dijo en voz queda:

—El hombre no es una idea, Rambert.

Rambert saltó de la cama con la cara ardiendo de pasión.

—Es una idea, y una idea pequeña, a partir del momento en que se desvía del amor, y justamente ya nadie es capaz de amar. Resignémonos, doctor. Esperemos llegar a serlo y si verdaderamente esto no es posible, esperaremos la liberación general sin hacernos los héroes. Yo no paso de ahí.

Rieux se levantó con repentino aspecto de cansancio.

—Tiene usted razón, Rambert, tiene usted enteramente razón y yo no quería por nada del mundo desviarlo de lo que piensa hacer, que me parece justo y bueno. Sin embargo, es preciso que le haga comprender que aquí no se trata de heroísmo. Se trata solamente de honestidad. Es una idea que puede que le haga reír, pero el único medio de luchar contra la peste es la honestidad.

—¿Qué es la honestidad? —dijo Rambert, poniéndose serio de pronto.

—No sé qué es, en general. Pero, en mi caso, sé que no es más que hacer mi trabajo.

—¡Ah! —dijo Rambert, con furia—, yo no sé cuál es mi trabajo. Es posible que esté equivocado eligiendo el amor.

Rieux le atajó:

—No —dijo con fuerza— no está usted equivocado.

Rambert miraba a los dos, pensativo.

—Supongo que ustedes no tienen nada que perder con todo esto. Es fácil estar del buen lado.

Rieux vació su vaso.

—Vamos —dijo—, tenemos mucho que hacer.

Salió.

Tarrou lo siguió, pero en el momento de salir pareció cambiar de idea, se volvió hacia Rambert y le dijo:

—¿Usted sabe que la mujer de Rieux se encuentra en un sanatorio a cientos de kilómetros de aquí?

Rambert hizo un gesto de sorpresa. Pero Tarrou había salido ya.

A primera hora de la mañana, Rambert telefoneó al doctor.

—¿Aceptaría usted que trabaje ahí hasta que haya encontrado el medio de irme?

Al otro extremo del hilo hubo un silencio y después:

—Sí, Rambert. Se lo agradezco mucho.

III

Así, durante semanas y semanas, los prisioneros de la peste se debatieron como pudieron. Y algunos de ellos, como Rambert, llegaron incluso a imaginar que seguían siendo hombres libres, que podían escoger. Pero, de hecho, se podía decir en ese momento, a mediados del mes de agosto, que la peste lo había envuelto todo. Ya no había destinos individuales, sino una historia colectiva que era la peste y sentimientos compartidos por todo el mundo. El más importante era la separación y el exilio, con lo que eso significaba de miedo y de rebeldía. He aquí por qué el cronista cree que conviene, en ese momento culminante de la enfermedad, describir de modo general, y a título de ejemplo, los actos de violencia de los vivos, los entierros de los muertos y el sufrimiento de los amantes separados.

Fue a mediados de ese año cuando empezó a soplar un gran viento sobre la ciudad apestada, que duró varios días. El viento es particularmente temido por los habitantes de Orán porque, como no encuentra ningún obstáculo natural en la meseta donde se alza la ciudad, se precipita sobre ella, arremolinándose en las calles con toda su violencia. La ciudad, durante tantos meses en que no había caído ni una sola gota de agua para refrescarla, se había cubierto de una costra gris que se hacía escamosa al contacto del aire. El viento levantaba olas de polvo y de papeles que azotaban las piernas de los paseantes, cada vez más raros. Se les veía por las calles, apresurados, encorvados hacia adelante, con un pañuelo o la mano sobre la boca. Por la tarde, en lugar de las reuniones con que antes se intentaba prolongar lo más posible aquellos días, que para cada uno de ellos podía ser el último, se veían pequeños grupos de gente que volvía a su casa a toda prisa o se metía en los cafés, y a veces, a la hora del crepúsculo, que en esta época llegaba ya más pronto, las calles estaban desiertas y sólo el viento lanzaba por ellas su lamento continuo. Del mar, revuelto y siempre invisible, subía un olor de algas y de sal. La ciudad desierta, blanqueada por el polvo, saturada de olores marinos, traspasada por los gritos del viento, gemía como una isla desdichada.

Hasta ahora, la peste había causado muchas más víctimas en los barrios extremos, más poblados y menos confortables, que en el centro de la ciudad. Pero, de pronto, pareció aproximarse e instalarse en los barrios de los grandes negocios. Los habitantes acusaban al viento de transportar los gérmenes de la infección. «Baraja las cartas», decía el director del hotel. Pero, en cualquier caso, los barrios del centro sabían que había llegado su turno cuando oían, de noche, vibrar cerca, cada vez más frecuentemente, la sirena de la ambulancia, que hacía resonar bajo sus ventanas la llamada torva y sin pasión de la peste.

Se tuvo la idea de aislar, en el interior mismo de la ciudad, ciertos barrios particularmente castigados y de no dejar salir de ellos más que a los hombres cuyos servicios eran indispensables. Los que hasta entonces habían vivido en esos barrios no pudieron menos de considerar esta medida como una burla, dirigida especialmente contra ellos, y por contraste consideraban hombres libres a los habitantes de los otros barrios. Estos últimos, en cambio, encontraban consuelo en sus momentos difíciles imaginando que había otros menos libres que ellos. «Hay quien es todavía más prisionero que yo», era la frase que resumía la única esperanza posible.

En esta época, poco más o menos, hubo también un recrudecimiento de los incendios, sobre todo en los barrios de placer, al oeste de la ciudad. Según informaciones, se trataba de algunos que, al volver de la cuarentena, enloquecidas por el duelo y la desgracia, prendían fuego a sus casas haciéndose la ilusión de que mataban la peste. Costó mucho trabajo detener esas ocurrencias que, por su frecuencia, ponían continuamente en peligro barrios enteros, a causa del furioso viento. Después de haber demostrado en vano que la desinfección de las casas efectuada por las autoridades era suficiente para excluir todo peligro de contaminación, fue necesario dictar castigos muy severos contra esos incendiarios inocentes. Y no fue la idea de la prisión lo que logró detener a aquellos desgraciados, sino la certeza que todos tenían de que una pena de prisión equivalía a una pena de muerte, por la excesiva mortalidad que se registraba en la cárcel municipal. Sin duda, esa aprensión no carecía de fundamento. Por razones evidentes, la peste se encarnizaba más con todos los que vivían en grupos: soldados, religiosos o presos. Pues, a pesar del aislamiento de ciertos detenidos, una prisión es una comunidad y lo prueba el hecho de que en nuestra cárcel municipal pagaron su tributo a la enfermedad los guardianes tanto como los presos. Desde el punto de vista superior de la peste, todo el mundo, desde el director hasta el último detenido, estaba condenado y, acaso por primera vez, reinaba en la cárcel una justicia absoluta.

Fue en vano que las autoridades intentasen introducir las jerarquías en este nivelamiento, concibiendo la idea de condecorar a los guardianes muertos en el ejercicio de sus funciones. Como estaba decretado el estado de sitio, y, en cierto modo, se podía considerar movilizados a los guardianes, les dieron la medalla militar como homenaje póstumo. Pero si bien los detenidos no protestaron, en los medios militares no cayó bien la cosa: hicieron notar, a justo título, que podía establecerse una confusión lamentable en el espíritu de la gente. Se escuchó su demanda y se decidió que lo más simple era dar a los guardianes que morían la medalla de la epidemia. Pero en cuanto a los primeros, el mal ya estaba hecho: no se podía pensar en quitarles la condecoración, y los centros militares siguieron manteniendo su punto de vista. Por otra parte, en cuanto a la medalla de la epidemia, tenía el inconveniente de no producir el efecto moral que se había obtenido con la condecoración militar, puesto que en tiempo de epidemia era trivial obtener una condecoración de ese género. Todo el mundo quedó descontento.

Además, la administración penitenciaria no pudo obrar como habían obrado las autoridades religiosas y, en una escala menor, las militares. Los frailes de los dos únicos conventos de la ciudad habían sido dispersados y alojados provisionalmente en las casas de familias piadosas. También, en la medida de lo posible, ciertas compañías habían sido destacadas de sus cuarteles y colocadas como guarnición en escuelas o en edificios públicos. Así, la enfermedad, que aparentemente había forzado a los habitantes a una solidaridad de sitiados, rompía al mismo tiempo las asociaciones tradicionales, devolviendo a los individuos a su soledad. Esto era desconcertante.

Es fácil pensar que todas estas circunstancias, unidas al viento, llevaran la idea del incendio a ciertas mentes. Las puertas de la ciudad fueron atacadas por la noche varias veces, pero ahora por pequeños grupos armados. Hubo tiroteos, heridos y alguna evasión. Se reforzaron los puestos de guardia y las tentativas cesaron rápidamente. Sin embargo, bastaron para levantar en la ciudad un soplo de revolución que provocó escenas de violencia. Algunas casas, incendiadas o cerradas por razones sanitarias, fueron saqueadas. A decir verdad, es difícil suponer que esos actos fuesen premeditados. La mayor parte de las veces, una ocasión súbita llevaba a personas, hasta entonces honorables, a cometer acciones a veces reprensibles que fueron pronto imitadas. Había insensatos que se precipitaban al interior de una casa en llamas, ante el propietario mismo idiotizado por el dolor. En vista de su indiferencia, el ejemplo de los primeros era seguido por muchos espectadores y en la calle oscura, al resplandor del incendio, se veía huir por todas partes sombras deformadas por las llamas y por los objetos o por los muebles que llevaban a cuestas. Fueron estos incendios los que obligaron a las autoridades a convertir el estado de peste en estado de sitio y a aplicar las leyes pertinentes. Se fusiló a dos ladrones, pero es dudoso que eso impresionara a los otros, pues, en medio de tantos muertos, esas dos ejecuciones pasaron inadvertidas: eran una gota de agua en el mar. Y a decir verdad, escenas semejantes se repitieron con harta frecuencia sin que las autoridades hiciesen nada por intervenir. La única medida que pareció impresionar a todos los habitantes fue la institución del toque de queda. A partir de las once, la ciudad, hundida en la oscuridad más completa, era de piedra.

Bajo las noches de luna, alineaba sus muros blancos y sus calles rectilíneas, nunca señaladas por la mancha negra de un árbol, nunca turbadas por las pisadas de un transeúnte ni por el ladrido de un perro. La gran ciudad silenciosa no era entonces más que un conjunto de cubos macizos e inertes, entre los cuales las efigies taciturnas de bienhechores olvidados o de antiguos grandes hombres, ahogados para siempre en el bronce, intentaban únicamente, con sus falsos rostros de piedra o de hierro, invocar una imagen desvaída de lo que había sido el hombre. Esos ídolos mediocres imperaban bajo un cielo pesado, en las encrucijadas sin vida, bestias insensibles que representaban de maravilla el reino inmóvil en que habíamos entrado o por lo menos su orden último, el orden de una necrópolis donde la peste, la piedra y la noche hubieran hecho callar, por fin, toda voz.

Pero la noche estaba también en todos los corazones y tanto las verdades como las leyendas que se contaban sobre los entierros no eran como para tranquilizar a nuestros conciudadanos. Pues evidentemente hay que hablar de los entierros, y el cronista pide perdón por ello. Bien sabe el reproche que podrán hacerle a este respecto, pero su única justificación es que hubo entierros durante todo este tiempo y que en cierto modo se vio obligado, como se vieron todos nuestros conciudadanos, a ocuparse de ellos. No es en absoluto aficionado a ese género de ceremonias: prefiere, por el contrario, la sociedad de los vivos y, por ejemplo, los baños de mar. Pero los baños de mar habían sido suprimidos y la sociedad de los vivos temía constantemente tener que dejar paso a la sociedad de los muertos. Ésta era la evidencia. Claro que siempre podía uno esforzarse en no verla. Podía uno taparse los ojos y negarla, pero la evidencia tiene una fuerza terrible que acaba siempre por arrastrarlo todo. ¿Qué medio puede haber de rechazar los entierros el día en que los seres que amáis necesitan un entierro?

Pues bien, lo que caracterizaba al principio nuestras ceremonias era ¡la rapidez! Todas las formalidades se habían simplificado y, en general, las pompas fúnebres se habían suprimido. Los enfermos morían separados de sus familias y estaban prohibidos los rituales velatorios; los que morían por la tarde pasaban la noche solos y los que morían por la mañana eran enterrados sin pérdida de tiempo. Se avisaba a la familia, por supuesto, pero, en la mayoría de los casos, ésta no podía desplazarse porque estaba en cuarentena si había tenido con ella al enfermo. En el caso en que la familia no hubiera estado antes con el muerto, se presentaba a la hora indicada, que era la de la partida para el cementerio, después de haber sido lavado el cuerpo y puesto en el féretro.

Supongamos que esta formalidad se llevaba a cabo en el hospital auxiliar donde trabajaba el doctor Rieux. La escuela tenía una salida por detrás del cuerpo principal del edificio. Una gran habitación que daba al corredor estaba llena de féretros. En el corredor mismo, la familia encontraba un solo féretro ya cerrado. En seguida se pasaba a lo más importante, es decir, se hacía firmar ciertos papeles al cabeza de familia. Se cargaba inmediatamente el cuerpo en un coche que era o bien un verdadero furgón o bien una ambulancia transformada. Los parientes subían en uno de los taxis todavía autorizados y los coches volaban al cementerio a toda velocidad por calles poco céntricas. A la puerta de éste, los guardias detenían el convoy, ponían un sello en el pase oficial, sin el cual era imposible obtener lo que nuestros conciudadanos llamaban una última morada, se apartaban y los coches iban a colocarse detrás de un terreno cuadrado donde múltiples fosas esperaban ser colmadas. Un sacerdote recibía el cuerpo, pues los servicios fúnebres habían sido suprimidos en la iglesia. Se sacaba el féretro entre rezos, se le ponían las cuerdas, se le arrastraba y se le hacía deslizar: daba contra el fondo, el cura agitaba el hisopo y la primera tierra retumbaba en la tapa. La ambulancia había partido ya para someterse a la desinfección y, mientras las paletadas de tierra iban sonando cada vez más sordamente, la familia se amontonaba en el taxi. Un cuarto de hora después estaba en su casa.

Así, todo pasaba con el máximo de rapidez y el mínimo de peligro. Y, sin duda, por lo menos al principio, es evidente que el sentimiento natural de las familias quedaba lastimado. Pero, en tiempo de peste, ésas son consideraciones que no es posible tener en cuenta: se había sacrificado todo a la eficacia. Por lo demás, si la moral de la población había sufrido al principio por estas prácticas, pues el deseo de ser enterrado decentemente está más extendido de lo que se cree, poco después, por suerte, el problema del abastecimiento empezó a hacerse difícil y el interés de los habitantes derivó hacia las preocupaciones inmediatas. Absorbidas por la necesidad de hacer colas, de efectuar gestiones y de cumplir requisitos si querían comer, las gentes ya no tuvieron tiempo de pensar en la forma en que morían los otros a su alrededor ni en la que morirían ellos un día. Así, esas dificultades materiales que parecían un mal se convirtieron en una ventaja. Y todo hubiera ido bien si la epidemia no se hubiera extendido como ya hemos visto.

Porque los féretros comenzaron a escasear, faltó tela para las mortajas y espacio en el cementerio. Hubo que reflexionar. Lo más sencillo, siempre por razones de eficacia, fue agrupar las ceremonias y, cuando era necesario, multiplicar los viajes entre el hospital y el cementerio. Así, en lo que concierne al servicio de Rieux, el hospital disponía en ese momento de cinco féretros; una vez llenos, la ambulancia los cargaba. En el cementerio, se vaciaban las cajas. Los cuerpos, color de herrumbre, eran cargados en angarillas y esperaban bajo un cobertizo, preparado con este fin. Los féretros se regaban con una solución antiséptica, se volvían a llevar al hospital y la operación recomenzaba tantas veces como era necesario. La organización era muy buena y el prefecto estaba satisfecho. Incluso le dijo a Rieux que aquello estaba mejor que las carretas de muertos conducidas por negros, tales como se describían en las crónicas de las antiguas pestes.

—Sí —dijo Rieux—, el entierro es lo mismo, pero nosotros hacemos fichas. El progreso es incontestable.

A pesar de ese éxito de la administración, el carácter desagradable que revestían las formalidades obligó a la prefectura a alejar a las familias de las ceremonias. Se toleraba únicamente que fueran a la puerta del cementerio y aun esto no era oficial. Pues en lo que concierne a la última ceremonia, las cosas habían cambiado un poco. Al fondo del cementerio, en un espacio vacío, cubierto de lentiscos, habían cavado dos inmensas fosas. Había una para los hombres y otra para las mujeres. Desde este punto de vista, las autoridades respetaban el decoro y sólo más tarde, por la fuerza de los acontecimientos, este último pudor desapareció y se enterraron mezclados, unos sobre otros, hombres y mujeres, sin preocuparse de la decencia. Afortunadamente, esta confusión extrema señaló tan sólo los últimos momentos de la plaga. En el período que nos ocupa la separación de las fosas existía y la prefectura ponía en ello mucho empeño. En el fondo de cada una de ellas una gruesa capa de cal viva humeaba y hervía. Al borde del agujero, un montículo de la misma cal dejaba estallar en el aire sus burbujas. Cuando los viajes de la ambulancia terminaban, se llevaban todo el cortejo de las angarillas, se dejaban deslizar hasta el fondo, unos junto a otros, los cuerpos desnudos y, más o menos retorcidos, se les cubría con cal viva y después con tierra, pero nada más que hasta cierta altura, reservándose un espacio para los que habían de llegar. Al día siguiente, los parientes eran invitados a firmar en un registro, lo que marcaba la diferencia que puede haber entre los hombres y, por ejemplo, los perros: la comprobación era siempre posible.

Para todas estas operaciones hacía falta personal y siempre se estaba a punto de carecer de él. Muchos de los enfermeros y de los enterradores, al principio oficiales y después improvisados, murieron de la peste. Por muchas precauciones que se tomasen, el contagio llegaba un día. Pero, bien mirado, lo más asombroso es que no faltaron nunca hombres para esta faena durante todo el tiempo de la epidemia. El período crítico se sintió un poco antes de que la peste hubiera alcanzado su momento culminante y las inquietudes del doctor Rieux resultaron fundadas. La mano de obra no era suficiente ni para los equipos ni para lo que se llamaba el trabajo grueso. Pero a partir del momento en que la peste se apoderó realmente de la ciudad, su exceso mismo arrastró consecuencias muy cómodas, porque desorganizó toda la vida económica y produjo un gran número de parados. La mayor parte no se reclutaban para los equipos, pero los trabajos más gruesos fueron siendo facilitados por ellos. A partir de ese momento se vio que la miseria era más fuerte que el miedo, tanto más cuanto que el trabajo estaba pagado en proporción al peligro. Los servicios sanitarios llegaron a disponer de una lista de solicitantes, y en cuanto se producía una vacante se avisaba inmediatamente a los primeros de la lista que —si en el intervalo no habían causado ellos también una vacante— no deja ban de presentarse. Así pues, el prefecto, que había vacilado durante mucho tiempo en utilizar a los condenados a largas penas para ese género de trabajo, pudo evitarse llegar a ese extremo. Según su opinión, mientras hubiera desocupados, se podía esperar.

Mal que bien, hasta fines del mes de agosto nuestros conciudadanos pudieron ser conducidos a su última morada, si no decentemente, por lo menos con el suficiente orden para que la administración tuviera la tranquilidad de conciencia de cumplir con su deber. Pero hay que anticipar algo sobre la continuación de los hechos para relatar los últimos procedimientos a que hubo que recurrir. El grado en que la peste se mantuvo a partir del mes de agosto sobrepasaba con mucho en la acumulación de víctimas a las posibilidades que ofrecía nuestro pequeño cementerio. De nada sirvió tirar parte de la tapia y abrir a los muertos una puerta de escape hacia los terrenos cercanos: hubo que acabar por encontrar otra cosa. Primero, se decidió enterrar por la noche, lo que dispensaba de tener ciertos miramientos. Se podía amontonar los cuerpos, cada vez más numerosos, en las ambulancias. Y los raros paseantes retrasados que, contraviniendo la regla, andaban por los barrios periféricos después del toque de queda, o aquellos que eran llevados allí por su oficio, encontraban a veces largas filas de ambulancias que pasaban a toda marcha haciendo resonar, con su sirena sin vibración, las calles vacías de la noche. Los cuerpos eran arrojados en las fosas apresuradamente. No habían terminado de caer cuando las paletadas de cal se desparramaban sobre sus rostros y la tierra les cubría anónimamente en los hoyos que se cavaban cada vez más profundos.

Poco más tarde hubo que buscar otra salida. Una disposición de la prefectura expropió a los ocupantes de concesiones a perpetuidad y todos los restos exhumados fueron al horno crematorio. Pero pronto hubo que conducir a los muertos mismos de la peste a la cremación. Entonces hubo que utilizar el antiguo horno de incineración que se encontraba al este de la ciudad, fuera de las puertas. Se llevó más lejos el piquete de la guardia y un empleado del ayuntamiento facilitó mucho la tarea de las autoridades aconsejando que se usaran los tranvías que llegaban al paseo del mirador y que ahora no se utilizaban. Con este fin se acondicionó el interior de los coches y de los remolques quitando los asientos y se llevó la vía en dirección al horno que llegó a ser un final del trayecto.

Y durante los últimos días del verano, como bajo las lluvias del otoño, se pudo ver a lo largo del mirador, en el corazón de la noche, pasar extraños convoyes de tranvías sin viajeros bamboleándose sobre el mar. Los habitantes acabaron por saber lo que era. Y a pesar de las patrullas que impedían el acceso al mirador, algunos grupos llegaban a trepar muchas veces por las rocas cortadas a pico sobre las olas y arrojaban flores al paso de los tranvías. Los vehículos traqueteaban en la noche de verano, con su cargamento de flores y de muertos.

Por la mañana, los primeros días, un vapor espeso y nauseabundo planeaba sobre los barrios orientales de la ciudad. Según la opinión de todos los médicos, aquellas exhalaciones, aunque desagradables, no podían perjudicar a nadie. Pero los habitantes de aquellos barrios amenazaban con abandonarlos, persuadidos de que la peste se abatiría sobre ellos desde lo alto del cielo, de tal modo que hubo que dirigir hacia otra parte los humos por medio de un sistema de complicadas canalizaciones y los vecinos se calmaron. Sólo los días de mucho viento un vago olor les recordaba que estaban instalados en un nuevo orden y que las llamas de la peste devoraban su ración todas las noches.

Éstas fueron las máximas consecuencias de la epidemia. Pero fue una suerte que no creciese más, porque se hubiera podido temer que el ingenio de nuestros burócratas, las disposiciones de la prefectura e incluso la capacidad de absorción del horno llegasen a ser sobrepasados. Rieux sabía que se habían previsto soluciones desesperadas para ese caso, tales como arrojar los cadáveres al mar, e imaginaba fácilmente su espuma monstruosa sobre el agua azul. Sabía también que si las estadísticas seguían subiendo, ninguna organización, por excelente que fuese, podría resistir; sabía que los hombres acabarían por morir amontonados y por pudrirse en las calles, a pesar de la prefectura; y que la ciudad vería en las plazas públicas a los agonizantes agarrándose a los vivos con una mezcla de odio legítimo y de estúpida esperanza.

Éste era el género de evidencia y de aprensiones que mantenía en nuestros conciudadanos el sentimiento de su destierro y su separación. A este respecto, el narrador sabe muy bien lo lamentable que es no poder relatar aquí nada que sea realmente espectacular, como por ejemplo algún héroe reconfortante o alguna acción deslumbrante, parecidos a los que se encuentran en las narraciones antiguas. Y es que nada es menos espectacular que una peste, y por su duración misma las grandes desgracias son monótonas. En el recuerdo de los que los han vivido, los días terribles de la peste no aparecen como una gran hoguera interminable y cruenta, sino más bien como un ininterrumpido pisoteo que aplasta todo a su paso.

No, la peste no tenía nada que ver con las imágenes arrebatadoras que habían perseguido al doctor Rieux al principio de la epidemia. Era ante todo una administración prudente e impecable de buen funcionamiento. Así pues, dicho sea entre paréntesis, por no traicionar nada y sobre todo por no traicionarse a sí mismo, el narrador ha tendido a la objetividad. No ha querido modificar casi nada en beneficio del arte, excepto en lo que concierne a las necesidades elementales de un relato coherente. Y es la objetividad misma lo que le obliga a decir ahora que si el gran sufrimiento de esta época, tanto el más general como el más profundo, era la separación, y si es indispensable en consecuencia dar una nueva descripción de él en este estudio de la peste, no es menos verdadero que este mismo sufrimiento perdía en tales circunstancias mucho de su patetismo.

Nuestros conciudadanos, aquellos que habían sufrido más con la separación, ¿se acostumbraron a una situación tal? No sería enteramente justo confirmarlo. Sería más exacto decir que sufrían un descarnamiento tanto moral como físico. Al principio de la peste se acordaban muy bien del ser que habían perdido y lo añoraban. Pero si recordaban claramente el rostro amado, su risa, tal o cual día en que reconocían haber sido dichosos, difícilmente podían imaginar lo que el otro estaría haciendo en el momento mismo en que lo evocaban, en lugares ya tan remotos. En suma, en ese momento no les faltaba la memoria, pero la imaginación les era insuficiente. En el segundo estadio de la peste acabarían perdiendo la memoria también. No es que hubiesen olvidado su rostro, no, pero sí algo que es lo mismo; ese rostro había perdido su carne, no lo veían ya en su interior. Y habiéndose quejado durante las primeras semanas de que su amor tenía que entenderse únicamente con sombras, se dieron cuenta, poco a poco, de que esas mismas sombras podían llegar a descarnarse más, perdiendo hasta los ínfimos colores que les daba el recuerdo. Al final de aquel largo tiempo de separación, ya no podían imaginar la intimidad que había habido entre ellos ni el hecho de que hubiese podido vivir a su lado un ser sobre quien podían en todo momento poner la mano.

Desde este punto de vista, todos llegaron a vivir la ley de la peste, más eficaz cuanto más mediocre. Ni uno entre nosotros tenía grandes sentimientos. Pero todos experimentaban sentimientos monótonos. «Ya es hora de que esto termine», decían, porque en tiempo de peste es normal buscar el fin del sufrimiento colectivo y porque, de hecho, deseaban que terminase. Pero todo se decía sin el ardor ni la actitud de los primeros tiempos, se decía sólo con las pocas razones que nos quedaban todavía claras y que eran muy pobres. Al grande y furioso impulso de las primeras semanas había sucedido un decaimiento que hubiera sido erróneo tomar por resignación, pero que no dejaba de ser una especie de consentimiento provisional.

Nuestros conciudadanos se habían puesto al compás de la peste, se habían adaptado, como se dice, porque no había medio de hacer otra cosa. Todavía tenían la actitud que se tiene ante la desgracia o el sufrimiento, pero éstos ya no eran para ellos punzantes. El doctor Rieux consideraba que, justamente, esto era un desastre, porque el hábito de la desesperación es peor que la desesperación misma. Antes, los separados no eran tan infelices porque en su sufrimiento había un fuego que ahora ya se había extinguido. Ahora, se les veía en las esquinas, en los cafés o en casa de los amigos, plácidos y distraídos, con miradas tan llenas de tedio que, por culpa de ellos, toda la ciudad parecía una sala de espera. Los que tenían un oficio cumplían con él en el estilo mismo de la peste: meticulosamente y sin brillo. Todo el mundo era modesto. Por primera vez los separados hablaban del ausente sin escrúpulos, no tenían inconvenientes en emplear el lenguaje de todos, en considerar su separación enfocándola como a las estadísticas de la epidemia. Hasta allí habían hurtado furiosamente su sufrimiento a la desgracia colectiva, pero ahora aceptaban la confusión. Sin memoria y sin esperanza, vivían instalados en el presente. A decir verdad, todo se volvía presente. La peste había quitado a todos la posibilidad de amor e incluso de amistad. Pues el amor exige un poco de porvenir y para nosotros no había ya más que instantes.

Claro está que nada de eso era absoluto. Porque si es cierto que todos los que estaban separados llegaron a este estado, hay que reconocer que no llegaron todos al mismo tiempo y también que, una vez instalados en esta nueva actitud, había relámpagos, retrocesos, momentos de súbita lucidez que volvían a darles una sensibilidad más joven y más dolorosa. Bastaba que llegasen a uno de esos momentos de distracción en que se ponían a hacer algún proyecto que implicaba el término de la peste. Bastaba que sintiesen más pesadamente, a causa de cualquier combinación de ideas, la fuerza de unos celos sin motivo. Otros tenían también inesperados renacimientos, salían de su sopor ciertos días de la semana, el domingo, naturalmente, y el sábado por la tarde, porque esos días estaban consagrados a ciertos ritos en tiempos del ausente. O también, con cierta melancolía, al caer la tarde, les llegaba la advertencia no siempre confirmada, de que iba a volverles la memoria. Esta hora de la tarde, que para los creyentes es la hora del examen de conciencia, es dura para el prisionero o el exiliado que no tiene que examinar más que el vacío. Quedaban un momento suspendidos de ella, después volvían a la atonía y se encerraban en la peste.

Ya quedaba explicado que todo consistía en renunciar a lo que había en ellos de más personal. Mientras que en los primeros tiempos de la peste les hería una multitud de pequeñeces que contaban mucho para ellos y nada para los otros, y hacían así la experiencia de la vida personal, ahora, por el contrario, no se interesaban sino en lo que interesaba a los otros, no tenían más que ideas generales y su amor mismo había tomado para ellos la fisonomía más abstracta. Hasta tal punto estaban abandonados a la peste que a veces les sucedía no esperar sino en su sueño y se sorprendían pensando: «¡Los bubones y acabar de una vez!» Pero, en verdad, ya estaban dormidos; todo aquel tiempo fue como un largo sueño. La ciudad estaba llena de dormidos despiertos que no escapaban realmente a su suerte sino esas pocas veces en que, por la noche, su herida, en apariencia cerrada, se abría bruscamente. Y despertados por ella con un sobresalto, tanteaban con una especie de distracción sus labios irritados, volviendo a encontrar en un relámpago su sufrimiento, súbitamente rejuvenecido, y, con él, el rostro acongojado de su amor. Por la mañana volvían a la plaga, esto es, a la rutina.

Pero, se dirá, esos separados, ¿qué aspecto tenían? Pues bien, no tenían ningún aspecto particular. O si se quiere, tenían el mismo aspecto de los demás, un aspecto enteramente general. Compartían la placidez y las agitaciones pueriles de la ciudad. Perdían la apariencia del sentido crítico, adquiriendo la apariencia de la sangre fría. Se podía ver, por ejemplo, a los más inteligentes haciendo como que buscaban, al igual que todo el mundo, en los periódicos o en las emisiones de radio, razones para creer en un rápido fin de la peste, para concebir esperanzas quiméricas o experimentar temores sin fundamento ante la lectura de ciertas consideraciones que cualquier periodista había escrito al azar, bostezando de aburrimiento. Por lo demás, bebían cerveza o cuidaban enfermos, holgazaneaban o trabajaban hasta agotarse. Clasificaban fichas o ponían discos, sin diferenciarse en nada los unos de los otros. Dicho de otro modo, no escogían nada. La peste había suprimido las tablas de valores. Y esto se veía, sobre todo, en que nadie se preocupaba por la calidad de los trajes ni de los alimentos. Todo se aceptaba en bloque.

Podemos decir, para terminar, que los separados ya no tenían aquel curioso privilegio que al principio los preservaba. Habían perdido el egoísmo del amor y el beneficio que conforta. Ahora, al menos, la situación estaba clara: la plaga alcanzaba a todo el mundo. Todos nosotros en medio de las detonaciones que estallaban a las puertas de la ciudad, entre los choques que acompasaban nuestra vida o nuestra muerte, en medio de los incendios y de las fichas, del terror y de las formalidades, emplazados a una muerte ignominiosa pero registrada, entre los humos espantosos y las sirenas impasibles de las ambulancias, nos alimentábamos con el mismo pan de exilio, esperando sin saberlo la misma reunión y la misma paz conmovedora. Nuestro amor estaba siempre ahí, sin duda, pero sencillamente no era utilizable, era pesado de llevar, inerte en el fondo de nosotros mismos, estéril como el crimen o la condenación. No era más que una paciencia sin porvenir y una esperanza obstinada. Y desde este punto de vista, la actitud de algunos de nuestros conciudadanos era como esas largas colas en los cuatro extremos de la ciudad, a la puerta de los almacenes de productos alimenticios. Era la misma resignación y la misma magnanimidad a la vez ilimitada y sin ilusiones. Había solamente que llevar este sentimiento a una escala mil veces mayor en lo que concierne a la separación, porque en ese caso se trataba de otra hambre y podía devorarlo todo.

En último caso, si se quiere tener una idea justa del estado de ánimo en que se encontraban los separados en Orán, hay que evocar de nuevo esas eternas tardes doradas y polvorientas que caían sobre la ciudad sin árboles mientras que hombres y mujeres se desparramaban por todas las calles. Pues, extrañamente, lo que subía entonces hasta las terrazas, todavía soleadas, en la ausencia de los ruidos de coches y de máquinas que son de ordinario el lenguaje de las ciudades, no era más que un enorme rumor de pasos y de voces sordas, el doloroso deslizarse de miles de suelas al ritmo del silbido de la plaga en el cielo cargado, un pisoteo interminable y sofocante, en fin, que iba llenando toda la ciudad y que cada tarde daba su voz más fiel, y más mortecina, a la obstinación ciega que en nuestros corazones reemplazaba entonces al amor.

IV

VI

Durante los meses de septiembre y octubre toda la ciudad vivió doblegada a la peste. Centenares de miles de hombres daban vueltas sobre el mismo lugar, sin avanzar un paso, durante semanas interminables. La bruma, el calor y la lluvia se sucedieron en el cielo. Bandadas silenciosas de estorninos y de tordos, que venían del mar, pasaban muy alto dando un rodeo, como si el azote de Paneloux, la extraña lanza de madera que silbaba, volteada sobre las casas, las mantuviese alejadas. A principios de octubre, grandes aguaceros barrieron las calles. Y durante este tiempo no se produjo nada que no fuese ese continuo dar vueltas sin avanzar.

Rieux y sus amigos descubrieron entonces hasta qué punto estaban cansados. En realidad, los hombres de los equipos sanitarios no lograban ya digerir el cansancio. El doctor Rieux lo notaba al observar en sus amigos y en él mismo los progresos de una rara indiferencia. Por ejemplo, los hombres que hasta entonces habían demostrado un interés tan vivo por todas las noticias de la peste dejaron de preocuparse por ella por completo. Rambert, a quien habían encargado provisionalmente dirigir una de las residencias de cuarentena instalada desde hacía poco en su hotel, conocía perfectamente el número de los que tenía en observación. Estaba al corriente de los menores detalles del sistema de evacuación inmediata que había organizado para los que presentaban súbitamente síntomas de la enfermedad, pero era incapaz de decir la cifra semanal de las víctimas de la peste, ignoraba realmente si ésta avanzaba o retrocedía. Pese a todo, vivía con la esperanza de una evasión próxima.

En cuanto a los otros, absorbidos en su trabajo día y noche, no leían periódicos ni escuchaban la radio. Y si se comentaba con ellos los resultados de la semana hacían como si se interesaran, pero en el fondo lo acogían todo con esa indiferencia distraída que se supone en los combatientes de las grandes guerras, agotados por el esfuerzo, pendientes sólo de no desfallecer en su deber cotidiano, sin esperar ni la operación decisiva ni el día del armisticio.

Grand, que continuaba haciendo los cálculos necesarios, hubiera sido seguramente incapaz de informar sobre los resultados generales. Al contrario que Tarrou, que Rambert y que Rieux, siempre duros para el cansancio, no había tenido nunca buena salud. Y sin embargo acumulaba, sobre sus obligaciones de auxiliar del Ayuntamiento, la secretaría de los equipos de Rieux y, además, sus trabajos nocturnos. Así estaba siempre en continuo estado de agotamiento, sostenido por dos o tres ideas fijas tales como la de prometerse unas vacaciones completas después de la peste, durante una semana por lo menos, y trabajar entonces de modo positivo en lo que tenía entre manos, hasta llegar a «quitarse el sombrero». Sufría también bruscos enternecimientos y en esas ocasiones se ponía a hablarle a Rieux de Jeanne, preguntándose dónde podría estar en aquel momento y si al leer el periódico lo recordaría. En una de estas conversaciones que sostenía con él, Rieux mismo se sorprendió un día hablando de su propia mujer en el tono más trivial, cosa que no había hecho nunca. No estaba muy seguro de la veracidad de los telegramas que ella le ponía, siempre tranquilizadores. Y se había decidido a telegrafiar al director del sanatorio. Como respuesta había recibido la notificación de un retroceso en el estado de la enferma, asegurándole, al mismo tiempo, que se emplearían todos los medios para contener el mal. Se había reservado esta noticia y sólo por el cansancio podía explicarse que se la hubiera confiado a Grand en aquel momento. Después de hablarle de Jeanne, Grand le había preguntado por su mujer y Rieux le había respondido. Grand había dicho: «Usted ya sabe que eso ahora se cura muy bien.» Y Rieux había asentido, diciendo simplemente que la separación empezaba a ser demasiado larga, y que él hubiera podido ayudar a su mujer a vencer la enfermedad, mientras que ahora tenía que sentirse enteramente sola. Después se había callado y había respondido evasivamente a las preguntas de Grand.

Los otros estaban en el mismo estado. Tarrou resistía mejor, pero sus cuadernos demuestran que si su curiosidad no se había hecho menos profunda, había perdido, en cambio, su diversidad. Durante todo ese período llegó a no interesarse más que por Cottard. Por la noche, en casa de Rieux, donde acabó por instalarse cuando convirtieron el hotel en casa de cuarentena, apenas escuchaba a Grand o al doctor cuando comentaban los resultados del día. Llevaba en seguida la conversación hacia los pequeños detalles de la vida oranesa, que generalmente le preocupaban.

En cuanto a Castel, el día en que vino a anunciar al doctor que el suero estaba preparado, después que hubieron decidido hacer la primera prueba en el niño del señor Othon, cuyo caso parecía desesperado, Rieux empezó a comunicarle las últimas estadísticas, cuando se dio cuenta de que su viejo amigo se había quedado profundamente dormido en la butaca. Y ante este rostro, en el que siempre había algo de dulzura y de ironía que le daban una perpetua juventud, ahora súbitamente abandonado, con un hilo de saliva asomándose en los labios entreabiertos, dejando ver todo su desgaste y su vejez, Rieux sintió un nudo en la garganta.

Por todas estas debilidades Rieux calculaba las dimensiones de su cansancio. Su sensibilidad se desmandaba.

Encadenada la mayor parte del tiempo, endurecida y desecada, estallaba de cuando en cuando, dejándole entregado a emociones que no podía dominar. Su única defensa era encerrarse en ese endurecimiento, apretar el nudo que se había formado dentro de él. Sabía con certeza que ésta era la única manera de continuar. Por lo demás, no tenía muchas ilusiones y el cansancio le quitaba las pocas que le quedaban. Pues sabía que aún, durante un período cuyo término no podía entrever, su misión no era curar, sino únicamente diagnosticar. Descubrir, ver, describir, registrar, y después desahuciar, ésta era su tarea. Había mujeres que le cogían la mano gritando: «¡Doctor, dele usted la vida!» Pero él no estaba allí para dar la vida, sino para ordenar el aislamiento. ¿A qué conducía el odio que leía entonces en las caras? «No tiene usted corazón», le habían dicho un día; sin embargo, tenía un corazón. Le servía para soportar las veinte horas diarias que pasaba viendo morir a hombres que estaban hechos para vivir. Le servía para recomenzar todos los días; pero eso sí, sólo tenía lo suficiente para eso. ¿Cómo pretender que le alcanzase para dar la vida?

No, no era su socorro lo que distribuía a lo largo del día, eran meros informes. A eso no se le podía llamar un oficio de hombre. Pero, después de todo, ¿a quién entre toda esa muchedumbre aterrorizada se le dejaba la facultad de ejercer un oficio de hombre? A decir verdad, era una suerte que existiese el cansancio. Si Rieux hubiera estado más entero, este olor de muerte difundido por todas partes hubiera podido volverle sentimental. Pero cuando no se ha dormido más que cuatro horas no se es sentimental. Se ven las cosas como son, es decir, que se las ve según la justicia, según la odiosa e irrisoria justicia. Y los otros, los desahuciados, lo sabían perfectamente, ellos también. Antes de la peste lo recibían siempre como a un salvador. Él podía arreglarlo todo con tres píldoras y una jeringa y le apretaban el brazo al acompañarlo por los pasillos. Era halagador pero peligroso. Ahora, por el contrario, se presentaba con una escolta de soldados y había que emprenderla a culatazos con la puerta para que la familia se decidiese a abrir. Ahora querrían arrastrarlo y arrastrar con ellos a la humanidad entera hacia la muerte. ¡Ah! Era cierto que los hombres no se puedan pasar sin los hombres, era bien cierto que tan desamparado estaba él como aquellos desgraciados y que él también merecía aquel estremecimiento de piedad que cuando se apartaba de ellos dejaba crecer en sí mismo.

Éstos eran, por lo menos durante aquellas interminables semanas, los pensamientos que el doctor Rieux revolvía en su cabeza mezclados con los que atañían a su separación, y eran también los mismos que veía reflejarse en las caras de sus amigos. Pero el efecto más peligroso del agotamiento que ganaba, poco a poco, a todos los que mantenían esta lucha contra la plaga, no era esta indiferencia ante los acontecimientos exteriores o ante los testimonios de los otros, sino el abandono a que se entregaban. Habían llegado a evitar todos los movimientos que no fueran indispensables o que les pareciesen superiores a sus fuerzas. Así llegaron a abandonar, cada vez más frecuentemente, las reglas de higiene que tenían prescriptas, a olvidar algunas de las numerosas desinfecciones que debían practicar sobre ellos mismos, a correr, sin precaverse contra el contagio, hacia los afectados de peste pulmonar, porque, avisados en el último momento para acudir a las casas infectadas, les había parecido agotador ir primero a algún local para hacerse las instilaciones necesarias. En esto estaba el verdadero peligro, pues era la lucha misma contra la peste la que los hacía más vulnerables a ella. Lo dejaban todo al azar y el azar no tiene miramientos con nadie.

Sin embargo, había un hombre en la ciudad que no parecía agotado ni descorazonado y que seguía siendo la viva imagen de la satisfacción. Ese hombre era Cottard. Sabía mantenerse apartado de todo y continuar sus relaciones con los demás, pero sobre todo procuraba ver a Tarrou lo más frecuentemente que el trabajo de éste se lo permitía, en parte porque Tarrou estaba bien informado sobre su caso, en parte porque le acogía siempre con una cordialidad inalterable. Era un continuo milagro; Tarrou, a pesar del trabajo que realizaba, seguía siempre amable y atento. Incluso cuando ciertas noches llegaba a aplastarle el cansancio, encontraba al día siguiente una nueva energía. «Con él —había dicho Cottard a Rambert— se puede hablar porque es un hombre. Siempre está uno seguro de ser comprendido.»

Por esta razón las notas de Tarrou que corresponden a esa época recaen poco a poco sobre el personaje Cottard. Tarrou ha procurado dar un cuadro de las reacciones y las reflexiones de Cottard, tal como le habían sido confiadas por éste o tal como él las había interpretado. Bajo el epígrafe «Relaciones de Cottard con la peste», este cuadro ocupa unas cuantas páginas del cuaderno y el narrador cree conveniente dar aquí un resumen. La opinión general de Tarrou sobre el pequeño rentista se resumía en este juicio: «Es un personaje que crece.» Según las apariencias, crecía también su buen humor. Estaba satisfecho del giro que tomaban los acontecimientos. A veces expresaba el fondo de su pensamiento ante Tarrou con observaciones de este género. «Evidentemente, esto no va mejor. Pero, por momentos, todo el mundo está en el lío.»

«Está claro —añade Tarrou—, él está amenazado como los otros, pero justamente lo está con los otros. Y además cree seriamente, estoy seguro de ello, que no puede ser alcanzado por la peste. Se apoya sobre la idea, que no es tan tonta como parece, de que un hombre que es presa de una gran enfermedad o de una profunda angustia queda por ello mismo a salvo de todas las otras angustias o enfermedades. "¿Ha observado usted —me dice— que no puede uno acumular enfermedades? Supóngase que tuviese una enfermedad grave o incurable, un cáncer serio o una buena tuberculosis; no pescará usted nunca el tifus o la peste: es imposible. Y la cosa llega más lejos. No habrá visto nunca morir a un canceroso de un accidente de automóvil."» Verdadera o falsa, esta idea pone a Cottard de buen humor. Lo único que no quiere es ser separado de los demás. Prefiere estar sitiado con todos los otros a estar preso solo. Con la peste se acabaron las investigaciones secretas. Los expedientes, las fichas, las informaciones misteriosas y los arrestos inminentes. Propiamente hablando, se acabó la policía, se acabaron los crímenes pasados o actuales, se acabaron los culpables. No hay más que condenados que esperan el más arbitrario de los indultos y, entre ellos, los policías mismos. Así, Cottard, siempre según la interpretación de Tarrou, estaba dispuesto a considerar los síntomas de angustia y de confusión que presentaban nuestros conciudadanos con una satisfacción indulgente y comprensiva que podía expresarse por un: «¡Qué va usted a decirme!, eso yo ya lo he pasado.»

«Yo me he esforzado en hacerle comprender que la única manera de no estar separado de los otros es tener la conciencia tranquila: me ha mirado malignamente, y me ha dicho: "Entonces, según eso, nadie está nunca con nadie." Y después: "Puede usted creerlo, yo se lo aseguro. El único medio de hacer que las gentes estén unas con otras es mandarles la peste. Y si no, mire usted a su alrededor." En verdad, comprendo bien lo que quiere decir y comprendo que le parezca cómoda la vida que llevamos. ¿Cómo no reconocería en los que pasan junto a él las reacciones que antes tuvo él mismo; la tentativa que hace cada uno de lograr que todo el mundo esté con él, la amabilidad que se despliega para informar a un transeúnte desorientado, cuando antes sólo se le manifestaba mal humor; la precipitación de la gente hacia los restaurantes de lujo, la satisfacción que tienen de encontrarse y permanecer allí; la afluencia desordenada que forma cola todos los días en el cine, que llena todas las salas de espectáculos y los *dancings* mismos, que se reparte como una marea desencadenada en todos los lugares públicos; el echarse atrás ante cualquier contacto, y el apetito de calor humano, sin embargo, que impulsa a los hombres unos hacia otros, los codos hacia los codos, los sexos hacia los sexos? Cottard ha conocido todo eso antes que ellos, es evidente. Excepto las mujeres, porque con su cara... Y supongo que cuando se le haya ocurrido ir a buscar prostitutas, habrá desistido por temor a la mala fama que ello pudiera acarrearle.

»En resumen, la peste le ha sentado bien. De un hombre que era solitario sin querer serlo, ha hecho un cómplice. Pues es, visiblemente, un cómplice y lo es con delectación. Es cómplice de todo lo que ve, de las supersticiones, de los errores irrazonados, de las susceptibilidades de todas esas almas alertas; de su enloquecimiento y su palidez al menor dolor de cabeza, puesto que saben que la enfermedad empieza por esos dolores, y su sensibilidad irritada, susceptible, inestable, en fin, que transforma en ofensas los olvidos y que se aflige por la pérdida de un botón.»

Tarrou salía frecuentemente con Cottard y después contaba en sus cuadernos cómo se hundían en la multitud sombría, de los crepúsculos o de las noches, hombro con hombro, sumergiéndose en una masa blanca y negra en la que, de cuando en cuando, caían los escasos resplandores de alguna lámpara, y acompañando al rebaño humano hacia los placeres ardorosos que lo salvaban del frío de la peste. Lo que Cottard buscaba meses antes en los lugares públicos, el lujo, la vida desahogada, todo lo que soñaba sin poder alcanzar, es decir, el placer desenfrenado, un pueblo entero se lo entregaba ahora. Aunque el precio de todo subía inconteniblemente, nunca se había malgastado tanto dinero, y aunque a la mayor parte le faltaba lo necesario, nunca se había despilfarrado más lo superfluo. Todos los juegos aumentaban, mantenidos por ociosos que eran más bien cesantes. Tarrou y Cottard seguían a veces durante largo rato a alguna de esas parejas que antes procuraban ocultar lo que les unía y que ahora, apretados uno contra otro, paseaban obstinadamente a través de la ciudad, sin ver la muchedumbre que les rodeaba, con la distracción un poco estática de las grandes pasiones. Cottard se enternecía: «¡Ah, son magníficos!» —decía—. Y hablaba alto, se esponjaba en medio de la fiebre colectiva, de las propinas regias que sonaban a su alrededor y de las intrigas que se armaban ante sus ojos.

Sin embargo, Tarrou creía que había poca maldad en la actitud de Cottard. Su «eso yo ya lo he pasado» indicaba más desgracia que triunfo. «Yo creo —decía Tarrou— que empieza a sentir algo de amor por estos hombres, presos entre el cielo y los muros de su ciudad. Por ejemplo, creo que de buena gana les explicaría si pudiera que la cosa no es tan horrible: "Ya los oye usted, me dijo un día, ya los oye usted: después de la peste haré esto, después de la peste haré esto otro... Se envenenan la existencia en vez de estar tranquilos. Y no se dan cuenta de las ventajas que tienen. ¿Es que yo podría decir: después de mi condena haré esto o lo otro? La condena es un principio, no es un fin. Mientras que la peste... ¿Quiere usted saber mi opinión? Son desgraciados porque no se despreocupan. Yo sé lo que digo."

»Evidentemente, él sabe lo que dice, añade Tarrou. Él valora en su justo precio las contradicciones de los habitantes de Orán, que aunque sienten profundamente la necesidad de un calor que los una, no se abandonan a ella por la desconfianza que aleja a los unos de los otros. Todo el mundo sabe bien que no puede confiar en su vecino, que es capaz de darle la peste sin que lo note y de aprovecharse de su abandono para inficionarle. Cuando uno se ha pasado los días, como Cottard, viendo posibles delatores en todos aquellos cuya compañía sin embargo buscaba, se puede comprender ese sentimiento. Se está muy bien entre gentes que viven en la idea de que la peste, de la noche a la mañana, puede ponerles la mano en el hombro y de que acaso está ya preparándose a hacerlo en el momento mismo en que uno se vanagloria de estar sano y salvo. En la medida de lo posible, él está a gusto en medio del terror. Pero precisamente, porque él ha sentido todo esto antes que ellos, yo creo que no puede experimentar enteramente con ellos toda la crueldad de esta incertidumbre. En suma, al mismo tiempo que nosotros, los que todavía no hemos muerto de la peste, él sabe que su libertad y su vida están también a dos pasos de ser destruidas. Pero puesto que él ha vivido en el terror, encuentra normal que los otros lo conozcan a su vez. Más exactamente, el terror le parece así menos pesado de llevar que si estuviese solo. En esto es en lo que está equivocado y por ello es más difícil de comprender que otros. Pero, después de todo, es por eso por lo que merece más que otros que se intente comprenderlo.»

En fin, las páginas de Tarrou terminan con un relato que ilustra la conciencia singular que invadía al mismo tiempo a Cottard y a los pestíferos. Este relato reconstruye, poco más o menos, la atmósfera difícil de la época y por esto el narrador le atribuye mucha importancia.

Habían ido a la Ópera Municipal donde se representaba el *Orfeo* de Gluck. Era Cottard el que había invitado a Tarrou. La compañía había venido al principio de la peste para dar unas representaciones en nuestra ciudad. Bloqueada por la enfermedad, se había puesto de acuerdo con el teatro de la Ópera para dar un espectáculo una vez por semana. Así, desde hacía varios meses, todos los viernes nuestro Teatro Municipal vibraba con los lamentos melodiosos de Orfeo y con las llamadas imponentes de Eurídice. Sin embargo, el espectáculo seguía contando con el favor del público y hacía todos los días grandes recaudaciones. Instalados en los asientos más caros, Cottard y Tarrou dominaban un patio de butacas lleno hasta reventar por los más elegantes de nuestros ciudadanos. Los que llegaban se preocupaban visiblemente de llamar la atención. Bajo la luz resplandeciente de la sala, antes de levantarse el telón, los músicos afinaban discretamente sus instrumentos, las siluetas se destacaban con precisión, al pasar de una fila a otra se inclinaban con gracia. En el ligero murmullo de una conversación de buen tono, los hombres recobraban el aplomo que les faltaba horas antes por las calles negras de la ciudad. El frac espantaba a la peste.

Durante todo el primer acto Orfeo se lamentó con facilidad, algunas mujeres vestidas con túnicas comentaron con gracia su desdicha y cantaron al amor. La sala reaccionaba con calor discreto. Apenas se notó que Orfeo introducía en su aria del segundo acto ciertos trémolos que no figuraban en la partitura y que pedía con cierto exceso de patetismo al dueño de los Infiernos que se dejase conmover por su llanto. Algunos movimientos o sacudidas que se le escaparon parecieron a los más informados efectos de estilización que enriquecían la interpretación del cantante.

Fue necesario que llegase el gran dúo de Orfeo y Eurídice del tercer acto (el momento en que Eurídice vuelve a alejarse de su amante) para que cierta sorpresa recorriese la sala. Y como si el cantante no hubiera estado esperando más que ese movimiento del público o, más exactamente todavía, como si el rumor del patio de butacas le hubiera corroborado en lo que sentía, en ese mismo momento avanzó de un modo grotesco, con los brazos y las piernas separados, en su atavío clásico, y se desplomó entre los idílicos decorados, que siempre habían sido anacrónicos, pero que a los ojos de los espectadores no lo fueron hasta aquel momento, y de modo espantoso. Pues al mismo tiempo la orquesta enmudeció, la gente de las butacas se levantó y empezó a evacuar la sala, primero en silencio, como se sale de una iglesia cuando termina el oficio, o de una cámara mortuoria después de una visita, las mujeres recogiendo sus faldas y saliendo con la cabeza baja, los hombres guiando a sus compañeras por el codo, evitándoles chocar con los asientos bajados. Poco a poco el movimiento se hizo más precipitado, el murmullo se convirtió en exclamación y la multitud afluyó a las salidas apretándose y empujándose entre gritos. Cottard y Tarrou, que solamente se habían levantado, se quedaron solos ante una imagen de lo que era su vida de aquellos momentos: la peste en el escenario, bajo el aspecto de un histrión desarticulado, y en la sala los restos inútiles del lujo, en forma de abanicos olvidados y encajes desgarrados sobre el rojo de las butacas.

Los primeros días de septiembre Rambert había trabajado seriamente con Rieux. Sólo había pedido un día de permiso para encontrarse con González y los dos chicos delante del instituto.

Ese día, a mediodía, González y Rambert vieron llegar a los dos chicos riendo. Dijeron que la otra vez no habían tenido suerte pero que había que confiar. En todo caso, no era aquélla su semana de guardia; era necesario tener paciencia hasta la siguiente. Entonces recomenzarían. Rambert dijo que ésa era la palabra. González propuso entonces una cita para el lunes siguiente, con el propósito de instalar a Rambert ese mismo día en la casa de Marcel y Louis. «Nosotros, tú y yo, nos citaremos, pero si yo no llego, tú te vas directamente a casa de ellos. Hay que explicarte dónde viven.» Pero Marcel o Louis dijo que lo más fácil era llevarle en aquel momento. Si no era muy exigente, habría comida para los cuatro, y de ese modo se podría dar cuenta. González dijo que era una buena idea y se fueron todos hacia el puerto.

Marcel y Louis vivían al final del barrio de la Marina, cerca de las puertas que daban sobre el mirador. Era una casita española de muros gruesos y contraventanas de madera pintada, con habitaciones desnudas y sombrías. Tenían arroz que servía la madre de los muchachos, una vieja española sonriente y llena de arrugas. González se extrañó, pues el arroz faltaba ya en la ciudad. «En las puertas se arregla uno», dijo Marcel. Rambert comía y bebía, y González dijo que era un verdadero camarada, mientras él pensaba únicamente en la semana que tenía que pasar.

La realidad era que tuvo que esperar dos semanas porque los turnos de guardia se hicieron de quince días para reducir el número de los equipos. Durante esos quince días, Rambert trabajó sin escatimar esfuerzo, de modo ininterrumpido, como con los ojos cerrados, de la mañana a la noche. Tarde ya, se acostaba y dormía con un sueño pesado. El paso brusco de la ociosidad a este trabajo agotador le dejaba sin sueño y sin fuerzas. Hablaba poco de su evasión. Un hecho notable: al cabo de una semana confesó al doctor que, por primera vez, la noche anterior se había emborrachado. Al salir del bar tuvo de pronto la impresión de que se le hinchaban las ingles y de que al mover los brazos sentía una dificultad en las axilas. Pensó en seguida que era la peste, y la única reacción que tuvo —tanto él como Rieux convinieron en que no era razonable— fue la de correr hacia la parte alta de la ciudad y allí, en una plazoleta desde donde no se llegaba a divisar el mar pero desde donde se veía un poco más de cielo, llamar a gritos a su mujer, por encima de la ciudad. Cuando llegó a su casa no se descubrió en el cuerpo ningún signo de infección y no se sintió muy orgulloso de aquella brusca crisis. Rieux dijo que comprendía muy bien que se pudiese obrar así. «En todo caso —dijo— sucede con frecuencia que tenga uno ganas de hacerlo.»

—El señor Othon me ha hablado de usted esta mañana —añadió Rieux en el momento en que Rambert se iba—. Me ha preguntado si le conocía: «Aconséjele usted, me ha dicho, que no frecuente los medios de contrabando. Se hace notar.»

—¿Qué quiere decir esto?

—Esto quiere decir que tiene usted que darse prisa.

—Gracias —dijo Rambert, estrechando la mano del doctor.

Al llegar a la puerta se volvió. Rieux observó que, por primera vez desde el principio de la peste, se sonreía.

—Entonces ¿por qué no impide que me marche? Usted tiene los medios para hacerlo.

Rieux movió la cabeza con su gesto habitual y dijo que eso era cosa de Rambert, que había escogido la felicidad y que él no tenía argumentos que oponerle. Se sentía incapaz de juzgar lo que estaba bien y lo que estaba mal en este asunto.

—¿Y por qué me dice usted que me dé prisa?

Rieux sonrió a su vez.

—Es posible que sea porque yo también tengo ganas de hacer algo por la felicidad.

Al día siguiente no hablaron más de ello, pero trabajaron juntos. A la otra semana, Rambert se instaló por fin en la casa de los españoles. Le prepararon una cama en la habitación común. Como los muchachos no iban a comer a casa y como le habían rogado que saliera lo menos posible, estaba solo la mayor parte del tiempo, o se ponía a charlar con la madre de los muchachos. Era una vieja madre española, seca y altiva, vestida de negro, con la cara morena y arrugada bajo el pelo blanco muy limpio. Silenciosa, cuando miraba a Rambert le sonreía con los ojos.

Alguna vez le preguntó si no temía llevarle la peste a su mujer. Él creía que había que correr ese riesgo y que, después de todo, era un riesgo mínimo; en cambio, quedándose en la ciudad se exponía a ser separado de ella para siempre.

—¿Cómo es ella? —le preguntó la vieja sonriendo.

—Encantadora.

—¿Bonita?

—Yo creo que sí.

—¡Ah! —dijo ella—, es por eso.

Rambert reflexionó. Sin duda era por eso, pero era imposible que fuera solamente por eso.

—¿No cree usted en Dios? —dijo la vieja, que iba a misa todas las mañanas.

Él reconoció que no, y la vieja repitió que era por eso.

—Tiene usted razón, debe reunirse con ella. Si no, ¿qué le quedaría a usted?

El resto del tiempo, Rambert se lo pasaba dando vueltas, junto a las paredes enjalbegadas y desnudas, tocando los abanicos que estaban clavados en ellas o contando los madroños que bordeaban el tapete. Por la tarde volvían los muchachos. No hablaban mucho, sólo lo suficiente para decirle que todavía no era el momento. Después de cenar Marcel tocaba la guitarra y bebían todos anisado. Rambert seguía pensando.

El miércoles llegó Marcel diciendo:

«Todo está listo para mañana a medianoche. Estáte preparado.» De los dos hombres que hacían la guardia con ellos, uno había caído con la peste y el otro, que vivía con él, estaba en observación. Así, durante dos o tres días, Marcel y Louis estarían solos. Por la noche arreglarían los últimos detalles. Al día siguiente todo sería posible; Rambert les dio las gracias. «¿Está usted contento?», le preguntó la vieja. Él dijo que sí, pero pensaba en otra cosa.

Al día siguiente, bajo un cielo pesado, el calor era húmedo y sofocante. Las noticias de la peste eran malas. La vieja española conservaba la serenidad, sin embargo. «Hay mucho pecado en el mundo —decía—, así que ¡a la fuerza!» Tanto Rambert como Marcel y Louis andaban con el torso desnudo, pero a pesar de todo les corría el sudor por los hombros y por el pecho. En la penumbra de la casa, con las persianas bajadas, sus cuerpos parecían más morenos y relucientes. Rambert daba vueltas sin hablar. De pronto, a las cuatro de la tarde, se vistió y dijo que salía.

—Cuidado —le dijo Marcel—, es a medianoche. Todo está preparado.

Rambert fue a casa del doctor. La madre de Rieux le dijo que lo encontraría en el hospital en la parte alta de la ciudad. Delante del puesto de guardia, la muchedumbre de siempre daba vueltas sobre el mismo lugar. «¡Circulen!», decía un sargento de ojos saltones. La gente circulaba, pero en redondo. «No hay nada que esperar», decía el sargento, cuyo traje estaba empapado de sudor. Ellos ya sabían que no había nada que esperar y, sin embargo, seguían allí. Rambert enseñó un pase al sargento que le indicó el despacho de Tarrou. La puerta daba al patio. Se cruzó con el padre Paneloux que salía del despacho.

Era una pequeña habitación, blanca y sucia, que olía a farmacia y a trapos húmedos. Tarrou, sentado a una mesa de madera negra, con las mangas de la camisa remangadas, se secaba con el pañuelo el sudor que le corría por la sangría del brazo.

—¿Todavía aquí? —le dijo.

—Sí, quisiera hablar con Rieux.

—Está en la sala. Si podemos resolverlo sin él, será mejor.

—¿Por qué?

—Está agotado. Yo le evito todo lo que puedo.

Rambert miró a Tarrou. Vio que había adelgazado, el cansancio le hacía borrosos los ojos y todas las facciones. Sus anchos hombros estaban como encogidos. Llamaron a la puerta y entró un enfermero enmascarado de blanco. Dejó sobre la mesa de Tarrou un paquete de fichas y dijo con una voz que la máscara ahogaba: «Seis» y se fue. Tarrou miró a Rambert y le enseñó las fichas extendidas en abanico.

—¿Qué bonitas, eh? ¡Pues no!, no son tan bonitas, son muertos. Los muertos de esta noche.

Frunciendo la frente recogió el paquete de fichas.

—Lo único que nos queda es la contabilidad.

Tarrou se levantó y se apoyó en la mesa.

—¿Se va usted pronto?

—Hoy a medianoche.

Tarrou dijo que se alegraba y que tuviera cuidado.

—¿Dice usted eso sinceramente?

Tarrou alzó los hombros:

—A mi edad hay que ser sincero. Mentir cansa mucho.

—Tarrou —dijo Rambert—, perdóneme, pero quiero ver al doctor.

—Sí, ya sé. Es más humano que yo. Vamos.

—No es eso —dijo Rambert con esfuerzo, y se detuvo.

Tarrou lo miró y de pronto le sonrió.

Fueron por un pasillo, cuyas paredes estaban pintadas de verde claro y donde flotaba una luz de acuario. Antes de llegar a una doble puerta vidriera, detrás de la cual se veía un curioso ir y venir de sombras, Tarrou hizo entrar a Rambert en una salita con las paredes cubiertas de armarios. Abrió uno de ellos, sacó de un esterilizador dos máscaras de gasa y dio una a Rambert para que se tapara con ella. Rambert le preguntó si aquello servía para algo y Tarrou respondió que no, pero que inspiraba confianza a los demás.

Empujaron la puerta vidriera. Era una inmensa sala, con las ventanas herméticamente cerradas a pesar de la estación. En lo alto de las paredes zumbaban los aparatos que renovaban la atmósfera y sus hélices curvas agitaban el aire espeso y caldeado, por encima de las dos filas de camas. De todos lados subían gemidos sordos o agudos que formaban un solo lamento monótono.

Algunos hombres vestidos de blanco pasaban con lentitud bajo la luz cruel que vertían las altas aberturas defendidas con barrotes.

Rambert se sentía mal en el terrible calor de aquella sala y le costó trabajo reconocer a Rieux inclinado sobre una forma gimiente. El doctor estaba punzando las ingles de un enfermo que sujetaban dos enfermeros a los lados de la cama. Cuando se enderezó, dejó caer su instrumento en el platillo que un ayudante le ofrecía y se quedó un rato inmóvil, mirando al hombre mientras lo vendaban.

—¿Qué hay de nuevo? —dijo a Tarrou, cuando vio que se le acercaba.

—Paneloux ha aceptado reemplazar a Rambert en la casa de cuarentena. Ha hecho ya muchas cosas. Queda por organizar el tercer equipo de inspección sin Rambert.

Rieux aprobó con la cabeza.

—Castel ha terminado sus primeras preparaciones. Propone un experimento.

—¡Ah! —dijo Rieux—, eso está bien.

—Además, está aquí Rambert.

Rieux se volvió. Por encima de la máscara guiñó un poco los ojos al ver a Rambert.

—¿Qué hace usted aquí? —le dijo—. Debería estar en otra parte.

Tarrou le dijo que la cosa era para aquella noche y Rambert añadió: «En principio.»

Cada vez que uno de ellos hablaba, la máscara de gasa se hinchaba y humidificaba en el lugar correspondiente a la boca. Esto hacía que la conversación resultase un poco irreal, como un diálogo entre estatuas.

—Querría hablar con usted —dijo Rambert.

—Saldremos juntos, si quiere. Espéreme en el despacho de Tarrou.

Un momento después, Rambert y Rieux se instalaban en el asiento posterior del coche. Tarrou conducía.

—Se ha acabado la gasolina —dijo Tarrou, al arrancar—. Mañana iremos a pie.

—Doctor —dijo Rambert—, yo no me voy: quiero quedarme con ustedes.

Tarrou no rechistó y siguió conduciendo. Rieux parecía incapaz de salir de su cansancio.

—¿Y ella? —dijo con voz sorda.

Rambert dijo que había reflexionado y seguía creyendo lo que siempre había creído, pero que sabía que si se iba sentiría vergüenza. Esto le molestaría para gozar del amor de su mujer. Pero Rieux se enderezó y dijo con voz firme que eso era estúpido y que no era en modo alguno vergonzoso elegir la felicidad.

—Sí —dijo Rambert—, pero puede uno tener vergüenza de ser el único feliz.

Tarrou, que había ido callado todo el tiempo sin volver la cabeza, observó que si Rambert se decidía a compartir la desgracia de los hombres, ya no le quedaría tiempo para la felicidad. Era necesario que tomase una decisión.

—No es eso —dijo Rambert—. Yo había creído siempre que era extraño a esta ciudad y que no tenía nada que ver con ustedes. Pero ahora, después de haber visto lo que he visto, sé que soy de aquí, quiéralo o no. Este asunto nos toca a todos.

Nadie respondió y Rambert terminó por impacientarse.

—¡Ustedes lo saben mejor que nadie! Si no, ¿qué hacen en el hospital? ¿Es que ustedes han escogido y han renunciado a la felicidad?

No respondieron; ninguno de los dos. El silencio duró mucho tiempo, hasta que llegaron cerca de la casa del doctor. Rambert repitió su última pregunta, todavía con más fuerza, y solamente Rieux se volvió hacia él. Rieux se enderezó con esfuerzo:

—Perdóneme, Rambert —dijo—, pero no lo sé. Quédese con nosotros si así lo desea.

Un tropezón del coche en un bache lo hizo callar. Después añadió, mirando hacia adelante:

—Nada en el mundo merece que se aparte uno de los que ama. Y, sin embargo, yo también me aparto sin saber por qué.

Rieux se dejó caer sobre el respaldo.

—Es un hecho, eso es todo —dijo con cansancio—. Registrémoslo y saquemos las consecuencias.

—¿Qué consecuencias? —preguntó Rambert.

—¡Ah! —dijo Rieux—, no puede uno al mismo tiempo curar y saber. Así que curemos lo más aprisa posible. Es lo más urgente.

A medianoche, Tarrou y Rieux estaban haciendo el plano del barrio que Rambert estaba encargado de inspeccionar, cuando Tarrou miró su reloj. Al levantar la cabeza encontró la mirada de Rambert.

—¿Los ha prevenido usted?

Rambert apartó los ojos.

—Había enviado unas líneas —dijo—, antes de venir a verlos.

Hasta los últimos días de octubre no se probó el suero de Castel. Éste era, prácticamente, la última esperanza de Rieux. En el caso de que fuese un nuevo fracaso, el doctor estaba persuadido de que la ciudad quedaría a merced de la plaga que podía prolongar sus efectos durante varios meses todavía o decidirse a parar sin razón.

La víspera del día en que Castel fue a visitar a Rieux, el niño del señor Othon había caído enfermo y toda la familia había tenido que ponerse en cuarentena. La madre, que había salido de ella poco tiempo atrás, se encontró aislada por segunda vez. Respetuoso con los preceptos establecidos, el juez hizo llamar al doctor Rieux en cuanto vio en el cuerpo del niño los síntomas de la enfermedad. Cuando Rieux llegó, el padre y la madre estaban de pie junto a la cama. La niña había sido alejada. El niño estaba en el período de abatimiento y se dejó reconocer sin quejarse. Cuando el doctor levantó la cabeza, encontró la mirada del juez y detrás de él la cara pálida de la madre, que se tapaba la boca con un pañuelo y seguía los movimientos del doctor con ojos desorbitados.

—Es eso, ¿no? —dijo el juez con voz fría.

—Sí —respondió Rieux, mirando nuevamente al niño.

Los ojos de la madre se desorbitaron más, pero no dijo nada. El juez también siguió callado y luego dijo en un tono más bajo:

—¡Bueno!, doctor, debemos hacer lo prescrito.

Rieux evitó mirar a la madre, que seguía con el pañuelo sobre la boca.

—Se hará en seguida —dijo titubeando—, si puedo telefonear.

El señor Othon dijo que él le acompañaría al teléfono, pero el doctor se volvió hacia la mujer.

—Lo siento infinitamente. Tendrá usted que preparar algunas cosas. Ya sabe lo que es esto.

—Sí —dijo ella moviendo la cabeza—, voy a hacerlo.

Antes de dejarlos, Rieux no pudo menos de preguntarles si necesitaban algo. La mujer siguió mirando en silencio, pero el juez desvió la mirada.

—No —dijo. Luego, tragando saliva añadió—: pero salve usted a mi hijo.

La cuarentena, que al principio no había sido más que una simple formalidad, había quedado organizada por Rieux y Rambert de un modo muy estricto. Habían exigido particularmente que los miembros de una familia fuesen aislados unos de otros, porque si uno de ellos estaba inficionado sin saberlo, había que evitar que contagiase la enfermedad a los demás. Rieux explicó todas estas razones al juez, que las encontró bien. Y sin embargo él y su mujer se miraron de tal modo que el doctor sintió hasta qué punto esta separación les dejaba desamparados. La señora Othon y su niña podían alojarse en el hotel de cuarentena dirigido por Rambert. Pero para el juez no había más lugar que el campo de aislamiento que la prefectura estaba organizando en el estadio municipal, con la ayuda de unas tiendas pertenecientes al servicio de limpieza urbana. Rieux le pidió excusas, pero el señor Othon dijo que la regla era una sola y que era justo obedecer.

En cuanto al niño, fue trasladado al hospital auxiliar e instalado en una antigua sala de clase donde habían puesto diez camas. Al cabo de unas veinte horas, Rieux consideró su caso desesperado. Aquel frágil cuerpecito se dejaba devorar por la infección sin reaccionar. Pequeños bubones dolorosos, apenas formados, bloqueaban las articulaciones de sus débiles miembros. Estaba vencido de antemano. Por esto Rieux tuvo la idea de ensayar en él el suero de Castel. Aquella misma noche, después de la cena, practicaron la larga inoculación, sin obtener una sola reacción del niño. Al amanecer del otro día, todos acudieron a verle para saber lo que resultaba de esta experiencia decisiva.

El niño había salido de su sopor y se revolvía convulsivamente entre las sábanas. El doctor Castel y Tarrou estaban a su lado desde las cuatro de la mañana, siguiendo paso a paso los progresos o las treguas de la enfermedad. A la cabecera de la cama el sólido cuerpo de Tarrou se curvaba un poco a los pies de Rieux, y a su lado Castel, sentado, leyendo, en apariencia con toda tranquilidad, un viejo libro. Poco a poco, a medida que crecía la luz en la antigua clase, los otros fueron llegando. El primero, Paneloux, que se puso al otro lado de la cama frente a Tarrou, con la espalda apoyada en la pared. Se leía en su cara una expresión dolorosa y el cansancio de todos estos días, en que había puesto tanto de su parte, había acentuado las arrugas de su frente. Después llegó Joseph Grand. Eran las siete y se excusó por llegar sin aliento. No podía quedarse más que un minuto; venía para saber si sabían ya algo más o menos preciso. Rieux, sin decir una palabra, le señaló al niño que, con los ojos cerrados, la cara descompuesta y los dientes tan apretados como le permitían sus fuerzas, volvía de un lado para otro la cabeza sobre la almohada. Cuando había ya luz suficiente para que se pudiera distinguir en el encerado, que había quedado en su sitio, la huella de las últimas fórmulas de ecuación, llegó Rambert. Se apoyó en los pies de la cama de al lado y sacó un paquete de cigarrillos. Pero después de echar una mirada al niño volvió a guardárselo en el bolsillo.

Castel, sentado, miraba a Rieux por encima de las gafas.

—¿Tiene usted noticias del padre?

—No —dijo Rieux—, está en el campo de aislamiento.

El doctor se aferró con fuerza a la barandilla de la cama donde el niño gemía. No quitaba los ojos del enfermo, que de pronto se puso rígido, con los dientes apretados, y se arqueó un poco por la cintura, separando lentamente los brazos y las piernas. De aquel pequeño cuerpo, desnudo bajo una manta de cuartel, subía un olor a lana y a sudor agrio. El niño aflojó un poco la tensión de su rigidez, retrajo brazos y piernas hacia el centro de la cama, y, siempre ciego y mudo, pareció respirar más deprisa. La mirada de Rieux se encontró con la de Tarrou, que apartó los ojos.

Ya habían visto morir a otros niños, puesto que los horrores de aquellos meses no se habían detenido ante nada, pero no habían seguido nunca sus sufrimientos minuto tras minuto como estaban haciendo desde el amanecer. Y, sin duda, el dolor infligido a aquel inocente nunca había dejado de parecerles lo que en realidad era: un escándalo. Pero hasta entonces se habían escandalizado, en cierto modo, en abstracto, porque no habían mirado nunca cara a cara, durante tanto tiempo, la agonía de un inocente.

En ese momento el niño, como si se sintiese mordido en el estómago, se encogió de nuevo, con un débil quejido. Se quedó así encorvado durante unos minutos eternos, sacudido por estremecimientos y temblores convulsivos, como si su frágil esqueleto se doblegase al viento furioso de la peste y crujiese bajo el soplo insistente de la fiebre. Pasada la borrasca, se calmó un poco, la fiebre pareció retirarse y abandonarle, anhelante, sobre una arena húmeda y envenenada donde el proceso semejaba ya la muerte. Cuando la ola ardiente le envolvió por tercera vez, animándole un poco, el niño se encogió, se escurrió hasta el fondo de la cama en el terror de la llama que le envolvía y agitó locamente la cabeza rechazando la manta. Gruesas lágrimas brotaron bajo sus párpados inflamados, que le corrieron por la cara, y al final de la crisis, agotado, crispando las piernas huesudas y los brazos, cuya carne había desaparecido en cuarenta y ocho horas, el niño tomó en la cama la actitud de un crucificado grotesco.

Tarrou se levantó y con su mano pesada enjugó aquel pequeño rostro empapado de lágrimas y de sudor. Hacía ya un momento que Castel había cerrado el libro y miraba al enfermo. Empezó a hablar, pero tuvo que toser antes de terminar la frase porque su voz se hizo de pronto desentonada.

—No ha tenido mejoría matinal, ¿no es cierto, Rieux?

Rieux dijo que no, pero que resistía más tiempo de lo normal. Paneloux, que parecía hundido en la pared, dijo sordamente:

—Si tiene que morir, así habrá sufrido más tiempo.

Rieux se volvió bruscamente hacia él y abrió la boca para decir algo pero se calló, hizo un visible esfuerzo por dominarse y de nuevo llevó su mirada hacia el niño. La luz crecía en la sala. En las otras cinco camas había formas humanas que se revolvían y se quejaban con una discreción que parecía concertada. El único que gritaba en el otro extremo de la sala, lanzaba, con intervalos singulares, pequeñas exclamaciones que expresaban más el asombro que el dolor. Parecía que hasta para los enfermos ya no había aquel terror de los primeros tiempos: ahora su manera de tomar la enfermedad era una especie de consentimiento. Sólo el niño se debatía con todas sus fuerzas. Rieux, que de cuando en cuando le tomaba el pulso, sin necesidad, más bien por salir de la inmovilidad impotente en que estaba, sentía al cerrar los ojos que aquella agitación se mezclaba al tumulto de su propia sangre. Se identificaba entonces con el niño supliciado y procuraba sostenerle con toda su fuerza todavía intacta. Pero, reunidas por un minuto, las pulsaciones de los dos corazones se desacordaban pronto, el niño se le escapaba, y su esfuerzo se hundía en el vacío. Entonces dejaba la manecita sobre la cama y volvía a su puesto.

A lo largo de los muros pintados al temple, la luz pasaba del rosa al amarillo. Detrás de los cristales empezaba a crepitar una mañana de calor. Apenas oyeron que

Grand se marchaba diciendo que volvería. Todos esperaban. El niño, con los ojos siempre cerrados, pareció calmarse un poco. Las manos, que se habían vuelto como garras, arañaban suavemente los lados de la cama. Las levantó un poco, arañó la manta junto a las rodillas y de pronto encogió las piernas, pegó los muslos al vientre y se quedó inmóvil. Abrió los ojos por primera vez y miró a Rieux que estaba delante de él. En su cara hundida, convertida ya en una arcilla gris, la boca se abrió de pronto, dejando escapar un solo grito sostenido que la respiración apenas alteraba y que llenó la sala con una protesta monótona, discorde y tan poco humana que parecía venir de todos los hombres a la vez. Rieux apretó los dientes y Tarrou se volvió para otro lado. Rieux se acercó a la cama junto a Castel, que cerró el libro que había quedado abierto sobre sus rodillas. Paneloux miró esa boca infantil ultrajada por la enfermedad y llena de aquel grito de todas las edades. Se dejó caer de rodillas y a todo el mundo le pareció natural oírle decir con voz ahogada pero clara a través del lamento anónimo que no cesaba: «Dios mío, salva a esta criatura.»

Pero el niño siguió gritando y los otros enfermos se agitaron. El que lanzaba las exclamaciones, al fondo de la sala, precipitó el ritmo de su quejido hasta hacer de él un verdadero grito, mientras que los otros se quejaban cada vez más. Una marea de sollozos estalló en la sala cubriendo la plegaria de Paneloux, y Rieux, agarrado a la barra de la cama, cerró los ojos, como borracho de cansancio y de asco.

Cuando volvió a abrirlos encontró a su lado a Tarrou.

—Tengo que irme —dijo a Rieux—, no puedo soportarlo más.

Pero bruscamente los otros enfermos se callaron. El doctor notó que el grito del niño se había hecho más débil, que seguía apagándose hasta llegar a extinguirse. Alrededor los lamentos recomenzaron, pero sordamente, y como un eco lejano de aquella lucha que acababa de terminar. Pues había terminado. Castel pasó al otro lado de la cama y dijo que había concluido. Con la boca abierta pero callado, el niño reposaba entre las mantas en desorden, empequeñecido de pronto, con restos de lágrimas en las mejillas.

Paneloux se acercó a la cama e hizo los ademanes de la bendición. Después se recogió la sotana y se fue por el pasillo central.

—¿Hay que volver a empezar? —preguntó Tarrou a Castel.

El viejo doctor movió la cabeza.

—Es posible —dijo con una sonrisa crispada—. Después de todo, ha resistido mucho tiempo.

Pero Rieux se alejaba de la sala con un paso tan precipitado y con tal aire que cuando alcanzó a Paneloux y pasó junto a él, éste alargó el brazo para detenerlo.

—Vamos, doctor —le dijo.

Pero con el mismo movimiento arrebatado Rieux se volvió y lo rechazó con violencia.

—¡Ah!, éste, por lo menos, era inocente, ¡bien lo sabe usted!

Después, franqueando la puerta de la sala antes que Paneloux, cruzó el patio de la escuela hasta el fondo. Se sentó en un banco, entre los árboles pequeños y polvorientos, y se enjugó el sudor que le corría hasta los ojos. Sentía ganas de gritar para desatar el nudo violento que le estrujaba el corazón. El calor caía lentamente entre las ramas de los ficus. El cielo azul de la mañana iba cubriéndose rápidamente por una envoltura blanquecina que hacía el aire más sofocante. Rieux se abandonó en el banco. Miraba las ramas y el cielo hasta ir recobrando lentamente su respiración, hasta asimilar un poco el cansancio.

—¿Por qué hablarme con esa cólera? —dijo una voz detrás de él—. Para mí también era insoportable ese espectáculo.

Rieux se volvió hacia Paneloux.

—Es verdad —dijo—, perdóneme. El cansancio es una especie de locura. Y hay horas en esta ciudad en las que no siento más que rebeldía.

—Lo comprendo —murmuró Paneloux—, esto subleva porque sobrepasa nuestra medida. Pero es posible que debamos amar lo que no podemos comprender.

Rieux se enderezó de pronto. Miró a Paneloux con toda la fuerza y la pasión de que era capaz y movió la cabeza.

—No, padre —dijo—. Yo tengo otra idea del amor y estoy dispuesto a negarme hasta la muerte a amar esta creación donde los niños son torturados.

Por la cara de Paneloux pasó una sombra de turbación.

—¡Ah!, doctor —dijo con tristeza—, acabo de comprender eso que se llama la gracia.

Pero Rieux había vuelto a dejarse caer en el banco. Desde el fondo de su cansancio renacido, respondió con algo más de dulzura:

—Es lo que yo no tengo; ya lo sé. Pero no quiero discutir esto con usted. Estamos trabajando juntos por algo que nos une más allá de las blasfemias y de las plegarias. Esto es lo único importante.

Paneloux se sentó junto a Rieux. Parecía emocionado.

—Sí —dijo—, usted también trabaja por la salvación del hombre.

Rieux intentó sonreír.

—La salvación del hombre es una frase demasiado grande para mí. Yo no voy tan lejos. Es su salud lo que me interesa, su salud, ante todo.

Paneloux titubeó.

—Doctor —dijo.

Pero se detuvo. En su frente también aparecieron gotas de sudor. Murmuró «hasta luego» y sus ojos brillaron al levantarse. Ya se marchaba cuando Rieux, que estaba reflexionando, se levantó también y dio un paso hacia él.

—Vuelvo a pedirle perdón por lo de antes —le dijo—, una explosión así no se repetirá.

Paneloux le alargó la mano y dijo con tristeza:

—¡Y, sin embargo, no lo he convencido!

—¿Eso qué importa? —dijo Rieux—. Lo que yo odio es la muerte y el mal, usted lo sabe bien. Y lo quiera o no, estamos juntos para sufrirlo y combatirlo.

Rieux retenía la mano de Paneloux.

—Ya ve usted —le dijo, evitando mirarle—. Dios mismo no puede separarnos ahora.

Desde que había entrado en los equipos sanitarios, Paneloux no había dejado los hospitales ni los lugares donde se encontraba la peste. Se había situado entre los hombres del salvamento en el lugar que creía que le correspondía, esto es, en el primero. No le había faltado el espectáculo de la muerte. Y aunque, en principio, estaba protegido por el suero, la aprensión por su propia suerte no había llegado a serle extraña. Aparentemente, siempre había conservado la serenidad. Pero, a partir de aquel día en que había visto durante tanto tiempo morir a un niño, pareció cambiado. Se leía en su cara una tensión creciente. Y el día en que dijo a Rieux sonriendo que estaba preparando un corto tratado sobre el tema: «¿Puede un cura consultar a un médico?», el doctor tuvo la impresión de que se trataba de algo más serio de lo que decía Paneloux. Como el doctor manifestó el deseo de conocer ese trabajo, Paneloux le anunció que iba a pronunciar un sermón en la misa de los hombres y que en esta ocasión expondría algunos de sus puntos de vista.

—Yo quisiera que usted viniese, doctor; el tema le interesará.

El padre pronunció un segundo sermón en un día de fuerte viento. A decir verdad, las filas de los asistentes no estaban tan tupidas como en el primero. En las circunstancias difíciles que atravesaba la ciudad, la palabra «novedad» había perdido su sentido. Además, la mayor parte de las gentes, cuando no habían abandonado enteramente sus deberes religiosos o cuando no los hacían coincidir con una vida personal profundamente inmoral, reemplazaban las prácticas ordinarias por supersticiones poco razonables. Preferían llevar medallas protectoras o amuletos de San Roque a ir a misa.

Se puede poner como ejemplo el uso inmoderado que nuestros conciudadanos hacían de las profecías. En la primavera se había esperado de un momento a otro el fin de la enfermedad, y nadie se preocupaba de pedir a los demás opiniones sobre la duración de la epidemia, puesto que todo el mundo estaba persuadido de que pronto no la habría. Pero a medida que los días pasaban, empezaron a temer que aquella desdicha no tuviera verdaderamente fin, y al mismo tiempo aquel fin era el objeto de todas las esperanzas. Se pasaban de mano en mano diversas profecías de algunos magos o de santos de la Iglesia católica. Ciertos impresores de la ciudad vieron pronto el partido que podían sacar de aquella novelería y propagaron en numerosos ejemplares los textos que circulaban. Dándose cuenta de que la curiosidad del público era insaciable, acabaron por emprender búsquedas en las bibliotecas municipales sobre todos los testimonios de ese género de que la tradición podía proéprcionarles y los repartieron por la ciudad. Cuando la historia misma empezó a estar escasa de profecías, se las encargaron a los periodistas, que en este punto, por lo menos, resultaron tan competentes como sus modelos de los siglos pasados.

Algunas de estas profecías aparecían como folletín en los periódicos y no eran leídas con menos avidez que las historias sentimentales de los tiempos en que había salud. Muchos de esos vaticinios se apoyaban en cálculos caprichosos en los que intervenían la cifra del año, el número de muertos y la suma de los meses pasados bajo el imperio de la peste. Otros establecían comparaciones con las grandes pestes de la historia buscando similitudes (que las profecías llamaban constantes) y por medio de cálculos no menos caprichosos pretendían sacar enseñanza para la presente. Pero los más apreciados por el público eran sin disputa los que en un lenguaje apocalíptico anunciaban series de acontecimientos que siempre podían parecer los que la ciudad iba experimentando y cuya complejidad permitía todas las interpretaciones. Nostradamus y Santa Odilia era consultados a diario y siempre con fruto. Lo que había de común en todas las profecías era que, a fin de cuentas, eran todas ellas tranquilizadoras. Sólo la peste no lo era.

Con estas supersticiones habían sustituido la religión nuestros conciudadanos, y por eso el sermón de Paneloux se oyó en una iglesia sólo llena en sus tres cuartas partes. La tarde del sermón, cuando llegó Rieux, el viento que se infiltraba en ráfagas cada vez que se abrían las puertas de la entrada circulaba libremente por entre los oyentes. El padre subió al púlpito en una iglesia fría y silenciosa con una asistencia exclusivamente compuesta de hombres. Habló con un tono dulce y más meditado que la primera vez y, en varias ocasiones, los asistentes advirtieron cierta vacilación en su sermón. Cosa curiosa, ya no decía «vosotros», sino «nosotros».

Su voz fue haciéndose más firme. Comenzó por recordar que desde hacía varios meses la peste estaba entre nosotros y que ahora ya la conocíamos bien por haberla visto tantas veces sentarse a nuestra mesa o a la cabecera de los que amábamos, caminar a nuestro lado o esperar nuestra llegada en el lugar donde trabajábamos. Ahora, pues, podíamos seguramente comprender mejor lo que nos iba diciendo sin cesar y que en el primer momento de sorpresa acaso no comprendimos bien. Lo que el padre Paneloux había predicado en aquel mismo sitio seguía siendo cierto —o al menos así lo creía—. Pero acaso, como a todos puede suceder, y por esto se golpeaba el pecho, lo había pensado y lo había dicho sin caridad. Lo que seguía siendo cierto es que todo deja algo en nosotros. La prueba más cruel es siempre beneficiosa para el cristiano. Y justamente lo que el cristiano debía procurar era encontrar su beneficio, y saber de qué estaba hecho ese beneficio, y cuál era el medio de encontrarlo.

En ese momento las gentes se arrellanaron un poco en los bancos y se colocaron de la forma más cómoda posible. Una de las hojas acolchadas de la puerta de entrada golpeaba suavemente: alguien se levantó para sujetarla. Y Rieux, distraído por ese movimiento, escuchó mal a Paneloux, que seguía su sermón. Decía, poco más o menos, que no hay que intentar explicarse el espectáculo de la peste, sino intentar aprender de ella lo que se puede aprender. Rieux comprendió confusamente que, según el padre, no había nada que explicar. Su atención pudo intensificarse cuando Paneloux dijo con firmeza que respecto a Dios había unas cosas que se podían explicar y otras que no. Había con certeza el bien o el mal. Había, por ejemplo, un mal aparentemente necesario y un mal aparentemente inútil. Don Juan hundido en los infiernos y la muerte de un niño. Pues si es justo que el libertino sea fulminado, el sufrimiento de un niño no se puede comprender. Y, a decir verdad, no hay nada sobre la tierra más importante que el sufrimiento de un niño, nada más importante que el horror que este sufrimiento nos causa ni que las razones que procuraremos encontrarle. Por lo demás, en la vida Dios nos lo facilita todo, y hasta ahí la religión no tiene mérito. Pero en esto nos pone ante un muro infranqueable. Estamos, pues, ante la muralla de la peste y a su sombra mortal tenemos que encontrar nuestro beneficio. El padre Paneloux no recurrió a las fáciles ventajas que le permitían escalar el muro. Hubiera podido decir que la eternidad de delicias que esperaba al niño le compensaría de su sufrimiento, pero, en verdad, no sabía nada. ¿Quién podría afirmar que una eternidad de dicha puede compensar un instante de dolor humano? No será ciertamente un cristiano, cuyo maestro ha conocido el dolor en sus miembros y en su alma. No, el padre seguiría al pie del muro, fiel a este desgarramiento cuyo símbolo es la cruz, cara a cara con el sufrimiento de un niño. Y diría sin temor a los que escuchaban ese día: «Hermanos míos, ha llegado el momento en que es preciso creerlo todo o negarlo todo. Y ¿quién de entre vosotros se atrevería a negarlo todo?»

Rieux tuvo apenas tiempo de detenerse a pensar que el padre estaba bordeando la herejía cuando éste seguía ya afirmando con fuerza que en esta imposición, en esta pura exigencia estaba el beneficio del cristiano. Ahí estaba también su virtud. El padre sabía que lo que había de excesivo en la virtud de que iba a hablar desagradaría a muchos espíritus acostumbrados a una moral más indulgente y más clásica. Pero la religión del tiempo de peste no podía ser la religión de todos los días. Y si Dios puede admitir, e incluso desear, que el alma repose y goce en el tiempo de la dicha, la quiere extremada en los extremos de la desgracia. Dios hacía hoy a sus criaturas el favor de ponerlas en una desgracia tal que les era necesario encontrar y asumir la virtud más grande, la de decidir entre Todo o Nada.

Un autor profano, de esto hace siglos, había pretendido revelar los secretos de la Iglesia afirmando que no hay purgatorio. Daba como sobreentendido con esto que no había términos medios, que no había más que Paraíso e Infierno y que no se podía ser más que salvado o condenado, según se hubiese elegido. Esto era, según Paneloux, una herejía que sólo había podido nacer en un alma libertina. Pues lo cierto era que había un Purgatorio. Pero sin duda había ciertas épocas en las que ese Purgatorio no debía constituir una esperanza; había épocas en las que no se podía hablar de pecado venial. Todo pecado era mortal y toda indiferencia criminal. Todo era todo o no era nada.

Paneloux se detuvo y Rieux oyó en ese momento, por debajo de las puertas, los quejidos del viento que parecían redoblarse. El padre decía que la virtud de aceptación total de que estaba hablando no debía ser comprendida en el restringido sentido que se le daba de ordinario; no se trataba de la trivial resignación: ni siquiera de la difícil humildad. Se trataba de humillación, porque el sufrimiento de un niño es humillante para la mente y el corazón, pero precisamente por eso hay que pasar por ello. Precisamente por eso —y Paneloux aseguraba a sus oyentes que lo que iba a decir era difícil de decir— había que quererlo porque Dios lo quería. Únicamente así el cristiano no soslayará nada y, sin otra salida, irá al fondo de la decisión esencial. Elegirá creer en todo por no verse reducido a negar todo. Y como las buenas mujeres que en las iglesias, en esos momentos, habiendo oído decir que los bubones que se forman son la vía natural por donde el cuerpo expulsa la infección, dicen: «Dios mío, dadles los bubones», el cristiano se abandonará a la voluntad divina aunque le sea incomprensible. No se puede decir: «Esto lo comprendo, pero esto otro es inaceptable.» Hay que saltar al corazón de lo inaceptable que se nos ofrece, justamente, para que podamos hacer nuestra elección. El sufrimiento de los niños es nuestro pan amargo, pero sin ese pan nuestras almas perecerían de hambre espiritual.

Aquí, el pequeño bullicio que se oía en las pausas del padre Paneloux empezó a hacerse sentir, pero súbitamente el predicador recomenzó con energía, como si se dispusiera a preguntar a sus oyentes cuál era la conducta que había que seguir. El padre Paneloux sospechaba que todos estaban a punto de pronunciar la terrible palabra: fatalismo. Pues bien, no retrocedería ni ante ese término, siempre que pudiera añadirle el adjetivo «activo». Ciertamente, tenía que repetirlo, no había que imitar a los cristianos de Abisinia, de los cuales ya había hablado. Tampoco había que imitar a los apestados de Persia, que lanzaban sus harapos sobre los equipos sanitarios cristianos invocando al cielo a voces para que diese la peste a los infieles, que querían combatir el mal enviado por Dios. Pero tampoco, ni mucho menos, había que imitar a los monjes de El Cairo que en las epidemias del siglo pasado daban la comunión cogiendo la hostia con pinzas para evitar el contacto de aquellas bocas húmedas y calientes donde la infección podía estar dormida. Los pestíferos persas y los monjes pecaban igualmente; pues para los primeros el sufrimiento de un niño no contaba y para los segundos, por el contrario, el miedo, harto humano, al dolor lo había invadido todo. En los dos casos, el problema era soslayado. Todos seguían sordos a la voz de Dios. Pero había otros ejemplos que Paneloux quería recordar. Según el cronista de la gran peste de Marsella, de los ochenta y un religiosos del convento de la Merced sólo cuatro sobrevivieron a la fiebre, y de esos cuatro tres huyeron. Esto es lo que dijeron los cronistas y su oficio no les obligaba a decir más. Pero al leer estas crónicas, todo el pensamiento del padre Paneloux iba hacia aquel que se había quedado solo, a pesar de los setenta y siete muertos y, sobre todo, a pesar del ejemplo de sus tres hermanos. Y el padre, pegando con un puño en el borde del púlpito, gritó: «¡Hermanos míos, hay que ser ese que se queda!»

No se trataba de rechazar las precauciones, el orden inteligente que la sociedad impone al desorden de una plaga. No había que escuchar a esos moralistas que decían que había que ponerse de rodillas y abandonarlo todo. Había únicamente que empezar a avanzar en las tinieblas, un poco a ciegas, y procurar hacer el bien. Pero, por lo demás, había que perseverar y optar por encomendarse a Dios, incluso ante la muerte de los niños, y sin buscar subterfugios personales.

Aquí el padre Paneloux evocó la figura del obispo Belzunce durante la peste de Marsella. Recordó que el obispo, hacia el fin de la epidemia, habiendo hecho todo lo que debía hacer y creyendo que no había ningún remedio, se encerró con víveres para subsistir en su casa e hizo tapiar la puerta. Los habitantes de la ciudad, para los que había sido un ídolo, por una transformación del sentimiento, frecuente en los casos de extremo dolor, se indignaron contra él, rodearon su casa de cadáveres para infectarlo y hasta arrojaron cuerpos por encima de las tapias para hacerlo perecer con más seguridad. Así, el obispo, por una debilidad, había creído aislarse en el mundo de la muerte, y los muertos le habían caído del cielo sobre la cabeza. Así también nosotros debemos persuadirnos de que no hay una isla en la peste. No, no hay término medio. Hay que admitir lo que nos causa escándalo porque si no habría que escoger entre amar a Dios u odiarle. Y ¿quién se atrevería a escoger el odio a Dios?

«Hermanos míos —dijo al fin Paneloux, anunciando que iba a terminar—, el amor a Dios es un amor difícil. Implica el abandono total de sí mismo y el desprecio de la propia persona. Pero sólo Él puede borrar el sufrimiento y la muerte de los niños, sólo Él puede hacerla necesaria, mas es imposible comprenderla y lo único que nos queda es quererla. Ésta es la difícil lección que quiero compartir con vosotros. Ésta es la fe, cruel a los ojos de los hombres, decisiva a los ojos de Dios, al cual hay que acercarse. Es preciso que nos pongamos a la altura de esa imagen terrible. Sobre esa cumbre todo se confundirá y se igualará, la verdad brotará de la aparente injusticia. Por esto en muchas iglesias del Mediodía de Francia duermen los pestíferos desde hace siglos bajo las losas del coro, y los sacerdotes hablan sobre sus tumbas, y el espíritu que propagan brota de estas cenizas en las que también los niños pusieron su parte.»

Al salir Rieux, una violenta corriente de aire se arremolinó en la puerta entreabierta y azotó en plena cara a los fieles. Trajo hasta la iglesia un olor a lluvia, un perfume de aceras mojadas que hacía adivinar el aspecto de la ciudad antes de haber salido. A un cura ya de edad, y a un joven diácono que salía con él, delante de Rieux, les fue difícil sujetar sus sombreros. El más viejo no dejó, sin embargo, de comentar el sermón. Reconocía y admiraba la elocuencia de Paneloux, pero le inquietaba el atrevimiento de las ideas que el padre había expuesto. Le parecía que aquel sermón demostraba más inquietud que fuerza y a la edad de Paneloux un sacerdote no tiene derecho a estar inquieto. El joven diácono, con la cabeza baja para protegerse del viento, aseguró que él frecuentaba mucho al padre, que estaba al corriente de su evolución y que su tratado sería todavía mucho más atrevido y seguramente no obtendría el imprimátur.

—Entonces ¿cuál es su idea? —le dijo el viejo.

Habían llegado al atrio y el aullido del viento les envolvía, cortando la palabra al más joven. Cuando pudo hablar dijo solamente:

—Si un cura consulta a un médico, hay contradicción.

Cuando Rieux lo comentó con Tarrou, éste le dijo que él conocía un cura que había perdido la fe durante la guerra al ver la cara de un joven con los ojos saltados.

—Paneloux tiene razón —dijo Tarrou—. Cuando la inocencia puede tener los ojos saltados, un cristiano tiene que perder la fe o aceptar tener los ojos saltados. Paneloux no quiere perder la fe: irá hasta el final. Esto es lo que ha querido decir.

Esta observación de Tarrou ¿permite aclarar un poco los acontecimientos desdichados que sobrevinieron y en los que la conducta de Paneloux pareció incomprensible a los que lo rodeaban? Júzguese por lo que sigue.

Unos días después del sermón, Paneloux tuvo que ocuparse de su mudanza. Fue el momento en que la evolución de la enfermedad provocó en la ciudad constantes traslados. Y así como Tarrou había tenido que dejar su hotel para alojarse en casa de Rieux, el sacerdote tuvo que dejar el apartamento donde su orden lo había instalado para ir a vivir a casa de una anciana frecuentadora de iglesias y todavía indemne de la peste. Durante la mudanza, el padre sintió crecer su cansancio y su angustia, y a causa de ello perdió la estimación de su anfitriona, pues habiéndole ésta elogiado calurosamente los méritos de la profecía de Santa Odilia, el padre había mostrado una ligera impaciencia, debido, seguramente, a su agotamiento. Por más que se esforzó después por obtener de la señora al menos una benévola neutralidad, no pudo lograrlo: le había causado mala impresión. Y todas las noches, antes de irse a su cuarto invadido por oleadas de puntillas de ganchillo, tenía que ver la espalda de su anfitriona sentada en el salón y llevarse el recuerdo del «buenas noches» que le dirigía secamente sin volverse. En una de esas noches, al ir a acostarse, zumbándole los oídos, sintió que se desencadenaba en su pulso y en sus sienes la marea de una fiebre que venía incubándose hacía días.

Lo que sucedió después, sólo fue conocido por los relatos de la dueña de casa.

Por la mañana la señora se había levantado temprano. Extrañada de no ver salir al padre de su cuarto, después de mucho dudar se había decidido a llamar a la puerta. El padre estaba todavía acostado, había pasado una noche de insomnio. Sufría de opresión en el pecho y parecía más congestionado que de costumbre. Según sus propias palabras, le había propuesto con cortesía llamar a un médico, pero su proposición había sido rechazada con una violencia que consideraba lamentable y no había podido hacer más que retirarse. Un poco más tarde, el padre había tocado el timbre y la había hecho llamar. Se había excusado por su pronto de mal humor y le había dicho que no podía tratarse de la peste porque no sentía ninguno de los síntomas característicos, sino que debía ser un cansancio pasajero. La señora le había respondido con dignidad que su proposición no había sido inspirada por una inquietud de ese orden: no se había preocupado por su propia seguridad, que estaba en las manos de Dios, sino que había pensado únicamente en la salud del padre, de la que, en parte, se sentía responsable. Como él seguía sin decir nada, la señora, deseando según ella cumplir enteramente con su deber, le había propuesto otra vez llamar al médico. El padre se había negado de nuevo, pero añadiendo ciertas explicaciones que ella había encontrado muy confusas. Creía haber comprendido tan sólo, y esto era precisamente lo que le resultaba incomprensible, que el padre rehusaba la consulta porque no estaba de acuerdo con sus principios. La señora había sacado en conclusión que la fiebre había trastornado las ideas de su huésped, y se había limitado a llevarle una tisana.

Siempre decidida a cumplir con exactitud las obligaciones que la situación le creaba, había ido regularmente cada dos horas a verle y lo que más le había impresionado era la agitación incesante en que el padre había pasado el día. Tan pronto arrojaba las ropas de la cama como las recogía, pasándose sin cesar las manos por la frente húmeda y enderezándose para intentar toser con una tos ahogada, ronca y espesa, que parecía un desgarramiento. Era como si luchase con la imposibilidad de arrancar del fondo de su garganta tapones de algodón que estuviesen ahogándole. Al final de estas crisis se dejaba caer hacia atrás con todos los síntomas del agotamiento. Por último se incorporó a medias y se quedó mirando al espacio que tenía enfrente, con una fijeza más vehemente que la agitación anterior. Pero la señora no se atrevió todavía a llamar al médico por no contrariarle. Podía ser un simple acceso de fiebre, por muy espectacular que pareciese.

A primeras horas de la tarde intentó nuevamente hablar al padre y no obtuvo como respuesta más que palabras confusas. Repitió su propuesta, pero entonces el padre, incorporándose medio ahogado, le respondió claramente que no quería médico. En ese momento la señora decidió esperar hasta la mañana siguiente y, si el sacerdote no había mejorado, telefonear al número que la agencia Ransdoc repetía diez veces al día, por la radio. Siempre alerta a sus deberes, tenía la intención de visitar a su huésped por la noche y cuidarle. Pero después de haberle dado la tisana, se echó un poco en su cama y durmió hasta el amanecer. Corrió al cuarto del padre.

Estaba tendido sin movimiento. A la extrema congestión de la víspera había sucedido una especie de palidez tanto más sensible cuanto que las facciones de la cara estaban aún llenas. El padre miraba fijamente la pequeña araña de cuentas multicolores que colgaba sobre la cama. Al entrar la señora volvió la cabeza. Según ella, parecía que lo hubiesen apaleado durante toda la noche y que hubiera perdido la capacidad de reaccionar. Ella le preguntó cómo se encontraba y con una voz que le pareció asombrosamente indiferente dijo que se encontraba mal, que no necesitaba médico y que era suficiente que le llevasen al hospital para que todo se hiciera conforme a las reglas. La señora, aterrada, corrió al teléfono.

Rieux llegó al mediodía. A las explicaciones de la señora respondió solamente que Paneloux tenía razón y que debía ser ya demasiado tarde. El padre le acogió con el mismo aire indiferente. Rieux le reconoció y quedó sorprendido de no encontrar ninguno de los síntomas principales de la peste bubónica o pulmonar, fuera del ahogo y la opresión del pecho.

—No tiene usted ninguno de los síntomas principales de la enfermedad —le dijo—, pero en realidad no puedo asegurar nada; tengo que aislarlo.

El padre sonrió extrañamente, como con cortesía, pero se calló. Rieux salió para telefonear y en seguida volvió y se quedó mirando al padre.

—Yo estaré cerca de usted —le dijo con dulzura.

El padre se reanimó un poco y levantó hacia el doctor sus ojos, a los que pareció volver una especie de calor. Después articuló tan difícilmente que era imposible saber si lo decía con tristeza o no:

—Gracias. Pero los religiosos no tienen amigos. Lo tienen todo puesto en Dios.

Pidió el crucifijo que estaba en la cabecera de la cama y cuando se lo dieron se quedó mirándolo.

En el hospital, Paneloux no volvió a separar los dientes. Se abandonó como una cosa inerte a todos los tratamientos que le impusieron, pero no soltó el crucifijo. Sin embargo, el caso del padre seguía siendo ambiguo. La duda persistía en la mente de Rieux. Era la peste y no era la peste. Además, desde hacía algún tiempo parecía que la peste se complacía en dificultar los diagnósticos. Pero, en el caso del padre Paneloux, lo que siguió demostró que esta incertidumbre carecía de importancia.

La fiebre subió. La tos se hizo cada vez más ronca y

torturó al enfermo durante todo el día. Por la noche, al fin, el padre expectoró aquel algodón que le ahogaba: estaba rojo. En medio de la borrasca de la fiebre, Paneloux permaneció con su mirada indiferente y cuando a la mañana siguiente lo encontraron muerto, medio caído fuera de la cama, sus ojos no expresaban nada. En su ficha se inscribió: «Caso dudoso.»

La fiesta de Todos los Santos no fue ese año lo que era de ordinario. En verdad, el tiempo acompañaba: había cambiado bruscamente y los calores tardíos habían dado paso, de golpe, al fresco. Como los otros años, un viento frío soplaba continuamente. Grandes nubes corrían de un lado a otro del horizonte, cubriendo de sombras las casas, sobre las que volvía a caer, después que pasaban, la luz fría y dorada del cielo de noviembre. Los primeros impermeables habían hecho su aparición. Pero se notaba que había un número sorprendente de telas cauchutadas y brillantes. Los periódicos habían informado que doscientos años antes, durante las grandes pestes del Mediodía, los médicos se vestían con telas aceitadas para protegerse y los comercios se aprovechaban de esto para colocar un surtido inmenso de trajes pasados de moda, gracias a los cuales todos esperaban quedar inmunes.

Pero todos estos rasgos de la estación no podían hacer olvidar que los cementerios estaban desiertos. Otros años los tranvías iban llenos del olor insulso de los crisantemos, y procesiones de mujeres se encaminaban a los lugares donde los suyos estaban enterrados para poner flores en sus tumbas. Era el día en que se trataba de compensar a los muertos del aislamiento y el olvido en que se les había tenido durante largos meses. Pero este año nadie quería pensar en los muertos, precisamente porque se pensaba demasiado. Ya no se trataba de ir hacia ellos con un poco de nostalgia y melancolía, ya no eran los abandonados ante los que hay que ir a justificarse una vez al año; eran los intrusos que se procura olvidar. Por eso el Día de Difuntos fue ese año, en cierto modo, escamoteado. Según Cottard, en quien Tarrou encontraba un lenguaje cada vez más irónico, todos los días eran el Día de Difuntos.

Y realmente los fuegos de la peste ardían con una alegría cada vez más grande en el horno crematorio. Llegó un día en que el número de muertos no aumentó más; parecía que la peste se hubiera instalado cómodamente en su paroxismo y que diese a sus crímenes cotidianos la precisión y la regularidad de un buen funcionario. En principio, y según la opinión de las personas competentes, éste era un buen síntoma. Al doctor Richard, por ejemplo, el gráfico de los progresos de la peste con su subida incesante y después la larga meseta que le sucedía, le parecía enteramente reconfortante: «Es un buen gráfico, es un excelente gráfico», decía. Opinaba que la enfermedad había alcanzado lo que él llamaba un rellano. Ahora, seguramente, empezaría ya a decrecer. Atribuía el mérito de esto al nuevo suero de Castel, que acababa de obtener algunos éxitos imprevistos. El viejo Castel no lo contradecía, pero creía que, de hecho, nada se podía probar, pues la historia de las epidemias señala imprevistos rebrotes. La prefectura, que desde hacía tanto tiempo deseaba llevar un poco de calma al espíritu público, sin que la peste se lo hubiese permitido hasta entonces, se proponía reunir a los médicos para pedirles un informe sobre el cambio actual, cuando, de pronto, el doctor Richard fue arrebatado por la peste, precisamente en el rellano de la enfermedad.

La prefectura, ante este ejemplo, impresionante, sin duda, pero que después de todo no probaba nada, volvió al pesimismo con la misma inconsecuencia con que primero se había entregado al optimismo. Castel se limitó a preparar su suero lo más cuidadosamente posible. Ya no había un solo edificio público que no hubiera sido transformado en hospital o en lazareto, y si todavía se respetaba la prefectura era porque había que conservar aquel sitio para reunirse. Pero, en general, vista la estabilidad relativa de la peste en esta época, la organización dirigida por Rieux no llegó a ser sobrepasada. Los médicos y los ayudantes que contribuían con un esfuerzo agotador no se veían obligados a imaginar que les esperasen esfuerzos mayores. Únicamente tenían que continuar con regularidad aquel trabajo, por así decir, sobrehumano. Las anteriores manifestaciones pulmonares de la infección se multiplicaron en los cuatro extremos de la ciudad, como si el viento prendiese y activase incendios en los pechos. En medio de vómitos de sangre, los enfermos eran arrebatados mucho más rápidamente. El contagio parecía ser más peligroso con esta nueva forma de la epidemia. En verdad, las opiniones de los especialistas habían sido siempre contradictorias sobre este punto. Para mayor seguridad, el personal sanitario seguía respirando bajo máscaras de gasa desinfectada. A primera vista, la enfermedad parecía que hubiera debido extenderse, pero como los casos de peste bubónica disminuían, la balanza estaba en equilibrio.

Se podían tener también otros motivos de inquietud a causa de las dificultades en el aprovisionamiento, que crecían cada vez más. La especulación había empezado a intervenir y sólo se conseguían a precios fabulosos los artículos de primera necesidad que faltaban en el mercado ordinario. Las familias pobres se encontraban, así, en una situación muy penosa, mientras que las familias ricas no carecían de casi nada. Aunque la peste, por la imparcialidad eficiente que usaba en su ministerio, hubiera debido afirmar el sentido de igualdad en nuestros conciudadanos, el juego natural de los egoísmos hacía que, por el contrario, agravase más en el corazón de los hombres el sentimiento de la injusticia. Quedaba, claro está, la verdad irreprochable de la muerte, pero a ésa nadie la quería. Los pobres, que de tal modo pasaban hambre, pensaban con más nostalgia todavía en las ciudades y en los campos vecinos, donde la vida era libre y el pan no era caro. Puesto que no se podía alimentarlos suficientemente, sentían, aun sin razón, que hubieran debido dejarlos partir. De tal modo que había acabado por aparecer una consigna que se leía en las paredes o que otras veces gritaban al paso del prefecto: «Pan o espacio.» Esta fórmula irónica daba la medida de ciertas manifestaciones rápidamente reprimidas, pero cuya gravedad no pasaba inadvertida.

Los periódicos, naturalmente, obedecían a la orden de optimismo a toda costa que habían recibido. Leyéndolos, lo que caracterizaba la situación era «el ejemplo conmovedor de serenidad y sangre fría» que daba la población. Pero en una ciudad cerrada, donde nada podía quedar secreto, nadie se engañaba sobre «el ejemplo» dado por la comunidad. Y para tener una idea de la serenidad y la sangre fría en cuestión, bastaba con entrar en un lugar de cuarentena o en uno de los campos de aislamiento que habían sido organizados por la dirección. Sucede que el narrador, ocupado en otros sitios, no los ha conocido y por esto no puede citar aquí más que el testimonio de Tarrou. Éste cuenta en sus cuadernos una visita que hizo con Rambert al campo instalado en el estadio municipal. El estadio se encuentra casi en las puertas de la ciudad y da, por un lado, a la calle por donde pasan los tranvías y, por otro, a los terrenos baldíos que se extienden hasta el borde de la meseta donde está construida la ciudad. El estadio está rodeado por altos muros de cemento, así que bastó con poner centinelas en las cuatro puertas de entrada para hacer difícil la evasión. Igualmente, los muros impedían a las gentes del exterior importunar con su curiosidad a los desgraciados que estaban en cuarentena. En cambio, éstos, a lo largo del día, oían, sin verlos, los tranvías que pasaban, y adivinaban, por el ruido más o menos grande que arrastraban con ellos, las horas de entrada o salida de las oficinas. Sabían también que la vida continuaba a unos metros de allí y que los muros de cemento separaban dos universos más extraños el uno al otro que si estuvieran en planetas diferentes.

Fue un domingo por la tarde cuando Tarrou y Rambert decidieron dirigirse al estadio. Iban acompañados por González, el jugador de fútbol con quien Rambert se había encontrado y que había terminado por acceder a dirigir por turnos la vigilancia del estadio. Rambert tenía que presentarse al administrador del campo. González le había dicho a las dos, en el momento de encontrarse, que aquella era la hora en que antes de la peste se cambiaba de ropa para comenzar el *match*. Ahora que los estadios habían sido incautados esto ya no era posible y González se sentía, y ése era su aspecto, un hombre de más. Ésta era una de las razones que le habían llevado a aceptar la vigilancia, a condición de no tener que ejercerla más que los fines de semana. El cielo estaba cubierto a medias, y González, mirando hacia arriba, comentó que este tiempo, ni lluvioso ni caluroso, era el más favorable para un buen partido. Empezó a evocar a su modo el olor de la embrocación de los vestuarios, las tribunas atestadas, las camisetas de colores vivos sobre el terreno amarillento, las limonadas de la primavera y las gaseosas del verano que pican en la garganta reseca con mil agujas refrescantes. Tarrou notó también que durante todo el trayecto a través de las calles del barrio, llenas de baches, el jugador no dejaba de dar patadas a todas las piedras que encontraba. Procuraba lanzarlas bien dirigidas a las bocas de las alcantarillas y si acertaba decía: «Uno a cero.» Cuando terminaba un cigarro, escupía la colilla hacia delante e intentaba darle con el pie. Cerca ya del estadio, unos niños que estaban jugando tiraron una pelota hacia el grupo que pasaba y González se apresuró a devolverla con precisión.

Entraron, al fin, en el estadio. Las tribunas estaban llenas de gente, pero el terreno estaba cubierto por varios centenares de tiendas rojas, dentro de las cuales se veían catres y morrales. Se habían reservado las plataformas para que los internados pudieran guarecerse del calor o de la lluvia. Lo único que tenían que hacer era volver a colocar las tiendas al ponerse el sol. Debajo de las tribunas estaban las duchas que habían instalado, y los antiguos vestuarios de los jugadores habían sido transformados en despachos o en enfermerías. La mayor parte de los interesados estaba en las tribunas, otros erraban por las gradas. Algunos estaban sentados a la entrada de su tienda y paseaban sobre las cosas una mirada vaga. En las tribunas, algunos estaban tumbados y parecían esperar.

—¿Qué hacen durante todo el día? —preguntó Tarrou a Rambert.

—Nada.

Efectivamente, casi todos llevaban los brazos colgando y las manos vacías. Esta inmensa asamblea de hombres era extrañamente silenciosa.

—Los primeros días no podía uno entenderse aquí —dijo Rambert—, pero a medida que pasa el tiempo van hablando cada vez menos.

Según sus notas, Tarrou los comprendía, y los veía al principio metidos en sus tiendas ocupados en oír volar las moscas o en rascarse, vociferando su cólera o su miedo cuando encontraban oídos complacientes. Ahora no les quedaba más que callarse y desconfiar. Había una especie de desconfianza que caía del cielo gris, y, sin embargo, luminoso, sobre el campo rojizo.

Sí, todos tenían aire de desconfianza. Puesto que les habían separado de los otros, no sería sin razón, y se les veía que buscaban sus razones y que temían. Todos los que Tarrou observaba tenían miradas errantes, todos parecían sufrir de la separación de aquello que constituía su vida. Y como no podían pensar siempre en la muerte, no pensaban en nada. Estaban de vacaciones. «Pero lo peor —escribía Tarrou— es que están olvidados y lo saben. Los que los conocen los han olvidado porque están pensando en otra cosa y es comprensible. Los que los quieren los han olvidado también, porque tienen que ocuparse de gestiones y proyectos para hacerlos salir. Esto también es normal. Y en fin de cuentas, uno ve que nadie es capaz de pensar realmente en nadie, ni siquiera durante la mayor de las desgracias. Pues pensar realmente en alguien es pensar minuto tras minuto, sin distraerse con nada, ni con los cuidados de la casa, ni con la mosca que vuela, ni con las comidas, ni con los picores. Pero siempre hay moscas y picores. Por esto la vida es tan difícil de vivir, y ellos lo saben bien.»

El administrador que venía hacia ellos les dijo que un tal señor Othon quería verles. Condujo a González a su despacho y después les llevó hacia un rincón de las tribunas donde el señor Othon, que se mantenía apartado, se levantó para saludarlos. Estaba vestido como siempre y llevaba el mismo cuello duro. Tarrou notó únicamente que los tufos de sus sienes estaban más despeinados y que llevaba desatado el cordón de un zapato. El juez tenía aspecto muy cansado y no miró ni una sola vez a sus interlocutores a la cara. Dijo que se alegraba mucho de verles y que les encargaba dar las gracias al doctor Rieux por todo lo que había hecho. Ellos se callaron.

—Tengo la esperanza —dijo el juez después de un rato— de que Jacques no sufriera demasiado.

Era la primera vez que Tarrou le oía pronunciar el nombre de su hijo y comprendió que algo había cambiado en él. El sol bajaba hacia el horizonte y por entre dos nubes entraban sus rayos oblicuamente hasta las tribunas, dorando las caras de los tres hombres.

—No —dijo Tarrou—, verdaderamente, no creo que sufriera.

Cuando se retiraron, el juez siguió mirando hacia el lado por donde venía el sol.

Fueron a decir adiós a González que estaba estudiando un cuadro de vigilancia por turnos.

El jugador les estrechó las manos sonriendo.

—Por lo menos, he vuelto a los vestuarios —dijo—; ésa es la cosa.

Poco después, cuando el administrador les acompañaba hacia la salida, un enorme crepitar se oyó en las tribunas: eran los altavoces que en otros sitios servían para anunciar el resultado de los *matches* o para presentar los equipos, y que ahora advertían gangosamente que los internados debían volver a sus tiendas para que la comida de la tarde pudiera serles distribuida. Los hombres dejaron lentamente las tribunas y se dirigieron a sus tiendas arrastrando los pies. Cuando todos estuvieron preparados, dos carritos eléctricos, como los que se ven en las estaciones, pasaron por entre las tiendas llevando grandes marmitas. Los hombres alargaban la mano, los cucharones se hundían en las dos marmitas, saliendo cargados para aterrizar en dos escudillas. El carrito volvía a ponerse en marcha y lo mismo se repetía en la tienda siguiente.

—Es científico —dijo Tarrou al administrador.

—Sí —dijo éste con satisfacción al darle la mano—. Es científico.

Había llegado el crepúsculo y el cielo se había despejado. Una luz suave y fresca bañaba el campo. En la paz de la tarde se oyeron ruidos de platos y cucharas por todas partes. Algunos murciélagos revolotearon sobre las tiendas y desaparecieron rápidamente. Un tranvía chirrió en la aguja, al otro lado de los muros.

—Pobre juez —murmuró Tarrou al salir—. Habría que hacer algo por él, pero ¿qué se puede hacer por un juez?

Había también en la ciudad otros muchos campos de los que el cronista, por escrúpulo y por falta de información directa, no puede decir nada. Pero lo que sí puede decir es que la existencia de esos campos, el olor a hombres que venía de ellos, los enormes ruidos de los altavoces al caer de la tarde, el misterio de los muros y el miedo de esos lugares reprobados pesaban sobre la moral de nuestros conciudadanos y añadían confusión y malestar. Los incidentes y los conflictos con la administración se multiplicaron.

A fines de noviembre las mañanas llegaron a ser muy frías. Lluvias torrenciales lavaron el suelo, a chorros, limpiaron el cielo y lo dejaron puro, sin nubes, sobre las calles relucientes. Por las mañanas, un sol débil esparcía sobre la ciudad una luz refulgente y fría. Hacia la tarde, por el contrario, el aire volvía a hacerse tibio. Éste fue el momento que Tarrou eligió para franquearse un poco con el doctor Rieux.

Una noche, a eso de las diez, después de una larga y agotadora jornada, Tarrou acompañó a Rieux, que iba a hacer su visita de la tarde al viejo asmático. El cielo brillaba suavemente sobre las casas del barrio.

En los cruces de algunas calles oscuras, un ligero viento soplaba sin ruido. Del silencio de aquellas calles pasaron al parloteo del viejo. Éste les dijo que había muchos descontentos, que las tajadas son siempre para los mismos, que tanto va el cántaro a la fuente que al fin se rompe y que probablemente —aquí se frotaba las manos— habría gresca. El doctor le prodigó sus cuidados sin que él dejase de lamentar los acontecimientos.

Oyeron pasos sobre el techo. La mujer del viejo, viendo el interés de Tarrou por aquel ruido, les explicó que los vecinos salían a la terraza. Dijo también que se veía una vista muy bonita desde allá arriba y que las terrazas de casi todas las casas tocaban, comunicándose por algún lado, y así las mujeres del barrio podían visitarse sin salir a la calle.

—Sí —dijo el viejo—, suban un poco. Allá arriba corre el aire.

Encontraron la terraza sola y provista de tres sillas. De un lado, tan lejos como alcanzaba la vista, no se distinguían más que terrazas que acababan por quedar adosadas a una masa oscura y rocosa que correspondía a la primera colina. Del otro lado, por encima de algunas calles y del puerto, que no era visible, la mirada se sumergía en un horizonte en el que el cielo y el mar se unían en una palpitación idéntica. Más allá de donde sabían que quedaban los acantilados, una claridad cuyo origen no se alcanzaba a ver aparecía y desaparecía regularmente: el faro del paso, desde la primavera, se encendía para los barcos que debían desviarse hacia otros puertos. En el cielo barrido y pulido por el viento brillaban las estrellas puras y la claridad lejana del faro esparcía de cuando en cuando una ráfaga cenicienta. La brisa traía olores de especias y de rocas. El silencio era absoluto.

—Qué buen tiempo hace —dijo Rieux sentándose—. Es como si la peste no hubiese llegado hasta aquí.

Tarrou, de espaldas a él, miraba el mar.

—Sí —dijo después de un rato—, hace buen tiempo.

Vino a sentarse junto al doctor y lo miró atentamente. Tres veces apareció un resplandor en el cielo. De las profundidades de la calle llegó hasta ellos ruido de platos. Una puerta golpeó dentro de la casa.

—Rieux —dijo Tarrou con un tono enteramente natural—, ¿usted no ha procurado nunca saber quién soy yo? ¿Siente usted alguna amistad por mí?

—Sí —respondió el doctor—, la siento. Pero hasta ahora nos ha faltado la oportunidad.

—Si es así, me tranquiliza. ¿Quiere usted que este momento sea el momento de la amistad?

Por toda respuesta, Rieux le sonrió.

—Bueno, pues, ahí va...

En alguna calle lejana un coche pareció resbalar en el pavimento mojado y según se alejaba se perdieron detrás de él algunas exclamaciones confusas que habían roto un momento el silencio. Después, el silencio volvió a caer sobre los dos hombres con todo su peso de cielo y de estrellas. Tarrou se había levantado para apoyarse en la baranda de la terraza frente a Rieux, que seguía hundido en su silla. Sólo se veía su figura maciza recortada contra el cielo. Habló durante mucho tiempo y he aquí poco más o menos su discurso reconstruido.

«Digamos para simplificar, Rieux, que yo padecía ya la peste mucho antes de conocer esta ciudad y esta epidemia. Basta con decir que soy como todo el mundo. Pero hay gente que no lo sabe o que se encuentra bien en ese estado y hay gente que lo sabe y quiere salir de él. Yo siempre he querido salir.

»Cuando era joven vivía con la idea de mi inocencia, es decir, sin ninguna idea. No soy del género de los atormentados, yo empecé bien. Todo me salía como es debido, estaba a gusto en el terreno de la inteligencia y mucho más en el de las mujeres. Si tenía alguna inquietud, se iba como había venido. Un día empecé a reflexionar.

»Tengo que advertirle que yo no era pobre como usted. Mi padre era fiscal del Tribunal Supremo, que es una buena situación. Sin embargo, no se daba ninguna importancia, era de natural bonachón. Mi madre era sencilla y apagada, no he dejado de quererla nunca, pero prefiero no hablar de ella. Él se ocupaba de mí con cariño y creo que hasta intentaba comprenderme. Seguramente tenía aventuras por ahí, ahora creo saberlo, y claro está que estoy lejos de indignarme por ello. Se conducía en todo como era de esperar, sin herir a nadie. Por decirlo en dos palabras, no era muy original, y hoy que ya ha muerto, me doy cuenta de que si no vivió como un santo tampoco fue una mala persona. Estaba en el justo medio, eso es todo, era el tipo de hombre por quien se puede sentir un razonable afecto, que puede durar.

»Pero tenía una particularidad: la gran guía Chaix era su libro de cabecera. No es que viajase mucho: sólo viajaba en las vacaciones para ir a Bretaña, donde tenía una pequeña propiedad. Pero era capaz de decirle a usted exactamente las horas de salida y de llegada del tren París-Berlín, las combinaciones de horarios que había que hacer para ir de Lyon a Varsovia o el número exacto de kilómetros que había entre las capitales que usted escogiese. ¿Podría usted decir cómo hay que ir de Briançon a Chamoix? Hasta un jefe de estación se perdería. Bueno, pues mi padre no se perdía en modo alguno. Se ejercitaba todas las noches en enriquecer sus conocimientos en esta materia y estaba orgulloso de ello. A mí me divertía mucho hacerle preguntas y comprobarlas en la Chaix, reconociendo que no se equivocaba. Esos pequeños ejercicios nos unían mucho, pues yo era para él un auditorio cuya buena voluntad sabía apreciar. Yo, por mi parte, creía que esa superioridad suya en ferrocarriles valía tanto como cualquier otra.

»Pero estoy insistiendo en esto y no quiero dar demasiada importancia a este hombre decente. En resumen: él no tuvo más que una influencia indirecta en mi determinación. A lo más, me proporcionó una ocasión. Cuando cumplí los diecisiete años, mi padre me invitó un día a ir a oírle. Se trataba de un asunto importante en los tribunales y seguramente él creyó que quedaría muy bien a mis ojos. Creo también que contaba con que este acto, propio para impresionar a las mentes jóvenes, influiría en mí para decidirme a elegir la misma carrera que él había seguido. Yo acepté por complacerle y también porque tenía curiosidad de verle y oírle representando un papel tan diferente del que hacía entre nosotros. No pensé en otra cosa. Lo que pasaba en un tribunal me había parecido siempre tan natural e inevitable como una revista militar del 14 de Julio o una distribución de premios. Tenía de todo ello una idea muy abstracta, que no me desagradaba.

»Sin embargo, no conservo de ese día más que una sola imagen: la del culpable. Yo creo que era culpable realmente, poco importa de qué. Pero aquel hombrecillo de pelo rojo ralo, de unos treinta años, parecía tan decidido a reconocerlo todo, tan sinceramente alterado por lo que había hecho y por lo que iban a hacerle, que al cabo de unos minutos ya no tuve ojos más que para él. Tenía el aspecto de un búho deslumbrado por una luz demasiado viva. El nudo de la corbata no se le ajustaba al nacimiento del cuello. Se mordía las uñas de una sola mano, la derecha... En fin, no insisto, ya comprende usted; estaba vivo.

»Pero yo me di cuenta de ello bruscamente, cuando hasta aquel momento no le había visto más que a través de la cómoda categoría del "inculpado". No puedo decir que me olvidase de mi padre, pero había algo que me oprimía el estómago y me impedía toda atención que no fuese la que prestaba al reo. No escuchaba nada de lo que decían: sentía solamente que querían matar a aquel ser viviente y un instinto, formidable como una ola, me llevaba a ponerme de su lado, con una especie de ceguera obstinada. No me desperté de este delirio hasta que empezó mi padre la acusación.

»Transfigurado por la toga roja, ni bonachón ni afectuoso, bullían en su boca las frases enormes que sin cesar salían de ella, como culebras. Comprendí que estaba pidiendo la muerte de aquel hombre, en nombre de la sociedad, y que incluso pedía que le cortasen el pescuezo. Bueno, no decía más que: "Esa cabeza debe caer"; después de todo, la diferencia no era muy grande. Y en verdad, acabó siendo la misma cosa, puesto que llegó a obtener aquella cabeza. Claro que no fue él quien hizo el trabajo. Y yo, que seguí todo aquello hasta el final, sólo yo tuve con aquel desgraciado una intimidad vertiginosa que mi padre nunca conoció. Sin embargo, él tenía que asistir, según la costumbre, a eso que llaman delicadamente los últimos momentos y que habría que llamar el más abyecto de los asesinatos.

»A partir de ese día no pude volver a mirar la guía Chaix sin un asco infinito. A partir de ese día empecé a interesarme con horror por la justicia, por las sentencias de muerte, por las ejecuciones, y comprendí, con una especie de vértigo, que mi padre había debido asistir muchas veces a esos asesinatos y que eso debía pasar aquellos días en que se levantaba muy temprano. Sí, esos días ponía el despertador. No me atrevía a hablar de ello con mi madre, pero empecé a observarla y comprendí que entre ellos no había nada, que llevaba una vida de renunciamiento. Esto, como yo decía entonces, me ayudó a perdonarla. Después he sabido que no había nada que perdonarle, porque había sido pobre toda su vida hasta que se había casado y la pobreza le había enseñado la resignación.

»Creerá usted que voy a decirle que me fui de casa en seguida. Pues no, me quedé todavía varios meses, casi un año. Pero tenía el corazón enfermo. Una noche mi padre pidió el despertador porque tenía que levantarse temprano. No dormí en toda la noche. Al día siguiente, cuando volvió, ya me había ido. Tengo que añadir que mi padre me hizo buscar, que fui a verle y que sin más explicación le dije tranquilamente que si me obligaba a volver me suicidaría. Acabó por aceptar, pues era de carácter más bien débil, me echó un discurso sobre lo estúpido que era querer vivir mi vida (así es como se explicaba mi decisión y yo no lo disuadí), me hizo mil advertencias y reprimió las lágrimas que sinceramente se le saltaban. Luego, ya mucho tiempo después, fui a ver a mi madre con frecuencia y entonces lo encontré alguna vez. Estas relaciones yo creo que le bastaron. Yo, por mi parte, no tenía ninguna animosidad contra él, solamente un poco de tristeza en el corazón. Cuando murió, me llevé a mi madre conmigo, y conmigo estaría si no hubiera muerto.

»He insistido mucho en estas cosas del principio de mi vida porque fueron realmente un principio. Conocí la pobreza a los dieciocho años, saliendo de la abundancia. Ejercí mil oficios para ganarme la vida y eso no me salió demasiado mal. Pero seguía obsesionándome la sentencia de muerte. Quería saldar las cuentas del búho rojo y, en consecuencia, hice política, como se dice. No quería ser un apestado, eso es todo. Llegué a tener la convicción de que la sociedad en que vivía reposaba sobre la pena de muerte y de que, combatiéndola, combatía el crimen. Yo llegué por mí mismo a ese convencimiento y otros me corroboraron en ello; de hecho, era verdad en gran parte. Entonces me fui del lado de los que amaba y a los que no he dejado de amar. Estuve mucho tiempo con ellos y no ha habido país de Europa donde no haya compartido sus luchas. Pero pasemos a otra cosa.

»Naturalmente, yo sabía que nosotros también pronunciábamos a veces grandes sentencias. Pero me aseguraban que esas muertes eran necesarias para llegar a un mundo donde no se matase a nadie. Esto era verdad en cierto modo y, después de todo, acaso yo no soy capaz de mantenerme en ese orden de verdades. Lo cierto es que yo dudaba, pero pensaba en el búho y esto me hacía seguir. Hasta el día que tuve que ver una ejecución (fue en Hungría) y el mismo vértigo que me había poseído de niño volvió a oscurecer mis ojos de hombre.

»¿Ha visto usted fusilar a un hombre alguna vez? No, seguramente, eso se hace en general por invitación y el público tiene que ser antes elegido. El caso es que usted no ha pasado de las estampas de los libros. Una venda en los ojos, un poste y a lo lejos unos cuantos soldados. Pues bien, ¡no es eso! ¿Sabe usted que el pelotón se sitúa a metro y medio del condenado? ¿Sabe usted que si diera un paso hacia adelante se daría con los fusiles en el pecho? ¿Sabe usted que a esa distancia los fusileros concentran su tiro en la región del corazón y que entre todos, con sus balas, hacen un agujero donde se podría meter el puño? No, usted no lo sabe porque son detalles de los que no se habla. El sueño de los hombres es más sagrado que la vida para los apestados. No se debe impedir que duerman las buenas gentes. Sería de mal gusto: el buen gusto consiste en no insistir, todo el mundo lo sabe. Pero yo no he vuelto a dormir bien desde entonces. El mal gusto se me ha quedado en la boca y no he dejado de insistir, es decir, de pensar en ello.

»Al fin comprendí, por lo menos, que había sido yo también un apestado durante todos esos años en que con toda mi vida había creído luchar contra la peste. Comprendía que había contribuido a la muerte de miles de hombres, que incluso la había provocado, aceptando como buenos los principios y los actos que fatalmente la originaban. Los otros no parecían molestos por ello, o, al menos, no lo comentaban nunca espontáneamente. Yo sentía un nudo en la garganta. Estaba con ellos y, sin embargo, estaba solo. Cuando se me ocurría manifestar mis escrúpulos, me decían que había que pensar bien las cosas que estaban en juego y me daban razones a veces impresionantes para hacerme tragar lo que yo no era capaz de digerir. Yo les decía que los grandes apestados, los que se ponen las togas rojas, tienen también excelentes razones, y que si admitía las razones de fuerza mayor y las necesidades invocadas por los apestados menores, no podía rechazar las de los grandes. Ellos me hacían notar que la manera de dar la razón a los de las togas rojas era dejarles el derecho exclusivo a sentenciar. Pero yo me decía que si cedía a uno una vez, no había razón para detenerse. Creo que la historia me ha dado la razón y que hoy día están a ver quién es el que más mata. Están poseídos por el furor del crimen y no pueden hacer otra cosa.

»En todo caso, lo mío no era el razonamiento; era el búho rojo, esa cochina aventura donde aquellas cochinas bocas apestadas anunciaban a un hombre encadenado que tenía que morir y ordenaban todas las cosas para que muriese después de noches y noches de agonía, durante las cuales esperaba con los ojos abiertos ser asesinado. Era el agujero en el pecho. Y yo me decía, mientras tanto, que por mi parte me negaré siempre a dar una sola razón, una sola, lo oye usted, a esa repugnante carnicería. Sí, me he decidido por esta ceguera obstinada mientras no vea más claro.

»Desde entonces no he cambiado. Hace mucho tiempo que tengo vergüenza, que me muero de vergüenza de haber sido, aunque desde lejos y aunque con buena voluntad, un asesino yo también. Con el tiempo me he dado cuenta de que incluso los que eran mejores que otros no podían abstenerse de matar o de dejar matar, porque está dentro de la lógica en que viven, y he comprendido que en este mundo no podemos hacer un movimiento sin exponernos a matar. Sí, sigo teniendo vergüenza, he llegado al convencimiento de que todos vivimos en la peste y he perdido la paz. Ahora la busco, intentando comprenderlos a todos y no ser enemigo mortal de nadie. Sé únicamente que hay que hacer todo lo que sea necesario para no ser un apestado y que sólo eso puede hacernos esperar la paz o una buena muerte a falta de ello. Eso es lo único que puede aliviar a los hombres, y si no salvarlos, por lo menos hacerles el menor mal posible y a veces incluso un poco de bien.

»Por eso me he decidido a rechazar todo lo que, de cerca o de lejos, por buenas o por malas razones, haga morir o justifique que se haga morir.

»Por esto es por lo que no he aprendido nada de esta epidemia, si no es que tengo que combatirla al lado de usted. Yo sé a ciencia cierta (sí, Rieux, yo lo sé todo en la vida, ya lo está usted viendo) que cada uno lleva en sí mismo la peste, porque nadie, nadie en el mundo está indemne de ella. Y sé que hay que vigilarse a sí mismo sin cesar para no ser arrastrado en un minuto de distracción a respirar junto a la cara de otro y contagiarle la infección. Lo que es natural es el microbio. Lo demás, la salud, la integridad, la pureza, si usted quiere, son un resultado de la voluntad, de una voluntad que no debe detenerse nunca. El hombre íntegro, el que no infecta a casi nadie es el que tiene el menor número posible de distracciones. ¡Y hace falta tal voluntad y tal tensión para no distraerse jamás! Sí, Rieux, cansa mucho ser un pestífero. Pero cansa más no serlo. Por eso hoy día todo el mundo parece cansado, porque todos se encuentran un poco pestíferos. Y por eso, sobre todo, los que quieren dejar de serlo llegan a un extremo tal de cansancio que nada podrá librarlos de él más que la muerte.

»Desde ese tiempo sé que yo ya no sirvo para el mundo y que a partir del momento en que renuncié a matar me condené a mí mismo a un exilio definitivo. Los otros serán los que harán la historia. Sé también que no puedo juzgar a esos otros. Hay una condición que me falta para ser un razonable asesino. Por supuesto, no es ninguna superioridad. Me avengo a ser lo que soy, he conseguido llegar a la modestia. Sé únicamente que hay en este mundo plagas y víctimas y que hay que negarse tanto como le sea a uno posible a estar con las plagas. Esto puede que le parezca un poco simple y yo no sé si es simple verdaderamente, pero sé que es cierto. He oído razonamientos que han estado a punto de hacerme perder la cabeza y que se la han hecho perder a tantos otros, para obligarle a uno a consentir en el asesinato, que he llegado a comprender que todas las desgracias de los hombres provienen de no hablar claro. Entonces he tomado el partido de hablar y obrar claramente, para ponerme en buen camino. Así que afirmo que hay plagas y víctimas, y nada más. Si diciendo esto me convierto yo también en plaga, por lo menos será contra mi voluntad. Trato de ser un asesino inocente. Ya ve usted que no es una gran ambición.

»Claro que tiene que haber una tercera categoría: la de los verdaderos médicos, pero de éstos no se encuentran muchos porque debe de ser muy difícil. Por esto decido ponerme del lado de las víctimas para evitar estragos. Entre ellas, por lo menos, puedo ir viendo cómo se llega a la tercera categoría, es decir, a la paz.»

Cuando terminó, Tarrou se quedó balanceando una pierna y dando golpecitos con el pie en el suelo de la terraza. Después de un silencio, el doctor se enderezó un poco y le preguntó si tenía alguna idea del camino que había que escoger para llegar a la paz.

—Sí, la simpatía.

Dos sirenas de ambulancia sonaron a lo lejos. Las exclamaciones, que se oían confusas poco antes, se reunieron en un extremo de la ciudad junto a la colina rocosa. Se oyó al mismo tiempo algo que pareció una detonación. Después volvió el silencio. Rieux contó dos parpadeos del faro. La brisa pareció hacerse más fuerte y al mismo tiempo llegó del mar como un soplo con olor a sal. Ahora se oía claramente la sorda respiración de las olas que venían a chocar con el acantilado.

—En resumen —dijo Tarrou con sencillez—, lo que me interesa es cómo se puede llegar a ser un santo.

—Pero usted no cree en Dios.

—Justamente. Se puede llegar a ser un santo sin Dios; ése es el único problema concreto que admito hoy día.

Bruscamente, un gran resplandor surgió del lado de donde se habían oído los gritos y, remontando la corriente del viento, un clamor oscuro llegó hasta los dos hombres. El resplandor desapareció en seguida y lejos, al final de las terrazas, no quedó más que un poco enrojecido el espacio. En una ráfaga de viento llegaron gritos de hombres, después el ruido de una descarga y el clamor de una multitud. Tarrou se levantó y escuchó. Ya no se oía nada.

—Otra vez están peleándose en las puertas.

—Ya ha terminado —dijo Rieux.

Tarrou murmuró que eso no terminaría nunca y que seguiría habiendo víctimas porque ésa era la norma.

—Es posible —respondió el doctor—, pero, sabe usted, yo me siento más solidario con los vencidos que con los santos. No tengo afición al heroísmo ni a la santidad. Lo que me interesa es ser hombre.

—Sí, los dos buscamos lo mismo, pero yo soy menos ambicioso.

Rieux creyó que Tarrou bromeaba y lo miró, pero a la vaga claridad del cielo vio una cara triste y seria.

El viento se levantó de nuevo, Rieux lo sintió sobre su piel casi tibio, Tarrou se desperezó.

—¿Sabe usted —dijo— lo que debiéramos hacer por la amistad?

—Lo que usted quiera —dijo Rieux.

—Darnos un baño de mar. Hasta para un futuro santo es un placer digno.

Rieux sonrió.

—Con nuestros pases podemos ir hasta la escollera. Después de todo, es demasiado tonto no vivir más que en la peste. Es evidente que un hombre tiene que batirse por las víctimas. Pero si por eso deja de amar todo lo demás, ¿de qué sirve que se bata?

—Sí —dijo Rieux—, vamos allá.

Un momento después, el coche se detenía junto a las verjas del puerto. La luna había salido. Un cielo lechoso proyectaba por todas partes sombras pálidas. Detrás de ellos quedaba la ciudad como estancada y de allí dimanaba un soplo caliente y enfermizo que los empujaba hacia el mar. Enseñaron sus papeles a un guardia que los examinó largo rato. Pasaron, y por los terraplenes cubiertos de toneles, entre el olor a vino y a pescado, tomaron la dirección de la escollera. Poco antes de llegar, el olor a yodo y a algas les anunció el mar. Después empezaron a oírlo.

El mar zumbaba suavemente al pie de los grandes bloques de la escollera. Cuando bajaron los escalones apareció a su vista espeso, como de terciopelo, flexible y liso como un animal. Se acomodaron en las rocas, de cara a la extensión. Las aguas se hinchaban y se abismaban lentamente. Esta respiración tranquila del mar hacía nacer y desaparecer reflejos oleosos en la superficie del agua. Ante ellos la noche no tenía límites. Rieux, que sentía bajo sus dedos la cara áspera de las rocas, estaba lleno de una extraña felicidad. Se volvió a mirar a Tarrou y adivinó en la expresión tranquila y grave de su amigo aquella misma felicidad que no olvidaba nada, ni siquiera el asesinato.

Se desnudaron. Rieux se zambulló el primero. Fría al principio, el agua le fue pareciendo tibia a medida que avanzaba. Después de unas cuantas brazadas sintió que el mar de aquella noche era tibio, con la tibieza de los mares de otoño, que toman de la tierra el calor almacenado durante largos meses. Nadó acompasadamente. El golpeteo de sus pies dejaba trás de él un hervidero de espuma, el agua se deslizaba a lo largo de sus brazos para ceñirse a sus piernas. Un pesado chapoteo le anunció que Tarrou se había zambullido. Rieux se echó boca arriba y se quedó inmóvil de cara al cielo lleno de luna y de estrellas. Respiró largamente, fue oyendo cada vez más claro el ruido del agua removida, extrañamente claro en el silencio y la soledad del mar; Tarrou se acercaba, empezó a oír su respiración. Rieux se volvió, se puso al nivel de su amigo y nadaron al mismo ritmo. Tarrou avanzaba con más fuerza que él y tuvo que precipitar su movimiento. Durante unos minutos, avanzaron con la misma cadencia y el mismo vigor, solitarios, lejos del mundo, liberados al fin de la ciudad y de la peste. Rieux se detuvo el primero y volvieron hacia la costa lentamente, excepto un momento en que entraron en una corriente helada. Sin decir nada, precipitaron su marcha, azotados por esta sorpresa del mar.

Se vistieron y se marcharon sin haber pronunciado una palabra. Pero tenían el mismo ánimo y el mismo recuerdo dulce de esa noche. Rieux sabía que, como él, Tarrou pensaba que la enfermedad los había olvidado, que eso había sido magnífico y que ahora había que recomenzar.

Sí, había que recomenzar porque la peste no olvidaba a nadie mucho tiempo. Durante el mes de diciembre estuvo llameando en el pecho de nuestros conciudadanos, encendió el horno, pobló los campos de sombras con manos vacías. No cesó, en fin, de avanzar en su marcha paciente e irregular. Las autoridades habían contado con que los días fríos detendrían su avance, y, sin embargo, pasó sin decaer a través de los primeros rigores de la estación; había que esperar todavía. Pero a fuerza de esperar se acaba por no esperar nada, y nuestra ciudad entera llegó a vivir sin porvenir.

En cuanto al doctor, el fugitivo instante de paz y de amistad que le había sido dado no podía tener un mañana. Abrieron un hospital más y Rieux quedó cara a cara únicamente con los enfermos. Notó, al mismo tiempo, que en esta fase de la enfermedad, cuando la peste tomaba cada vez más la forma pulmonar, los enfermos parecían querer, en cierto modo, ayudar al médico. En vez de abandonarse a la postración, a las locuras del principio, parecía que se hacían una idea más justa de sus intereses y pedían ellos mismos lo que podía serles más favorable. Pedían de beber continuamente y todos querían calor. Aunque el cansancio fuera el mismo para el doctor, se sentía menos solo en estas ocasiones.

Hacia fines de diciembre, Rieux recibió del señor Othon, que se encontraba todavía en su campo, una carta diciendo que el tiempo de la cuarentena ya había pasado, que en la administración no encontraban la fecha de su ingreso y que seguramente le retenían en el campo de aislamiento por error. Su mujer, que había salido hacía tiempo, había ido a protestar a la prefectura, donde la recibieron de malas maneras, diciéndole que no había nunca errores. Rieux hizo intervenir a Rambert y pocos días después vio llegar al señor Othon. Había habido, en efecto, un error y Rieux se indignó un poco. Pero el señor Othon, que había adelgazado mucho, levantó blandamente una mano, y dijo, pesando sus palabras, que todo el mundo podía equivocarse. El doctor notó únicamente que algo había cambiado en él.

—¿Qué va usted a hacer ahora, señor juez? Le esperan sus legajos —dijo Rieux.

—No —dijo el juez—, quisiera pedir un permiso.

—Efectivamente, necesita usted descansar.

—No, no es eso, quisiera volver al campo.

Rieux se extrañó.

—Pero ¡si sale usted de allí!

—Me he explicado mal. Me han dicho que hay voluntarios en la administración de ese campo.

El juez revolvía un poco sus ojos redondos y trataba de asentar uno de sus tufos.

—Comprenda usted, así tendría una ocupación. Y además, aunque es tonto decirlo, me sentiría menos separado de mi hijo.

Rieux le miró. No era posible que en aquellos ojos duros y sin relieves brotase de pronto algo de dulzura. Pero se habían tornado como brumosos, habían perdido su pureza de metal.

—Muy exacto —dijo Rieux—; voy a ocuparme de ello, ya que usted lo quiere.

El doctor se ocupó, en efecto, y la vida de la ciudad apestada siguió su curso hasta Navidad. Tarrou siguió llevando a todas partes su tranquilidad eficaz. Rambert confió al doctor que había logrado establecer, gracias a los muchachos que hacían la guardia, una correspondencia clandestina con su mujer. Recibía cartas de cuando en cuando. Propuso a Rieux que aprovechase su sistema y éste aceptó. Escribió por primera vez, después de muchos meses, pero con las mayores dificultades. Era un lenguaje que había perdido. La carta partió, la respuesta tardó en llegar. Por su parte, Cottard prosperaba y sus pequeñas especulaciones lo enriquecían. En cuanto a Grand, el período de las fiestas no debió darle resultado.

La Navidad de aquel año fue más bien la fiesta del infierno que la del Evangelio. Los comercios vacíos y sin luz, los bombones artificiales o las cajas vacías en los escaparates, los tranvías llenos de caras sombrías, no había nada que pudiera recordar las Navidades anteriores. En esta fiesta, en la que todo el mundo, rico o pobre, se regocijaba en otro tiempo, no había lugar más que para las escasas diversiones solitarias y vergonzosas que algunos privilegiados se procuraban a precio de oro en el fondo de alguna trastienda grasienta. Las iglesias estaban llenas de lamentaciones en vez de acciones de gracias. En la ciudad hosca y helada, algunos niños corrían de un lado para otro, ignorantes de lo que les amenazaba. Pero nadie se atrevía a hablarles del Dios de otros tiempos, cargado de ofrendas, antiguo como el dolor humano, pero nuevo como la joven esperanza. No había sitio en el corazón de nadie más que para un vieja y tibia esperanza, esa esperanza que impide a los hombres abandonarse a la muerte y que no es más que obstinación de vivir.

El día antes, Grand había faltado a su cita. Rieux, inquieto, había pasado por su casa a primera hora de la mañana, sin encontrarlo. Todo el mundo estaba alarmado. Hacia las once, Rambert vino al hospital a decir al doctor que había visto a Grand desde lejos, vagando por las calles, con la cara descompuesta, pero que lo había perdido de vista. El doctor y Tarrou se fueron en el coche en su busca.

A mediodía, hora helada, Rieux saltó del coche al ver de lejos a Grand, pegado a un escaparate lleno de juguetes toscamente tallados en madera. Por las mejillas del viejo funcionario corrían las lágrimas sin interrupción. Y esas lágrimas trastornaban a Rieux, porque las comprendía y las sentía él también en su garganta. Recordó los esponsales del desgraciado, ante un escaparate de Navidad, y creyó ver a Jeanne volviéndose hacia él para decirle que estaba contenta. Desde el fondo de aquellos años lejanos, desde el corazón mismo de la locura actual, la voz fresca de Jeanne llegaba hasta Grand, era seguro. Rieux sabía lo que estaba pensando en aquel momento el pobre viejo que lloraba, y también, como él, pensaba que este mundo sin amor es un mundo muerto, y que al fin llega un momento en que se cansa uno de la prisión, del trabajo y del valor, y no exige más que el rostro de un ser y el hechizo de la ternura en el corazón.

Pero Grand lo vio en el cristal. Sin dejar de llorar se volvió y apoyó la espalda en el escaparate hasta que llegó junto a él.

—¡Ah, doctor! ¡Ah, doctor! —le dijo.

Rieux movió la cabeza como afirmando, incapaz de hablar. Aquella angustia era la suya y lo que le oprimía el corazón en aquel momento era esa inmensa cólera que envuelve al hombre ante el dolor que todos los hombres comparten.

—Sí, Grand —dijo.

—Quisiera tener tiempo para escribirle una carta. Para que sepa... y para que pueda ser feliz sin remordimiento.

Con una especie de violencia, Rieux hizo avanzar a Grand. Él se dejó arrastrar, murmurando trozos de frases.

—Esto está durando demasiado tiempo. Tiene uno ganas de no preocuparse más, es natural. ¡Ah!, doctor, soy hombre de aspecto tranquilo, pero siempre he necesitado hacer un gran esfuerzo para ser siquiera normal. Ahora, esto es ya demasiado.

Se paró, temblaba y tenía la mirada enloquecida.

Rieux le tomó la mano, abrasaba.

Pero Grand se escapó y echó a correr unos cuantos

pasos, después se separó, abrió los brazos y empezó a oscilar de atrás adelante, dio media vuelta y cayó sobre la acera helada, con la cara mojada por las lágrimas que seguían corriéndole por las mejillas. Los que pasaban lo miraron de lejos, deteniéndose bruscamente, sin atreverse a avanzar. Rieux tuvo que llevarlo en sus brazos.

Ya en la cama, Grand se ahogaba: la enfermedad había atacado los pulmones. Rieux pensó que Grand no tenía familia, ¿para qué transportarlo? Se quedaría allí, con Tarrou para cuidarlo.

Grand estaba hundido en la almohada, la piel verdosa, los ojos apagados. Miraba fijamente un miserable fuego que Tarrou trataba de encender en la chimenea con los restos de un cajón. «Esto va mal», decía, y del fondo de sus pulmones en llamas salía un extraño crepitar que acompañaba sus palabras. Rieux le recomendó que se callase y le prometió volver. Grand se sonrió extrañamente y una especie de ternura le inundó la cara. Guiñó un ojo con esfuerzo: «Si salgo de ésta, ¡habrá que quitarse el sombrero, doctor!» Pero en seguida cayó en una gran postración.

Unas horas después, Rieux y Tarrou encontraron al enfermo medio incorporado en la cama y Rieux vio con espanto en su cara los progresos del mal, que le abrasaba. Pero él parecía más lúcido y en seguida, con voz extrañamente cavernosa, les rogó que le dieran el manuscrito que tenía metido en un cajón. Tarrou le dio las hojas, que él apretó contra su pecho, sin mirarlas, y entregó al doctor, indicándole con un gesto que las leyese. Era un corto manuscrito, de unas cincuenta páginas. El doctor las hojeó y vio que todas aquellas páginas no contenían más que la misma frase, indefinidamente copiada, retocada, enriquecida o empobrecida. Sin cesar, el mes de mayo, la amazona y las avenidas del Bosque se confrontaban y se disponían de maneras diversas. Pero al final de la última página una mano atenta había escrito con tinta que aún estaba fresca: «Mi muy querida Jeanne, hoy es Navidad...» Debajo, con esmerada caligrafía, figuraba la última versión de la frase. «Lea», dijo Grand, y Rieux leyó:

«En una hermosa mañana de mayo, una esbelta amazona, montada en una suntuosa jaca alazana, recorría entre flores las avenidas del Bosque...»

—¿Está? —dijo el viejo con voz de fiebre.

Rieux no levantó los ojos.

—¡Ah! —dijo él, agitándose—, ya lo sé, hermosa, hermosa no es la palabra exacta.

Rieux le cogió la mano.

—Déjelo usted, doctor. Ya no tendré tiempo...

Su pecho se hinchaba con esfuerzo, y de pronto gritó:

—¡Quémelo!

El doctor dudó, pero Grand repitió la orden con un acento tan terrible y tal sufrimiento en la voz que Rieux echó los papeles al fuego ya casi apagado. La habitación se iluminó rápidamente y una breve llamarada la caldeó un momento. Cuando el doctor fue hacia el enfermo, éste se había vuelto del otro lado y su cara tocaba casi la pared. Tarrou miraba por la ventana, como extraño a la escena. Después de haberle inyectado el suero, Rieux dijo a su amigo que Grand no pasaría de esa noche, y Tarrou propuso quedarse con él. El doctor aceptó.

Toda la noche le persiguió la idea de que Grand iba a morir. Pero a la mañana siguiente, Rieux encontró a Grand sentado en la cama hablando con Tarrou. La fiebre había desaparecido. No le quedaba más que las huellas de un agotamiento general.

—¡Ah, doctor! —decía Grand—, hice mal. Pero lo volveré a empezar. Me acuerdo de todo, ya verá usted.

—Esperaremos —dijo Rieux a Tarrou.

Pero al mediodía no había cambiado nada. Por la noche, Grand podía considerarse salvado. Rieux no podía comprender esta resurrección.

Poco más o menos en la misma época le llevaron una enferma que le pareció un caso desesperado y que hizo aislar desde su llegada al hospital. La muchacha estaba en pleno delirio y presentaba todos los síntomas de la fiebre pulmonar. Pero al día siguiente la fiebre había bajado. El doctor creyó reconocer, como en el caso de Grand, la tregua matinal, que la experiencia lo había acostumbrado a considerar como un mal síntoma. Al mediodía, sin embargo, la fiebre no había vuelto a subir. Por la tarde aumentó unas décimas solamente y al otro día había desaparecido. La muchacha, aunque débil, respiraba libremente en su cama. Rieux dijo a Tarrou que se había salvado contra todas las reglas. Pero durante la semana se presentaron cuatro casos semejantes en la sección del doctor.

A fines de la misma semana, el viejo asmático acogió al doctor y a Tarrou con muestras de una gran agitación.

—Ya está —decía—, vuelven a salir.

—¿Quién?

—¿Quién va a ser? ¡Las ratas!

Desde el mes de abril no se había vuelto a ver una rata muerta.

—¿Es que esto va a recomenzar? —dijo Tarrou a Rieux.

El viejo se frotaba las manos.

—¡Hay que ver cómo corren!, da gusto.

Había visto dos ratas vivas entrar por la puerta de la calle. Algunos vecinos le habían contado que también en sus casas los bichos habían hecho su reaparición. En algunas tarimas se volvía a oír su trajinar, olvidado ya desde hacía meses. Rieux esperaba las estadísticas generales que salían al principio de cada semana. Revelaron un descenso de la enfermedad.

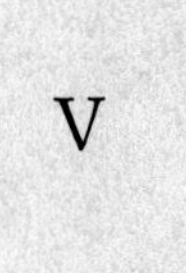

V

A pesar de este brusco e inesperado retroceso de la enfermedad, nuestros conciudadanos no se apresuraron a estar contentos. Los meses que acababan de pasar, aunque aumentaban su deseo de liberación, les habían enseñado a ser prudentes y les habían acostumbrado a contar cada vez menos con un próximo fin de la epidemia. Sin embargo, el nuevo hecho estaba en todas las bocas y en el fondo de todos los corazones se agitaba una esperanza inconfesada. Todo lo demás pasaba a segundo plano. Las nuevas víctimas de la peste tenían poco peso al lado de este hecho exorbitante: las estadísticas bajaban. Sin embargo, una de las nuevas muestras de que la era de la salud, sin ser abiertamente esperada, se aguardaba en secreto, fue que nuestros conciudadanos empezaron a hablar con gusto, aunque con aire de indiferencia, de la forma en que reorganizarían su vida después de la peste.

Todo el mundo estaba de acuerdo en creer que las comodidades de la vida pasada no se recobrarían en un momento y en que era más fácil destruir que reconstruir. Se imaginaban, en general, que el aprovisionamiento podría mejorar un poco y que de este modo desaparecería la preocupación más apremiante. Pero, en realidad, bajo esas observaciones anodinas una esperanza insensata se desataba, de tal modo que nuestros conciudadanos no se daban a veces cuenta de ello y afirmaban con precipitación que, en todo caso, la liberación no sería para el día siguiente.

Y así fue; la peste no se detuvo al otro día, pero a las claras se empezó a debilitar más de prisa de lo que razonablemente se hubiera podido esperar. Durante los primeros días de enero, el frío se estabilizó con una persistencia inusitada y pareció cristalizar sobre la ciudad. Sin embargo, nunca había estado tan azul el cielo. Durante días enteros su esplendor inmutable y helado inundó toda la ciudad con una luz ininterrumpida. En este aire purificado, la peste, en tres semanas, y mediante sucesivos descensos, pareció agotarse, alineando cadáveres cada día menos numerosos. Perdió en un corto espacio de tiempo la casi totalidad de las fuerzas que había tardado meses en acumular. Viendo cómo se le escapaban presas enteramente sentenciadas como Grand y la muchacha de Rieux, cómo se exacerbaba en ciertos barrios durante dos o tres días, mientras desaparecía totalmente en otros, cómo multiplicaba las víctimas el lunes y el miércoles las dejaba escapar casi todas, viéndola desfallecer o precipitarse, se hubiera dicho que estaba desorganizándose por enervamiento o cansancio y que perdía, al mismo tiempo que el dominio de sí misma, la eficacia matemática y soberana que había sido su fuerza. El suero de Castel empezó a tener, de pronto, éxitos que hasta entonces le habían sido negados. Cada una de las medidas tomadas por los médicos, que antes no daban ningún resultado, parecieron inesperadamente dar en el clavo. Era como si a la peste le hubiera llegado la hora de ser acorralada y su debilidad súbita diese fuerza a las armas embotadas que se le habían opuesto. Sólo de cuando en cuando la enfermedad recrudecía y de un solo golpe se llevaba a tres o cuatro enfermos cuya curación se esperaba. Eran los desafortunados de la peste; los que mataba en plena esperanza. Éste fue el caso del juez Othon, al que hubo que evacuar del campo de cuarentena y del que Tarrou dijo que no había tenido suerte, sin que se pueda saber si pensaba en la muerte o en la vida del juez.

Pero, en conjunto, la infección retrocedía en toda la línea, y los comunicados de la prefectura, que primero habían hecho nacer tan tímida y secreta esperanza, acabaron por confirmar, en la mente de todos, la convicción de que la victoria estaba alcanzada y de que la enfermedad abandonaba sus posiciones. En verdad, era difícil saber si se trataba de una victoria. Únicamente estaba uno obligado a comprobar que la enfermedad parecía irse por donde había venido. La estrategia que se le había opuesto no había cambiado: ayer ineficaz, hoy aparentemente afortunada. Se tenía la impresión de que la enfermedad se había agotado por sí misma o de que acaso había alcanzado todos sus objetivos. Fuese lo que fuese, su papel había terminado.

Sin embargo, se hubiera podido creer que nada había cambiado en la ciudad. Las calles, siempre silenciosas por el día, estaban invadidas de noche por una multitud en la que ahora predominaban los abrigos y las bufandas. Los cines y los cafés hacían el mismo negocio. Pero mirando detenidamente se podía ver que las caras estaban menos crispadas y que a veces hasta sonreían. Entonces se daba uno cuenta de que, hasta ese momento, nadie sonreía por la calle. En realidad, se había hecho un desgarrón en el velo opaco que rodeaba a la ciudad desde hacía meses y todos los lunes se comprobaba por las noticias de la radio que el desgarrón se iba agrandando y que, al fin, iba a ser posible respirar. No era más que un alivio negativo que todavía no tenía una expresión franca. Mientras que antes no se hubiera podido oír sin cierta incredulidad la noticia de que había salido un tren o llegado un vapor, o bien que se iba a autorizar la circulación de los coches, el anuncio de esos acontecimientos a mediados de febrero no provocó la menor sorpresa. Era poco, sin duda. Pero este ligero matiz delataba los enormes progresos alcanzados por nuestros conciudadanos en el camino de la esperanza. Se puede decir, por otra parte, que a partir del momento en que la más ínfima esperanza se hizo posible en el ánimo de nuestros conciudadanos, el reinado efectivo de la peste había terminado.

No hay que dejar de señalar que durante todo el mes de enero nuestros conciudadanos tuvieron reacciones contradictorias y pasaron por alternativas de excitación y depresión. Fue por esto por lo que hubo que registrar nuevas tentativas de evasión en el momento mismo en que las estadísticas eran más favorables. Esto sorprendió mucho a las autoridades y a los puestos de guardia porque la mayor parte de esos intentos tuvieron éxito. Pero, en realidad, las gentes se evadían obedeciendo a sentimientos naturales. En unos, la peste había hecho arraigar un escepticismo profundo del que ya no podían deshacerse. La esperanza no podía prender en ellos. Y aunque el tiempo de la peste había pasado, ellos continuaban viviendo según sus normas. Estaban atrasados con respecto a los acontecimientos. En otros, y éstos se contaban principalmente entre los que habían vivido separados de los seres que querían, después de tanto tiempo de reclusión y abatimiento, el viento de la esperanza que se levantaba había encendido una fiebre y una impaciencia que les privaban del dominio de sí mismos. Les entraba una especie de pánico al pensar que podían morir, ya tan cerca del final, sin ver al ser que querían y sin que su largo sufrimiento fuese recompensado. Así, aunque durante meses, con una oscura tenacidad, a pesar de la prisión y el exilio, habían perseverado en la espera, la primera esperanza bastó para destruir lo que el miedo y la desesperación no habían podido atacar. Se precipitaron como locos pretendiendo adelantarse a la peste, incapaces de ir a su paso hasta el último momento.

Al mismo tiempo hubo también señales de optimismo. Se registró una sensible baja en los precios. Desde el punto de vista de la economía pura, este movimiento no se podía explicar. Las dificultades seguían siendo las mismas, las formalidades de cuarentena se habían mantenido en las puertas y el aprovisionamiento estaba lejos de mejorar. Se asistía, pues, a un fenómeno puramente moral, como si el retroceso de la peste repercutiese por todas partes. Al mismo tiempo, el optimismo ganaba a los que antes vivían en grupos y que a causa de la enfermedad habían sido obligados a la separación. Los dos conventos de la ciudad empezaron a rehacerse y la vida en común recomenzó. Lo mismo ocurrió con los militares, que volvieron a reunirse en los cuarteles ya libres, reanudando su vida normal de guarnición. Estos pequeños hechos eran grandes síntomas.

La población vivió en esta agitación secreta hasta el veinticinco de enero. En esa semana las estadísticas bajaron tanto que, después de una consulta con la comisión médica, la prefectura anunció que la epidemia podía considerarse contenida. El comunicado añadía que, por un espíritu de prudencia que no dejaría de ser aprobado por la población, las puertas de la ciudad seguirían aún cerradas durante dos semanas y las medidas profilácticas se mantendrían durante un mes. En este período, a la menor señal de que el peligro podía recomenzar, «el *statu quo* sería mantenido y las medidas llevadas al extremo». Todo el mundo estaba de acuerdo en considerar estas cláusulas como de mero estilo y una gozosa agitación henchía la ciudad la noche del veinticinco de enero. Para asociarse a la alegría general, el prefecto dio orden de restituir el alumbrado, como los tiempos de salud. Nuestros conciudadanos se desparramaron por las calles iluminadas, bajo un cielo frío y puro, en grupos ruidosos y pequeños.

Es cierto que en algunas casas las persianas siguieron cerradas y las familias pasaron en silencio esa velada que otros llenaron de gritos. Sin embargo, para muchos de esos seres enlutados, el alivio era también profundo, bien porque el miedo de ver a otros de los suyos arrebatados hubiera desaparecido, o bien porque la atención necesaria para su conservación personal pudiera dejar de estar alerta. Pero las familias que tenían que quedar más ajenas a la alegría general eran, sin discusión, las que en ese momento tenían un enfermo debatiéndose con la peste en un hospital, o las que en las residencias de cuarentena o en sus casas esperaban que la plaga terminase para ellas como había terminado para los otros. Éstas concebían también esperanzas, es cierto, pero hacían de ellas un depósito que dejaban en reserva y que se proponían no tocar hasta tener verdaderamente derecho. Esta espera, esta vigilia silenciosa a mitad del camino entre la agonía y la alegría, les resultaba aún más cruel en medio del júbilo general.

Pero estas excepciones no mermaban nada a la satisfacción de los otros. Sin duda, la peste todavía no había terminado y debía demostrarlo. Sin embargo, en todos los ánimos, ya desde muchas semanas antes, los trenes partían silbando por vías sin fin y los barcos surcaban mares luminosos. Al día siguiente, los ánimos estarían más calmados y renacerían las dudas. Pero, por el momento, la ciudad entera se despabilaba, dejando los lugares cerrados, sombríos e inmóviles, donde había echado sus raíces de piedra, y se ponía al fin en marcha con su cargamento de supervivientes. Aquella noche Tarrou y Rieux, Rambert y los otros iban entre la multitud y sentían ellos también que les faltaba el suelo bajo los pies. Mucho tiempo después de haber dejado los bulevares, Tarrou y Rieux sentían que esta alegría los perseguía cuando ya estaban en las callejuelas desiertas, pasando bajo las ventanas con persianas cerradas. Y, a causa de su mismo cansancio, no podían separar este sufrimiento, que continuaba detrás de las persianas, de la alegría que llenaba las calles, un poco más lejos. La liberación que se aproximaba tenía una cara en la que se mezclaban las lágrimas y la risa.

En un momento en que el ruido se hizo más fuerte y más alegre, Tarrou se detuvo. Por el empedrado en sombra, una forma corría ligera; era un gato, el primero que se volvía a ver desde la primavera. Se quedó quieto un momento en medio de la calzada, titubeó, se lamió una pata y se atusó con ella la oreja derecha; rápidamente reanudó su carrera silenciosa y desapareció en la noche. Tarrou sonrió. El viejecito estaría contento.

Pero en el preciso momento en que la peste parecía alejarse para volver al ignorado cubil de donde había salido, había alguien en la ciudad que estaba consternado ante su partida: éste era Cottard, de creer los apuntes de Tarrou.

A decir verdad, esos apuntes se hicieron sumamente curiosos a partir del momento en que las estadísticas empezaron a bajar. A buen seguro era el cansancio, pero el caso es que la escritura se hacía difícilmente legible y se pasaba con demasiada frecuencia de un tema a otro. Además, y por primera vez, a esos apuntes empieza a faltarles objetividad y se detienen en consideraciones personales. Así se encuentra, en medio de largos pasajes concernientes al caso de Cottard, una pequeña digresión sobre el viejo de los gatos. De creer a Tarrou, la peste no le había hecho perder nada de su consideración por este personaje, que le interesaba después de la epidemia como le había interesado antes, y que, desgraciadamente, no pudo seguir interesándole a pesar de su buena intención. Pues había procurado volver a verlo. Algunos días después de aquella noche del veinticinco de enero había ido a la esquina de la callejuela. Los gatos estaban allí calentándose al sol, fieles a su cita, pero a la hora de costumbre las persianas permanecieron cerradas. Durante muchos días después, Tarrou siguió insistiendo, pero no volvió a verlas abiertas. Sacó la conclusión de que el viejecito estaba ofendido o muerto. Si estaba ofendido, es que creía tener razón y la peste se había portado mal con él, pero si estaba muerto habría que preguntarse, tanto acerca de él como del viejo asmático, si había sido un santo. Tarrou no lo creía, pero consideraba que en el caso del viejo había un «indicio». «Acaso —señalaban los apuntes— no se pueda llegar más que a ciertas aproximaciones a la santidad. En ese caso habría que contentarse con un satanismo modesto y caritativo.»

Siempre mezcladas con las notas sobre Cottard, se encuentran en los apuntes numerosas consideraciones frecuentemente dispersas; unas tratan de Grand, ya convaleciente y reintegrado al trabajo, como si nada hubiese sucedido, y otras evocan a la madre del doctor Rieux. Las pocas conversaciones a que la convivencia había dado lugar entre ella y Tarrou, las actitudes de la viejecita, su sonrisa, sus observaciones sobre la peste, están registradas escrupulosamente. Tarrou insiste, sobre todo, en el modo de permanecer como borrada de la señora Rieux; en su costumbre de expresarlo todo con frases muy simples; en la predilección particular que demostraba por una ventana que daba sobre la calle tranquila y detrás de la cual se sentaba por las tardes, más bien derecha, con las manos descansando en la falda y la mirada atenta, hasta que el crepúsculo invadía la habitación, convirtiéndola en una sombra negra entre la luz gris que iba oscureciéndose hasta disolver la silueta inmóvil; en la ligereza con que iba de una habitación a otra; en la bondad de la que nunca había dado pruebas concretas delante de Tarrou, pero cuyo resplandor se podía reconocer en todo lo que hacía o decía; en el hecho, en fin, de que, según él, comprendía todo sin necesidad de reflexionar y de que, con tanto silencio y tanta sombra, podía tolerar ser mirada a cualquier luz, aunque fuese la de la peste. Aquí, por lo demás, la escritura de Tarrou daba muestras curiosas de flaqueo. Las líneas que seguían eran casi ilegibles y, como para dar una prueba más de aquel flaqueo, las últimas frases eran las primeras que empezaban a ser personales: «Mi madre era así, yo adoraba en ella ese mismo apaciguamiento y siempre quise estar a su lado. Hace ocho años que no puedo decir que murió; solamente se borró un poco más que de costumbre, y cuando me volví a mirarla ya no estaba allí.»

Pero volvamos a Cottard. Desde que las estadísticas habían comenzado a bajar, éste había hecho muchas visitas a Rieux, invocando diversos pretextos. Pero en realidad era para pedirle siempre pronósticos sobre la marcha de la epidemia. «¿Cree usted que esto puede cesar así, de golpe, sin avisar?» Él era escéptico sobre este punto o, por lo menos, así lo decía. Pero las repetidas preguntas que formulaba indicaban una convicción no tan firme. A mediados de enero, Rieux le había respondido de un modo harto optimista. Y siempre esas respuestas, en vez de regocijarle, producían en Cottard reacciones variables según los días, pero que fluctuaban entre el mal humor y el abatimiento. Luego el doctor se vio empujado a decirle que, a pesar de las indicaciones favorables dadas por las estadísticas, era mejor no cantar victoria todavía.

—Dicho de otro modo —observó Cottard—, no se sabe nada; ¿podría recomenzar de un día para otro?

—Sí, del mismo modo que es posible que la marcha de la curación se acelere.

Esta incertidumbre, inquietante para todos, había tranquilizado, visiblemente, a Cottard y delante de Tarrou había entablado conversaciones con los comerciantes de su barrio en las que trataba de propagar la opinión de Rieux. No le costaba trabajo hacerlo, es cierto. Pues una vez pasada la fiebre de las primeras victorias, en muchos ánimos había vuelto a renacer una duda que habría de sobrevivir a la excitación causada por la declaración de la prefectura. Cottard se tranquilizaba ante el espectáculo de esta inquietud. Otras veces se descorazonaba. «Sí —le decía Tarrou—, terminarán por abrir las puertas y ya verá usted cómo me dejarán plantado.»

Hasta el veinticinco de enero todo el mundo notó la inestabilidad de su carácter. Después de haber procurado por tanto tiempo ganarse a su barrio y a las personas con que se relacionaba, durante días enteros rompía con ellas. Entonces, en apariencia por lo menos, se retiraba del mundo y de la noche a la mañana se ponía a vivir a lo salvaje. No se le veía en el restaurante, ni en el teatro, ni en los cafés que le gustaban. Y, sin embargo, no parecía volver a la vida comedida y oscura que llevaba antes de la epidemia. Vivía completamente retirado en su apartamento y hacía que le subiesen la comida de un restaurante vecino. Sólo por las noches hacía salidas furtivas, comprando lo que necesitaba, saliendo de los comercios para lanzarse por las calles solitarias. Si Tarrou lo encontraba, no conseguía sacar de él más que monosílabos. Después, sin transición, aparecía sociable otro día, hablando de la peste abundantemente, solicitando la opinión de todos y sumergiéndose con complacencia en la marea de la muchedumbre.

El día de la declaración de la prefectura, Cottard desapareció completamente de la circulación. Dos días después, Tarrou lo encontró vagando por las calles. Cottard le pidió que le acompañase hasta el barrio. Tarrou se sentía extraordinariamente cansado, pero él insistió. Parecía muy agitado, gesticulaba de un modo desordenado y hablaba alto y ligero. Preguntó a su acompañante si creía que realmente la declaración de la prefectura ponía término a la peste. Naturalmente, Tarrou consideraba que una declaración administrativa no bastaba por sí misma para detener una plaga, pero se podía creer que la epidemia, salvo imprevistos, iba a terminar.

—Sí —dijo Cottard—, salvo imprevistos, y siempre hay algo imprevisto.

Tarrou le hizo notar que, desde luego, la prefectura había previsto en cierto modo lo imprevisto, instituyendo un plazo de dos semanas antes de abrir las puertas.

—Han hecho bien —dijo Cottard, siempre sombrío y agitado—, porque tal como van las cosas podría ser que hubiesen hablado en balde.

Tarrou no lo creía imposible, pero le parecía que era mejor afrontar la próxima apertura de la puerta y la vuelta a la vida normal.

—Admitámoslo —dijo Cottard—, admitámoslo, pero, ¿a qué llama usted la vuelta a una vida normal?

—A nuevas películas en el cine —dijo Tarrou, sonriendo.

Pero Cottard no sonreía. Quería saber si podía esperar que la peste no cambiase nada en la ciudad y que todo recomenzase como antes, es decir, como si no hubiera pasado nada. Tarrou creía que la peste cambiaría y no cambiaría la ciudad, que, sin duda, el más firme deseo de nuestros conciudadanos era y sería siempre el de hacer como si no hubiera cambiado nada, y que, por tanto, nada cambiaría en un sentido, pero, en otro, no todo se puede olvidar, ni aun teniendo la voluntad necesaria, y la peste dejaría huellas, por lo menos en los corazones. Cottard declaró abiertamente que a él no le interesaba el corazón, que el corazón era la última de sus preocupaciones. Lo que le interesaba era saber si la organización misma sería transformada, si, por ejemplo, todos los servicios funcionarían como en el pasado. Y Tarrou tuvo que reconocer que no lo sabía. Según él, era cosa de pensar que a todos esos servicios perturbados durante la epidemia les costaría un poco de trabajo volver a levar anclas. Se podía suponer también que se plantearían muchos problemas nuevos, que harían necesaria una reorganización de los antiguos servicios.

—¡Ah! —dijo Cottard—, eso es posible, en efecto, todo el mundo tendrá que recomenzar todo.

Los dos paseantes habían llegado cerca de la casa de Cottard. Éste se había animado mucho, esforzándose en el optimismo. Imaginaba la ciudad rehaciendo su vida, borrando su pasado hasta partir de cero.

—Bueno —dijo Tarrou—. Después de todo, puede

que las cosas se arreglen para usted también. En cierto modo, es una vida nueva la que va a empezar.

Habían llegado a la puerta y se estrechaban la mano.

—Tiene usted razón —decía Cottard, cada vez más animado—, partir de cero, eso sería una gran cosa.

Pero de la sombra del pasillo surgieron dos hombres. Tarrou tuvo apenas tiempo de oír a su acompañante preguntar qué harían allí aquellos dos pájaros. Los dos pájaros, que tenían aire de funcionarios endomingados, preguntaron a Cottard si se llamaba Cottard, y éste, dejando escapar una especie de exclamación, dio media vuelta y se perdió en la noche, sin que Tarrou ni los otros tuvieran tiempo de hacer un movimiento. Cuando se les pasó la sorpresa, Tarrou preguntó a los dos hombres qué era lo que querían. Ellos adoptaron un aire reservado y amable para decir que se trataba de algunos informes, y se fueron pausadamente en la dirección que había tomado Cottard.

Cuando llegó a su casa, Tarrou anotó la escena y en seguida (la escritura lo demuestra) notó un gran cansancio. Añadió que tenía mucho que hacer, pero que ésta no era razón para no estar dispuesto, y se preguntaba si lo estaba en realidad. Respondía, para terminar, y aquí acaban los apuntes de Tarrou, que había siempre una hora en el día en la que el hombre es cobarde y que él sólo tenía miedo a esa hora.

Dos días después, poco antes de la apertura de las puertas, el doctor Rieux, al volver a su casa al mediodía, se preguntaba si encontraría el telegrama que esperaba. Aunque sus tareas fuesen tan agotadoras como en el momento más grave de la peste, la esperanza de la liberación definitiva había disipado todo cansancio en él. Esperaba y se complacía en esperar. No se puede tener siempre la voluntad en tensión ni estar continuamente firme; es una gran felicidad poder deshacer, al fin, en la efusión, este haz de fuerzas trenzadas en la lucha. Si el telegrama esperado fuera también favorable, Rieux podría recomenzar. Y su opinión era que todo el mundo recomenzaría.

Pasó delante de la portería. El nuevo portero, pegado al cristal, le sonrió. Subiendo la escalera, Rieux veía su cara pálida por el cansancio y las privaciones.

Sí, recomenzaría cuando la abstracción hubiese terminado, y con un poco de suerte... Pero al abrir la puerta vio a su madre que le salía al encuentro anunciándole que el señor Tarrou no se sentía bien. Se había levantado por la mañana, pero no había podido salir y había vuelto a acostarse. La señora Rieux estaba inquieta.

—Probablemente no es nada grave —dijo su hijo.

Tarrou estaba tendido en la cama, su pesada cabeza se hundía en el almohadón, el pecho fuerte se dibujaba bajo el espesor de las mantas. Tenía fiebre, le dolía la cabeza. Dijo a Rieux que creía tener síntomas vagos que podían ser los de la peste.

—No, no hay nada claro todavía —dijo Rieux, después de haberle reconocido.

Pero Tarrou estaba devorado por la sed. En el pasillo Rieux le dijo a su madre que podría ser el principio de la peste.

—¡Ah! —dijo ella—, eso no es posible, ¡ahora!

Y después:

—Dejémosle aquí, Bernard.

Rieux reflexionó.

—No tengo derecho —dijo—. Pero van a abrirse las puertas. Yo creo que si tú no estuvieras aquí, sería el primer derecho que me tomaría.

—Bernard —dijo ella—, podemos estar los dos. Ya sabes que me he vacunado otra vez.

El doctor dijo que Tarrou también lo estaba, pero que, acaso por el cansancio, había dejado de ponerse la última inyección de enero y olvidado algunas precauciones.

Rieux fue a su despacho. Cuando volvió a la alcoba, Tarrou vio que traía las enormes ampollas de suero.

—¡Ah!, es eso —dijo.

—No, pero por precaución.

Tarrou, por toda respuesta, tendió el brazo y soportó la interminable inyección que él mismo había puesto a tantos otros.

—Veremos esta noche —dijo Rieux y miró a Tarrou cara a cara.

—¿Y el aislamiento, Rieux?

—No es enteramente seguro que tenga usted la peste.

Tarrou sonrió con esfuerzo.

—Es la primera vez que veo inyectar el suero sin ordenar al mismo tiempo el aislamiento.

Rieux se volvió de espaldas.

—Mi madre y yo lo cuidaremos. Estará usted mejor.

Tarrou siguió callado y el doctor, que estaba arreglando la caja de las ampollas, esperaba que hablase para volver a mirar. Al fin, fue hacia la cama. El enfermo lo miró. Su cara estaba cansada, pero sus ojos grises seguían tranquilos. Rieux le sonrió.

—Duerma usted si puede. Yo volveré dentro de un rato.

Al llegar a la puerta, oyó que Tarrou lo llamaba. Volvió atrás.

Pero Tarrou parecía debatirse con la expresión misma de la idea que quería expresar.

—Rieux —dijo al fin—, tiene usted que decirme todo; lo necesito.

—Se lo prometo.

Tarrou torció un poco su cara recia en una sonrisa.

—Gracias. No tengo ganas de morir, así que lucharé. Pero si el juego está perdido, quiero tener un buen final.

Rieux se inclinó y le apretó un poco el hombro.

—No —dijo—. Para llegar a ser un santo hay que vivir. Luche usted.

A lo largo del día, el frío que había sido intenso disminuyó un poco para ceder el lugar por la tarde a chaparrones violentos de lluvia y de granizo. Al crepúsculo, el cielo se descubrió un poco y el frío se hizo otra vez penetrante. Rieux volvió a su casa por la tarde; sin quitarse el abrigo, fue al cuarto de su amigo. Su madre estaba allí, haciendo punto de aguja. Tarrou parecía que no se había movido, pero sus labios, blanquecinos por la fiebre, delataban la lucha que estaba sosteniendo.

—¿Qué hay? —dijo el doctor.

Tarrou alzó un poco entre las mantas sus anchos hombros.

—Hay —dijo— que pierdo la partida.

El doctor se inclinó sobre él. Bajo la piel ardiendo los ganglios empezaban a endurecerse y dentro de su pecho retumbaba el ruido de una fragua subterránea. Tarrou presentaba extrañamente las dos series de síntomas. Rieux dijo, enderezándose, que el suero no había tenido tiempo todavía de hacer efecto. Una onda de fiebre que subió a su garganta sofocó las palabras que Tarrou iba a pronunciar.

Después de cenar, Rieux y su madre fueron a instalarse junto al enfermo. La noche comenzaba para él en la lucha declarada, y Rieux sabía que ese duro combate con el ángel de la peste tenía que durar hasta la madrugada. Los anchos hombros y el gran pecho de Tarrou no eran sus mejores armas, sino más bien aquella sangre que Rieux había hecho brotar con la aguja y, en esa sangre, algo que era más interior que el alma y que ninguna ciencia sería capaz de traer a la luz. Y él no podía hacer más que ver luchar a su amigo. Todo lo que se disponía a llevar a cabo, los abscesos que ayudaría a madurar, los tónicos que iba a inocularle, era de limitada eficacia, como se lo habían enseñado tantos meses de fracasos continuos. Lo único que le quedaba, en realidad, era dar ocasión al azar, que muchas veces no actúa si no se le provoca. Y era preciso que el azar actuase, pues Rieux se encontraba ante un aspecto de la peste que le desconcertaba. Una vez más, la peste se esmeraba en despistar todas las estrategias dirigidas contra ella, apareciendo allí donde no se la esperaba y desapareciendo de donde se la creía afincada. Una vez más se esforzaba la peste en sorprender.

Tarrou luchaba, inmóvil. Ni una sola vez, en toda la noche, se entregó a la agitación al combatir los asaltos del mal: solamente empleaba para luchar su reciedumbre y su silencio. Pero tampoco pronunció ni una sola vez una palabra, confesando así que la distracción no le era posible. Rieux seguía solamente las fases de la lucha en los ojos de su amigo, unas veces abiertos, otras cerrados; unas veces los párpados apretados contra el globo del ojo, otras por el contrario, laxos, la mirada fija en un objeto o vuelta hacia el doctor y su madre. Cada vez que el doctor encontraba su mirada, Tarrou sonreía con esfuerzo.

En cierto momento se oyeron pasos precipitados por la calle, que parecían huir ante un murmullo lejano que iba acercándose poco a poco y que terminó por llenar la calle con su barboteo: la lluvia recomenzaba, mezclada al poco tiempo con un granizo que rebotaba en las aceras. Los toldos y cortinas ondearon ante las ventanas. En la sombra del cuarto, Rieux, que se había dejado distraer por la lluvia, volvió a contemplar a Tarrou iluminado por la lámpara de cabecera. Su madre hacía punto, levantando de cuando en cuando la cabeza para mirar atentamente al enfermo. El doctor había hecho ya todo lo que podía hacer. Después de la lluvia, el silencio se hizo más denso en la habitación, llena solamente del tumulto de una guerra invisible. Excitado por el insomnio, el doctor creía oír en los confines del silencio el silbido suave y regular que lo había acompañado durante toda la epidemia. Indicó a su madre, con el gesto, que debía acostarse. Ella movió la cabeza negativamente y, con más animación en los ojos, se puso a buscar con cuidado con la aguja un punto del que no estaba muy segura. Rieux se levantó para dar de beber al enfermo, y luego volvió a sentarse.

Algunos transeúntes, aprovechando la calma, pasaban rápidamente por la acera. Sus pasos decrecían y se alejaban. El doctor reconoció que, por primera vez, aquella noche llena de paseantes trasnochadores y limpia de sirenas de ambulancia, era semejante a la de otros tiempos. Era ya una noche liberada de la peste y parecía que la enfermedad, espantada por el frío, las luces y la multitud, se hubiera escapado de las profundidades de la ciudad y se hubiera refugiado en esta habitación, caldeada, para dar su último asalto al cuerpo inerte de Tarrou. El flagelo ya no azotaba el cielo de la ciudad. Pero silbaba en el aire pesado del cuarto. Eso era lo que Rieux escuchaba desde hacía horas. Había que esperar que allí también se detuviese, que allí también la peste se declarase vencida.

Poco antes del amanecer, Rieux se acercó a su madre.

—Deberías acostarte para poder relevarme a las ocho. No olvides las instilaciones antes de acostarte.

La señora Rieux se levantó, recogió su labor y se acercó a la cama. Tarrou hacía ya tiempo que tenía los ojos cerrados. El sudor ensortijaba su pelo sobre la frente. La señora Rieux suspiró y el enfermo abrió los ojos, vio la dulce mirada sobre él y bajo las móviles ondas de la fiebre reapareció su sonrisa tenaz. Pero en seguida cerró los ojos. Cuando se quedó solo, Rieux se acomodó en el sillón que había dejado su madre. La calle estaba muda y el silencio era completo. El frío de la madrugada empezaba a hacerse sentir en la habitación.

El doctor se adormeció, pero el primer coche del amanecer lo sacó de su somnolencia. Pasó un escalofrío por la espalda, miró a Tarrou y vio que había logrado un poco de descanso y dormía también. Las ruedas de madera y las pisadas del caballo de un carro sonaban ya lejos. En la ventana, el espacio estaba todavía oscuro. Cuando el doctor se acercó a la cama, Tarrou lo miró con los ojos inexpresivos, como si estuviese todavía en las regiones del sueño.

—Ha dormido usted, ¿no? —preguntó Rieux.

—Sí.

—¿Respira usted mejor?

—Un poco, ¿eso quiere decir algo?

Rieux se calló un momento, después dijo:

—No, Tarrou, eso no quiere decir nada. Usted conoce tan bien como yo la tregua matinal.

Tarrou asintió.

—Gracias —dijo—, respóndame siempre así, exactamente.

Rieux se sentó a los pies de la cama. Sentía junto a él las piernas del enfermo, largas y duras como miembros de una estatua yacente. Tarrou empezó a respirar más fuerte.

—La fiebre va a recomenzar, ¿no es cierto, Rieux? —dijo con voz ahogada.

—Sí, pero al mediodía ya podremos ver.

Tarrou cerró los ojos, parecía concentrar sus fuerzas. Una expresión de cansancio se leía en sus rasgos, esperaba la subida de la fiebre que se revolvía ya en algún sitio de su propio fondo. Cuando abrió los ojos, su mirada estaba empañada y sólo se aclaró cuando vio a Rieux inclinado hacia él.

—Beba —le decía.

Tarrou bebió y dejó caer la cabeza.

—Qué largo es esto —murmuró.

Rieux le tomó del brazo, pero Tarrou, con la cabeza vuelta para otro sitio, no reaccionó. Y de pronto la fiebre afluyó visiblemente hasta su frente, como si hubiese roto algún dique interior. Cuando la mirada de Tarrou se volvió hacia el doctor, éste procuró darle valor con la suya. La sonrisa que Tarrou intentó esbozar no pudo pasar de las mandíbulas apretadas ni de los labios pegados por una espuma blancuzca. Pero bajo su frente obstinada los ojos brillaron todavía con el resplandor del valor.

A las siete, la señora Rieux volvió a la habitación. El doctor fue a su despacho para telefonear al hospital y hacerse sustituir. Decidió también dejar sus consultas aquel día, se echó un momento en el diván de su despacho, pero se levantó en seguida y volvió al cuarto. Tarrou tenía la cabeza vuelta hacia la señora Rieux, miraba aquella menuda sombra recogida junto a él en una silla, con las manos juntas sobre la falda. Y la contemplaba con tanta intensidad que la señora Rieux se puso un dedo sobre los labios y se levantó para apagar la lámpara de la cabecera. Pero a través de las cortinas la luz se filtraba rápidamente y poco a poco, cuando los rasgos del enfermo emergieron de la oscuridad, la señora Rieux pudo ver que seguía mirándola. Se inclinó hacia él, le arregló la almohada y puso un momento la mano en su pecho mojado. Entonces oyó, como viniendo de lejos, una voz sorda que le daba las gracias y le decía que todo estaba muy bien. Cuando volvió a sentarse, Tarrou cerró los ojos y su expresión agotada, a pesar de tener la boca cerrada, parecía volver a sonreír.

Al mediodía la fiebre había llegado a la cúspide. Una especie de tos visceral sacudía el cuerpo del enfermo, que empezó a escupir sangre. Los ganglios habían dejado de crecer, pero seguían duros como clavos, atornillados en los huecos de las articulaciones, y Rieux consideró imposible abrirlos. En los intervalos de la fiebre y de la tos, Tarrou miraba de cuando en cuando a sus amigos. Pero pronto sus ojos se abrieron cada vez menos frecuentemente y la luz que iluminaba su cara devastada fue haciéndose más débil. La tempestad que sacudía su cuerpo con estremecimientos convulsivos hacía cada vez más frecuentes sus relámpagos y Tarrou iba derivando hacia el fondo. Rieux no tenía delante más que una máscara inerte en la que la sonrisa había desaparecido. Esta forma humana que le había sido tan próxima, acribillada ahora por el venablo, abrasada por el mal sobrehumano, doblegada por todos los vientos iracundos del cielo, se sumergía ante sus ojos en las ondas de la peste y él no podía hacer nada para evitar su naufragio. Tenía que quedarse en la orilla con los brazos cruzados y el corazón oprimido, sin armas y sin recursos, una vez más, frente al fracaso. Y, al fin, las lágrimas de la impotencia le impidieron ver cómo Tarrou se volvía bruscamente hacia la pared y con un quejido profundo expiraba, como si en alguna parte de su ser una cuerda esencial se hubiese roto.

La noche que siguió no fue de lucha, sino de silencio. En este cuarto separado del mundo, sobre este cuerpo muerto, ahora vestido, Rieux sentía planear la calma sorprendente que muchas noches antes, sobre las terrazas, por encima de la peste, había seguido al ataque de las puertas. Ya en aquella época había pensado en ese silencio que se cierne sobre los lechos donde mueren los hombres. En todas partes la misma pausa, el mismo intervalo solemne, siempre el mismo aplacamiento que sigue a los combates: era el silencio de la derrota. Pero aquel silencio que envolvía a su amigo era tan compacto, estaba tan estrechamente acorde con el silencio de las calles de la ciudad liberada de la peste, que Rieux sentía que esta vez se trataba de la derrota definitiva, la que pone fin a las guerras y hace de la paz un sufrimiento incurable. El doctor no sabía si al fin Rieux habría encontrado la paz, pero en ese momento, por lo menos, creía saber que para él ya no habría paz posible, como no hay armisticio para la madre amputada de su hijo, ni para el hombre que entierra a su amigo.

Fuera quedaba la misma noche fría, las estrellas congeladas en un cielo claro y glacial. En la semioscuridad del cuarto se sentía contra los cristales la respiración pálida de una noche polar. Junto a la cama, la señora Rieux estaba sentada en su postura habitual, el lado derecho iluminado por la lámpara de cabecera. En medio de la habitación, lejos de la luz, Rieux esperaba en su butaca. El recuerdo de su mujer pasó alguna vez por su cabeza, pero lo rechazó.

Las pisadas de los transeúntes habían sonado, claras, en la noche fría.

—¿Te has ocupado de todo? —había dicho la señora Rieux.

—Sí, ya he telefoneado.

Habían seguido velando en silencio. La señora Rieux miraba de cuando en cuando a su hijo. Cuando él sorprendía una de sus miradas, le sonreía. Los ruidos familiares de la noche se sucedían fuera. Aunque la autorización todavía no había sido dada, muchos coches circulaban de nuevo. Lamían rápidamente el pavimento, desaparecían y volvían a aparecer. Voces, llamadas, un nuevo silencio, los pasos de un caballo, el chirriar de algún tranvía en una curva, ruidos imprecisos, y de nuevo la respiración de la noche.

—Bernard.

—¿Sí?

—¿No estás cansado?

—No.

Sentía que su madre lo quería y pensaba en él en ese momento. Pero sabía también que querer a alguien no es gran cosa o, más bien, que el amor no es nunca lo suficientemente fuerte para encontrar su propia expresión. Así, su madre y él se querían siempre en silencio. Y ella llegaría a morir —o él— sin que durante toda su vida hubiera podido avanzar en la confesión de su ternura. Del mismo modo que había vivido al lado de Tarrou y estaba allí, muerto, aquella noche, sin que su amistad hubiera tenido tiempo de ser verdaderamente vivida. Tarrou había perdido la partida, como él decía, pero él, Rieux, ¿qué había ganado? Él había ganado únicamente el haber conocido la peste y acordarse de ella, haber conocido la amistad y acordarse de ella, conocer la ternura y tener que acordarse de ella algún día. Todo lo que el hombre puede ganar al juego de la peste y de la vida es el conocimiento y el recuerdo. ¡Es posible que fuera a eso a lo que Tarrou llamaba ganar la partida!

Volvió a pasar un coche y la señora Rieux cambió un poco de postura en su silla. Rieux le sonrió. Ella le dijo que no estaba cansada y poco después:

—Tendrías que ir a descansar un poco a la montaña.

—Sí, mamá.

¿Por qué no? Iría a reposar un poco. Ése sería un buen pretexto para la memoria. Pero si esto era ganar la partida, qué duro debía ser vivir únicamente con lo que se sabe y con lo que se recuerda, privado de lo que se espera. Así era, sin duda, como había vivido Tarrou, y con la conciencia de lo estéril que es una vida sin ilusiones. No puede haber paz sin esperanza y Tarrou, que había negado a los hombres el derecho de condenar, que sabía, sin embargo, que nadie puede pasarse sin condenar, y que incluso las víctimas son a veces verdugos, Tarrou había vivido en el desgarramiento y la contradicción y no había conocido la esperanza. ¿Sería por eso por lo que había buscado la santidad y la paz en el servicio de los hombres? En verdad, Rieux no sabía nada y todo esto importaba poco. Las únicas imágenes de Tarrou que conservaría serían las de un hombre que cogía con ánimo el volante de su coche para conducirlo todos los días y la de aquel cuerpo recio, tendido ahora sin movimiento. Un calor de vida y una imagen de muerte: esto era el conocimiento.

Por eso fue, sin duda, por lo que el doctor Rieux a la mañana siguiente recibió con calma la noticia de la muerte de su mujer. Estaba en su despacho y su madre vino casi corriendo a traerle un telegrama, en seguida fue a dar una propina al repartidor y cuando volvió, Rieux tenía el telegrama abierto en la mano. Ella lo miró, pero Rieux miraba obstinadamente, por la ventana, la mañana magnífica que se levantaba sobre el puerto.

—Bernard —dijo la señora Rieux.

El doctor la miró con aire distraído.

—¿El telegrama? —preguntó.

—Sí, es eso —dijo el doctor—. Hace ocho días.

La señora Rieux se volvió hacia la ventana. El doctor siguió callado. Después dijo a su madre que no llorase, que él ya se lo esperaba, pero que, sin embargo, era difícil de soportar. Al decir eso sabía, simplemente, que en su sufrimiento no había sorpresa. Desde hacía meses y desde hacía dos días era el mismo dolor el que continuaba.

Las puertas de la ciudad se abrieron por fin al amanecer de una hermosa mañana de febrero, saludadas por el pueblo, los periódicos, la radio y los comunicados de la prefectura. Le queda aún al cronista por relatar las horas de alegría que siguieron a la apertura de las puertas, aunque él fuese de los que no podían mezclarse enteramente con ella.

Se habían organizado grandes festejos para el día y para la noche. Al mismo tiempo, los trenes empezaron a humear en la estación, mientras que, provenientes de mares lejanos, los barcos ponían ya proa a nuestro puerto, demostrando así que ese día era, para los que gemían por la separación, el día del gran encuentro.

Se imaginará fácilmente lo que pudo llegar a ser el sentimiento de la separación que había dominado a tantos de nuestros conciudadanos. Los trenes que entraron en la ciudad durante el día no venían menos cargados que los que salieron. Cada uno había reservado su asiento para ese día en el transcurso del plazo de las dos semanas, temiendo que en el último momento la decisión de la prefectura fuese anulada. Algunos de los viajeros que venían hacia la ciudad no estaban enteramente libres de aprensión, pues sabían en general el estado de las personas que les eran próximas, pero no el de las otras ni el de la ciudad misma, a la que atribuían un rostro temible.

Pero esto sólo contaba para aquellos a los que la pasión no había estado quemando durante todo este espacio de tiempo.

Los apasionados pudieron entregarse a su idea fija. Sólo una cosa había cambiado para ellos: el tiempo, que durante sus meses de exilio hubieran querido empujar para que se apresurase, que se encarnizaban verdaderamente en precipitar; ahora que se encontraban ya cerca de nuestra ciudad, deseaban que fuese más lento, querían tenerlo suspendido, cuando ya el tren empezaba a frenar antes de la parada. El sentimiento, al mismo tiempo vago y agudo en ellos, de todos esos meses de vida perdidos para su amor, les hacía exigir confusamente una especie de compensación que consistiese en ver correr el tiempo de la dicha dos veces más lento que el de la espera. Y los que les esperaban en una casa o en un andén, como Rambert, cuya mujer, que en cuanto había sido advertida de la posibilidad de entrada, había hecho todo lo necesario para venir, estaban dominados por la misma impaciencia y la misma confusión. Pues este amor o esta ternura que los meses de peste habían reducido a la abstracción, Rambert temblaba de confrontarlos con el ser de carne y hueso que los había sustentado.

Hubiera querido volver a ser aquel que al principio de la epidemia intentaba correr de un solo impulso fuera de la ciudad, lanzándose al encuentro de la que amaba. Pero sabía que esto ya no era posible. Había cambiado; la peste había puesto en él una distracción que procuraba negar con todas sus fuerzas y que, sin embargo, prevalecía en él como una angustia sorda. En cierto sentido, tenía la impresión de que la peste había terminado demasiado brutalmente y le faltaba presencia de ánimo ante este hecho. La felicidad llegaba a toda marcha, el acontecimiento iba más de prisa que el deseo. Rambert sabía que todo iba a serle devuelto de golpe y que la alegría es una quemadura que no se saborea.

Casi todos, más o menos conscientes, estaban como él, y de todos estamos hablando. En aquel andén de la estación, donde iban a recomenzar sus vidas personales, sentían su comodidad y cambiaban entre ellos miradas y sonrisas. Su sentimiento de exilio, en cuanto vieron el humo del tren, se extinguió bruscamente bajo la avalancha de una alegría confusa y cegadora. Cuando el tren se detuvo, las interminables separaciones que habían tenido su comienzo en aquella estación tuvieron allí mismo su fin en el momento en que los brazos se enroscaban, con una avaricia exultante, sobre los cuerpos, cuya forma viviente habían olvidado.

Rambert no tuvo tiempo de mirar esta forma que corría hacia él y que se arrojaba contra su pecho. Teniéndola entre sus brazos, apretando contra él una cabeza de la que no veía más que los rizos familiares, dejaba correr las lágrimas, sin saber si eran causadas por su felicidad presente o por el dolor tanto tiempo reprimido, y seguro, al menos, de que ellas le impedirían comprobar si aquella cara escondida en su hombro era con la que tanto había soñado o acaso la de una extraña. Por el momento, quería obrar como todos los que alrededor de él parecían creer que la peste puede llegar y marcharse sin que cambie el corazón de los hombres.

Apretados unos a otros, se fueron a sus casas, ciegos al resto de las cosas, triunfando en apariencia de la peste, olvidados de todas las miserias y de aquellos otros que, venidos en el mismo tren, no habían encontrado a nadie esperándolos, y se disponían a recibir la confirmación del temor que un largo silencio había hecho nacer en sus corazones. Para estos últimos, que ahora no tenían por compañía más que su dolor reciente, para todos los que se entregaban en ese momento al recuerdo de un ser desaparecido, las cosas eran muy de otro modo y el sentimiento de la separación alcanzaba su cúspide. Para ésos, madres, esposos, amantes que habían perdido toda dicha con el ser ahora confundido en una fosa anónima o deshecho en un montón de ceniza, para ésos continuaba por siempre la peste.

Pero ¿quién pensaba en esas soledades? Al mediodía,

el sol, triunfando de las ráfagas frías que pugnaban en el aire desde la mañana, vertía sobre la ciudad las ondas ininterrumpidas de una luz inmóvil. El día estaba en suspenso. Los cañones de los fuertes, en lo alto de las colinas, tronaban sin interrupción contra el cielo fijo. Toda la ciudad se echó a la calle para festejar ese minuto en el que el tiempo del sufrimiento tenía fin y el del olvido no había empezado.

Se bailaba en todas las plazas. De la noche a la mañana el tránsito había aumentado considerablemente y los automóviles, multiplicados de pronto, circulaban por las calles invadidas. Todas las campanas de la ciudad, echadas a vuelo, sonaron durante la tarde, llenando con sus vibraciones un cielo azul y dorado. En las iglesias había oficios en acción de gracias. Y al mismo tiempo, todos los lugares de placer estaban llenos hasta reventar, y los cafés, sin preocuparse del porvenir, distribuían la última copa. Ante sus mostradores se estrujaba una multitud de gentes, todas igualmente excitadas, y entre ellas numerosas parejas enlazadas que no temían ofrecerse en espectáculo. Todos gritaban o reían. Las provisiones de vida que habían hecho durante esos meses en que cada uno había tenido su alma en vela, las gastaban en este día que era como el día de su supervivencia. Al día siguiente empezaría la vida tal como es, con sus preocupaciones. Por el momento, las gentes de orígenes más diversos se codeaban y fraternizaban.

La igualdad que la presencia de la muerte no había realizado de hecho, la alegría de la liberación la establecía, al menos por unas horas.

Pero esta exuberancia superficial no era todo y los que llenaban las calles al final de la tarde, marchando al lado de Rambert, disfrazaban a veces bajo una actitud plácida dichas más delicadas. Eran muchas las parejas y las familias que sólo tenían el aspecto de pacíficos paseantes. En realidad, la mayor parte efectuaron peregrinaciones sentimentales a los sitios donde habían sufrido. Querían enseñar a los recién llegados las señales ostensibles o escondidas de la peste, los vestigios de su historia. Algunos se contentaban con jugar a los guías, representar el papel del que ha visto muchas cosas, del contemporáneo de la peste, hablando del peligro sin evocar el miedo. Estos placeres eran inofensivos. Pero en otros casos eran itinerarios más fervientes, en los que un amante abandonado a la dulce angustia del recuerdo podía decir: «En tal época, estuve en este sitio deseándote y tú no estabas aquí.» Se podía reconocer a estos turistas de la pasión: formaban como islotes de cuchicheos y de confidencias en medio del tumulto donde marchaban. Más que las orquestas en las plazas, eran ellos los que anunciaban la verdadera liberación. Pues esas parejas enajenadas, enlazadas y avaras de palabras afirmaban, en medio del tumulto, con el triunfo y la injusticia de la felicidad, que la peste había terminado y que el terror había cumplido su plazo. Negaban tranquilamente, contra toda evidencia, que hubiéramos conocido jamás aquel mundo insensato en el que el asesinato de un hombre era tan cotidiano como el de las moscas, aquel salvajismo bien definido, aquel delirio calculado, aquella esclavitud que llevaba consigo una horrible libertad respecto a todo lo que no era el presente, aquel olor de muerte que embrutecía a los que no mataba. Negaban, en fin, que hubiéramos sido aquel pueblo atontado del cual todos los días se evaporaba una parte en las fauces de un horno, mientras la otra, cargada con las cadenas de la impotencia, esperaba su turno.

Esto era, por lo menos, lo que saltaba a la vista para el doctor Rieux, que iba hacia los arrabales a pie y solo, al caer la tarde, entre las campanas y los cañonazos, las músicas y los gritos ensordecedores. Su oficio continuaba: no hay vacaciones para los enfermos. Entre la luz suave y límpida que descendía sobre la ciudad se elevaban los antiguos olores a carne asada y a anís. A su alrededor, caras radiantes se volvían hacia el cielo. Hombres y mujeres se estrechaban unos con otros, con el rostro encendido, con todo el arrebato y el grito del deseo. Sí, la peste y el terror habían terminado y aquellos brazos que se anudaban estaban demostrando que la peste había sido exilio y separación en el más profundo sentido de la palabra.

Por primera vez Rieux podía dar un nombre a este aire de familia que había notado durante meses en todas las caras de los transeúntes. Le bastaba mirar a su alrededor. Llegados al final de la peste, entre miseria y privaciones, todos esos hombres habían terminado por adoptar el traje del papel que desde hacía mucho tiempo representaban: el papel de emigrantes, cuya cara primero y ahora sus ropas hablaban de la ausencia y de la patria lejana. A partir del momento en que la peste había cerrado las puertas de la ciudad, no habían vivido más que en la separación, habían sido amputados de ese calor humano que hace olvidarlo todo. En diversos grados, en todos los rincones de la ciudad, esos hombres y esas mujeres habían aspirado a una reunión que no era, para todos, de la misma naturaleza, pero que era, para todos, igualmente imposible. La mayor parte de ellos habían gritado con todas sus fuerzas hacia un ausente, el calor de un cuerpo, la ternura o la costumbre. Algunos, a veces sin saberlo, sufrían por haber quedado fuera de la amistad de los hombres, por no poder acercárseles por los medios ordinarios como son las cartas, los trenes y los barcos. Otros, menos frecuentes, como Tarrou acaso, habían deseado la reunión con algo que no podían definir, pero que para ellos era el único bien deseable. Y que, a falta de otro nombre, llamaban a veces la paz.

Rieux seguía su camino. A medida que avanzaba, la multitud aumentaba a su alrededor, el barullo crecía y le parecía que los arrabales que quería alcanzar iban retrocediendo. Poco a poco fue confundiéndose con aquel gran cuerpo aullante, cuyo grito comprendía cada vez mejor, porque en parte era también el suyo. Sí, todos habían sufrido juntos, tanto en la carne como en el alma, de una ociosidad difícil, de un exilio sin remedio y de una sed jamás satisfecha. Entre los amontonamientos de cadáveres, las sirenas de las ambulancias, las advertencias de eso que se ha dado en llamar destino, el pataleo inútil y obstinado del miedo y la rebeldía del corazón, un profundo rumor había recorrido a esos seres consternados, manteniéndolos alerta, persuadiéndolos de que tenían que encontrar su verdadera patria. Para todos ellos la verdadera patria se encontraba más allá de los muros de esta ciudad ahogada. Estaba en las malezas olorosas de las colinas, en el mar, en los países libres y en el peso vital del amor. Y hacia aquella patria, hacia la felicidad, era hacia donde querían volver, apartándose con asco de todo lo demás.

En cuanto al sentido que pudiera tener este auxilio y este deseo de reunión, Rieux no sabía nada. Empujado o interpelado por unos y otros, fue llegando poco a poco a otras calles menos abarrotadas y pensó que no es lo más importante que esas cosas tengan o no tengan un sentido, sino saber qué es lo que se ha respondido a la esperanza de los hombres.

Rieux sabía bien lo que se había respondido y lo percibía mejor en las primeras calles de los arrabales casi desiertos. Aquellos que, ateniéndose a lo que era, no habían querido más que volver a la morada de su amor, habían sido a veces recompensados. Es cierto que algunos de ellos seguían vagando por la ciudad solitaria privados del ser que esperaban. Dichosos aquellos que no habían sido doblemente separados como algunos que antes de la epidemia no habían podido construir, con el primer intento, su amor y que habían perseguido ciegamente durante años el difícil acorde que logra incrustar uno en otro a los amantes enemigos. Ésos, como el mismo Rieux, habían cometido la ligereza de creer que les sobraría tiempo: ésos estaban separados para siempre. Pero otros, como Rambert, a quien el doctor había dicho por la mañana, al separarse de él: «Valor, ahora es cuando hay que tener razón», esos otros habían recobrado sin titubear al ausente que creyeron perdido. Ésos, al menos por algún tiempo, serían felices. Sabían ahora que hay una cosa que se desea siempre y se obtiene a veces: la ternura humana.

Para todos aquellos, por el contrario, que se habían dirigido pasando por encima del hombre hacia algo que ni siquiera imaginaban, no había habido respuesta. Tarrou parecía haber alcanzado esa paz difícil de que hablaba, pero sólo la había encontrado en la muerte, cuando ya no podía servirle de nada. Si otros, a los que Rieux veía en los umbrales de sus casas, al caer la luz, enlazados con todas sus fuerzas y mirándose con arrebato, habían obtenido lo que querían, es porque habían pedido lo único que dependía de ellos. Y Rieux, al doblar la esquina de la calle de Grand y Cottard, pensaba que era justo que, al menos de cuando en cuando, la dicha llegara a recompensar a los que les bastaba el hombre y su pobre y terrible amor.

Esta crónica toca a su fin. Es ya tiempo de que el doctor Bernard Rieux confiese que es su autor. Pero antes de señalar los últimos acontecimientos querría justificar su intervención y hacer comprender por qué ha tenido empeño en adoptar el tono de un testigo objetivo. Durante todo el tiempo de la peste, su profesión le puso en el trance de frecuentar a la mayor parte de sus conciudadanos y de recoger las manifestaciones de sus sentimientos. Estaba, pues, bien situado para relatar lo que había visto u oído, pero ha querido hacerlo con la discreción necesaria. En general, se ha esforzado en no relatar más que lo que vio, en no dar a sus compañeros de peste pensamientos que no estaban obligados a formular, y en utilizar únicamente los textos que el azar o la desgracia pusieron en sus manos.

Habiendo sido una vez llevado a declarar en un crimen, guardó una cierta reserva, como conviene a un testigo de buena voluntad. Pero al mismo tiempo, según la ley de un corazón honrado, tomó deliberadamente el partido de la víctima y procuró reunir a los hombres, sus conciudadanos, en torno a las únicas certidumbres que pueden tener en común y que son el amor, el sufrimiento y el exilio. Así, no ha habido una sola entre las mil angustias de sus conciudadanos que no haya compartido, no ha habido una situación que no haya sido la suya.

Para ser un testigo fiel tenía que relatar los hechos, los documentos y los humores. Pero lo que él, personalmente, tenía que decir, su espera y todas sus pruebas, eso tenía que callarlo. Si se sirvió de ello fue solamente por comprender o hacer comprender a sus conciudadanos, y por dar una forma lo más precisa a lo que sentía confusamente. A decir verdad, este esfuerzo de la razón no le costó nada. Cuando se sentía tentado de mezclar directamente sus confidencias con las mil voces de los apestados, se detenía ante la idea de que no había uno solo de sus sufrimientos que no fuera al mismo tiempo el de los otros, y que en un mundo en que el dolor es tan frecuentemente solitario esto es una ventaja. Decididamente, tenía que hablar por todos.

Pero hay uno entre todos, por el cual el doctor Rieux no podía hablar y del cual Tarrou había dicho un día: «Su único crimen verdadero es haber aprobado en su corazón lo que hace morir a los niños y a los hombres. En lo demás lo comprendo, pero en eso tengo que perdonarlo.» Es justo que esta crónica se termine con él, que tenía un corazón ignorante, es decir, solitario.

Cuando salió de las grandes calles ruidosas, al doblar por la de Grand y Cottard, el doctor Rieux fue detenido por un grupo de agentes, que no se esperaba. El rumor lejano de la fiesta hacía que el barrio pareciese silencioso y él lo había imaginado tan desierto como mudo. Sacó su carnet.

—Imposible, doctor —dijo el policía—. Hay un loco que está tirando sobre la gente. Pero quédese ahí que puede usted ser útil.

En ese momento Rieux vio venir a Grand, que tampoco sabía lo que ocurría. Le habían impedido pasar, diciéndole que los tiros salían de su casa. Se veía desde lejos la fachada, dorada por la luz última del sol frío. Alrededor de ella se recortaba un gran espacio vacío que llegaba hasta la acera de enfrente. En medio de la calzada se podía distinguir un sombrero y un trapo sucio. Rieux y Grand vieron muy lejos, al otro lado de la calle, un cordón de guardias paralelo al que les impedía avanzar y detrás de él pasaban y repasaban los vecinos del barrio rápidamente. Después de mirar bien, descubrieron también que, parapetados en los huecos de las casas de enfrente, había agentes revólver en mano. Todas las persianas de la casa de Grand estaban cerradas: sólo en el segundo, una de ellas parecía medio desprendida. El silencio era completo; en la calle se oían solamente jirones de música que llegaban del centro de la ciudad.

De pronto, de uno de los inmuebles de enfrente de la casa, partieron dos tiros de revólver que hicieron saltar astillas de la persiana desencuadernada. Después se volvió a hacer el silencio. Desde lejos y después del tumulto de aquel día, a Rieux le pareció todo aquello un poco irreal.

—Es la ventana de Cottard —dijo de pronto Grand, todo agitado—. Pero Cottard hace ya días que ha desaparecido.

—¿Por qué tiran? —preguntó Rieux al agente.

—Están entreteniéndole. Van a traer un camión con el material necesario, porque él tira a todos los que intentan entrar por la puerta de la casa. Hay ya un agente herido.

—Pero él, ¿por qué tira?

—No se sabe. La gente estaba en la calle divirtiéndose. Al primer tiro no comprendieron. Al segundo, hubo gritos, un herido, y la huida de todo el mundo. ¡Un loco!

En el silencio que había vuelto a hacerse, los minutos se arrastraban lentamente. Por el otro lado de la calle apareció de pronto un perro, el primero que Rieux veía desde hacía mucho tiempo, un podenco muy sucio que sus dueños debían de haber tenido escondido hasta entonces y que venía trotando junto a la pared. Cuando llegó a la puerta, titubeó un poco, se sentó sobre sus patas traseras y se volvió a morderse las pulgas. Los agentes empezaron a silbarle, el perro levantó la cabeza y se decidió a cruzar la calle para ir a oler el sombrero. En el mismo momento un tiro partió del piso segundo y el perro se dio vuelta como una tortilla, agitando violentamente las patas, hasta dejarse caer al fin, de lado, sacudido por largos estremecimientos. En respuesta, cinco o seis detonaciones partidas de los huecos de enfrente astillaron nuevamente la persiana. Volvió a hacerse el silencio. El sol había avanzado un poco y la sombra iba aproximándose a la ventana de Cottard. En la calle, detrás del doctor, se oyó frenar un coche.

—Ahí están —dijo el agente.

Los policías bajaron del camión llevando cuerdas, una escala y dos paquetes alargados envueltos en tela encerada. Se metieron por una calle que rodeaba la manzana donde estaba situada la casa de Grand. Un momento después, se podía adivinar, más que ver, cierta agitación en las puertas de las casas de aquella manzana. Después hubo una espera. El perro ya no se movía, estaba tendido en medio de un charco oscuro.

De pronto, desde las ventanas de las casas ocupadas por los agentes, se desencadenó un tiroteo de ametralladora. La persiana que servía de blanco se deshojó literalmente y dejó al descubierto una superficie negra, en la que tanto Rieux como Grand no podían distinguir nada. Cuando pararon los tiros, una segunda ametralladora empezó a crepitar en la esquina de otra casa. Las balas entraban sin duda por el hueco de la ventana porque una de ellas hizo saltar una esquirla de ladrillo. En el mismo momento, tres agentes atravesaron corriendo la calzada y desaparecieron en el portal de la casa. Detrás de ellos se precipitaron otros tres y el tiroteo de la ametralladora cesó. Se oyeron dos detonaciones dentro de la casa. Después un rumor fue creciendo y se vio salir de la casa, llevado en vilo más que arrastrado, a un hombrecillo en mangas de camisa que gritaba sin parar. Como por un milagro, todas las persianas se abrieron y las ventanas se llenaron de curiosos, mientras que una multitud de personas salía de las casas, apiñándose detrás de las barreras. En un momento se vio al hombrecillo en medio de la calzada con los pies al fin en el suelo y los brazos sujetos atrás por los agentes. Seguía gritando. Un agente se le acercó y le pegó con toda la fuerza de sus puños dos veces, pausadamente, con una especie de esmero.

—Es Cottard —balbuceó Grand—. Se ha vuelto loco.

Cottard había caído. Se vio todavía al agente dar un puntapié al bulto que yacía en el suelo. Después, un grupo confuso comenzó a agitarse y se dirigió hacia donde estaban el doctor y su viejo amigo.

—¡Circulen! —dijo el agente.

Rieux bajó los ojos cuando el grupo pasó delante de él.

Grand y el doctor se fueron: el crepúsculo terminaba. Como si el acontecimiento hubiera sacudido al barrio del sopor en que se adormecía, las calles se llenaron de nuevo del bordoneo de una muchedumbre alegre. Al pie de la casa, Grand dijo adiós al doctor: iba a trabajar. Pero antes de subir le dijo que había escrito a Jeanne y que ahora estaba contento. Además, había recomenzado su frase: «He suprimido —dijo— todos los adjetivos.»

Y, con una sonrisa de picardía, se quitó el sombrero ceremoniosamente. Pero Rieux pensaba en Cottard y el ruido sordo de los puños aporreándole la cara le persiguió mientras se dirigía a la casa del viejo asmático. Acaso era más duro pensar en un hombre culpable que en un hombre muerto.

Cuando Rieux llegó a casa de su viejo enfermo, la noche había ya devorado todo el cielo. Desde la habitación se podía oír el rumor lejano de la libertad y el viejo seguía siempre, con el mismo humor, trasvasando sus garbanzos.

—Hacen bien en divertirse —decía—, se necesita de todo para el mundo. ¿Y su colega, doctor, qué es de él?

El ruido de unas detonaciones llegó hasta ellos, pero éstas eran pacíficas: algunos niños tiraban petardos.

—Ha muerto —dijo el doctor, auscultando el pecho cavernoso.

—¡Ah! —dijo el viejo, un poco azorado.

—De la peste —añadió Rieux.

—Sí —asintió el viejo después de un momento—, los mejores se van. Así es la vida. Pero era un hombre que sabía lo que quería.

—¿Por qué lo dice usted? —dijo el doctor, guardando el estetoscopio.

—Por nada. No hablaba nunca si no era para decir algo. En fin, a mí me gustaba. Pero la cosa es así. Los otros dicen: «Es la peste, ha habido peste.» Por poco piden que les den una condecoración. Pero ¿qué quiere decir la peste? Es la vida y nada más.

—Haga usted las inhalaciones regularmente.

—¡Oh!, no tenga usted cuidado. Yo tengo para mucho tiempo, yo los veré morir a todos. Yo soy de los que saben vivir.

Lejanos gritos de alegría le respondieron a lo lejos. El doctor se detuvo en medio de la habitación.

—¿Le importa a usted que suba un momento a la terraza?

—Nada de eso. ¿Quiere usted verlos desde allá arriba, eh? Haga lo que quiera. Pero son siempre los mismos.

Rieux se dirigió hacia la escalera.

—Dígame, doctor, ¿es cierto que van a levantar un monumento a los muertos de la peste?

—Eso dice el periódico. Una estela o una placa.

—Estaba seguro. Habrá discursos.

El viejo reía con una risa ahogada.

—Me parece estar oyéndoles: «Nuestros muertos...», y después irán a atracarse.

Rieux subió la escalera. El ancho cielo frío centelleaba sobre las casas y junto a las colinas las estrellas destacaban su dureza de pedernal. Esta noche no era muy diferente de aquella en que Tarrou y él habían subido a la terraza para olvidar la peste. Ahora el mar era más ruidoso al pie de los acantilados. El aire estaba inmóvil y era ligero, descargado del hálito salado que traía el viento tibio del otoño. El rumor de la ciudad llegaba al pie de las terrazas con un ruido de ola. Pero esta noche era la noche de la liberación y no de la rebelión. A lo lejos, una franja rojiza indicaba el sitio de los bulevares y de las plazas iluminadas. En la noche ahora liberada, el deseo bramaba sin frenos y era su rugido lo que llegaba hasta Rieux.

Del puerto oscuro subieron los primeros cohetes de los festejos oficiales. La ciudad los saludó con una sorda y larga exclamación. Cottard, Tarrou, aquellos y aquella que Rieux había amado y perdido, todos, muertos o culpables, estaban olvidados. El viejo tenía razón, los hombres eran siempre los mismos. Pero ésa era su fuerza y su inocencia, y era en eso en lo que, por encima de todo su dolor, Rieux sentía que se unía a ellos. En medio de los gritos que redoblaban su fuerza y su duración, que repercutían hasta el pie de la terraza, a medida que los ramilletes multicolores se elevaban en el cielo, el doctor Rieux decidió redactar la narración que aquí termina, por no ser de los que se callan, para testimoniar en favor de los apestados, para dejar por lo menos un recuerdo de la injusticia y de la violencia que les había sido hecha y para decir simplemente algo que se aprende en medio de las plagas: que hay en los hombres más cosas dignas de admiración que de desprecio.

Pero sabía que, sin embargo, esta crónica no puede ser el relato de la victoria definitiva. No puede ser más que el testimonio de lo que fue necesario hacer y que, sin duda, deberían seguir haciendo contra el terror y su arma infatigable, a pesar de sus desgarramientos personales, todos los hombres que, no pudiendo ser santos, se niegan a admitir las plagas y se esfuerzan, no obstante, en ser médicos.

Oyendo los gritos de alegría que subían de la ciudad, Rieux tenía presente que esta alegría está siempre amenazada. Pues él sabía que esta muchedumbre dichosa ignoraba lo que se puede leer en los libros, que el bacilo de la peste no muere ni desaparece jamás, que puede permanecer durante decenios dormido en los muebles, en la ropa, que espera pacientemente en las alcobas, en las bodegas, en las maletas, los pañuelos y los papeles, y que puede llegar un día en que la peste, para desgracia y enseñanza de los hombres, despierte a sus ratas y las mande a morir en una ciudad dichosa.

CARTAS A UN AMIGO ALEMÁN

Título original: Lettres à un ami allemand *(1945)*
Traducción de Javier Albiñana

A René Leynaud

No se muestra la grandeza por estar en una extremidad sino por tocar las dos a la vez.

Pascal

Prólogo a la edición italiana

Las *Cartas a un amigo alemán* se publicaron en Francia tras la liberación, en tirada muy restringida, y no volvieron a reimprimirse. Siempre me opuse a que se difundieran en el extranjero por los motivos que más adelante expondré.

Es la primera vez que aparecen fuera del territorio francés y me he decidido a ello movido por el ánimo de contribuir, siquiera mínimamente, a que caiga un día la estúpida frontera que separa nuestros dos territorios.

Pero no puedo dejar que se reimpriman estas páginas sin explicar lo que son. Fueron escritas y publicadas en la clandestinidad. Se proponían esclarecer un poco el ciego combate en que estábamos embarcados y hacerlo así más eficaz. Son escritos coyunturales, y, por tanto, puede traslucirse en ellos un tono de injusticia. Para escribir sobre la Alemania vencida, habría que utilizar un lenguaje un poco diferente. Pero me gustaría antes salir al paso de un posible malentendido. Cuando el autor de estas cartas dice «ustedes», no quiere decir «ustedes, los alemanes», sino «ustedes, los nazis». Cuando dice «nosotros», no siempre significa «nosotros, los franceses», sino «nosotros, los europeos libres». Contrapongo con ello dos actitudes, no dos naciones, por más que esas dos naciones hayan encarnado, en un momento determinado de la historia, dos actitudes enemigas. Si se me permite utilizar una frase que no es mía, amo demasiado a mi país para ser nacionalista. Y sé que ni Francia ni Italia perderían nada —más bien, al contrario—, abriéndose a una sociedad más amplia. Pero distamos todavía de eso y Europa sigue desgarrada. Por eso me avergonzaría hoy dar a entender que un escritor francés pueda ser enemigo de una nación. Sólo aborrezco a los verdugos. El lector que quiera leer las *Cartas a un amigo alemán* bajo esa perspectiva, o sea, como un documento de la lucha contra la violencia, admitirá que pueda afirmar ahora que no reniego de una sola palabra de ellas.

Primera carta

Me decía usted: «La grandeza de mi país no tiene precio. Cuanto contribuya a llevarla a cabo es bueno. Y en un mundo en el que ya nada tiene sentido, quienes, como nosotros, los jóvenes alemanes, tienen la fortuna de encontrarle uno al destino de su nación, deben sacrificárselo todo.» Por aquel entonces contaba usted con mi cariño, pero en eso me distanciaba ya de usted. «No», le decía yo, «no puedo creer que haya que supeditarlo todo a la meta perseguida. Hay medios que no se justifican. Y me gustaría poder amar a mi país sin dejar de amar la justicia. No deseo para él cualquier tipo de grandeza, y menos todavía la de la sangre y la mentira. Quiero que la justicia viva con él y le dé vida». «Pues no ama usted a su país», me contestó usted.

Hace de eso cinco años, estamos separados desde entonces y puedo decir que no ha pasado un solo día en estos largos años (¡tan breves y fulgurantes para usted!) en que no me haya venido esa frase a la mente. «¡No ama usted a su país!» Cuando pienso hoy en esas palabras, se me hace un nudo en la garganta. No, no lo amaba, si no amar es denunciar lo que no es justo en lo que amamos, si no amar es exigir que el ser amado y la más hermosa imagen que de él nos forjamos coincidan. Hace de eso cinco años y muchos hombres pensaban como yo en Francia. Algunos de ellos, sin embargo, se han encontrado ya ante los doce ojillos negros del destino alemán. Y esos hombres, que según usted no amaban a su país, han hecho más por él de lo que nunca hará usted por el suyo, aunque le fuera posible dar cien veces la vida por él. Porque antes han tenido que vencerse a sí mismos y en eso estriba su heroísmo. Pero hablo aquí de dos tipos de grandeza y de una contradicción sobre la cual le debo una explicación.

Nos veremos pronto si es posible. Pero para entonces, se habrá roto nuestra amistad. Estará usted acaparado por su derrota y no se avergonzará de su antigua victoria, antes bien, la añorará con todas sus aniquiladas fuerzas. Hoy, todavía estoy cerca de usted en el espíritu. Soy su enemigo, cierto, pero sigo siendo un poco su amigo, puesto que le hago partícipe de lo que pienso. Mañana, todo habrá acabado. Lo que su victoria no haya podido mermar, lo consumará su derrota. Pero, al menos, antes de que nos enfrentemos a la indiferencia, quiero aclararle lo que ni la paz ni la guerra le han enseñado a conocer sobre el destino de mi país.

Quiero primero explicarle qué clase de grandeza nos mueve. O sea, cuál es el valor que aplaudimos, que no es el suyo. Porque poca cosa es saber correr al combate cuando lleva uno toda la vida ejercitándose para ello y la carrera le es más consustancial que el pensamiento. Es mucho, por el contrario, avanzar hacia la tortura y la muerte cuando se sabe a ciencia cierta que el odio y la violencia son cosas vanas en sí. Es mucho combatir despreciando la guerra, aceptar el perderlo todo conservando el amor a la felicidad, correr a la destrucción con la idea de una civilización superior. En eso hacemos mucho más que ustedes porque tenemos que superarnos. Ustedes no tienen nada que vencer ni en su corazón ni en su inteligencia. Nosotros teníamos dos enemigos, y triunfar por las armas no nos bastaba, como a ustedes, que no tenían nada que dominar.

Nosotros teníamos mucho que dominar y, tal vez, para empezar, esa perpetua tentación que experimentamos de parecernos a ustedes. Porque siempre hay algo en nosotros que se deja llevar por el instinto, el desprecio a la inteligencia, el culto a la eficacia. Nuestras grandes virtudes terminan por hastiarnos. Nos avergüenza la inteligencia y a veces imaginamos alguna venturosa barbarie en la que la verdad surgiera sin esfuerzo. Pero, en lo que a eso atañe, la curación es fácil: ahí están ustedes para mostrarnos lo que ocurre con la imaginación, y nos enmendamos. Si creyera en algún fatalismo de la historia, pensaría que están ustedes junto a nosotros, ilotas de la inteligencia, para corregirnos. Renacemos entonces al espíritu, nos acomodamos a él.

Pero nos faltaba todavía por vencer esa sospecha que nos infundía el heroísmo. Ya sé que nos consideran ustedes ajenos al heroísmo. Pero se equivocan. Sencillamente, lo profesamos a la par que nos inspira recelo. Lo profesamos porque diez siglos de historia nos han transmitido la ciencia de cuanto es noble. Recelamos de él porque diez siglos de inteligencia nos han enseñado el arte y las virtudes de la naturalidad. Para presentarnos ante ustedes, hemos tenido que salvar un abismo. Y de ahí nuestro retraso respecto a toda Europa, que se precipitaba en la mentira en cuanto era menester, mientras nosotros nos dedicábamos a buscar la verdad. Por eso hemos empezado por la derrota, mientras ustedes se nos arrojaban encima, preocupados por definir en nuestros corazones si nos asistía la razón.

Hemos tenido que vencer nuestro amor al hombre, la imagen que nos forjábamos de un destino pacífico, esa honda convicción de que ninguna victoria compensa, en tanto que toda mutilación del hombre es irreversible. Nos hemos visto obligados a renunciar a un tiempo a nuestra ciencia y a nuestra esperanza, a las razones que teníamos de amar y al odio que nos inspiraba toda guerra. Por decírselo con una frase que supongo que comprenderá, viniendo de mí, cuya mano le gustaba estrechar, hemos tenido que acallar nuestra pasión por la amistad.

Ahora ya está. Nos ha sido preciso un largo rodeo, llevamos mucho retraso. Es el rodeo que el afán de verdad hace dar a la inteligencia, el afán de amistad sincera. Es el rodeo que ha salvaguardado la justicia, que ha puesto la verdad de parte de los que se interrogaban. Y, sin duda, lo hemos pagado muy caro. Lo hemos pagado en humillaciones y silencios, en amarguras, en cárceles, en madrugadas de ejecuciones, en abandonos, en separaciones, en hambres diarias, en niños consumidos, y más que nada, en penitencias forzosas. Pero era lo que correspondía. Hemos necesitado todo ese tiempo para saber si teníamos derecho a matar hombres, si nos estaba permitido contribuir a la atroz miseria de este mundo. Y ese tiempo perdido y recobrado, esa derrota aceptada y superada, esos escrúpulos pagados con sangre, son los que nos autorizan, a nosotros los franceses, a pensar hoy que habíamos entrado en esta guerra con las manos puras —con la pureza de las víctimas y de los convencidos— y que saldremos de ella con las manos puras, con la pureza, en este caso, de una gran victoria ganada contra la injusticia y contra nosotros mismos.

Porque venceremos, eso a usted le consta. Pero venceremos gracias a esa misma derrota, a ese largo tránsito que nos ha permitido dar con nuestras razones, a ese sufrimiento cuya injusticia hemos padecido y cuya lección hemos extraído. De él hemos aprendido el secreto de toda victoria y, si no lo perdemos algún día, conoceremos la victoria definitiva. Hemos aprendido que, en contra de lo que a veces pensábamos, el espíritu nada puede contra la espada, pero que el espíritu unido a la espada vencerá eternamente a ésta utilizada por sí sola. Por eso la hemos aceptado ahora, tras cerciorarnos de que el espíritu estaba con nosotros. Para ello, nos hemos visto obligados a ver morir y exponernos a morir, a presenciar el paseo matinal de un obrero francés caminando hacia la guillotina por los pasillos de una cárcel y exhortando a sus compañeros, de puerta en puerta, a mostrar su valor. Nos hemos visto obligados, en fin, para hacer nuestro el espíritu, a padecer la tortura de nuestra carne. Sólo se posee del todo lo que se ha pagado. Hemos pagado muy caro y seguiremos pagando. Pero tenemos nuestras certezas, nuestras razones, nuestra justicia: la derrota de ustedes es inevitable.

Jamás he creído en el poder de la verdad por sí misma. Pero ya es mucho que, a igual energía, la verdad triunfe sobre la mentira. Ese difícil equilibrio es lo que hemos logrado, y hoy les combatimos amparados en ese matiz. Me atrevería a decirle que lucharemos precisamente por matices, pero por unos matices que tienen la importancia del propio hombre. Lucharemos por ese matiz que separa el sacrificio de la mística; la energía, de la violencia; la fuerza, de la crueldad; por ese matiz aún más leve que separa lo falso de lo verdadero y al hombre que esperamos, de los cobardes dioses que ustedes soñarán.

Eso es lo que quería decirle, pero sin situarme al margen del conflicto, entrando de lleno en él. Eso es lo que quería contestar a ese «no ama usted a su país» que continúa obsesionándome. Pero quiero hablarle muy claro. Creo que Francia ha perdido su poder y su reino por mucho tiempo y que durante mucho tiempo necesitará una paciencia desesperada, una tenaz rebeldía para recobrar la parcela de prestigio que requiere toda cultura. Pero creo que todo eso lo ha perdido por razones puras. Y por eso no renuncio a la esperanza. Ése es todo el sentido de mi carta. El hombre a quien compadecía usted, cinco años atrás, por mostrarse tan reticente respecto a su país, es el mismo que quiere decirle hoy, a usted y a todos nuestros coetáneos de Europa y del mundo: «Pertenezco a una nación admirable y perseverante que, al margen de su bagaje de errores y debilidades, no ha dejado morir la idea que constituye su grandeza, idea que su pueblo siempre, sus elites en ocasiones, intentan de continuo formular cada vez mejor. Pertenezco a una nación que desde hace cuatro años ha comenzado un nuevo recorrido de toda su historia y, entre los escombros, se dispone serena, segura, a rehacer otra y a tentar la suerte en un juego para el que parte sin triunfo alguno. Ese país merece que lo ame con el difícil y exigente amor que es el mío. Y creo que ahora merece también que se luche por él, ya que es digno de un amor superior. Y afirmo que, por el contrario, la nación de usted no ha recibido de sus hijos sino el amor que merecía, que era ciego. No nos justifica cualquier amor. Eso es lo que les pierde a ustedes. Y si ya estaban vencidos en sus mayores victorias, ¿qué no será con la derrota que se avecina?»

Julio de 1943

Segunda carta

Ya le he escrito a usted, y le he escrito utilizando el tono de la certeza. Tras cinco años de separación, le he explicado la causa de que seamos los más fuertes: ese rodeo que hemos dado para ir a buscar nuestras razones, ese retraso producto de la inquietud por nuestro derecho, esa locura que nos invadía por querer conciliar cuanto amábamos. Pero merece la pena volver sobre ello. Como ya he dicho, hemos pagado caro ese rodeo. Antes que exponernos a la injusticia, hemos preferido el desorden. Pero al propio tiempo ese rodeo es el que constituye hoy nuestra fuerza y gracias a él acariciamos la victoria.

Sí, le he dicho todo eso utilizando el tono de la certeza, sin hacer un solo tachón, a vuela pluma. Y es que he tenido tiempo para pensar. Por la noche es cuando se medita. Desde hace tres años han sumido ustedes en la noche nuestras ciudades y nuestros corazones. Desde hace tres años perseguimos entre tinieblas el pensamiento que hoy se alza en armas contra ustedes. Ahora puedo hablarle de la inteligencia. Pues la certeza que nos embarga hoy es aquella en la que todo se compensa y se ilumina, en la que la inteligencia da su beneplácito al valor. E imagino que le causará gran sorpresa, a usted, que me hablaba con ligereza de la inteligencia, el verla recobrarse del abismo y decidir de pronto entrar en la historia. Sobre eso quiero hablarle.

Como ya le diré más adelante, la certeza nacida del corazón no tiene por qué conllevar alegría. Eso confiere ya un sentido a todo lo que le escribo. Pero antes quiero puntualizar lo que significa usted, su recuerdo y nuestra amistad. Ahora que todavía puedo, quiero hacer por ella lo único que cabe hacer por una amistad que toca a su fin: quiero clarificarla. He contestado ya a ese «no ama usted a su país» que me espetaba usted de cuando en cuando y cuyo recuerdo no puedo quitarme de encima. Hoy sólo quiero contestar a la sonrisa impaciente con la que saludaba usted la palabra inteligencia. «En todas sus inteligencias —me dijo usted— Francia reniega de sí misma. Sus intelectuales anteponen a su país la desesperación o la búsqueda de una verdad improbable, según convenga. Nosotros preferimos Alemania a la verdad, antes que la desesperación.» Aparentemente, eso era cierto. Pero, como ya le he dicho, si a veces parecíamos preferir la justicia a nuestro país, era porque queríamos amar a nuestro país solamente en la justicia, como queríamos amarlo en la verdad y la esperanza. En eso diferíamos de ustedes, teníamos una exigencia. Ustedes se limitaban a servir al poder de su nación, nosotros soñábamos con infundirle a la nuestra su verdad. Ustedes optaban por servir a la política de la realidad; nosotros, en nuestros peores extravíos, conservábamos confusamente la idea de una política del honor que recobramos hoy. Cuando digo «nosotros», no me refiero a nuestros gobernantes. Pero un gobernante es poca cosa.

Me imagino su sonrisa. Ha desconfiado siempre de las palabras. Yo también, pero desconfiaba todavía más de mí mismo. Intentaba usted empujarme por ese camino que usted mismo había tomado, en el que la inteligencia se avergüenza de la inteligencia. Por entonces, yo ya no le seguía. Pero hoy mis respuestas serían más seguras. «¿Qué es la verdad?», decía usted. Sin duda, pero al menos sabemos lo que es la mentira: es precisamente lo que nos han enseñado ustedes. ¿Qué es el espíritu? Conocemos lo contrario, que es el asesinato. ¿Qué es el hombre?

Pero ahí, alto, porque lo sabemos. El hombre es esa fuerza que acaba siempre expulsando a los tiranos y a los dioses. Es la fuerza de la evidencia. La evidencia humana es lo que debemos preservar y nuestra certeza reside ahora en que su destino y el de nuestro país van unidos. Si nada tuviera sentido, estaría usted en lo cierto. Pero hay algo que conserva un sentido.

No me cansaría de repetírselo, ahí es donde nos distanciamos de ustedes. Nos forjábamos de nuestro país una idea que lo situaba en su lugar, en medio de otras cosas elevadas, la amistad, el hombre, la felicidad, nuestro afán de justicia. Ello nos obligaba a ser severos con él. Pero, a la postre, teníamos razón nosotros. No le hemos dado esclavos, no hemos envilecido nada en su nombre. Hemos esperado pacientemente a ver las cosas claras y ello nos ha deparado, en medio de la miseria y el dolor, la alegría de poder combatir al mismo tiempo por todo cuanto amamos. Ustedes combaten, en cambio, contra toda esa parte del hombre que no pertenece a la patria. Sus sacrificios resultan estériles, porque su jerarquía no es la buena y porque sus valores están fuera de lugar. Entre ustedes no solamente se traiciona al corazón. La inteligencia se desquita, porque no han pagado el precio que ella exige, ni han satisfecho su costoso tributo a la lucidez. Desde el fondo de la derrota, puedo decirle que eso es lo que les pierde.

Pero deje que le cuente lo siguiente. Desde una cárcel que yo conozco, una mañana, en algún lugar de Francia, un camión conducido por soldados armados traslada a once franceses al cementerio donde van a fusilarlos ustedes. De esos once, cinco o seis han hecho realmente algo para ello: una octavilla, citas clandestinas y, por encima de todo, su rechazo a ustedes. Éstos permanecen inmóviles en el interior del camión, embargados por el miedo, desde luego, pero, si se me permite la expresión, por un miedo trivial, el que invade a todo hombre frente a lo desconocido, un miedo con el que se aviene el valor. Los demás no han hecho nada. Y el saber que han de morir por un error o víctimas de cierta indiferencia, hace más difíciles esos momentos. Entre ellos, hay un muchacho de dieciséis años. Conoce usted la cara de nuestros adolescentes, no voy a abundar en ello. Éste está atenazado por el miedo, se abandona a él sin ninguna vergüenza. No esgrima usted su sonrisa de desprecio, le castañetean los dientes. Pero han puesto ustedes a su lado a un capellán, cuya misión es aliviar a esos hombres durante esos atroces momentos de espera. Creo poder afirmar que, para unos hombres a los que van a matar, poco arregla una conversación sobre la vida futura. Cuesta demasiado creer que no acaba todo en la fosa común. Los hombres permanecen mudos en el camión. El capellán se ha vuelto hacia el muchacho, hecho un ovillo en un rincón. Éste le comprenderá mejor. El muchacho contesta, se aferra a esa voz, renace en él la esperanza. En el más mudo de los horrores, basta a veces con que hable un hombre; puede que lo arregle todo. «No he hecho nada», dice el muchacho. «Sí», contesta el capellán, «pero eso ya no importa. Tienes que prepararte a morir bien». «No es posible que no me entiendan.» «Soy tu amigo y puede que te entienda. Pero es tarde. Estaré a tu lado y Dios también. Será fácil, ya verás.» El muchacho se ha vuelto. El capellán habla de Dios. ¿Cree en Dios el muchacho? Sí que cree. Por tanto, sabe que nada tiene importancia comparado con la paz que le espera. Pero esa paz es la que le da miedo al muchacho. «Soy tu amigo», repite el capellán.

Los demás callan. También hay que pensar en ellos. El capellán se acerca al silencioso grupo, da la espalda por un momento al muchacho. El camión circula despacio, con un ruidillo de deglución por la carretera húmeda de rocío. Imagínese esa hora gris, el olor matinal de los hombres, el campo que se adivina sin verlo, por los ruidos de una yunta de bueyes o el canto de un pájaro. El muchacho se acurruca contra el toldo, que cede un poco. Descubre un estrecho paso entre él y la carrocería.

Podría saltar si quisiera. El otro está de espaldas, y en la parte delantera, los soldados se esfuerzan en orientarse en la oscura mañana. No se para a pensarlo, arranca el toldo, se desliza por la brecha, salta. Apenas se oye su caída, un ruido de pasos precipitados, y luego nada. El muchacho se mueve por tierras que ahogan el ruido de su carrera. Pero el chasquido del toldo, el aire húmedo y violento que irrumpe en el camión, han hecho volver la cabeza al capellán y a los condenados. Durante un segundo, el sacerdote escruta la cara de esos hombres que lo miran en silencio. Un segundo en que el ministro del Señor debe decidir si está con los verdugos o con los mártires, como exige su vocación. Pero ya ha golpeado el tabique que lo separa de sus compañeros. *Achtung.* Se da la voz de alerta. Dos soldados se abalanzan dentro del camión y encañonan a los prisioneros. Otros dos saltan al suelo y corren a campo traviesa. El capellán, plantado en el asfalto a unos pasos del camión, intenta seguirlos con la mirada a través de la bruma. En el camión, los hombres oyen tan sólo los ruidos de esa caza, las interjecciones ahogadas, un disparo, el silencio, de nuevo voces cada vez más próximas y un rumor sordo de pasos. Traen al muchacho. No le ha alcanzado el disparo, pero se ha detenido, rodeado por ese vapor enemigo, súbitamente sin valor, sin fuerzas. Sus guardianes lo llevan en volandas, más que conducirlo. Le han pegado un poco, pero no mucho. Queda por hacer lo más importante. No dirige una mirada ni al capellán ni a nadie. El sacerdote se ha sentado junto al conductor. Le ha sustituido un soldado armado en el camión. El muchacho, tirado en un rincón del vehículo, no llora. Ve desfilar de nuevo entre el toldo y el suelo del camión la carretera donde despunta el día.

Le conozco, y sé que imaginará perfectamente el resto. Pero debe saber quién me contó esta historia. Fue un sacerdote francés. «Me avergüenza ese hombre —me decía—, y me alegra pensar que ni un solo sacerdote francés habría aceptado poner a su Dios al servicio del asesinato.» Era cierto. Sólo que aquel capellán pensaba como usted. Le parecía natural que incluso su fe sirviera a su país. Hasta los propios dioses están movilizados en el país de ustedes. Están con ustedes, como gustan de decir, pero a la fuerza. Ya no distinguen ustedes nada, son un puro impulso. Y combaten ahora movidos tan sólo por la cólera ciega, más atentos a las armas y a las acciones espectaculares que al orden de las ideas, obcecados en revolver cielo y tierra, en seguir una idea fija. Nosotros partimos de la inteligencia y de sus vacilaciones. Frente a la cólera, no podíamos nada. Pero se ha terminado el rodeo. Ha bastado un niño muerto para que aunáramos la cólera con la inteligencia y somos ya dos contra uno. Quiero hablarle de la cólera.

Recuerde. Al advertir mi sorpresa ante la brusca reacción de un superior suyo, me dijo: «También eso está bien. Pero ustedes no lo entienden. Los franceses carecen de una virtud, la de la cólera.» No, no es eso, pero los franceses son exigentes con las virtudes. No las asumen sino cuando es preciso. Ello otorga a su cólera el silencio y la fuerza que sólo ahora empiezan ustedes a experimentar. Y con esa clase de cólera, la única que conozco en mí, le hablaré para concluir.

Porque, como ya le he dicho, la certeza no conlleva la alegría del corazón. Sabemos lo que hemos perdido dando ese largo rodeo, conocemos el precio con el que pagamos esa áspera alegría de combatir por propia convicción. Y precisamente porque poseemos un agudo sentido de lo que es irreparable, conserva nuestra lucha tanta amargura como confianza. La guerra no nos satisfacía. Nos faltaba meditar nuestras razones. Lo que ha elegido nuestro pueblo ha sido la guerra civil, la lucha obstinada y colectiva, el sacrificio sin comentario. Ha elegido la guerra que se ha dado a sí mismo, que no ha recibido de gobiernos estúpidos o cobardes, la guerra en la que se ha reconocido y en la que lucha por cierta idea que se forja de sí mismo. Pero ese lujo que se ha permitido le cuesta un precio tremendo. En eso, una vez más tiene más mérito ese pueblo que el suyo. Porque quienes caen son sus mejores hijos. Eso es lo que me resulta más cruel. La incongruencia de la guerra la beneficia con esa propia incongruencia. La muerte golpea indiscriminadamente y al azar. En la guerra que libramos nosotros, el valor se designa a sí mismo, fusilan ustedes cada día a nuestras mentes más puras. Pero esa ingenuidad suya no carece de presciencia. Ustedes no han sabido nunca lo que había que elegir, pero conocen lo que hay que destruir. Y nosotros, que nos llamamos defensores del espíritu, sabemos, sin embargo, que el espíritu puede morir cuando la fuerza que lo aplasta es suficiente. Pero tenemos fe en otra fuerza. En esas caras silenciosas, ya alejadas de este mundo, que a veces acribillan ustedes a balazos, creen desfigurar el rostro de nuestra verdad. Pero no cuentan con la obstinación que hace luchar a Francia contra el tiempo. Esa desesperante esperanza es la que nos sostiene en los momentos difíciles: nuestros compañeros serán más pacientes que los verdugos y más numerosos que las balas. Como puede usted ver, los franceses son capaces de sentir cólera.

Diciembre de 1943

Tercera carta

Le ha hablado hasta ahora de mi país y quizá ello le haya inducido a pensar al principio que he cambiado de lenguaje. En realidad, no ha sido así. Lo que ocurre es que no dábamos el mismo sentido a las mismas palabras, no hablamos ya la misma lengua.

Las palabras adquieren siempre el color de los actos o de los sacrificios que suscitan. Y la palabra patria adquiere entre ustedes reflejos sangrientos y ciegos, que me la harán siempre ajena, en tanto que nosotros hemos puesto en la misma palabra la llama de una inteligencia en la que el valor es más difícil, pero en la que el hombre sale ganando. Como habrá comprendido ya, mi lenguaje, en realidad, no ha cambiado. Sigo diciendo lo mismo que le decía en 1939.

Puede que la mejor forma de demostrárselo sea la confesión que voy a hacerle. Durante todo ese tiempo en que nos hemos limitado a servir obstinada, silenciosamente, a nuestro país, nunca hemos perdido de vista una idea y una esperanza siempre presentes en nosotros, y que eran las de Europa. Cierto que llevamos cinco años sin mencionarlas. Pero es que ustedes hablaban de ellas con voz muy alta. En eso, una vez más, no utilizábamos el mismo lenguaje. Nuestra Europa no es la de ustedes.

Pero antes de explicarle lo que es, quiero afirmarle por lo menos que entre las razones que nos asisten para combatirles (las mismas que nos asisten para vencerles) acaso la más profunda sea la conciencia que tenemos de haber sido no solamente mutilados en nuestro país, golpeados en lo más vivo de nuestra carne, sino despojados de nuestras más hermosas imágenes, de las que ustedes ofrecen al mundo una odiosa y ridícula versión. Lo que hiere más profundamente es que se falsee lo que amamos. Y para mantener intacta dentro de nosotros la juventud, el poder de esta idea de Europa que escamotearon ustedes a los mejores de nosotros dándole el indignante sentido que habían elegido, necesitamos toda la fuerza del amor meditado. Por eso, hay un adjetivo que no utilizamos ya desde que llaman ustedes europeo al ejército de la esclavitud, y no lo hacemos para conservarle celosamente el significado puro que no deja de tener para nosotros y que quiero explicarle.

Hablan ustedes de Europa, pero la diferencia estriba en que la conciben como una propiedad, en tanto que nosotros nos sentimos dependientes de ella. No empezaron a hablar así de Europa hasta el día en que perdieron África. Esa clase de amor no es la buena. Esta tierra en la que tantos siglos han dejado sus ejemplos no es para ustedes sino un retiro forzado, mientras que ha supuesto siempre para nosotros nuestra mejor esperanza. Tan súbita pasión es producto del despecho y de la necesidad. Es un sentimiento que no honra a nadie y entenderá entonces por qué no ha querido compartirlo ningún europeo digno de tal nombre.

Cuando dicen ustedes Europa, piensan: «Tierra de soldados, granero de trigo, industrias domesticadas, inteligencia dirigida.» ¿Voy demasiado lejos? Pero sí sé que cuando dicen Europa, aun en sus mejores momentos, cuando se dejan llevar por sus propias mentiras, no pueden por menos de pensar en una cohorte de dóciles naciones dirigidas por una Alemania de señores, hacia un futuro fabuloso y ensangrentado. Me gustaría que captase usted bien esa diferencia. Europa es para ustedes ese espacio rodeado de mares y montañas, perforado de minas, cubierto de mieses, donde Alemania juega una partida en la que lo que está en juego es su destino. En cambio, para nosotros es esa tierra del espíritu en la que desde hace veinte siglos prosigue la más asombrosa aventura del espíritu humano. Es ese privilegiado palenque donde la lucha del hombre de Occidente contra el mundo, contra los dioses, contra sí mismo, alcanza hoy su momento más desquiciado. Ya ve usted que no existe un rasero común.

No tema que esgrima contra usted los argumentos de una vieja propaganda: no reivindicaré la tradición cristiana. Es otro problema. Demasido la han utilizado también ustedes, jugando a erigirse en defensores de Roma. No se han recatado en hacerle a Cristo una publicidad a la que empezó a acostumbrarse el día en que recibió el beso que le destinaba al suplicio. Comoquiera que sea, la tradición cristiana no es más que una de las que forjaron esa Europa y no soy yo el llamado a defenderla ante usted. Ello requeriría el gusto y la inclinación de un corazón entregado a Dios, y le consta que no es ese mi caso. pero cuando me aventuro a pensar que mi país habla en nombre de Europa y que defendiendo al uno defendemos a ambos, yo también tengo entonces mi tradición. Es al mismo tiempo la de un puñado de grandes individuos y la de un pueblo inagotable. Mi tradición tiene dos elites, la de la inteligencia y la del valor; tiene sus príncipes del espíritu y su pueblo innumerable. Juzgue usted hasta qué punto esa Europa, cuyas fronteras son el genio de algunos y el profundo corazón de todos esos pueblos, difiere de esa mancha coloreada que se han anexionado ustedes en mapas provisionales.

Haga memoria: me dijo usted un día en que se burlaba de mis indignaciones: «Don Quijote nada puede si Fausto quiere vencerle.» Le dije entonces que ni Fausto ni don Quijote estaban hechos para vencerse el uno al otro, y que el arte no se había inventado para traer el mal al mundo. Por aquel entonces le gustaban a usted las imágenes un poco recargadas y continuó con su argumentación. A su entender, había que elegir entre Hamlet y Sigfrido. En aquella época yo no quería elegir y, sobre todo, me parecía que Occidente no podía situarse sino en ese equilibrio entre la fuerza y el conocimiento. Pero a usted le traía sin cuidado el conocimiento, sólo hablaba de poder. Hoy me entiendo mejor y sé que ni el propio Fausto les servirá de nada. Porque, en efecto, hemos admitido la idea de que, en determinados casos, resulta necesaria la elección. Pero nuestra elección no tendría más importancia que la suya si no la hubiéramos hecho con la conciencia de que era inhumana y de que las grandezas espirituales no podían separarse. Nosotros sabremos reunirlas después, cosa que ustedes nunca han sabido. Como ve, la idea es siempre la misma, hemos remontado grandes peligros. Pero la hemos pagado lo bastante cara como para poder aferrarnos a ella. Ello me impulsa a afirmar que su Europa no es la buena. No tiene nada capaz de reunir o de enaltecer. La nuestra es una aventura común, en la que seguiremos trabajando, a pesar de ustedes, por la vía de la inteligencia.

No iré mucho más lejos. En ocasiones, al torcer por una calle, durante esos raros respiros que dejan las largas horas de la lucha común, me ocurre pensar en esos lugares de Europa que conozco bien. Es una tierra magnífica, hecha de esfuerzo y de historia. Revivo los peregrinajes que realicé con todos los hombres de Occidente; las rosas en los claustros de Florencia, los bulbos dorados de Cracovia, el Jradschin y sus palacios muertos, las estatuas contorsionadas del puente Carlos en el Moldava, los delicados jardines de Salzburgo. Todas esas flores y piedras, esas colinas y paisajes donde el tiempo de los hombres y el tiempo del mundo han mezclado los viejos árboles con los monumentos. Mi recuerdo ha fundido todas esas imágenes superpuestas para convertirlas en un solo rostro, que es el de mi patria mayor. Se me encoge el corazón cuando pienso que en esa enérgica y atormentada faz se ha posado, desde hace años, la sombra de ustedes. Sin embargo, algunos de esos lugares los hemos visto juntos. Poco podía imaginarme en aquella época que tendríamos que liberarlos algún día de ustedes. Y todavía, en momentos de rabia y desesperación, lamento que las rosas sigan creciendo en el claustro de San Marcos, que las bandadas de palomas sigan alzando el vuelo en la catedral de Salzburgo y que los geranios rojos sigan creciendo incansablemente en los pequeños cementerios de Silesia.

Pero en otros momentos, y son los únicos auténticos, me congratulo de ello. Porque todos esos paisajes, esas flores y esos campos labrados, la más vieja de las tierras, les demuestran a ustedes cada primavera que hay cosas que no pueden ahogar en sangre. Y con esta imagen puedo terminar. No me bastaría pensar que todas las grandes sombras de Occidente y que treinta pueblos están con nosotros: no podía olvidarme de la tierra. Y así sé que todo en Europa, el paisaje y el espíritu, les niega tranquilamente, sin odio desordenado, con la serena fuerza de las victorias. Las armas de que dispone el espíritu europeo contra ustedes son las mismas que ostenta esta tierra en su eterno renacer de cosechas y corolas. La lucha que mantenemos posee la certeza de la victoria porque tiene la obstinación de las primaveras.

Ya sé que no se habrá resuelto todo cuando estén ustedes vencidos. Europa estará todavía por hacer. Siempre está por hacer. Pero al menos seguirá siendo Europa, o sea, lo que acabo de describirle. Nada se habrá perdido. Piense en lo que somos ahora, seguros de nuestras razones, prendados de nuestro país, atraídos por toda Europa, y en un justo equilibrio entre el sacrificio y el amor a la felicidad, entre el espíritu y la espada. Se lo digo una vez más, porque debo decírselo, se lo digo porque es la verdad y porque ésta le enseñará el camino que mi país y yo hemos recorrido desde los tiempos de nuestra amistad: poseemos desde ahora una superioridad que les matará.

Abril de 1944

Cuarta carta

El hombre es perecedero. Es posible; pero sigamos resistiendo, y si nos está reservada la nada, ¡no hagamos que sea una justicia!

Obermann *(Carta 90)*

Se acerca el momento de su derrota. Le escribo desde una ciudad célebre en el universo, que prepara contra ustedes un mañana de libertad. Sabe que no es empresa fácil y que antes necesita atravesar una noche todavía más oscura que la que empezó, hace cuatro años, con la llegada de ustedes. Le escribo desde una ciudad privada de todo, sin luz y sin fuego, hambrienta, pero que permanece irreductible. No tardará en alentar algo en ella de lo que todavía no puede formarse usted una idea. Si tuviésemos suerte, nos encontraríamos entonces el uno frente al otro. Podríamos entonces combatirnos con conocimiento de causa: tengo una idea exacta de sus razones y usted imagina perfectamente las mías.

Estas noches de julio son a un tiempo ligeras y pesadas. Ligeras en el Sena y en los árboles, pesadas en el corazón de quienes esperan la única alba que ya puede apetecerles. Espero y pienso en usted: me queda por decirle una cosa que será la última. Quiero explicarle cómo es posible que hayamos sido tan semejantes y que seamos hoy enemigos, cómo podría haber estado a su lado y por qué ahora ha acabado todo entre nosotros.

Durante mucho tiempo hemos creído ambos que este mundo no tenía una razón superior y que estábamos frustrados. Todavía lo creo en cierto modo. Pero he extraído conclusiones distintas de las que usted me argumentaba entonces; conclusiones que, desde hace tantos años, intentan ustedes hacer entrar en la historia. Pienso hoy que si le hubiera seguido realmente en lo que piensa usted, debería darle la razón en lo que hace. Y eso es tan grave que me veo obligado a detenerme en ello, en el corazón de esta noche de verano tan cargada de promesas para nosotros y de amenazas para ustedes.

Nunca ha creído usted en el sentido de este mundo y de ello ha extraído la idea de que todo era equivalente y de que el bien y el mal se definían a nuestro antojo. Suponía que, en ausencia de toda moral humana o divina, los únicos valores eran los que regían el mundo animal, o sea, la violencia y la astucia. De ello concluía que el hombre no era nada y que podía matársele el alma, que en la más insensata de las historias, la labor de un individuo no podía ser sino la aventura del poder, y su moral, el realismo de las conquistas. Y a decir verdad, a mí, que creía pensar como usted, no se me ocurrían argumentos que oponerle, como no fuera un profundo amor a la justicia que, en definitiva, me parecía tan poco racional como la más súbita de las pasiones.

¿Dónde estribaba la diferencia? En que usted aceptaba frívolamente desesperar, cosa que yo jamás consentí. En que usted admitía lo bastante la injusticia de nuestra condición como para resolver acrecentarla, en tanto que a mí me parecía, por el contrario, que el hombre debía afirmar la justicia para luchar contra la injusticia eterna, crear felicidad para protestar contra el universo de la desdicha. Al convertir usted su desesperación en una embriaguez, al liberarse de ella erigiéndola en principio, aceptaba destruir las obras del hombre y luchar contra él para consumar su miseria fundamental. Mientras que yo, negándome a admitir esa desesperación y ese mundo torturado, aspiraba tan sólo a que los hombres recobrasen la solidaridad para entrar en lucha contra su indignante destino.

Como ve, de un mismo principio hemos extraído morales diferentes. Es que al mismo tiempo ha abandonado usted la lucidez y le ha resultado más cómodo (usted habría dicho «indiferente») que otro pensase por usted y por millones de alemanes. Como estaban ustedes cansados de luchar contra el cielo, descansaron en esa agotadora aventura en la que tienen asignada la tarea de mutilar las almas y destruir la tierra. En una palabra, eligieron la injusticia, se erigieron al nivel de los dioses. Su lógica no era más que aparente.

Yo, por el contrario, he elegido la justicia para permanecer fiel a la tierra. Sigo creyendo que este mundo no tiene un sentido superior. Pero sé que algo en él tiene sentido y es el hombre, porque es el único ser que exige tener uno. Este mundo tiene al menos la verdad del hombre y es misión nuestra dotarle de razones contra el propio destino. Y no tiene otras razones que el hombre, y a quien hay que salvar es a éste si queremos salvar la idea que nos forjamos de la vida. Me dirá usted, con su sonrisa y su desdén: «¿Qué es salvar al hombre?» Y lo grito con todo mi ser: no es mutilarlo y sí es posibilitar que se cumpla la justicia, que es el único en concebir.

Por eso luchamos. Por eso nos hemos visto obligados a seguirles al principio por un camino que rechazábamos y al final del cual hallamos la derrota. Porque la desesperación de ustedes constituía su fuerza. Sola, pura, segura de sí misma, despiadada en sus consecuencias, la desesperación posee un poder inexorable. Ella nos aplastó mientras vacilábamos y conservábamos aún en la mente imágenes felices. Pensábamos que la felicidad es la mayor de las conquistas, la que hacemos contra el destino que se nos impone. Ni siquiera en la derrota nos abandonaba esa añoranza.

Pero han hecho ustedes lo necesario, hemos entrado en la historia. Y, durante cinco años, no hemos podido gozar del canto de los pájaros en el frescor de la noche. La desesperación ha sido forzosa. Estábamos separados del mundo, porque a cada momento del mundo iba ligado todo un pueblo de imágenes mortales. Desde hace cinco años no existe ya en esta tierra una mañana sin agonías, una noche sin cárceles, un mediodía sin carnicerías. Sí, nos hemos visto obligados a seguirles a ustedes. Pero nuestra difícil hazaña estribaba en seguirles en la guerra, sin olvidar la felicidad. Y, a través de los clamores y la violencia, intentábamos conservar en el corazón el recuerdo de un mar feliz, de una colina jamás olvidada, la sonrisa de un rostro amado. Al propio tiempo, era nuestra mejor arma, la que no rendiremos jamás. Porque el día en que la perdiéramos, estaríamos tan muertos como ustedes. Sencillamente, sabemos ahora que las armas de la felicidad exigen mucho tiempo y demasiada sangre para ser forjadas.

Nos hemos visto obligados a participar de su filosofía, a aceptar parecernos un poco a ustedes. Habían elegido el heroísmo sin norte, porque es el único valor que queda en un mundo que ha perdido el sentido. Y al elegirlo para ustedes, lo eligieron para todo el mundo y para nosotros. Porque tuvimos que imitarles para no morir. Pero caíamos en la cuenta entonces de que nuestra superioridad sobre ustedes radicaba en tener un norte. Ahora que esto va a acabar, podemos decirles lo que hemos aprendido, y es que el heroísmo es poca cosa; es más difícil la felicidad.

Ahora le consta ya que somos enemigos. Es usted el hombre de la injusticia y no hay nada en el mundo que aborrezca tanto mi corazón. Pero conozco ya las razones de lo que no era más que una pasión. Les combato a ustedes porque su lógica es tan criminal como su corazón. Y en el horror que nos han prodigado durante cuatro años, tanta parte tiene su razón como su instinto. Por eso mi condena será total, ha muerto ya usted a mis ojos.

Pero al tiempo que juzgo su atroz conducta, recordaré que ustedes y nosotros partimos de la misma soledad, que ustedes y nosotros compartimos con toda Europa la misma tragedia de la inteligencia. Y a pesar de ustedes, les seguiré llamando hombres. Por permanecer fieles a nuestra fe, nos esforzamos en respetar en ustedes lo que ustedes no respetaban en los demás. Durante mucho tiempo, ésa fue su inmensa ventaja, por cuanto matan más fácilmente que nosotros. Y hasta el fin de los tiempos se beneficiarán de ello los que se les parecen. Pero hasta el fin de los tiempos nosotros, que no nos parecemos a ustedes, tendremos que dar fe para que el hombre, por encima de sus peores errores, reciba su justificación y sus títulos de inocencia.

Por eso, al término de este combate, desde el corazón de esta ciudad que ha cobrado un rostro infernal, por encima de todas las torturas infligidas a los nuestros, a pesar de nuestros muertos desfigurados y de nuestros pueblos huérfanos, puedo decirle que, ahora que vamos a destruirles sin piedad, no abrigamos odio contra ustedes. Y aun si mañana, como tantos otros, hubiéramos de morir, seguiríamos sin sentir odio. De no tener miedo no podemos responder, tan sólo intentaremos comportarnos razonablemente. Pero sí podemos responder de que no odiamos nada. Y respecto a la única cosa que puedo detestar hoy, le aseguro que tenemos la conciencia tranquila. Queremos destruir el poder de ustedes sin mutilar su alma.

Ya ve usted que siguen teniendo esa ventaja que tenían sobre nosotros. Pero ésta constituye también nuestra superioridad y hace que esta noche se me antoje ahora ligera. Nuestra fuerza reside en pensar como ustedes sobre la profundidad del mundo, en no rechazar ningún elemento del drama que es el nuestro; pero, al propio tiempo, en haber salvado la idea del hombre al término de este desastre de la inteligencia y extraer de ello el inquebrantable valor para renacer. Eso, por supuesto, no mitiga la acusación que lanzamos contra el mundo. Demasiado caro hemos pagado esa nueva ciencia para que nuestra condición haya dejado de resultarnos desesperante. Cientos de miles de hombres asesinados al alba, los espantosos muros de las cárceles, una Europa humeante de millones de cadáveres que fueron sus hijos, todo eso ha habido que pagar para adquirir dos o tres matices que acaso no tengan más utilidad que ayudar a algunos de nosotros a morir mejor. Sí, resulta desesperante. Pero hemos de demostrar que no merecemos tanta injusticia. Es la tarea que nos hemos trazado; empezará mañana. En esta noche de Europa por la que corren los efluvios del verano, millones de hombres armados y desarmados se disponen a combatir. Pronto amanecerá el día en que les venceremos. Sé que el cielo, que fue indiferente a sus atroces victorias, seguirá siéndolo a su justa derrota. Tampoco hoy espero nada de él. Pero habremos contribuido al menos a salvar al ser humano de la soledad a la que querían ustedes reducirlo. Por haber despreciado esa fidelidad al hombre, serán ustedes quienes mueran solitarios a millares. Ahora puedo decirle adiós.

Julio de 1944

CRÓNICAS
1944-1948

Título original: Actuelles I (Chroniques 1944-1948) *(1950)*
Traducción de Rafael Aragó
Revisión de Concepción García-Lomas

A René Char

Es preferible morir a odiar y temer: es preferible morir dos veces a hacerse odiar y temer: ésta deberá ser, algún día, la suprema máxima de toda sociedad organizada políticamente.

Nietzsche

Prólogo

Este volumen resume la experiencia de un escritor involucrado durante cuatro años en la vida pública de su país. Se encontrarán en él una selección de los editoriales publicados en *Combat* hasta 1946 y una serie de artículos o testimonios suscitados por la actualidad de 1946 a 1948. Se trata, pues, de un balance.

Esta experiencia se salda, como es lógico, con la pérdida de algunas ilusiones y el fortalecimiento de una convicción más profunda. Únicamente he procurado, como era mi deber, que mi elección no disimule unas posiciones que ya me son ajenas. Algunos de los editoriales de *Combat,* por ejemplo, figuran aquí, no por su valor, a menudo relativo, ni por su contenido, con el que, a veces, no estoy ya de acuerdo, sino porque me han parecido significativos. La verdad es que, hoy, siento tristeza y malestar al releer uno o dos de ellos, y tuve que hacer un esfuerzo para reproducirlos. Pero este testimonio no resistía ninguna omisión.

De esta manera creo haber tenido en cuenta mis injusticias y, al mismo tiempo, se advertirá que he dejado hablar a una convicción que, ella al menos, no ha variado. Y, para terminar, he tenido también en cuenta la fidelidad y la esperanza. Este libro permanecerá fiel a una experiencia, que fue la de muchos franceses y europeos, no negando nada de lo que se pensó y vivió en esa época, confesando la duda y la certeza y manifestando el error que, en política, acompaña a la convicción como su sombra.

Mientras haya un ser que acepte la verdad por lo que es y tal como es, habrá lugar para la esperanza.

Por eso no estoy de acuerdo con ese escritor de talento que, recientemente invitado a una conferencia sobre la cultura europea, negó su colaboración declarando que esa cultura, ahogada entre dos imperios gigantes, había muerto. Es verdad, sin duda, que una parte al menos de esa cultura murió el día en que ese escritor concibió ese pensamiento. Pero, aunque este libro esté integrado por escritos ya antiguos, creo que, en cierta medida, es una respuesta a ese pesimismo. La verdad desesperanzada no nace ante una obstinada adversidad, ni en el agotamiento de una lucha desigual. Proviene de que no sabemos ya nuestras razones para luchar o, precisamente, si debemos luchar. Las páginas siguientes no hacen más que afirmar que, aunque la lucha es difícil, las razones para luchar, al menos, siguen siendo claras.

La liberación de París

La sangre de la libertad

(*Combat,* 24 de agosto de 1944)

Durante la noche de agosto París dispara todas sus balas. En este inmenso escenario de piedras y de agua, alrededor de este río, cuyas olas están cargadas de historia, se han levantado una vez más las barricadas de la libertad. Una vez más, hay que comprar la justicia con la sangre de los hombres.

Conocemos demasiado esta lucha, estamos demasiado involucrados en ella, en cuerpo y alma, para aceptar sin amargura esta terrible condición. Pero también conocemos demasiado su verdad y todo lo que está en juego, para rehusar el difícil destino que debemos afrontar solos.

El tiempo dará testimonio de que los hombres de Francia no querían matar y de que entraron con las manos limpias en una guerra que no eligieron. Es preciso, pues, que sus razones hayan sido inmensas para que empuñaran de pronto los fusiles y dispararan sin cesar, en la noche, contra esos soldados que creyeron durante dos años que la guerra era fácil.

Sí, sus razones son inmensas. Tienen la dimensión de la esperanza y la hondura de la rebelión. Son las razones del porvenir para un país al que se ha querido mantener durante largo tiempo rumiando sombríamente su pasado. París lucha hoy para que Francia pueda hablar mañana. El pueblo está en armas esta noche porque espera una justicia para mañana. Algunos van diciendo que no vale la pena y que con paciencia París será liberado sin gran costo. Pues intuyen confusamente que muchas cosas están amenazadas por esta insurrección, cosas que seguirían en pie si todo sucediera de otra manera.

Es necesario, por el contrario, que esto quede bien claro: nadie debe pensar que una libertad, conquistada durante estas convulsiones, tenga el aspecto tranquilo y domesticado que algunos se complacen en soñar. Este terrible alumbramiento es el de una revolución.

No se puede esperar que hombres que han luchado cuatro años en silencio y días enteros entre el fragor del cielo y de los fusiles consientan el regreso de las fuerzas de la renuncia y de la justicia, bajo cualquier forma que sea. No se puede esperar que acepten, ellos que son los mejores, hacer nuevamente lo que han hecho durante veinticinco años los mejores y los puros: amar en silencio a su país y despreciar en silencio a sus jefes. El París que lucha esta noche quiere dirigir mañana. No por el poder, sino por la justicia; no por la política, sino por la moral; no por la dominación de su país, sino por su grandeza.

Nuestra convicción no es que esto se realizará, sino que se realiza ya, hoy, en el sufrimiento y la obstinación del combate. Por eso, por encima del dolor de los hombres, a pesar de la sangre y de la ira, a pesar de los muertos irremplazables, de las heridas injustas, y de las balas ciegas, no hay que pronunciar palabras de dolor, sino palabras de esperanza, de una terrible esperanza de hombres a solas con su destino.

Este enorme París negro y cálido, con sus dos tormentas, en el cielo y en las calles, nos parece, en fin, más iluminado que aquella Ciudad Luz que nos envidiaba el mundo entero. Estalla con el fuego de la esperanza y del dolor, tiene la llama del coraje lúcido, y todo el resplandor, no sólo de la liberación, sino también de la cercana libertad.

La noche de la verdad

(*Combat*, 25 de agosto de 1944)

Mientras las balas de la libertad silban aún en la ciudad, los cañones de la liberación franquean las puertas de París, entre gritos y flores. Durante la más hermosa y cálida de las noches de agosto, se mezclan en el cielo de París las estrellas de siempre con las balas rasantes, el humo de los incendios y los multicolores cohetes del regocijo popular. En esta noche sin igual concluyen cuatro años de una historia monstruosa y de una lucha indecible en la que Francia se enfrentó con su vergüenza y su furor.

Quienes nunca perdieron la esperanza en sí mismos ni en su país encuentran bajo este cielo su recompensa. Esta noche bien vale un mundo, es la noche de la verdad. La verdad en armas y, luchando, la verdad de la fuerza después de haber sido durante tiempo la verdad de las manos vacías y del pecho descubierto. La verdad está en todas partes esta noche en la que pueblo y cañón rugen al unísono. Es la voz misma de este pueblo y de este cañón, tiene la faz triunfante y extenuada de los combatientes de la calle, bajo las heridas y el sudor. Sí, es realmente la noche de la verdad, de la única verdad válida, la que acepta luchar y vencer.

Hace cuatro años, unos hombres se irguieron en medio de los escombros y de la desesperación y afirmaron con tranquilidad que nada estaba perdido. Dijeron que había que continuar y que las fuerzas del bien podían siempre triunfar sobre las fuerzas del mal a condición de pagar el precio. Ellos pagaron el precio. Y ese precio, sin duda, fue muy alto, tuvo todo el peso de la sangre, la horrible y pesada carga de las prisiones. Muchos de esos hombres han muerto, otros viven desde hace años entre muros ciegos. Era el precio que había que pagar. Pero esos mismos hombres, si pudieran, no nos reprocharían esta terrible y maravillosa alegría que nos colma como una marea.

Pues esta alegría no les es infiel. Al contrario, los justifica y les dice que tuvieron razón. Unidos durante cuatro años por el mismo sufrimiento, lo estamos aún por la misma embriaguez, hemos ganado nuestra solidaridad. Y nos damos cuenta, con asombro, en esta noche conmovedora, de que durante cuatro años jamás estuvimos solos. Hemos vivido los años de la fraternidad.

Aún nos esperan duros combates. Pero la paz volverá sobre esta tierra desgarrada y a esos corazones torturados por la esperanza y los recuerdos. No se puede vivir siempre de crímenes y de violencia. Llegará el tiempo de la felicidad, de la legítima ternura. Pero esa paz no nos hará olvidar. A algunos de nosotros, la cara de nuestros hermanos desfigurados por las balas y la gran fraternidad viril de estos años no nos abandonarán jamás. Que nuestros camaradas muertos guarden para sí esta paz que se nos promete en la noche anhelante y que ellos ya han conquistado. Nuestra lucha será la suya.

A los hombres nada se les regala, y lo poco que pueden conquistar lo pagan con muertes injustas. Pero la grandeza del hombre no está ahí. Está en su decisión de ser más fuerte que su condición. Y si su condición es injusta, sólo tiene una manera de superarla: ser justo él mismo. Nuestra verdad de esta noche, la que se cierne en este cielo de agosto, constituye precisamente el consuelo del hombre. Y la paz de nuestro corazón, como la de nuestros camaradas muertos, es poder decir ante la victoria recobrada, sin añoranzas ni reivindicaciones: «Hicimos lo que había que hacer.»

El tiempo del desprecio

(*Combat,* 30 de agosto de 1944)

Treinta y cuatro franceses torturados, y asesinados en Vincennes: palabras que no dicen nada si la imaginación no las completa. ¿Y qué ve la imaginación? Dos hombres frente a frente; uno se dispone a arrancarle las uñas al otro, que lo mira.

No es la primera que se nos presentan estas imágenes insoportables. En 1933 comenzó una época que uno de nuestros hombres más grandes llamó, con justicia, el tiempo del desprecio. Y durante diez años, con cada noticia de que seres desnudos y desarmados habían sido pacientemente mutilados por hombres cuyo rostro era como el nuestro, la cabeza nos daba vueltas y nos preguntábamos cómo era posible.

Sin embargo, era posible. Durante diez años fue posible y hoy, como para advertirnos de que la victoria de las armas no ha triunfado sobre todo, hay todavía camaradas despedazados, miembros destrozados y ojos aplastados a taconazos. Y los que han hecho esto, eran capaces de ceder su asiento en el metro, así como Himmler, que hizo de la tortura una ciencia y un oficio, entraba, sin embargo, en su casa, de noche, por la puerta trasera para no despertar a su canario favorito.

Sí, todo esto era posible, lo vemos demasiado bien. Pero si tantas cosas lo son, ¿por qué elegir hacer ésa y no otra?

Porque se trataba de matar el espíritu, y de humillar a las almas. Cuando se cree en la fuerza, se conoce bien al enemigo. Aunque mil fusiles lo apuntaran, no impedirían a un hombre creer, en su fuero interno, en la justicia de una causa. Y si muere, otros hombres justos dirán «no» hasta que la fuerza se canse. Por tanto, matar al justo no basta, hay que matar su espíritu para que el ejemplo de un justo que renuncia a la dignidad del hombre desaliente a todos los justos y a la justicia misma.

Desde hace diez años, un pueblo se ha dedicado a esta destrucción de las almas. Estaba lo bastante seguro de su fuerza como para creer que el alma sería, en lo sucesivo, el único obstáculo, y que había que ocuparse de ella.

De ella se ocuparon, y para su desdicha a veces tuvieron éxito. Sabían que hay siempre una hora del día o de la noche en que el más valiente de los hombres se siente cobarde.

Supieron siempre esperar esa hora. Y en esa hora buscaron el alma a través de las heridas del cuerpo y la volvieron salvaje y demente y, a veces, traidora y mentirosa.

¿Quién se atrevería a hablar aquí de perdón? Ya que el espíritu ha comprendido por fin que sólo podía vencer a la espada con la espada, ya que tomó las armas y alcazó la victoria, ¿quién querría pedirle que olvide? Mañana no hablará el odio, sino la justicia misma basada en la memoria. Y es justicia, la más eterna y sagrada, perdonar, quizá, en nombre de todos los que, entre nosotros, han muerto sin haber hablado, con la paz superior de un corazón que jamás traicionó: pero también es justicia castigar terriblemente en nombre de los más valientes de los nuestros a los que se convirtió en cobardes, al degradar su alma, y que murieron desesperados llevando en su corazón, devastado para siempre, su odio a los demás y su desprecio por sí mismos.

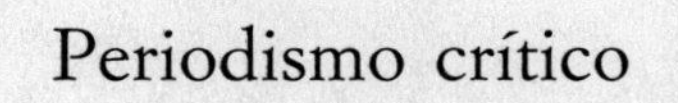

Periodismo crítico

Crítica de la nueva prensa

(*Combat*, 31 de agosto de 1944)

Ya que, entre la insurrección y la guerra, vivimos hoy una pausa, quisiera hablar de algo que conozco bien y que me importa muchísimo: la prensa. Y ya que se trata de esta prensa nueva, surgida de la batalla de París, quisiera hablar de ella con la fraternidad y clarividencia que les son debidos a unos camaradas de lucha.

Cuando redactábamos nuestros periódicos en la clandestinidad, lo hacíamos naturalmente con sencillez y sin declaraciones de principios. Pero, lo mismo que todos nuestros camaradas de todos los periódicos, albergábamos una gran esperanza secreta. La esperanza de que esos hombres que habían corrido peligros mortales en nombre de unas ideas que amaban, sabrían darle a su país la prensa que merecía y que ya no tenía. Sabíamos por experiencia que la prensa de preguerra había perdido sus principios y su moral. El afán de dinero y la indiferencia por las cosas nobles habían actuado al mismo tiempo para dar a Francia una prensa que, con raras excepciones, no tenía otro propósito que acrecentar el poder de algunos, ni otro efecto que envilecer la moral de todos. No le fue, pues, difícil a esta prensa convertirse desde 1940 a 1944 en la vergüenza de este país.

Nuestro deseo, tanto más profundo cuanto que en general no lo expresábamos, era liberar a los periódicos del poder del dinero y darles un tono y una verdad que pusieran al público a la altura de sus más nobles sentimientos. Pensábamos entonces que un país vale por lo general lo que vale su prensa. Y si es verdad que los periódicos son la voz de una nación, estábamos decididos, desde nuestro puesto y por nuestra modesta parte, a levantar este país elevando su lenguaje. Por este motivo, y con razón o sin ella, muchos de los nuestros han muerto en condiciones inimaginables, y otros sufren la soledad y la amenaza de la prisión.

En realidad, nosotros sólo ocupábamos unos locales donde confeccionábamos periódicos que publicábamos en plena batalla. Fue una gran victoria y, desde este punto de vista, los periodistas de la Resistencia demostraron un coraje y una voluntad que merecen el respeto de todos. Pero, y quiero disculparme por decirlo en medio del entusiasmo general, eso es poca cosa, puesto que todo queda por hacer. Hemos conquistado los medios para realizar esa revolución profunda que deseábamos, pero aún falta que la realicemos realmente. Y, para decirlo de una vez, la prensa liberada, tal como se presenta en París después de una decena de números, no es muy satisfactoria.

Quisiera que se interprete bien lo que me propongo decir en este artículo y en los siguientes. Hablo en nombre de la hermandad de lucha y no aludo aquí a nadie en particular. Las críticas que se pueden formular se refieren a toda la prensa sin excepción, y nosotros nos incluimos. Se podrá argumentar que esta crítica es prematura, que hay que dar tiempo a nuestros periódicos para organizarse antes de hacer este examen de conciencia. La respuesta es «no».

Somos los primeros en saber que nuestros periódicos se confeccionan en condiciones increíbles. Pero la cuestión no es ésa. El problema está en un cierto tono que pudo haberse adoptado desde el comienzo y que no se adoptó. Es importante que esta prensa se examine en el momento mismo en que está formándose, en que va tomar su aspecto definitivo. Así, sabrá mejor lo que quiere ser y lo será.

¿Qué queríamos nosotros? Una prensa clara y viril, con un lenguaje respetable. Durante años, un artículo podía costar a sus autores la prisión o la muerte, y ellos lo sabían. Es evidente que para esos hombres las palabras tenían un valor y que debían reflexionar sobre ellas. Esta responsabilidad del periodista ante su público es lo que querían restaurar.

Pero, en el apresuramiento, la cólera o el delirio de nuestra ofensiva, nuestros periódicos pecaron por pereza. En esas jornadas el cuerpo trabajó tanto que el espíritu perdió parte de su vigilancia. Diré ahora en general lo que me propongo detallar después: muchos de nuestros periódicos están volviendo a unas fórmulas que parecían caducas y no huyen de los excesos de retórica o de los llamamientos a cierta sensibilidad cursi que la mayoría de nuestros periódicos practicaba antes y después de la declaración de guerra.

En el primer caso, debemos persuadirnos de que sólo calcamos, con una simetría inversa, a la prensa de la ocupación. En el segundo caso, volvemos por comodidad a fórmulas e ideas que amenazan la moral misma de la prensa y del país. Nada de esto es admisible o habrá que renunciar y desesperar ante lo que tenemos que hacer.

Puesto que ya hemos conquistado los medios para expresarnos, nuestra responsabilidad ante nosotros mismos y ante el país es total. Lo esencial, y éste es el objeto de este artículo, es que seamos conscientes de ello. La tarea de cada uno de nosotros es pensar bien lo que nos proponemos decir, moldear poco a poco el espíritu de nuestro periódico, escribir cuidadosamente, y no perder jamás de vista esta inmensa necesidad que tenemos de volver a dar a un país su voz más íntima. Si logramos que esa voz sea la de la energía y no la del odio; la de la altiva objetividad y no la de la retórica; la de la humanidad y no la de la mediocridad, se salvarán muchas cosas y nosotros no nos sentiremos defraudados.

El periodismo crítico

(*Combat,* 8 de septiembre de 1944)

Es preciso que nos ocupemos también del periodismo de ideas. Ya hemos dicho que la concepción que tiene la prensa francesa de la información podría ser mejor. Se quiere informar rápido en lugar de informar bien. La verdad no se beneficia con ello.

Por tanto, no podemos razonablemente lamentarnos de que los editoriales tomen, en parte, el lugar que tan mal ocupa la información. Algo al menos es evidente: la información, tal como se suministra hoy a los periódicos y tal como éstos la utilizan, no puede prescindir de un comentario crítico. La prensa, en su conjunto, podría tender hacia esta fórmula.

Por una parte, el periodista puede ayudar a la comprensión de noticias mediante un conjunto de observaciones que den su alcance exacto a informaciones cuya fuente e intención no son siempre evidentes. El periodista puede, por ejemplo, en la composición del periódico, enfrentar noticias que se contradicen, y lograr así que una cuestione la otra. Puede informar al público acerca de la credibilidad que conviene atribuir a una información sabiendo que emana de tal agencia o de tal corresponsalía en el extranjero. Para dar un ejemplo preciso, es seguro que, de la gran cantidad de corresponsales que las agencias mantenían en el extranjero, sólo cuatro o cinco ofrecían las garantías de veracidad que debe exigir una prensa decidida a desempeñar su papel. Corresponde al periodista, mejor informado que el público, presentarle, con el máximo de reservas, las informaciones cuya precariedad conoce bien.

A esta crítica directa del texto y de las fuentes, el periodista podría agregar unas explicaciones tan claras y precisas como fuera posible, que pusieran al público al tanto de la técnica de la información. Puesto que al lector le interesan el doctor Petiot y la estafa de las alhajas, no hay razón inmediata para que no le interese el funcionamiento de una agencia internacional de prensa. Lo beneficioso sería alertar su sentido crítico en lugar de apelar a su inclinación hacia lo fácil. El problema consiste solamente en saber si esta información crítica es técnicamente posible. Mi convicción sobre este punto es afirmativa.

Hay otro aporte del periodista al público. Consiste en el comentario político y moral de la actualidad. Frente a las fuerzas desordenadas de la historia, cuyo reflejo son las informaciones, puede ser positivo escribir cada día las reflexiones de una persona o las observaciones comunes de varias personas. Pero esto no puede hacerse desaprensivamente, sin distancia y sin cierta idea de la relatividad. Desde luego, el amor por la verdad no impide tomar partido, más aún, si se ha comenzado a comprender lo que tratamos de hacer en este periódico, el uno no se entiende sin el otro. Pero, en esto como en lo demás, hay que encontrar un cierto tono sin el cual todo se desvaloriza.

Para tomar ejemplos de la prensa actual, es cierto que la rapidez sorprendente de los ejércitos aliados, y de las noticias internacionales, la certidumbre de la victoria que sustituye de pronto a la esperanza infatigable de la liberación, en fin, la proximidad de la paz obligan a todos los periódicos a definir sin dilaciones lo que el país quiere y lo que es. Por eso se habla tanto de Francia en sus artículos. Pero, desde luego, se trata de un tema que sólo se puede abordar con infinitas precauciones y eligiendo las palabras. Si se pretende volver a los tópicos y a las frases patrióticas de una época en que se llegó a irritar a los franceses con la sola mención de la palabra patria, no se aporta nada a la definición que buscamos. Al contrario, se le quita mucho. Para tiempos nuevos son necesarias, si no palabras nuevas, al menos un nuevo ordenamiento de palabras. Sólo el corazón y el respeto que inspira el verdadero amor pueden dictar este nuevo enfoque. Solamente así contribuiremos, modestamente, a dotar a este país de un lenguaje que sea escuchado.

Como se ve, esto exige que los artículos de fondo sean profundos y que las noticias falsas o dudosas no sean presentadas como verdaderas. A este conjunto de elementos llamo periodismo crítico. Y, una vez más, es necesario un tono y el sacrificio de muchas cosas. Pero bastaría, quizá, con que se empezara a reflexionar sobre todo esto.

Autocrítica

(*Combat,* 22 de noviembre de 1944)

Hagamos un poco de autocrítica. La profesión que consiste en definir todos los días, ante la actualidad, las exigencias del sentido común y de la simple honestidad de espíritu entraña cierto peligro. Por querer lo mejor, se dedica uno a juzgar lo peor y también a veces lo que sólo está menos bien. En una palabra, se puede adoptar la actitud sistemática del juez, del maestro de escuela o del profesor de moral. Desde esta profesión, para llegar a la jactancia o a la tontería no hay más que un paso.

Esperemos no haberlo dado. Pero no estamos seguros de haber escapado siempre al peligro de dar a entender que creemos tener el privilegio de la clarividencia y la superioridad de los que no se equivocan jamás. No es así, sin embargo. Tenemos el deseo sincero de colaborar en la obra común mediante el ejercicio periódico de algunas reglas de conciencia que la política, nos parece, no ha usado mucho hasta ahora.

Ésa es toda nuestra ambición y, por supuesto, si bien marcamos los límites de ciertos pensamientos o acciones políticas, también conocemos los nuestros. E intentamos únicamente remediarlos, recurriendo a dos o tres escrúpulos. Pero la actualidad es exigente, y la frontera que separa la moral del moralismo, incierta; por fatiga o por olvido, esta frontera se franquea.

¿Cómo escapar a este peligro? Por la ironía. Pero no estamos desgraciadamente en tiempos de ironía. Estamos todavía en tiempos de indignación. Sepamos conservar tan sólo, pase lo que pase, el sentido de lo relativo y todo se salvará.

Ciertamente, no podemos leer sin irritación, al día siguiente de la toma de Metz, y sabiendo lo que ha costado, un reportaje sobre la entrada de Marlene Dietrich en dicha ciudad. Y nos indignamos con razón. Pero eso no quiere decir que creamos que los periódicos deban ser aburridos a la fuerza. Simplemente no creemos que en tiempo de guerra los caprichos de una estrella sean necesariamente más interesantes que el dolor de los pueblos, la sangre de los ejércitos o el esfuerzo encarnizado de una nación para encontrar su verdad.

Todo esto es difícil. La justicia es a la vez una idea y un afán del alma. Sepamos tomarla en lo que tiene de humano, sin transformarla en esa terrible pasión abstracta que ha mutilado a tantos hombres. La ironía no nos es ajena y no es a nosotros a quienes tomamos en serio, sino a la indecible prueba que sufre este país y a la formidable aventura que hoy está obligado a vivir. Esta distinción dará al mismo tiempo su medida y su relatividad a nuestro esfuerzo cotidiano.

Nos ha parecido necesario hoy decirnos todo esto y decírselo a la vez a nuestros lectores para que sepan que en todo lo que escribimos, día tras día, no olvidamos que todo periodista tiene el deber de la reflexión y de la escrupulosidad. En una palabra, no olvidamos el esfuerzo de crítica que nos parece necesario en este momento.

Moral y política

I

(*Combat*, 8 de septiembre de 1944)

En *Le Figaro* de ayer el señor d'Ormesson comentaba el discurso del Papa. Ese discurso requiere muchas observaciones, pero el comentario del señor d'Ormesson tiene al menos el mérito de plantear con mucha claridad el problema que se le presenta hoy a Europa.

«Se trata —dice— de armonizar la libertad del individuo, que es más necesaria, más sagrada que nunca, con la organización colectiva de la sociedad, que las condiciones de la vida moderna hacen inevitable.»

Eso está muy bien dicho. Líricamente propondríamos al señor d'Ormesson una fórmula más breve diciendo que, para todos nosotros, se trata de conciliar justicia y libertad. El objetivo que debemos perseguir es que la vida sea libre para cada uno y justa para todos. Entre los países que se han esforzado en ese sentido, que lo han logrado en forma desigual, dando unos prioridad a la libertad, y otros a la justicia, Francia tiene un papel que desempeñar en la búsqueda de un equilibrio superior.

No hay que engañarse, esta conciliación es difícil. Al menos si debemos creer a la Historia, no ha sido posible hasta ahora; es como si hubiera entre ambas nociones un principio de contradicción. ¿Y cómo no iba a ser así? La libertad para cada uno es también la libertad para el banquero o para el ambicioso, es decir, la injusticia restablecida. La justicia para todos es la sumisión de la personalidad al bien colectivo. ¿Cómo hablar entonces de libertad absoluta?

El señor d'Ormesson opina, sin embargo, que el cristianismo ha solucionado este problema. Que le permita a una persona ajena a la religión, aunque respetuosa con las convicciones de los demás, expresarle sus dudas sobre este punto. El cristianismo en su esencia (y esto constituye su paradójica grandeza) es una doctrina injusta. Está basado en el sacrificio del inocente y en la aceptación de ese sacrificio. La justicia, por el contrario —y París acaba de probarlo con sus noches iluminadas por las llamas de la insurrección— no se da sin rebelión.

Entonces, ¿hay que renunciar a este esfuerzo por algo aparentemente inalcanzable? No, no hay que renunciar, sino limitarse a medir la inmensa dificultad y hacérsela ver a quienes, de buena fe, quieren simplificarlo todo.

Por lo demás, sepamos que, en el mundo de hoy, es el único esfuerzo por el que vale la pena vivir y luchar. Contra una condición tan desesperante, la dura y maravillosa tarea de este siglo es edificar la justicia en el más injusto de los mundos, y salvar la libertad de esas almas destinadas a la servidumbre desde su comienzo. Si fracasamos, los hombres volverán a la oscuridad. Pero, al menos, se habrá intentado.

Este esfuerzo, en fin, exige clrividencia y esa atenta vigilancia que nos llevará a pensar en el individuo cada vez que solucionemos lo social, y a volver al bien de todos cada vez que el individuo capte nuestra atención. El señor d'Ormesson tiene razón en pensar que el cristiano puede mantener una constancia tan difícil gracias a su amor al prójimo. Pero, otros, que no viven en la fe, esperan, sin embargo, lograrlo también gracias a la sola preocupación por la verdad, al olvido de su propia persona y al amor por la grandeza humana.

II

(*Combat,* 7 de octubre de 1944)

El 26 de marzo de 1944, en Argel, el Congreso de *Combat* afirmó que el movimiento *Combat* hacía suya la fórmula: «El anticomunismo es el comienzo de la dictadura.» Creemos oportuno recordarlo y agregar que, hoy, nada puede cambiarse en esta fórmula en momentos en que quisiéramos aclarar con algunos de nuestros camaradas comunistas ciertos malentendidos que comienzan a apuntar. Estamos convencidos, en efecto, de que nada bueno puede hacerse si no hay claridad. Y quisiéramos intentar hoy emplear, acerca de un tema sumamente difícil, el lenguaje de la razón y de la humanidad.

Al comienzo sentamos un principio, y no fue sin reflexión. La experiencia de estos últimos veinticinco años dictó esa proposición categórica. Eso no significa que seamos comunistas. Los cristianos tampoco lo son y, sin embargo, han aceptado la unidad de acción con los comunistas. Y nuestra posición, como la de los cristianos, significa: si bien no estamos de acuerdo con la filosofía ni con la moral práctica del comunismo, rechazamos enérgicamente el anticomunismo político, porque conocemos su inspiración y sus fines ocultos.

Una posición tan firme no debería dar lugar a ningún malentendido. Sin embargo, no es así. Por lo tanto, nos hemos expresado torpemente o, al menos, con oscuridad. Nuestra tarea ha de consistir, entonces, en tratar de comprender esos malentendidos y disiparlos. Nunca se pondrá suficiente franqueza y claridad en uno de los problemas más importantes del siglo.

Digamos, pues, categóricamente que la fuente de los posibles malentendidos tiene su origen en una diferencia de métodos. Nos son comunes la mayor parte de las ideas colectivistas y del programa social de nuestros camaradas, su ideal de justicia, y su asco a una sociedad en la que el dinero y los privilegios ocupan el primer lugar. Simplemente, y nuestros camaradas lo reconocen de buen grado, ellos encuentran en una filosofía muy coherente de la historia la justificación del realismo político como método principal para lograr el triunfo de un ideal común a muchos franceses. Es en este punto donde, muy claramente, nos separamos de ellos. Lo hemos dicho muchas veces: no creemos en el realismo político. Nuestro método es diferente.

Nuestros camaradas comunistas deben entender que hombres que no tenían una doctrina tan sólida como la suya encontraran muchos motivos de reflexión durante estos cuatro años. Y reflexionaron con buena voluntad, en medio de mil peligros. Entre tantas ideas trastocadas, tantas figuras puras sacrificadas, en medio de los escombros, sintieron la necesidad de una doctrina y una vida nuevas. Para ellos todo un mundo murió en junio de 1940.

Hoy buscan esta nueva verdad con la misma voluntad y sin exclusivismos. También se puede comprender perfectamente que esos mismos hombres, al reflexionar sobre la más amarga de las derrotas, conscientes además de sus propias flaquezas, juzgaran que su país pecó por confusión y que, de ahora en adelante, el porvenir sólo tendría sentido con un gran esfuerzo de clarividencia y de renovación.

Éste es el método que tratamos de aplicar hoy y quisiéramos que se nos reconociera el derecho a intentarlo de buena fe. Este método no pretende rehacer toda la política de un país, sólo quiere tratar de provocar en la vida política de ese mismo país una experiencia muy limitada que consistiría en introducir, por medio de una simple crítica objetiva, el lenguaje de la moral en el ejercicio de la política. Esto significa decir sí y no al mismo tiempo, y decirlo con la misma seriedad y la misma objetividad.

Si se nos leyera con atención y con la simple benevolencia que puede otorgarse a toda empresa de buena fe, se vería que a menudo devolvemos con creces con una mano lo que parece que quitamos con la otra. Si se consideran solamente nuestras objeciones, el malentendido es inevitable. Pero si se equilibran esas objeciones con la afirmación muchas veces repetida desde aquí de nuestra solidaridad, se reconocerá sin esfuerzo que tratamos de no ceder a la vana pasión humana y de hacer siempre justicia a uno de los movimientos más considerables de la historia política.

Puede suceder que no sea siempre evidente el sentido de este difícil método. El periodismo no es escuela de perfección: son necesarios cien números de un periódico para precisar una sola idea. Pero esta idea puede ayudar a precisar otras, con la condición de que se tenga, al examinarla, la misma objetividad que se tuvo al formularla. Puede ser también que nos equivoquemos y que nuestro método sea utópico o imposible. Pero pensamos que no podemos afirmarlo antes de haberlo intentado. Es la experiencia que hacemos desde aquí, tan lealmente como es posible a unos hombres cuya única preocupación es la lealtad.

Sólo pedimos a nuestros camaradas comunistas que mediten esto, como nosotros nos esforzamos en reflexionar sobre sus objeciones. Con esto ganaremos, al menos, que cada uno pueda precisar su posición y, por nuestra parte, ver más claramente las dificultades y las probabilidades de éxito de nuestra empresa. Es esto lo que nos induce a hablarles así. Y también que somos conscientes de lo que Francia perdería si nuestras reticencias y desconfianzas recíprocas nos condujeran a un clima político en donde los mejores franceses se negaran a vivir, prefiriendo, entonces, la soledad a la polémica y la desunión.

III

(*Combat*, 12 de octubre de 1944)

Se habla mucho de orden en estos momentos porque el orden es algo bueno y nos ha hecho mucha falta. A decir verdad, los hombres de nuestra generación no lo han conocido y sienten por él una especie de nostalgia que les haría cometer muchas imprudencias si no tuvieran, al mismo tiempo, la certeza de que el orden debe estar unido a la verdad. Esto los vuelve algo desconfiados y susceptibles ante los ejemplos de orden que se les proponen.

Pues el orden es también una noción oscura. Lo hay de muchas clases: el que sigue reinando en Varsovia, el que oculta el desorden y el preferido por Goethe que se opone a la justicia. Existe también ese orden superior de los corazones y de las conciencias que se llama amor, y ese orden sangriento en que el hombre se niega a sí mismo, y que se alimenta del odio. Quisiéramos, entre todo esto, distinguir el orden justo.

Evidentemente hoy se habla del orden social. Pero el orden social ¿es sólo la tranquilidad en las calles? No es seguro, pues todos hemos tenido la impresión, durante esas desgarradoras jornadas de agosto, de que el orden empezaba precisamente con los primeros disparos de la insurrección. Bajo una apariencia desordenada, las revoluciones llevan consigo un principio de orden. Este principio reinará si la revolución es total. Pero cuando las revoluciones abortan o se detienen a mitad de camino, un gran desorden monótono se instaura por muchos años.

¿Es orden, al menos, la unidad de gobierno? Ciertamente no se puede prescindir de ella, pero el Reich alemán había obtenido esa unidad y no podemos decir, sin embargo, que le haya dado a Alemania su orden verdadero.

Quizá la simple consideración de la conducta individual nos ayude. ¿Cuándo decimos que un hombre ha puesto orden en su vida? Cuando se pone de acuerdo con ella y conforma su conducta a lo que cree verdadero. El rebelde que, en el desorden de la pasión, muere por una idea que ha hecho suya, es en realidad un hombre de orden porque ha ordenado toda su conducta según un principio que le parece evidente. Pero nadie podrá jamás hacernos considerar como hombre de orden a ese privilegiado que hace sus tres comidas diarias durante toda su vida, que tiene su fortuna invertida en valores seguros, pero que se mete en casa cuando hay disturbios en la calle. Es tan sólo un hombre de miedo y de ahorro. Y si el orden francés debiera ser el de la prudencia y la sequedad de corazón, nos inclinaríamos a pensar que es el peor desorden, porque, por indiferencia, permitiría todas las injusticias.

De todo esto podemos inferir que no hay orden sin equilibrio y sin armonía. En cuanto al orden social, debe ser un equilibrio entre gobernantes y gobernados. Y hay que lograr esa armonía en nombre de un principio superior. Ese principio es, para nosotros, la justicia. No hay orden sin justicia, y el orden ideal de los pueblos reside en su felicidad.

El resultado es que no se puede invocar la necesidad de orden para imponer la propia voluntad, pues de ese modo se ataca el problema al revés. No basta con exigir orden para gobernar bien, sino que hay que gobernar bien para lograr el único orden que tiene sentido. No es el orden el que refuerza la justicia, sino la justicia la que da su certeza al orden.

Nadie desea tanto como nosotros ese orden superior donde, en una nación en paz consigo misma y con su destino, cada uno tenga su parte de trabajo y de descanso, donde el obrero pueda trabajar sin amarguras ni envidia, donde el artista pueda crear sin atormentarse por la desdicha del hombre; donde, en fin, cada ser humano pueda meditar, en el silencio de su intimidad, sobre su propia condición.

No sentimos ninguna atracción perversa por ese mundo de violencia y de disturbios, donde lo mejor de nosotros se agota en una lucha desesperada. Pero ya que la partida está empezada, creemos que hay que llevarla a término, así como creemos que hay un orden que no queremos, pues consagraría nuestra renuncia y el fin de la esperanza humana. Por eso, aunque profundamente decididos a colaborar en la instauración de un orden justo, queremos advertir que estamos determinados a rechazar para siempre la célebre frase de un falso gran hombre y a declarar que preferiremos eternamente el desorden a la injusticia.

IV

(*Combat,* 29 de octubre de 1944)

El ministro de Información pronunció anteayer un discurso que aprobamos por entero. Pero hay un punto sobre el que queremos volver, porque no es muy común que un ministro hable a su país con el lenguaje de la moral viril y le recuerde sus deberes ineludibles.

El señor Teitgen ha desarmado esa mecánica de la concesión que condujo a tantos franceses de la debilidad a la traición. Cada concesión hecha al enemigo y a la actitud fácil acarreaba una nueva concesión. Esta última no era más grave que la primera, pero entre las dos, una tras otra, constituían una cobardía. Dos cobardía formaban el deshonor.

Éste es, en efecto, el drama de este país. Y es difícil de resolver porque compromete a toda la conciencia humana, al plantear un problema que debe resolverse tajantemente por un sí o por un no.

En Francia existía una sabiduría trillada que explicaba a las nuevas generaciones que la vida está hecha de tal manera que es preciso saber hacer concesiones, que el entusiasmo tiene su momento y que en un mundo donde los listos forzosamente tienen razón, hay que tratar de no equivocarse.

En eso estábamos. Y cuando los hombres de nuestra generación se sobresaltaban ante la injusticia, se los convencía de que era una emoción pasajera. Así, poco a poco, la moral de la comodidad y del desengaño se fue propagando. Júzguese el efecto que pudo causar en ese clima la voz desanimada y temblorosa que pedía a Francia replegarse sobre sí misma. Siempre se gana animando al hombre a lo que le resulta más fácil: su afición al descanso; por el contrario, el honor no es posible sin una terrible exigencia hacia sí mismo y hacia los demás. Esto es fatigoso, por supuesto. Y cierto número de franceses estaba fatigado de antemano en 1940.

No lo estaba todos. Fue asombroso que muchos hombres que entraron en la resistencia no fueran patriotas de profesión. Pero el patriotismo, en primer lugar, no es una profesión. Es una manera de amar a la patria que consiste en no quererla injusta y en decírselo. Aunque, por otra parte, el patriotismo no fue suficiente para movilizar a esos hombres para la extraña lucha que era la suya. Fue necesario además esa delicadeza de espíritu que repele toda transacción, el orgullo, que las costumbres burguesas consideraban un defecto, en resumen, la capacidad de decir no.

La grandeza de esa época, tan miserable por otra parte, consistió en que la elección se hizo clara, la intransigencia se convirtió en el más imperioso de los deberes y la moral de la concesión tuvo, al fin, su sanción. Si los listos tenían razón, hubo que admitir equivocarse. Y si la vergüenza, la mentira y la tiranía eran las condiciones de la vida, hubo que preferir la muerte.

Hoy, debemos restaurar, en toda Francia y a todos los niveles, ese poder de intransigencia y de dignidad. Es preciso saber que cada mediocridad consentida, cada negligencia y cada actitud cómoda nos hacen tanto mal como los fusiles del enemigo. Al cabo de estos cuatro años de terribles pruebas, Francia, exhausta, conoce la dimensión de su drama, que es no tener ya derecho a la fatiga. Es la primera condición de nuestra recuperación, y el país espera que los mismos hombres que supieron decir no, pongan mañana la misma firmeza y el mismo desinterés en decir sí, y que sepan, en fin, exigir al honor sus virtudes positivas tal como supieron tomar de él su poder de rechazo.

V

(*Combat,* 4 de noviembre de 1944)

Hace dos días Jean Guéhenno publicó en *Le Figaro* un hermoso artículo que no se puede pasar por alto, por la simpatía y el respeto que debe inspirar a todos los que sienten alguna inquietud por el porvenir de los hombres. Hablaba en él de la pureza: el tema es difícil.

Es verdad que Jean Guéhenno no hubiera tomado la iniciativa de hablar sobre ese tema si en otro artículo, inteligente aunque injusto, un joven periodista no le hubiera reprochado una pureza moral que temía se confundiera con la indiferencia intelectual. Jean Guéhenno le responde muy acertadamente, abogando por una pureza mantenida en la acción. Y, claro está, se plantea aquí el problema del realismo: se trata de saber si todos los medios son legítimos.

Todos estamos de acuerdo con los fines, pero discrepamos en cuanto a los medios. Todos aportamos, sin duda alguna, una pasión desinteresada por la felicidad imposible de los hombres. Pero, simplemente, hay entre nosotros quienes creen que se puede recurrir a cualquier medio para lograr esa felicidad, y hay quienes no lo creen. Nos contamos entre estos últimos. Sabemos con qué rapidez se toman los medios por fines y no admitimos cualquier justicia. Esto puede provocar la ironía de los realistas y Jean Guéhenno acaba de experimentarlo. Pero es él quien tiene razón y estamos convencidos de que su aparente locura es hoy la única cordura deseable. Porque se trata, en efecto, de conseguir la salvación del hombre. No situándose fuera del mundo, sino a través de la Historia misma. Se trata de estar al servicio de la dignidad del hombre por medios que permanezcan dignos, en medio de un contorno histórico que no lo es. Mídase la dificultad y la paradoja de tal empresa.

Sabemos, en efecto, que la salvación del hombre es quizá imposible, pero afirmamos que eso no es una razón para dejar de intentarla y afirmamos sobre todo que no es lícito llamarla imposible antes de haber hecho, de una vez para siempre, todo lo necesario para demostrar que no lo era.

Hoy se nos presenta la ocasión. Este país es pobre, y nosotros somos pobres con él. Europa es miserable, y su miseria es la nuestra. Sin riquezas ni herencia material, hemos entrado, quizá, en una libertad que nos permite entregarnos a esa locura que se llama la verdad.

Por eso, hemos expresado nuestra convicción de que se nos brinda una última oportunidad, y pensamos de verdad, que es la última. La astucia, la violencia y el sacrificio ciego de los hombres son medios que se probaron durante siglos. Esa prueba fue amarga. Sólo queda por intentar la vía normal y simple de una honestidad sin ilusiones, de la prudente lealtad y de la obstinación para, únicamente, fortalecer la dignidad humana. Creemos que el idealismo es ilusorio. Pero nuestra idea, para terminar, es que el día en que algunos hombres decidan poner al servicio del bien la misma obstinación y la misma incansable energía que otros ponen al servicio del mal, las fuerzas del bien podrán triunfar, por un tiempo muy breve quizá, pero al menos por algún tiempo, y esa conquista será entonces inconmensurable.

¿Por qué —se nos dirá— volver sobre esta discusión habiendo tantas cuestiones de orden práctico más urgentes? Nunca hemos vacilado en hablar de esas cuestiones de orden práctico. La prueba está en que cuando hablamos de ellas no complacemos a todo el mundo.

Y, por otra parte, era necesario volver sobre el tema porque en realidad no hay cuestión más urgente. Sí, ¿por qué volver sobre esta discusión? Para que el día en que, en un mundo sometido a la obediencia realista, la humanidad vuelva a la demencia y a las tinieblas, hombres como Guéhenno sepan que no están solos y sepan también que la pureza, dígase lo que se diga, no es nunca un desierto.

VI

(*Combat,* 24 de noviembre de 1944)

Cuanto más reflexionemos, más nos persuadimos de que una doctrina socialista está tomando cuerpo en amplios sectores de la opinión política. Ya lo dijimos ayer. Pero el tema merece ser precisado, pues, en definitiva, nada de todo esto es original. Críticos mal predispuestos podrían asombrarse de que los hombres de la resistencia, y con ellos muchos franceses, hicieran tantos esfuerzos para llegar a eso.

Pero, en primer lugar, no es absolutamente necesario que las doctrinas políticas sean nuevas. La política (no decimos la acción) no necesita genios. Los asuntos humanos son complicados en su detalle, pero simples en sus principios.

La justicia social puede muy bien lograrse sin una filosofía ingeniosa. Sólo exige algunas verdades de sentido común y esas cosas simples como la clarividencia, la energía y el desinterés. En estas materias, querer innovar a toda costa es trabajar para el año 2000. Y debemos poner en orden los problemas de nuestra sociedad en seguida, mañana si es posible.

En segundo lugar, las doctrinas no son eficaces por su novedad, sino solamente por la energía que transmiten y por el espíritu de sacrificio de los hombres que las sirven. Es difícil saber si el socialismo teórico representó algo profundo para los socialistas de la Tercera República. Pero hoy, el socialismo es como una quemadura para muchos hombres, porque da forma a la impaciencia y a la fiebre de justicia que los animan.

En fin, quizá en nombre de una concepción pobre del socialismo nos inclinaríamos a creer que llegar a él es poca cosa. Existe una cierta forma de esta doctrina que detestamos más, tal vez, que las políticas de tiranía. Es la que se apoya en el optimismo, la que se funda en el amor a la humanidad para eximirse de servir a los hombres, en el progreso inevitable para esquivar las cuestiones salariales, y en la paz universal para evitar los sacrificios necesarios. Ese socialismo se basa sobre todo en el sacrificio de los demás. Jamás comprometió a quien lo profesaba. En una palabra, ese socialismo tiene miedo de todo, incluso de la revolución.

Lo hemos conocido. Y es verdad que sería bien poca cosa si sólo se trata de volver a él. Pero hay otro socialismo que está dispuesto a pagar. Rechaza por igual la mentira y la debilidad, y no se plantea la cuestión fútil del progreso, sino que está convencido de que la suerte del hombre está siempre en las manos del hombre.

No cree en las doctrinas absolutas e infalibles, sino en el mejoramiento obstinado, caótico, pero incansable de la condición humana. Para él, la justicia bien vale una revolución, y, si ésta le es más difícil que a otros, porque no desprecia al hombre, es más probable también que no exija sino sacrificios útiles. En cuanto a saber si esa disposición de corazón y de espíritu puede traducirse en hechos es un punto sobre el cual volveremos.

Hoy, queremos disipar algunos equívocos. Es evidente que el socialismo de la Tercera República no respondió a las exigencias que acabamos de formular. Hoy puede reformarse, y lo deseamos. Pero también deseamos que los hombres de la resistencia y los franceses que están de acuerdo con ellos conserven intactas estas exigencias fundamentales. Pues si el socialismo tradicional quiere reformarse, no lo hará solamente llamando a esos hombres nuevos que comienzan a tomar conciencia de esta nueva doctrina. Lo hará acercándose él mismo a esta doctrina y aceptando incorporarse a ella totalmente. No hay socialismo sin compromiso y sin fidelidad de todo el ser, es lo que sabemos hoy. Y esto sí que es nuevo.

VII

(*Combat,* 26 de diciembre de 1944)

El Papa acaba de dirigir al mundo un mensaje en el que, abiertamente, toma posición en favor de la democracia. Nos congratulamos. Pero creemos también que este mensaje lleno de matices exige igualmente un comentario con matices. No estamos seguros de que este comentario exprese la opinión de todos nuestros camaradas de *Combat,* entre los cuales hay cristianos. Pero sí estamos seguros de que refleja los sentimientos de una gran parte de ellos.

Ya que se nos presenta la ocasión, quisiéramos decir que nuestra satisfacción no está desprovista de pesar. Hace años que esperábamos que la más grande autoridad espiritual de estos tiempos tuviera a bien condenar claramente los actos de las dictaduras. Digo claramente, ya que esta condena puede deducirse de algunas encíclicas, a condición de que se las sepa interpretar, pues está formulada en el lenguaje tradicional que jamás fue claro para la gran mayoría de los hombres.

Y era la gran mayoría de los hombres la que esperaba durante todos estos años que se elevara una voz para decir claramente, como hoy, dónde se encontraba el mal. Nuestro secreto deseo era que esa voz se elevara en el momento mismo en que triunfaba el mal y en que las fuerzas del bien estaban amordazadas. Que eso suceda hoy, cuando la dictadura se tambalea en todo el mundo, evidentemente nos alegra. Pero no queríamos solamente alegrarnos, queríamos creer y admirar. Queríamos que el espíritu diera pruebas de su valor antes de que la fuerza viniera a apoyarlo y a darle la razón.

Hubiéramos querido oír, en 1936, ese mensaje que condena a Franco, para que Georges Bernanos no se hubiese visto obligado a hablar y a maldecir. Esta voz que acaba de dictar al mundo católico el partido que debe tomar era la única que pudo haber hablado en medio de las torturas y los lamentos, la única que pudo haber negado, tranquilamente y sin temor, la fuerza ciega de los tanques.

Digámoslo claramente: hubiéramos deseado que el Papa tomara partido en el transcurso de esos años vergonzosos, y denunciara lo que había que denunciar. Es duro pensar que la Iglesia dejó esa tarea a otros más oscuros que no tenían su autoridad y de los cuales algunos carecían de la esperanza invencible de la que ella vive. Pues la Iglesia no tenía entonces por qué ocuparse de perdurar y de preservarse. Incluso entre cadenas no hubiera dejado de existir. Por el contrario, hubiera encontrado en ellas una fuerza que hoy estamos tentados de no reconocerle.

Pero, al menos, ahí está el mensaje. Y ahora los católicos que dieron lo mejor de sí mismos en la lucha común saben que tenían razón y que estaban del lado del bien. Las virtudes de la democracia son reconocidas por el Papa. Pero, aquí intervienen los matices pues esta democracia se entiende en sentido amplio y el Papa dice que puede abarcar tanto la república como la monarquía. Esta democracia desconfía de la masa, que Pío XII distingue sutilmente del pueblo. Esta democracia admite también las desigualdades sociales, aunque atemperándolas con el espíritu de fraternidad.

La democracia, tal como aparece definida en ese texto, tiene paradójicamente un matiz radical-socialista que no deja de sorprendernos. Por lo demás, la palabra clave ha sido pronunciada al expresar el Papa su deseo de un régimen moderado.

Comprendemos, desde luego, ese deseo. Hay una moderación del espíritu que debe ayudar a la inteligencia de las cosas sociales, y aun a la felicidad del hombre. Pero tantos matices y tantas preocupaciones abren también el camino a la moderación más aborrecible: la moderación del corazón, que es, justamente, la que admite las desigualdades y la que tolera la prolongación de la injusticia. Esos consejos de moderación son de doble filo. Hoy se corre el riesgo de que sirvan a los que quieren conservarlo todo y no han comprendido que algo debe cambiar. Nuestro mundo no necesita almas tibias, sino corazones ardientes que sepan darle a la moderación su justo lugar. No, los cristianos de los primeros siglos no eran moderados. Y la Iglesia hoy debería esforzarse en que no se la confundiera con las fuerzas conservadoras.

Esto es, al menos, lo que deseábamos decir, porque quisiéramos que todo lo que tiene nombre y honra en este mundo esté al servicio de la causa de la libertad y de la justicia. En esta lucha, nunca seremos demasiados. Ésta es la única razón de nuestras reservas. ¿Quiénes somos nosotros, en efecto, para permitirnos criticar a la más alta autoridad espiritual del siglo? Sólo simples defensores del espíritu, precisamente, pero sabemos que hay que ser exigentes hasta el infinito con aquellos cuya misión es representar al espíritu.

VIII

(*Combat,* 11 de enero de 1945)

El señor Mauriac acaba de publicar un artículo sobre el «desprecio por la caridad» que no me parece justo ni caritativo. Por primera vez ha adoptado, en las cuestiones que nos separan, un tono sobre el cual no quiero insistir y que yo, al menos, no voy a adoptar. Por otra parte, yo no habría respondido si las circunstancias no me hubieran obligado a abandonar esos debates cotidianos en los que los mejores y los peores de nosotros discutimos durante meses, sin que nada de lo que nos importa realmente llegara a aclararse. No habría respondido si no tuviera la impresión de que esta discusión, cuyo tema es nuestra vida misma, comenzaba a tornarse confusa. Y ya que se me alude personalmente, quisiera, antes de terminar, hablar en mi nombre y tratar, por última vez, de aclarar lo que quise decir.

Cada vez que a propósito de la depuración yo hablaba de justicia, el señor Mauriac hablaba de caridad. Y la virtud de la caridad es bastante peculiar como para que pareciera que al reclamar justicia, yo abogaba por el odio. Verdaderamente se diría, según el señor Mauriac, que en estos asuntos cotidianos estamos obligados a escoger entre el amor a Cristo y el odio al hombre. ¡Y bien, no es así! Somos de los que rechazan a la vez los gritos de odio que nos llegan por un lado y los ruegos enternecidos que nos vienen por el otro. Y buscamos entre ambos esa voz justa que nos dé la verdad sin la vergüenza. No necesitamos para ello tener conocimiento de todo, sino solamente desear la claridad, con esa pasión de la inteligencia y del corazón sin la cual ni el señor Mauriac ni nosotros haríamos nada bueno.

Esto me permite decir que la caridad no tiene nada que ver con esto. Tengo la impresión, a este respecto, de que el señor Mauriac lee muy mal los textos que se propone contradecir. Bien veo que es un humorista y no un escritor de razonamiento, pero me gustaría que en estas materias habláramos sin humor. Pues el señor Mauriac me ha leído muy mal si cree que ante el mundo que se nos ofrece se me ocurre sonreír. Cuando digo que la caridad que se propone como ejemplo a veinte pueblos hambrientos de justicia no es más que un consuelo irrisorio, le ruego a mi oponente que crea que lo digo sin sonreír.

Mientras yo respete al señor Mauriac por lo que es, tendré el derecho de rechazar lo que piensa. Y para esto no es necesario sentir ese desprecio por la caridad que, generosamente, me atribuye. Al contrario, las posiciones me parecen claras. El señor Mauriac no quiere aumentar el odio y en eso lo sigo gustoso. Pero yo no quiero que se aumente la mentira y en esto espero que me apruebe.

En una palabra, espero que diga abiertamente que existe ahora una necesidad de justicia.

En realidad, no creo que lo diga: es una responsabilidad que no va a asumir. El señor Mauriac que escribió que nuestra República sabría ser dura, se propone escribir pronto una palabra que no ha pronunciado aún: la palabra perdón. Sólo quisiera decirle que veo dos caminos mortales para nuestro país (y hay maneras de sobrevivir que no valen más que la muerte). Esos dos caminos son el del odio y el del perdón. Tanto uno como el otro me parecen desastrosos. No tengo ninguna inclinación por el odio. La sola idea de tener enemigos me parece lo más fatigoso del mundo y mis camaradas y yo tuvimos que hacer un gran esfuerzo para soportar tenerlos. Pero el perdón no me parece mejor, y en estos momentos, tendría carácter de agravio. En todo caso, estoy convencido de que el perdón no nos pertenece. Si siento horror por las condenas, es sólo asunto mío. Perdonaré de verdad, con el señor Mauriac, cuando los padres de Velin, cuando la mujer de Leynaud me hayan dicho que puedo hacerlo. Pero no antes, jamás antes, para no traicionar, al precio de una efusión del corazón, lo que siempre he amado y respetado en este mundo, lo que constituye la nobleza del hombre: la fidelidad.

Esto es quizá duro de oír. Quisiera solamente que el señor Mauriac supiera que no es menos duro decirlo. Escribí claramente que Béraud no merecía la muerte, pero confieso que no tengo imaginación para ver los grilletes que, según el señor Mauriac, los condenados por traición llevan en los tobillos. Precisamente, nos hizo falta mucha imaginación durante cuatro años para ver a miles de franceses honorables destinados a todos los suplicios, por unos periodistas a los que ahora se quiere convertir en mártires. Puede que, como hombre, admire al señor Mauriac por saber amar a los traidores: pero como ciudadano, lo deploro porque ese amor engendrará una nación de traidores y de mediocres y una sociedad que ya no deseamos.

Para terminar, el señor Mauriac me echa a Cristo en cara. Solamente quisiera decirle esto, con la gravedad que corresponde: creo tener una idea precisa de la grandeza del cristianismo, pero nos contamos entre los que, en este mundo acosado, tenemos la impresión de que si bien Cristo murió por algunos, no murió por nosotros. Al mismo tiempo, nos negamos a perder la esperanza en el hombre. Sin tener la ambición insensata de salvarlo, queremos al menos servirlo. Si aceptamos prescindir de Dios y de la esperanza, no renunciamos tan fácilmente al hombre. Sobre este punto bien puedo decirle al señor Mauriac que no nos desanimamos y que rechazaremos hasta el último momento una caridad divina que frustraría la justicia de los hombres.

IX

(*Combat,* 27 de junio de 1945)

El señor Herriot acaba de pronunciar unas palabras desafortunadas. Una palabra desafortunada es una palabra inoportuna. El señor Herriot ha hablado en una oportunidad que ya no era la suya y sobre un tema que se puede considerar intempestivo. Aunque tenga razón, no es el hombre indicado para tachar de inmoral a la nación y para declarar que esta época no puede dar lecciones a la época de preguerra.

Si esta condena es injusta es porque, en primer lugar, es demasiado general. Es cierto que a los franceses les gusta apostar en contra cuando se trata de sí mismos. Pero, si bien se puede excusar este defecto en hombres que han luchado y sufrido mucho por su país, resulta difícil mostrar la misma indulgencia con respecto a una persona cuya experiencia política debería hacer más cauta y cuya doctrina debiera hacer más modesta.

No hay nada que se pueda condenar en general y a una nación menos todavía. El señor Herriot debería saber que esta época no pretende dar lecciones de moral a la que la ha precedido, pero que tiene el derecho, adquirido en medio de terribles convulsiones, de rechazar pura y simplemente la moral que la condujo a la catástrofe.

No son, sin duda, las ideas políticas del señor Herriot y de sus colegas radicales las que nos han perdido, pero su moral sin obligaciones ni sanciones, la Francia de tenderos, de estanqueros y de banquetes legislativos que nos regalaron hizo más por enervar los ánimos y reflejar las energías que perversiones más espectaculares. En todo caso, esa moral no da derecho al señor Herriot a condenar a los franceses de 1945.

La verdad es que este pueblo está buscando una moral, pero aún no acaba de definirse. Sin embargo, ya ha dado bastantes pruebas de su abnegación y de su espíritu de sacrificio como para exigir que unos hombres políticos que fueron representativos no lo juzguen con algunas palabras despectivas. Comprendemos muy bien el despecho que puede sentir el señor Herriot al ver que se rechaza una cierta moral política de preguerra. Pero debe resignarse a ello. Los franceses están cansados de las virtudes mediocres; ahora saben cuánto desgarramiento y dolor puede costar un conflicto moral extendido a una nación entera. No es, pues, de extrañar que se aparten de sus falsas elites, ya que ellas fueron, en primer lugar, las elites de la mediocridad.

Cualesquiera que sean la sabiduría y la experiencia del señor Herriot, somos muchos los que creemos que ya no tiene nada que enseñarnos. Si aún puede sernos útil es en la medida en que, al considerar lo que él es y lo que fue su partido, y percibir después la prodigiosa aventura que debe correr Francia para renacer, no digamos que no existe ninguna proporción y que la renovación francesa exige algo más que corazones tibios.

Es posible que en el círculo del señor Herriot se prefieran dos horas de mercado negro a una semana de trabajo. Pero podemos asegurarle que hay millones de franceses que trabajan y callan. Y por ellos se debe juzgar a la nación. Por eso consideramos que decir que Francia necesita más una reforma moral que una reforma política es tan tonto como afirmar lo contrario. Necesita las dos, precisamente para impedir que se juzgue a una nación entera por los escandalosos beneficios de algunos miserables. Siempre hemos hecho hincapié, aquí, en las exigencias de la moral. Pero sería una estafa que estas exigencias sirvieran para escamotear la renovación política e institucional que necesitamos. Hay que dictar buenas leyes si se quieren tener buenos ciudadanos. Nuestra única esperanza reside en que esas buenas leyes nos eviten por algún tiempo el retorno al poder de los profesores de virtud que hicieron cuanto hacía falta para que las palabras diputado y gobierno fueran en Francia, durante largos años, símbolo de escarnio.

X

(*Combat,* 30 de agosto de 1945)

Se nos disculpará por empezar hoy por una verdad primordial: está ya bien claro que la depuración en Francia no sólo ha fracasado, sino que, además, está desacreditada: la palabra depuración ya era bastante desagradable por sí misma. El hecho se ha vuelto odioso. Sólo tenía una posibilidad de no hacerse odioso: que se practicara sin espíritu de venganza y sin ligereza. Hay que pensar que el camino de la simple justicia no es fácil de encontrar entre los clamores del odio, por una parte, y los alegatos del remordimiento, por la otra. El fracaso, de todos modos, es completo.

Porque, además, la política con todas sus cegueras ha intervenido en esto. Demasiada gente clamó por la muerte como si los trabajos forzados, por ejemplo, fueran un castigo sin consecuencias. Pero, demasiada gente, por el contrario, aulló de terror cuando algunos años de prisión castigaban el ejercicio de la delación y del deshonor. En todos los casos, nos sentimos impotentes. Quizá lo más seguro hoy es hacer lo necesario para que injusticias demasiado flagrantes no envenenen más aún un aire que a los franceses ya les cuesta respirar.

Hoy queremos hablar de una de esas injusticias. El mismo tribunal que condenó a Albertini, reclutador de la L. V. F., a cinco años de trabajos forzados, ha condenado a ocho años de la misma pena al pacifista René Gérin, que tenía a su cargo la crónica literaria de *L'Œuvre* durante la guerra. Esto no puede admitirse ni por lógica ni en justicia. No aprobamos aquí a René Gérin. El pacifismo integral no nos parece razonable y sabemos además que llega siempre un momento en que es insostenible. No podemos aprobar tampoco que Gérin haya escrito, aunque fuera sobre temas literarios, en *L'Œuvre.*

Pero hay que respetar, sin embargo, las proporciones y juzgar a los hombres según lo que son. No se castiga con trabajos forzados algunos artículos literarios, aunque se publicaran en los periódicos de la ocupación. Por lo demás, la posición de Gérin nunca varió. Se puede no compartir su punto de vista, pero su pacifismo, al menos, era el resultado de una cierta concepción del hombre que no deja de ser respetable. Una sociedad se enjuicia a sí misma en el momento en que no es capaz, por falta de definición o de ideas claras, de castigar a los auténticos criminales, envía a presidio a un hombre que, por azar, se encontraba entre esos falsos pacifistas que deseaban el hitlerismo y no la paz. Y una sociedad que quiere y pretende renacer ¿puede carecer de esa preocupación elemental de claridad y de distinción?

Gérin no denunció a nadie ni participó en ninguna de las empresas del enemigo. Si se juzgaba que su colaboración literaria en *L'Œuvre* merecía una sanción, había que aplicarla, pero adecuada al delito. A ese grado de exageración, una sanción no repara nada. Sólo provoca la sospecha de que semejante sentencia no es la de la nación, sino la de una clase. Humilla a un hombre sin beneficio para nadie. Desacredita una política para daño de todos.

Ese proceso, en todos los casos, exige una revisión. Y no sólo para evitar a un hombre unos sufrimientos desproporcionados a sus faltas, sino para que la justicia misma sea preservada y llegue a ser, en un caso al menos, respetable. Aunque René Gérin haya estado en distinto campo que nosotros, nos parece que sobre este punto toda la opinión de la Resistencia debería estar a nuestro lado para salvar, con decisión, todo lo que aún puede salvarse en este terreno.

XI

(*Combat,* 8 de agosto de 1945)

El mundo es lo que es, es decir, poca cosa. Todos lo sabemos desde ayer, gracias al formidable concierto que la radio, los periódicos y las agencias de noticias acaban de desencadenar con respecto a la bomba atómica. En efecto, nos enteramos, en medio de una multitud de comentarios entusiastas, que cualquier ciudad de mediana importancia puede ser totalmente arrasada por una bomba del tamaño de un balón de fútbol. Los periódicos norteamericanos, ingleses y franceses se extienden en elegantes disertaciones sobre el porvenir, el pasado, los inventores, el costo, la vocación pacífica y los efectos bélicos, las consecuencias políticas e, incluso, el carácter independiente de la bomba atómica. Los resumiremos todo en una sola frase: la civilización mecánica acaba de alcanzar su último grado de salvajismo. Será preciso elegir, en un futuro más o menos cercano, entre el suicidio colectivo o la utilización inteligente de las conquistas científicas.

Mientras tanto, es lícito pensar que hay cierta indecencia en celebrar así un descubrimiento que se pone, en primer lugar, al servicio de la más formidable furia destructora de la que el hombre haya dado pruebas desde hace siglos. Nadie, sin duda, a menos que sea un idealista impenitente, se asombrará de que, en un mundo entregado a todos los desgarramientos de la violencia, incapaz de ningún control, indiferente a la justicia y a la sencilla felicidad de los hombres, la ciencia se consagre al crimen organizado.

Estos descubrimientos deben registrarse y comentarse, según lo que son, y anunciarse al mundo para que el hombre tenga una idea precisa de su destino. Pero rodear estas terribles revelaciones de una literatura pintoresca o humorística es intolerable.

Ya se respiraba con dificultad en un mundo torturado. Y ahora se nos ofrece una nueva angustia, que tiene todas las posibilidades de ser definitiva. Sin duda se está brindando al hombre su última oportunidad. Quizá sea ése el pretexto, para una edición especial, pero debería ser, con mayor razón, el motivo de algunas reflexiones y de mucho silencio.

Además, hay otras razones para acoger con reserva la novela de ciencia ficción que los periódicos nos ofrecen. Cuando se ve al redactor diplomático de la agencia Reuter anunciar que esta invención vuelve caducos los tratados o prescritas incluso las decisiones de Potsdam, y señalar que es indiferente que los rusos estén en Koenigsberg o los turcos en los Dardanelos, no se puede evitar atribuir a ese hermoso concierto intenciones bastante ajenas al desinterés científico.

Entiéndase bien. Si los japoneses capitulan después de la destrucción de Hiroshima y por efectos de la intimidación, nos alegramos. Pero nos negamos a sacar de tan grave noticia otra conclusión que no sea la decisión de abogar más enérgicamente aún en favor de una verdadera sociedad internacional, donde las grandes potencias no tengan derechos superiores a los de las pequeñas y medianas naciones, y donde la guerra, ese azote que se ha vuelto definitivo por el solo efecto de la inteligencia humana, no dependa más de los apetitos o de las doctrinas de tal o cual estado.

Ante las perspectivas aterradoras que se abren a la humanidad, percibimos aún mejor que la paz es la única lucha que vale la pena entablar. No es ya un ruego, sino una orden que debe subir de los pueblos hacia los gobiernos, la orden de elegir definitivamente entre el infierno y la razón.

La carne

I

(*Combat,* 28 de octubre de 1944)

Nos fue difícil hablar ayer de René Leynaud. Los que hayan leído en un rincón del periódico la noticia de que un periodista de la Resistencia con ese nombre había sido fusilado por los alemanes, habrán prestado tan sólo una atención distraída a lo que, para nosotros, era una terrible, una atroz noticia. Y, sin embargo, es necesario que hablemos de él. Es necesario que hablemos para que la memoria de la resistencia se conserve, si no en una nación que corre el riesgo de ser olvidadiza, al menos en algunos corazones atentos a la calidad humana.

Se enroló en la Resistencia desde los primeros meses. Todo lo que constituía su vida moral, el cristianismo y el respeto por la palabra dada, lo había impelido a ocupar silenciosamente su lugar en esa batalla de las sombras. Eligió el nombre de guerra que respondía a lo que había de más profundo en él: para todos sus camaradas de *Combat,* se llamaba *Clair.*

La única pasión personal que conservó, con la del pudor, fue la poesía. Había escrito poemas que sólo dos o tres de nosotros conocíamos. Tenían la cualidad de lo que era él, es decir, la transparencia misma. Pero en la lucha diaria renunció a escribir, dedicándose tan sólo a comprar los más diversos libros de poesía, que se reservaba para leer después de la guerra. Por lo demás, compartía nuestra convicción de que cierto lenguaje y la obstinación en la rectitud restituirían a nuestro país el aspecto sin igual que esperábamos de él. Desde hacía meses lo aguardaba su lugar en este periódico y con toda la tozudez de la amistad y de la ternura, rechazábamos la noticia de su muerte. Hoy ya no es posible.

Ese lenguaje que era necesario mantener no será ya el suyo. La absurda tragedia de la resistencia se encierra en esta horrible desgracia. Pues hombres como Leynaud entraron en la lucha convencidos de que nadie podía hablar antes de dar la cara. Desgraciadamente, la guerra sin uniforme no tiene la terrible justicia de la guerra a secas. Las balas del frente alcanzan a cualquiera, al mejor y al peor. Pero durante estos cuatro años fueron los mejores los que se significaron y los que cayeron; fueron los mejores los que ganaron el derecho de hablar y perdieron el poder de hacerlo.

En todo caso, aquel que amábamos no hablará ya más. Y sin embargo Francia tenía necesidad de voces como la suya. Su corazón altivo entre todos, largo tiempo silencioso entre su fe y su honor, habría sabido decir las palabras necesarias. Pero ahora ha callado para siempre. Y otros, que son indignos, hablan de ese honor que él había hecho suyo, como otros, que no están seguros, hablan en nombre del Dios que él había elegido.

Hoy es fácil criticar a los hombres de la Resistencia, señalar sus debilidades y acusarlos. Pero, quizá, es debido a que los mejores de ellos han muerto. Lo decimos porque lo creemos firmemente: si nosotros estamos todavía aquí es porque no hicimos lo suficiente. Leynaud hizo lo suficiente. Y hoy, devuelto a esta tierra para nosotros sin porvenir y para él pasajera, alejado de esa pasión a la que había sacrificado todo, esperamos al menos que su consuelo sea no oír las palabras de amargura y de denigración que resuenan alrededor de esta pobre aventura humana en la que estamos involucrados.

Que nadie tema, no nos serviremos de él, que jamás se sirvió de nadie. Salió desconocido de esta lucha en la que había entrado desconocido. Conservaremos para él lo que él hubiera preferido: el silencio de nuestro corazón, el recuerdo atento y la horrible tristeza de lo irreparable. Pero él, a su vez, nos perdonará que dejemos volver a la amargura, nosotros que siempre hemos intentado alejarla, y que nos pongamos a pensar que, tal vez, la muerte de un hombre como él es un precio demasiado caro para que otros hombres tengan derecho a olvidar en sus actos y en sus escritos lo que valieron durante cuatro años el coraje y el sacrificio de algunos franceses.

II

(*Combat,* 22 de diciembre de 1944)

Francia ha vivido muchas tragedias que hoy alcanzan su desenlace. Y vivirá todavía muchas otras que no han comenzado aún. Pero hay una que, desde hace cinco años, los hombres y las mujeres de este país no han dejado de sufrir: la separación.

La patria lejana, los amores rotos, esos diálogos de sombras que mantienen dos seres por encima de las llanuras y las montañas de Europa, o esos monólogos estériles que cada uno prosigue a la espera del otro, son los signos miserables de la época. Franceses y francesas esperan desde hace cinco años. Hace cinco años que en sus corazones desarraigados luchan desesperadamente contra el tiempo, contra la idea de que el ausente envejece y de que todos estos años se han perdido para el amor y la felicidad.

Sí, este tiempo es el tiempo de la separación. En esta época torturada no nos atrevemos ya a pronunciar la palabra felicidad. Y, sin embargo, millones de seres, hoy, se buscan, y estos años son para ellos un plazo que no termina nunca y al cabo del cual esperan que su felicidad sea nuevamente posible.

¿Quién podría, entonces, censurarlos? ¿Y quién podría decir que están equivocados? ¿Qué sería la justicia sin la posibilidad de la dicha, de qué serviría la libertad en la miseria? Nosotros lo sabemos bien, nosotros los franceses que entramos en esta guerra no por afán de conquista, sino para defender precisamente cierta idea de la felicidad. Sencillamente, esa felicidad era tan indómita y tan pura que nos pareció que valía la pena atravesar primero los años de la desdicha. Conservemos entonces el recuerdo de esa felicidad y de los que la han perdido. Esto quitará aridez a nuestra lucha y, sobre todo, le otorgará toda su crueldad a la desdicha de Francia y a la tragedia de sus hijos separados.

No es éste el lugar ni el momento de escribir que la separación me parece a menudo la norma y que reunirse no es sino la excepción, que la felicidad es un azar que se prolonga. Lo que se espera de todos nosotros son palabras de esperanza. Es verdad que a nuestra generación sólo se le exigió una cosa: ponerse a la altura de la desesperación. Pero esto nos prepara mejor quizá para hablar de la mayor de las esperanzas, la que se va a buscar a través de la miseria del mundo y que se parece a una victoria. Es la única que nos parece respetable. Sólo existe una cosa que no podamos vencer, porque pone fin a todo: la separación eterna. Pero, por lo demás, no hay nada que el coraje y el amor no puedan conseguir plenamente. Un coraje de cinco años, un amor de cinco años, es la prueba inhumana que franceses y francesas se vieron obligados a soportar y que mide la dimensión de su infortunio.

Todo esto es lo que se ha querido conmemorar en la Semana del Ausente. Una semana no es gran cosa. Es más fácil ser ingenioso en la desdicha que en la felicidad y cuando queremos aliviar desgracias, no tenemos tantos recursos y damos dinero. Espero solamente que demos mucho. Ya que no tenemos ningún poder contra el dolor, hagamos algo para solucionar la miseria. El dolor será así más libre y todos esos seres frustrados tendrán tiempo para sus sufrimientos. Será un lujo del que están privados desde hace mucho.

Pero que nadie se crea libre de deudas y que el dinero entregado no tranquilice las conciencias: hay deudas que no se saldan. A los que están allá, a esa inmensa multitud misteriosa y fraternal, le damos el rostro de los que conocíamos y nos fueron arrancados. Pero sabemos bien que no los hemos amado bastante, que no hemos aprovechado lo suficiente el tiempo en que nos necesitaban. Nadie los ha amado bastante, ni siquiera su patria, puesto que están todavía donde están. Que al menos esta semana, «nuestra» semana, no nos haga olvidar «sus» años. Que nos enseñe a no amarlos con un amor mediocre, que nos dé memoria e imaginación, lo único que puede hacernos dignos de ellos. Sobre todo, que nos sirva para olvidar nuestras vanas palabras y para preparar el silencio que les ofreceremos ese día difícil y maravilloso en que estén frente a nosotros.

III

(*Combat,* 2 de enero de 1945)

Hemos leído con el respeto y la aprobación que merece la carta de un combatiente, publicada ayer por *Le Populaire.* Su severidad es legítima, sus condenas, fundadas en su mayoría. En cuanto al desconcierto y a la amargura que esa carta expresa, los hemos subrayado suficientemente, y hemos solicitado con suficiente insistencia que se someta a toda la nación a la regla de la guerra, como para volver sobre ello.

Dicho esto, no podemos aprobar en la carta de nuestro camarada su condena a la juventud de retaguardia: «Juventud enclenque, títere y ridícula que se burla estrepitosamente de todo lo que la sobrepasa: Victor Hugo o el coraje.» No se trata de la posibilidad de contradecir este punto de vista. Ya que, en efecto, no ha sido razonado, y sólo expresa un estado de ánimo que, por lo demás, una parte de nosotros mismos comprende y aprueba. Pero es necesario, tal vez, pensar en los jóvenes franceses que al leer esta carta caerían en la tentación de dudar de sí mismos, creyendo que eso es lo que se puede pensar de ellos y acongojándose por haber dado a sus mayores una imagen tan irrisoria y a tal punto desesperante.

Porque esa condena es infundada. La excesiva generalización es su defecto. Está dictada por la legítima impaciencia de los que han sufrido. Hay en toda amargura un juicio sobre el mundo. La decepción lleva a generalizar y se habla de toda una juventud cuando sólo se ha contemplado a algunos desdichados. No queremos defender a esos desdichados, pero creemos posible testimoniar en favor de esa juventud que los hombres de la colaboración insultaron durante años y que sería injusto condenar en el mismo momento en que necesitamos de ella.

La tarea de la juventud francesa no fue fácil. Parte de ella combatió, y sabemos bien que el día de la insurrección había detrás de las barricadas tantos rostros de jóvenes como de adultos. Otros no encontraron ocasión de luchar o no tuvieron esa presencia de ánimo. Hoy todos están a la expectativa. Dos generaciones legaron a esa juventud la desconfianza hacia las ideas y el pudor de las palabras. Y aquí está ahora ante inmensas tareas para las cuales no se la ha provisto de ninguna herramienta. No tiene nada que hacer y todo en este mundo la sobrepasa. ¿Quién podría decir que es culpable? He visto hace poco muchos de esos rostros jóvenes reunidos en una misma sala. Sólo leí en ellos seriedad y atención. Precisamente, esta juventud está atenta. Lo que quiere decir también que espera y que nadie ha respondido aún a esa llamada. No es esa juventud, sino nosotros, el país entero y el gobierno con él, los responsables de su aislamiento y de su pasividad.

No se la ayudará con palabras despectivas. Se la ayudará con una mano fraternal y un lenguaje viril. Este país, que ha sufrido durante tanto tiempo de senilidad, no puede prescindir de su juventud. Pero esta juventud necesita que se le otorgue confianza y que se la conduzca con espíritu de grandeza y no en un clima de angustia o de hastío. Francia ha conocido momentos de coraje desesperado. Fue quizá ese coraje sin porvenir y sin dulzura el que, finalmente, la salvó. Pero esa violencia de un alma apartada de todo no puede servir indefinidamente. Los franceses no necesitan, ciertamente, ilusiones. Ya están demasiado dispuestos a alimentarlas. Pero Francia no puede vivir sólo de desconfianza y de rechazo. Su juventud, en todo caso, necesita que se la provea de afirmaciones para poder afirmarse ella misma.

Siempre es difícil unir realmente a los que combaten y a los que esperan. La comunidad de la esperanza no es suficiente, es preciso la de las experiencias. Pero aunque nunca será posible unir en un mismo espíritu a hombres cuyos sufrimientos son distintos, no hagamos nada al menos que pueda enfrentarlos. En el caso que nos ocupa, no agreguemos a las angustias de los jóvenes franceses una condena que los subleve si la sienten injusta y los coloque en situación de inferioridad si piensan que es plausible. Tenemos buenas razones para dejarnos llevar, a veces, por la amargura. Pero, dentro de lo posible, debemos guardar esa amargura para nosotros.

No, realmente, esta juventud no se burla de lo que la sobrepasa. La que hemos conocido, al menos, sólo se ha reído de las grandes palabras rimbombantes y tenía razón. Pero la hemos visto siempre silenciosa en medio de la lucha o ante el espectáculo del valor. Es el signo de su calidad y la certidumbre de un alma difícil que sólo pide ser útil, y que no es todavía responsable de la soledad en que se la deja.

IV

(*Combat,* 17 de mayo de 1945)

«Nuestro alimento es un litro de sopa a mediodía y café con trescientos gramos de pan por la noche... Estamos llenos de piojos y pulgas... Todos los días mueren judíos. Una vez muertos, se les apila en un rincón del campo de concentración y se espera a que haya bastantes para enterrarlos... Entonces, durante horas y días, y con la ayuda del sol, un olor infecto se esparce por el campo judío y por el nuestro.»

Ese campo inundado por el horrendo olor de la muerte es el de Dachau. Lo sabíamos desde hacía tiempo y el mundo comienza a cansarse de tantas atrocidades. Los delicados lo encuentran monótono y nos reprocharán que hablemos todavía de ello. Pero Francia se descubrirá, tal vez, una nueva sensibilidad cuando sepa que ése es el grito de uno de los miles de deportados políticos de Dachau ocho días después de su liberación por las tropas norteamericanas. Pues a esos hombres se les ha retirado en su campo a la espera de una repatriación que no ven llegar. En los mismos lugares donde creyeron alcanzar su mayor infortunio, conocen hoy un sufrimiento aún mayor, porque concierne ahora a su confianza.

Los fragmentos que hemos citado están extraídos de una carta de cuatro páginas dirigida por un internado a su familia, las referencias están a disposición de todos. Muchas informaciones nos hacían pensar, en efecto, que tales cosas estaban ocurriendo con nuestros camaradas deportados. Pero guardábamos silencio a la espera de informaciones más seguras. Hoy ya nos es imposible. El primer mensaje que nos llega de allá es decisivo y tenemos que gritar nuestra indignación y nuestra cólera. Hay allí una ignominia que debe cesar.

Cuando los campos alemanes rebosan de víveres y provisiones, cuando los generales hitlerianos comen a sus anchas, es una vergüenza, efectivamente, que los internados políticos pasen hambre. Cuando los «deportados de honor» son repatriados inmediatamente y en avión, es vergonzoso que nuestros camaradas sigan viendo todavía los mismos horizontes desesperantes que contemplaron durante años. Esos hombres no piden gran cosa. No quieren un trato de favor. No reclaman medallas ni discursos. Sólo quieren volver a sus casas. Ya están hartos. Aceptaron sufrir por la Liberación, pero no pueden comprender que haya que sufrir la Liberación. Sí, están hartos porque se les ha arruinado todo, hasta esta victoria que es también —hasta un punto que este mundo indiferente a las cosas del espíritu no puede saber— su victoria.

Es preciso que se sepa que un solo cabello de estos hombres es más valioso para Francia y para el universo entero que una veintena de esos políticos cuyas sonrisas son registradas por nubes de fotógrafos. Ellos, y sólo ellos, fueron los guardianes del honor y los testigos del coraje. Por eso es necesario que se sepa que si ya nos es insoportable saberlos en medio del hambre y la enfermedad, no soportaremos que se les arrebate la esperanza.

En esa carta en que cada línea es motivo de furor y de rebelión para el lector, nuestro camarada cuenta lo que fue el día de la victoria en Dachau: «Ni un grito, ni una manifestación; este día no nos anuncia nada.» ¿Se comprende lo que esto quiere decir, cuando se trata de hombres que, en lugar de esperar que la victoria les llegara del otro lado del mar, sacrificaron todo para apresurar ese día de sus más entrañables esperanzas? ¡Aquí está ese día! Y los encuentra, sin embargo, en medio de cadáveres y de pestilencias, contenidos sus ímpetus por las alambradas, desconcertados ante un mundo que, en sus más negros pensamientos, no habían podido imaginar hasta tal punto estúpido e inconsciente.

Nos detendremos aquí, pero si este clamor no es escuchado, si los organismos aliados no anuncian medidas inmediatas, repetiremos esta llamada y emplearemos todos los medios a nuestro alcance para gritarla por encima de todas las fronteras y hacer saber al mundo cuál es la suerte que las democracias victoriosas reservan a los testigos que ofrecieron su vida, para que los principios que ellas defienden tengan al menos una apariencia de verdad.

V

(*Combat,* 19 de mayo de 1945)

Anteayer protestamos a causa de la suerte reservada a los deportados que están aún en los campos de concentración de Alemania. Ayer, nuestros camaradas de *France-Soir* intentaron dar a nuestra protesta una interpretación política que rechazamos categóricamente. Semejante tentativa no sólo es pueril, sino además de mal tono ante un problema tan grave. Aquí no queremos defender a nadie, y nuestro único propósito es salvar las vidas francesas más valiosas. Ni la política, ni las susceptibilidades nacionales tienen nada que hacer en medio de esta angustia.

En todo caso, no es el momento de iniciar procesos, pues el proceso sería general. Es el momento de actuar con rapidez y de sacudir brutalmente las imaginaciones perezosas y los corazones indiferentes que nos cuestan hoy tan caro. Hay que actuar y actuar rápidamente, y si nuestra voz puede provocar el alboroto necesario, la emplearemos, sin perdonar a nadie.

Los norteamericanos nos prometen hoy repatriar en avión a cinco mil deportados por día. Esta promesa llega después de nuestra llamada y tomamos nota con alegría y satisfacción. Pero aún queda el problema de los campos en cuarentena. El tifus está diezmando los campos de Dachau y de Allach. Al 6 de mayo se contaban 120 muertes por día. Los médicos deportados que están allí piden que la cuarentena se haga, pero no en el mismo campo que está superpoblado y donde cada pulgada de terreno está infectada, sino en el campo de los S. S. que se encuentra a pocos kilómetros y es limpio y confortable. Esto no se ha obtenido aún y debe obtenerse.

Cuando todo esté resuelto, habrá que determinar las responsabilidades, y se hará. Pero hay que despertar a los que duermen, a todos los que duermen, sin excepción. Es preciso decirles, por ejemplo, que es inadmisible que nuestros camaradas deportados no tengan correspondencia regular con sus familias y que la patria les parezca hoy tan lejana como en los días de su mayor desdicha. Hay que decirles también que no son conservas lo que se les debe dar a esos organismos arruinados, sino una alimentación controlada por médicos que exige todo un equipo y que ahorrará algunas de esas vidas irreemplazables.

Continuaremos protestando, de todos modos, hasta que recibamos una completa satisfacción. Si nuestro artículo anterior ha provocado alguna emoción, tanto mejor. Pero sin duda, hubiera sido preferible que la emoción naciera, sin necesidad de un artículo. Los espectáculos de Dachau deberían haber sido suficientes. Pero no es tiempo de lamentaciones, sino de acción.

Para hablar con claridad, nada reprochamos en especial a los norteamericanos. Se sabe, por otra parte, que desde aquí hacemos todo lo posible en favor de la amistad norteamericana. Pero lanzamos una acusación general ante la cual los responsables deben reconocerse, retractarse públicamente y hacer lo necesario para reparar sus olvidos y sus errores. Los hombres y las naciones no siempre ven dónde están su interés y su verdadera riqueza.

Los gobiernos, no importa cuáles, de las democracias están demostrando, en este caso particular, que ignoran dónde están sus verdaderas elites. Están en esos campos infectos donde algunos sobrevivientes de un grupo heroico luchan todavía contra la indiferencia y la ligereza de los suyos.

Francia, en particular, perdió a sus mejores hijos en la lucha voluntaria de la Resistencia. Es una pérdida que

Francia mide día a día en su verdadera extensión. Cada uno de los hombres que muere hoy en Dachau aumenta aún más su debilidad y su desdicha. Lo sabemos demasiado bien como para no ser terriblemente avaros de esos hombres y para no defenderlos con todas nuestras fuerzas, sin consideraciones para nadie ni nada, hasta que sean liberados por segunda vez.

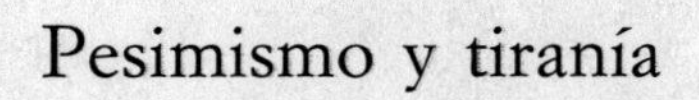

Pesimismo y tiranía

El pesimismo y el valor

(*Combat,* septiembre de 1945)

Desde hace ya algún tiempo, se ven aparecer artículos que se refieren a obras presuntamente pesimistas, artículos que pretenden demostrar, en consecuencia, que esas obras conducen directamente a la más cobarde servidumbre. El razonamiento es elemental. Una filosofía pesimista es, en esencia, una filosofía desalentada y quienes no creen que el mundo es bueno están destinados a aceptar servir a la tiranía. El más eficaz de esos artículos, por ser el mejor, es el del señor Georges Adam en *Les Lettres françaises.* El señor George Rabeau, en uno de los últimos números de *L'Aube,* vuelve a formular esa acusación bajo el título inaceptable de: «¿Ha muerto el nazismo».

Sólo veo una manera de responder a esta campaña: hacerlo abiertamente. Aunque el problema me sobrepase, aunque aluda a Malraux, Sartre y algunos otros más importantes que yo, me parecía hipócrita no hablar en mi nombre. No insistiré, sin embargo, sobre el fondo de la discusión. La idea de que un pensamiento pesimista es forzosamente un pensamiento desanimado es una idea pueril, pero que necesita una muy larga refutación. Sólo hablaré del método de pensamiento que inspiró esos artículos.

Digamos ante todo que es un método que no quiere tener en cuenta los hechos. Los escritores aludidos en esos artículos probaron, en su momento, y como pudieron, que a falta de optimismo filosófico, el deber del hombre al menos, no les era ajeno. Un espíritu objetivo aceptaría, pues, decir que una filosofía negativa no es incompatible, en los hechos, con una moral de la libertad y del valor. Sólo vería en ella la ocasión de aprender algo sobre el corazón de los hombres.

Ese espíritu objetivo tendría razón. Pues esta conciencia, en algunos espíritus, de una filosofía de la negación y de una moral positiva representa, de hecho, el gran problema que sacude dolorosamente toda esta época. En pocas palabras, es un problema de civilización y se trata para nosotros de saber si el hombre, sin el auxilio de lo eterno o del pensamiento racionalista, puede crear por sí solo sus propios valores. Esta empresa nos sobrepasa a todos infinitamente. Lo digo porque así lo creo: Francia y Europa deben hoy crear una nueva civilización o perecer.

Pero las civilizaciones no se forjan a reglazos en los dedos, sino con la confrontación de las ideas, con la sangre del espíritu y con el dolor y el coraje. No es posible que unos temas que son los de Europa desde hace cien años sean juzgados en un santiamén en *L'Aube,* por un editorialista que, con toda tranquilidad, atribuye a Nietzsche la inclinación a la lujuria y a Heidegger la idea de que la existencia es inútil. No me agrada mucho la demasiado célebre filosofía existencialista, y, para decirlo de una vez, creo que sus conclusiones son falsas. Pero representa, al menos, una gran aventura del pensamiento y difícilmente se soporta verla sometida, como lo hace el señor Rabeau, al juicio del más estrecho de los conformismos.

En realidad esos temas y esas empresas no se valoran en estos momentos de acuerdo con las reglas de la objetividad. No se juzgan según los hechos, sino según una doctrina. Nuestros camaradas comunistas y nuestros camaradas cristianos nos hablan desde la altura de unas doctrinas que respetamos. No son las nuestras, pero jamás se nos ocurrió hablar de ellas con el tono con que se dirigen a nosotros y con la seguridad con que lo hacen. Permítasenos, pues, proseguir modestamente esta experiencia y nuestro pensamiento. El señor Rabeau nos reprocha tener audiencia. Creo que es mucho decir. Pero lo cierto es que el malestar que nos embarga es el de toda una época de la que no queremos separarnos. Queremos pensar y vivir en nuestra historia. Creemos que la verdad de este siglo sólo puede alcanzarse yendo hasta el final de su propio drama. Si la época sufre de nihilismo, no es ignorándolo como obtendremos la moral que necesitamos. No, no todo se resume en la negación o el absurdo, lo sabemos. Pero es preciso plantear en primer lugar la negación y el absurdo porque son lo que nuestra generación ha encontrado y con lo que nos tenemos que arreglar.

Los hombres acusados por esos artículos intentan lealmente por el doble juego de su obra y de su vida resolver este problema. ¿Es tan difícil comprender que no se puede solucionar en algunas líneas una cuestión que otros no están seguros de resolver consagrándose a ella por entero? ¿No se les puede acordar la paciencia que se le concede a toda persona de buena fe? ¿No se les puede hablar, en fin, más modestamente?

Detengo aquí esta protesta, que espero haya sido mesurada. Pero quisiera que se la sienta indignada. La crítica objetiva es para mí lo mejor y admito sin esfuerzo que se diga que una obra es mala o que una filosofía no es buena para el destino del hombre. Es justo que los escritores respondan de sus escritos. Eso los obliga a reflexionar y todos tenemos una terrible necesidad de reflexionar. Pero deducir de esos principios juicios sobre la disposición para la servidumbre de tal o cual persona, sobre todo cuando se tiene la prueba de lo contrario, concluir que tal o cual pensamiento debe forzosamente conducir al nazismo es dar del hombre una imagen que prefiero no calificar y es suministrar pruebas muy mediocres de los beneficios morales de la filosofía optimista.

Defensa de la inteligencia

(Alocución pronunciada durante la reunión organizada por *L'Amitié Française* en el salón de la *Mutualité* el 15 de marzo de 1945)

Si la amistad francesa, de la que aquí se trata, sólo debiera ser una simple efusión sentimental entre personas simpáticas, yo no daría mucho por ella. Sería lo más fácil, pero sería también lo menos útil. Y supongo que los hombres que tomaron esta iniciativa han querido otra cosa: una amistad más difícil que fuera constructiva. Para que no nos dejemos tentar por lo fácil y nos contentemos con felicitaciones recíprocas, quisiera simplemente en los diez minutos que se me conceden, mostrar las dificultades de la empresa. Desde este punto de vista no podría hacerlo mejor que hablando de lo que se opone siempre a la amistad: la mentira y el odio.

En efecto, no haremos nada por la amistad francesa si no nos liberamos de la mentira y del odio. La verdad es que, en cierto sentido, aún no nos hemos liberado. Es algo que nos vienen enseñando desde hace demasiado tiempo. Y, quizá, la última y más duradera victoria del hitlerismo sean esas huellas vergonzosas que han quedado en el corazón de aquellos que lo combatieron con todas sus fuerzas. ¿Cómo podría ser de otra manera? Desde hace años el mundo se entrega a un desencadenamiento de odio como jamás tuvo igual. Durante cuatro años, entre nosotros mismos, hemos asistido al ejercicio razonado de ese odio. Hombres como ustedes y como yo, que por la mañana acariciaban a los chiquillos en el metro, se transformaban por la tarde en verdugos meticulosos. Se convertían en funcionarios del odio y de la tortura. Durante cuatro años estos funcionarios llevaron adelante su administración: allí se fabricaban pueblos de huérfanos y se disparaba contra los hombres en plena cara para que no se los pudiera reconocer; allí se metían a taconazos los cadáveres de los niños en ataúdes demasiado pequeños y se torturaba al hermano delante de la hermana; allí se formaban cobardes y se destruían las almas más altivas. Parece que, en el extranjero, no creen estos sucesos. Y, sin embargo, durante cuatro años, nuestra carne y nuestra angustia los tuvieron que creer. Durante cuatro años, todas las mañanas, cada francés recibía su ración de odio y su bofetada en el momento de abrir el periódico. Forzosamente, algo de todo eso tuvo que quedar.

Nos ha quedado el odio. Nos ha quedado ese impulso que, el otro día, en Dijon, lanzaba a un niño de catorce años contra un colaboracionista linchado para reventarle la cara. Nos ha quedado este furor que nos quema el alma al recordar ciertas imágenes y ciertos rostros. Al odio de los verdugos ha respondido el odio de las víctimas. Y una vez que partieron los verdugos, los franceses se han quedado con parte de su odio, y sin poderlo emplear. Todavía se miran entre ellos con un resto de cólera. Pues bien, en primer lugar debemos vencer todo esto. Hay que curar esos corazones envenenados. Y mañana lograremos sobre el enemigo la victoria más difícil, al entablar la lucha en nosotros mismos con ese esfuerzo superior que transforme nuestra sed de odio en deseo de justicia. No ceder al odio, no hacer ninguna concesión a la violencia, no consentir que nuestras pasiones nos cieguen, esto es lo que todavía podemos hacer por la amistad y contra el hitlerismo. Aún hoy, algunos periódicos se entregan a la violencia y al insulto. De este modo, estamos cediendo ante el enemigo. Por el contrario, se trata para nosotros de no permitir jamás que la crítica se mezcle con el insulto, se trata de admitir que nuestro oponente puede tener razón y que, en todo caso sus razones, aunque sean malas, pueden ser desinteresadas. Se trata, en fin, de rehacer nuestra mentalidad política.

¿Qué significa todo esto? Si reflexionamos sobre ello, significa que debemos preservar la inteligencia. Porque estoy convencido de que allí está el problema. Hace algunos años, cuando los nazis acababan de tomar el poder, Goering daba una idea precisa de su filosofía al declarar: «Cuando se me habla de inteligencia, saco el revólver.» Y esa filosofía invadía Alemania. Al mismo tiempo y en toda la Europa civilizada se denunciaban los excesos de la inteligencia y los defectos de los intelectuales. Los intelectuales mismos, por una interesante reacción, no eran los últimos en dirigir ese proceso. Por todos lados triunfaban las filosofías del instinto y, con ellas, ese romanticismo de mala calidad que prefiere sentir a comprender como si ambas cosas pudieran separarse. Desde entonces, se sigue acusando a la inteligencia. Vino la guerra, después la derrota. Vichy nos enseñó que la inteligencia era la gran responsable. Los campesinos habían leído demasiado a Proust. Y todo el mundo sabe que *Paris-Soir,* Fernandel y los banquetes de los círculos de amigos eran signos de inteligencia. Parece que la mediocridad de las elites, causa de la muerte de Francia, tenía su origen en los libros.

Aun ahora se maltrata a la inteligencia. Eso sólo prueba que el enemigo no ha sido aún vencido. Basta con que hagamos el esfuerzo de comprender sin ideas preconcebidas, basta con que hablemos de objetividad para que se nos acuse de sutiles, y se enjuicien todas nuestras pretensiones. ¡Pues bien, no! Esto es lo que hay que reformar. Conozco como todo el mundo los excesos de la inteligencia y sé como todo el mundo que el intelectual es un animal peligroso que traiciona con facilidad. Pero no es ésta la inteligencia sana. Nosotros hablamos de la inteligencia que se apoya en el valor, de la que durante cuatro años pagó el precio que había que pagar para tener el derecho de ser respetada. Cuando esta inteligencia se apaga, llega la noche de las dictaduras. Por ello debemos mantenerla con todos sus deberes y todos sus derechos. A ese precio, sólo a ese precio, la amistad francesa tendrá sentido. Porque la amistad es la ciencia de los hombres libres. Y no hay libertad sin inteligencia y sin comprensión recíprocas.

Para terminar, me dirigiré a ustedes, estudiantes. No soy de los que predican la virtud; demasiados franceses la confunden con la debilidad. Si tuviera algún derecho, les predicaría más bien la pasión. Pero quisiera que sobre uno o dos puntos, los que van a constituir la inteligencia francesa del mañana, estén, al menos, resueltos a no ceder jamás. Quisiera que no cediesen cuando se les diga que la inteligencia está siempre de más, cuando se les pretenda probar que es lícito mentir para triunfar más fácilmente. Quisiera que no cediesen ante la astucia, ni ante la violencia, ni ante la abulia. Entonces, quizá sea posible una amistad francesa porque será algo más que vana palabrería. Entonces, quizá en una nación libre y apasionada por la verdad, el hombre vuelva a sentir ese amor por el hombre sin el cual el mundo sólo sería una inmensa soledad.

Dos años después

Democracia y modestia

(*Combat,* febrero de 1947)

Comienza un nuevo período. Se repetirán los arreglos; los regateos, y los líos. Se abordarán los mismos problemas que nos abruman desde hace dos años para llevarlos a los mismos callejones sin salida. Y cada vez que una voz libre intente decir, sin pretensiones, lo que piensa sobre ellos, un ejército de perros guardianes, de todo pelaje y color, ladrará furiosamente para ahogar su eco.

Nada de todo esto es divertido, por supuesto. Felizmente, cuando conservamos esperanzas razonables, nos sentimos más fuertes. Los franceses que vivieron plenamente los diez últimos años aprendieron al menos a no temer por ellos mismos, sino solamente por los demás. Ya han pasado lo peor. De ahora en adelante, estarán tranquilos y firmes. Repitamos, pues, tranquila y firmemente, con esa inalterable ingenuidad que se tiene a bien reconocernos, los principios elementales que nos parecen los únicos apropiados para hacer aceptable la vida política.

No hay, quizá, ningún régimen político bueno, pero la democracia es, con toda seguridad, el menos malo. La democracia no puede separarse de la noción de partido, pero la noción de partido puede muy bien existir sin la democracia. Esto ocurre cuando un partido o un grupo de hombres cree poseer la verdad absoluta. Por eso, el Parlamento y los diputados necesitan hoy una cura de modestia.

El mundo de hoy evidencia todas las razones para esa modestia. ¿Cómo olvidar que ni el Parlamento ni ningún gobierno tienen los medios para resolver los problemas que nos acosan? La prueba está en que ninguno de esos problemas fue abordado por los diputados sin que se pusiera en evidencia la discordia internacional. ¿Nos falta carbón? Es porque los ingleses nos niegan el del Ruhr y los rusos el del Sarre. ¿Falta pan? El señor Blum y el señor Thorez se echan en cara las toneladas y los quintales de trigo que Moscú y Washington deberían habernos enviado. Imposible encontrar una prueba mejor de que el Parlamento y el gobierno sólo pueden desempeñar por el momento un papel puramente administrativo y que Francia, en fin, es un país dependiente.

Lo único que se puede hacer es reconocerlo, extraer de ello las consecuencias que convienen y tratar, por ejemplo, de definir en común el orden internacional sin el cual ningún problema interno se arreglará jamás en ningún país. Dicho de otro modo, sería necesario que nos olvidáramos un poco de nosotros mismos. Esto daría a los diputados y a los partidos un poco de esa modestia que caracteriza a las buenas y verdaderas democracias. Demócrata, en definitiva, es aquel que admite que el adversario puede tener razón, que le permite, por consiguiente, expresarse y acepta reflexionar sobre sus argumentos. Cuando los partidos o los hombres están demasiado persuadidos de sus razones como para cerrar la boca de sus oponentes por la violencia, la democracia deja de existir. La modestia es saludable para las repúblicas en todas las ocasiones. Hoy Francia no tiene ya los medios para ser poderosa. Que otros se encarguen de decir si esto es bueno o malo. Pero es una oportunidad. A la espera de recuperar ese poderío o de renunciar a él, le queda aún a nuestro país la posibilidad de ser un ejemplo. Pero sólo podrá serlo a los ojos del mundo si proclama las verdades que puede descubrir en el interior de sus fronteras, es decir, si afirma, por el ejercicio de su gobierno, que la democracia interna será aproximativa mientras no se realice un orden democrático internacional y si plantea en principio, finalmente, que ese orden, para ser democrático, debe renunciar a los desgarramientos de la violencia.

Son éstas —ya se habrá comprendido— consideraciones voluntariamente anticuadas.

El contagio

(*Combat,* 10 de mayo de 1947)

Francia es, sin duda, un país mucho menos racista que todos aquellos que he tenido ocasión de visitar. Por eso es imposible aceptar sin indignarse los signos que aparecen, aquí y allá, de esta enfermedad estúpida y criminal.

Un periódico de la mañana exhibe en primera página, a varias columnas, este titular: «El asesino Raseta.» Es un signo, ya que es bien evidente que el asunto Raseta está ahora en la etapa de la instrucción sumarial y es inadmisible publicar una acusación tan grave antes de que esa instrucción haya finalizado.

Debo adelantar que sobre el problema malgache sólo tengo, como información veraz, relatos de las atrocidades cometidas por los insurrectos e informes sobre algunos aspectos de la represión. Por mis convicciones, siento igual repugnancia por ambos métodos. Pero la cuestión está en saber si el señor Raseta es un asesino o no. Con toda seguridad, un hombre honesto no lo decidiría antes de terminar la instrucción. De todos modos, ningún periodista osaría publicar tal titular si el presunto asesino se llamara Dupont o Durand. Pero el señor Raseta es malgache y debe ser un asesino de alguna manera, por lo tanto, semejante titular no tiene importancia.

No es el único signo. Se encuentra normal que el desdichado estudiante que mató a su novia utilice para desviar las sospechas la presencia de «sidis», como ellos dicen, en el bosque de Sénart. Si un árabe se pasea por el bosque, la primavera no tiene nada que ver. Sólo puede hacerlo para asesinar a sus contemporáneos.

Del mismo modo, podemos estar seguros de encontrar, en cualquier momento, un francés, por lo demás, con frecuencia inteligente, que dice que los judíos en realidad exageran. Naturalmente, este francés tiene un amigo judío, que, él por lo menos... En cuanto a millones de judíos que fueron torturados y quemados, el interlocutor no aprueba esos métodos, lejos de eso. Simplemente cree que los judíos exageran y que no tienen razón en apoyarse los unos a los otros, aunque el campo de concentración les enseñara esa solidaridad.

Sí, todo eso son signos. Pero hay más. Hace un año se utilizaron en Argelia los métodos de la represión colectiva. *Combat* reveló la existencia de la cámara de confesiones «espontáneas» en Fianarantsoa. Tampoco en este caso voy a abordar el fondo del problema, que es de otro orden. Pero es necesario hablar de la forma, que invita a reflexionar.

Tres años después de haber experimentado los efectos de una política de terror, algunos franceses reciben estas noticias con la indiferencia de las personas que ya han visto demasiado. Sin embargo, el hecho está allí, claro y repelente como la verdad misma: hacemos en estos casos lo mismo que les reprochamos a los alemanes. Sé bien que se nos ha dado la siguiente explicación: los rebeldes malgaches torturaron, también ellos, a franceses. Pero la cobardía y el crimen del adversario no disculpan que nos convirtamos en cobardes y criminales. Yo no he oído decir que se hayan construido hornos crematorios para vengarnos de los nazis. Hasta que se pruebe lo contrario, les hemos combatido con los tribunales. La justicia clara y firme es la prueba del derecho. Y lo que debería representar a Francia es la justicia.

En realidad, la explicación es otra. Si los hitlerianos aplicaron a Europa sus leyes abyectas, es porque consideraban que su raza era superior y que la ley no podía ser la misma para los alemanes y para los supuestos esclavos. Si nosotros, franceses, nos rebelamos contra ese terror, es porque estimábamos que todos los europeos son iguales en derechos y en dignidad. Pero si hoy algunos franceses se enteran sin sublevarse de los métodos que otros franceses utilizan a veces contra los argelinos o los malgaches, es porque viven, de manera inconsciente, con la certeza de que nosotros somos, de alguna manera, superiores a esos pueblos y de que la elección de los medios adecuados para mostrar esa superioridad importa poco.

Repito, no se trata de solucionar aquí el problema colonial, ni de disculpar nada. Se trata de detectar los signos de un racismo, que deshonra ya a tantos países y del que sería preciso preservar, al menos, al nuestro. En eso consistía y debería consistir nuestra auténtica superioridad y algunos de nosotros temblamos al pensar en perderla. Si es verdad que el problema colonial es el más complejo de los que se nos plantean, si es verdad que gobierna la historia de los próximos cincuenta años, no es menos cierto que jamás podremos resolverlo si introducidos en él los más funestos prejuicios.

No se trata aquí de abogar por un sentimentalismo ridículo que mezclaría todas las razas en una misma confusión enternecida. Los hombres no se parecen, es verdad, y sé bien lo profundas que son las tradiciones que me separan de un africano o de un musulmán. Pero también sé muy bien lo que me une a ellos y que hay algo en cada uno de ellos que no puedo despreciar sin envilecerme yo mismo. Por todo esto es necesario decir claramente que esos signos, espectaculares o no, de racismo revelan lo que hay de más abyecto y de más insensato en el corazón de los hombres. Solamente cuando hayamos vencido a ese racismo tendremos el difícil derecho de denunciar, donde las encontremos, la tiranía o la violencia.

Aniversario

(*Combat,* 7 de mayo de 1947)

El 8 de mayo de 1945 Alemania firmaba la más importante capitulación de la historia. El general Jodl declaraba entonces: «Considero que el acta de la rendición pone a Alemania y al pueblo alemán en manos de los vencedores.» Dieciocho meses después, Jodl era ahorcado en Nuremberg. Pero no se pudo ahorcar a sesenta millones de alemanes; Alemania sigue en manos de los vencedores, y, en fin, este aniversario no es jubiloso, porque la victoria tiene también sus servidumbres.

Sí, Alemania sigue bajo acusación por lo que resulta difícil, sobre todo para un francés, decir o hacer cosas razonables al respecto. Hace años la radio de Flensburg difundía, por orden de Doenitz, un comunicado en el que los dirigentes provisionales del Reich vencido expresaban su esperanza de que «la atmósfera de odio que rodea a Alemania en toda la tierra sea poco a poco sustituida por un espíritu de conciliación entre las naciones sin el cual el mundo no puede reconstruirse». Esta lucidez llegaba con cinco años de retraso y la esperanza de Doenitz se realizó sólo a medias. El odio a Alemania ha sido sustituido por un extraño sentimiento donde la desconfianza y un vago rencor se mezclan con una cansada indiferencia. En cuanto al espíritu de conciliación...

El silencio de tres minutos que siguió al anuncio de la capitulación alemana se prolonga, por tanto, interminablemente en un mutismo en el que la Alemania ocupada prosigue su existencia huraña, en medio de un mundo que sólo se le enfrenta con una indiferencia algo despectiva. Ello se debe, sin duda, a que el nazismo, como todos los regímenes rapaces, podía esperar todo del mundo, excepto el olvido. Fue él quien nos enseñó el odio. Y quizá ese odio podría haberse olvidado, ya que la memoria de los hombres se disipa a la misma velocidad a que marcha la historia. Pero el cálculo, la precisión helada y meticulosa que el régimen hitleriano ponía en el odio siguen estando en todos los corazones. Los funcionarios del odio se olvidan con más dificultad que sus víctimas. Es una advertencia válida para todos.

Hay, pues, ciertas cosas que los hombres de mi edad no pueden olvidar. Pero ninguno de nosotros aceptaría, creo, en este aniversario, pisotear a un vencido. La justicia absoluta es imposible, como son imposibles el odio o el amor eternos. Por eso es necesario volver a la razón. El tiempo del Apocalipsis ha pasado. Hemos entrado en el tiempo de la organización mediocre y de las conciliaciones sin grandeza. Por prudencia y por afán de felicidad hay que preferir éste, aunque se sepa que a fuerza de mediocridad se vuelve a los apocalipsis. Pero este respiro permite la reflexión y esta reflexión en lugar de incitarnos hoy a despertar odios que dormitan, debería, por el contrario, conducirnos a colocar las cosas y a Alemania en su verdadero lugar.

Cualesquiera que sean nuestra pasión íntima y el recuerdo de nuestras rebeldías, sabemos que la paz mundial necesita una Alemania pacificada, y no se pacifica un país desterrándolo para siempre del concierto internacional. Si el diálogo con Alemania es aún posible, la razón misma exige que se reanude. Mas es preciso decir, y con la misma fuerza, que el problema alemán es un problema secundario, aunque se le quiera hacer pasar por el más importante de todos para desviar nuestra atención de lo que salta a la vista. Y lo que salta a la vista es que Alemania, más que una amenaza, se ha convertido en un envite entre Rusia y los Estados Unidos. Y los únicos problemas urgentes de nuestro siglo son los que conciernen al acuerdo o la hostilidad de esas dos potencias. Si ese acuerdo se logra, Alemania, y con ella algunos otros países, conocerán un destino razonable. En caso contrario,

Alemania se hundirá en una inmensa derrota general. Es decir que, en cualquier circunstancia, Francia debe preferir el esfuerzo de la razón a la política del poder. En la actualidad, es preciso elegir entre hacer cosas probablemente ineficaces o ciertamente criminales. Creo que la elección no es difícil.

Además, ese esfuerzo es una prueba de confianza en sí mismo. Es la prueba de que nos sentimos suficientemente firmes como para continuar luchando y abogando, pase lo que pase, por la justicia y la libertad. El mundo actual no es un mundo esperanzado. Tal vez volvamos al Apocalipsis. Pero la capitulación de Alemania, esa victoria contra toda lógica y contra toda esperanza, ilustrará por mucho tiempo esa impotencia de la fuerza de la que Napoleón hablaba con melancolía: «A la larga, Fontanes, el espíritu termina siempre por vencer a la espada.» A la larga, sí... Pero, después de todo, es una buena regla de conducta pensar que el espíritu libre siempre tiene razón y termina siempre por triunfar, ya que el día en que deje de tener razón será el día en que la humanidad entera se haya equivocado y en que la historia de los hombres pierda su sentido.

Esto no tiene disculpa

(*Combat,* 22 de marzo de 1947)

En nuestro número de ayer, pudimos leer la valiente carta que el R. P. Riquet, miembro de la Resistencia y deportado, dirigió al señor Ramadier. Ignoro lo que los cristianos puedan pensar al respecto. Pero, por mi parte, no me quedaría con la conciencia tranquila si dejara sin eco esa carta, y me parece, por el contrario, que un no creyente debe sentirse obligado, más que nadie, a manifestar su indignación ante la incalificable actitud que parte de nuestra prensa ha adoptado en este asunto.

No tengo deseos de justificar a nadie. Si es verdad que algunos religiosos conspiraron contra el Estado, el asunto compete a las leyes vigentes de este país. Pero, que yo sepa, y hasta el presente, Francia nunca creyó que la responsabilidad pudiera ser colectiva. Antes de denunciar a los conventos como nidos de asesinos y de traidores y a la Iglesia entera como el centro de un vasto y oscuro complot, hubiera sido preferible que los periodistas y los militantes de los partidos hicieran memoria.

Quizá entonces se acordaran del tiempo en que algunos conventos encubrían, con su silencio, un complot muy diferente. Quizá admitieran poner frente a los tibios y a los claudicantes el ejemplo de algunos héroes que supieron abandonar sin discursos sus comunidades pacíficas, por las comunidades torturadas de los campos de destrucción. Nosotros, que fuimos los primeros en denunciar la complaciente actitud de algunos dignatarios de la Iglesia, tenemos el derecho de escribir esto en momentos en que otros periodistas olvidan de tal manera los deberes y la dignidad de su profesión como para llegar al insulto.

Cualquiera que sea la responsabilidad de un gobierno que sólo reveló lo que le convenía y que eligió para hacerlo el momento más favorable para él, la de los periodistas es aún mayor. Porque ocultaron lo que sabían, y se desviaron de lo que constituye nuestra única justificación: nuestra comunidad de sufrimientos durante cuatro años. Para los periódicos que tuvieron el honor de la clandestinidad es un olvido imperdonable, una falta a la más noble de las memorias y un desafío a la justicia. Cuando *Franc-Tireur,* al responder al padre Riquet, sin reproducir su carta, exclama: «¿Quién permanece fiel al espíritu de la Resistencia? ¿Los que tratan de sustraer a la justicia a los verdugos de los sacerdotes deportados o quienes quieren castigarlos?», olvida que si hay una justicia que debe aplicarse al enemigo, hay otra, superior ante el espíritu, que se le debe a los hermanos de armas. La más estricta justicia exigía a este respecto que se hiciera el esfuerzo de no mezclar, en la confusión de una acusación general, a un puñado de acusados con la inmensa cohorte de inocentes, olvidando, frívolamente, a todos los que se entregaron a la muerte. No, decididamente, esto no tiene disculpa.

Pero, en realidad, ¿para qué protestar? El espíritu calculador se vuelve sordo, predicamos en el desierto. ¿Quién se preocupa hoy por la Resistencia y su honor? Después de estos años en que se han destrozado tantas esperanzas, es triste volver a hablar de lo mismo. Sin embargo, es necesario. Sólo se habla de lo que se conoce, y nos avergonzamos por los que amamos y sólo por ellos. Ya oigo desde aquí las burlas. ¡Qué! ¿*Combat* está ahora con la Iglesia? Pero eso no tiene importancia. Los no creyentes como nosotros solamente odiamos el odio y mientras haya un soplo de libertad en este país seguiremos negándonos a unirnos con los que gritan e insultan, para permanecer, tan sólo, junto a los que dan testimonio, no importa quiénes sean.

Ni víctimas ni verdugos

El siglo del miedo

(*Combat,* noviembre de 1946)

El siglo XVII fue el siglo de las matemáticas, el XVIII el de las ciencias físicas y el XIX el de la biología. Nuestro siglo XX es el siglo del miedo. Se me dirá que el miedo no es una ciencia. Pero, en primer lugar, la ciencia es en cierto modo responsable de ese miedo, porque sus últimos avances teóricos la han llevado a negarse a sí misma y porque sus perfeccionamientos prácticos amenazan con destruir toda la tierra. Además, si bien el miedo en sí mismo no puede considerarse una ciencia, no hay duda de que es, sin embargo, una técnica.

Lo que más impresiona en el mundo en que vivimos es, en primer lugar y en general, que la mayoría de los hombres (salvo los creyentes de todo tipo) viven sin porvenir. No hay vida valedera sin proyección hacia el porvenir, sin promesas de maduración y de progreso. Vivir contra una pared es una vida de perros. ¡Pues bien! Los hombres de mi generación y de la que ingresa hoy en los talleres y en las facultades han vivido y viven cada vez más como perros.

Desde luego, no es la primera vez que los hombres se hallan ante un porvenir materialmente cerrado. Pero salían adelante, por lo general, gracias a la palabra y al grito. Recurrían a otros valores en los que depositaban sus esperanzas. Hoy nadie habla ya (salvo los que se repiten) porque el mundo nos parece conducido por fuerzas ciegas y sordas que no oirían las voces de advertencia, ni los consejos ni las súplicas. Algo en nosotros se ha destruido por el espectáculo de los años que acabamos de vivir. Y ese algo es esa eterna confianza del hombre por la que siempre creía que podían obtenerse de otro hombre reacciones humanas hablándole con el lenguaje de la humanidad. Nosotros vimos mentir, envilecer, matar, deportar, torturar y nunca fue posible persuadir a los que lo hacían de no hacerlo, porque estaban seguros de sí mismos y porque no se persuade a una abstracción, es decir, al representante de una ideología.

El largo diálogo de los hombres acaba de terminar. Y, por supuesto, un hombre a quien no se puede persuadir es un hombre que da miedo. Así, al lado de los que no hablaban porque lo juzgaban inútil, se extendía y se extiende aún una inmensa conspiración del silencio, aceptada por los que tiemblan y se dan buenas razones para ocultarse a sí mismos ese temblor, y suscitada por quienes tienen interés en hacerlo. «No deben ustedes hablar de la depuración de artistas en Rusia, porque es hacerle el juego a la reacción.» «No deben ustedes decir que Franco se mantiene en el poder gracias a la ayuda de los anglosajones, porque es hacerle el juego al comunismo.» Bien decía yo que el miedo es una técnica.

Entre el miedo muy general a una guerra que todo el mundo prepara y el miedo particular a las ideologías asesinas, es muy cierto que vivimos en el terror. Vivimos en el terror porque ya no es posible la persuasión, porque el hombre fue entregado por completo a la historia y no puede ya volverse hacia esa parte de sí mismo, tan verdadera como la parte histórica, y que podría recobrar ante la belleza del mundo y de los rostros; porque vivimos en el mundo de la abstracción, el mundo de las oficinas y de las máquinas, de las ideas absolutas y del mesianismo sin matices. Nos ahogamos entre esa gente que cree poseer la razón absoluta, ya sea con sus máquinas o con sus ideas. Y para todos aquellos que no pueden vivir sino en el diálogo y la amistad de los hombres, ese silencio es el fin del mundo.

Para salir de este terror habría que poder reflexionar y actuar según esa reflexión. Pero el terror, precisamente, no constituye un clima favorable para la reflexión. Creo, sin embargo, que en lugar de censurar este miedo, hay que considerarlo como uno de los primeros elementos de la situación y tratar de ponerle remedio. Nada hay más importante. Pues esto concierne a la suerte de gran número de europeos a quienes, hartos de violencia y de mentiras, defraudados en sus más entrañables esperanzas, les repugna tanto la idea de matar a sus semejantes para convencerlos como la de ser convencidos de la misma manera. Sin embargo, es la alternativa en la que se coloca a esa gran masa de hombres en Europa, que no pertenecen a ningún partido, o que están a disgusto en el que eligieron, que dudan de que el socialismo se haya realizado en Rusia y el liberalismo en Estados Unidos, que reconocen, no obstante, a aquéllos y a éstos el derecho de afirmar su verdad, pero les niegan el de imponerla por el asesinato, individual o colectivo. Entre los poderosos de la hora actual, esos hombres son hombres sin tierra y sólo podrán hacer admitir (no digo triunfar, sino admitir) su punto de vista y recuperar su patria cuando tomen conciencia de lo que quieren y lo digan tan simple y enérgicamente, como para que sus palabras puedan reunir un haz de energías. Y si el miedo no es el clima adecuado para una acertada reflexión, deberán, en primer lugar, ajustar cuentas con él.

Para esto, es necesario ver qué significa y qué rechaza. Significa y rechaza el mismo hecho: un mundo donde se legitima el homicidio y donde la vida humana se considera una futilidad. Éste es el primer problema político de hoy. Y antes de seguir adelante es necesario tomar posiciones con respecto a este problema. Previamente a toda realización es preciso formular, hoy, dos preguntas: «Sí o no, directa o indirectamente, ¿quiere usted que lo maten o lo violenten? Sí o no, directa o indirectamente, ¿quiere usted matar o violentar?» Todos los que contesten no a estas dos preguntas quedan automáticamente embarcados en una serie de consecuencias que deben modificar su manera de plantear el problema. Tengo el proyecto de precisar tan sólo dos o tres de esas consecuencias. Entretanto, el lector de buena voluntad puede interrogarse y responder.

Salvar vidas

En una oportunidad dije que yo no podría ya admitir, después de la experiencia de estos dos últimos años, ninguna verdad que pudiera ponerme en la obligación, directa o indirecta, de condenar a muerte a un hombre. Algunas personas que aprecio me han hecho, a veces, la observación de que mis palabras eran utópicas, que no existe ninguna verdad política que no nos conduzca un día a esos extremos, y que, en consecuencia, había que correr ese riesgo o aceptar el mundo tal cual es.

Este argumento se exponía con energía. Pero, en primer lugar, pienso que esta energía denotaba que quienes lo exponían eran incapaces de imaginar la muerte ajena. Es un defecto de nuestra época. Del mismo modo que se ama por teléfono y que se trabaja no ya sobre la materia sino sobre la máquina, en la actualidad se mata y se muere por procuración. Así, la pulcritud gana, pero el conocimiento pierde.

Sin embargo, ese argumento tiene otra virtud, aunque indirecta; plantea el problema de la utopía. En suma, las personas como yo querrían un mundo, no donde ya no se mate (¡no estamos tan locos!), sino donde el asesinato no esté legitimado. Y aquí estamos, en efecto, en la utopía y la contradicción. Pues vivimos precisamente en un mundo donde el asesinato es legal y debemos cambiarlo si no lo queremos así. Pero parece que no se le puede cambiar sin correr el riesgo de matar. El crimen, pues, nos reenvía al crimen y continuaremos viviendo en el terror, ya sea que lo aceptemos con resignación, ya sea que queramos suprimirlo utilizando medios que sustituyan ese terror por otro.

En mi opinión, todo el mundo debería reflexionar sobre esto. Pues lo que me sorprende en medio de las polémicas, de las amenazas y de los estallidos de violencia es la buena voluntad de todos. Con excepción de algunos tramposos, todos, de la derecha a la izquierda, consideran que su verdad es la adecuada para conseguir la felicidad de los hombres. Y, sin embargo, la conjunción de esas buenas voluntades desemboca en este mundo infernal donde todavía se mata, se amenaza y se deporta a los hombres, donde se prepara la guerra y donde es imposible decir una palabra sin ser de inmediato insultado o traicionado. Por tanto, hay que llegar a la conclusión de que si las personas como nosotros viven en la contradicción, no son las únicas y que quienes las acusan de sueños utópicos viven, tal vez, en una utopía diferente, sin duda, pero, en definitiva, más costosa.

Hay que admitir, pues, que el rechazo a la legitimación del asesinato nos obliga a reconsiderar nuestra idea de utopía. A ese respecto, parece que puede afirmarse lo siguiente: la utopía es lo que está en contradicción con la realidad. Desde este punto de vista sería totalmente utópico querer que nadie mate a nadie. Es la utopía absoluta. Pero pedir que no se legitime el asesinato es una utopía de menor grado. Por otra parte, las ideologías marxistas y capitalistas, basadas las dos en la idea de progreso, convencidas ambas de que la aplicación de sus principios debe conducir inevitablemente al equilibrio de la sociedad, son utopías de un grado mucho más alto. Además, están costándonos muy caro.

De todo esto se puede deducir que en los años venideros la lucha se entablará no entre las fuerzas de la utopía y las de la realidad, sino entre diferentes utopías que tratan de insertarse en la realidad y entre las cuales sólo se trata de elegir las menos costosas. Estoy convencido de que no podemos ya tener la esperanza razonable de salvarlo todo, pero, al menos, podemos proponernos salvar vidas para que el futuro siga siendo posible.

Se ve, pues, que el hecho de rechazar la legitimación del asesinato no es más utópico que las actitudes realistas de hoy. La cuestión consiste en saber si estas últimas cuestan más o menos caro. Es un problema que debemos resolver también y se me disculpará, entonces, que piense que se puede ser útil definiendo, en relación la utopía, las condiciones que son necesarias para pacificar a los individuos y a las naciones. Esta reflexión, si se hace sin temor y sin pretensiones, puede ayudar a crear las condiciones de un pensamiento justo y de un acuerdo provisional entre los hombres que no quieren ser ni víctimas ni verdugos. Por supuesto, no será cuestión de definir en los artículos siguientes una posición absoluta, sino solamente de corregir algunas ideas hoy tergiversadas y tratar de plantear el problema de la utopía tan correctamente como sea posible. Se trata, en suma, de definir las condiciones de un pensamiento político modesto, es decir, liberado de todo mesianismo y desembarazado de la nostalgia del paraíso terrenal.

El socialismo falseado

Si se admite que el estado de terror, confesado o no, en que vivimos de diez años a esta parte no ha cesado aún y es en la actualidad el mayor responsable del malestar que experimentan los individuos y las naciones, es preciso saber qué se puede oponer al terror. Esto plantea el problema del socialismo occidental. Porque el terror sólo se legitima cuando se admite el principio: «El fin justifica los medios.» Y este principio sólo puede admitirse si se establece la eficacia de una acción como objetivo absoluto, como es el caso de las ideologías nihilistas (todo está permitido, lo que importa es el éxito), o en las filosofías que hacen de la historia un absoluto (Hegel, después Marx: la sociedad sin clases es el fin, todo lo que conduzca a ella es admisible).

Éste es el problema que se les ha planteado a los socialistas franceses, por ejemplo. Hoy sienten escrúpulos. Han visto actuar a la violencia y a la opresión, de las que hasta ahora sólo habían tenido una idea bastante abstracta. Y se preguntaron si aceptarían, como quiere su filosofía, ejercer ellos la violencia, aunque fuera provisionalmente y con un propósito distinto. Un moderno prologuista de Saint-Just, al hablar de los hombres que tenían escrúpulos semejantes, escribía con desprecio: «Retrocedieron ante el horror.» Nada hay más cierto. Y por eso merecieron incurrir en el desprecio de unas almas fuertes y superiores que se instalaron sin titubear en el horror. Pero, al mismo tiempo, ellos dieron voz a este clamor angustiado de los mediocres —nosotros también lo somos— que se encuentran por millones y que constituyen la materia misma de la historia y a los que habrá que tener en cuenta, algún día, pese a todos los desdenes. Por el contrario, nos parece más serio tratar de comprender la contradicción y la confusión en que se encuentran nuestros socialistas. Desde este punto de vista, es evidente que no se ha reflexionado bastante sobre la crisis de conciencia del socialismo francés tal como se ha manifestado en un congreso reciente. Es evidente que nuestros socialistas, bajo la influencia de Léon Blum, y más aún bajo la amenaza de los acontecimientos, sienten como preocupación prioritaria los problemas morales (el fin no justifica todos los medios) a los que hasta ahora no habían prestado atención. Su legítimo deseo era remitirse a algunos principios que estuvieran por encima del asesinato. No es menos evidente que esos mismos socialistas quieren conservar la doctrina marxista; unos porque piensan que no se puede ser revolucionario si no se es marxista, otros por una fidelidad respetable a la historia del partido, historia que los persuade también de que no se puede ser socialista sin ser marxista. El último congreso del partido puso de relieve estas dos tendencias y su tarea principal fue conciliarlas. Pero no se puede conciliar lo inconciliable.

Pues está claro que si el marxismo es una doctrina verdadera, y hay una lógica de la historia, el realismo político es legítimo. Es igualmente claro que si los valores morales preconizados por el partido socialista se fundan en derechos, el marxismo es absolutamente falso, porque pretende ser absolutamente verdadero. Desde este punto de vista, la famosa superación del marxismo en un sentido idealista y humanitario es sólo una humorada y un sueño sin consecuencias. Marx no puede ser superado porque fue hasta el límite de la consecuencia. Los comunistas tienen fundamentos razonables para utilizar la mentira y la violencia que no quieren los socialistas, y los tienen porque se basan en los principios mismos y en la dialéctica irrefutable que los socialistas quieren, sin embargo, conservar. Por tanto, no fue de extrañar que el congreso socialista terminara por yuxtaponer simplemente las dos posiciones contradictorias cuya esterilidad se vio sancionada en las últimas elecciones.

Desde este punto de vista, la confusión continúa. Era preciso elegir y los socialistas no querían o no podían elegir.

No he escogido este ejemplo para apabullar al socialismo, sino para ilustrar las paradojas en que vivimos. Para apabullar a los socialistas, sería necesario ser superiores a ellos. No es aún el caso. Por el contrario, me parece que esta contradicción es común a todos los hombres de quienes he hablado, que desean una sociedad que sea al mismo tiempo feliz y digna, que quieren que los hombres sean libres en condiciones justas, pero que dudan entre una libertad en la que se terminará burlando a la justicia —y esto lo saben bien—, y una justicia en donde se ve claramente que se suprime la libertad desde un comienzo. Esta angustia intolerable se convierte generalmente en motivo de burla para quienes saben lo que hay que creer o hacer. Pero opino que, en vez de burlarse de ella, es necesario razonarla y aclararla, ver qué significa saber interpretar la condena casi total que lanza sobre el mundo que la provoca y salvar la débil esperanza que la sostiene.

Y la esperanza reside precisamente en esa contradicción que obliga u obligará a los socialistas a optar. O bien admitirán que el fin justifica los medios y, por consiguiente, que el crimen puede ser legitimado, o bien renunciarán al marxismo como filosofía absoluta, limitándose a conservar de él el aspecto crítico, con frecuencia todavía válido. Si eligen el primer término de la alternativa, la crisis de conciencia se terminará y las situaciones se clarificarán. Si admiten el segundo, demostrarán que esta época marca el fin de las ideologías, es decir, de las utopías absolutas que se destruyen a sí mismas, en la historia, por el precio que se acaba pagando por ellas. Será preciso, entonces, elegir otra utopía, más modesta y menos ruinosa. Es así, al menos, como la negativa a legitimar el crimen obliga a formular la pregunta.

Sí, ésa es la pregunta que debe formularse y nadie, creo, osará responder con ligereza.

La revolución desvirtuada

Desde agosto de 1944, todo el mundo habla de revolución entre nosotros y, sin duda alguna, siempre con sinceridad. Pero la sinceridad no es una virtud en sí misma. Hay un tiempo de sinceridad tan confusa que resulta peor que una mentira. No se trata hoy, para nosotros, de hablar con el corazón, sino solamente de pensar con claridad. En el plano ideal, la revolución es un cambio de las instituciones políticas y económicas para conseguir más libertad y justicia en el mundo. En la práctica, es el conjunto de unos acontecimientos históricos, a menudo desdichados, que introducen ese cambio feliz.

¿Puede decirse hoy que esta palabra se emplea en su sentido clásico? Entre nosotros, cuando la gente oye hablar de revolución, y suponiendo que conserve entonces su sangre fría, piensa en un cambio en el sistema de la propiedad (generalmente la socialización de los medios de producción) obtenido ya sea por una legislación establecida según las leyes de la mayoría, ya sea en ocasión de la toma del poder por una minoría.

Es fácil ver que este conjunto de nociones no tiene sentido alguno en las circunstancias históricas actuales. Por una parte, la toma de poder por medio de la violencia es una idea romántica que el progreso de los armamentos ha vuelto ilusoria. El aparato represivo de los gobiernos tiene toda la fuerza que le confieren los tanques y los aviones. Serían necesarios entonces tanques y aviones tan sólo para equilibrar esa fuerza. 1789 y 1917 son aún fechas importantes, pero ya no son ejemplos.

Suponiendo que esa toma del poder sea, a pesar de todo, posible, ya sea que se realice por las armas o por la ley, sólo sería eficaz si Francia (o Italia o Checoslovaquia) pudiera ser colocada entre paréntesis y aislada del resto del mundo. Pues en nuestra actualidad histórica, en 1946, una modificación del régimen de la propiedad, por ejemplo, acarrearía tales repercusiones sobre los créditos norteamericanos que nuestra economía se vería amenazada de muerte. Una revolución de derechas no tendría mejores posibilidades, a causa de la hipoteca paralela que nos crea Rusia gracias a los millones de electores comunistas y a su calidad de mayor potencia continental. La verdad es, y pido disculpas por escribirlo claramente, ya que todo el mundo la conoce sin decirla, que no somos libres, como franceses, de ser revolucionarios. O al menos, no podemos ser revolucionarios solitarios, porque ya no existen hoy en el mundo políticas conservadoras o socialistas que pueden desarrollarse únicamente bajo el punto de vista nacional.

Así, sólo podemos hablar de revolución internacional. Más exactamente, la revolución se producirá a escala internacional o no se producirá. Pero ¿qué sentido tiene todavía esta expresión? Hubo un tiempo en que se creía que la revolución internacional se realizaría por la conjunción o la sincronización de varias revoluciones nacionales; una suma de milagros, de alguna manera. Hoy, y si nuestro análisis precedente es exacto, sólo se puede pensar en la difusión de una revolución que ya ha triunfado. Es lo que Stalin percibió muy bien y es la explicación más benévola que pueda darse de su política (la otra sería negar a Rusia el derecho de hablar en nombre de la revolución).

Esto equivale a considerar a Europa y a Occidente como una sola nación donde una importante minoría bien armada podría imponerse y luchar para tomar por fin el poder. Pero dado que la fuerza conservadora (en este caso, Estados Unidos) estaría igualmente bien armada, es fácil darse cuenta de que la idea de revolución ha sido sustituida hoy por la de guerra ideológica. Más precisamente, la revolución internacional implica hoy un serio riesgo de guerra. Toda revolución del futuro será una revolución extranjera. Se iniciará con una ocupación militar, o lo que es lo mismo, con una amenaza de ocupación. Sólo tendrá sentido a partir de la victoria definitiva del ocupante sobre el resto del mundo.

Las revoluciones cuestan ya muy caras en el interior de las naciones. Pero, en general, se acepta la necesidad de ese perjuicio teniendo en cuenta el progreso que se supone aportan. Hoy, el precio que costaría la guerra a la humanidad debe sopesarse objetivamente con el progreso que se puede esperar de la toma del poder mundial por Rusia o los Estados Unidos. Y creo de una importancia definitiva que se consideren las diferentes posibilidades y que, por una vez, se imagine lo que sería este planeta, con sus treinta millones de cadáveres, aún calientes, después de un cataclismo que nos costaría diez veces más.

Quisiera señalar que esta manera de razonar es totalmente objetiva. Sólo toma en cuenta la apreciación de la realidad, sin implicar, por el momento, juicios ideológicos o sentimentales. En todo caso, debería hacer reflexionar a quienes hablan con ligereza de revolución. Lo que esta palabra contiene *hoy* debe ser aceptado o rechazado en conjunto. Quien lo acepte, debe reconocerse responsable consciente de la guerra por venir. Quien lo rechace, deberá o bien declararse partidario del *statu quo,* lo que constituye la utopía total en la medida en que supone la inmovilización de la historia, o bien renovar el contenido de la palabra revolución, lo que indica un consentimiento a lo que llamaré utopía relativa.

Después de haber reflexionado un poco sobre este problema, me parece que los hombres que quieran hoy cambiar eficazmente el mundo tienen que elegir entre las fosas de cadáveres que se anuncian, el sueño imposible de una historia paralizada de repente y la aceptación de una utopía relativa que deje una posibilidad a la acción y a los hombres a la vez. Pero no es difícil ver que, al contrario, esta utopía relativa es la única posible y la única inspirada en la realidad. En un próximo artículo estudiaremos cuál es la frágil posibilidad que podría salvarnos de esas fosas de cadáveres.

Democracia y dictadura internacionales

Hoy sabemos que ya no hay islas y que las fronteras son inútiles. Sabemos que en un mundo en constante aceleración, donde el Atlántico se atraviesa en menos de un día, donde Moscú habla con Washington en algunas horas, estamos obligados a la solidaridad o a la complicidad, según los casos. Durante los años cuarenta aprendimos que el daño causado a un estudiante de Praga afectaba al mismo tiempo al obrero de Clichy, que la sangre vertida en alguna parte sobre las márgenes de un río de Europa central impulsaba a un campesino de Texas a derramar la suya sobre ese suelo de las Ardenas que veía por primera vez. No había, como no hay ya, un solo sufrimiento aislado, una sola tortura en este mundo que no se refeleje en nuestra vida cotidiana.

Muchos norteamericanos quisieran continuar viviendo encerrados en su sociedad, que encuentran buena. Muchos rusos quisieran, tal vez, seguir con la experiencia estatista al margen del mundo capitalista. No pueden ni podrán jamás lograrlo. Del mismo modo, ningún problema económico, por secundario que parezca, se puede resolver hoy al margen de la solidaridad de las naciones. El pan de Europa está en Buenos Aires y las máquinas herramientas de Siberia se fabrican en Detroit. Hoy día, la tragedia es colectiva.

Todos sabemos, pues, sin sombra de duda, que el nuevo orden que buscamos no puede ser solamente nacional, ni siquiera continental, ni menos occidental u oriental. Debe ser universal. No es posible esperar soluciones parciales o concesiones. El compromiso es lo que vivimos, es decir, la angustia del presente y el crimen del mañana. Y durante este tiempo, la velocidad de la historia y del mundo se acelera. Los veintiún sordos, futuros criminales de guerra, que discuten hoy de paz, intercambian sus monótonos diálogos, tranquilamente sentados en el centro de un torrente que los arrastra hacia el abismo, a mil kilómetros por hora. Sí, este orden universal es el único problema del momento y rebasa todas las polémicas constitucionales y electorales. Es un problema que nos exige la dedicación de todos los recursos de nuestra inteligencia y de nuestra voluntad.

¿Cuáles son en la actualidad los medios para alcanzar esta unidad mundial, para realizar esa revolución internacional, por las que los recursos humanos, las materias primas, los mercados comerciales y las riquezas espirituales puedan estar mejor distribuidos? Sólo veo dos, y ambos definen nuestra última alternativa. El mundo puede ser unificado desde arriba, como dije ayer, por un solo Estado más poderoso que los otros. Rusia o los Estados Unidos pueden pretender ese papel. No tengo nada que argumentar, y las personas que conozco tampoco tienen nada que replicar a la idea que defienden algunos de que Rusia o los Estados Unidos disponen de los medios para gobernar y unificar este mundo a imagen de su sociedad. Esa idea me repugna, como francés y más aún como mediterráneo. Pero no tomaré en cuenta este argumento sentimental.

Ésta es nuestra única objeción, tal como la he definido en un último artículo: esta unificación no puede realizarse sin guerra, o, al menos, sin un gran riesgo de guerra. Y admito, aunque no estoy de acuerdo, que la guerra pueda no ser atómica. Aun así, la guerra del mañana dejaría a la humanidad tan mutilada y empobrecida que la sola idea de orden sería definitivamente anacrónica. Marx podía justificar, como lo hizo, la guerra de 1870, pues era la guerra del fusil Chassepot y además estaba localizada. En las perspectivas del marxismo, cien mil muertos no son nada, en efecto, si constituyen el precio de la felicidad de centenas de millones de hombres. Pero la muerte cierta de centenas de millones para lograr la presunta felicidad de los que queden es un precio demasiado alto. El progreso vertiginoso de los armamentos, hecho histórico ignorado por Marx, obliga a plantear de un modo distinto el problema de los medios y del fin.

Y el medio, ahora, destruiría el fin. Cualquiera que sea el fin deseado, por elevado y necesario que se considere, que pretenda o no consagrar la felicidad humana, la justicia o la libertad, el medio a emplear para lograrlo representaría un riesgo tan definitivo, tan desproporcionado en magnitud con las posibilidades de éxito que nos negamos objetivamente a correrlo. Es preciso, pues, volver al segundo medio apto para asegurar este orden universal: el acuerdo mutuo de todas las partes. No nos preguntaremos si es posible, ya que consideramos que es precisamente el único posible. Nos preguntaremos en primer lugar en qué consiste.

Este acuerdo de las partes tiene un nombre: democracia internacional. Todo el mundo habla de ella en la ONU, por supuesto. Pero ¿qué es la democracia internacional? Es una democracia que es internacional. Se me perdonará esta perogrullada, pero las verdades más evidentes son también las más desfiguradas.

¿Qué es la democracia nacional o internacional? Es una forma de sociedad donde la ley está por encima de los gobernantes, ya que esa ley es la expresión de la voluntad de todos, representada por un cuerpo legislativo. ¿Es eso lo que se trata de establecer hoy? Se nos está preparando, en efecto, una ley internacional. Pero esa ley se hace o se deshace por los gobiernos, es decir por el ejecutivo. Estamos, por tanto, en un régimen de dictadura internacional. La única manera de salir de esta dictadura es poner la ley internacional por encima de los gobiernos, por consiguiente, hacer esa ley, disponer de un parlamento, constituir ese parlamento por medio de elecciones mundiales en las que participen todos los pueblos. Y ya que no tenemos ese parlamento, el único medio es resistir a esta dictadura internacional en un plano internacional y por medios que no contradigan el fin perseguido.

El mundo va deprisa

Es evidente para todos que el pensamiento político está, cada vez más, desbordado por los acontecimientos. Los franceses, por ejemplo, comenzaron la guerra de 1914 con los medios de la guerra de 1870, y la de 1939 con los medios de 1918. Pero, además, el pensamiento anacrónico no es una especialidad francesa. Será suficiente señalar que, prácticamente, las grandes políticas de hoy pretenden solucionar el futuro del mundo mediante principios formados en el siglo XVIII en lo que concierne al liberalismo capitalista, y en el XIX en lo que respecta al socialismo llamado científico. En el primer caso, un pensamiento nacido en los primeros años del industrialismo moderno, y en el segundo, una doctrina contemporánea del evolucionismo darwiniano y del optimismo renaniano se proponen relacionar en forma de ecuación la época de la bomba atómica, de las mutaciones bruscas y del nihilismo. Nada podría ilustrar mejor el desfase cada vez más desastroso que se está produciendo entre el pensamiento político y la realidad histórica.

Por supuesto, el espíritu va siempre atrasado con respecto al mundo. La historia corre mientras que el espíritu medita, pero ese retraso inevitable aumenta hoy en proporción con la aceleración histórica. El mundo ha cambiado mucho más en los últimos cincuenta años que en los doscientos años anteriores. Y vemos a este mundo empeñado en arreglar problemas de fronteras cuando todos los pueblos saben que las fronteras son hoy abstractas. Y el principio de las nacionalidades siguió imperando aparentemente en la conferencia de los Veintiuno.

Debemos tener esto en cuenta en nuestro análisis de la realidad histórica. Centramos actualmente nuestras reflexiones alrededor del problema alemán, que es un problema secundario en relación con el choque de imperios que nos amenaza. Pero si, mañana, concibiéramos soluciones internacionales con arreglo al problema ruso-norteamericano, correríamos el riesgo de vernos nuevamente rebasados. El choque de imperios está ya a punto de volverse secundario en relación con el choque de las civilizaciones. Desde todas partes, en efecto, las civilizaciones colonizadas hacen oír sus voces. Dentro de diez años, de cincuenta años, será la preeminencia de la civilización occidental lo que se discutirá. Más vale, entonces, pensar en ello de inmediato y abrir el Parlamento mundial a esas civilizaciones a fin de que la ley sea verdaderamente universal, y universal el orden que consagre.

Los problemas que plantea actualmente el derecho de veto están falseados porque las mayorías o las minorías que se oponen en la ONU son falsas. La URSS tendrá siempre el derecho de rechazar la decisión de la mayoría mientras ésta siga siendo una mayoría de ministros y no una mayoría de pueblos representados por sus delegados, y mientras, precisamente, todos esos pueblos, no estén allí representados. El día en que esta mayoría tenga una significación será preciso que todos la obedezcan o rechacen su autoridad, es decir declaren abiertamente su voluntad de dominio.

Del mismo modo, sin tenemos siempre presente esta aceleración del mundo, encontraremos la manera correcta de plantear el problema económico actual. En 1930 ya no se enfoca el problema del socialismo como en 1848. A la abolición de la propiedad había sucedido la técnica de la socialización de los medios de producción. Y esta técnica, en efecto, además de resolver el destino de la propiedad, tomaba en cuenta al mismo tiempo que el problema económico se planteaba a gran escala. Pero, desde 1930, esta escala aumentó todavía más. Y del mismo modo que la solución política será posible si es internacional o no será posible, igualmente la solución económica debe buscarse, *en primer término,* en los medios de producción internacionales: petróleo, carbón y uranio. Si debe haber colectivismo, que se incluyan en él los recursos indispensables para todos y que, efectivamente, no deben pertenecer a nadie en particular. Lo demás, todo lo demás, es sólo discurso electoral.

Estas perspectivas son utópicas a los ojos de algunos, pero todos los que se niegan a aceptar la posibilidad de una guerra, deben afirmar y defender sin ninguna reserva este conjunto de principios. En cuanto a saber qué caminos pueden acercarnos a una concepción semejante, considero imposible imaginarlos sin la reunión de los antiguos socialistas y de los hombres de hoy, solitarios a través del mundo.

En todo caso, es posible responder una vez más, y para terminar, a la acusación de utopía. Pues, para nosotros, la cosa es muy simple: tendrá que ser la utopía o la guerra, tal como nos la están preparando métodos de pensamiento caducos. El mundo tiene que elegir hoy entre el pensamiento político anacrónico y el pensamiento utópico. El pensamiento anacrónico nos está matando. Por desconfiados que seamos (y que yo sea), el sentido de la realidad nos obliga a volver a esta utopía relativa. Y cuando entre en la Historia, como muchas otras autopías del mismo género, los hombres no concebirán otra realidad. Hasta tal punto la historia es sólo el esfuerzo desesperado de los hombres para dar forma a sus sueños más clarividentes.

Un nuevo contrato social

Resumiendo: el destino de los hombres de todas las naciones no se resolverá antes de que se solucione el problema de la paz y de la organización mundial. No habrá revolución eficaz en ninguna parte del mundo hasta que no se produzca esa revolución. Todo lo que se diga fuera de esto, hoy, en Francia, es fútil o interesado. Iré más lejos aún. No sólo no podrá modificarse de forma permanente el modo de propiedad en ningún punto del globo, sino que ni siquiera los problemas más simples, como el pan de todos los días, el hambre que atenaza los vientres de Europa, y el carbón, tendrán solución mientras no se instaure la paz.

Todo pensamiento que reconozca lealmente su incapacidad para justificar la mentira y el asesinato, llega a esta conclusión, por poco que se preocupe por la verdad. Por lo tanto, su única posibilidad es aceptar sencillamente este razonamiento.

Dicho pensamiento reconocerá: 1.º, que la política interior, considerada en solitario, es un asunto totalmente secundario, y por otra parte, inimaginable; 2.º, que el único problema es la creación de un orden internacional que aporte finalmente las reformas de estructura duraderas por las cuales la revolución se definió; 3.º, que en el interior de las naciones sólo existen problemas administrativos que es preciso solucionar provisionalmente, y de la mejor manera posible, a la espera de un reglamento político más eficaz, por ser más general.

Habrá que decir, por ejemplo, que la Constitución francesa sólo puede juzgarse con arreglo al servicio que preste o no preste al orden internacional fundado en la justicia y en el diálogo. Desde este punto de vista, la indiferencia de nuestra Constitución hacia las más simples libertades humanas es condenable. Será preciso reconocer que la organización provisional del abastecimiento es diez veces más importante que el problema de las nacionalizaciones o de las estadísticas electorales. Las nacionalizaciones no serán viables en un solo país. Y aunque el abastecimiento no puede tampoco solucionarse en el plano nacional solamente, es, al menos, más apremiante e impone acudir a recursos extremos, aunque sean provisionales.

Por consiguiente, todo esto puede dar a la política interior el criterio que, a nuestro juicio, le faltaba hasta ahora. Por más que treinta editoriales de *L'Aube* se opongan todos los meses a treinta editoriales de *L'Humanité* no podrán hacernos olvidar que estos dos periódicos, con los partidos que representan y los hombres que los dirigen, aceptaron la anexión sin referéndum de Brigue y Tende, y que se unieron así en una misma empresa de destrucción respecto a la democracia internacional, Bidault y Thorez favorecen por igual el principio de la dictadura internacional, ya sea buena o mala su intención. Desde este punto de vista, y aunque parezca lo contrario, ellos representan en nuestra política, no la realidad, sino la utopía más desdichada.

Sí, debemos restarle importancia a la política interna. No se cura la peste con medicinas para resfriados. Una crisis que desgarra al mundo entero debe solucionarse a escala universal. En la actualidad, nuestro objetivo lógico es el orden para todos, a fin de que disminuya para cada uno el peso de la miseria y del miedo. Pero esto exige acción y sacrificio, es decir, hombres. Y si hay muchos hombres que en lo íntimo de su corazón maldicen hoy la violencia y el crimen, no hay muchos que quieran reconocer que esto los obliga a reconsiderar su pensamiento o su acción. Sin embargo, quienes quieran realizar este esfuerzo encontrarán en él una esperanza razonable y una regla de acción.

Admitirán que no pueden esperar mucho de los actuales gobiernos, porque éstos viven y actúan según unos principios criminales. La única esperanza reside en el mayor esfuerzo, que consiste en rehacer las cosas desde su comienzo para formar una sociedad viva en el seno de una sociedad condenada. Es, pues, necesario que esos hombres, uno por uno, rehagan entre ellos, en el interior de las fronteras y por encima de ellas, un nuevo contrato social que los una según unos principios más razonables.

El movimiento por la paz del que hablé debería poder articularse en el interior de las naciones en comunidades de trabajo, y por encima de las fronteras en comunidades de reflexión; las primeras, según unos contratos de común acuerdo al modo cooperativo, aliviarían al mayor número posible de individuos, y las segundas tratarían de definir los valores de los que se nutriría ese orden internacional, al tiempo que abogarían, en toda ocasión, por él.

Más precisamente, la tarea de estas últimas sería oponer palabras claras a las confusiones del terror y definir, al mismo tiempo, los valores indispensables para un mundo pacificado. Sus primeros objetivos podrían ser un código de justicia internacional cuyo primer artículo establecería la abolición general de la pena de muerte, y una clarificación de los principios necesarios a toda civilización de diálogo. Este trabajo respondería a las necesidades de una época que no encuentra en ninguna filosofía la justificación necesaria al ansia de amistad que consume hoy a los espíritus occidentales. Pero, es evidente que no se trataría de construir una nueva ideología. Se trataría tan sólo de buscar un estilo de vida.

Son éstos, en todo caso, motivos de reflexión y no puedo desarrollarlos en el marco de estos artículos. Pero, para hablar más concretamente, digamos que los hombres que decidieran oponer, en toda circunstancia, el ejemplo a la fuerza, la palabra a la dominación, el diálogo al insulto y el simple honor a la astucia; que rechazaran todas las ventajas de la sociedad actual y sólo aceptaran los deberes y las cargas que los ligan a los otros hombres; que se dedicaran a orientar la enseñanza en primer lugar, la prensa y la opinión después, según los principios de conducta de los que hemos hablado hasta ahora, esos hombres no actuarían utópicamente, sino, es bien evidente, de acuerdo con el realismo más honesto. Prepararían el futuro y así harían caer desde ese momento algunos de los muros que nos oprimen. Si el realismo es el arte de tener en cuenta, a la vez, el presente y el futuro, de obtener lo máximo sacrificando lo mínimo ¿quién no comprende que conseguirían la más deslumbradora de las realidades?

Si esos hombres aparecerán o no, no lo sé. Es probable que la mayoría de ellos reflexionen en este momento y eso es bueno. Pero con toda seguridad la eficacia de su acción estará unida al coraje con el que acepten renunciar, por el momento, a algunos de sus sueños, para dedicarse sólo a lo esencial que es la salvación de las vidas. Y al llegar aquí sería preciso, tal vez antes de terminar, alzar la voz.

Hacia el diálogo

Sí, habría que alzar la voz. Hasta ahora he evitado apelar a las fuerzas del sentimiento. Lo que nos destroza hoy es una lógica histórica que hemos creado íntegramente, y cuyos nudos terminarán por ahogarnos. El sentimiento no puede cortar los nudos de una lógica que desvaría; sólo puede hacerlo una razón que razone dentro de los límites que ella conoce. Pero no quisiera, en fin, que nadie creyese que el futuro del mundo puede prescindir de nuestras fuerzas de indignación y de amor. Sé bien que el hombre necesita grandes motivaciones para ponerse en marcha y que le es difícil comenzar a moverse para una lucha cuyos objetivos son tan limitados y donde la esperanza apenas participa. Pero no se trata de arrastrar a los hombres. Lo esencial, por el contrario, es que no sean arrastrados y que sepan bien lo que hacen.

Salvar lo que aún puede ser salvado, para que el futuro sea únicamente posible, he aquí el gran móvil, la pasión y el sacrificio que se piden. Eso solamente exige reflexionar sobre ello, y decidir con claridad si hay que aumentar aún más el dolor humano con fines siempre indiscernibles, si hay que aceptar que el mundo se llene de armas y que el hermano mate de nuevo al hermano, o si es preciso, por el contrario, evitar tanto como sea posible la sangre y el dolor para, únicamente, ofrecer su oportunidad a otras generaciones que estarán mejor preparadas que nosotros.

Por mi parte, creo estar casi seguro de haber elegido, y habiéndolo hecho, me pareció que debía hablar, decir que ya no seré jamás de aquellos, cualesquiera que sean, que aceptan el crimen, y sacar de ello las consecuencias que convengan. La cosa está ya hecha y he terminado por hoy. Pero antes, quisiera que se apreciase bien el espíritu que me ha animado a hablar así hasta ahora.

Se nos pide amar o detestar a tal o cual país, a tal o cual pueblo. Pero somos de los que se dan muy bien cuenta de nuestra semejanza con todos los hombres como para aceptar esa opción. La forma correcta de amar al pueblo ruso, en agradecimiento por lo que jamás dejó de ser, es decir la levadura del mundo como dicen Tolstoi y Gorki, no es desearle aventuras de poder, sino evitarle, después de tantas pruebas pasadas, una nueva y terrible sangría. Lo mismo puede decirse respecto del pueblo norteamericano y de la desdichada Europa. Es éste el tipo de verdades elementales que se olvidan en medio de las pasiones actuales.

Sí, lo que hay que combatir hoy son el miedo y el silencio, y con ellos la separación de los espíritus y de las almas que ese miedo y ese silencio producen. Lo que hay que defender es el diálogo y la comunicación universal entre los hombres. La servidumbre, la injusticia, la mentira son las plagas que rompen esa comunicación e impiden el diálogo. Por eso, debemos rechazarlos. Pero esas plagas son hoy la materia misma de la historia, y, por consiguiente, muchos hombres las consideran males necesarios. Es verdad también que no podemos escapar a la historia puesto que estamos totalmente inmersos en ella. Pero se puede pretender luchar en la historia para preservar esa parte del hombre que no le pertenece. Esto es todo lo que he querido decir. Y en todo caso, definiré mejor aún esta actitud y el espíritu de estos artículos con un razonamiento que quisiera, antes de terminar, que se meditase con lealtad.

Una gran experiencia pone en marcha hoy a todas las naciones del mundo, según las leyes del poder y de la dominación. No diré que hay que impedir ni favorecer esta experiencia. No necesita que la ayudemos y, por el momento, se burla de que pretendamos contrariarla. Por tanto, la experiencia continuará. Formularé simplemente esta pregunta: ¿Qué sucederá si la experiencia fracasa, si la lógica de la historia, sobre la que tantos se apoyan, se contradice? ¿Qué sucederá si a pesar de dos o tres guerras, a pesar del sacrificio de varias generaciones y de ciertos valores, nuestros nietos —suponiendo que lleguen a existir— no se encuentran más cerca de la sociedad universal? Sucederá que los sobrevivientes de esta experiencia no tendrán ni siquiera la fuerza de ser los testigos de su propia agonía. Entonces, puesto que la experiencia prosigue inevitablemente, no está mal que unos hombres se asignen la tarea de preservar, a lo largo de la historia apocalíptica que nos espera, la reflexión modesta que, sin pretender resolverlo todo, servirá en algún momento para dar un sentido a la vida cotidiana. Lo esencial es que esos hombres sopesen bien, y de una vez por todas, el precio que tendrán que pagar.

Ahora puedo terminar. Lo que deseo, en este momento, es que en medio de un mundo asesino, nos decidamos a reflexionar sobre el asesinato y a elegir. Si esto pudiera hacerse, nos dividiríamos entonces entre los que aceptan en rigor ser asesinos y los que se niegan con todas sus fuerzas. Ya que esta terrible división existe, será un progreso, al menos, clarificarla. A través de los cinco continentes, y en los próximos años, va a continuar una lucha interminable entre la violencia y el diálogo, y la verdad es que las posibilidades de la primera son mil veces superiores a las de este último. Pero siempre he creído que si bien el hombre que espera en la condición humana es un loco, el que se desespera por causa de los acontecimientos es un cobarde. Y de ahora en adelante el único honor será el de mantener obstinadamente esta formidable apuesta que decidirá, al fin, si las palabras son más fuertes que las balas.

Dos respuestas a Emmanuel D'Astier de la Vigerie

Primera respuesta

(*Caliban,* núm. 16)

Pasaré por alto el título, imprudente en mi opinión, que usted le puso a su respuesta *. Pasaré por alto también dos o tres contradicciones de las que no quiero aprovecharme. No busco tener razón en contra suya, y lo que me interesa es responderle sobre lo esencial. Y aquí comienza mi dificultad, pues, precisamente, usted no ha hablado de lo esencial y las objeciones que me hace me parecen la mayoría de las veces secundarias o sin objeto. Si quiero contestarlas en primer lugar es sólo para tener el campo libre.

No es refutarme, en efecto, refutar la no violencia. Jamás la he defendido, pero es una actitud que se me atribuye para la comodidad de una polémica. No pienso que haya que responder a los golpes con bendiciones. Creo que la violencia es inevitable, los años de ocupación me lo enseñaron. Para decirlo de una vez, hubo, en esos tiempos, terribles violencias que no me crearon ningún problema. No diré pues que es preciso suprimir toda violencia, lo que sería deseable pero utópico. Solamente

* *Arrancad la víctima a los verdugos.* En *Caliban,* núm. 15.

digo que hay que rechazar toda legitimación de la violencia, ya sea que provenga de una razón de Estado absoluto o de una filosofía totalitaria. La violencia es, a la vez, inevitable e injustificable. Creo que hay que mantener su carácter excepcional y encerrarla en los límites que se pueda. No predico, pues, ni la no violencia —conozco desgraciadamente su imposibilidad—, ni, como dicen los burlones, la santidad; me conozco demasiado como para creer en la virtud pura. Pero en un mundo donde nos dedicamos a justificar el terror con argumentos opuestos, pienso que hay que poner límite a la violencia, reducirla a algunos sectores cuando es inevitable, amortiguar sus efectos terroríficos e impedirle llegar hasta el extremo de su furor. Me horroriza la violencia confortable. Me horrorizan aquellos cuyas palabras van más lejos que sus actos. Todo esto me separa de algunos de nuestros grandes hombres, y dejaré de menospreciar sus llamamientos al asesinato cuando sean ellos mismos los que sostengan los fusiles de la ejecución.

Al comienzo de su artículo, usted me pregunta por qué razones me puse del lado de la Resistencia. Es una pregunta que no tiene sentido para algunos hombres entre los que me cuento. No me imaginaba en otro sitio, eso es todo. Me parecía, y me sigue pareciendo, que no se puede estar del lado de los campos de concentración. Comprendí entonces que detestaba menos la violencia que las instituciones de la violencia. Y para ser bien preciso, recuerdo perfectamente el día en que la ola de indignación que me embargaba llegó a la cúspide. Era una mañana, en Lyon, y yo leía en el periódico la ejecución de Gabriel Péri.

Es esto lo que da derecho a los hombres entre los que me cuento (¡y sólo a ellos, d'Astier!) a gritar su repugnancia y su desprecio por el actual gobierno griego, y a combatirlo por medios que serán finalmente más eficaces que los de usted. Los hombres de Atenas son abyectos verdugos. No son los únicos, pero acaban de hacer estallar a la faz del mundo la culpabilidad, por lo general mejor disfrazada, de la sociedad burguesa. Adivino su respuesta. Acabará usted pretendiendo que para que los comunistas griegos no sean fusilados, hay que reducir al silencio o liquidar el número necesario de no comunistas. Esto supone que sólo los comunistas merecen ser salvados, porque son los únicos que están en posesión de la verdad y yo digo que, en efecto, lo merecen, pero al mismo título que los demás hombres. Afirmo que al repugnante problema que se nos plantea no se le puede dar una solución tan sólo estadística. El castigo de los verdugos no puede significar la multiplicación de las víctimas. Y debemos tomar en nosotros mismos, y alrededor nuestro, medidas (una medida) para que el juicio necesario no coincida con un apocalipsis sin mañana. Todo el resto es moral primitiva o locura del orgullo. Aun cuando la violencia que usted preconiza fuera más progresista, como dicen nuestros filósofos-espectadores, seguiría diciendo que habría que limitarla. ¿Pero es, acaso, más progresista? Éste es el fondo del problema sobre el cual volveré.

En todo caso, cuando usted me compadece porque soy un resignado, puedo muy bien decir que esa conmiseración no tiene sentido. Su error es excusable, por otra parte. Estamos en tiempos de gritos y un hombre que rechaza esa embriaguez fácil parece un resignado. Tengo la desgracia de que no me gustan los desfiles civiles o militares. Permítame indicarle, no obstante sin levantar el tono, que la verdadera resignación conduce a la ciega ortodoxia y la desesperación a las filosofías de la violencia. Y basta con decirle que no me resignaré jamás a nada de lo que usted ya ha aceptado.

Tampoco creo que sea razonable ni generoso acusarme de ser un intelectual y de preferir la preservación de mi vida interior a la liberación del hombre. ¿Usted dice que llegó tarde a la conciencia política? Lo sabía, pero esta conversión, aunque no tenga nada que no sea honorable, no le confiere el privilegio de borrar de un plumazo los años que otros consagraron, con mayor o menor suerte, a luchar contra todas las formas de tiranía. Al contrario, debería incitarlo a interrogarse sobre las razones que pueden tener hoy esos mismos hombres para levantarse contra los arrebatos de la violencia. La resistencia condenatoria a la sociedad del lucro y del poder que han opuesto, activamente, los que se parecen a mí, no data de ayer. Si usted consiente precisamente en interrogarse es tanto como decirle entonces que tengo la ilusión, al hablar contra usted, de estar hablando además contra la sociedad burguesa.

Uno de los suyos me envía su libro sobre el marxismo, cortésmente, por otra parte, pero haciéndome la observación de que no aprendí la libertad con Marx. Es verdad: la aprendí con la miseria. Pero la mayoría de ustedes no saben qué significa esa palabra.

Y hablo precisamente en nombre de quienes compartieron esa miseria conmigo y cuyo primer deseo es tener paz porque saben que no tendrán justicia en la guerra. Objetivamente, como dicen ustedes, ¿están equivocados? Lo veremos. Pero no acuse entonces a los intelectuales o a la vida interior y reconozca claramente que en su sistema no se admite la oposición de un obrero como tampoco la disidencia de un intelectual. Diga abiertamente que es la noción misma de oposición la que está en juego. Entonces estaremos en la verdad y le quedará por justificar esa bella teoría. Y dialogaremos sobre esa justificación.

Es ahora cuando nos acercamos al verdadero problema. Pero antes, es necesario que desmienta las posiciones que usted me adjudica en dos oportunidades. Yo no condené el capitalismo ni el socialismo (usted lo sabe bien), sino aquellas de sus ideologías que han adoptado la forma de conquista, es decir, el liberalismo imperialista y el marxismo. Y desde este punto de vista, voy a sostener lo que ya dije antes: que estas ideologías, nacidas hace un siglo, en tiempos de la máquina de vapor y del optimismo científico ingenuo, están hoy caducas y son incapaces, bajo su forma actual, de resolver los problemas que se plantean en el siglo del átomo y de la relatividad.

Usted eligió la máquina de vapor y eso le impide ver, por ejemplo, que se le puedan hacer muchas objeciones a la idea de un parlamento mundial, salvo la de codificar la anarquía, como usted dice. La anarquía, en el sentido vulgar, sólo existe en una sociedad cuando cada uno hace lo que quiere y todo lo que quiere. Y la anarquía de nuestra sociedad internacional proviene precisamente de que cada nación sólo se obedece a sí misma en un momento en que ya no existen economías nacionales. La anarquía es, hoy, la soberanía, y es fácil ver que es usted quien la defiende, en beneficio indirecto de algunos Estados burgueses o policiales.

Pero estos malentendidos me parecen inevitables porque usted no abordó lo esencial. Abordemos, pues, lo esencial ahora.

En el razonamiento que he tratado de desarrollar aquí, sólo dije una cosa: que ninguna nación de Europa podía ya hacer sola su revolución, que la revolución sería mundial o no se produciría, pero que no podría tener el aspecto que le daban nuestros viejos sueños: hoy debía pasar por la guerra ideológica. Y pedí, simplemente, que se reflexionara sobre esto, de lo cual nadie quiere hablar. Usted no dijo si este análisis le parecía verdadero o falso y, sin embargo, es este análisis lo que habría que discutir. Pues no es discutir el afirmar que renuncio a 1789 y a 1917. Esto es absurdo. En las cosas del espíritu y de la historia hay herencias a las que no se puede renunciar. Tampoco es discutir el decir que pongo guerra y revolución en el mismo saco, pues ahí, usted deforma gravemente lo que debiera haber leído: yo solamente escribí que hoy, en 1948, guerra y revolución se confunden. Usted se limita a rechazar el pacifismo, por otra parte razonable, que mi análisis implicaba, al invocar la importancia de lo que está en juego y el precio que hay que pagar por la liberación humana. Marx, sin duda, no retrocedió, en 1870, ante el elogio a una guerra cuyas consecuencias, según él, deberían contribuir al progreso de los movimientos de emancipación. Pero se trataba de una guerra relativamente económica y Marx razonaba con arreglo al fusil Chassepot que es un arma de colegial. Hoy, usted y yo sabemos que el mañana de una guerra atómica es inimaginable y que hablar de la emancipación humana en un mundo devastado por una tercera guerra mundial es algo que se parece a una provocación. ¡Vaya a explicarles a los habitantes de Saint-Malo o de Caen que una tercera guerra mejorará su suerte!

En un plano teórico, podemos admitir que el materialismo dialéctico exija los más considerables sacrificios con arreglo a una sociedad justa cuyas probabilidades sean muy grandes. ¿Qué significan esos sacrificios, si la probabilidad se reduce a cero, si se trata de una sociedad que agonizará entre los escombros de un continente atomizado? Es la única pregunta que debemos hacernos. Yo me la hice, y no me reconocí otro derecho que el de recomendar la lucha contra la guerra y el enorme esfuerzo que debe realizar una verdadera democracia internacional. Para decirlo de una vez, no veo cómo un espíritu preocupado por la justicia y consagrado a un ideal de liberación podría elegir otra cosa. Si se tratara sólo de la justicia, ningún socialista, por ejemplo, ninguna conciencia política, en todo caso, debería negarse a adoptar esta posición. Y si una parte de la inteligencia europea, lejos de adoptarla, por el contrario la combate, es que no se trata de la justicia; esto está claro. Y aquí empieza la falsedad que quiere hacernos creer que la política de poder, cualquiera que sea, puede traernos una sociedad mejor, donde, por fin, se realice la liberación social. La política de poder significa la preparación para la guerra. La preparación para la guerra, y con mayor razón la guerra misma, hacen precisamente imposible esa liberación social. La liberación social y la dignidad obrera dependen estrechamente de la creación de un orden internacional. La única cuestión es saber si se llegará a este orden por la guerra o por la paz. Esta elección deberá unirnos o separarnos. Todas las otras opciones me parecen fútiles.

Usted dice que para suprimir la guerra, hay que suprimir el capitalismo. Me parece bien suprimir el capitalismo. Pero para suprimirlo es necesario hacerle la guerra. Esto es absurdo, y sigo pensando que no se combate lo malo con lo peor, sino con lo menos malo. Usted me dirá que se trata de la última guerra, la que va a arreglar todo. Mucho me temo, en efecto, que sea la última, y en todo caso, me preocupa ver cómo se empuja a los hombres a esta nueva aventura diciéndoles, una vez más, que es preciso hacerlo para que sus hijos no vean nada igual. En realidad, el mundo capitalista y Stalin mismo dudan ante la guerra. Pero usted, que se dice socialista, no parece dudar. No es paradójico más que en apariencia y quisiera decirle por qué, tan simplemente como pueda.

Cierto aspecto crítico del marxismo me sigue pareciendo válido. Pero, si yo fuera marxista, de la gran noción de falsificación habría llegado a la conclusión de que las mejores intenciones, incluidas también las que inspiran el marxismo hoy, pueden ser falseadas. Había en Marx una lección de modestia que me parece a punto de olvidarse. Había también en Marx una sumisión a la realidad y una humildad ante la experiencia que lo habrían, sin duda, conducido a revisar algunos de los puntos de vista que sus actuales discípulos quieren desesperadamente mantener en la esclerosis del dogma. Me resulta impensable que el mismo Marx, ante la desintegración del átomo y ante el aterrador desarrollo de los medios de destrucción, no reconociera que los datos objetivos del problema revolucionario habían cambiado. Es que además Marx amaba a los hombres (los verdaderos, los vivos, y no los de la duodécima generación que a usted le resulta más fácil amar puesto que no están aquí para decirle cuál es la clase de amor que no quieren).

Pero algunos marxistas no quieren ver que los datos objetivos han cambiado. Y hay muchas cosas en estos últimos cincuenta años que no han querido tener en cuenta. Prefieren la idea que se forjan de la historia, a la historia misma, tal como es. Es la debilidad racionalista. Marx creyó que había corregido a Hegel. Pero lo que transmitió de Hegel triunfó sobre él entre sus sucesores. La razón es muy sencilla y voy a decírsela, no con el desdén de los jueces, sino con la angustia de quien conoce demasiado bien su complicidad con toda su época como para creerse limpio de todo reproche. Los marxistas del siglo XX (y no son los únicos) se hallan en el extremo de esa larga tragedia de la inteligencia contemporánea que sólo se podría resumir escribiendo la historia del orgullo europeo. Existía en Lenin, Marx y Netchaiev. Es Netchaiev quien triunfa poco a poco. Y el racionalismo más absoluto que ha conocido la historia termina, como es lógico, por identificarse con el más absoluto nihilismo. En realidad, a pesar de sus afirmaciones, la justicia ya no está en juego. Lo que está en juego es un prodigioso mito de divinización del hombre, de dominación, de unificación del universo por los meros poderes de la razón humana. Lo que está en juego es la conquista de la totalidad, y Rusia cree ser el instrumento de ese mesianismo sin Dios. ¿Qué pueden pesar la justicia, la vida de algunas generaciones, el dolor humano ante ese misticismo desmesurado? Nada, a decir verdad. Algunas inteligencias con formidables ambiciones llevan un ejército de creyentes hacia una tierra santa imaginaria. Durante un cuarto de siglo, verdaderamente los marxistas condujeron el mundo. Pero entonces tenían los ojos abiertos. Lo siguen conduciendo por la fuerza del impulso, pero con los ojos ya cerrados. Si no los abren a tiempo, se estrellarán contra un muro de orgullo y millones de hombres pagarán el precio de esa soberbia. Toda idea falsa termina en sangre, pero se trata siempre de la sangre ajena. Es lo que explica que algunos de nuestros filósofos se queden tan tranquilos diciendo cualquier cosa.

Al perder la esperanza en la justicia inmediata, los marxistas que se llaman ortodoxos eligieron dominar el mundo en nombre de una justicia futura. En cierta manera, no tienen ya los pies sobre la tierra, a pesar de las apariencias. Están en la lógica. Y en nombre de la lógica, por primera vez en la historia intelectual de Francia, algunos escritores de vanguardia dedicaron su inteligencia a justificar a quienes fusilan, a reserva de protestar después en nombre de una categoría bien determinada de fusilados. Necesitaron mucha filosofía, pero lo consiguieron; la filosofía no cuesta nada. La historia intelectual ya no tiene sentido. En lo que se refiere a la historia religiosa, se pretende que creamos que las inquisiciones sólo ejecutaron a los hombres para que alcanzaran su verdadera felicidad. Ignoro si usted ha llegado a eso. Pero quiero, sin embargo, decirle, porque es verdad, que usted ha elegido la vocación asesina de la inteligencia y que la ha elegido por una extraña especie de desesperación y de resignación.

Estas perspectivas le parecerán, tal vez, desmesuradas. Son, sin embargo, las verdaderas y la historia de hoy es tan sangrienta, únicamente, porque la inteligencia europea, traicionando su herencia y su vocación, eligió la desmesura, por amor al patetismo y a la exaltación. Es preciso partir de esas perspectivas para permanecer en la verdad del momento. Son ellas en todo caso las que me permitirán, para terminar, responder a la única parte de su artículo que no puedo aceptar. Usted me acusa de una complicidad inconsciente u objetiva con la sociedad burguesa. Ya contesté en parte a esa acusación. Pero sería poco decir que le niego el derecho de formular tal acusación. Le niego el derecho a creerse con las manos limpias. Estamos en un nudo de la historia donde la complicidad es total y usted no solamente no escapa de esa servidumbre, sino que tampoco hace ningún esfuerzo por escapar. Mi única ventaja sobre usted es que, por mi parte, yo he hecho ese esfuerzo y he abogado, como debía hacerlo en nombre de mi oficio y en nombre de todos los míos, por que disminuya *desde ahora mismo* el atroz dolor de los hombres.

Sólo quisiera que cuando usted haya terminado de leer esta respuesta, se preguntara, objetivamente, de qué ha consentido usted en ser cómplice. Advertirá entonces, quizá, esa mancha de sangre intelectual de la que Lautréamont decía que toda el agua del mar no sería suficiente para lavar. Tranquilícese, Lautréamont era poeta. Y a falta de agua de mar, hay algo con lo que siempre podrá lavarse: una sincera confesión de ignorancia. Los que pretenden saber todo y arreglar todo, terminan por matar todo. Llega un día en que no tienen otra regla que el crimen, ni otra ciencia que la pobre escolástica que, en todos los tiempos, sirvió para justificar el crimen. Y la única salida que tienen es reconocer precisamente que no lo saben todo. Si alguno de nosotros confiesa su ignorancia sobre dos o tres puntos, como yo lo hice, usted sacará provecho. Pero es un provecho del que viven todos los culpables hasta el momento de la confesión. Esperaré, pues, a que la modestia le llegue. Y hasta entonces, mi propia ignorancia me impedirá siempre condenarlo absolutamente. ¿Cómo podría hacerlo, por otra parte? Lo peor que puede sucederle es ver triunfar lo que ha tratado de defender ante mí. Pues ese día usted tendrá, sin duda, razón, en el sentido en que este mundo miserable lo entiende. Pero tendrá razón en medio del silencio y de los cadáveres. Es una victoria que jamás le envidiaré.

Segunda respuesta

(*La Gauche,* octubre de 1948)

Mi segunda respuesta será la última. Hay en su largo artículo* un tono que me obliga a abreviar. Pero le debo todavía algunas declaraciones:

1.º Me he visto forzado a señalar que he nacido en una familia obrera. No es un argumento (jamás lo utilicé hasta ahora). Es una rectificación. El periódico donde usted me respondió y otros que intentan rivalizar con él en la mentira me han presentado tantas veces como hijo de burgués, que es preciso que, *una vez al menos,* les recuerde que la mayoría de ustedes, intelectuales comunistas, no tienen ninguna experiencia de la condición proletaria y que no son los indicados para tratarnos de soñadores ignorantes de la realidad. No se trata de mí, sino de un argumento de la polémica general al que hay que hacer justicia de una vez por todas. Su pudor se equivoca, pues, al ofenderse.

2.º Hubo y hay una falta de pudor, al contrario, en alardear de sus servicios en la Resistencia. No se tiene mérito por el nacimiento sino por las acciones. Pero hay que saber callarlas para que el mérito sea completo. Para ser más breve, el tipo «ex combatiente» no es el mío. No lo seguiré, entonces, en la comparación que hace entre nosotros. La encuentro ligeramente calumniosa, por supuesto; pero no espere que me justifique. Por el contrario, y para su tranquilidad, no pondré ninguna dificultad en dejarle el grado de jefe en una aventura en la que me permitirá, sin embargo, reconocerme el de tropa, que ha sido siempre el mío.

Pero, en todo caso, no finja creer que al escribir que «me horrorizan aquellos cuyas palabras van más lejos que sus actos» quise poner en duda sus acciones. Una vez más, es un argumento del que soy incapaz. Y el con-

* En el periódico *Action.*

texto de la frase lo prueba muy bien. Sólo significa, y es bastante, que me horrorizan esos intelectuales y esos periodistas con los que usted se solidariza, que piden o aprueban ejecuciones capitales, pero que cuentan con que otros realicen la tarea.

3.º No hubo equívoco en hacerle decir lo que dicen sus amigos comunistas. Hace muy poco tiempo, usted escribía: «Admito mi solidaridad con el partido comunista francés.»

4.º No acepto la manera cómo usted responde a mi pregunta sobre el derecho de oposición. «Reconozca —le decía yo— que en su sistema no se admite la oposición de un obrero como tampoco la disidencia de un intelectual.» Sabe muy bien que esto es verdad, y la simple honestidad exigía su reconocimiento. Por el contrario, usted me contesta que la noción de oposición no es clara. Habrá que pensar que es muy difícil negar públicamente a un obrero su derecho de oposición y me alegro del homenaje indirecto que usted rinde al proletariado francés. Pero eso no impide que su respuesta sea un engaño. Acaban de ejecutar en Rumanía a siete miembros de la oposición bajo el rótulo, ya conocido, de «terroristas». Trate de explicarles a la familia, a los amigos de los fusilados, a los hombres libres que creyeron la noticia que la noción de oposición no está bien definida en Rumanía.

5.º Ya que lo desea, y sin extenderme tanto como quisiera, voy a darle un buen ejemplo de violencia legitimada: los campos de concentración y la utilización como mano de obra de los deportados políticos. Los campos formaban parte del aparato del Estado en Alemania, y forman parte del aparato del Estado en la Rusia soviética, usted no puede ignorarlo. En este último caso están justificados, parece, por la necesidad histórica. Lo que quiero decir es muy simple. Los campos no tienen ninguna de las excusas que puedan tener las violencias provisionales de una insurrección. No hay razón en el mundo, histórica o no, progresista o reaccionaria, que pueda hacerme aceptar los campos de concentración. Propuse simplemente que los socialistas rechazaran por anticipado, y en toda ocasión, el campo de concentración como medio de gobierno. Sobre este punto usted tiene la palabra *.

6.º Sigo pensando que lo que hemos entendido hasta ahora por revolución sólo puede triunfar hoy con una guerra. Usted me pone a Checoslovaquia como ejemplo. Lo que usted llama la revolución de Praga es, ante todo, una alineación de política exterior que nos ha acercado considerablemente a la guerra, y, por lo tanto, justifica mi punto de vista. Entre tanto, la aventura yugoslava lo habrá informado, sin duda alguna, acerca de las posibilidades que tienen Gottwald y los dirigentes checos de colocar en primer plano cuestiones que sean puramente internas.

La única cosa que me conmueve, porque es humana y verdadera, en su respuesta sobre este punto es la imposibilidad en que usted se siente de ceder al chantaje de la guerra. No me crea totalmente ciego al respecto: lo he meditado. Pero hay también un chantaje a la revolución que nos hacemos con frecuencia a nosotros mismos. Yo propongo no apoyar la puja recíproca a la que se entregan los dos imperios. La manera correcta de no ceder al chantaje no es el derrotismo ni la obstinación ciega. Es la lucha contra la guerra y en favor de la organización internacional. Al término de ese prolongado esfuerzo, la palabra revolución volverá a adquirir su sentido. Pero no antes. Por eso, sigo creyendo que únicamente los movimientos por la paz y las concepciones federalistas resisten eficazmente a ese chantaje. Y cuando usted ironice de nuevo, con algunos otros, acerca de metas tan lejanas, yo lo dejaré hablar ya que sólo nos ofrecieron como elección un falso liberalismo que nos repugna y el socialismo de los campos de concentración del que usted es servidor. La esperanza está de nuestro lado, le guste o no le guste.

7.º Voy a hablar ahora de su propuesta. Usted cree

* Esta propuesta quedó sin contestación.

que me pone en un aprieto al invitarme a enviar una carta abierta a la prensa norteamericana para protestar contra la complicidad directa o indirecta de los Estados Unidos en las recientes ejecuciones griegas. Esto me consuela algo, porque es la prueba de que desconoce mi verdadera posición. Usted no puede saber, por otra parte, que yo ya tomé partido sobre ese caso concreto en Inglaterra, hace algunas semanas, y sobre casos parecidos en América, hace dos años, en el curso de conferencias públicas. Por eso, no me cuesta ningún trabajo contestarle: tengo esa carta a su disposición. Y agregaré en ella una protesta motivada por lo que es un verdadero crimen contra la conciencia europea: el mantenimiento de Franco en España. Le doy carta blanca para su publicación, con una sola condición, que, espero, considere legítima. Usted escribirá, por su parte, una carta abierta, no a la prensa soviética, que no la publicará, sino a la prensa francesa. En ella tomará posición contra el sistema de los campos de concentración y la utilización de la mano de obra de los deportados. En reciprocidad, pedirá al mismo tiempo la liberación incondicional de los republicanos españoles, todavía internados en la Rusia soviética y a los que su camarada Courtade ha creído que podía insultar, olvidando lo que siguen representando esos hombres para todos nosotros e ignorando, sin duda, que ni siquiera es digno de atarles los zapatos. Nada de todo esto es incompatible, me parece, con la vocación revolucionaria a la que usted invoca. Y entonces sabremos si este diálogo ha sido inútil o no. En efecto, yo habré denunciado los males que le producen indignación y usted habrá retribuido esa satisfacción con la denuncia de males que igualmente deben sublevarle *.

Pues quiero creer que le sublevan. Y antes de terminar esta polémica, haré lo único que puedo hacer ahora por usted: no creerle. No creerle cuando dice que si las fosas de cadáveres volvieran, a pesar suyo, usted preferiría tener razón en medio de ellas que estar equivocado.

---

* Esta propuesta quedó sin contestación.

Es una manera, sin embargo, de ratificar lo que le dije en mi primera respuesta. Pero prefiero haberme equivocado. Pues para hacer pública una pretensión tan horrible, hace falta mucho orgullo o poca imaginación. Mucho orgullo, en efecto. Ya que es afirmar que la razón histórica que usted eligió servir le parece la única adecuada y que la humanidad no puede salvarse con ninguna otra. Su razón o las fosas de cadáveres es el futuro que usted traza. Decididamente soy más optimista que usted y pondré en duda su imaginación.

Voy a terminar. Usted desdeña muchas cosas en su larga respuesta. Acepto, por mi parte, algunos de sus desprecios. Mi papel, lo reconozco, no es el de transformar el mundo ni al hombre. No tengo suficientes virtudes ni luces para ello. Pero sí es, quizá, el de servir, desde mi puesto, a algunos valores sin los cuales un mundo, incluso transformado, no valdría la pena ser vivido, y sin los cuales un hombre, incluso un hombre nuevo, no merecería ser respetado. Esto es lo que quiero decirle antes de despedirme: usted no puede prescindir de esos valores y los volverá a encontrar creyendo que los crea de nuevo. No vivimos sólo de lucha y de odio. No morimos siempre con las armas en las manos. Hay historia y hay otra cosa, la felicidad sencilla, la pasión de las almas, la belleza natural. También ellas son raíces que la historia ignora, y Europa, por haberlas perdido, es hoy un desierto.

Yo le concedo que los marxistas tienen a veces los remordimientos de los liberales, que bien los necesitan. Pero los marxistas ¿no tienen necesidad de esos remordimientos? Si no la tienen, nadie en el mundo podrá ayudarles, y al final, juntos, conoceremos una derrota que toda Europa pagará con la sangre que le queda. Pero si necesitan esos remordimientos, sólo podrán dárselos esos pocos hombres que, sin separarse de la historia, conscientes de sus límites, tratan de expresar, como pueden, la desdicha y la esperanza de Europa. ¡Solitarios!, dirá usted con desprecio. Tal vez, por el momento. Pero ¡qué solos estarían ustedes sin esos solitarios!

El no creyente y los cristianos

(Fragmentos de una conferencia pronunciada en el convento de los dominicos de Latour-Maubourg en 1948)

Ya que han tenido ustedes a bien pedir a un hombre que no comparte sus convicciones que venga a responder a la pregunta muy general que se formula en el curso de estas charlas —antes de decirles lo que me parece que los no creyentes esperan de los cristianos— quisiera, lo primero de todo, reconocer esta generosidad de espíritu con la afirmación de algunos principios.

Hay, en primer lugar, un fariseísmo laico al cual trataré de no ceder. Llamo fariseo laico a quien finge creer que el cristianismo es cosa fácil y aparenta exigir del cristiano, en nombre de un cristianismo visto desde afuera, más de lo que se exige a sí mismo. Creo, efectivamente, que el cristianismo tiene muchas obligaciones, pero no corresponde a quien las rechaza recordárselas al que las acepta. Si alguien puede exigir algo del cristianismo es otro cristiano. La conclusión es que si yo me permito, al final de esta conferencia, reclamar de ustedes algunos deberes, no podrá tratarse más que de deberes que se deben exigir a todos los hombres en la actualidad, sean cristianos o no.

En segundo lugar, quiero declarar también que al no sentirme en posesión de ninguna verdad absoluta ni de ningún mensaje, jamás partiré del principio de que la verdad cristiana es ilusoria, sino solamente de este hecho: yo no he podido ingresar en ella. Para ilustrar esta posición reconoceré de buen grado lo siguiente: hace tres años una controversia me enfrentó con uno de ustedes y no precisamente de los peores. La fiebre de esos años, y el difícil recuerdo de dos o tres amigos asesinados, provocaron ese deseo. Sin embargo, puedo declarar que a pesar de algunos excesos de lenguaje de parte de François Mauriac, jamás dejé de meditar sobre lo que dijo. Al finalizar esa reflexión —y les doy así mi opinión sobre la utilidad del diálogo creyente-no creyente— tuve que reconocerme a mí mismo, y aquí lo hago públicamente, que, en el fondo y sobre el punto preciso de nuestra controversia, François Mauriac tenía razón.

Dicho esto, me será más fácil enunciar mi tercer y último principio. Es simple y claro. No trataré de modificar nada de lo que pienso, ni nada de lo que ustedes piensan (al menos lo que creo que piensan) con el fin de obtener una conciliación que nos resultaría agradable a todos. Al contrario, lo que deseo decirles hoy es que el mundo necesita el verdadero diálogo, que lo opuesto al diálogo es tanto la mentira como el silencio y que el diálogo sólo es posible entre personas que se mantienen en lo que son y dicen la verdad. Esto equivale a afirmar que el mundo de hoy necesita cristianos que continúen siendo cristianos. El otro día, en la Sorbona, dirigiéndose a un conferenciante marxista, un sacerdote católico decía en público que él también era anticlerical. ¡Pues bien!, no me gustan los sacerdotes anticlericales, como tampoco las filosofías que se avergüenzan de sí mismas. No trataré, pues, por mi parte, de hacerme el cristiano ante ustedes. Comparto con ustedes el mismo horror por el mal. Pero no comparto su esperanza y sigo luchando contra este universo donde hay niños que sufren y mueren.

....

¿Y por qué no voy a decir aquí lo que escribí en otro lugar? Esperé mucho tiempo, durante esos años espantosos, que desde Roma se elevara una gran voz. ¿Yo, no creyente? Precisamente. Pues sabía que el espíritu se perdería si no lanzaba, ante la fuerza, un grito de condena. Parece que esa voz se elevó. Pero les juro que ni yo, ni millones de hombres conmigo, la oímos y que había entonces en todos los corazones, creyentes o no, una soledad que crecía sin cesar a medida que pasaban los días y se multiplicaban los verdugos.

Después, me explicaron que la condenación se había producido realmente, pero en el lenguaje de las encíclicas, que no es claro. ¡La condenación se había producido y nadie la entendió! ¿Quién no comprende ahora dónde está la verdadera condena y quién no se da cuenta de que este ejemplo lleva en sí mismo uno de los elementos de la respuesta, quizá la respuesta total, que ustedes me piden? Lo que el mundo espera de los cristianos es que hablen, con voz clara y alta, y que expresen su condena de tal manera que jamás la duda, una sola duda, pueda albergarse en el corazón del más simple de los hombres. Espera que los cristianos salgan de la abstracción y se enfrenten con el rostro ensangrentado de la historia de hoy. La unión que necesitamos es la unión de hombres decididos a hablar claro y a dar la cara. Cuando un obispo español bendice las ejecuciones políticas ya no es un obispo, ni un cristiano, ni siquiera un hombre, es un perro, igual que el que desde lo alto de una ideología ordena esa ejecución sin hacer él mismo el trabajo. Esperamos y espero que se unan los que no quieren ser perros y están decididos a pagar el precio que hay que pagar para que el hombre sea algo más que un perro.

....

¿Y ahora qué pueden hacer los cristianos por nosotros?

En primer lugar, terminar con las vanas polémicas de las cuales la primera es la del pesimismo. Creo, por ejemplo, que Gabriel Marcel se beneficiaría dejando en paz formas de pensamiento que lo apasionan y lo extravían.

Marcel no puede llamarse demócrata y pedir al mismo tiempo la prohibición de la pieza de Sartre. Es una posición molesta para todo el mundo. Porque Marcel quiere defender valores absolutos, como el pudor y la verdad divina del hombre, cuando se trata de defender los pocos valores provisionales que le permitirán seguir luchando un día, y a su gusto, por esos valores absolutos...

Por lo demás, ¿con qué derecho un cristiano o un marxista me acusaría, por ejemplo, de pesimismo? No fui yo quien inventó la miseria humana, ni las terribles fórmulas de la maldición divina. No fui yo quien gritó aquel *Nemo bonus,* ni la condenación de los niños sin bautismo. No fui yo el que dijo que el hombre es incapaz de salvarse solo y que desde el fondo de su degradación sólo puede esperar en la gracia de Dios. ¡En cuanto al famoso optimismo marxista...! Nadie extremó tanto la desconfianza en el hombre, y finalmente las fatalidades económicas de este mundo parecían más terribles que los caprichos divinos.

Los cristianos y los comunistas me dirán que su optimismo es de más largo alcance, que es superior a todo lo demás y que Dios o la historia, según el caso, son las metas satisfactorias de su dialéctica. Yo hago ese mismo razonamiento. Si el cristiano es pesimista en cuanto al hombre, es optimista en cuanto al destino humano. ¡Pues bien! Yo diré que, pesimista en cuanto al destino humano, soy optimista en cuanto al hombre. Y no en nombre de un humanismo que siempre me ha parecido de cortos alcances, sino en nombre de una ignorancia que trata de no negar nada.

Esto significa entonces que las palabras pesimismo y optimismo necesitan una mayor precisión y que a la espera de poder dársela, debemos reconocer más bien lo que nos une que lo que nos separa.

....

Esto es, creo, todo lo que tenía que decirles. Estamos ante el mal. Y la verdad es que me siento un poco como ese Agustín de antes de su conversión que decía: «Buscaba de dónde viene el mal y no lo encontraba.» Pero también es verdad que sé, y algunos también lo saben, lo que hay que hacer, si no para disminuir el mal, al menos para no aumentarlo. No podemos impedir, quizá, que en este mundo se torture a los niños. Y si ustedes no nos ayudan, ¿quién podrá hacerlo?

Una gran lucha desigual ha comenzado entre las fuerzas del terror y las del diálogo. Sólo tengo ilusiones razonables sobre el resultado de esa lucha. Pero creo que hay que entablarla y sé que hay hombres decididos a ello. Solamente temo que se sientan a veces un poco solos, que lo estén en efecto, y que con dos mil años de intervalo nos expongamos a asistir al sacrificio, muchas veces repetido de Sócrates. El programa para el mañana es la comunidad de diálogo o la condena a muerte, solemne y significativa, de los testigos del diálogo. Después de dar mi respuesta, la pregunta que formulo, a mi vez, a los cristianos es ésta: «¿Estará Sócrates aún solo y no existe nada en él y en la doctrina del cristianismo que los impulse a unirse a nosotros?»

Puede ser, lo sé bien, que el cristianismo responda negativamente. ¡Oh, no por la boca de ustedes! Lo creo. Pero puede ser, y es lo más probable, que se obstine en el compromiso, o bien en dar a sus condenas la forma oscura de la encíclica. Puede ser que se obstine en dejarse arrancar definitivamente el espíritu de rebelión y de indignación que le perteneció hace ya mucho tiempo. Entonces los cristianos vivirán y el cristianismo morirá. Entonces serán los otros, en efecto, quienes paguen el sacrificio. Es un futuro, en todo caso, que no me corresponde decidir, a pesar de todo lo que remueve en mí de esperanza y de angustias. Sólo puedo hablar de lo que sé. Y lo que sé, y que constituye a veces mi nostalgia, es que si los cristianos se decidieran, millones de voces —millones de voces, oigan bien— se unirían en el mundo al grito de un puñado de solitarios, que sin fe ni ley abogan hoy un poco por todas partes y sin descanso en favor de los niños y de los hombres.

Tres entrevistas

I

(Esta entrevista fue publicada por Émile Simon en la *Reine du Caire,* en 1948. Las extensas y pertinentes preguntas de Émile Simon se abreviaron aquí sin ser deformadas)

...¿No cree usted que se podría fundar una moral muy pura sobre esa idea de felicidad lamentablemente confundida en el pensamiento de algunos con el dejar pasar, el placer, la vida fácil? La felicidad es, no obstante, una virtud muy alta y muy difícil de conquistar (¿qué hay de más raro, en efecto, que un hombre feliz?)...

Sí, en cuanto a la felicidad. Pero sin exclusivismo. El error proviene siempre de una exclusión, dice Pascal. Si sólo se busca la felicidad, se termina en lo fácil. Si sólo se cultiva la desdicha, se desemboca en la complacencia. En ambos casos, una devaluación. Los griegos sabían que hay una parte de sombra y otra de luz. Hoy sólo vemos la sombra y la tarea de quienes no quieren desesperarse es recordar la luz, los mediodías de la vida. Pero es una cuestión de estrategia. En todo caso, a lo que hay que tender no es al aniquilamiento, sino al equilibrio y al dominio de uno mismo.

...¿No se puede inferir que este sufrimiento de los niños

—tan inútil, tan monstruoso e injustificable— es una de esas evidencias por las que se niega usted a creer en lo que los cristianos llaman la Divina Providencia, y que lo inducen a considerar la Creación como una gran obra frustrada?

A ese sufrimiento, el cristiano sólo puede oponer un acto de fe... Pero ese acto de fe del cristianismo, esa sumisión de la razón a la injusticia más escandalosa, no es más que una dimisión y una huida. Para salvarse a sí mismo, y salvar la paz de su alma, el cristiano acepta esa creencia.

La única actitud digna del hombre es la del doctor Rieux, que se niega, incluso con el pensamiento, a pactar con el mal y pone en acción todos los recursos de su inteligencia y de su corazón para expulsar el sufrimiento de los dominios del hombre.

¿No es éste el fondo de su pensamiento?

En efecto, me parece que, el problema del mal es un obstáculo infranqueable. Pero es también un obstáculo real para el humanismo tradicional. La muerte de los niños expresa la arbitrariedad divina, pero el asesinato de los niños significa la arbitrariedad humana. Estamos acorralados entre dos arbitrariedades. Mi posición personal, hasta donde pueda defenderse, es considerar que si bien los hombres no son inocentes, son culpables tan sólo de ignorancia. Es una idea que se podría desarrollar.

Pero yo reflexionaría antes de decir como usted que la fe cristiana es una dimisión. ¿Se puede decir eso de un san Agustín o de un Pascal? La honestidad consiste en juzgar una doctrina por sus expresiones más elevadas, no por sus subproductos. Y, por otra parte, aunque sé poco de estas cosas, tengo la impresión de que la fe es menos una paz que una esperanza trágica.

Dicho esto, yo no soy cristiano. Nací pobre, bajo un cielo feliz, en una naturaleza que yo sentía en armonía conmigo, sin hostilidad. No comencé, pues, por el desgarramiento, sino por la plenitud. Después... Pero yo me siento griego de corazón. ¿Y qué hay en el espíritu griego que el cristianismo no pueda aceptar? Muchas cosas, pero esto en particular: los griegos no negaban a los dioses, pero les *limitaban* su importancia. El cristianismo, que es una religión *total*, para emplear un término de moda, no puede admitir ese espíritu que señala límites a lo que, a su juicio, debe abarcar la totalidad. Aunque ese espíritu, por el contrario, puede muy bien admitir la existencia del cristianismo. Cualquier cristiano inteligente le dirá que en ese caso preferiría el marxismo, eso si el marxismo lo quisiera aceptar.

Esto en cuanto a la doctrina. Queda la Iglesia. Pero tomaré a la Iglesia en serio cuando sus jefes espirituales hablen el lenguaje de todo el mundo y vivan la vida miserable y llena de peligros de la mayoría.

¿Para un escritor, el simple hecho de escribir o de crear basta para exorcizar el absurdo, para mantener en suspenso la piedra de Sísifo, dispuesta a aplastarlo? ¿Cree usted en una virtud trascendente al acto de escribir?

La rebelión humana tiene dos expresiones que son la creación y la acción revolucionaria. En sí, y fuera de sí, el hombre sólo encuentra al comienzo desorden y falta de unidad. A él le corresponde poner todo el orden posible, en una condición que no lo tiene. Pero esto nos llevaría demasiado lejos.

¿No cree usted que lo que agudiza en nosotros el sentimiento de lo absurdo, lo que agrava la incoherencia de nuestros destinos, son precisamente los terribles acontecimientos que vivimos?

El sentimiento de lo trágico que se manifiesta en nuestra literatura no data de ayer. Se ha manifestado en todas las literaturas desde su existencia. Pero es verdad que la situación histórica actual lo agudiza, porque la situación histórica supone hoy la sociedad universal. Mañana Hegel recibirá la confirmación o el desmentido más sangriento que se pueda imaginar. La circunstancia histórica hoy no cuestiona, por lo tanto, tal existencia nacional o tal destino individual, sino la condición humana en su totalidad. Estamos en vísperas del juicio, pero se trata de un juicio en donde el hombre se juzgará a sí mismo. Por eso, cada uno está apartado, aislado en sus pensamientos, del mismo modo que cada uno, de alguna manera, es un acusado. Pero la verdad no está en la separación, sino en la unión.

Los mejores escritores de hoy se coligaron unánimemente para defender lo que llaman, lo que llamamos, las libertades y los derechos del individuo.

... Quizá al defenderlos en lo abstracto y en lo absoluto como lo estamos haciendo, somos, en realidad prisioneros, sin saberlo, de las formas anacrónicas y caducas que esos valores revistieron.

... Hubo épocas, y tal vez estemos en vísperas de conocer otra, en que la grandeza de un escritor estaba en relación directa con la fuerza de su adhesión al medio social, con su fuerza representativa. Sólo en una sociedad en vías de disgregación, el mérito de un escritor está en relación con su capacidad de disidencia.

Cuando se defiende una libertad, se la defiende siempre en lo abstracto hasta el momento en que hay que pagar. No me gusta la disidencia por la disidencia. Pero lo que usted dice justificaría, por ejemplo, a un escritor nacionalista alemán que escribiera los *Nibelungos* en un país donde Hitler hubiera triunfado. Los *Nibelungos* estarían así edificados sobre los huesos de millones de seres asesinados. ¿Necesito decirle que considero ese acuerdo demasiado caro?

¿En relación con qué la libertad que reclama el escritor le parece a usted abstracta? En relación con la reivindicación social. Pero esta reivindicación no tendría hoy ningún contenido si se hubiera conquistado, a través de los siglos, la libertad de expresión. La justicia supone derechos. Los derechos suponen la libertad de defenderlos. Para actuar, el hombre debe hablar. Sabemos lo que defendemos. Y además cada uno habla en nombre de un acuerdo. Todo *no* supone un *sí.* Yo hablo en nombre de una sociedad que no impone el silencio, ya sea por la opresión económica o por la opresión policial.

La sociedad comunista —la sociedad soviética, más precisamente— niega al escritor el permiso para absorberse en la búsqueda de lo que nosotros llamamos valores artísticos.

Algunos artistas o escritores franceses de hoy se han asociado a esta forma de pensar.

¿No cree usted que ponen en peligro la cultura por no haber comprendido ni siquiera en qué reside la virtud esencial de la obra de arte?

Es un problema falso. No existe el arte realista. (Ni siquiera la fotografía es realista, ya que la fotografía elige.) Y los escritores de los que usted habla utilizan, digan lo que digan, los valores del arte. A partir del momento en que escribe algo más que una octavilla, un escritor comunista es un artista, por lo que nunca le será posible coincidir *perfectamente* con una teoría o una propaganda. Por eso, la literatura no se dirige, a lo sumo se la suprime. Rusia no la suprimió, creyó poder servirse de sus escritores. Pero esos escritores, aun de buena fe, serán siempre heréticos por su misma función. Lo que digo se ve bien claro en los relatos de depuración literaria. Por eso, esos escritores no ponen en peligro la cultura, como usted dice sino que es la cultura la que los pone en peligro a ellos. Y lo digo sin ironía, como ante una absurda crucifixión y con el sentimiento de una solidaridad forzosa.

II

Diálogo en favor del diálogo

(*Défense de l'Homme,* julio de 1949)

El futuro es muy sombrío.

¿Por qué? No hay nada que temer, puesto que ya nos

hemos enfrentado con lo peor. Así pues, sólo hay razones para esperar y luchar.

¿Con quién?
Por la paz.

¿Pacifista incondicional?
Hasta nueva orden, resistente incondicional —y a todas las locuras que se nos propongan.

En resumen, como se suele decir, usted no está en el ajo.
No en ése.

No es muy agradable.
No. He tratado lealmente de estar en él, y ¡me puse de un serio! Y después me resigné: hay que llamar criminal a lo que es criminal. Estoy en otro juego.

El no integral.
El sí integral. Naturalmente, hay personas más prudentes que tratan de arreglárselas con lo que hay. No tengo nada en contra.

¿Entonces?
Entonces, estoy a favor de la pluralidad de posiciones. ¿Se podría formar el partido de los que no están seguros de tener razón? Sería el mío. En todo caso, yo no insulto a los que no están conmigo. Es mi única originalidad.

¿Si concretáramos...?
Concretemos. Los gobernantes de hoy, rusos, norteamericanos y algunas veces europeos, son criminales de guerra, según la definición del tribunal de Nuremberg. Todas las políticas internas que los apoyan de una forma o de otra, todas las Iglesias, espirituales o no, que no denuncian la falsedad de la que el mundo es víctima, participan de esa culpabilidad.

¿Qué falsedad?

La que nos quiere hacer creer que la política de poder, cualquiera que sea, puede conducirnos a una sociedad mejor, donde, por fin, se realice la liberación social. La política de poder significa la preparación para la guerra. La preparación para la guerra, y con mayor razón, la guerra misma, hacen precisamente imposible esta liberación social.

¿Usted qué eligió?

Yo apuesto por la paz. Es un optimismo personal. Pero hay que hacer algo por ella y será duro. Ése es mi pesimismo. De todas maneras, hoy solamente tienen mi adhesión los movimientos por la paz que buscan desarrollarse a nivel internacional. Es entre ellos donde se encuentran los verdaderos realistas. Y yo estoy con ellos.

¿Ha pensado en Múnich?

Sí, he pensado en ello. Los hombres que conozco no comprarán la paz a cualquier precio. Pero teniendo en cuenta la desdicha que acompaña a toda preparación para la guerra y los desastres inimaginables que ésta acarrearía, estiman que no se puede renunciar a la paz sin haber agotado todas las posibilidades. Y además, Múnich ya se firmó y por dos veces. En Yalta y en Potsdam. Por los mismos que quieren enfrentarse hoy. No fuimos nosotros quienes entregamos a los liberales, los socialistas y los anarquistas de las democracias populares del este a los tribunales soviéticos. No fuimos nosotros quienes ahorcamos a Petkov. Fueron los firmantes de los pactos que consagraron la partición del mundo.

Esos mismos hombres lo acusan de ser un soñador.

Hacen falta soñadores. Y, personalmente, acepto ese papel, ya que no tengo inclinación para el oficio de asesino.

Se le dirá que también son necesarios los asesinos.

¡Bueno! Candidatos no faltan. Y fornidos, parece. Entonces, podemos dividir el trabajo.

....

¿Conclusión?

Los hombres de los que he hablado, al mismo tiempo que trabajan por la paz, deberían conseguir que se aprobara, internacionalmente, un código que especificase estas limitaciones a la violencia: supresión de la pena de muerte, y denuncia de las condenas de duración indeterminada, de la retroactividad de las leyes y del sistema de campos de concentración.

¿Qué más?

Haría falta otro marco para precisar. Pero, si fuera posible que esos hombres adhirieran en masa a los movimientos por la paz ya existentes, trabajaran por su unificación a nivel internacional, y redactaran y difundieran con la palabra y el ejemplo el nuevo contrato social que necesitamos, creo que estarían en regla con la verdad.

Si tuviera tiempo, diría también que esos hombres deberían tratar de preservar, en su vida personal, la parte de alegría que no pertenece a la historia. Se nos quiere hacer creer que el mundo actual necesita hombres totalmente identificados con su doctrina y que persigan fines definitivos mediante la sumisión total a sus convicciones. Creo que ese tipo de hombres, en el estado en que está el mundo, hará más mal que bien. Pero admitiendo, aunque no lo creo, que terminen por hacer triunfar el bien al final de los tiempos, pienso que debe existir otra especie de hombres atentos a preservar el matiz delicado, el estilo de vida, la posibilidad de felicidad, el amor, el equilibrio difícil, en fin, que los hijos de esos mismos hombres necesitarán finalmente en el caso de que se haya logrado entonces la sociedad perfecta.

III

(Entrevista no publicada)

... Desde luego, decirse revolucionario y rechazar, por otra parte, la pena de muerte, la limitación de las libertades y la guerra es no decir nada. No digamos, pues, nada, provisionalmente, salvo que decirse revolucionario y exaltar la pena de muerte, la supresión de las libertades y la guerra, es decir, sin más, que se es reaccionario, en el sentido más objetivo y menos reconfortante de la palabra. Y como los revolucionarios contemporáneos aceptaron ese lenguaje, vivimos hoy universalmente una historia reaccionaria. No sabemos aún por cuánto tiempo las potencias policiales y las potencias del dinero harán la historia contra el interés de los pueblos y la verdad del hombre. Pero tal vez, precisamente por esas razones, podemos tener esperanza. Dado que ya no vivimos tiempos revolucionarios, aprendamos, al menos, a vivir el tiempo de los rebeldes. Saber decir no, esforzarse cada uno desde su puesto en crear los valores vitales de los que ninguna renovación podrá prescindir, mantener lo que vale, preparar lo que merece vivirse, y practicar la felicidad para que se dulcifique el terrible sabor de la justicia, son motivos de renovación y de esperanza.

De ahora en adelante, cierto chantaje perderá su valor. De ahora en adelante, denunciaremos con dureza ciertas falsedades y nos negaremos a creer por más tiempo que el cristianismo de los salones y de los ministerios pueda olvidar impunemente al cristianismo de las prisiones. Pero como los gobiernos cristianos tienen vocación de complicidad no olvidaremos que el marxismo es una doctrina de acusación cuya dialéctica sólo triunfa en el mundo de los procesos. Y llamaremos partidarios de los campos de concentración a quienes lo sean, incluso al socialismo.

Sabemos que nuestra sociedad se apoya en la mentira. Pero la tragedia de nuestra generación es haber visto, bajo los falsos colores de la esperanza, una nueva mentira superponerse a la antigua. Al menos, ya nada nos obliga a llamar salvadores a los tiranos ni a justificar el asesinato del niño por la salvación del hombre. Nos negamos a creer también que la justicia pueda exigir, ni siquiera provisionalmente, la supresión de la libertad. Las tiranías pretenden siempre ser provisionales. Nos explican que hay una gran diferencia entre la tiranía reaccionaria y la tiranía progresista. Habría así campos de concentración que siguen la dirección de la historia y un sistema de trabajos forzados que supone la esperanza. Suponiendo que esto fuera cierto, podríamos al menos interrogarnos sobre la duración de esa esperanza. Si la tiranía, aunque sea progresista, dura más de una generación, significa para millones de hombres una vida de esclavos, y nada más. Cuando lo provisional cubre el período de la vida de un hombre, es para ese hombre lo definitivo. Por otra parte, estamos ante un sofisma. La justicia no es posible sin el derecho y no hay derecho sin la libre expresión de ese derecho. Podemos hablar con tanto orgullo de esa justicia por la que multitud de hombres, hoy, mueren o matan, sólo porque un puñado de espíritus libres conquistaron, a través de la historia, el derecho a expresarse. Y estoy haciendo aquí la apología de aquellos a quienes se llama, con desprecio, intelectuales.

¿Por qué España?

(Respuesta a Gabriel Marcel)

(*Combat*, diciembre de 1948)

Sólo responderé aquí a dos pasajes del artículo que usted dedicó a *El estado de sitio*, en *Les Nouvelles littéraires*. De ningún modo quiero contestar a las críticas que usted, u otros, le hicieron a esta obra, como representación teatral. Cuando alguien se arriesga a presentar un espectáculo o a publicar un libro se expone a ser criticado y debe aceptar la censura de su tiempo. Es preciso, entonces, callar, aunque se tenga algo que decir.

Sin embargo, usted ha rebasado sus privilegios de crítico al asombrarse de que una obra sobre la tiranía totalitaria se situara en España, cuando usted la vería mejor en los países del Este. Y me concede definitivamente la palabra al escribir que hay en ello falta de coraje y de honestidad. La verdad es que es usted muy bueno por pensar que no soy responsable de esa elección (traduzcamos: es el malvado Barrault, ya tan cubierto de crímenes), pero lo malo es que el drama transcurre en España porque yo decidí, y decidí solo, tras reflexión, que transcurriera, en efecto, allí. Por tanto, que recaigan sobre mí sus acusaciones de oportunismo y deshonestidad. No se extrañará de que, en tales condiciones, me sienta obligado a responderle.

Por lo demás, es probable que no me hubiese ni siquiera defendido de esas acusaciones (¿ante quién justificarse, hoy?), si usted no hubiera tocado un tema tan grave como el de España. En realidad no tengo ninguna necesidad de decir que no busqué adular a nadie al escribir *El estado de sitio.* Quise atacar de frente un tipo de sociedad política que se ha organizado, o se organiza, a derecha y a izquierda, sobre el modelo totalitario. Ningún espectador de buena fe puede dudar de que esta obra toma el partido del individuo, de la carne en lo que ésta tiene de noble, del amor terrenal, en fin, contra las abstracciones y los terrores del Estado totalitario, ya sea ruso, alemán o español. Graves doctores meditan a diario sobre la decadencia de nuestra sociedad buscando las razones profundas. Esas razones existen, sin duda. Pero para la gente sencilla, el mal de la época se define por sus efectos, no por sus causas. Se llama Estado, policial o burocrático. Su proliferación en todos los países, bajo los más diversos pretextos ideológicos, la insultante seguridad que le dan los medios mecánicos y psicológicos de la represión, lo convierten en un peligro mortal para lo mejor que existe en cada uno de nosotros. Desde este punto de vista, la sociedad política contemporánea, no importa su contenido, es despreciable. No he dicho otra cosa, y por eso *El estado de sitio* es un acto de ruptura que no quiere perdonar nada.

Dicho esto con claridad, ¿por qué España? Debo confesarle que siento un poco de vergüenza al formular, por usted, esta pregunta. ¿Por qué Guernica, Gabriel Marcel? ¿Por qué esa reunión, en donde por primera vez, ante un mundo todavía adormecido en su comodidad y en su miserable moral, Hitler, Mussolini y Franco demostraron a unos niños lo que es la técnica totalitaria? Sí, ¿por qué esa reunión que también nos concernía a nosotros? Por primera vez, los hombres de mi edad vieron cómo la injusticia triunfaba en la historia. La sangre inocente corría entonces en medio de una gran charlatanería farisaica que, precisamente, aún dura. ¿Por qué España? Porque somos de los que no se lavarán las manos ante esa sangre. Cualesquiera que sean las razones del anticomunismo —y conozco algunas muy buenas—, jamás lo aceptaremos si se abandona a sí mismo hasta el punto de olvidar esa injusticia que se perpetúa con la complicidad de nuestros gobernantes. Dije, tan alto como pude, lo que pensaba de los campos de concentración rusos. Pero ellos no me harán olvidar Dachau, Buchenwald y la agonía sin nombre de millones de hombres, ni la horrible represión que diezmó a la República española. Sí, a pesar de la conmiseración de nuestros grandes políticos, es todo eso, en conjunto, lo que hay que denunciar. Y no voy a disculpar esta peste repugnante en el oeste de Europa, por el hecho de que también cause estragos en el Este, sobre extensiones más grandes. Usted escribe que, para quienes están bien informados, no es de España de donde llegan en estos momentos las noticias más apropiadas para desesperar a los que desean la dignidad humana. Está mal informado, Gabriel Marcel. Precisamente ayer, cinco miembros de la oposición política fueron condenados a muerte en España. Pero, cultivando el olvido, ya se preparaba usted para estar mal informado, porque olvida que las primeras armas de la guerra totalitaria se empaparon en sangre española. Olvida que en 1936 un general rebelde sublevó, en nombre de Cristo, a un ejército de moros para arrojarlo contra el gobierno legal de la República española, hizo triunfar una causa injusta tras imperdonables matanzas y comenzó, a partir de ese momento, una atroz represión que dura ya diez años y que no ha terminado todavía. Sí, verdaderamente, ¿por qué España? Porque, como muchos otros, usted ha perdido la memoria.

Y además porque, igual que un pequeño número de franceses, no estoy orgulloso de mi país. No tengo noticias de que Francia haya entregado jamás a miembros de la oposición soviética al gobierno ruso. Eso llegará, sin duda; nuestras elites están dispuestas a todo. Pero en cuanto a España, por el contrario, ya hicimos muy bien las cosas. En virtud de la cláusula más deshonrosa del armisticio, entregamos a Franco, por orden de Hitler, a los republicanos españoles, entre ellos al gran Luis Companys. Y Companys fue fusilado gracias a ese horrendo comercio. Fue Vichy, por supuesto, no fuimos nosotros. Nosotros lo único que hicimos fue encerrar, en 1938, al poeta Antonio Machado en un campo de concentración, del que salió para morir. Pero cuando el Estado francés servía de reclutador a los verdugos totalitarios, ¿quién levantó la voz? Nadie. Porque, indudablemente, Gabriel Marcel, los que hubieran podido protestar encontraron como usted que todo eso carecía de importancia al lado de lo que más detestaban en el sistema ruso. Entonces ¿no es cierto? ¡Un fusilado más o menos...! Pero el rostro de un fusilado es una fea llaga y la gangrena termina por meterse en ella. La gangrena ganó.

¿Dónde están los asesinos de Companys? ¿En Moscú o en nuestro país? Hay que responder: en nuestro país. Hay que decir que nosotros fusilamos a Companys, y que somos responsables de lo que vino después. Hay que declarar que nos sentimos avergonzados y que nuestra única posible reparación será mantener el recuerdo de una España que fue libre y que nosotros traicionamos, como pudimos, desde nuestra posición y a nuestra manera, ambas mezquinas. Es cierto que todas las potencias la traicionaron, salvo Alemania e Italia que fusilaron a los españoles de frente. Pero esto no puede ser un consuelo y la España libre sigue, con su silencio, pidiéndonos una reparación. Hice lo que pude, con mis modestos medios, y es eso lo que a usted le escandaliza. Si yo hubiese tenido más talento, la reparación hubiera sido mayor; esto es todo lo que puedo decir. Contemporizar habría sido una cobardía y un engaño. Pero no seguiré con este tema y callaré mis sentimientos por consideración a usted. A lo sumo, podría decirle también que ningún hombre sensible se hubiera asombrado de que, al tener que elegir al pueblo de la sensualidad y de la altivez para que hablara, oponiéndose a la vergüenza y a las sombras de la dictadura, eligiera al pueblo español. Realmente, no podía elegir al público internacional del *Reader's Digest* o a los lectores de *Samedi-Soir* y *France-Dimanche.*

Pero, sin duda, a usted le apremia que explique, para terminar, el papel que le adjudiqué a la Iglesia. Sobre este punto seré breve. Usted encuentra que ese papel es odioso, mientras que en mi novela no lo era. Pero en mi novela yo tenía que hacer justicia a aquellos mis amigos cristianos que encontré, bajo la ocupación, en una lucha justa. Por el contrario, en mi obra de teatro tenía que decir cuál fue el papel de la Iglesia de España. Y si lo pinté odioso es porque a la faz del mundo, el papel de la Iglesia de España fue odioso. Por dura que le resulte esta verdad, se consolará al pensar que la escena que le molesta sólo dura un minuto, mientras que la que ofende todavía la conciencia europea dura ya diez años. Y la Iglesia entera estaría involucrada en el increíble escándalo de los obispos españoles que bendecían los fusiles de ejecución, si desde los primeros días dos grandes cristianos, Bernanos, hoy muerto, y José Bergamín, desterrado de su país, no hubieran levantado la voz. Bernanos no habría escrito lo que usted escribió sobre este asunto. Él sabía que la frase que pone punto final a mi escena: «Cristianos de España, estáis abandonados» no agravia a su creencia. Sabía que si yo decía otra cosa o si callaba, estaría insultando a la verdad.

Si tuviera que rehacer *El estado de sitio,* lo situaría de nuevo en España, ésta es mi conclusión. Y a través de España, mañana como hoy, estaría muy claro para todo el mundo que la condena que contiene señala a todas las sociedades totalitarias. Pero, al menos, no sería a costa de una complicidad vergonzosa. Es así y no de otra manera, nunca de otra manera, como podremos conservar el derecho a protestar contra el terror. Por eso, no puedo compartir su opinión cuando dice que nuestro acuerdo es absoluto en cuanto al orden político. Pues usted acepta silenciar un terror para combatir mejor otro terror. Y algunos de nosotros no queremos silenciar nada. Toda nuestra sociedad política nos produce náuseas, y sólo habrá salvación cuando todos los que todavía valen algo la repudien en su totalidad, para buscar, fuera de las contradicciones insolubles, el camino de la revolución. Hasta entonces hay que luchar. Pero sabiendo que la tiranía no se construye sobre los méritos de los totalitarios, sino sobre los errores de los liberales. La frase de Talleyrand es despreciable, un error no es peor que un crimen. Pero el error termina por justificar el crimen y proporcionarle su coartada. El error es culpable, porque lleva a sus víctimas a la desesperación, y esto es, precisamente, lo que no puedo perdonar a la sociedad política contemporánea: que sea una máquina para desesperar a los hombres.

Pensará usted, sin duda, que pongo demasiada pasión en un motivo tan pequeño. Déjeme hablar, una vez al menos, en mi nombre. El mundo donde vivo me repugna, pero me siento solidario con los hombres que en él sufren. Hay ambiciones que no son las mías y no me sentiría a gusto si tuviera que recorrer mi camino apoyándome en los pobres privilegios reservados para los que se conforman con este mundo. Pero me parece que hay otra ambición que debería ser la de todos los escritores: atestiguar y clamar, cada vez que sea posible, y en la medida de nuestro talento, en favor de los que están sojuzgados como nosotros. Esa ambición se cuestionó en su artículo, pero le negaré el derecho a hacerlo mientras el asesinato de un hombre sólo parezca indignarle en la medida en que ese hombre comparta sus ideas.

El testigo de la libertad

(Alocución pronunciada en Pleyel, en noviembre de 1948, durante un encuentro internacional de escritores, y publicada por *La Gauche* el 20 de diciembre de 1948)

Vivimos en una época en que los hombres, por ideologías mediocres y feroces, se acostumbran a tener vergüenza de todo. Vergüenza de sí mismos, vergüenza de ser felices, de amar o de crear. Una época en que Racine se ruborizaría de *Berenice* y Rembrandt, para hacerse perdonar el haber pintado *La ronda nocturna,* correría a hacer penitencia. Los escritores y los artistas de hoy tienen sentido de culpa y está de moda entre nosotros hacernos perdonar nuestra profesión. La verdad es que se nos ayuda a ello con bastante interés. De todos los rincones de nuestra sociedad política se levanta una gran protesta en contra nuestra que nos obliga a justificarnos. Debemos justificarnos de ser inútiles al mismo tiempo que de servir, por nuestra misma inutilidad, a malas causas. Y cuando respondemos que es muy difícil quedar limpios de acusaciones tan contradictorias, se nos dice que no es posible justificarse a los ojos de todos, pero que podemos obtener el generoso perdón de algunos, tomando su partido, que es, por otra parte, el único verdadero, según ellos. Si este tipo de argumento falla, se le dice entonces al artista: «Observe la miseria del mundo. ¿Qué hace usted por ella?» A este chantaje cínico, el artista podría contestar: «¿La miseria del mundo? No la aumento. ¿Quién de ustedes puede decir otro tanto?» Pero no es menos cierto que ninguno de nosotros, si es exigente consigo mismo, puede permanecer indiferente al llamamiento de una humanidad desesperada. Es preciso, pues, sentirse culpable a todo trance. Esto nos arrastra al confesonario laico, el peor de todos.

Y sin embargo, el problema no es tan sencillo. La elección que se nos pide no puede hacerse por sí misma, está determinada por otras elecciones, hechas anteriormente. Y la primera elección que hace un artista es, precisamente, la de ser artista. Y si ha elegido ser artista, lo ha hecho considerando lo que él mismo es y a causa de una cierta idea que se forma del arte. Y si esas razones le han parecido lo suficientemente buenas como para justificar su elección existe la posibilidad de que sigan siendo suficientemente buenas para ayudarlo a definir su posición frente a la historia. Esto es, al menos, lo que pienso, y quisiera singularizarme un poco, esta noche, haciendo hincapié, ya que hablaremos aquí con libertad, a título individual, no sobre un remordimiento que no tengo, sino sobre los dos sentimientos que frente a la miseria del mundo, e incluso a causa de ella, abrigo con respecto a nuestra profesión, es decir, el agradecimiento y el orgullo. Ya que hay que justificarse, quisiera decir por qué hay una justificación en ejercer una profesión que, dentro de los límites de nuestras fuerzas y de nuestro talento, y en medio de un mundo endurecido por el odio, nos permite a cada uno de nosotros decir tranquilamente que no es el enemigo mortal de nadie. Pero esto exige una explicación y no puedo darla si no hablo un poco del mundo en que vivimos y de lo que nosotros, artistas y escritores, nos consagramos a hacer en él.

El mundo que nos rodea es desdichado y se nos pide hacer algo para cambiarlo. Pero, ¿cuál es esa desdicha? A primera vista, se define fácilmente: se ha matado mucho en el mundo en estos últimos años y algunos prevén que se seguirá matando. Un número tan elevado de muertos termina por enrarecer la atmósfera. Naturalmente esto no es nuevo. La historia oficial ha sido siempre la historia de los grandes criminales. Y no es de hoy que Caín mate a Abel, pero es de hoy que Caín mata a Abel en nombre de la lógica y reclama después la Legión de Honor. Daré un ejemplo para que se me entienda mejor.

Durante las grandes huelgas de 1947, los periódicos anunciaron que el verdugo de París abandonaría también su trabajo. No se ha reparado lo suficiente, en mi opinión, en la decisión de nuestro compatriota. Sus reivindicaciones eran claras. Pedía naturalmente una prima por cada ejecución, lo que está en las normas de toda empresa. Pero, sobre todo, reclamaba con fuerza el rango de jefe de negociado. Quería, en efecto, recibir del Estado, al que tenía conciencia de servir de forma eficaz, la única consagración, el único honor tangible que una nación moderna puede ofrecer a sus buenos servidores, es decir, un estatuto administrativo. Así se extinguía, bajo el peso de la historia, una de nuestras últimas profesiones liberales. Sí, efectivamente, bajo el peso de la historia. En los tiempos bárbaros, una aureola terrible mantenía al verdugo alejado del mundo. Era el que, por oficio, atentaba contra el misterio de la vida y de la carne. Era, y lo sabía, objeto del horror. Y ese horror consagraba al mismo tiempo el precio de la vida humana. Hoy es sólo objeto de pudor. Y, en esas condiciones, encuentro que tiene razón, al no querer ser más el pariente pobre al que se esconde en la cocina porque no tiene las uñas limpias. En una civilización en la que el crimen y la violencia son ya doctrinas y están en trance de convertirse en instituciones, los verdugos tienen todo el derecho de ingresar en los cuadros administrativos. A decir verdad, nosotros, los franceses, estamos un poco atrasados. Repartidos por el mundo, los verdugos están ya instalados en los sillones ministeriales. Sólo que han reemplazado el hacha por el sello.

Cuando la muerte se convierte en un asunto administrativo y de estadísticas es que, en efecto, las cosas del mundo van mal. Pero si la muerte se hace abstracta es que la vida también lo es. Y la vida de cada uno no puede ser sino abstracta a partir del momento en que se la somete a una ideología. Desgraciadamente, estamos en la época de las ideologías, y de las ideologías totalitarias, es decir, lo bastante seguras de sí mismas, de su razón imbécil o de su mezquina verdad, como para creer que la salvación del mundo reside sólo en su propia dominación. Y querer dominar a alguien o algo es desear la esterilidad, el silencio o la muerte de ese alguien. Para comprobarlo, basta con mirar a nuestro alrededor.

No hay vida sin diálogo. Y en la mayor parte del mundo el diálogo se sustituye hoy por la polémica. El siglo XX es el siglo de la polémica y del insulto. La polémica ocupa, entre las naciones y los individuos, e incluso a nivel de las disciplinas antaño desinteresadas, el lugar que ocupa tradicionalmente el diálogo reflexivo. Miles de voces, día y noche, cada una por su lado, en un monólogo tumultuoso, vierten sobre los pueblos un torrente de palabras engañosas, ataques, defensas, exaltaciones. Pero ¿cuál es el mecanismo de la polémica? Consiste en considerar al adversario como enemigo, en simplificarlo, en consecuencia, y en negarse a verlo. No sé de qué color tiene los ojos aquel a quien insulto, ni sé si sonríe, ni de qué manera. Convertidos en casi ciegos gracias a la polémica, ya no vivimos entre los hombres, sino en un mundo de siluetas.

No hay vida sin persuasión. Y la historia de hoy sólo conoce la intimidación. Los hombres viven, y solamente pueden vivir, con la idea de que tienen algo en común, que les permitirá volver a encontrarse. Pero nosotros hemos descubierto que hay hombres a los que no se persuade. Era y es imposible que una víctima de los campos de concentración explique a quienes lo degradan que no deben hacerlo. Porque estos últimos ya no representan a hombres, sino a una idea arrasada por la fiebre de la más inflexible de las voluntades. El que quiere dominar es sordo. Frente a él hay que pelear o morir. Por eso, los hombres de hoy viven en el terror. En el *Libro de los muertos* se lee que el egipcio justo, para merecer el perdón, debía poder decir: «No he atemorizado a nadie.» En esas condiciones, el día del juicio final buscaremos en vano a nuestros grandes contemporáneos en la fila de los bienaventurados.

No es de extrañar que esas siluetas, sordas y ciegas, aterrorizadas, alimentadas con tickets, y cuya vida entera se resume en una ficha policial, pueden ser después tratadas como abstracciones anónimas. Es interesante comprobar que los regímenes surgidos de esas ideologías son, precisamente, los que, por sistema, proceden al desarraigo de las poblaciones paseándolas por Europa como símbolos exangües que sólo cobran una vida irrisoria en las cifras de las estadísticas. Desde que esas hermosas filosofías entraron en la historia, enormes masas de hombres, cada uno de los cuales, no obstante, tenía antaño una manera de estrechar la mano, están definitivamente sepultados bajo las dos iniciales de las personas desplazadas, que un mundo muy lógico inventó para ellas.

Sí, todo esto es lógico. Cuando se quiere unificar el mundo entero en nombre de una teoría, no hay otro camino que hacer este mundo tan descarnado, ciego y sordo como la teoría misma. No hay otro camino que cortar las raíces que vinculan al hombre a la vida y a la naturaleza. Y no es una casualidad que no se encuentren paisajes en la gran literatura europea desde Dostoievski. No es una casualidad que los libros más significativos de hoy, en lugar de interesarse por los matices del corazón y por las verdades del amor, sólo se apasionan por los jueces, los procesos y la mecánica de las acusaciones, y que en lugar de abrir la ventanas a la belleza del mundo, las cierran cuidadosamente a la angustia de los solitarios. No es una casualidad que el filósofo que inspira hoy todo el pensamiento europeo es el mismo que escribió que únicamente la ciudad moderna permite al espíritu tomar conciencia de sí mismo y que llegó a decir que la naturaleza es abstracta y que sólo la razón es concreta. Éste es, en efecto, el punto de vista de Hegel y es el punto de partida de una inmensa aventura de la inteligencia, que termina por matar todo. En el gran espectáculo de la naturaleza, esos espíritus ebrios sólo se ven a sí mismos. Es la ceguera definitiva.

¿Para qué ir más lejos? Quienes conocen las ciudades destruidas de Europa saben de lo que estoy hablando. Esas ciudades ofrecen la imagen de este mundo descarnado, reseco de orgullo, donde, a lo largo de un monótono apocalipsis, andan errantes los fantasmas a la búsqueda de una amistad perdida, con la naturaleza y con los seres. El gran drama del hombre de Occidente es que entre él y su acontecimiento histórico ya no se interponen las fuerzas de la naturaleza ni las de la amistad. Con las raíces cortadas y los brazos resecos, el hombre se confunde ya con las horcas que le tienen destinadas. Pero, al menos, en el colmo del despropósito, nada debe impedirnos denunciar el engaño de este siglo que aparenta correr tras el imperio de la razón, cuando sólo busca las razones para amar que perdió. Y nuestros escritores, que terminan todos por apelar a ese sucedáneo desdichado y descarnado del amor que se llama moral, lo saben bien. Los hombres de hoy pueden, tal vez, dominar todo en ellos, y ésa es su grandeza. Pero hay, al menos, algo que la mayoría de estos hombres no podrá jamás volver a encontrar: la fuerza para amar que les arrebataron. Por eso tiene vergüenza. Y es justo que los artistas compartan esta vergüenza porque contribuyeron a ella. Pero que sepan decir, al menos, que tienen vergüenza de sí mismos y no de su profesión.

Pues todo lo que constituye la dignidad del arte se opone a un mundo así y lo rechaza. La obra de arte, por el solo hecho de existir, niega las conquistas de la ideología. Uno de los sentidos de la historia del mañana es la lucha, ya iniciada, entre los conquistadores y los artistas. Ambos se proponen, sin embargo, el mismo fin. La acción política y la creación son las dos caras de una misma rebelión contra los desórdenes del mundo. En los dos casos se quiere dar al mundo su unidad. Y durante mucho tiempo la causa del artista y la del innovador político se confundieron. La ambición de Bonaparte fue la misma que la de Goethe. Pero Bonaparte nos dejó el tambor en los liceos y Goethe las *Elegías romanas.* Mas desde que las ideologías de la eficacia, apoyadas en la técnica, intervinieron, desde que por un sutil movimiento, el revolucionario se convirtió en conquistador, las dos corrientes de pensamiento divergen. Pues lo que busca el conquistador de la derecha o de la izquierda, no es la unidad, que es ante todo la armonía de los contrarios, sino la totalidad, que consiste en aplastar las diferencias. El artista distingue allí donde el conquistador nivela. El artista que vive y crea desde la carne y la pasión sabe que nada es simple y que el otro existe. El conquistador quiere que el otro no exista, su mundo es un mundo de amos y de esclavos, este mismo mundo donde vivimos. El mundo del artista es el mundo de la discusión viva y de la comprensión. No conozco una sola gran obra que se haya construido sólo sobre el odio, pero sí conocemos los imperios del odio. En una época en que el conquistador, por la lógica misma de su actitud, se convierte en ejecutor y político, el artista está obligado a ser refractario. Frente a la sociedad política contemporánea, la única actitud coherente del artista, o si no debe renunciar al arte, es el rechazo sin concesión. No puede ser, aunque lo quiera, cómplice de los que emplean el lenguaje o los medios de las ideologías contemporáneas.

Por todo esto, es inútil y ridículo pedirnos justificación y compromiso. Comprometidos, lo estamos, aunque involuntariamente. Y, para terminar, no es la lucha la que nos hace artistas, sino el arte el que nos obliga a ser luchadores. Por su función misma, el artista es el testigo de la libertad y es ésta una justificación que suele pagar cara. Por su función misma está enredado en la más inextricable espesura de la historia, allí donde se ahoga la propia carne del hombre. Por ser el mundo como es, estamos comprometidos con él, queramos o no queramos, y somos por naturaleza enemigos de los ídolos abstractos que en él hoy triunfan, ya sean nacionales o partidistas. No en nombre de la moral y de la virtud, como se intenta hacer creer con un engaño adicional. No somos virtuosos, y no lo lamentamos, al ver el aspecto antropométrico que toma la virtud en nuestros reformadores. En nombre de la pasión del hombre, y por lo que existe de único en él, siempre rechazaremos esas empresas que se arropan con lo que hay de más miserable en la razón.

Pero esto determina, al mismo tiempo, nuestra solidaridad con todo el mundo, y como tenemos que defender el derecho de cada persona a la soledad, jamás seremos unos solitarios. Tenemos que apresurarnos, y no podemos trabajar solos. Tolstoi pudo escribir, sobre una guerra que no había hecho, la más hermosa novela de todas las literaturas. Nuestras guerras no nos dejan tiempo para escribir sobre nada que no sea ellas mismas, y al mismo tiempo, matan a Péguy y a miles de jóvenes poetas. Por eso, creo que, por encima de nuestras diferencias, que pueden ser grandes, la reunión de todos estos hombres esta noche tiene sentido. Más allá de las fronteras, a veces sin saberlo, todos trabajan juntos en los mil rostros de una misma obra que se levantará frente a la creación totalitaria. Todos juntos, sí, y con ellos, esos miles de hombres que tratan de erigir las formas silenciosas de sus creaciones en el tumulto de las ciudades. Y con ellos, incluso los que no están aquí, pero que por la fuerza de las cosas se nos unirán algún día. Y también esos otros que creen poder trabajar para la ideología totalitaria con los medios de su arte, mientras que en el seno mismo de su obra la pujanza del arte destruye la propaganda, reivindica la unidad de la que ellos son los verdaderos servidores y los destina, a nuestra obligada fraternidad, al mismo tiempo que a la desconfianza de los que, provisionalmente, los emplean.

Los verdaderos artistas no son buenos vencedores políticos, pues son incapaces de aceptar despreocupadamente —¡ah!, yo lo sé bien— la muerte del adversario. Están de parte de la vida, no de la muerte. Son los testigos de la carne, no de la ley. Por su vocación, están condenados a la comprensión de lo que consideran su enemigo. Esto no significa, por el contrario, que sean incapaces de juzgar el bien y el mal. Pero, ante el peor criminal, su aptitud para vivir la vida de otros les permite reconocer la constante justificación de los hombres: el dolor. Esto es lo que siempre nos impedirá pronunciar el veredicto absoluto y, en consecuencia, ratificar el castigo absoluto. En este mundo nuestro de la condena a muerte, los artistas testimonian en favor de lo que en el hombre se niega a morir. ¡Enemigos de nadie, excepto de los verdugos! Y esto es lo que siempre los destinará, eternos girondinos, a las amenazas y a los golpes de nuestros jacobinos de puños de lustrina. Después de todo, esta mala posición, por su misma incomodidad, constituye su grandeza. Llegará el día en que todos lo reconocerán y, respetuosos de nuestras diferencias, los más valiosos de nosotros dejarán de desgarrarse como lo hacen. Reconocerán que su vocación más profunda es defender hasta sus últimas consecuencias el derecho de sus adversarios a tener otra opinión. Proclamarán, de acuerdo con su condición, que es mejor equivocarse sin matar a nadie y dejando hablar a los demás que tener razón en medio del silencio y de los cadáveres. Intentarán demostrar que si las revoluciones pueden triunfar por la violencia, no pueden mantenerse sin el diálogo. Y sabrán entonces que esa singular vocación les crea la más perturbadora de las fraternidades, la de los combates dudosos y de las grandezas amenazadas, la que a través de todas las épocas de la inteligencia no dejó jamás de luchar para afirmar contra las abstracciones de la historia lo que rebasa a toda historia: la carne, ya sea sufriente o dichosa. Toda la Europa de hoy, erguida en su soberbia, les grita que esa empresa es irrisoria y vana. Pero todos nosotros estamos en el mundo para demostrar lo contrario.